ROMANS ET CONTES

DE TOUS LES PAYS

Geneviève Delmas
Pierre Casse=Cou
Yette
La Rose=Blanche

EN FRANCE ET EN AMÉRIQUE

Par TH. BENTZON

CENT

ILLUSTRATIONS

par

George ROUX

H. MEYER

P. PHILIPPOTEAUX

J. GEOFFROY

I0632092

COLLECTION HETZEL

18, RUE JACOB, PARIS (VIe)

—

Romans et Contes de Tous les Pays

En France

et

En Amérique

ROMANS ET CONTES

DE

Geneviève Delmas

TOUS LES PAYS

Pierre Casse=Cou

EN

Yette

FRANCE

La Rose=Blanche

ET EN

AMÉRIQUE

Par TH. BENTZON

CENT

ILLUSTRATIONS

par

George ROUX

H. MEYER

P. PHILIPPOTEAUX

J. GEOFFROY

COLLECTION HETZEL

18, RUE JACOB, PARIS (VIᵉ)

—

TYPOGRAPHIE FIRMIN-DIDOT ET Cie. — MESNIL (EURE)

Geneviève Delmas

COLLECTION HETZEL

TH. BENTZON

Geneviève

Delmas

ILLUSTRATIONS

par

George ROUX

COLLECTION HETZEL
18, RUE JACOB, PARIS (VIᵉ)

—

GENEVIÈVE DELMAS

PREMIÈRE PARTIE

I

Il y a dans l'enfance de chacun de nous un jour dont nous nous souvenons à travers toute notre vie, comme d'une date importante, plus ou moins décisive. C'est le jour où notre esprit, à la suite d'un phénomène quelconque, s'est ouvert à la réflexion, où une invisible main a semé en nous ce qui doit être le germe de l'avenir. Cela survient pour les uns avec le premier chagrin, qui les mûrit tout à coup, — pour les autres après telle faute, si légère soit-elle, qui avertit notre conscience de la nécessité d'une réparation, — pour un grand nombre, sous l'empire d'une forte impression religieuse qui met la petite âme, insouciante jusque-là, en présence de Dieu, et fait jaillir au plus profond d'elle-même les sources de la vie intérieure. Mais il arrive aussi qu'un mot jeté au hasard, un incident sans importance apparente, ait des effets très sérieux en nous révélant quelque vérité cruelle qui auparavant nous restait cachée. Ce fut ainsi que, vers l'âge de neuf ans, je fus réveillée, comme d'un songe, par le choc le plus violent et le plus pénible dont le retentissement devait me poursuivre pendant toute ma jeunesse et avoir sur ma conduite, sur mes résolutions, sur la formation de mon caractère, une influence considérable.

Avant de raconter l'aventure elle-même, il faut que je dise dans quelles conditions elle vint me surprendre.

Mon père, forcé, à cette époque, de faire une longue absence, m'avait laissée trois mois de suite aux soins de sa sœur, Mme de Kerhoël, et je m'ennuyais à mourir, loin de lui, dans la ville de province où le régiment de mon oncle était en garnison. J'étais une enfant gâtée outre mesure, comme le sont souvent les petites filles sans mère, par un papa trop indulgent. Mon papa, à moi, avait une multitude d'excellentes raisons pour me gâter. D'abord j'étais tout ce qui lui restait de la femme bonne et charmante à qui ma naissance avait coûté la vie ; ensuite j'étais fort délicate : on avait eu infiniment de peine à m'élever. Puis encore, mon père, tout à de grandes entreprises industrielles et financières, n'avait jamais le temps de me voir qu'en passant, c'est-à-dire pour me caresser et me combler de cadeaux. Tiraillé de côté et d'autre par les affaires, il rentrait chez lui affamé d'amour paternel, et j'en abusais pour obtenir tout ce qui me faisait envie ; aussi étais-je arrivée assez vite à n'avoir presque plus envie de rien, ce qui me rendait fort maussade. Un enfant blasé est la plus choquante des anomalies. Mon excellente institutrice, miss Lynn, me le disait en toute occasion ; mais ce que disait miss Lynn n'avait aucune prise sur moi. Je savais que, si je voulais, mon père lui donnerait tort ; que, sage ou méchante, j'étais pour lui toujours Bijou, — il ne me nommait pas autrement, — l'unique, l'incomparable Bijou. Et, de fait, je ne lui laissais presque jamais entrevoir les mauvais côtés de ma nature ; j'étais trop occupée à le câliner, car je l'adorais autant qu'il pouvait m'adorer lui-même, tout en me montrant singulièrement avare de reconnaissance et d'amitié envers les autres, qui auraient eu droit cependant à une petite part : mon oncle et ma tante, mon institutrice, mes cousins, mes compagnes de cours et de catéchisme. L'affection exclusive que m'inspirait papa formait partie intégrante de mon égoïsme ; seul il existait pour moi, lui seul avait le pouvoir de m'amener à l'obéissance, et cela d'un mot ! « Tu me ferais de la peine, Bijou. » — Pour ne pas lui faire de la peine, il me semblait que j'aurais marché pieds nus jusqu'au bout du monde.

Ce père si beau, si brillant, si recherché partout, me représentait un demi-dieu, notre grande fortune, dont j'entendais beaucoup trop parler, augmentant pour moi son prestige, car je savais que les richesses dont je profitais, il les avait gagnées lui-même, par la force d'une intelligence et d'une activité exceptionnelles. La plus grande des récompenses était pour moi de dîner avec mon cher papa, en tête à tête, quand miss Lynn s'en allait visiter des amies anglaises, et de l'avoir à moi seule toute ma soirée, jusqu'à neuf heures et demie, l'heure où il sortait d'ordinaire, superbe, en habit noir, avec l'éblouissant plastron de linge fin et poli que je caressais d'un doigt respectueux : — « Oh ! papa, les jolis boutons de perles ! — Oh ! papa, comme votre mouchoir sent bon ! — Oh ! papa, laissez-moi refaire le nœud de votre cravate ! »

Deux ou trois cravates blanches, chiffonnées par mes mains maladroites, étaient rejetées successivement sans que mon père s'impatientât. Et, lorsqu'il lui arrivait de sortir si tard et que j'étais déjà couchée, il venait dans ma chambre chatouiller mes yeux endormis du bout de sa moustache ; je jetais mes bras autour de son cou, avec un : « Bonsoir, cher petit papa ! » vaguement balbutié dans le sommeil. C'était délicieux. Je n'enviais nullement les petites filles qui avaient une maman ; mon père me suffisait ; nous étions deux amis intimes. Je savais que c'était pour moi qu'il gagnait de l'argent, pour m'acheter des poupées mécaniques, des petits chiens terriers de trois cents francs pièce, des bonbons chez Boissier, des robes et des chapeaux chez les grands faiseurs, pour m'envoyer l'été aux bains de mer, escortée par miss Lynn, dans de jolies villas où je le recevais du samedi au lundi, avec quels transports d'allégresse..., ou encore pour me conduire au spectacle chaque fois qu'une féerie en valait la peine, pour me promener au bois dans une voiture qui était la mienne, — il me le répétait comme si j'avais pu l'oublier, — enfin pour me créer une vie enchantée de petite princesse qui n'a qu'à souhaiter, les bonnes fées se hâtant de l'exaucer aussitôt. Du moins, il en avait été ainsi jusqu'à ce désagréable séjour chez les Kerhoël.

Mon père accomplissait, dans l'intérêt de

certaines grandes affaires, qu'il m'avait
expliquées sans que j'eusse très bien compris, un lointain voyage pendant lequel ma
tante lui avait persuadé de me confier à
elle. Quel changement ! Rien ne pouvait
différer de notre hôtel du parc Monceau
plus que le modeste logis habité à Orléans
par Mme de Kerhoël. Comme la plupart des
femmes des militaires, elle avait le talent
de rajeunir un mobilier usé ou défraîchi en
y ajoutant quelques jolis bibelots ; mais je
ne m'y trompais pas, nous étions dans un
simple appartement meublé, de vraies
chambres d'auberge ! Mon oncle avait beau
dire : « Il suffit qu'Hélène jette un châle sur
une table et déballe une demi-douzaine de
photographies, de tasses à thé, de chiffons
variés pour faire un palais du moindre
taudis, » je riais sous cape de ses illusions,

C'était la présence même de sa femme
qui transformait en palais, aux yeux du
commandant, tout endroit où elle se trouvait avec lui. Il l'avait choisie par pure affection, alors qu'ils étaient : M. Yves de Kerhoël, un jeune officier d'avenir, appartenant
à la noblesse bretonne la plus ancienne,
mais aussi la plus pauvre, et Mlle Hélène
Delmas, une belle personne, sérieuse et
douce, mais pourvue d'une dot fort médiocre (mon père n'avait pas encore fait
fortune). Des difficultés innombrables,
supportées en commun, étaient venues resserrer l'union parfaite qui existait entre
eux, bien loin de la détruire. C'était dans
ce ménage modèle un échange de tendresse,
d'égards et de respect que je ne pouvais
m'empêcher de remarquer, malgré la légèreté de mes neuf ans et la peur terrible que
j'avais de mon oncle, qui ne badinait guère
sur le chapitre du devoir. Ma tante m'aurait plu davantage, si elle n'eût refusé de
recevoir avec moi mes deux terriers, Kil et
Bob, sous prétexte qu'elle ne permettait
pas d'animaux à ses propres enfants. Les
enfants (il y en avait quatre, sans compter
le plus petit, qu'elle nourrissait) me faisaient l'effet de victimes opprimées ; je ne
pouvais comprendre qu'ils fussent toujours
de bonne humeur quand même.

L'aînée des filles, Madeleine, familièrement Mad, plus jeune que moi de deux ans,
était moins ignorante sur bien des points,
quoiqu'elle n'eût, je crois, que très peu de
facilité pour apprendre. Sa mère lui prêchait, du matin au soir, la nécessité de
donner le bon exemple à sa petite sœur
Lili, un baby ; mais je dois reconnaître que
c'était peine perdue. Essayer de pénétrer
Mad du sentiment de la responsabilité !
Autant eût valu entreprendre d'attacher
des pavés aux ailes d'un papillon : le papillon ne se laissait pas saisir ; douce et gentille, d'ailleurs, au possible, avec des éclats
de rire inextinguibles qui réjouissaient la
maison. Quant aux deux garçons, dont
l'aîné, nommé Yves, de même que son père,
atteignait sa quatorzième année, et dont
le second, André, était de mon âge, ils subissaient le joug d'une discipline toute militaire, — tondus selon l'ordonnance, mis
aux arrêts pour la moindre incartade, ré-
compensés de leurs actions d'éclat par des
galons ou la médaille, qu'une faute pouvait
leur faire perdre. Leur plus grand plaisir
était d'assister à l'exercice et aux manœuvres. Ils se sentaient déjà incorporés au
régiment d'artillerie, où ils espéraient bien
arriver un jour, comme leur père, par la
voie glorieuse de l'École polytechnique.
Endurcis contre les intempéries, les bobos,
les accidents et les faiblesses variées que
l'on pardonnait à leurs sœurs, ils se piquaient d'être des hommes et le prouvaient
en montrant fort peu de goût pour la
société des filles. Cependant ils ne man
quèrent jamais d'être avec moi protecteurs
et condescendants.

De son côté, Mad s'était prise pour sa
cousine de Paris d'une sorte de passion
exaltée ; mes toilettes un peu tapageuses,
mon genre d'esprit, mes audaces, mes caprices, mes sottises même, l'enchantaient.
J'étais sensible à son enthousiasme ; mais
rien ne pouvait me distraire d'une pensée
incessante : revoir papa. Je ne vivais que
dans l'attente de ses lettres, qui mettaient
des semaines à me parvenir, chargées de
timbres d'un aspect tout exotique, des

« Bonsoir, cher petit papa ! »

C'était, je me rappelle, à l'heure de la récréation de mes cousins. J'ignorais pour ma part la régularité des récréations, ne travaillant que lorsque j'en avais la fantaisie, ce qui ne m'arrivait pas souvent : de là mes mauvaises notes habituelles.

« Avant tout, avait dit et répété mon père à l'infortunée miss Lynn, avant tout, que cette enfant n'ait pas mal à la tête ! La méningite, — les médecins me l'ont fait entendre, — la méningite guette à nos portes ! »

Combien en ai-je tiré parti de cette chimérique méningite dont je fus menacée dès le berceau ! Lorsqu'un devoir me paraissait difficile, lorsqu'une leçon m'ennuyait, j'avais une excuse toujours prête :

« Oh ! miss Lynn, j'ai bien mal à la tête ! »

Et, si elle m'eût fait travailler malgré mes plaintes, mon père, averti par moi, lui aurait dit, je l'espérais bien : « Prenez garde, mademoiselle... Que cela ne se renouvelle plus ! Vous tuez mon enfant ! »

Pauvre cher père ! Quelle déloyauté, quand on y réfléchit, que de prendre ainsi pour dupes ceux qui nous aiment jusqu'à l'aveuglement ! Mais j'ai presque atteint la trentaine, à l'heure où je juge ces choses

timbres rares que je refusais à André pour sa collection, parce qu'ils venaient de papa, parce que papa les avait touchés. Ces lettres baisées mille fois et que, la nuit, je glissais sous mon oreiller afin d'entendre leur craquement affectueux près de mon visage, ces chères lettres de papa m'amènent à l'après-midi mémorable où, pour la première fois, j'appris la vérité sur mon propre compte, en apercevant tout à coup ma très défectueuse personne dans la glace, sous un aspect où je ne l'avais jamais vue m'apparaître jusque-là.

de loin, — de si loin ! — et le jugement d'une femme qui a souffert n'est pas celui d'une petite fille, — d'une petite fille horriblement gâtée. Je trompais donc, sans scrupule, mon père, que j'aimais tant ; j'abusais de sa confiance.

Décidément, rien n'est difficile, en parlant de soi, comme d'éviter les digressions. Reprenons le fil de mon histoire.

Il pleuvait à verse, nous n'avions pu sortir, et nous étions tous rassemblés dans la chambre aux joujoux, une grande pièce nue, avec des placards béants, qui était toujours dans le plus abominable désordre, jonchée de soldats de plomb, de débris de ménage en porcelaine ou en fer-blanc, de vieilles poupées réduites à l'état d'invalides, etc.

Mes deux cousins bombardaient à grands coups de pois chiches le fort qu'ils avaient édifié selon les règles de l'art, au moyen de ces carrés de bois qui composent un jeu d'architecture. Mad, assise sur le tapis, berçait respectueusement Gasparine, c'était le nom de mon bébé articulé, aussi gros que le dernier-né de ma tante, et auprès d'elle, la petite Lili attendait, dans un silence haletant, sans oser le toucher, que cet important personnage daignât soulever ses paupières un peu trop semblables à celles d'une poule. Miss Lynn, dans un coin, faisait de la tapisserie, et moi, je tortillais entre mes doigts, jusqu'à l'user, une enveloppe datée de Bakou.

« Miss Lynn, dis-je enfin, voudrez-vous me lire encore la lettre de papa ?

— Ce sera la dixième fois, répondit ma patiente institutrice, mettant de côté son ouvrage. — Il me semble, ma chère Geneviève, que vous donneriez à votre père la meilleure preuve du plaisir que vous font ses lettres en vous efforçant de les lire vous-même.

— Il a une écriture si difficile !

— C'est vrai, mais avec un peu d'attention... Vous voyez bien que je viens à bout de la déchiffrer !

— Oh ! vous !... » m'écriai-je.

Et je m'arrêtai tout à coup, de sorte que l'on ne put deviner si je croyais miss Lynn capable d'accomplir les exploits les plus extraordinaires, ou si je la prenais simplement pour une pauvre personne vouée par état à se donner de la peine. Hélas ! ils ne m'arrivait pas toujours de retenir à temps les impertinences !

« Vous alliez dire que je dois la savoir par cœur, acheva-t-elle de bonne grâce. C'est assez juste.

— Mad ne l'a pas entendue, voyez-vous, ni mes cousins non plus, et puis cela me plaît tant d'écouter, même sans que ce soit sa voix qui me parle, mon cher papa !

— Approchez, vous autres, criai-je aux deux stratégistes, à qui l'écroulement d'un pan de muraille faisait pousser des hourras. Ma lettre vient de Bakou, le pays du feu, de Bakou, dont on ne vous aura jamais parlé au collège.

— Si fait, répondit André, qui était fort en géographie : c'est du côté de la mer Caspienne. »

Il consentit cependant à se rapprocher, et son grand frère, après avoir continué un instant tout seul les opérations du siège, ne tarda pas à être attiré par l'intéressante lecture, que, pour la faire durer plus longtemps, je ponctuais d'exclamations et de commentaires :

« Mon cher Bijou,

« Ta dernière petite lettre, malheureusement déparée par de trop grosses fautes d'orthographe...

— Passez, miss Lynn, passez... ceci n'a pas d'importance.

« Ta petite lettre, charmante tout de même, m'est enfin parvenue, après avoir couru longtemps après moi.

— Il a dit charmante, vous entendez ?

— Malgré les trop grosses fautes, répéta obstinément miss Lynn, et elle poursuivit :

« Non, je n'irai pas à Astrakhan, mais sois bien sûre que je n'oublierai pas ton

I.

2

manchon pour cela. Je le trouverai ailleurs qu'à Astrakhan même, qui n'est pas la patrie unique des moutons noirs, auxquels les frileuses empruntent une fourrure frisée. Tu auras en outre des pantoufles brodées, une ceinture d'orfèvrerie et un petit bonnet à poil sous lequel tu seras très drôle.

— Il y aura aussi un manchon pour toi, Mad, dis-je, avec la générosité qui m'était facile, puisqu'elle n'entraînait jamais de ma part le moindre sacrifice. Continuez, miss Lynn.

« Tu me demandes des détails sur mon voyage. Je te les donnerai de vive voix, car le temps me manque... Sache seulement qu'aucun accident ne m'est arrivé dans le Caucase, et maintenant je suis à Bakou, qui produit ce pétrole que tu vois brûler dans les lampes. Le naphte, dont on l'extrait, gît sous tout le terrain où est construite la ville, et chacun est libre de l'exploiter; par conséquent, les puits se multiplient de jour en jour. Il suffit d'enfoncer un bâton sur certains points de la plage pour obtenir aussitôt un réverbère. Plusieurs des rues sont bitumées *naturellement* : bitume fangeux, noirâtre, mais l'odeur infecte qui s'en dégage représente la richesse de l'endroit. Tu penses qu'une allumette tombant à terre pourrait causer des incendies effroyables. Malgré toutes les précautions prescrites, le feu ne prend que trop souvent; c'est alors un spectacle sinistre.

« On comprend bien que des légendes sans nombre soient écloses dans ce pays prodigieux où le pétrole bouillonne jusque dans la mer, qui elle-même s'embrase quand la foudre y tombe. Terre et flots sont à la merci d'une étincelle. Miss Lynn, qui sait tout, te fera un joli cours à ce sujet; elle t'apprendra comment la religion des Guèbres, que l'on rencontre encore dans l'Inde, s'est fondée sur ce feu éternel dont j'ai vu le temple en ruines aux environs de Bakou. Les Guèbres sont les derniers disciples bien dégénérés de Zoroastre, qui donna des lois aux anciens Perses, il y a si longtemps et dans des circonstances si mystérieuses qu'on ne peut guère deviner la date de sa vie. Dis à miss Lynn de te parler de lui et des mages, en général. Mais, puisque tu aimes les contes de fées, je t'en raconterai un qui, concernant Zoroastre, te fera, au moins, retenir son nom. Un roi de Perse lui avait demandé quatre choses pour éprouver son pouvoir : 1° d'aller faire un tour au ciel; 2° de lire dans l'avenir; 3° d'être invulnérable à la guerre; 4° d'être immortel. Zoroastre lui dit qu'il était impossible d'accorder ces quatre dons à un même individu, mais il prépara une liqueur dont l'effet fut de transporter le roi pendant trois jours dans le paradis; il donna à un mage certaine rose qu'il suffisait de respirer pour avoir la connaissance de l'avenir (tu me diras qu'il est bien fâcheux que les petites paresseuses de notre temps ne puissent pas tout apprendre par le même moyen); enfin les deux fils du roi reçurent l'un une coupe, l'autre un pépin de grenade, ce qui rendit le premier immortel et le second invulnérable. La religion de Zoroastre fut dès lors établie. Je suis, mon cher Bijou, dans le pays des merveilles. Il y a, près de Bakou, une caverne dont l'entrée est défendue par des gaz volcaniques qui protègent ainsi le dernier repaire des Dives. Les Dives sont de mauvais génies; ils infligeraient aux humains tous les maux imaginables, si nos amies les Péris n'étaient là pour y mettre bon ordre. Une guerre, pareille à celle des anges contre les démons, existe entre eux.

« Tu me dis que tu regrettes de n'être pas avec moi et que j'aurais dû t'emmener. Comment eût-il été possible d'exposer une petite fille aux malices des Dives en question ? Ils seraient capables, les monstres, de la faire glisser dans un de ces réservoirs de pétrole où l'on se noie presque immanquablement, pour des raisons tirées de la densité, que t'expliquera encore miss Lynn. J'ai vu un pauvre cheval, tombé dans ce liquide trop léger pour qu'il pût s'y soutenir en nageant, couler au fond malgré tous les secours que l'on cherchait à lui donner de la rive. Ne te désole pas non plus de n'être point un garçon : je n'aurais jamais consenti à emmener si loin même un garçon de ton âge. Patience, chérie, tu me verras bientôt revenir chargé de jolis cadeaux et de tant de récits que je n'en finirai pas de tout l'hiver ; il faudra recommencer entre nous deux les *Mille et une Nuits,* où, du reste, il est souvent question des contrées que je parcours.

« Au revoir, ma petite Péri ; au revoir, mon ange, mon Bijou.

« Ton vieux papa qui t'embrasse,

« PAUL DELMAS. »

J'arrachai la lettre à miss Lynn pour la baiser une fois de plus sur tous les plis, puis je la reintégrai dans mon corsage. Elle a passé de là dans la poche secrète d'un portefeuille où elle repose encore avec d'autres, écrites de la même main, qui constituent mon principal trésor en ce monde.

Cependant Yves disait en haussant les épaules :

« Tout cela est très amusant pour les petites filles. Mon oncle est bien bon de se mettre à leur portée. Je lui adresserai, quand il sera de retour, toutes sortes de questions sur des choses sérieuses, et il me répondra autrement. »

L'idée que mon père se mettait à ma portée me fut désagréable ; je ripostai sèchement :

« Oh ! papa a tant d'esprit qu'il doit savoir se mettre aussi à la portée des petits garçons. »

Mais l'injure ne pouvait atteindre un écolier de quatorze ans. Yves la laissa tomber de l'air de condescendance avec lequel un vigoureux terre-neuve accueille les jappements d'un roquet.

« Rien ne me fait envie comme les voyages, dit André. Il y a des moments où je me demande si je n'aimerais pas mieux être explorateur que soldat.

— Eh bien, tu n'as qu'à entrer dans l'infanterie de marine, répliqua, du haut de sa supériorité, le futur artilleur. Tu auras chance d'être envoyé au bout du monde.

— Mais pas précisément où je voudrai... caserné dans un fort peut-être, dit André tout pensif. Ce n'est pas comme d'être son maître.

— Voyez donc le clampin qui rêvasse déjà de renoncer à l'École ! s'écria Yves, pour qui l'École était le but suprême et qui, doué d'une forte dose de persévérance, qu'on pouvait même appeler de l'entêtement, n'avait aucune imagination.

— Oh ! miss Lynn, s'écria Mad, abandonnant Gasparine à sa petite sœur pour se précipiter sur les genoux de mon institutrice. Oh ! miss Lynn, puisque vous savez tout, parlez-nous des Péris !

— Je suis loin de savoir tout, répondit miss Lynn, mais il est vrai que je sais beaucoup de choses orientales, parce que la première éducation que j'ai entreprise était dans l'Inde. »

Elle soupira.

Je crois que ce début avait été assez dur. Elle était allée prendre le fils d'un important fonctionnaire anglais des mains de son *ayah,* qui en avait fait un petit tyran déjà insupportable. Revenue, des années après, aucun des siens ne l'avait reconnue, tant le climat de l'Inde et la fièvre s'étaient acharnés à détruire en peu de temps sa vaporeuse beauté d'Anglaise.

Pendant une heure elle nous parla du Djinnistan, qui est pour les Perses le pays des génies ; elle nous peignit la lutte entre les Péris et les Dives, entre le bien et le mal. Quand les vilains Dives, qui sont la laideur même, font prisonnière une Péri, ils l'enferment dans une cage de fer, qu'ils suspendent, dans les forêts, aux plus hautes branches d'un palmier, pour la laisser là, non pas mourir, — ces ancêtres de nos fées européennes sont immortelles, — mais endurer l'ennui et la faim. Heureusement les oiseaux, qui savent que les Péris ne se nourrissent que de

fleurs et de parfums, viennent à leur secours : ils apportent du Bengale des roses,
d'Arabie la myrrhe la plus exquise, et de
Ceylan, l'île sacrée où la mythologie hin-
doue place le berceau du monde, de l'aloès
et du cinnamome, vulgairement appelé
cannelle. Grâce à leurs amis les oiseaux,
les Péris captives ne souffrent pas trop,
et, quand quelqu'un des êtres contrefaits
qui les molestent cherche à s'approcher
d'elles, l'odeur embaumée qui s'exhale de
leur personne le force à s'éloigner triste
et envieux.

« C'est ainsi, conclut miss Lynn, à cheval sur les leçons de morale pratique,
c'est ainsi que les méchants ne peuvent
rien contre les bons, qui sont secourus
par miracle et que protège, contre toute
tentative du dehors, le parfum de la vertu.
Ayez soin, mes enfants, de ne vous nourrir jamais que d'aromates et de fleurs,
c'est-à-dire de bonnes pensées, de bons
sentiments et de bons livres ; vous pourrez
défier tous les mauvais génies du monde.

— Mais il n'y a plus de mauvais génies,
miss Lynn.

— Évidemment, ils n'ont plus de cornes au front, ni d'ailes de chauves-souris ;
ce qui n'empêche qu'ils font le mal comme
autrefois. Ne vous liez qu'avec les bons,
avec *les meilleurs* et tâchez surtout d'être
de ceux-là. »

« Pif, paf, boum ! » faisaient les canons
en miniature de mes cousins, qui étaient
retournés depuis longtemps à la démoli-
tion de leur forteresse, se souciant aussi
peu des contes de fées que des sermons
de miss Lynn. L'alimentation tout éthé-
rée des Péris n'eût pas été du goût de
ces deux gloutons.

Les bastions s'écroulaient avec fracas,
et un pois chiche égaré vint frapper ma
poupée en plein visage, ce qui arracha à
Lili des cris aussi perçants que si elle eût
été blessée elle-même. Tout à coup, un
commandement bref derrière la porte fit
partir mes cousins comme deux traits,
tandis que la voix claire de ma tante disait de loin :

« Mad, il est temps de commencer la
dictée. Amène ta petite sœur.

— Vous irez avec elles, n'est-ce pas ?
me dit miss Lynn.

— Certainement non, répondis-je. Rien
ne m'ennuie comme les dictées.

Cependant votre papa vous a reproché
votre orthographe.

— Reproché ! Il a dit que ma lettre
était charmante !

— Vous ne vous rappelez jamais que
les compliments et ce qui est d'accord avec
votre fantaisie, Geneviève. C'est un travers fâcheux dont je tâcherais de me corriger à votre place. Voyez combien vos
cousines sont différentes, même cette toute
petite Lili ; elles mettent à profit mon séjour parmi elles pour se perfectionner
dans l'anglais.

— Elles ont peut-être raison, répliquai-
je insolemment. J'ai toujours entendu
dire que mon oncle et ma tante n'étaient
pas riches, et cela se voit bien, du reste.
Quand on est pauvre, il faut travailler.
Moi, je serai assez riche pour ne rien
faire.

— Voilà un raisonnement qui est, permettez-moi de vous le dire, de la plus parfaite vulgarité. Vous l'aurez recueilli sans
doute autrefois de la bouche de Julie ?

— Julie était une femme de chambre
très adroite, dont Mme de Mirefleur se contente depuis que vous l'avez fait renvoyer
de chez nous.

— Il se peut qu'elle convienne, en effet,
à une femme de l'âge et des habitudes de
Mme de Mirefleur. N'importe, je me féli-
cite d'avoir averti votre papa qu'elle vous
flattait à outrance, et qu'en vous habillant
elle vous tenait des propos qui n'étaient pas
pour vos oreilles, des propos tels que celui
que je viens d'entendre.

— Mais, miss Lynn, je n'ai pas besoin
qu'on m'apprenne que je ne manquerai
jamais de rien. Je le sais à merveille.

— Vous ne manquerez jamais de rien ?
Qui peut dire cela, petite ?

— Moi, la fille de mon papa, répondis-
je avec aplomb. Papa aura toujours des

millions dans la tête, sans parler de l'argent qu'il possède.

— Mais vous aurez plus tard des enfants à votre tour. Comment les élèverez-vous si vous restez ignorante ?

— Bah ! je prendrai des institutrices, » dis-je avec une telle hauteur, une telle façon d'insinuer que la graine des miss Lynn ne serait jamais perdue, qu'une vive rougeur empourpra le teint jauni de l'Anglaise, fière comme tous ceux de sa race.

Avec un coup d'œil non moins dédaigneux que le mien, mais d'un dédain mieux justifié, elle répondit très froide :

« Vous avez tort de vous croire riche, Geneviève ; moi, je vous trouve très pauvre, de la pire des pauvretés, la pauvreté du cœur.

« Oh ! miss Lynn, j'ai bien mal à la tête. »

— Comment ?.. demandai-je interdite.

— Eh bien, oui, j'appelle de vraies richesses l'élévation morale, la délicatesse, le tact, la générosité, tout ce qui est cause que les meilleurs — elle appuya sur ce mot — nous estiment et nous aiment.

— Mais mon papa est le meilleur qu'il y ait, et mon oncle, ma tante, Mad, Yves et André sont aussi parmi les très bons, et ils m'aiment bien tous. Vous m'aimez aussi, vous, miss Lynn, » m'écriai-je en essayant de la câliner.

Elle se dégagea :

« Je ne sais, répliqua-t-elle. Je vous plains, vous m'intéressez, et j'essaye de remplir mon devoir envers vous. C'est parfois difficile. »

Comme je la regardais, stupéfaite, n'ayant retenu qu'un seul mot qui sonnait dans mes oreilles, un mot qui me semblait à la fois insultant et absurde, ce mot étrange : « Je vous plains, » elle ajouta en se dirigeant vers la porte :

« Puisque vous ne voulez pas travailler, puisque je ne puis vous être bonne à rien en ce moment, je vais aider madame votre tante. Au moins, là, je serai de quelque utilité. »

Arrivée sur le seuil, elle se retourna :

« C'est bien décidé, vous ne venez pas ?

Je secouai la tête d'un air boudeur, et, prenant ma poupée entre mes bras, je descendis avec Gasparine dans le salon désert, très mécontente de mon institutrice, mais bien plus encore de moi-même, car j'avais le sentiment pénible de lui avoir parlé comme une sotte et provoqué ainsi sa riposte, une riposte inouïe quand même. Me plaindre, moi qui possédais tout ce qui peut faire envie, moi qui n'avais rien à souhaiter au monde que de revoir au plus vite mon papa !

III

Il y avait dans le salon un paravent japonais derrière lequel j'aimais à m'isoler quand j'étais triste ou maussade ; j'en ramenais autour de moi les panneaux bariolés de vols de grues, de branches de cerisiers roses, de chrysanthèmes gigantesques, de figures drôles qui ne ressemblaient en rien à celles des gens d'Orléans et je m'imaginais être dans une tour, séparée du reste de l'humanité. Résolue à bouder, je gagnai donc ce refuge, m'installai sur un tabouret, et me mis, comme de coutume, à entretenir de mes griefs contre miss Lynn ma poupée, qui avait le très grand mérite de ne jamais me contredire.

« Combien lui disais-je, nous sommes mieux là toutes les deux que nous ne le serions à écrire cette assommante dictée ! »

La porte du salon s'ouvrit soudain, et j'entendis annoncer Mme Valdenne, Mme d'Arlange. Deux jeunes femmes d'officiers venaient rendre visite à ma tante, dont c'était le jour, — je l'avais oublié.

« Me voilà prisonnière ! pensai-je, tentée aussitôt de sortir de cette tour où je préméditais, une seconde auparavant, de passer la journée à ne rien faire et à dépister les recherches. (On voit jusqu'où allait chez moi l'esprit de révolte et de contradiction.) Il y aurait eu un moyen bien simple : me montrer, dire bonjour, et m'esquiver au bout de quelques minutes comme c'était mon devoir de petite fille bien élevée. Mais je traversais un de ces moments où l'on trouve impossible d'accomplir son devoir en quoi que ce soit, ou seulement d'être polie. Ces dames me déplaisaient sans que je pusse donner un motif plausible à mon aversion, qui était peut-être, on va le voir, l'effet d'un pressentiment. Bref, je restai à ma place sans faire plus de bruit qu'une souris.

Elles continuaient entre elles une conversation déjà commencée, et à laquelle d'abord je ne compris rien ; la honte d'écouter aux portes ne me vint que plus tard, avec un châtiment disproportionné à la faute.

« Mme de Kerhoël se fait attendre, dit brusquement la petite baronne d'Arlange, mariée depuis peu à un sous-lieutenant. Quelle habitude provinciale que celle-là et comme elle est générale ! C'est à croire que ces dames prennent le temps de s'habiller de pied en cap. Il me semble pourtant que son jour...

— Soyez sûre, interrompit une voix aigre-douce, qu'elle est occupée de ses enfants. La mère Gigogne, vous savez.. Il y en a cinq, et, quand elle a fini d'en allaiter un, il faut débarbouiller l'autre, en attendant qu'on fasse lire le troisième, etc. Quel métier !

— Je n'en connais pas de plus effroyable, prononça la nouvelle mariée d'un ton bref qui était alors à la dernière mode. Aussi n'ai-je ni hâte ni envie de posséder, pour mon compte, cette couronne de chérubins. »

Elle se mit à rire comme si elle eût dit une chose charmante et reprit avec malice :

« Au fond, nous avons la même manière de penser, puisque votre petite fille est interne au couvent.

— Oh ! répliqua Mme Valdenne, dans notre vie militaire, il n'y a que ce parti à prendre ! Mais chez Mme de Kerhoël, la maternité est évidemment à l'état de vo-

cation ; elle ne s'en tient pas à sa progéniture, elle recueille les enfants des autres
et quels enfants ! Vous avez vu cette petite Delmas ? Est-elle assez laide ! »

J'eus un soubresaut dans ma tour et je
faillis faire une sortie, comme auraient dit
mes cousins, pour attaquer l'ennemi corps
à corps avec ses propres armes d'insolence
et de méchanceté, peut-être même avec
mes griffes.

Mais l'espoir que Mme d'Arlange, loin
de m'accabler, allait me défendre, cet espoir chimérique me retint.

« Hideuse ! répondit, en acquiesçant, la
charitable personne ; un monstre, un vrai
monstre !... ces oripeaux criards dont on
la décore l'enlaidissent davantage. Il faudrait, quand on a une fille aussi disgra-
ciée, ne lui rien laisser porter qui souligne...

— Bah ! comment voulez-vous qu'un
père s'occupe de ces détails ? Il doit lui permettre tous les caprices. Ses manières indépendantes le prouvent. Il l'abandonne
à son propre goût... à son goût éclairé
par le goût britannique, dont on connaît
la valeur. »

Et ces dames de rire de plus belle.

« Les résultats sont jolis ! Un épouvantail à effrayer les moineaux. Avez-vous
remarqué cette robe rouge ? »

Il s'agissait de ma plus belle robe, que
je ne mettais jamais sans m'attendre à l'admiration générale. Oh ! les mauvaises ! les
mauvaises pestes ! Chacune de leurs paroles
me cinglait d'un coup de lanière. Éperdue,
les joues en feu, je serrais Gasparine
contre mon cœur, m'accrochant à cette
muette amie comme le noyé se cramponne
à une paille.

« Et l'espèce de pèlerine chamois qui
tombe de ses épaules en porte-manteau ?
Non, jamais je n'ai rencontré d'épaules
aussi hautes que celles de cette petite !
Le dos rond pour l'achever. Vous verrez
que sa taille tournera ! »

J'étais bossue maintenant ! Instinctivement je passai la main sur mes omoplates
maigres, qui avaient, en effet, une tendance à se soulever comme deux ailes.

« Allez, cela ne l'empêchera pas de trouver un mari, le moment venu, dit cyni-
quement Mme Valdenne. Elle est assez
riche pour cela.

— Oui, on fera la cour à sa dot, aux
beaux yeux de sa cassette. N'importe, c'est
à mon avis, le plus grand des malheurs
pour une femme que d'être laide, déclara
Mme d'Arlange, qui avait la réputation
d'être la plus jolie femme du régiment
et qui le savait bien.

— C'est un grand malheur ! » répéta
sentencieusement Mme Valdenne.

Elle devait connaître cette disgrâce par
expérience, me semblait-il ; mais peut-
être n'avais-je aucune idée de la laideur
ni de la beauté, puisque je ne m'étais
jamais doutée que je fusse un monstre...

Un monstre ! Je me tordais sous les
coups multipliés qui pleuvaient sur moi
dru comme grêle. Oh ! que n'étais-je allée
subir le menu supplice de la dictée, au lieu
de rester par entêtement à recueillir cette
leçon plus dure qu'aucune autre !

« Ce qui nuit encore à la pauvre enfant,
continua d'un air de pitié doucereuse
Mme Valdenne, c'est le voisinage de sa
cousine. Elle sert de repoussoir à cette
petite Madeleine, qui n'en a aucun besoin.

— Non, car celle-là est ravissante... un
rayon de soleil... une rose pompon...
Tiens, qu'est-ce qui remue donc derrière ce paravent ?...

— Un petit chien, peut-être...

— Mme de Kerhoël n'a pas de chien.
Sa légion d'enfants lui suffit. Un rat
plutôt, ou bien... Oh ! mon Dieu ! si l'on
nous avait entendues ! Assurons-nous
en ! »

Une sueur froide m'inonda. Ainsi
j'allais être surprise dans cette humiliante situation !

Dieu merci, l'entrée de ma tante détourna mes bourreaux de leurs desseins.

La maîtresse de maison se répandit en
excuses :

« Je savais que vous vous teniez mu-
tuellement compagnie, ce qui a diminué

mes remords. J'étais aux prises, — faut-il l'avouer entre nous, — avec une colique de Bébé !

— Que disais-je ? s'écria Mme Valdenne. Le modèle des mères ! Chère madame, quel objet d'admiration vous êtes pour nous... pour tout le régiment, pour toute la ville ! Vous vous sacrifiez... Mais aussi combien vous êtes récompensée de vos peines ! Il n'y a pas de famille plus délicieuse que la vôtre. Cette adorable Mad ! oh !... Et cette petite Lili si gentiment espiègle, ah ! Et on dit vos fils si intelligents ! Cela se voit, du reste, à leur physionomie. L'aîné, paraît-il, est toujours le premier de sa classe... il ira loin... Vous êtes une heureuse mère ! Une heureuse tante aussi... Cette petite Delmas... très originale, beaucoup de piquant ! »

Les menteuses ! les fausses créatures ! Elles faisaient maintenant des compliments sur moi, après m'avoir maltraitée entre elles !

Ma tante qui, par modestie, s'était défendue d'avoir des enfants extraordinaires, admit tacitement l'éloge décerné à sa nièce.

« Pauvre petite ! » murmura-t-elle.

Jusqu'à ma tante qui m'appelait pauvre petite. J'étais à plaindre décidément... A plaindre d'être si laide, sans doute. C'était là ce qu'avait voulu dire miss Lynn avec son mystérieux : « Je vous plains ! »

Mais il plut à ces dames d'affecter de comprendre autrement.

« Oui, elle n'a pas de mère, reprirent-elles d'un ton d'hypocrite sympathie. Vous lui êtes d'autant plus nécessaire.

— Oh ! nécessaire, non... Elle a une institutrice parfaite.

— En vérité, cette Anglaise jaune !

— Miss Lynn est une personne du plus grand mérite.

— D'accord ! Mais vous ne me persuaderez pas que monsieur votre frère ait eu raison de ne pas se remarier. Dans l'intérêt même de sa fille... »

C'était le comble ! Elles voulaient m'imposer une marâtre. (Encore un mot du vocabulaire de Mlle Julie.) Me prendre mon papa pour le donner à telle ou telle dame que je haïssais sans la connaître !

« Je ne sais, répondit ma tante indécise. Un second mariage est chose bien délicate ; cependant il y en a d'excellents. J'ai autrefois proposé à mon frère quelques partis très sortables. Il les a toujours repoussés. »

Donc ma tante elle-même avait comploté contre moi. A qui me fier ? Oh ! je les détestais tous, tous !...

On parla d'autre chose enfin et avec assez d'animation pour ne plus s'occuper de ce qui se passait derrière le paravent. J'en écartai sans bruit l'une des feuilles, celle qui me séparait de la glace, posée au fond du salon, et, me levant avec lenteur, je me regardai dans cette glace. Impression bizarre ! j'eus le sentiment d'apercevoir pour la première fois cette figure pâle qui répondait à mon interrogation silencieuse par un coup d'œil désespéré. Voici ce que je vis : une fille maigre, très petite pour son âge, avec des épaules... oui, l'expression était parfaitement juste, — elles faisaient penser à un porte-manteau, et les bras qui les accompagnaient à des lattes. Quand je me redressais, c'était moins disgracieux, mais d'habitude j'arrondissais le dos, — miss Lynn me l'avait souvent reproché, sans me dire pourtant que cela me donnait l'air d'une bossue. La tête forte, attachée à un cou très court, le menton pointu, les yeux petits, la bouche grande, trop remplie de dents mal rangées (le dentiste avait voulu les ramener au moyen d'une plaque, mais cette plaque ne produisait aucun effet, parce que je l'avais toujours dans ma poche). Avec cela, le nez indécis, les oreilles bizarrement écartées, le front caché sous une épaisse toison rouge acajou, véritable perruque crépue, qui s'harmonisait avec des taches de rousseur éparses sur un teint très changeant, lequel pour le moment était blême.

N'était-ce pas là, en effet, le signalement d'un monstre ? Pourquoi ne m'étais-je jamais trouvée si laide ?

Pourquoi ?... Hélas ! je ne savais pas le démêler, mais je l'ai compris depuis : c'est que le dedans était, à cette heure cruelle, n'acceptais pas davantage celle de miss Lynn, coupable de ne m'avoir jamais avertie que les robes rouges m'enlaidissaient encore, coupable de ne pas m'aimer comme je l'avais cru, sous de faux pré-

« J'eus un soubresaut dans ma tour. »

plus affreux cent fois que l'extérieur. J'étais haineuse et révoltée ; j'en voulais à mon innocente petite cousine d'être « un rayon de soleil, une rose pompon » à qui je servais de « repoussoir » ; j'en voulais à ma tante d'avoir engagé, de son propre aveu, mon père à se remarier ; je lui en voulais même de m'appeler pauvre petite ! Sa pitié, non, je ne l'acceptais pas ; je textes, qui masquaient le seul réel, — l'éloignement inspiré par ma répugnante laideur. J'en voulais presque à papa de m'avoir trompée sur moi-même en me donnant de si jolis noms quand un seul me convenait, celui de laideron, celui de monstre... Les larmes qui tombaient de mes yeux rougis ne contribuaient pas à m'embellir... elles lavaient le visage

1.

3

de Gasparine, qui en devint aussi pâle que le mien. Cette Mᵐᵉ d'Arlange l'avait dit ! Et Mᵐᵉ Valdenne avait fait écho ! Et après, elles avaient affecté devant ma tante de me trouver piquante, originale !... La fausseté, la perfidie de ce qu'on appelle le monde m'était révélée, et je ne devais jamais me remettre entièrement de cette découverte dont mon imagination exagérait l'importance, car il y a dans le monde toutes sortes de mondes, le monde des bons et celui des méchants, le monde des gens d'esprit et celui des sots ; l'important est de bien choisir, d'aller toujours autant que possible droit aux *meilleurs*, comme le recommandait miss Lynn, et d'ignorer le vain bruit que font les autres. Mais il n'est pas toujours facile d'ignorer, dans le sens absolu du mot ; je venais d'en avoir la preuve, et je n'étais pas capable encore de m'élever jusqu'à la définition plus subtile qui est synonyme d'indifférence volontaire. Ah ! les acceptions diverses des mots ! quel casse-tête ! Combien je mis à la torture l'esprit ingénieux de miss Lynn ce jour-là, quand, après le départ de ces dames, je réussis à m'esquiver, sans être vue, pour regagner ma chambre !

« Miss Lynn, qu'est-ce qu'un monstre ?

— C'est un corps quelconque qui présente une conformation insolite, — par exemple les êtres imaginés par la fable, tels que les dragons, les harpies, etc.

— Miss Lynn, qu'entend-on par une personne originale ?

— En bonne part, c'est une personne qui est bien elle-même, qui n'imite qui que ce soit.

— Mais en mauvaise part, en très mauvaise part ?

— C'est une personne qui pousse la bizarrerie jusqu'au ridicule. »

Ah ! les bonnes pièces ! Elles s'étaient servies d'une arme à deux tranchants, même pour me louer !

« Et une figure piquante, miss Lynn, qu'entend-on par piquant ?

— Un certain agrément, une certaine vivacité qui ajoute à la beauté, qui relève même la laideur.

— Ah !... C'est le plus grand des malheurs que d'être laide, n'est-ce pas, miss Lynn ?

— Le plus grand des malheurs ! s'écrie-t-elle en riant. Qui a pu vous dire cette sottise, ma pauvre Geneviève ? Quand on a la santé, un bon naturel et la jeunesse, qui est en elle-même quelque chose de charmant, peu importe le reste, puisqu'on réussit à se faire aimer tout de même.

— C'est là une chose qui se dit aux enfants, mais je crois que ce n'est pas vrai... Pardon, miss Lynn ! m'écriai-je en lui voyant ouvrir des yeux démesurés. Je sais bien que vous... vous, au moins... vous ne mentez pas ; mais il y a tant de gens qui ne tiennent qu'à une jolie figure !

— Quels étranges discours, Geneviève ! Voyons, il vous est arrivé quelque chose aujourd'hui... Soyez franche, racontez-moi tout, je pourrai peut-être vous aider. »

Une sorte de mauvaise honte m'empêcha d'avouer mon aventure. Je répondis avec aplomb que je n'avais rien à raconter.

« Seulement, repris-je en poursuivant l'interrogatoire, je voudrais me représenter au juste ce que c'est que la beauté. Ma tante est belle, n'est-ce pas ? et Mad aussi, et mon papa est très beau. Pourtant il n'y a entre eux aucune ressemblance.

— Ma chère, interrompit miss Lynn, comme je ne sais pas du tout où vous voulez en venir, il m'est impossible de continuer à vous servir de dictionnaire. En voici un tout imprimé que vous pourrez feuilleter sans qu'il se fatigue et sans qu'il vous adresse des questions auxquelles vous ne daignez pas répondre. »

Je consultai le livre qu'elle me tendait, et je cherchai *Beauté*, — qualité de ce qui est beau. Puis, mal édifiée encore : *Beau*, — qui plaît par la forme.

« La beauté ! disait miss Lynn, tout en tirant l'aiguille, comme si elle se fût parlé à elle-même, la beauté ! c'est de tous les dons celui qui dure le moins et duquel on peut faire le plus mauvais usage, car il a pour premier effet de rendre vaine celle qui le possède. J'ai eu mon heure de vanité, petite Geneviève, poursuivit-elle bravement en m'attirant à elle, je l'ai eue, car on disait que j'étais belle à dix-huit ans. Vous voyez ce qui m'en reste, quoique je sois jeune encore. Un mauvais climat, une maladie, des chagrins, et cette précieuse beauté se fane comme l'herbe, laissant bien désemparée celle qui ne la possède plus, à moins qu'elle n'ait acquis avec effort ce qui ne se fane ni ne passe : un caractère et des talents. »

Je la regardai, anxieuse.

« Vous croyez que la personne la plus laide du monde... une personne laide à effrayer des moineaux, vous entendez bien... peut se consoler de cela avec des talents ? »

Miss Lynn se mit à rire :

« Vous me parlez là d'une espèce de monstre.

— Oui, justement, d'un monstre, tout ce qu'il y a de plus monstre...

— Et je n'en ai jamais vu, » répondit-elle, avec une évidente sincérité qui m'arracha un soupir de soulagement.

Mais je retombai vite dans ma méfiance ; j'avais appris à douter.

« Eh bien, reprit miss Lynn, je crois tout de bon qu'un être si exceptionnel pourrait arriver à oublier sa figure et à la faire oublier aux autres, s'il était, en même temps que le plus laid du monde, le plus aimable et le plus intelligent.

— Oh ! aimable ! on n'aime pas les laids, quoi qu'ils fassent !

— On les aime, quand ils le veulent... »

Elle m'embrassa tendrement, et ce baiser consolateur me parut, surtout après ce qu'elle m'avait dit de sévère le matin, un nouvel outrage. Avec indignation je la repoussai.

Mais intelligente, pensai-je, cela je l'étais, je pouvais devenir très instruite, plus instruite que Mad ne le serait jamais, avoir des talents supérieurs à ceux de Mad, éclipser Mad par cette sorte de prestige.

Ainsi, ce fut encore un mauvais sentiment, résultat de l'expérience acquise durant ce jour néfaste, qui me fit prendre la résolution de travailler, malgré l'arrêt porté par la fameuse Julie :

« Une demoiselle riche n'a pas besoin de penser à ça ! C'est bon pour les gens sans le sou. »

IV

Très peu d'enfants connaissent, je crois, ce qu'est l'obsession d'une idée fixe : ils en sont distraits par la légèreté de leur âge ; mais j'étais, moi, une petite personne très réfléchie, capable de ruminer longtemps les mêmes choses, à la condition que ces choses me touchassent directement. Je souffrais pour la première fois dans mon orgueil et dans un sentiment d'ambition particulier à la femme, grande ou petite, l'ambition de charmer ou tout au moins de plaire ; pour la première fois aussi, j'apprenais à sentir l'humiliante morsure de ce ver rongeur : la jalousie. Je n'aimais plus Mad, et, lorsque je voyais sa mère ou miss Lynn l'embrasser, lui témoigner leur affection de quelque manière, je me disais : « On la traite ainsi parce qu'elle est belle », — sans songer que je n'étais pas caressante et douce pour mériter qu'on me cajolât.

Une sorte d'amertume toute nouvelle se mêlait maintenant à chacune de mes impressions. Je gardais rancune au monde, je le fuyais, et ce fut pour moi une vraie délivrance quand mon oncle décida que nous irions passer quelques jours de congé à la campagne. Il avait acheté une propriété près d'Orléans, en Sologne. La maison (des bâtiments de ferme très rustiques, aménagés tant bien que mal) était située à l'écart de la route, entre un bois de pins et l'étendue des landes, dans un endroit désert qui me plut beaucoup par cela même ; — les visites, les visites de femmes méchantes ne viendraient pas nous y chercher !

Malgré le tumulte intérieur qui empoisonnait tout pour moi dorénavant, je trouvai que le temps s'écoulait assez vite au Chêne-Lierru, — c'était le nom de la ferme. Ce campement quasi sauvage devait amuser une Parisienne de mon espèce ; il me fit faire connaissance avec la liberté. On nous laissait jouer sans surveillance, Mad, Lili et moi, dans le bouquet de pins, car aucun danger n'était à craindre, vu l'absence d'eau, de gros bétail et de passants inconnus. Quelquefois André se mettait de la partie, séduit par la hardiesse des divertissements que j'improvisais, divertissements dramatiques où ne manquaient que les spectateurs, miss Lynn étant occupée à aider ma tante dans les soins du ménage, et Yves nous faussant compagnie pour s'en aller chasser le lapin avec son père dans les bruyères et les ajoncs.

Nous jouions des féeries de préférence, des féeries sans trucs et sans décors, merveilleuses pourtant. J'ai lu depuis une phrase de Gœthe qui m'a prouvé que je n'étais pas seule à savoir me dispenser de ces accessoires réputés nécessaires : « Quand il s'agit de jeux d'enfants, tout tient lieu de tout ; un bâton devient un fusil, une latte une épée, le moindre morceau d'étoffe une poupée, chaque encoignure un palais ou une chaumière, selon le besoin. Dans l'ignorance complète où il est de ses forces, aucun obstacle n'arrête l'enfant... » Aucun obstacle ne m'arrêtait ; je créais autour de moi le fantastique, et je réussissais à le faire voir aux autres. C'était, en quelque sorte, mon domaine de prédilection.

Papa, quand il m'entretenait avant toute chose des fées exotiques qu'il avait pu rencontrer en voyage, savait bien ce qu'il faisait et que rien ne m'intéressait au même degré. Il possédait à Paris, dans sa bibliothèque, les quarante volumes du *Cabinet des fées*. D'ordinaire, je n'étais autorisée à en regarder que les illustrations par des dessinateurs célèbres du XVIIIᵉ siècle ; mais il y avait certaines circonstances où quelqu'un des tomes de la belle édition d'Amsterdam, reliée en cuir bruni et portant la date de 1786, m'était livré tout entier,

texte compris. Les fées s'asseyaient à mon chevet, pour ainsi dire, en cas de maladie. Très délicate, je souffrais assez souvent de telle ou telle indisposition qui m'obligeait à garder le lit, et, au lieu de m'en affliger, j'étais bien près de m'en réjouir, car alors, auprès des pilules et des tisanes, je voyais poindre *le Prince Désir, Fleur d'Épine, la Grenouille bienfaisante, Serpentin vert* et bien d'autres personnages dont l'entretien remplissait d'enchantements les heures qui eussent été sans eux toutes de fièvre et d'ennui. Grâce à leurs secours, il ne me reste que d'agréables souvenirs des maladies de mon enfance.

Ces génies, ces lutins, ces princes et ces princesses, mes vieux amis, je les présentai à mes cousins. On ne leur permettait (M. et Mᵐᵉ de Kerhoël ayant sur l'éducation des idées un peu différentes de celles de papa) d'autres lectures récréatives que des histoires vraies ou du moins vraisemblables, des histoires qui montraient le côté réel et positif des choses. Je leur fis part de mes incursions dans la bibliothèque bleue, et ils s'enthousiasmèrent pour ces aventures prodigieuses. Mad surtout ne se lassait pas de m'écouter. Je mettais mes récits en scène avec un certain à-propos, lui faisant reconnaître les bonnes et les méchantes fées dans les personnes avenantes ou grondeuses, adroites ou ridicules de notre entourage. La mère du vigneron qui cultivait le petit enclos du Chêne-Lierru nous représentait la fileuse de la *Belle au bois dormant*, quand armée de sa quenouille et assise sur le seuil de sa chaumière, elle réchauffait ses cent ans au soleil ; les huit enfants du sabotier Simon formaient à nos yeux la famille du *Petit Poucet*, et la vieille bonne qui nous fabriquait, d'après mes indications, de superbes costumes en papier, donnait une idée suffisante de ce que pouvait être la marraine de *Cendrillon*. Une clairière au fond du petit bois tenait lieu de théâtre ; là, sur la mousse et les aiguilles de pins où glissaient mes pas silencieux, je venais, dans le rôle principal, que je me réservais toujours, répandre des dons sur la petite Lili, endormie pour rire dans son berceau, — éprouver par des travaux répétés la belle princesse, qui était naturellement Mad, ses blonds cheveux épars, — ou faire triompher le vaillant prince auquel André voulait bien prêter sa tournure un peu gauche de collégien.

Les petits Simon étaient utilisés comme comparses : bûcherons, hommes d'armes, marmitons, etc.

« Tu es heureuse, toi ; tu peux jouer *les Gracieuses* et *les Éblouissantes*, disais-je à ma cousine avec une mauvaise humeur dont elle ne comprenait pas la cause.

— Heureuse ? Oh ! Geneviève, tu joues bien mieux que moi !

— Oui, les Carabosse, » répliquais-je ironique.

Et Dieu sait ce que je mettais de *vraie* rage dans les incantations malfaisantes qui devaient la changer en bête ou en caillou, quels raffinements de malice j'apportais dans la persécution imaginaire que j'aurais voulu pouvoir rendre réelle !

J'ai honte d'avouer qu'une fois je la frappai de ma baguette magique assez fort pour lui arracher un cri. Mais la bonne créature me trouva tout de suite une excuse : — C'était dans la chaleur de l'action... je ne l'avais pas fait exprès... on ne pouvait jouer avec une telle expression sans se monter un peu trop. J'avais tant de talent ! Quelquefois je lui faisais presque peur, tant mon jeu était naturel !

Ainsi cette douce et innocente petite cousine trouvait moyen de tourner à ma louange ce qu'elle aurait pu si justement me reprocher.

« C'est vrai que tu es superbe ! » disait André, tout près de m'engager à monter sur de véritables planches, le moment venu, pour m'immortaliser dans des tragédies comme celles de Racine.

Et Lili me payait un tribut d'admiration plus naïf que tous les autres, en se cachant le visage dans la robe de sa sœur, avec des hurlements d'épouvante, quand je faisais retentir les échos de l'éclat de mes menaces ou de mes malédictions.

J'ai dit que nous n'avions pas de public. Un jour, cependant, il nous arriva une spectatrice étrange, et cet épisode se rattache encore à mes impressions si particulières de ce temps-là, mes impressions de « monstre », puisque telle était l'étiquette infamante collée sur mon front, une bonne fois, par mesdames Valdenne et d'Arlange.

Le soleil couchant venait de darder un dernier rayon dans la sombre verdure des pins, et la mélancolie sévère du crépuscule ajoutait à ce que la condamnation sans appel que je prononçais contre la princesse Pimprenelle pouvait avoir de sinistre, tandis que, faisant tournoyer par trois fois au-dessus de ma tête couronnée de papier doré une baguette de noisetier, je criais :

« Que tes pieds restent attachés au sol et qu'ils y prennent racine ! que tes cheveux deviennent verts comme l'herbe, et ta taille celle d'une pâquerette ou d'un pissenlit ! »

Tout à coup, comme si elle fût sortie de terre subitement, entre les arbres les plus proches apparut une vieille mendiante toute ratatinée qui semblait par son seul aspect me reprocher d'avoir usurpé la puissance de Carabosse. La cape d'indienne passée dont elle était vêtue laissait nus ses bras de squelette, qui, nerveux et noircis, se croisaient sur une béquille. Appuyée ainsi, elle semblait n'avoir qu'une stature de naine, et son capuchon gris d'où s'échappaient des mèches de même couleur, sa tête branlante, l'unique dent qui sortait de sa bouche entr'ouverte sous un nez crochu, la barbe blanche surtout qui hérissait son menton de sorcière, autorisant des doutes sur son sexe, tout cela nous parut si épouvantable que notre première impulsion, à nous autres filles, fut de nous sauver. L'attitude résolue du garçon de la bande nous retint, honteuses de notre peur.

« Mon gentil petit monsieur ! mes petites demoiselles ! chevrotait la vieille.

— Que nous voulez-vous ? lui demanda André, son pantalon relevé pour simuler une culotte courte, une plume de coq à son bonnet et le cou entouré d'un collier de coquilles de noix, qui, avant le maléfice jeté par Carabosse, avaient été de gros diamants.

— La charité, murmura-t-elle, sa main ridée tendue vers nous.

— Allez jusqu'à la maison et entrez du côté de la cuisine, dit André : on vous donnera du pain.

— Hélas ! c'est que je suis bien fatiguée, répondit la vieille en s'asseyant au bord du talus d'un air découragé. Voyez-vous, mes mignons, j'ai quatre-vingts ans... Vous ne savez pas ce que c'est que d'avoir quatre-vingts ans... Et, quand on a travaillé toute sa vie, quand on n'a pas une pierre pour y reposer sa pauvre tête, on est à plaindre, je vous dis... »

C'était bien ainsi que les fées de la Bibliothèque bleue parlaient aux passants qu'elles rencontraient pour éprouver leur bon cœur. J'étais encore une très petite fille, et une petite fille d'imagination presque folle, car, cherchant dans ma poche, je fus toute heureuse d'y trouver une pièce de dix sous que je portai à la pauvre femme avec une sorte de respect craintif suggéré par ce vague espoir : « Si c'était une fée pourtant, et si, en récompense de mon aumône, elle me disait : Tu seras belle ! belle comme le jour ! »

Mais nos prétendues bonnes actions, quand elles cachent une arrière-pensée, ne portent jamais de fruit. La vieille vit parfaitement que ma main ne touchait pas sans répugnance l'espèce de griffe tordue qu'elle avançait tremblante.

« Je vous fais peur, grommela-t-elle, avec un horrible sourire de ses gencives édentées. Dame ! voilà ce qu'on devient en vieillissant. Dans ma jeunesse, personne ne m'aurait trouvée vilaine. J'étais gentille,... pas comme ce petit ange là-bas, ajouta-t-elle en montrant Mad du bout de son bâton, mais, tout de même, mieux tournée que bien d'autres. »

Dans l'excès de ma susceptibilité, je me figurai que ce « bien d'autres » collectif me désignait spécialement et je rougis jusqu'aux oreilles.

« Merci la compagnie, reprit-elle en s'éloignant, et que le bon Dieu vous le rende ! »

Ainsi elle n'avait pas été trop mal dans sa jeunesse, et elle était arrivée à cet état de ruine hideuse ! Que serais-je donc, moi, à quatre-vingts ans ? Et la mort, qui m'avait semblé fort effrayante quand par hasard j'y pensais (je la connaissais seulement par le trépas d'un bengali de ma ménagerie parisienne, que j'avais un matin trouvé raide et glacé dans sa cage), la mort m'apparut soudain comme un bienfait.

Ce soir-là, le curé du village dînait à la maison. Nous lui parlâmes de notre rencontre, en demandant quelle pouvait bien être l'étrange mendiante que j'appelais Carabosse. Après s'être fait donner son signalement, M. le curé décida que ce devait être la mère Nanon :

« Une pauvre créature bien honnête et bien abandonnée, madame, dit-il à ma tante. J'aurais voulu la faire entrer dans un hospice ; mais elle prétend que, si elle n'avait plus le droit de se promener à sa guise, elle mourrait ; vous savez comme sont les gens de la campagne ! »

Ma tante promit des bons de pain, tandis qu'un peu contrariés de voir notre aventure prendre des proportions si naturelles et si mesquines, nous nous entredisions au bout de la table :

« Que lui aurais-tu demandé à cette mère Nanon, si elle avait été tout de bon une fée ?

— Moi, s'écria Mad, qui ne se cachait pas d'aimer la toilette, moi, des robes comme celles de Peau-d'Âne, bien sûr, des robes couleur du temps et couleur du soleil !

— Moi, dit sans hésitation André, l'aspirant voyageur, je l'aurais priée de me donner une poudre dont chaque grain jeté en l'air m'aurait permis d'être transporté par magie sur un point quelconque du globe, à mon choix.

— Moi, zézaya Lili, la bouche pleine de confitures, ze me serais fait bâtir un palais en sucre d'orze que z'aurais lécé toute la zournée.

— Et toi, Geneviève ? » demandèrent mes cousins à la fois.

Mais je refusai de confesser mes souhaits, persuadée qu'on devait les deviner, qu'on ne m'interrogeait que par malice, et je me renfrognai, boudeuse, pendant que Lili, saisie d'une inspiration toute fraîche, criait à tue-tête :

« Des meubles en drazées dans mon palais et une fontaine de sirop au milieu,... avec des zets d'eau, continuait-elle, — ses exigences augmentant toujours, — des zets d'eau très sucrée qui ne s'arrêteraient zamais, zamais !

— Fi ! la gourmande ! interrompit Yves le moraliste, qui se bornait à manger comme quatre, sans être difficile sur la qualité.

— Nous ne savons toujours pas ce que souhaiterait Geneviève, dit en riant ma tante, qui nous avait entendus.

— Oh ! répliqua Mad, que voulez-vous qu'elle souhaite, maman ? Elle a plus qu'il ne lui faut. »

Quelle lâche raillerie ! — Cependant le petit visage blond n'exprimait rien que de la bonté très franche et une admiration sincère.

V

Le retour de mon père changea le cours de mes idées. Quand papa vint me chercher au Chêne-Lierru, la joie de le revoir me fit tout oublier. Cependant, au milieu de l'effusion des premières caresses, je ne pus m'empêcher de lui dire : « Enfin, vous voilà ! vous voilà ! J'avais tant besoin de vous ! J'étais si malheureuse !

— Et moi aussi, mon Bijou, j'étais malheureux d'être séparé de toi, répondit-il tout ému ; mais il n'y a pas lieu de pleurer si fort, juste à l'instant où nous nous retrouvons.

— Oh ! ce n'est pas cela... ce n'est pas seulement cela...

— Quoi donc, chérie ? Tu étais ici aussi bien que possible.

— Oh non ! oh non, papa ! On m'a fait tant de peine !

— Tant de peine ! répéta mon père interdit. Comment croire que ton excellente tante, ton oncle, tes cousins... »

A mesure qu'il les nommait, je secouais négativement la tête. Mon père prit alors le parti d'interroger miss Lynn.

« Serait-ce donc moi qui vous aurais fait de la peine, Geneviève ? demanda doucement cette dernière.

— Vous êtes bonne, miss Lynn, très bonne : je ne vous reproche rien. »

D'un air d'anxiété, elle essuya mes yeux, tout en disant à mon père :

« Il y a quelque temps, en effet, que Geneviève paraît avoir sur le cœur je ne sais quoi d'inexpliqué... nous ne pouvons jusqu'ici en découvrir la cause ; elle se refuse à toute confidence... Mais je ne suppose pas qu'elle veuille rien cacher à son père. Ce serait très mal.

— Très mal, répéta gravement papa.

— Oh ! m'écriai-je, vous saurez un jour... bientôt, je pense... mais il faut que cela vienne de soi-même, tout naturellement ; je ne pourrais pas comme ça.

— Quand tu voudras, Bijou. Rappelle-toi, en attendant, que je ne veux pas que ma fille ait du chagrin, jamais, jamais...

— En ce cas, restez avec moi, papa, toujours, toujours ! »

Il m'emmena, car sa présence était réclamée à Paris sans retard. Il avait même dû écourter son voyage, rappelé, nous dit-il, par des intérêts très pressants.

Une fois rentrés chez nous, dans notre maison du parc Monceau, où m'attendaient Kit et Bob et les hôtes bariolés de ma volière dorée, qui me saluèrent, ceux-ci de leurs gazouillis, ceux-là de leurs jappements aigus entrecoupés d'affectueuses gambades, je restai plusieurs semaines

« Que nous voulez-vous », demanda André.

sans parler de mon fameux chagrin, peut-être parce que je n'y pensais plus. Un soir, cependant, entre chien et loup, comme j'étais blottie contre mon père sur le canapé, il me monta du cœur aux lèvres une de ces bouffées d'amertume avec lesquelles j'avais fait connaissance chez ma tante, à Orléans, et je posai, presque sans savoir ce que je disais, cette question étrange à mon père :

« Quand vous vous êtes marié avec maman, était-elle bien riche ? »

Je reconnus, au son de sa voix, qu'il était un peu étonné d'être interrogé ainsi à brûle-pourpoint :

« Non, elle avait une petite, une très petite dot, une de ces dots qui ne comptent pas.

— Elle était donc bien jolie ? repris-je pressée d'éclaircir ce qu'il y avait de vrai dans les théories de Mme d'Arlange qui m'étaient revenues tout à coup à l'esprit.

— Mon Dieu, répondit mon père, elle te ressemblait. »

Je tressaillis, comme électrisée.

Je continuais à contempler ce gracieux visage.

« Elle me ressemblait !

— Mais oui ; ne t'es-tu donc jamais regardée dans la glace, ou n'as-tu jamais regardé son portrait ?

Si, je m'étais regardée dans la glace, hélas !... et, quant à son portrait, il était toujours devant mes yeux dans le salon ; mais les enfants n'ont à aucun degré le sentiment de la comparaison et des ressemblances.

Au moment même, un domestique entrait apportant les lampes, et il en plaça une juste au-dessous du portrait de cette toute jeune femme, en robe blanche, qui boutonnait son gant d'un geste si naturel qu'il m'avait fait demander souvent, alors que j'étais toute petite, où maman s'en allait si bien mise.

« Ne vois-tu pas ? disait papa ; elle était comme toi un peu pâle, avec des yeux noirs et des cheveux vénitiens.

— Vénitiens ! répétai-je ahurie.

— Oui ; les Vénitiens d'autrefois, d'après le témoignage des peintres, avaient les cheveux de cette couleur, devenue du reste introuvable à Venise, ce qui ferait croire qu'elles la choisissaient par goût, plutôt qu'elles ne la possédaient naturellement.

— Papa, vous plaisantez ! On peut se teindre en rouge exprès ?

— En roux, en blond doré, » rectifia mon père d'un ton sec et mécontent, comme si j'eusse calomnié, en même temps que les miens, les cheveux de maman.

Je continuais à contempler le gracieux visage, si doux et si spirituel tout ensemble, en me demandant comment les papas pouvaient se faire de bonne foi des illusions pareilles.

« Je ne trouve pas, dis-je enfin ; non, je ne peux pas trouver que nous nous ressemblions.

— Tu me la rappelles pourtant, dit tendrement mon père.

— C'est donc qu'elle n'était pas belle ?

— Non, peut-être, mais délicieuse.

— Elle n'était pas belle et elle n'était pas riche, et vous l'avez épousée quand même ? dis-je pensive.

— Parce qu'elle était parfaitement aimable et que je l'aimais de tout mon cœur. Où veux-tu en venir avec tes étonnements saugrenus ? »

Et alors « cela vint de soi-même, cela vint tout seul » : j'exposai les raisons que j'avais de croire qu'une fille laide était vouée au malheur d'être épousée pour son argent.

« Aussi je suis bien décidée à ne me marier jamais, papa, dis-je en terminant cette confession, et ça m'est égal, car de toute manière je compte passer ma vie avec vous ; mais ce qui me paraissait bien dur là-bas, c'était de servir de *repoussoir* à Mad et d'être traitée de monstre par ces horribles femmes. Ah ! je me méfierai de toutes les dames maintenant, et je jouerai le moins possible avec les petites filles. Je ne veux plus me lier qu'avec les garçons, parce qu'il n'en manque pas de tout aussi laids que moi ; et puis personne ne pense à remarquer la figure d'un garçon, n'est-ce pas, de sorte qu'on n'en fera pas l'éloge à mes dépens !

— Voilà des résolutions bien radicales et bien désespérées, dit mon père, qui ne put s'empêcher de rire, mais d'un air un peu soucieux. A ta place, j'en prendrais d'autres plus pratiques. Viens là, près de moi, mon Bijou ! »

Et, comme je traversais la chambre à reculons, regardant toujours cette maman qui semblait avoir tant de choses sages et affectueuses à me dire, tandis qu'elle me suivait des yeux, j'entendis papa murmurer derrière moi, dans sa moustache :

« Confiez donc vos enfants à qui que ce soit au monde ! Ah ! comme celle-là aurait besoin d'une mère !

— Pas d'une belle-mère, papa ! m'écriai-je épouvantée, en courant me jeter dans ses bras ; pas d'une belle-mère surtout, car *elles* ont dit aussi que vous devriez m'en donner une, et c'est ce qui me ferait le plus de peine ! Jurez-moi que vous ne vous remarierez jamais !

— Ah ça ! dit mon père presque sévèrement, tu es folle, Geneviève, tout le monde est fou. Ma fille est allée faire à Orléans une jolie provision de sornettes ! Écoute-moi, petite : je ne te donnerai pas de belle-mère, ne l'ayant pas fait jusqu'ici, à moins que tu ne rendes la tâche trop difficile à miss Lynn...

— Oh ! papa, papa ! je serai si obéissante, si laborieuse, si raisonnable ! Je ferai tout ce que vous voudrez. J'oublierai même ce que j'ai entendu.

— De cela es-tu bien la maîtresse ? dit tristement mon père. Plus tard, tu apprendras à dédaigner sans colère beaucoup de choses qui ne valent pas qu'on s'en souvienne ; mais à ton âge, c'est difficile... Et il le faudrait pourtant !... Crois-moi, les propos de ces deux sottes ne comptent pas.

— Pourquoi ma tante ne choisit-elle pas mieux ses amies ?

— Ce ne sont pas des amies. Ta tante est, par la position de son mari, obligée de recevoir toutes les femmes d'officiers du régiment, et il y a des pécores parmi elles, comme il y en a partout. Ne songe à cette espèce d'évaporées que pour t'efforcer d'être toute différente en grandissant. Quant à ta ressemblance avec ta mère, on peut ressembler à une personne très agréable sans être aussi jolie qu'elle ; ne comprends-tu pas cela ?

— Oui, comme ressemblent les caricatures, dis-je, ne comprenant que trop bien.

— Tu vas droit à l'exagération ; mais c'est cela en effet dans une certaine mesure. Tu ne seras peut-être jamais extérieurement aussi bien que l'était ta mère, quoiqu'elle-même n'eût pas les traits réguliers qui constituent la beauté. Sais-tu ce que je ferais à ta place pour l'égaler malgré tout ? Je tâcherais d'être pareille en dedans : aussi aimante, aussi instruite, aussi peu égoïste, et je te promets qu'alors, riche ou non, tu seras adorée par d'autres encore que ton papa. »

Cette conversation, dans laquelle j'avais été prise au sérieux et traitée en grande personne, capable d'entendre la vérité, porta des fruits. Je m'appliquai à embellir en dedans. Mais il me parut plus facile de cultiver mon intelligence que de devenir tout à fait oublieuse de moi-même et très bonne, ainsi que me le proposait mon père ; je commençai donc la série des conquêtes morales qu'il m'avait suggérées en me mettant à l'étude avec ardeur. D'abord récompensée par les compliments et les succès, je ne tardai pas à aimer le travail pour lui tout seul, comme il arrive, les premiers obstacles franchis, aux gens qui ne sont pas irrémédiablement des paresseux et des imbéciles. J'eus bientôt tant d'idées et de connaissances variées en tête que ma petite individualité physique perdit à mes yeux une bonne partie de son importance. Désormais, je m'occupai moins de savoir quelle mine on pouvait me trouver. Il me semblait que tout le monde devait dire : « Geneviève Delmas est la plus forte du cours ; Geneviève Delmas fait de grands progrès au piano », plutôt que : « Geneviève Delmas est d'une laideur abominable. » En tout cas, l'une des deux appréciations corrigeait l'autre. Et puis, le plaisir de consoler mon père en lui rappelant maman, ne fût-ce qu'à titre de caricature, m'était très doux. Ce reflet déformé avait encore du prix ; c'était quelque chose de vivant. L'épithète de « vénitiens » attachée à *nos* cheveux m'avait tout à fait réconciliée avec la qualité de rousse. Enfin je n'étais plus habillée de couleurs criardes comme un perroquet ; je m'abandonnais au goût de ma couturière, qui en avait infiniment, et je gagnais à cela de passer inaperçue.

Ce fut ainsi que mon exemple fit voir, après bien d'autres, combien sont utiles les leçons de la vie. Si de dures vérités n'étaient pas venues frapper mon oreille derrière le paravent de ma tante, où je m'étais mise en pénitence, je serais peut-être restée longtemps la petite fille indisciplinée que j'étais jusque-là. Hélas ! il me restait beaucoup à apprendre. Mes progrès n'étaient qu'apparents ; ils ne touchaient pas au fond intime, à la conscience, à ce qui est en chacun de nous l'essentiel. Cela ne se développa chez moi qu'en dernier lieu et après d'autres leçons plus cruelles.

Mad y est allée en « petit chaperon rouge ».

DEUXIÈME PARTIE

VI

« Comme papa serait heureux si Mad était aussi avancée que toi ! » me dit mon cousin Yves, que je ve venais de *coller* victorieusement sur un point d'histoire ancienne, bien qu'il fût bachelier dès cette époque.

Mon oncle l'avait envoyé à Paris pour préparer ses examens dans une école spéciale, et il passait chez nous ses jours de sortie.

Je me rengorgeai, au lieu de prendre l'attitude modeste qui sied au triomphe, chez une jeune fille surtout.

Mad avait été mise en pension, je le savais, sa mère ne parvenant pas à corriger chez elle une certaine apathie quand il s'agissait d'étude.

« Ainsi, dis-je, secrètement satisfaite, elle est toujours parmi les dernières de sa classe, cette pauvre Mad ?

— Mon Dieu, oui ! Quelquefois il arrive que, pour faire plaisir à nos parents, elle s'impose un grand effort et monte un peu plus haut ; mais cela ne se soutient pas. Au fond, elle aime médiocrement les livres. J'ai peur, — et Yves, qui était un garçon sévère, porté à la critique, comme beaucoup de très jeune gens, hocha la tête d'un air de désapprobation profonde, — j'ai peur qu'elle ne soit bien futile.

— Ce serait fâcheux ; toutes les bonnes qualités qu'elle possède pourraient s'en ressentir, fit observer miss Lynn. Mais qu'est-ce qui vous donne cette mauvaise opinion de votre sœur ?

— Oh ! je n'ai pas mauvaise opinion d'elle ! Une petite fille peut avoir de pires défauts, n'est-ce pas ? Je disais seulement que rien ne l'amuse autant que de chiffonner pour se faire belle.

— Eh mais, au prix où sont les couturières et les modistes, il est bon de savoir chiffonner, comme vous dites. Cependant on n'y doit pas trop mettre de son attention et de son cœur.

— Oui, voilà justement !... Mad n'a pas l'air de penser à autre chose : la toilette, le monde...

— Le monde à onze ans !

— Ma foi, je ne sais pas comment elle s'y prendra pour l'aimer jamais davantage. Il y a eu, l'hiver dernier, une matinée costumée chez le général, une matinée d'enfants pour amuser ses filles. Mad y est allée en *Petit Chaperon Rouge*. On a parlé d'elle, dans le journal, comme de la reine de la fête ; elle en était folle de joie. Huit jours à l'avance, elle rêvait tout haut, la nuit, de son costume ; elle ne mangeait plus, d'impatience : il a fallu, pour la décider à se nourrir, la menacer d'une maladie. Alors la crainte de manquer son bal l'a rendue vorace. Oh ! c'était vraiment drôle ! Et après, nous a-t-elle rebattu les oreilles de cette matinée : « Si l'on pouvait danser tous les jours ! Et si cela pouvait être le soir ! durer toute la nuit !... » Maman se désolait de la voir dans cette espèce de fièvre. Elle a dit que c'était fini, qu'on n'accepterait plus d'invitations pour Mad, puisque cela devait l'exciter autant. Chacun son goût ; moi, je déteste la danse, conclut le polytechnicien en herbe.

— Pauvre petite ! dit miss Lynn, en souriant avec indulgence. Et la voilà au couvent !...

— Où elle se couche à neuf heures, où elle porte une robe noire à pèlerine et de gros souliers lacés, » achevai-je avec une méchanceté croissante.

Miss Lynn me regarda en dessous.

« Pourvu que, privée de tout ce qui lui plaît, elle n'y attache pas d'autant plus de valeur ! La futilité de Mad est jusqu'ici quelque chose de bien innocent, je gage ; elle me fait l'effet, la pauvrette, d'un petit oiseau qui s'amuse à lustrer ses plumes, sans y entendre malice autrement.

— C'est cela ! c'est tout à fait cela ! m'écriai-je. Un petit oiseau des îles, un oiseau-mouche, qui ne sait ni chanter, ni

rien faire, mais qui brille et à qui l'on aurait tort de rien demander de plus. J'en ai dans ma volière, et ils sont ennuyeux quoique jolis, ennuyeux à ne pouvoir les souffrir ! Avez-vous remarqué, miss Lynn, que tous les oiseaux intéressants, tous les oiseaux à talents, tous les chanteurs — tenez, le rossignol, par exemple, sont plutôt laids ?

— J'espère que le rossignol n'est pas orgueilleux, riposta miss Lynn sans avoir l'air d'y toucher. Autrement, ses mérites seraient perdus pour moi. »

Elle ne manquait jamais l'occasion de m'avertir de mes défauts, d'une façon rapide et détournée, espérant que le bon grain jeté ainsi prendrait peut-être racine un jour ou l'autre ; mais il tombait le plus souvent parmi les épines que suscite la vanité, l'estime de soi poussée jusqu'à l'extravagance. Ce défaut croissait en même temps que des facultés intellectuelles, qui, je peux en convenir, étaient remarquables pour mon âge et se développaient tous les jours, depuis que l'application venait en aide chez moi à la facilité.

Mon père ne savait qu'imaginer pour me récompenser d'être devenue « sérieuse ». Je me rappelle si bien le jour où, m'ayant comblée de bijoux, de meubles à ma taille, de colifichets de toute sorte, il me promit, à bout d'invention, un cheval pour le printemps suivant ! Un petit cheval à moi ! Nous irions nous promener ensemble le matin, au bois de Boulogne, et jusque-là je prendrais des leçons d'équitation. Dans l'espèce d'ivresse qui me transporta, je jetai à mon institutrice d'un ton de défi :

« Eh bien, miss Lynn, me trouvez-vous encore à plaindre ?

Elle ne comprit pas d'abord, ayant parfaitement oublié ce qui était gravé au fer rouge dans ma mémoire.

« Oui, insistai-je, vous me l'avez dit une fois... oh ! il y a longtemps, — vous m'avez dit que vous me plaigniez en ajoutant autre chose... — Mon gosier se serra nerveusement à ce souvenir, les coins de ma bouche s'abaissèrent et frémirent. — Vous m'avez dit aussi que vous ne m'aimiez pas.

— Moi ! s'écria miss Lynn abasourdie. Quand tous mes instants, tous mes soins, toute ma tendresse, tout mon être vous sont dévoués ! Mais, mon enfant, je donnerais ma vie pour vous... Il me semble que je vous le prouve chaque jour... reprit-elle avec un sourire où il y avait un peu de reproche.

— Pardon, chère miss Lynn, dis-je contrite, je sais bien que vous vous occupez de moi tout le temps, et, quand j'ai eu la scarlatine, vous m'avez soignée sans aucune peur du danger... quand j'ai eu la rougeole aussi... et la petite vérole volante. Vous m'avez soignée dans toutes mes maladies, miss Lynn ; je ne suis pas ingrate. Mais comment avez-vous pu le faire si vous n'étiez pas *sûre* de m'aimer beaucoup ?... Ce sont les mots dont vous vous êtes servie, continuai-je avec un accent de rancune qui fit rire franchement l'oublieuse miss Lynn : « Je ne suis pas du tout sûre de vous aimer ! »

— Il faut croire que vous aviez été bien méchante...

— Oui, peut-être. J'étais alors toute petite. J'ai changé depuis, n'est-ce pas, miss Lynn ? Vous êtes contente de moi ? Papa, lui, est si content !

— Je suis contente de vos progrès, assurément, Geneviève. Cependant pensez-vous tout de bon que des mentions brillantes au cours et même des cachets d'honneur au catéchisme aient tant d'importance que cela ?

— Oh !... qu'est-ce qui en a donc davantage ?...

— Les mobiles qui vous font chercher à les obtenir. Comprenez-moi bien. Si vous m'affirmez que vous avez un autre but que d'éclipser vos compagnes et d'être citée comme la plus savante, je vous demanderai pardon tout de suite d'une certaine méfiance qui m'est venue quelquefois. Mon enfant, il n'y a que notre vie intérieure, notre vie morale qui compte vraiment.

Avant de vous dire si je suis contente de vous, je vous demanderai si vous êtes tout à fait satisfaite de vous-même, si vous ne vous reprochez pas souvent d'être dédaigneuse, hautaine et arrogante, sous prétexte de supériorité ?... »

Je me sentis rougir, car ce qu'on appelle *l'émulation* avait chez moi des sources fort peu généreuses. A la manière de certains conquérants, je ne voyais que le but atteint, sans m'arrêter au reste. Miss Lynn me fit l'effet de chercher, comme on dit, midi à quatorze heures. Je la traitai *in petto* de puritaine ridiculement quintessenciée dans son idée du devoir. Est-il possible de ne pas se rendre compte de ce qu'on vaut ? A quoi bon tant d'humilité, et qu'importe le pourquoi des choses, pourvu que l'on réussisse ? — Une fois de plus, le bon grain tomba sinon dans les épines, du moins sur le rocher. Mais il n'y a pas de roc si dur qui ne se fende à la longue pour laisser un germe quelconque s'y glisser. Miss Lynn avait raison de semer à tout hasard. Le développement moral, la vie intérieure, les mobiles secrets, ce fond de nous-même que nous sommes seuls à connaître et où se cachent nos intentions qui comptent plus que nos actes, tout cela se mit à me trotter par la tête dans une inextricable confusion, où je devais pourtant peu à peu voir clair... longtemps... oh ! bien longtemps après.

Je ne sentais pas encore les mobiles qui me faisaient agir, l'été où Mad nous rendit une courte visite avec sa mère pendant les vacances, et où je m'amusai à l'éblouir par l'étalage de mon luxe, à lui faire goûter, pour ainsi dire, en manière d'extra, au gâteau dont je me nourrissais tous les jours comme du seul pain qui pût convenir à la délicatesse de mon palais privilégié.

« Vraiment, cela t'émerveille, ma pauvre Mad ? C'est que tu n'as rien vu !... Va ! tu peux prendre cette robe-là, j'en ai dix autres plus belles. Tu n'es jamais allée au spectacle ? Moi, papa m'y mène quand je veux. Tu ne monteras jamais à cheval ? Je te plains : il n'y a pas de plaisir comparable... Comment ! tu peux t'amuser, à ton âge, de livres aussi enfantins !... Ah ! mon Dieu, regarde donc ma bibliothèque ! Je suis sûre qu'il y a des titres incompréhensibles pour toi ! C'est que tu es en retard, honteusement en retard, entre nous ! »

Et Mad le reconnaissait. Elle convenait, sans l'ombre d'aigreur ni d'envie, qu'elle ne possédait pas grand'chose, qu'elle n'était rien, que Geneviève devait jouir délicieusement d'être si bien douée, si gâtée aussi. Tant mieux pour Geneviève ! Elle était heureuse que Geneviève eût tout cela, reconnaissante du peu que Geneviève faisait pour elle, pénétrée de la supériorité de Geneviève.

Et jolie autant que bonne, cette petite Mad ! Si jolie et si bonne qu'on lui pardonnait de n'être que bonne et jolie, l'étant à un tel degré.

Tout au contraire, je traversais l'âge ingrat, qui était pour moi plus ingrat que pour d'autres, parce que j'ajoutais à la maigreur et à la gaucherie, qui sont le partage de tant de jeunes filles entre douze et quinze ans, par un manque absolu de naturel et de simplicité.

J'étais entrée dans une nouvelle phase ; je portais ma laideur avec aplomb, affectant un dédain de bas-bleu pour la parure, cultivant de certaines façons brusques et décidées, que j'appelais à part moi une désinvolture d'amazone. Mon petit cheval ne m'avait pas porté bonheur, ni un certain voyage en Suisse pendant lequel papa m'avait permis, afin de faciliter les ascensions, un costume de touriste : blouse serrée à la taille, avec accompagnement de guêtres et casquette...

Depuis lors, je donnai systématiquement à ma mise un tour masculin. Je n'avais plus de couturière, mais un tailleur anglais. Sous prétexte d'en avoir plus tôt fini avec des soins puérils et superflus, je m'étais fait couper les cheveux, qui moutonnaient sur ma tête, plus rebelles et plus ébouriffés que jamais. En outre, j'empruntais à mon cousin l'argot du collège, je prenais aux choses de sport un intérêt exagéré ; bref, j'étais une espèce de garçon manqué, d'autant plus ridicule que chacun de ces travers était une pose. Mais ce qui mit le comble à mes prétentions d'une nouvelle sorte fut un mot imprudent, tombé de la bouche d'un artiste, qui me donna lieu de supposer que ma physionomie, dont j'étais encore occupée, on le voit, sans vouloir en convenir, fût-ce vis-à-vis de moi-même, avait *du caractère*.

VII

J'ai dit que mon cousin Yves de Kerhoël déjeunait et dînait avec nous tous les jours de sortie. C'était pour moi une très agréable distraction, car je n'avais pas d'amies intimes, par ma faute sans doute, et je me trouvais généralement réduite à ce que j'appelais la société des grandes personnes. Vu sa haute taille, Yves aurait eu le droit de compter parmi elles : il mesurait cinq pieds six pouces et promettait de ne pas s'arrêter en si beau chemin ; mais il redevenait très enfant dès que les x ne s'imposaient plus à ses méditations, et faisait avec moi, sans paraître s'ennuyer, d'interminables parties de dames. Nous nous élevâmes même des dames aux échecs, qu'il consentit à m'apprendre, tout en déclarant que les femmes étaient incapables de savantes combinaisons, et que ni sa sœur ni même sa mère n'avaient jamais pu mordre au plus noble de tous les jeux. C'était assez pour qu'il me plût d'y exceller.

« Tu mériterais d'être un garçon, » me dit Yves en guise de récompense, le jour où je fus de force à lui tenir tête.

En réalité, il me croyait, je suppose, d'une espèce hybride absolument à part, et ce dut être aussi l'avis de son ami Robert Séguier, lorsqu'il fit connaissance avec moi.

Robert Séguier était venu, en même temps que lui, d'Orléans à Paris, mais pour y suivre une voie toute différente. Il travaillait dans l'atelier de Jean-Paul Laurens. Yves demanda un jour la permission de présenter ce camarade à mon père, en nous

donnant sur lui des détails assez intéressants. Robert était orphelin, à peu près
sans fortune, bien connu des Kerhoël, qui
l'aimaient et l'estimaient d'une façon toute
particulière. Au collège, que Robert et
Yves fréquentaient autrefois ensemble, le
premier n'avait jamais montré de goût
que pour les lettres ; le second n'en manifestait que pour les sciences, ce qui ne
les empêchait pas de s'entendre à merveille
dans la pratique de la vie, tout en n'étant
pas souvent d'accord sur les questions générales. La loi des contrastes le veut ainsi.
Tandis que mon cousin était presque toujours premier en mathématiques, le jeune
Séguier *décrochait* immanquablement chaque année, avec quelques accessits de ver-
sion latine ou d'histoire, le prix de dessin,
que personne n'aurait pu lui disputer. Dessiner n'était pas chez lui seulement une faculté remarquable, c'était, depuis sa plus
tendre enfance, une passion, une passion
qui lui avait même joué de bien mauvais
tours, car, malgré sa conduite, exemplaire
du reste, il était souvent puni pour avoir
crayonné la silhouette des professeurs sur
les murs, ou enrichi de paysages, dont l'u-
nique défaut était de n'être pas à leur
place, les marges de ses cahiers. Tout cela
révélait une vocation ; son tuteur, ancien
notaire, ne s'en était nullement réjoui.
Après avoir fait miroiter à ses yeux ce que
l'avenir d'un maître clerc peut promettre
de tentateur, il l'avait, comme il disait,
abandonné à ses instincts de bohème, qui
se trouvaient être bien inoffensifs et même
austères, la nécessité aidant, car Paris n'est
pas une ville de dissipation quand il faut
vivre de peu. Mais Yves ne doutait pas
que son ami ne devînt riche tôt ou tard,
puisqu'il avait déjà du talent.

Papa permit que l'ami en question lui
fût amené ; apparemment, ce jeune homme
lui plut, car bientôt son couvert fut mis
chez nous tous les dimanches. Il ne profi-
tait de l'invitation, faite une bonne fois,
que très discrètement. Mon père ne cessait de louer sa délicatesse :

« Je suis content, disait-il, que le pau-

vre Yves, qui ne devait pas s'amuser beaucoup entre nous deux, ait un compagnon
de cette sorte. »

Livré à lui-même, Robert Séguier marchait droit, paraît-il, ce qui, d'ailleurs,
n'était pas, autant que je pouvais le comprendre, un de ces mérites sur lesquels on
dût s'extasier. Moi aussi j'aurais marché
droit vers un but déterminé si j'avais eu
le bonheur d'être un garçon. Le monde
aurait appris à me connaître... dans quelle
branche spéciale, je ne savais pas trop,
mon ambition étant vague autant qu'illi-
mitée ; mais, règle générale, les ambitieux
m'inspiraient une sorte de sympathie.
Celui-ci, toutefois, ne se recommandait
pas autrement à mes bonnes grâces ; je
le soupçonnais de se moquer de moi sous
cape. Depuis, il m'a confessé que ma susceptibilité de ce temps-là ne se trompait
pas, que l'extrême assurance, le petit ton
tranchant, les allures délibérées qui m'é-
taient propres, le divertissaient fort. Étant
très franc et très gai, il ne parvenait pas
toujours à dissimuler une violente envie
de rire.

Nous ne nous voyions guère qu'aux
repas, car il employait les après-midi de
congé à se promener de côté et d'autre
avec Yves. Mon père l'interrogeait, tout
en dînant, sur ses projets d'avenir, et j'entendis parler ainsi des beaux jours de la
villa Médicis, de ces années délicieuses
dont jouissent les jeunes artistes français
transplantés en Italie. Un premier prix
de peinture, de sculpture ou d'architecture vaut à l'élève qui le remporte ce privilège incomparable, ce suprême complément d'études. Ils sont là défrayés de
tout, entretenus par l'État, sans autre
devoir que celui de s'inspirer à la source
des chefs-d'œuvre. Robert Séguier n'am-
bitionnait que d'aller à Rome, de même
que son camarade ne rêvait que d'entrer
à l'*École*, l'École polytechnique ayant seule
un droit absolu à ce titre, il fallait le
croire, malgré les protestations de Robert,
assidu à l'École des Beaux-Arts.

Ce fut Yves qui, le premier, réalisa

son désir. Je le vois encore apparaître un matin en uniforme tout flambant neuf, l'épée au côté, rayonnant sous un masque de gravité nouvelle. On but du champagne, à son succès, et je compris que, pour une petite fille, — condamnée à n'être que cela, si garçon qu'elle s'efforçât de paraître, — il était vraiment flatteur de faire la partie d'échecs d'un *bisu*. — Car nous fîmes, ce jour-là, jour de pluie, notre partie d'échecs, que j'aurais gagnée sans la faute de M. Séguier.

Tandis que nous jouions sous les yeux de miss Lynn, aussi attentive à la partie que le permettait l'intérêt du volume *Tauchnitz* qu'elle était en train de lire, Robert, assis à quelque distance de l'échiquier, dessinait sur le *block* qu'il avait toujours en poche. On n'entendait dans la bibliothèque silencieuse que le bruit que font les pions en se promenant sur l'échiquier et les cris de triomphe sauvage que je poussais après chaque manœuvre heureuse. Tout à coup, j'eus la sensation d'être regardée fixement d'une façon qui me fut désagréable, et, tournant la tête, je vis Robert qui semblait comparer ma personne avec ce qu'il venait de jeter sur le papier.

« Que faites-vous là ? » demandai-je intriguée en me penchant vers lui.

Et ce que je vis m'étonna tellement que je négligeai la défense d'une tour dont Yves s'empara en se plaignant de l'étourderie des petites filles. Un portrait était esquissé sur le *block*, et ce portrait était celui de Geneviève.

« Oh ! bien ! m'écriai-je, ce sera joli !

— Douteriez-vous de mon talent ?

— Non... je ne sais pas... Mais je connais ma figure !

— En êtes-vous bien certaine ? Qui donc se connaît soi-même ? Et puis il y a tant de points de vue différents ! Mon Dieu ! votre figure... qu'avez-vous à dire contre elle ?... — Il crayonnait tout en parlant. — Votre figure, elle a beaucoup... »

Robert s'arrêta avec malice.

« Beaucoup de quoi, s'il vous plait ?

— Elle a l'essentiel aux yeux d'un peintre : du caractère.

— Vous plaisantez ! Je sais bien ce que dit mon maître de dessin sur l'angle facial qui décide de la beauté. D'après ces règles-là, j'aurais une espèce de museau.

— Peut-être... oui, un petit museau d'écreuil. C'est très intelligent, un écureuil, et moins ennuyeux à regarder que ça ! »

Robert désignait du bout de son crayon une tête de Minerve d'après l'antique, posée en évidence sur un chevalet comme un objet de haute valeur.

« Ça ? balbutiai-je.

— Oui, cette horreur...

— Cette horreur, monsieur, c'est moi qui l'ai dessinée pour la fête de papa ! »

Miss Lynn se mit à rire.

« Je crains, monsieur Robert, que la comparaison de son museau avec celui d'un écureuil, si flatteuse qu'elle soit, ne console pas mon élève de la rigueur du jugement porté sur sa Minerve.

— Excusez-moi ; l'épithète ne s'adressait pas à votre dessin, mademoiselle Geneviève, quoiqu'il ne soit pas d'une correction parfaite et qu'on puisse lui reprocher d'être un peu dur, — vous me permettez de vous dire la vérité dans votre intérêt, n'est-ce pas ? — J'appelais simplement horrible ce genre de beauté.

— Comment la beauté serait-elle horrible ?

— Assommante, si vous le préférez. On ne peut regarder sans bâiller ce profil qui, sous son casque, a cependant les quatre-vingt-dix degrés de rigueur. »

Je ne pus m'empêcher de rire à mon tour.

« Il est vrai que cette Minerve n'a pas l'air d'une personne amusante.

— Que le Ciel me préserve de faire jamais le portrait de qui lui ressemble ! s'écria Robert avec ferveur. L'intéressant c'est de se trouver en face d'une *nature*, d'un *caractère*, et de saisir cela et de le rendre.

— Que croyez-vous avoir rendu ici ? dis-je piteusement en montrant du doigt l'esquisse d'une effrayante ressemblance. Que dira-t-on de moi ?

— On dira que ce front trop carré pense et veut, que ces lèvres serrées indiquent la persévérance, que ce diable de menton, pardon encore, mademoiselle, est capable d'entrer comme un coin de fer dans les obstacles pour les briser ou les écarter ; on dira que cette jeune personne est de force à battre un stratégiste de profession aux échecs, ce noble jeu de l'esprit, où rien n'est abandonné au hasard. On dira : « Quel caractère ! »

— Bon ou mauvais ? demandai-je, ne sachant si je devais être contente ou me fâcher.

— Hum ! Je l'ignore, c'est selon... l'un et l'autre peut-être.

— M. Séguier a raison, dit miss Lynn en intervenant. Nos qualités natives peuvent être bonnes ou mauvaises selon l'usage que nous en faisons. Par exemple, la fermeté déviée deviendra de l'obstination, et une certaine mollesse, raffermie, corrigée, se transformera en douceur. Cependant, cher monsieur, si vous souffrez que je donne mon humble avis, — elle examina le croquis, — je crois qu'il y a péril, dans un portrait de femme surtout, à exagérer le caractère. Le goût de la réalité peut, autant que d'autres dons heureux, tourner très mal, c'est-à-dire tourner au réalisme. La tête de Geneviève ressemble ici à la tête de Méduse.

— A cause des cheveux... à cause de ces terribles et superbes cheveux. » — Et Robert se remit à embrouiller leurs boucles, plus qu'indépendantes, avec furie :

Pour qui sont ces serpents qui sifflent sur ta tête ?

« Vous m'autorisez à vous tutoyer en vers, mademoiselle Geneviève ? Croyez-moi, il est bien plus intéressant de ressembler à une Gorgone qu'à la première venue... Fi de ces figurines de modes qui disent *petite pomme* pour se faire une bouche en cœur !

— Une Gorgone ! la tête de Méduse ! Vraiment vous me voyez ainsi ! criai-je d'une voix presque suppliante.

— Mais non, c'est une exagération pour me faire mieux comprendre. Un portrait ne saurait être ressemblant que si la structure du visage, vous m'entendez bien, la charpente osseuse est im-pi-to-ya-ble-ment rendue. — Et je sentais qu'entre chaque syllabe le crayon m'exécutait, en effet, impitoyablement. — Mais ensuite on adoucit, on gaze, on idéalise au gré de miss Lynn. Vous verrez tout à l'heure comme vous serez flattée ! »

Et, flatté ou non, mon portrait ne ressembla nullement, une fois achevé, à la tête de Méduse. Mon père, quand Robert le lui offrit, fut très touché de l'attention, et très frappé du mérite de l'œuvre elle-même, un simple dessin à la sanguine qui, déclara-t-il, faisait pressentir un maître. Seulement, le papa l'emportant sur le connaisseur, il prémunit, lui aussi, l'artiste contre une tendance trop moderne à *voir laid* ; là-dessus, pour l'encourager, il lui commanda une copie de l'*Indifférent* de Watteau, une copie excellente que j'ai gardée parmi le peu de choses qui me restent du passé. Mon père y trouvait la fidèle interprétation de l'un des peintres les plus difficiles à bien copier qui soient au monde, et, en outre, ce qu'il appelait un accent personnel. Il témoigna généreusement sa satisfaction.

Ce fut pour Robert le premier argent gagné. En l'entendant parler, avec une émotion qui n'était certes pas inspirée par la cupidité, du bonheur que lui causait cet argent, plus précieux qu'aucun autre parce qu'il paraissait un gage d'indépendance prochaine, je compris la supériorité qu'a le salaire de notre travail sur les richesses transmises à l'oisiveté de génération en génération. La dernière trace des mauvaises leçons de Mlle Julie s'effaça de mon esprit, si elle y subsistait encore. En même temps, la crainte de ressembler à Méduse me fit rabattre « les serpents qui sifflaient sur ma tête » au moyen d'un

Yves consentit à m'apprendre les échecs.

aussi grand que l'était Lili pendant mon séjour à Orléans. Et la vie essentiellement provinciale que les Kerhoël avaient menée dans leurs diverses garnisons, ils la reprirent à Versailles, dont ils ne sortaient guère plus que si cette ville eût été à trente lieues de Paris.

J'avais supposé qu'on me donnerait, autant que je le voudrais, ma cousine Mad à émerveiller et à tyranniser. Il n'en fut rien. Ma tante me déclara qu'elle avait besoin de sa fille aînée pour l'aider à élever les plus petits, qu'elle l'avait dans ce but retirée du couvent ; mais la véritable raison d'un refus très net fut donnée sans ambages à mon père. Dès les premières invitations, Mme de Kerhoël lui expliqua qu'il y aurait des inconvénients pour Mad à voir de trop près et trop souvent ce qui ne devait pas être son partage en ce monde. C'eût été, prétendit-elle, conduire cette petite à trop exiger de l'avenir, la rendre mécontente du sort très modeste qui lui était vraisemblablement réservé. Mon père cria un peu à l'exagération, et moi je me moquai sans retenue des idées baroques de ma tante ; mais miss Lynn approuva tout à fait et fut d'avis qu'au lieu d'entraîner mes cousines dans ce qu'elle appelait mon tourbillon, je trouverais grand avantage à me retremper

nœud de ruban, en attendant le moment où ils purent, grâce à leur longueur, être retenus plus efficacement au moyen d'un peigne.

VIII

Sur ces entrefaites, mon oncle Kerhoël changea de garnison et vint habiter Versailles avec sa famille. Ce fut une joie que de les revoir tous : André à la veille de devenir bachelier ; Lili en âge de faire sa première communion ; le baby presque

moi-même le plus possible dans le calme
et la simplicité de leurs habitudes.

J'allais donc chaque dimanche à Versailles et je dois avouer que ces diman-
ches-là comptent, quand je me les rappelle, parmi les meilleurs moments de ma
vie. Nous étions tout un joyeux petit
monde, car, bien entendu, Yves passait
désormais chez ses parents les jours de
congé et il continuait d'amener avec lui
son ami Robert. Combien de fois celui-ci
nous servit-il de guide dans d'interminables voyages à travers le musée, lorsque
la pluie rendait les promenades au grand
air impossibles ! Il y a tant de souvenirs,
de splendeurs dans
ces galeries de Ver-
sailles ! Robert nous
apprenait à recon-
naître les belles
choses, jugeant par-
fois avec l'emporte-
ment de la jeunesse
ce qui pouvait avoir
vieilli, exaspérant,
par ses critiques sur
la peinture d'Horace
Vernet, ce brave
Yves, qui faisait
devant chaque ta-
bleau de bataille un
cours de tactique
militaire. Sous la
conduite de celui-
là nous volions de
victoire en victoire,
depuis les croisades
jusqu'à Constanti-
ne, tandis que je pé-
rorais de mon côté
sur le siècle de Louis
XIV avec l'autorité
d'une personne qui
se croit très forte
en histoire, et que
Mad s'extasiait à la
vue des délicieux
modèles de Nattier,
en se promettant

bien de poser tôt ou tard à leur manière,
une rose dans ses cheveux.

Il me semble, à mesure que j'en parle,
sentir encore l'odeur particulière de ces
salles immenses, une odeur solennelle,
pour ainsi dire, que l'on respire en par-
courant les châteaux historiques, de même
que les églises ont leur senteur de recueillement béni. Jamais vous ne me persuaderez qu'il n'entre dans ces parfums spé-
ciaux que de l'encens refroidi d'une part
et des vernis quelconques de l'autre ; non,
il y a le passé, le long passé chargé d'ef-
fluves de toute sorte. Il me semble entendre l'écho de nos pas sur les dalles sonores

Je revois notre petite procession...

et les luisantes marqueteries ; je revois notre petite procession défiler, en se multipliant, sur les panneaux limpides de la galerie des Glaces, tandis que nous baissions la voix avec un respect involontaire pour raconter telle scène du grand règne ou de la Révolution, à l'endroit même où elle s'était accomplie.

Puis, par les après-midi de beau temps, quelles promenades à travers ce parc où le feuillage séculaire est soumis aux lois d'une savante architecture, où le marbre intervient à chaque pas dans les quinconces et les bosquets sous formes de dieux et de déesses, où une multitude de tritons et de naïades émergent des bassins, plongent dans les cascades ! Comme je me rappelle vivement la populeuse cohue des grandes eaux et le plaisir plus tranquille que nous trouvions à lire les récits de Mᵐᵉ Campan sur les fêtes champêtres du Petit Trianon, assis au milieu de ce hameau qui servit de cadre bien joliment artificiel à toutes ces fausses bergeries !

Miss Lynn avait toujours possédé l'art d'instruire en amusant, depuis les jours lointains où elle me faisait semer de la graine de moutarde en forme d'A, B, C, dans les sillons creusés pour représenter ces lettres, que je voyais bientôt verdir, et qui fleurissaient en même temps dans mon esprit rebelle d'enfant gâté. Elle était la plus jeune, la plus gaie de notre bande, ne nous donnant jamais l'impression d'être gardés ou surveillés ; et cependant jamais elle ne perdait de vue un instant sa mission, qui était d'apprendre à son élève le plus de choses possible. L'été, nous allions étudier la botanique, tout en cueillant des fleurs dans le bois de Satory. Nous rentrions affamés pour faire honneur au dîner de ma tante, dîner abondant, mais d'une simplicité bourgeoise avec ses entremets traditionnels, œufs au lait ou œufs à la neige. Oh ! les bons, les charmants dimanches ! Combien je les préférais au lundi, le jour sempiternel de Mᵐᵉ Lane de Mirefleur !

Mᵐᵉ Lane était une parente très éloignée de mon père, que son mari, un richissime banquier américain, avait emmenée jadis à New-York. On l'avait perdue de vue pendant des années, sans regretter son absence, je suppose, cette personne, uniquement éprise de bruit et de vanité, étant fort peu intéressante. Cependant mon père n'avait pu refuser de la voir quand, une fois veuve, elle était revenue en France, décidée à se fixer à Paris, comme elle l'expliquait avec un à-propos charmant : « Il est proverbial aux États-Unis que tous les bons Américains, après leur mort, vont à Paris ; moi qui ne suis Américaine que par alliance, j'y viens en chair et en os après la mort de mon mari. C'est plus sûr ! »

Tel était le genre d'esprit de Mᵐᵉ Lane, que l'on appelait plus souvent de son nom de fille, Mᵐᵉ de Mirefleur, les gens conciliants faisant des deux noms Mᵐᵉ Lane de Mirefleur. Mais ceux qui voulaient lui plaire tenaient compte du tortil qui décorait les objets à son usage, et l'appelaient baronne ; aucun de ses domestiques n'eût oublié de lui donner ce titre. Il m'eût été difficile de me reconnaître parmi tant de noms et de qualités : j'étais donc bien aise de n'avoir à lui dire que « ma cousine », bien que ce cousinage fût problématique presque à l'égal de sa baronnie.

Ma cousine devait être vieille, vieille, malgré un air de fausse jeunesse tout à fait extraordinaire. La plus coquette des petites perruques jaunes moutonnait au-dessus de son visage blanc et rose, que l'on aurait cru bon à manger comme une glace fraise et vanille. Ce visage sans rides était, disait-on, non pas seulement fardé, mais émaillé. Une légende accréditée parmi ses amis voulait que, tous les six mois, la baronne Lane de Mirefleur se livrât aux mains d'une artiste en ce genre qui l'enduisait de fraîcheur inaltérable, et il lui fallait ensuite, assuraient les mauvaises langues, rester vingt-quatre heures sans parler, ni bâiller, ni bouger d'aucune façon, de peur de produire une fêlure qui eût gâté tout l'ouvrage. On la nourrissait pendant ces jours d'épreuves au moyen de liquides réconfortants glissés par un chalumeau entre les perles d'emprunt qui garnissaient ses gencives.

L'envie me tourmenta bien des fois de demander à cette ruine savamment recrépie ce qu'il y avait de vrai dans l'histoire de ses restaurations, mais il va sans dire que je n'osai jamais, me bornant à la regarder comme une curiosité. Personne, je crois, n'éprouva autant que Mme de Mirefleur la vérité de cette leçon : « Il faut souffrir pour être belle » ; et cependant elle l'avait été naturellement et merveilleusement (cela se devinait encore) dans sa lointaine jeunesse. Miss Lynn n'avait pas manqué, pour mieux combattre les chimères qui, un instant, m'étaient entrées dans l'esprit, de me le faire remarquer.

« Vous voyez, me disait-elle, à quoi lui a servi sa beauté ? A ne rien amasser pour le grenier intellectuel et moral où nous trouvons, devenus vieux, tout ce qui nous est nécessaire : intérêts variés, résignation, ressources incessantes qu'il ne dépend de personne de nous ravir, parce qu'elles n'appartiennent qu'à nous-mêmes, ayant été gagnées, emmagasinées alors qu'il en était temps. »

Certes, Mme de Mirefleur n'avait jamais fait de provisions de cette sorte ; elle avait la tête aussi parfaitement vide en dedans que surchargée d'ornements au dehors. Le monde, un monde cosmopolite qui, d'année en année, devient plus nombreux entre l'Arc de Triomphe et le parc Monceau, fréquentait beaucoup néanmoins son hôtel des Champs-Élysées, où tout était à la fois magnifique et de mauvais goût. Ce n'était pas surprenant : elle donnait des dîners et des fêtes ! Mon père évitait tout cela le plus possible, et ma tante de Kerhoël invoquait les exigences de la vie de garnison pour se montrer encore moins assidue ; mais, comme notre cousine affectait d'adorer les enfants, bien qu'elle se félicitât, par une bizarre inconséquence, de n'en avoir jamais eu, comme

elle m'envoyait régulièrement à Noël des cadeaux de grand prix, la politesse m'obligeait à rendre des devoirs de temps en temps, le lundi avant l'heure des visites, à cette antiquité peu vénérable. Je la trouvais assise, en toilette claire et pimpante, sur un pliant doré, consacrant ses dernières forces à se tenir droite, sans s'appuyer jamais (c'était chez elle une suprême prétention). Elle me donnait à baiser ses bagues, car il eût été difficile de trouver sous le scintillement des pierreries le parchemin de sa peau, me tendait un sac de fondants, faisait quelquefois apporter, pour m'amuser, ou plutôt pour s'amuser ellemême, son écrin ou ses cartons de célèbres dentelles, reprenait toujours quelque chose à ma toilette et répétait invariablement en s'adressant à miss Lynn :

« Mon Dieu ! pourquoi cette petite a-t-elle tant de taches de rousseur ? »

Miss Lynn répondait invariablement aussi : « La nature les lui a données, madame. »

Et la baronne en prenait prétexte pour énumérer tous les laits antéphéliques, toutes les eaux souveraines que recommandent les journaux. Ce sujet de conversation remplissait d'ordinaire les dix minutes de rigueur que je comptais, l'œil fixé sur la pendule. L'aiguille se traînait bien lente ! Enfin elle arrivait au but ! Je tirais ma révérence, allégrement cette fois, et nous nous sauvions, miss Lynn interrompant tout le long du chemin les moqueries qui me montaient aux lèvres par ces mots : « Elle est si âgée ! » ou encore : « C'est une parente de votre papa ! »

— Oh ! miss Lynn, papa lui-même n'en est pas bien sûr ! Elle nous a réclamés un peu au hasard. Il y avait, paraît-il, un Mirefleur au nombre de nos grands-oncles par alliance, de sorte qu'elle peut revendiquer papa comme arrière-cousin au douzième degré. Est-ce assez pour imposer le respect ? La vieillesse seule le prescrirait, dites-vous. Oh bien ! elle serait contente si elle vous entendait ! Mais elle a quinze ans, comprenez donc, elle est ma cadette, et je le lui prouve par mon impertinence. »

Certainement ce fut pour taquiner cette frivole septuagénaire, qui était d'avis que les arts d'agrément suffisent au charme de la femme et affirmait d'ailleurs qu'elle avait toujours remarqué qu'une application persistante sur les livres faisait allonger le nez démesurément, — ce fut pour la contredire et la faire enrager que je déclarai mon intention de passer des examens.

Elle se récria :

« Mais cela va retarder d'une année au moins vos débuts dans le monde ! Moi qui m'étais promis de fêter par un bal blanc le seizième anniversaire de votre naissance ! Quelle absurdité !... Vous ne deviendrez jamais maîtresse d'école ! donc, à quoi bon ?... »

Miss Lynn, à qui je n'avais pas confié ce projet jusque-là, par la raison toute simple qu'il venait seulement de me traverser l'esprit, comme prétexte à riposte, parut non moins étonnée. Quand nous fûmes seules, elle me demanda si c'était sérieux.

« Pourquoi pas ? lui répondis-je. Un brevet a l'avantage de prouver aux gens, qui en douteraient peut-être, que l'on a beaucoup appris.

— Si vous me disiez qu'il vous prouve à vous-même que vous avez retenu quelque chose, j'aimerais mieux cela, répliqua miss Lynn, qui voyait poindre une fois de plus mon orgueil. Du reste, je ne suis pas fâchée que vous ayez perdu votre ancienne idée, à savoir que ces efforts-là ne sont bons que pour les institutrices, pour celles que Mᵐᵉ de Mirefleur appelle des maîtresses d'école.

— Oh ! miss Lynn, vous remontez toujours au déluge. C'était un propos d'enfant. Depuis, j'ai fait peau neuve ; je suis une autre personne. J'ai tenu à montrer que rien ne m'était impossible.

— Geneviève, si l'on vous entendait, on vous croirait sotte !

— Est-ce une sottise que de vouloir donner l'exemple à Mad, qui marchera sur mes traces par habitude d'imitation ? Ma tante en sera ravie !

— A la bonne heure ! Le but de ravir votre tante, comme vous dites, me paraît plus louable que les autres.

— Et ces *messieurs* ne pourront plus prendre des airs supérieurs avec moi sous prétexte que tous les concours, diplômes et brevets sont faits pour eux. »

Ceci était une petite pierre lancée à Robert Séguier. Il venait d'être admis à concourir pour le prix de Rome, résistant lui aussi à Mᵐᵉ de Mirefleur, qui s'efforçait de lui prouver qu'il ferait mieux de rester à Paris, où tous les riches Américains de sa connaissance lui demanderaient des portraits.

Mon père avait présenté Robert à notre opulente cousine dans l'espoir que son patronage pourrait lui être profitable ; et elle avait commandé, en effet, tout de suite, sa propre image en toilette de bal, ce qui n'avait pas été pour lui une médiocre épreuve, ce modèle-là étant, au superlatif, de ceux auxquels il reprochait des minauderies : « petite pomme » et le reste. Au demeurant, déclarait-il d'un air de déférence, moitié figue moitié raisin, elle se connaissait en peinture. — Les obligations qu'il lui avait empêchaient Robert de hasarder d'autres sarcasmes ; mais il était résolu à s'assurer un succès de bon aloi qui ne dépendît du caprice de personne. Le commencement de vogue qu'on voulait bien lui accorder dans la colonie américaine ne fit que le stimuler, par un de ces encouragements d'autant plus utiles qu'ils ne produisent aucune estime exagérée de soi-même. Pour être, si peu que ce fût, content de lui, Robert attendait d'avoir accompli d'autres prouesses.

IX

Robert était le plus jeune des dix élèves de la section de peinture qui, après une série de concours destinés à éliminer peu à peu les médiocres, sont autorisés à entrer crit. Il faut d'abord tracer une rapide esquisse en se conformant au programme,

Le tableau de Robert était très entouré.

en loge. Notre imagination, à tous, avait été vivement surexcitée d'avance par l'idée de ce régime cellulaire imposé aux candidats pendant un laps de temps pres-

puis exécuter cette esquisse dans des proportions plus vastes, mais avec défense de changer quoi que ce soit au premier jet de la pensée. C'est là un véritable tour de force, plus difficile relativement que tout ce que le peintre peut accomplir par la suite, car, une fois « arrivé », il est libre de consacrer des années à la création de l'œuvre qu'il a conçue selon son goût et son tempérament ; rien ne l'empêche de la recommencer, de la retoucher à l'infini, tandis qu'un être timide et nerveux perd facilement toute présence d'esprit dans ce tête-à-tête redoutable avec la toile neuve qu'il s'agit de couvrir d'une façon déterminée.

Avant l'épreuve, Robert était tout feu tout flamme, plein de confiance, gai comme on ne l'avait jamais vu. Il nous rapporta la mine hâve et tirée d'un garçon qui ne mange ni ne dort plus, persuadé d'ailleurs qu'il n'avait rien fait de bon. Cet état pitoyable dura jusqu'à l'ouverture de l'exposition publique.

Le sujet du concours était *Priam aux pieds d'Achille* : Priam, sorti des murs de Troie, entre sans être aperçu dans la tente d'Achille et trouve le héros qui vient d'achever son repas. La table est encore devant lui, ses compagnons sont assis à l'écart. Priam, s'approchant d'Achille, baise ses mains terribles et homicides qui lui tuèrent tant de fils, en le suppliant de rendre le cadavre d'Hector.

« C'était un beau sujet, disait Yves, mais sévère en diable et difficile à traiter.

— Tous les sujets sont difficiles pour les incapables, répondait Robert avec une humilité navrante. Je ne m'en prendrai qu'à moi-même si j'échoue, comme c'est probable, comme c'est presque sûr. Voyons, quelle physionomie auriez-vous donnée à Achille, vous autres ?

— La colère ! dit André sans hésiter. On se figure Achille toujours furieux, tu sais bien.

— Quelle horreur ! m'écriai-je. En colère contre ce pauvre père qui l'implore ! J'aurais voulu, moi, qu'il eût l'air attendri, prêt à céder.

— Sans doute ; mais Homère nous apprend qu'Achille ne se laisse fléchir que lorsque Priam le conjure d'avoir pitié de lui en se souvenant de son propre père. Aussitôt il pleure avec Priam, il pleure son père, il pleure Patrocle, tandis que le vieillard pleure son fils. C'est superbe tel que l'*Iliade* le montre. Par malheur, dans un tableau, tout ressort de la diversité des expressions. Je me suis tenu à ce passage : « Achille demeure stupéfait à la vue de Priam, semblable aux dieux ; ses compagnons se regardent les uns les autres. » Bien entendu, le suppliant est courbé devant lui, embrassant ses genoux. Il a une magnifique barbe blanche, il est enveloppé d'un manteau de deuil, et les présents qu'il apporte pour la rançon de son fils, les tapis précieux, les riches couvertures, les tuniques, les trépieds, les vases éblouissants jonchent le sol... Cela allait tout seul... Et encore je ne suis pas bien sûr de n'avoir commis aucun anachronisme. Il y a un de mes tapis qui pourrait, je m'en rends compte maintenant, avoir été acheté au Louvre ou au Bon Marché. »

Cette idée nous fit éclater de rire, mais Robert ne se joignit point à notre hilarité Il poursuivit en hochant la tête :

« Je voudrais vous y voir... Et la majesté de ce vieillard qui supplie... l'ai-je assez mal rendue ! Semblable aux dieux ! Tout ce que cela implique de grandeur ! Aux genoux de son ennemi, lui baisant les mains, cet homme, le plus malheureux des pères..., auguste, semblable aux dieux ! Mon Priam a l'air d'un vieux pauvre.

— Bah ! dit André, les neuf autres se seront comme toi cassé la tête pour ne réussir qu'à peu près. Tu as des chances.

— Voilà, soupira Robert, une maigre consolation. Je me méfie surtout de mon Achille stupéfait...

— La bouche ouverte et les yeux ronds, n'est-ce pas ? interrompis-je avec malice. Vous avez beau dire, le sujet ne prêtait guère... Point de femmes et une scène si triste !... Dieu merci, vous êtes jeune... vous recommencerez dans de meilleures conditions.

— Parbleu ! s'écria Yves, il a tout le temps. »

Mais nos propos ne réconfortaient nullement le pauvre garçon. Tout à coup Mad, qui jusque-là n'avait rien dit, prononça d'une voix très ferme et très douce :

« Je suis sûre qu'il se trompe, que son tableau est le meilleur et qu'il aura le prix.

— Que le ciel vous entende ! s'écria Robert en se tournant vers elle avec un élan de joie. Qu'est-ce qui vous fait croire cela, Madeleine ?

— J'ai confiance, » dit-elle du même ton.

Et je fus étonnée de voir Robert se remettre à espérer un peu, comme si l'oracle en l'air de cette petite fille eût pu avoir la moindre portée.

Les événements, après tout, lui donnèrent raison. J'allai avec mon père à l'École des Beaux-Arts, où l'exposition avait lieu, et je constatai tout de suite, en entrant, que le numéro 4 (c'était le tableau de Robert) était très entouré. Des chuchotements d'approbation me bourdonnèrent aux oreilles.

« Très remarquable !... beaucoup de talent !... — Bien juste, bien pathétique le mouvement de Priam ! — Oui, c'est simple et noble... — Bonne peinture... — Et cette figure d'Achille est d'un sentiment original. — Point de sacrifices à la convention... — Un heureux mélange de sentiment classique et de réalisme discret... — Oh ! il dépasse les autres de dix coudées ! »

Je faillis leur crier tout haut : « C'est un ami à nous, un camarade de mes cousins, un protégé de papa ! Il a fait mon portrait. »

Il me semblait avoir part à son triomphe. Mon père s'en alla causer avec un critique d'art de sa connaissance, qui lui dit que le choix du jury n'était pas douteux. Et, trois jours après, Robert accourut, haletant à Versailles, où j'étais alors : il avait le prix ! Mon oncle et ma tante l'embrassèrent, nous lui donnâmes tous de cordiales poignées de main assaisonnées des compliments les plus flatteurs. Mad seule ne trouva pas un mot à dire. Elle fondit en larmes.

« Eh bien ! s'écria sa mère visiblement impatientée, est-il possible que tu aies tant de chagrin de ce qui nous fait tant de plaisir ? Qu'est-ce qui te prend ?

— Je ne sais pas, répondit-elle en souriant à travers ses pleurs, mais je n'ai aucun chagrin, loin de là. Je suis contente... oh ! si contente ! »

Et Robert, qui d'abord l'avait regardée interdit, s'écria gaiement :

« Vous me l'aviez bien prédit, Madeleine ; vous avez été prophète. Parions que c'est vous qui m'avez porté bonheur.

— Nous toutes, s'il vous plaît, dit ma tante, car toutes nous avons souhaité que vous alliez à Rome.

Et il y alla, si enthousiasmé de sa bonne fortune, qu'il n'eut, je crois, aucun regret de nous quitter.

La fois suivante, ce fut mon tour, non qu'il y ait grande gloire à obtenir un brevet élémentaire, mais je ne sais cependant quelle prouesse plus belle pourrait accomplir une jeune personne de seize ans. L'avantage principal que je tirai de cette épreuve fut une leçon de modestie. En effet, je m'étais flattée, après un coup d'œil superficiel jeté sur le programme, d'enlever haut la main mon diplôme. Ma surprise fut grande de découvrir qu'on peut être embarrassée pour répondre en public sur les sujets que l'on croit le mieux connaître, quand un examinateur entreprend de vous pousser un peu. Je n'étonnai pas la Sorbonne par la profondeur de mon érudition, et, au dernier moment, je faillis compromettre un succès simplement honorable par ma maladresse à faire une reprise, car le travail à l'aiguille compte pour un certain nombre de points, et j'y avais toujours été fort gauche. Ceci me prouva qu'il ne faut rien dédaigner. Bien entendu, les petits secrets de la coulisse restèrent cachés au monde. J'avais mon brevet, nul n'en chercha plus long. Je fus citée en exemple à mes cousines, fêtée comme avaient été fêtées avant moi Yves et Robert, avec un accompagnement de cadeaux. Il n'y eut que Mme de Mirefleur qui ricana, en fronçant son petit nez ancien régime, qu'elle était si fière de n'avoir jamais allongé sur les livres :

« Eh bien ! ma pauvre Geneviève, vous voilà aussi avancée que les douzaines de filles de portières qui devraient s'en tenir à repasser et à coudre. Je vous fais mon compliment ! »

Mais je savais que papa ne pensait pas comme elle. Il m'avait témoigné la satisfaction la plus vive et il m'avait dit :

« Vois-tu, mon Bijou, ce que nous possédons encore de plus sûr et de plus précieux, c'est ce que nous portons en nous-mêmes. Le reste est si précaire ! »

Pourquoi soupirait-il ? Était-ce un pressentiment ? Pauvre chère père ! Il me parut, à plusieurs reprises, préoccupé, soucieux, pendant cette année-là qui devait aboutir à une catastrophe. Il vieillissait, disait-on autour de moi, en exprimant des inquiétudes sur sa santé. Moi, je le trouvais aussi jeune, aussi bien portant que jamais, tout pareil à lui-même, sauf ce nuage noir qui passait sur son front par intervalles et que je ne réussissais pas toujours à chasser d'une caresse. Triste, il l'était certainement ; je ne pouvais m'empêcher de le remarquer. Quand je lui demandais à brûle-pourpoint ce qui le rendait pensif ou distrait, il me répondait, en souriant, non sans quelque effort, que le cassement de tête des affaires commençait à lui être insupportable, qu'il avait envie d'en finir avec tout cela et d'aller vivre tranquillement à la campagne. J'avoue que je ne me le représentais pas très bien, lui si brillant, si actif, Parisien dans l'âme, converti à la paix des champs ; mais je répliquais de grand cœur : « Allons où vous voudrez ! Je me plairai partout auprès de vous, papa. »

Là-dessus, il m'embrassait :

« C'est convenu... un peu plus tard... Attendons encore quelque temps... dans ton intérêt, mignonne ! »

Maudite question d'argent ! Elle l'em-pêcha de suivre l'instinct sauveur qui le poussait vers la retraite et le repos. On ne se repose pas à l'heure du péril, et la France, en même temps que l'étranger, traversait alors une terrible crise financière. J'en entendais parler sans comprendre, sans avoir, dans mon ignorance enfantine, l'idée que ce qui survenait à Londres ou à Vienne pût exercer la moindre influence sur la fortune de notre pays, sur celle de papa. De l'écroulement presque général qui suivit il ne m'est resté dans l'esprit qu'un mot, un mot sinistre à la façon des bruits qui accompagnent un tremblement de terre : ce mot *krach*, synonyme de craquement et d'explosion. Au krach, la plupart n'attachent qu'une idée de ruine ; pour moi, il exprime, avant tout, le deuil le plus imprévu, le plus affreux, car il coïncida, hélas, avec la mort de mon père.

X

Qu'on ne s'attende pas à ce que je raconte les péripéties d'un cauchemar. L'événement qui me rendit orpheline et sans ressources est encore pour moi confus et mystérieux, à la façon d'un de ces cataclysmes, déluge, feu du ciel, ou cyclone, qui détruisent tout sur leur passage, laissant l'aspect des choses irrémédiablement changé. Quand j'ai le courage d'y reporter ma mémoire, je vois mon père, pâle et défait comme un malade, m'attirer sur ses genoux un soir, ce qu'il faisait si souvent, — mais avec quelle tendresse désespérée, cette fois, — et me dire que nous étions ruinés en même temps que beaucoup d'autres. Il m'expliqua comment, et qu'il n'y avait pas de sa faute ; mais, je n'entendais rien, étant tout entière à ce qu'il paraissait souffrir. Je comprenais seulement que les désastres financiers s'étaient enchaînés et précipités dans toute l'Europe d'une façon effrayante et que, la panique s'en mêlant, il y avait eu de nombreuses victimes ; que nous étions parmi elles ; que mon père avait pour premier devoir de sortir, l'honneur sauf, d'une débâcle dont il ne pouvait encore calculer les conséquences ; qu'il me suppliait de ne pas entraver ses mouvements, de me montrer raisonnable, et forte, et résignée. Je lui dis que, riches ou pauvres, nous trouverions toujours moyen d'être heureux ensemble, et alors il m'avoua le pire, — la nécessité d'une séparation temporaire. Sa présence était indispensable, bien loin, à Bakou, dans les mines et les raffineries de pétrole qu'il possédait de ce côté. Il ne lui était pas permis de négliger une dernière ressource ; il partirait, il ferait en Russie un voyage de courte durée sans doute... S'il était retenu au delà de ses prévisions, je viendrais le rejoindre. En attendant, je resterais chez ma tante... Pourquoi pleurer ?...

Il pleurait, lui aussi ; mais, comme je voyais que mes larmes lui faisaient plus de mal que tout le reste, je les refoulai résolument, et je l'écoutai me parler, avec une sorte d'incohérence, de la nécessité de devenir une femme forte, de livrer à la vie, qui allait devenir rude et difficile, des luttes auxquelles je n'avais pas été préparée par mon éducation.

« Soyez tranquille, papa, lui dis-je. Il n'y a rien dont, à nous deux, nous ne puissions venir à bout. »

Plus je montrais de vaillance et d'énergie presque gaie, plus il paraissait accablé.

« Tout perdre ! répétait-il, tout perdre au moment où la vie s'ouvrait devant toi, où j'espérais te bien marier !

— Si je ne me marie pas, ce sera donc que l'on m'eût épousée pour mon argent, m'écriai-je, revenant à de vieilles méfiances. Et vous voulez que je regrette cela ? Oh ! papa, je n'ai besoin que de vous, de vous seul !

— Il faudra vendre les chevaux, l'hôtel...

— Qu'importe ! »

Je fus brave jusqu'au bout, décidée à n'être pas pour lui un embarras, un obstacle. Je me laissai, le cœur gros, envoyer chez mon oncle Kerhoël, à Versailles, où, deux jours après, papa vint me dire adieu, beaucoup plus calme en apparence, assurant que ce serait pour peu de temps, que « tout s'arrangerait ». Et je ne le revis plus. Nous eûmes une fois, deux fois de ses nouvelles ; la dernière, il nous prévenait que sa prochaine lettre tarderait peut-être à nous parvenir. Il allait quelque part dans le Caucase ; les lenteurs de la poste étaient inévitables...

Ce que nous reçûmes, à la fin, fut une dépêche ; elle n'était pas signée de lui...

Mon père avait pris sur un point insalubre, où il avait dû se transporter, une fièvre pernicieuse, qui le foudroya, pour ainsi dire. Ceci est, j'en suis sûre, la vérité entière. Des bruits sinistres coururent ensuite, parvinrent jusqu'à moi, malgré les efforts de mon entourage pour les étouffer. On rapprocha notre ruine de cette mort si brusque, on osa dire que M. Delmas avait mis fin à ses jours, qu'il ne s'était éloigné que pour pouvoir disparaître sans scandale. Mon père, tel que je le connaissais, déserter son poste, abandonner sa fille ! mon père esquiver une responsabilité, se refuser à combattre jusqu'au bout ! C'était si invraisemblable, si évidemment faux, que je n'en parlerais pas, s'il ne fallait indiquer ici qu'aucune torture ne me fut épargnée, rien, pas même l'horreur d'une pareille calomnie ! Comment je n'en suis pas devenue folle, comment je n'en suis pas morte, Dieu seul le sait, lui qui, même en nous frappant, nous soutient et nous console...

Le secours immédiat qu'il m'envoya fut une de ces maladies qui engourdissent l'intelligence et atténuent par conséquent toute douleur au-dessus de nos forces. Je n'eus pendant plusieurs semaines que des perceptions vagues. Je voyais certaines figures, auxquelles je n'aurais pas su donner leurs noms, se pencher tour à tour sur mon lit, me soigner avec une tendresse, une pitié infinies ; j'entendais un bourdonnement de voix compatissantes, je souffrais beaucoup de la tête et j'avais très chaud ; c'était tout. Puis, un matin, je reconnus ma tante, debout, auprès de moi, en grand deuil :

« C'est donc vrai ? » lui demandai-je.

Ma tante ne répondit rien ; elle avait attiré ma tête sur sa poitrine. Je restai longtemps ainsi, sanglotant toujours. Quand je relevai mes yeux vers les siens, je vis combien elle était amaigrie et défaite. Ma tante aimait passionnément le frère qu'elle venait de perdre. Il était son orgueil ; jamais elle n'avait admis qu'un revers pût l'atteindre. Une sorte de stupeur se mêlait à son désespoir. Je lui sus gré de ne m'offrir aucune consolation inutile ; je sus gré à la bonne Mad de se borner, elle aussi, à une sympathie muette ; mais, certainement, la personne qui me fit le plus de bien fut miss Lynn.

Au lieu de me parler de moi, elle m'entretint d'elle-même, ce qu'elle n'avait guère fait jusque-là. Non qu'elle se mît personnellement en scène ; mais, durant les longues heures où, convalescente, j'aimais à écouter autre chose que le murmure désolé de mes propres pensées, elle me contait comment une jeune fille de mon âge avait été, elle aussi, précipitée, sinon de la richesse, tout au moins d'une large aisance dans la pauvreté absolue ; comment cette jeune fille était, de même, demeurée orpheline, sans aucune protection au monde, et avec des frères, des sœurs à élever. Fiancée, elle aurait pu se marier et être heureuse, en admettant que le bonheur soit compatible avec l'oubli d'un devoir. Le jeune homme qui voulait l'épouser trouvait impossible de prendre la charge de ceux qu'elle appelait ses enfants. Le cœur meurtri, elle avait donc rompu un engagement qui lui était plus cher que tout au monde. Elle s'était expatriée ; elle était allée dans l'Inde faire un rude métier, celui de préparer aux écoles de petits étrangers gâtés, souffreteux, exigeants, auxquels, cependant, par besoin d'aimer quelque chose, elle finissait par s'attacher, juste au moment où on les lui

enlevait pour les envoyer dans la mère patrie. — Toujours la même pierre à rouler, avec des intermèdes de maladie, effet du climat qu'elle ne pouvait supporter. Tout l'argent gagné ainsi allait au petit monde qu'elle se proposait d'élever, de placer, et qui, en réalité, avait prospéré loin d'elle, mais grâce à elle, sans presque la connaître d'ailleurs ; ce qui faisait que, de ce côté, elle n'était payée que par une très froide reconnaissance. N'importe ! elle ne demandait rien après avoir tant donné. La suprême récompense pour elle, une récompense qui lui suffisait, était la certitude que ses parents bien-aimés, invisibles mais présents, ne l'avaient pas quittée des yeux pendant cette mission accomplie en leur nom, et qu'au jour où tomberaient tous les voiles, où elle les verrait là près d'elle, ils lui diraient : « Tu as bien agi ! » Cela, ce serait le ciel...

Elle me tenait la main, tout en parlant, et me regardait avec ses beaux yeux clairs, où je voyais que mon institutrice se faisait tout de bon mon amie, qu'elle s'efforçait de me le prouver par d'intimes confidences. Jamais je ne m'étais demandé encore si miss Lynn avait eu un passé ; elle me semblait créée tout exprès pour les fonctions qu'elle avait remplies si longtemps auprès de ma petite personne.

Avec un attendrissement qui me fit sentir que la souffrance seule ouvre notre cœur aux souffrances d'autrui, je lui dis :

« Pardon, chère miss Lynn.

— Pardon de quoi, mon enfant ?

— Pardon de toutes mes méchancetés. J'ai contribué à rendre plus pénible votre vie, qu'il dépendait de moi peut-être d'adoucir un peu.

— Ce que vous me dites en ce moment rachète les torts dont vous vous accusez, en admettant que vous en ayez eu envers moi ; je ne m'en souviens plus, Bijou. »

Quand elle prononça ce mot que je n'avais jamais entendu tomber que des lèvres de mon père, la pensée me vint que lui aussi me pardonnait tout ce que je pouvais avoir à me reprocher à son égard, les nombreux défauts qui avaient pu l'affliger et dont je ne voulais plus garder la moindre trace.

« Miss Lynn, j'aurais tant désiré mourir avec papa !

— C'eût été le plus facile et le plus doux, en effet. Mais il faut vivre encore un peu de temps,... car ce n'est qu'un peu de temps, songez-y, que la vie doive être longue ou courte. L'absence de votre cher papa aura duré plus qu'il ne pensait, mais il y aura le revoir au bout. Patience ! »

Sa foi me gagna, et il me parut, — tant j'avais de peine à concevoir que mon père fût mort, ne l'ayant pas vu mourir, n'ayant jamais vu mourir personne, — je me persuadai que je pourrais prolonger en effet vis-à-vis de moi-même cette fiction de son absence.

« La difficulté sera de tuer le temps pendant notre séparation, dis-je avec un soupir.

— Non, puisque la destinée vous impose le travail, sans possibilité de choix. D'après ce que dit M. de Kerhoël, vous ne serez guère, les dettes payées, dans une meilleure situation qu'autrefois la pauvre Adah Lynn. Il est vrai que votre oncle vous reste, lui et son excellente femme...

— Mais ils ne sont pas riches non plus, et je ne voudrais pas être toujours à leur charge.

— Vous avez un moyen facile de vous acquitter envers eux en aidant à instruire leurs plus jeunes enfants ; pour cela et pour d'autres raisons, j'entreprendrais à votre place d'acquérir le brevet supérieur, puisque déjà vous possédez le brevet élémentaire. Ce sera, quoi qu'il advienne, l'indépendance que vous vous serez assurée, avec le droit d'enseigner.

— Ma pauvre tête se remettra-t-elle jamais assez pour cela ? demandai-je craintive, mais déjà lancée sur cette piste ingénieusement ouverte devant moi.

— Ne précipitez rien, soignez-vous comme le médecin l'ordonne, et je réponds de votre intelligence, Geneviève.

— Chère miss Lynn, je vous dois tout ce que je sais.

— Non, mon enfant, vous devez beaucoup à vous-même. Et dès à présent voulez-vous permettre que je ne sois plus pour vous qu'une vieille compagne, une sœur aînée ? voulez-vous m'appeler Adah, comme je vous appelle Geneviève ?... car la seule affection va remplacer entre nous l'autorité d'une part, le respect et l'obéissance de l'autre. Ceux qui tiennent maintenant auprès de vous la place de votre père ont jugé que mes services n'étaient plus nécessaires... Inutile de vous dire que je serais restée sans aucun salaire ; mais votre tante ne veut pas que je sacrifie le peu qui me reste d'avenir.

— Oh ! miss Lynn, oh ! chère Adah ! vous me quitteriez au moment où je vous comprends mieux, où je vous aime plus que jamais !

— Vous quitter ? Recommencer une éducation qui m'éloignerait de vous ? Non pas ! Mon projet, — vous paraît-il bon ? — est de m'installer à Versailles et d'y donner des leçons d'anglais dans un petit *home* à moi, le premier que j'aurai eu depuis l'âge de dix-huit ans. Il sera aussi le vôtre quand vous voudrez, ma chérie ; nous nous verrons tous les jours, et j'offre de grand cœur l'hospitalité à Kit et à Bob ; vous viendrez nous voir tous les trois ensemble. »

L'idée que mes deux terriers seraient ainsi logés près de moi me fut d'une extrême douceur. A travers le plus affreux chagrin peuvent se glisser de petites joies, de même que de menus soucis s'ajoutent aux plus grandes peines qui devraient pourtant tenir toute la place. Depuis que j'avais repris connaissance, je pensais quelquefois à mes bêtes.

« Et Cabri, mon brave cheval !... que deviendra-t-il ? »

Cabri avait été acheté par un ami de mon père, qui, habitant la Normandie, promettait de le lâcher beaucoup dans les herbages, de ne jamais l'atteler, de ne lui faire porter que des poids très légers

et de me le rendre à première somma-
tion

Cette supposition que je pusse avoir
jamais besoin d'un cheval de selle me fit
presque sourire ; ce fut tout de même un
soulagement pour moi que de savoir en
si bonnes mains le pauvre Cabri. Quant à
mes oiseaux, ils avaient été transportés
chez ma tante, où Mad les soignait admirablement, les domestiques, en très petit
nombre, ayant autre chose à faire que de
s'occuper d'une volière.

Pendant ma maladie, quelques lettres
étaient arrivées pour moi, bien que la
plupart de nos amis eussent adressé de
préférence leurs condoléances à ma tante,
en la chargeant de m'en faire part. Je ne
comptais pas encore pour grand'chose
dans le monde, et je ne possédais, je l'ai
déjà dit, qu'à un degré médiocre le secret
de me faire aimer, chacun n'apportant
pas à me comprendre l'adorable bonne volonté de miss Lynn. Certaine enveloppe
gris-perle frappée d'armoiries laissa échapper, lorsque je la décachetai, des parfums
si extraordinairement capiteux que j'en
eus presque une défaillance. Inutile de
dire qu'elle contenait un billet de Mme de
Mirefleur, un billet rempli de bonnes intentions, quoiqu'il fût trop coquet pour la
circonstance.

La baronne me disait qu'elle regretterait toute sa vie ce parfait gentilhomme
qui était son cousin, qu'elle reportait sur
sa fille les sentiments qu'il avait mérité
de lui inspirer, et que, par conséquent elle
me proposait, en bonne parente, de venir
passer auprès d'elle une partie de l'année.
Je demeurerais l'été à Versailles, chez les
Kerhoël ; l'hiver, sous son toit, à Paris.
Les choses seraient arrangées ainsi à la
satisfaction de tous.

Vivre, désolée comme je l'étais, dans ce
milieu frivole où l'on ne songeait qu'à
s'amuser ! Il fallait, pour me demander
cela, que l'étrange personne fût folle tout
de bon ; mais, cette folie prenant les
formes d'un intérêt aimable, je ne pus
qu'autoriser miss Lynn à lui porter mes

remerciements, avec un refus motivé par
mon deuil et par ma santé.

Une lettre plus intéressante, qui venait
de Rome, me prouva combien la mémoire
de mon père restait chère à d'autres encore
que ses proches. Robert Séguier m'exprimait la peine profonde que lui avait
causée la mort de son premier protecteur.
Il revenait sur toutes les bontés dont cet
homme excellent, disait-il, l'avait comblé,
n'oubliant rien, jusqu'au moindre service,
et parlait de lui avec un respect, une admiration tels, d'une façon si juste en
même temps et qui répondait si bien à
ma pensée intime, que je sentis, dès ce
moment, un lien étroit, quasi fraternel, se
nouer entre nous deux.

« Permettez-moi, écrivait Robert, pour
terminer, permettez-moi de me dire à
jamais, dans toute la force de ces deux
mots, votre serviteur et votre ami. S'il
plaît à Dieu, quelque occasion se présentera pour moi, tôt ou tard, de vous payer
la dette de reconnaissance contractée
envers celui que nous pleurons. Comptez
sur moi, disposez de moi. »

Oh ! les bonnes paroles que j'ai souvent
relues et sur lesquelles, par la suite, je
devais construire tant de chimères !

XI

Peut-être certaines gens déduiront-ils
de l'aveu que je vais faire que j'étais une
enfant bien romanesque, mais je suis sûre
d'être comprise par tous les affligés, par
ceux qui savent ce que c'est que l'horrible
obsession d'une grande douleur et qui
ont essayé pour s'en délivrer momentanément du seul moyen efficace, le travail.
Je le dis donc à ceux-ci : la perte imprévue de tous les biens matériels que
j'avais pu posséder fut pour moi comme
un allégement. Puisque d'abord j'avais
perdu mon père, je ne me souciais plus
du reste, et je tenais à ce qu'il en fût
toujours ainsi ; l'idée d'être un jour infidèle à mes regrets me faisait horreur.

Je restai longtemps ainsi.

Eh bien, pauvre, je ne serais jamais sollicitée de me laisser distraire ; j'allais connaître une existence absolument différente de celle que nous avions menée ensemble, aussi dure que l'autre était douce, et chaque fois que, sur ce chemin nouveau, je me heurterais aux cailloux, je me déchirerais aux épines, je serais reportée au temps où tout me semblait facile et agréable, au temps où mon père était là ! D'autre part, je commençais à me dire que ce père chéri eût souffert de plus en plus, pour sa fille surtout, de notre changement de fortune, qu'il avait été enlevé avant de se rendre compte peut-être de la profondeur du désastre, trop subitement dans tous les cas pour se représenter les mille difficultés de ma situation précaire. Cela valait mieux. Mon oncle, si incapable de mentir, ne m'affirmait-il pas qu'il était parti avec un certain bagage d'illusions ? La mort miséricordieuse ne lui avait pas laissé le temps de les perdre.

Voilà ce que je me disais aux heures de résignation où j'acceptais la réalité, aux heures où j'étais raisonnable ; mais j'avais mes instants de folie où les imaginations les plus extravagantes me venaient en aide pour voiler cette réalité cruelle. Comme les femmes et les filles de marins perdus en mer, de voyageurs disparus, je réussissais à me persuader, avec l'invincible besoin d'espérance qui reste toujours, quand même, à la jeunesse, que j'avais été dupe d'une fausse nouvelle, qu'il y avait erreur, une horrible erreur, que mon père reviendrait à l'improviste, — et alors, pendant des jours, des nuits, chaque coup de sonnette à la porte, chaque voiture qui s'arrêtait, l'appel d'une voix d'homme dans la rue seulement, me faisait tressaillir. C'était lui, il revenait, on avait prononcé mon nom... Certainement j'avais à ces heures-là le cerveau un peu troublé. Hélas ! le sentiment de l'irréparable me ressaisissait toujours assez vite, et mes périodes d'espoir impossible étaient suivies d'un redoublement de chagrin auquel je n'aurais pu m'arracher si la fierté, le désir de gagner une honnête indépendance, la conviction, sans cesse affermie par miss Lynn, que j'obéissais à la dernière volonté de mon père, ne m'eussent énergiquement poussée vers l'étude. Ce fut ainsi qu'au bout de dix-huit mois environ, je me trouvai prête à subir l'épreuve des examens supérieurs.

Ayant toujours eu le goût d'écrire en manière de memento ou d'examen de conscience, j'ai consigné dans mon journal les péripéties de ce qui fut alors pour moi un grand événement. Peut-être les jeunes filles qui ne savent pas ce que coûte un diplôme y prendront-elles intérêt, de même que celles qui, l'ayant obtenu, pourront reconnaître leurs impressions d'autrefois à travers les miennes. Les autres seront libres de sauter, si bon leur semble, ces quelques pages de mes souvenirs.

* *
*

Depuis quinze jours et plus, des affiches placardées aux quatre coins de la ville et du département avertissaient les aspirantes d'avoir à se présenter, selon l'usage, dans une école communale désignée, — local assez mal choisi par parenthèse, car les pupitres et les tables y sont de trop petite taille pour que des filles de dix-huit ans se trouvent à l'aise. Je dis cela en songeant à mes compagnes ; la chose ne me gênait pas personnellement : j'étais restée si chétive ! Ce qui me préoccupait davantage, c'était l'extrême chaleur de cette matinée de juillet, qui semblait devoir rendre impossible tout effort soit physique, soit intellectuel. Huit heures, le moment fixé pour l'appel, n'étaient pas encore sonnées, et déjà la température s'annonçait presque étouffante. Les candidates, arrivées toutes en avance, comme moi-même, se promenaient par groupes dans les cours, avec leurs familles et leurs professeurs, inquiètes et nerveuses pour la plupart. J'étais relativement calme, appuyée au bras de miss Lynn, que je sentais beaucoup plus émue que moi-même. Nous ne nous disions rien ; en général, on ne causait guère, chacune se recueillant pour concentrer ses forces et pour évoquer l'échafaudage de science laborieusement accumulée depuis un an ou deux. Je me rappelle cependant avoir surpris ou deviné au passage des observations chuchotées qui rappelaient un peu celles dont j'avais été autrefois l'objet à Orléans :

« Quelle singulière petite figure !

— Oui, le contraste surtout de ce noir des vêtements et du rouge des cheveux !

— Ne remarques-tu pas que les rousses ne sont jamais tout à fait en deuil ?... Leur chevelure proteste. Il y a quelque chose de tapageur, d'exaspéré dans ce genre de crinière, une crinière de bête fauve. Rien ne m'ôtera jamais de l'idée qu'on aurait tort de se fier à la bonté des roux. Oh !

j'aurais vite fait de me teindre si j'étais flamboyante à ce point ! »

Voilà comme on traitait, dans un certain groupe, le blond ardent cher à mon père et défendu, au nom des vieux maîtres vénitiens, par Robert Séguier ; mais je n'en étais plus à tenir compte de ces vétilles. Pour qui me serais-je souciée dorénavant d'être jolie ?

Le faible murmure des conversations entrecoupées s'éteignit. Un examinateur avait paru, armé de l'imposant registre sur lequel chaque aspirante, à tour de rôle, devait inscrire son nom. Cérémonie préliminaire qui permet déjà de se former une opinion sur le caractère et la disposition d'esprit des candidates. Celles-ci sont pâles et tremblantes, celles-là cramoisies, bien peu absolument maîtresses d'elles-mêmes. Il y a des signatures illisibles, d'autres fermes et appuyées qui ne veulent révéler aucun doute, aucune crainte. La façon dont ma plume traça Geneviève Delmas me sembla passablement résolue.

Nous fûmes introduites dans les salles et rangées à nos pupitres ; les épreuves de *l'écrit* commencèrent, un examinateur lisant, du haut de sa chaire, le sujet de la première composition : « Influence de Richelieu sur les lettres de son temps. » Puis tout rentra dans un religieux silence, interrompu à peine par un froissement de feuillet ou quelque gémissement sourd qui exprimait l'absence complète d'inspiration. C'est ce qu'on appelle en argot d'examen « ne pas tomber sur son fort ». Une pauvre fille, auprès de moi, n'était évidemment pas tombée sur son fort, car elle exhalait des soupirs à fendre le roc le plus dur. J'avoue, du reste, que mon cœur était quelque peu de roc à son égard, car c'était elle qui, une heure auparavant, s'était moquée de ma crinière rouge. J'éprouvai un malicieux plaisir en remarquant qu'elle était réduite à pousser imperceptiblement de mon côté une feuille de papier buvard où étaient écrits ces mots : « La date de la fondation de l'Académie française, s. v. p. ? » — Ré-

pondre n'était pas sans péril : plusieurs membres de la commission d'examen et une inspectrice ne cessent de marcher entre les rangées de tables, exerçant une surveillance active; la moindre fraude entraînerait l'exclusion immédiate de la coupable. Cependant, malgré ces yeux d'Argus, la charité trouve quelquefois moyen de s'exercer. Je ne pus résister au regard qui, à la dérobée, me suppliait. Je griffonnai rapidement sur la marge d'une page que j'eus soin de garder devant moi ; 2 *janvier* 1635. — Après quoi je me remis, sans même lever les yeux, à démontrer que Richelieu, en dépit de la guerre injuste qu'il fit à Corneille et au *Cid*, avait puissamment encouragé la culture des lettres françaises et contribué à polir, à épurer, à enrichir, notre langue, au moyen du dictionnaire qui, entre les mains prudentes de l'Académie, fait accueil aux nouveautés heureuses et retranche impitoyablement les fausses trouvailles.

La vengeance est un plaisir permis quand elle affecte le caractère de l'oubli des injures. J'eus ma revanche très complète, et sans la payer trop cher, car mon mouvement ne fut pas surpris.

Les compositions écrites continuèrent sur des questions de géométrie, de sciences naturelles et physiques. Pendant ce temps, les maîtresses de pension et de cours, les parents, auxquels l'entrée des salles est interdite, se promenaient dehors, attendant avec impatience la sortie de leurs élèves ou de leurs enfants. Miss Lynn, quoiqu'elle fût, comme les autres, dans un véritable état de fièvre, ne pouvait s'empêcher, m'a-t-elle raconté, de sourire *in petto* de la petite comédie qui se jouait autour d'elle. Les fenêtres étaient ouvertes à cause de la chaleur ; la voix de l'examinateur, les sujets de composition parvenaient jusque dans la cour; alors c'étaient d'impétueux commentaires :

« Jamais ma fille ne saura traiter un sujet pareil ! C'est bien plus compliqué qu'au dernier examen ! »

Il est à remarquer que c'est toujours bien plus compliqué qu'au dernier examen.

« Oh ! la mienne pourrait faire quelque chose de superbe, mais elle éprouve une telle émotion !... »

Enfin, après trois heures, nous nous levâmes, épuisées, surexcitées, la tête chaude à éclater, la physionomie contristée ou réjouie, selon le résultat de nos efforts. Sortie des plus bruyantes, tout le monde parlant à la fois. Il y a toujours beaucoup d'embrassades réconfortantes et parfois des larmes amères, des malédictions étouffées qui laissent la commission d'examen indifférente et impénétrable.

« Êtes-vous contente, Bijou ? » me demanda miss Lynn.

Sincèrement, je ne savais trop que dire. Ce qui m'effrayait, c'était de recommencer le lendemain, car je me sentais très lasse. Deux journées, en effet, sont consacrées aux épreuves écrites, et je crois que, sans la composition de langue vivante dont je me tirai d'une façon supérieure, parlant, grâce à miss Lynn, l'anglais comme une Anglaise, je n'aurais peut-être pas gagné la seconde partie de la bataille.

Le troisième jour nous trouva dès sept heures du matin rassemblées à la porte de la mairie, où était affichée la liste des candidates admises à se présenter pour l'examen oral.

« Y suis-je ?... Y êtes-vous ?... »

Et les exclamations de pleuvoir. On consolait les affligées, on félicitait les heureuses, mais avec une certaine réserve, car la partie la plus difficile pour le grand nombre restait encore à passer. J'étais parmi les heureuses. Tout à coup une voix triste et contrainte murmura derrière moi : « Si je n'ai point réussi, ce n'est pas votre faute, mademoiselle. Voulez-vous me permettre de vous remercier ? »

C'était l'ennemie des rousses, la jeune personne que la composition sur Richelieu n'avait point trouvée en veine. J'eus sur les lèvres de répondre, en lui tendant la main : « Vous voyez que nous ne sommes pas si méchantes, nous autres bêtes fauves ! » Réflexion faite, je me bornai au geste, ce qui me priva peut-être d'une petite satisfaction supplémentaire, mais lui fut assurément plus agréable. Ainsi je commençais à comprendre qu'il faut renoncer quelquefois, par délicatesse, à se donner aux dépens d'autrui un plaisir personnel ; cela valait mieux encore que d'avoir triomphé à l'examen écrit.

Cette fois, miss Lynn, comme tout le reste du public féminin, fut autorisée à entrer avec les candidates dans la grande belle salle bien éclairée où nous allions être soumises à un nouveau genre de torture. Il y a de cela des années ; une loi rigoureuse, exigeant pour toute direction d'école, fût-ce une école de bambins, le brevet élémentaire et, pour les cours ou pensionnats, le brevet supérieur, venait d'être promulguée ; aussi l'affluence des aspirantes était-elle énorme : maîtresses d'école de campagne qui, après avoir revu et approfondi tant bien que mal, dans leurs rares moments de loisir, des matières oubliées depuis longtemps, se présentaient aux épreuves avec crainte, plus intimidées, moins sûres d'elles-mêmes, malgré leurs quarante et cinquante ans, que des fillettes de seize ; — beaucoup de religieuses, les unes bravement avec leur habit monastique, les autres affublées de vêtements mondains, qu'elles portaient d'une façon si gênée, si bizarre, qu'il était impossible de ne pas les reconnaître sous ce déguisement. À l'appel de leurs noms, un certain nombre d'aspirantes montent les degrés et vont s'asseoir aux places qui leur sont désignées devant les différentes tables.

En attendant que le supplice commençât pour moi, j'avais le cœur serré pour quelques-unes de mes compagnes, pour une pauvre créature entre autres, déjà vieille, grisonnante, avec un chapeau fané, une robe râpée, qui, debout sur l'estrade en face d'un tableau noir, embrouillait, au lieu de l'éclairer, une question de géométrie. Paralysée par la timidité, elle se noyait dans ses explications, et, sentant

Le sentiment de l'irréparable me ressaisissait.

tous les regards fixés sur elle, rougissait, pâlissait, perdait la tête de plus en plus, à mesure que l'examinateur cherchait à la calmer. Les larmes lui montaient aux yeux, et elle y portait par distraction l'éponge humide destinée à essuyer le tableau, tandis qu'elle frottait celui-ci avec son mouchoir. Je n'ai jamais vu sur aucun visage une telle impression de trouble, et je dois dire que personne n'avait envie de se moquer. Du reste, la terreur vague qui plane sur l'assistance glacerait toute velléité de ce genre.

Il se fait peu de bruit dans la salle ; on écoute les interrogations, on parle bas, on marche sur la pointe des pieds. La joie du succès de la veille s'efface devant la peur d'échouer au port, et cette angoisse commune rapproche, confond les groupes d'abord séparés. Un observateur aurait pu distinguer jusque-là, en effet, les élèves d'un même cours, les jeunes filles élégantes qui vont au combat pour la gloire et auxquelles on a promis comme récompense un piano d'Erard ou un beau voyage. J'avais été de ces dernières, deux années auparavant, lorsque je passais à la Sorbonne mon premier examen et que mon père se faufilait entre les rangs, curieux et inquiet, en dissimulant le mieux possible une irrégularité sur laquelle il savait bien, du reste, que l'on fermerait les yeux. Aujourd'hui, j'étais parmi les pauvres filles pour lesquelles la conclusion heureuse ou malheureuse n'est pas une affaire de vanité ou du luxe, mais une question grave d'où dépend le pain quotidien. La vie et le monde avaient en deux ans changé de face ; j'étais moi-même une personne différente.

Plusieurs de mes voisines revenaient à l'assaut pour la deuxième ou troisième fois. Allais-je échouer comme elles ? Quelle fraternité que celle de l'effort et de l'inquiétude partagés ! L'examen oral dure quatre ou cinq jours, voire même davantage, selon le nombre des aspirantes, l'interrogatoire sur chaque matière prenant un quart d'heure environ. Au bout de ces quatre ou cinq jours, riches et pauvres sont de vieilles connaissances entre lesquelles aucune différence sociale ne se fait plus sentir. On échange ses impressions, on se confie les balourdises qu'on a laissées échapper, et son antipathie ou sa sympathie pour tel ou tel de « ces messieurs de la Commission ». Presque toujours on ignore leurs noms : aussi ces appréciations sont-elles généralement formulées d'une façon plus originale que correcte.

« Le petit noir de la grammaire est atroce ! Je vous plains de tomber dans ses mains redoutables ! Il m'a tenue deux heures sur les préfixes et les suffixes.

— Le gros blond est bon garçon ; il voulait l'analyse d'*Andromaque* ; comme je ne savais pas très bien, je lui ai déclaré que je préférais Corneille à Racine. Alors il m'a interrogée sur *Cinna*.

— Êtes-vous heureuse d'avoir tant d'assurance !

— Je suis désolée !... certaine d'être refusée à l'arithmétique. L'examinateur est horriblement chicanier ; c'est la grande brune là-bas qui me l'a dit. Elle a cru qu'il finirait par lui demander la quadrature du cercle !

— Et le vieux de la géographie qui ne vous fait pas grâce au tableau d'un grain de sable ! Jamais ils n'ont été difficiles comme cette fois-ci ! »

On entre même dans des détails de santé. On n'a pas mangé depuis deux jours ; on ne dort plus. D'autres, au contraire, tranchent du Turenne ; elles dorment les poings fermés et n'en perdent pas une bouchée. On rit tout bas, mais on a une peur mortelle !

Quand mon nom retentit du haut de l'estrade, je montai avec un grand battement de cœur. A peine d'abord m'entendit-on parler ; mes dents claquaient nerveusement, le sang sifflait dans mes oreilles. Qu'était devenu mon aplomb d'autrefois, du temps où je ne savais rien ?... Miss Lynn m'a ensuite avoué qu'elle avait un moment désespéré de mon sort. Histoire générale, géographie générale, littérature, rien ne nous est épargné, depuis le solfège jusqu'au dessin d'un modèle en relief, depuis la tenue des livres jusqu'à la traduction d'un texte de langue étrangère. L'examen des sciences faillit, de même que, jadis, la confection d'une boutonnière, être pour moi la pierre d'achoppement. Tandis que je subissais l'épreuve de la lecture expliquée, il me semblait, en m'écoutant, entendre la voix d'une autre, et je plaignais cette autre de toute mon âme, lorsqu'un interrupteur féroce l'interrogeait à sa guise sur l'écrivain (il s'agissait d'une page de Montesquieu), son époque, son style, ses ouvrages, sautant sans transition des questions de morale aux questions de grammaire ou de rhétorique, toutes assez simples, mais déconcertantes par l'imprévu : — « Que signifie le mot populaire ? » — Qu'a voulu dire Buffon dans sa maxime « Le style, c'est l'homme ? » — « Faites-moi un parallèle entre Bossuet et Fénelon, » etc.

Je ne sais comment il arriva que je trouvai l'occasion de briller par la promptitude et la précision de mes réponses, car, à la fin, je descendis de l'estrade en chancelant comme si j'eusse été brisée par cette gymnastique de l'esprit, pour laquelle je fus cependant trouvée suffisamment habile.

J'étais reçue !

Chaque soir, la liste des aspirantes ayant obtenu leur brevet, soit élémentaire, soit supérieur, est affichée. Dans le flot qui s'écoule de la salle d'examen, il est facile de reconnaître celles qui ont triomphé et les vaincues auxquelles on offre comme réconfort la phrase consacrée : — « Oh ! vous, ce sera pour la prochaine fois, sûrement ! »

Ma tante, qui m'attendait à la porte, devina sans hésiter, quoique je n'eusse encore rien dit et que je fusse, paraît-il, presque livide. Elle me serra sur son cœur et répondit au sanglot qui m'échappa par ces paroles prononcées tout bas : « *Il* t'aurait dit, *il* me charge de te dire que c'est bien, ma bonne petite Geneviève ! »

Deux ou trois refusées se retournèrent, stupéfaites de voir cette *élue* qui s'essuyait les yeux.

XII

J'avais un idéal au milieu de mes tristesses, l'idéal humble et fier de gagner ma vie, de m'exercer au métier d'institutrice chez ma tante, auprès de Lili et de celui que nous continuions à nommer Bébé, bien qu'il eût de beaucoup dépassé ce que l'on est convenu d'appeler l'âge de raison. Après quoi, j'entrevoyais la possibilité de m'associer avec miss Lynn, avec mon excellente Adah, pour ouvrir un cours qui nous permettrait de travailler côte à côte, sans nous quitter jamais. Rien de moins ambitieux, de plus sensé en apparence ; pourtant ceux qui auraient dû m'encourager dans ces projets, les Kerhoël et Adah elle-même, furent les premiers à les battre en brèche. Mon oncle et ma tante, dès que je leur en parlai, me dirent que j'avais d'abord une expérience à faire, une expérience dont pouvait dépendre tout mon avenir : Mme de Mirefleur désirait me prendre auprès d'elle. Là-dessus, je jetai les hauts cris : « Jamais ! jamais je ne m'y résignerais. Me serais-je donc évertuée à apprendre tant de choses pour aller finalement tenir compagnie à une vieille coquette ? » — Oui, dans l'excès de mon indignation, j'appelai sans hésiter la personne qui ne demandait qu'à être ma bienfaitrice vieille coquette !

« Coquette ou non, repartit mon oncle avec une certaine sévérité, elle s'intéresse à toi, et je suis d'avis que tu t'imposes au moins le devoir d'essayer de la satisfaire. Ce qu'elle te demande est bien peu de chose : lui faire la lecture, jouer du piano pour la distraire, écrire ses lettres, moyennant quoi elle te traitera comme sa fille.

— En me traînant dans le monde à sa remorque !

— Non, nous avons stipulé que tu serais autorisée à vivre dans une certaine retraite. Mme de Mirefleur elle-même se voit réduite, par des infirmités qu'elle n'avoue pas, à se dépenser un peu moins au dehors. C'est même la raison qui fait qu'elle désire t'avoir auprès d'elle ; depuis des mois, elle insiste pour obtenir ta réponse à ce sujet. Nous lui avons persuadé de te laisser tranquille jusqu'à la fin de tes examens, dont il ne fallait pas te détourner par des préoccupations quelconques. Au fond, elle espérait que tu échouerais et que ses chances seraient ainsi mieux assurées. Ton succès redouble la vivacité du caprice de cette vieille enfant gâtée. Crois-moi, Geneviève, tu dois accepter la tâche assez délicate, j'en conviens, mais vraiment utile à tes intérêts, que la Providence te propose. Ton bagage de savoir ne s'envolera pas ; tu le retrouveras ensuite, dans un moment où tu seras mieux armée matériellement pour réussir.

— Mieux armée ? Que voulez-vous dire ?

— Que Mme de Mirefleur, si tu acceptes, compte bien te faire une belle part sur son testament.

— Oh ! mon oncle, ceci me déciderait plutôt à refuser : j'aurai l'air d'agir par calcul !

— Chère enfant, tu as un tour d'esprit un peu trop romanesque, s'écria mon oncle en tirant nerveusement sa moustache.

vous que je dois essayer de m'acquitter.

— Tu t'acquitteras, ma bonne fille, en te conformant aujourd'hui à notre avis, quoi qu'il t'en coûte. Ta présence nous

J'étais une gêne, peut-être un fardeau !

— Écoute, Geneviève, insinua ma tante, quand ce ne serait que pour récompenser Mme de Mirefleur d'avoir eu à ton égard une généreuse pensée, tu devrais... »

Je l'interrompis presque violemment :

« Mais vous aussi, vous avez été généreuse envers moi, bien plus généreuse qu'elle ne saura jamais l'être : c'est envers

est très douce, et je n'ai pas besoin de te dire que tu nous manqueras ; mais Bébé va passer bientôt aux mains des hommes, et il ne me paraît pas mauvais que Mad, un peu paresseuse comme elle l'est, soit contrainte à me seconder de plus en plus pour l'éducation de Lili. »

Mon cœur, à ces mots, se serra douloureusement. Elle l'avait dit : On n'avait pas besoin de moi ! J'étais une gêne, peut-être un fardeau !

J'en demande pardon à ma bien-aimée tante, si parfaite pour moi en toute occasion, mais j'eus le sentiment qu'elle m'expulsait, qu'elle me faisait comprendre que je lui étais à charge. Le chagrin rend injuste et susceptible, et elle me causait un si cruel chagrin en écartant le seul moyen que j'eusse de répondre à ses bontés !...

Le but qui m'avait aidée tout d'abord à secouer l'accablement de mon deuil m'était interdit ; j'avais triomphé vainement des difficultés de ce dur examen ! L'orgueil blessé sécha toutefois les larmes dans mes yeux.

« Vous avez le droit de décider en mon nom, » répliquai-je d'un ton sec. Puis j'allai me jeter dans les bras d'Adah, pour y pleurer à mon aise, en lui contant quel affreux sacrifice ma famille venait d'exiger de moi. Mais, là aussi, je trouvai fermé le refuge sur lequel je comptais : miss Lynn avait déjà pesé le pour et le contre des choses.

« Je conçois en partie vos répugnances, me dit-elle ; cependant votre oncle a raison d'insister. Mme de Mirefleur vous assure de précieux avantages... Vous voyagerez avec elle, vous verrez le monde ; en regardant, en écoutant, vous apprendrez à vivre, ce qui n'est pas la partie la moins importante de l'éducation. D'ailleurs, rien ne vous lie précisément... Vous serez libre de la quitter, si elle exige de vous des services qui vous déplaisent ; mais il ne faut négliger aucune occasion honnête d'expérience et de développement. Chérie, je crois pouvoir vous en répondre, votre père vous eût dit d'essayer. » •

Ceci me décida. Rassemblant mon courage, je consentis à ce que l'on voulait. Mme de Mirefleur s'en montra ravie et me répéta sur tous les tons que nous allions à nous deux faire le meilleur des ménages. Son médecin, déclara-t-elle naïvement, lui avait recommandé de chercher le plus possible des sujets d'intérêt en dehors d'elle-même, sous peine d'atrophie du cœur et d'affaiblissement cérébral... Quelles menaces terribles ! Eh bien, elle commencerait par s'intéresser à moi, et je lui apprendrais à ne pas trouver le temps long, puisque je savais si bien m'occuper. Sa santé en profiterait, et elle serait détournée de quelques idées fixes qui la faisaient cruellement souffrir.

Ces idées fixes, dont elle parlait en soupirant, à mots couverts, n'étaient autres que la crainte de vieillir un peu trop pour pouvoir désormais venir à bout, même par une laborieuse réparation au pastel, de l'écroulement de sa beauté. Bien que ses yeux obscurcis par l'âge fussent de plus en plus capables d'illusions, ils ne réussissaient pas toujours à prendre des rides pour des fossettes, et alors une mélancolie profonde, qui n'était pas sans mélange d'aigreur, s'emparait de la pauvre désabusée. C'était cette mélancolie que j'avais mission de dissiper. Certes, je me serais tirée avec moins de peine de la direction d'une douzaine d'élèves indisciplinées, les enfantillages d'une septuagénaire ne trouvant pas aisément grâce devant telle fille de dix-huit ans qui se pique déjà d'être très raisonnable et supérieure, une fois pour toutes, aux vanités d'ici-bas.

J'ouvre les journaux, elle bâille derrière ses bagues.

TROISIÈME PARTIE

XIII

« Geneviève !… faites-moi le plaisir de dire à Pierre que je n'y suis aujourd'hui pour personne ! Cette vente de charité m'a fatiguée hier. »

(Après un regard accusateur à la glace placée au fond de son lit :)

« J'ai les yeux battus, ne trouvez-vous pas, et mauvais teint ? »

Je retiens une réponse trop sincère, et Mme de Mirefleur continue :

« Du repos, voilà ce qui me remettra. La porte sera rigoureusement fermée. Geneviève !… »

Cet appel interrompt les ordres que je donne à Pierre.

« Quoi donc, ma cousine ?

— Qu'il laisse pourtant entrer le manicure, c'est son jour.

— Très bien, ma cousine.

— Geneviève ! Geneviève ! Le coiffeur aussi ; le coiffeur… pour assortir cette natte… Et puis, Mme de Méran, qui viendra faire mon grabuge. »

Mme de Méran était une des nombreuses

parasites qui aidaient ma cousine à passer le temps et qu'elle appelait sans façon ses « dames de cartes », parce que leur spécialité était de lui tenir tête au grabuge.

« Ah ! Geneviève... j'oubliais. J'ai donné rendez-vous à ce joueur de banjo pour ma petite soirée de jeudi. Et, au fait, j'attends aussi mademoiselle... je ne retrouve plus son nom... cette petite chanteuse du concert de l'Horloge... aidez-moi donc... que m'ont recommandée les San-Elmo... Tous les noms m'échappent. Tâchez de vous en souvenir, vous qui avez moins de soucis en tête ! Enfin, on m'a fait engager cette personne, qui est très à la mode... Elle doit s'entendre avec moi pour le choix des chansons..., c'est indispensable. Et puis, si le docteur venait par hasard, il faudrait le laisser entrer aussi... c'est de règle ! Je ne voudrais pas être impolie non plus pour la femme de notre nouveau ministre des États-Unis qui me rendra peut-être ma visite. Geneviève, vous avez parlé à Pierre, n'est-ce pas ?

— Oui, ma cousine.

— Eh bien, réflexion faite, qu'on reçoive tout le monde ! Le courrier est arrivé... Lisez-moi les journaux pendant que je prendrai mon chocolat. Vous avez déjeuné, j'espère ?

— Oui, ma cousine, je me lève de bonne heure.

— C'est vrai ; je vous entends, dès l'aurore, trotter dans votre chambre avec un bruit de souris.

— Est-ce que ce bruit vous gêne ?

— Oh ! mon Dieu, non. Cela me réveille, voilà tout, et puis je me dis, mon enfant, que vous ne vous reposez pas assez. Vous m'avez fait la lecture, hier, jusqu'à près d'une heure de la nuit. A propos, qu'avons-nous lu encore ? »

Il n'est pas surprenant qu'elle l'ait oublié. Je lui ai lu en anglais un *society novel* élégant et vide qui m'endormait moi-même, tandis qu'elle murmurait, somnolente : « Continuez... cela me berce... J'entends très bien quand vous vous arrêtez. »

J'ouvre les journaux. Elle bâille derrière ses bagues.

« Le *Temps !* Non, parcourez un peu le *Figaro,* de préférence. Comme vous baissez la voix ! Vous la baissez de plus en plus ; c'est une bien mauvaise habitude. »

Jamais l'idée ne lui viendra que de plus en plus elle a l'oreille dure. Et cependant je m'enroue à force de crier.

« Tiens ! mon journal de modes ! Lisez-moi plutôt l'article *Visites dans les magasins.* Cette *Crème de la fée aux roses,* à base d'ambroisie, paraît très bonne, ne pensez-vous pas ? Et la merveilleuse Lotion végétale des tropiques, qui recolore les cheveux sans les teindre... Il faudra voir... Ah !... voici la garniture de mon corsage trouvée, cette gaze libellule. Nous irons dans la journée acheter tout cela.

— Mais, ma cousine, je croyais que vous ne deviez pas sortir.

— J'ai changé d'avis, il fait un temps superbe.

— Vous attendiez Mme de Méran, le joueur de banjo...

— Ils reviendront. Vite que j'écrive mes lettres avant déjeuner. Prenez la plume... Vous y êtes ?... D'abord, à mon parfumeur, pour ce sachet de lilas de Perse et pour la *poudre Ophélia, talisman de beauté...* Et puis, à cette pauvre Mme de Sorgues, qui vient de perdre son fils. Des condoléances senties, très senties... cela fend le cœur... Puis des félicitations à la marquise pour le mariage du sien. Vous tournerez cela de votre mieux, quoique je remarque, permettez-moi de vous le dire, qu'une éducation transcendante n'est pas précisément favorable à la forme épistolaire. Moi, j'écrivais à ravir avant mes migraines, pas au point de vue calligraphique... des pattes de mouches illisibles... non, mais beaucoup d'originalité, d'imprévu. Les femmes qui ne sont pas bourrées de science ont toutes cela. Rappelez-vous, Geneviève, ne confondez pas... Pauvre petit !... dix ans, à peine... fils unique ! Le talisman de beauté... C'est un louis la boîte de poudre Ophélia. Elle a deux millions de dot, s'il vous plaît, vous m'écoutez bien, la future bru de la marquise, et surtout n'oubliez pas de dire que je le veux de Perse, absolument de Perse... le lilas pour mon sachet. Superbe mariage... Ces malheureux Sorgues ! Vous m'avez comprise ?... Emportez tout cet attirail de papeterie, que je m'habille ! »

Mᵐᵉ de Sévigné parle d'une princesse de son temps qui déjeunait et se coiffait à la fois, mangeant sa poudre, graissant ses cheveux ; elle ajoute que cela faisait un excellent déjeuner et une très jolie coiffure. Ma cousine, elle aussi, menait beaucoup de choses de front ; mais les résultats n'étaient pas heureux. Sa manière de dicter les lettres me mettait aux champs ; c'était dans ma mémoire un fouillis déplorable dont j'avais grand'peine à me tirer. Pour me dédommager de ce travail matinal, j'étais emmenée de boutique en boutique pendant la première partie de l'après-midi, les glaces du coupé bien closes, ma cousine n'ayant jamais trop chaud.

Quand elle faisait des visites, j'obtenais quelquefois la permission de rester blottie au fond de la voiture avec un livre. De même les jours d'opéra. Les personnes envieuses d'une place dans la belle loge découverte de Mᵐᵉ de Mirefleur ne manquant pas, j'étais dispensée d'endosser une robe du soir, et je jouissais du plaisir trop rare de la solitude. Mais, d'ordinaire, après la promenade au Bois, où j'avais dû nommer tous ceux qui saluaient ma cousine et signaler au passage toutes les nouvelles figures, toutes les toilettes qui en valaient la peine, je m'habillais pour le dîner, presque toujours assez nombreux, dont j'avais préalablement écrit le menu. A la suite de ce dîner, je versais le café en attendant le thé, service quotidien qui rentrait essentiellement dans mes doubles attributions de parente et de demoiselle de compagnie. Lorsque, par hasard, nous passions la soirée en tête à tête, un peu de musique préparait au sommeil Mᵐᵉ de Mirefleur. Et les semaines s'écoulaient ainsi,

sans grand changement, sauf quand j'encourais une admonestation, qui portait invariablement sur le même objet : ma toilette. Allais-je rester vouée au noir toute ma vie ? Le deuil prolongé ne prouvait rien. On n'en avait ni plus ni moins de chagrin... Mᵐᵉ de Mirefleur n'avait jamais pu se décider à mettre un bonnet de veuve, et cependant... nul ne doutait qu'elle n'eût profondément regretté M. Lane. D'ailleurs, si elle me faisait faire de jolies robes, c'était pour qu'elles fussent portées. Hélas ! je le savais bien ; le harnais d'apparat qu'il me fallait revêtir chaque soir était professionnel, — quelque chose comme la livrée des valets de pied, comme le frac noir du maître d'hôtel. Il convient, pour servir le thé, d'avoir les bras nus. Volontiers, Mᵐᵉ de Mirefleur m'eût enjoint d'engraisser, afin d'être plus décorative, mieux dans mon rôle. La maigreur est attristante, et, de ma part, il y avait une sorte de perversité à n'en pas guérir. Sa cuisine étant d'une excellence reconnue, pourquoi restais-je maigre ?

Des naïvetés risibles alternaient chez la baronne avec des accès de mauvaise humeur et des caprices tyranniques dont elle n'était pas davantage responsable, l'état de son esprit dépendant de ses illusions, de la conscience qu'elle avait d'être plus ou moins bien mise et agréable à voir. Si j'avais su la flatter, elle m'eût aimée, je crois. Sa femme de chambre, qui lui disait cent fois par jour : « Que Madame est donc jolie ! », obtenait d'elle tout ce qu'elle voulait. On sait que cette femme de chambre n'était autre que mon ancienne Julie, qui m'avait adulée, moi aussi, toute petite, et qui maintenant ne voyait en Mˡˡᵉ Geneviève que la bête noire des domestiques, une sorte de surveillante importune, me servant avec condescendance et rapportant à l'occasion contre moi. De leur côté, les dames de cartes et autres pique-assiette, inquiets de ma présence dans la maison et de l'effet qu'elle pouvait avoir sur les dispositions testamentaires de ma cousine, prenaient soin qu'aucune de mes négligences, aucune de mes fautes ne passât inaperçue. De là, certains reproches mortifiants ou injustes. Mme de Mirefleur n'était pas méchante, mais elle avait des boutades qu'elle cherchait ensuite à vous faire oublier par des cadeaux ou des compliments. Les inférieurs savent profiter de ces caractères-là ; moi, je n'avais pas l'âme d'une inférieure, je ne me laissais pas consoler, je n'oubliais rien. L'injustice me révoltait, et je regimbais contre certains ordres qui m'eussent reléguée à une situation presque servile. Alors, j'allais regarder mon diplôme, soigneusement serré dans un coffret, et je lui disais : « Tu peux pourtant me rendre la liberté ! Faudra-t-il que tu dormes là toujours inutile ? »

Je me plaignais à miss Lynn, non pas précisément de Mme de Mirefleur, mais de mon incapacité à m'accomoder aux nouveaux devoirs qui pesaient sur moi.

« Un peu de patience encore, me disait-elle. Quand vous n'en pourrez plus, eh bien, vous nous reviendrez. »

Ma tante paraissait se reprocher parfois de m'avoir poussée dans ce guêpier ; elle répétait aussi : « Un peu de patience ! Le plus difficile est surmonté peut-être. Tu t'y feras !... »

Et mon oncle ajoutait :

« Nous ne voulons pas cependant que tu sois malheureuse, Geneviève ; nous ne t'imposons rien.

— C'est singulier, reprenait Mad tout bas ; à ta place, je trouverais ce genre d'existence plutôt amusant. Tu ne sais pas en tirer parti ! »

Elle fut de cet avis surtout quand Mme de Mirefleur eut parlé de m'emmener en voyage. Il était à la mode, cet hiver-là, de courir les chemins. Le comte et la comtesse Z... partaient pour Nice, tandis que s'achevait la construction de leur hôtel ; les Y... s'en allaient au Caire, les X... en Algérie, etc. Il ne restait de la société de la baronne que le fretin. Elle suivit ce mouvement général et décida, vers la fin de février, que nous irions faire un tour en Italie.

XIV

Voir l'Italie ! J'avais caressé ce rêve autrefois, du vivant de mon père, qui promettait toujours d'employer ses premiers loisirs à me montrer Venise, Florence et Rome. Mon cœur défaillit d'abord à la pensée de voir tout cela sans lui ; puis la curiosité l'emportant, je fus reconnaissante envers celle qui me procurait une si grande joie. Son égoïsme et sa frivolité gâtèrent cependant bien des choses. Le plus beau moment pour Mme de Mirefleur fut celui où elle commanda les innombrables costumes de circonstance qui devaient remplir une demi-douzaine de malles gigantesques. Ces malles, nous ne cessâmes pendant trois mois de les perdre, de les réclamer, de les retrouver et de les reperdre, en payant pour leur transport des sommes considérables. J'étais chargée, quand j'aurais désiré regarder un peu par la portière du wagon, d'avoir soin des sacs, des nécessaires, des couvertures, de mettre un coussin derrière le dos de la baronne, une fourrure sous ses pieds, — bref, de remplacer Julie, qui, dans le compartiment voisin, se reposait à son aise.

En arrivant à Gênes, ma cousine se plaignit de la mauvaise odeur du port et voulut repartir tout de suite ; à Milan, elle eut des vapeurs qui nous retinrent à l'hôtel. Venise lui plut, Dieu merci ; mais sur le Grand-Canal elle ne voyait qu'elle-même, allongée dans le demi-jour de sa gondole, en costume pseudo-renaissance. Les voiles dont elle s'enveloppait égarant l'opinion, des rumeurs flatteuses pour son amour-propre coururent sur la *bella donna* qui chaque jour sortait mystérieusement de l'hôtel Danieli. Comme cette légende se serait évaporée à la trop grande lumière elle avait soin de toucher terre le moins possible. Ce ne fut donc que beaucoup trop vite, presque furtivement, qu'il me fut permis de jouir des beautés qui me tentaient. Le souvenir que je conserve de cette rapide vision est celui de quelque mirage féerique flottant sur les eaux dans une. atmosphère d'or et de roses. A Florence, les contours. se précisèrent davantage. Mme de Mirefleur y comptait de nombreuses relations appartenant à la colonie américaine, et, tandis qu'elle recevait ou qu'elle se promenait aux *Cascine* je pus m'attarder tout à mon aise dans les galeries et les églises. J'avais beau entendre, au retour, des conversations discordantes, ce fut un enchantement. Tous les menus ennuis dont j'avais souffert s'effaçaient, je ne les sentais plus, je ne vivais que pour remplir mes yeux de chefs-d'œuvre et pour me laisser, à chaque pas, transporter d'enthousiasme. Il me semblait qu'à ce régime je devenais meilleure, plus disposée à aimer, à pardonner, à me dévouer. La réalité terre à terre ne m'était plus rien ; je ne vivais que pour le monde supérieur de l'art. Les plaisirs incomparables que je devais à ma cousine m'imposaient, pensais-je, l'obligation d'être à tout jamais patiente avec elle, de la servir par pure gratitude, en me répétant sans relâche : « C'est à elle, si exigeante qu'elle soit, que je dois de connaître les Uffizzi, les divins Fra Angelico du cloître de Saint-Marc ! Je serai, quoi qu'elle fasse, éternellement son obligée. »

Toutes mes études historiques et autres avaient servi de préparation à ce voyage merveilleux. Je les complétai en prenant des leçons d'italien ; que je parlais fort mal jusque-là. J'en vins à lire Dante... Vraiment, il me semblait être portée sur des ailes. Eh bien, Rome cependant me réservait quelque chose de supérieur encore, car j'y trouvai un guide pour diriger mes curiosités, pour éclairer mes admirations. Quel guide ? Un vieil ami qui était en même temps un artiste. Notre rencontre eut lieu la première fois que je visitai le musée du Capitole.

Ma cousine s'était établie sur son pliant,

que portait toujours derrière elle Mlle Julie, auprès d'une fenêtre qui laissait entrer des flots de soleil favorables à ses rhumatismes, et moi j'errais solitaire, de salle en salle, armée d'un catalogue et d'un crayon. Immobile depuis cinq minutes devant le *Gladiateur mourant* et absorbée dans mes pensées, — car je me racontais, en la composant à mon gré, la tragique histoire de ce barbare qui cherche la liberté dans la mort, — je m'aperçus tout à coup que quelqu'un s'était arrêté auprès de moi et me regardait avec persistance. Je levai la tête : un jeune homme, que je reconnus pas d'abord à cause de la barbe touffue qui lui était poussée, murmura :

« Est-ce possible ?... Pardon, mademoiselle, mais...

— Monsieur Robert ! » m'écriai-je, dès que j'entendis sa voix.

Et une cordiale poignée de main fut échangée.

« Quel heureux hasard ! Combien ma cousine va être contente ! Elle se proposait de vous avertir. Nous sommes descendues avant-hier seulement à *la Minerve*.

— Yves, qui m'écrit quelquefois, m'avait annoncé que vous étiez en Italie, répliqua Robert Séguier, mais j'ignorais votre arrivée à Rome. J'avoue, d'ailleurs, que je faisais le guet. Il vous a dit, n'est-ce pas, ce bon Yves, que, dans chacune de mes lettres, je lui demandais de vos nouvelles en même temps que de celles de ses sœurs ?

— Mon Dieu ! non, répondis-je en riant. Les cousins et les frères savent si peu se rendre agréables ! Je parie qu'il ne vous a pas dit non plus que nous le chargions, Mad et moi, de notre souvenir pour vous ! Ainsi, vous ne m'avez pas reconnue tout de suite ?

— J'hésitais. Quatre années produisent quelque changement. Vous êtes devenue tout à fait une grande personne.

— Oh ! n'exagérons pas : je ne suis que d'une taille bien modeste.

— Je veux dire que vous avez pris l'air d'une dame fort imposante... Non,

pourtant ; dès que vous riez, je vous retrouve la même, ou il s'en faut peu. »

(Hélas ! je le savais trop, que je n'avais
guère changé !)

« Venez donc, lui dis-je, saluer ma cousine, qui, elle, est plus jeune que jamais,
beaucoup plus jeune que moi. »

Et, sans nous presser, en nous arrêtant
presque à chaque pas, nous nous dirigeâmes, au milieu des statues, qui semblaient
regarder avec intérêt cette paire d'amis,
vers l'endroit où se chauffait au soleil
d'avril Mme de Mirefleur.

Robert s'informait, chemin faisant, de
mes impressions de voyageuse. Je lui disais l'espèce de sympathie attristée que
m'inspiraient les marbres antiques prisonniers dans les musées, eux qui s'étaient
jadis dressés libres sous le beau ciel bleu
des pays du Midi ; et l'effet produit sur
moi par toutes les collections qui me représentaient une espèce de butin magnifique rassemblé au hasard par force et
par violence ; et mes premiers désenchan-
tements à Rome, où la cité moderne, sale,
vulgaire, mal pavée, forme un contraste si désagréable avec les ruines ; et
l'indifférence où me laissait la froide immensité de Saint-Pierre, d'où ne se dégage
aucune émotion vraiment religieuse.

« Attendez un peu ! me répondit Robert,
vous arriverez à goûter ce qui est encore
comme voilé pour vous ; je me charge de
vous y amener. Votre conversion commencera demain, pas plus tard, au Vatican.
Donnez-moi ce Bædeker, je le confisque.
Dorénavant, vous n'aurez pas d'autre *cicerone* que moi. Vous rappelez-vous nos
promenades à Versailles ? Ce sera la même
chose. Seulement la matière est plus riche. »

Tout en marchant, il feuilletait le
Guide, que je lui avais remis docilement,
et parcourait mes notes au crayon avec un
sourire à demi moqueur. Cependant il ne
paraissait pas me trouver sotte, car il prenait déjà la peine de discuter ; mais, surtout, il m'interrogeait sur nos amis de
France, qu'il croyait, disait-il, retrouver
tous en ma personne.

Mme de Mirefleur jeta les hauts cris à la
vue de Robert, lui répéta, jusqu'à le faire
rougir, qu'il avait prodigieusement embelli
et s'extasia sur l'amabilité dont il faisait
preuve en devinant ainsi sa présence, en
devançant son appel. Oh ! maintenant
qu'elle le tenait, elle ne le lâcherait plus !
N'était-il pas son peintre attitré ? N'avait-
elle pas des droits sur lui ?

Je dois dire qu'il n'opposa aucune défense ; il se mit gaiement à nos ordres,
corps et âme. Et ce ne furent pas de vaines
promesses. Pendant notre séjour à Rome,
il vint quotidiennement nous soumettre
un programme pour l'emploi de la journée.
Dieu sait qu'il me réconcilia jusqu'à l'enthousiasme avec tout ce que d'abord je
n'avais pas compris.

Mme de Mirefleur, étant à sa toilette,
refusait de sortir dès l'heure matinale après
laquelle tant de monuments sont fermés ;
mais nous nous passions de sa compagnie.
A Rome, comme à Florence, il y avait des
familles américaines dont plusieurs habitaient le même hôtel que la baronne et s'é-
taient liées avec elle en la traitant de compatriote. Chacune de ces familles comptait
plusieurs jeunes filles auxquelles était accordé le privilège ordinaire d'une grande
liberté d'allures. J'avais la permission de
me joindre à elles, et Robert se faisait le
berger d'un troupeau bondissant et folâtre
de petites misses des plus coquettes. Il les
conduisait partout avec un sérieux et une
complaisance qui paraissaient divertir vivement ses camarades de la Villa Médicis,
lorsqu'un de ceux-ci rencontrait notre
bande joyeuse, — ces demoiselles posées
comme un vol d'oiseaux bariolés, sur les
ruines du Forum ou du Mont Palatin, autour de leur jeune professeur, et caque-
tant, gazouillant en plusieurs langues
avec de petits cris, des émerveillements
saugrenus et des questions plus que naïves.
Parmi elles, il y en avait cependant de très
intelligentes, de très instruites, capables
de comprendre le cours d'esthétique qui
semblait m'être entièrement dédié. C'était
à moi que s'adressait Robert, c'était moi

« Quelle tristesse de quitter cela ! »

qui l'intéressais le plus, je le voyais bien, malgré sa courtoisie, souvent un peu narquoise, envers les autres. Elles étaient toutes plus ou moins jalouses de notre vieille intimité, riant avec malice quand je disais qu'elle remontait à mon enfance, et insinuant volontiers qu'on avait vu des amitiés d'enfance devenir tout autre chose par la suite. Leurs demi-mots à ce sujet contribuèrent sans doute à me tromper. Peut-être aussi croit-on trop facilement ce que l'on souhaite ; mais, un jour que Robert, tout en assistant avec nous, de la terrasse du Pincio, à un splendide coucher de soleil, me parla de ses projets d'avenir, je crus de bonne foi y être associée.

Mme de Mirefleur, allongée dans sa calèche de louage, prenait des glaces au milieu d'un essaim de cavaliers et de dames
élégantes. C'était l'heure où, d'un équipage à l'autre, on se fait des visites, où la
musique militaire impose silence aux rossignols. Nous autres, la jeunesse, nous
avions mis pied à terre, et, accoudés aux
balustres de ce coin de jardin adorable
d'où l'on découvre la Ville éternelle, nous
observions les jeux de la lumière du soir
sur la coupole colossale de Saint-Pierre,
avec le Vatican et les murs d'enceinte à
droite, le château Saint-Ange à gauche et,
en deçà du Tibre, l'amas confus de maisons, d'églises, de tours, de palais, se pressant tumultueusement en relief sur le ciel
rouge.

Nos Américaines poussaient des exclamations admiratives quelque peu impor-
tunes, et, d'un commun accord, nous nous
étions insensiblement écartés de leur tapage, Robert et moi.

« Quelle tristesse, dis-je tout à coup,
de quitter cela la semaine prochaine !

— Oh ! répliqua-t-il, Mme de Mirefleur
m'a promis qu'elle resterait quelques jours
de plus pour notre excursion au lac de
Nemi.

— N'importe ! ce délai ne sera pas bien
long.

— Vous regretterez Rome ? »

Je répondis vaguement :

« Le printemps y est délicieux.

— Bah ! il est, quoique plus tardif, tout
aussi joli à Paris, et, quant à moi, je le
retrouverai avec plaisir.

— Vous le retrouverez ?.. Comptez-vous
donc ?.. »

Je n'en pouvais croire mes oreilles.

« Sans doute... Je partirai bientôt après
vous. J'en ai fini avec l'exil, le plus bel exil
du monde, mais qui commence à me peser...
surtout depuis que j'ai revu mes amis de
France. Oui, mademoiselle, tandis que vous
aspirez à rester en contemplation devant
les sept collines, sous les pins-parasols, moi
je grille de revoir Paris, et, une fois là... »

Il s'interrompit en souriant.

J'attendais, troublée sans savoir pourquoi, à la fois impatiente et craintive.

« Eh bien, reprit Robert, je ne suis pas
de ceux qui pensent que la vie de famille
est incompatible avec le talent ; tout au
contraire, je crois qu'une femme aimante
et dévouée qui, occupée de l'intérieur,
vous débarrasse d'une certaine part de
soucis matériels en même temps que des
dissipations de la vie de garçon, peut être
du plus grand secours. Et ceci n'est que
le point de vue terre à terre. Le plaisir de
la retrouver après une journée de travail,
dans l'intimité du foyer, quelle récompense
délicieuse ! J'y ai songé tant de fois ! Déjà
elle m'a fait beaucoup de bien, cette chère
petite femme trop longtemps invisible. Mon
premier soin sera de m'assurer de son consentement, si je puis, et de réaliser mon
rêve de bonheur domestique,... mon Dieu !
oui, de me marier, en admettant qu'*Elle*
veuille bien de moi... »

J'appuyai mes deux mains à la balustrade et regardai fixement le dôme de
Saint-Pierre, qui me semblait se livrer aux
exercices de rotation les plus périlleux,
tandis que le sol s'enfonçait sous mes pieds.
Les reflets du couchant ne durent pas suffire à expliquer ma rougeur. Fut-ce son
accent, ou seulement le fait de m'avoir
prise pour confidente de ce projet, je n'en
sais rien ; mais il m'aurait dit : « Voulez-
vous être ma femme ? » que je n'aurais pas
été plus émue. Personne apparemment ne
s'en aperçut, et, après un intervalle qui
aurait pu durer aussi bien deux siècles que
deux minutes, tant j'étais incapable de le
mesurer, Robert reprit du même ton :

« M'approuvez-vous ?

— Tout dépendra, répondis-je en rassemblant mes forces, de la femme que vous
choisirez.

— Oh ! vous la connaissez bien, » dit-il
avec un sourire.

Heureusement, ma cousine me tira d'embarras, en donnant le signal de rentrer, sous
prétexte qu'elle commençait à sentir la
fraîcheur du soir, et Robert ne revint plus
sur ce sujet. Il me répéta seulement à

l'heure des adieux : « Nous nous retrouverons bientôt ! » en me baisant la main, ce qu'il n'avait jamais fait. A vrai dire, il n'aurait pu s'en dispenser, ayant été condamné à remplir d'abord le même devoir sur la main que Mme de Mirefleur lui tendait d'un geste de reine.

Au retour de ce voyage, les Kerhoël me trouvèrent bonne mine et l'air radieux. Quoi d'étonnant? J'avais vu l'Italie, et je croyais rapporter une si heureuse certitude !

Pressée de jeter dans un autre cœur la joie qui gonflait le mien, j'allai tout conter à ma chère bonne Adah, sans rien ajouter aux faits, dont je lui laissais le soin de tirer des conclusions. Un peu romanesque de sa nature, elle m'encouragea dans la confiance à laquelle je me livrais de plus en plus.

« Certes, me dit-elle, ce digne jeune homme a compris, en vous voyant chaque jour, tout ce que vous valez. Je sais bien, moi qui vous connais mieux que personne, qu'il ne pouvait faire un meilleur choix. On avait donc raison, chérie, de vous engager à accepter l'offre de Mme de Mirefleur ! Sans elle, vous n'auriez pas vu l'Italie, et, si vous n'étiez pas allée en Italie, M. Séguier n'aurait jamais trouvé d'occasion aussi favorable pour s'attacher à vous, sans compter que des fiançailles commencées dans un pareil cadre sont d'une poésie inoubliable. Il y a de quoi enchanter la vie entière.

— Chère amie ! Nous n'en sommes pas aux fiançailles !

— C'est tout comme ! Il veut parler d'abord à votre tuteur. Mais, après ce qu'il vous a dit...

— N'est-ce pas ?... Cela semble significatif. Pourtant, un peintre devrait tenir à la beauté. Me choisir, moi, au milieu de jeunes filles charmantes.

— C'est que vous lui plaisiez plus que les belles... Cela arrive quelquefois.

— Ah ! chère Adah ! je n'ai pas mérité...

— Vous avez mérité le meilleur lot, Geneviève, étant la brave enfant que vous êtes. Ne vous attendez pas à ce que je plaigne M. Séguier. »

Et elle me faisait raconter encore une fois la scène du Pincio, en répétant :

« Pourquoi vous aurait-il parlé de son projet de mariage ? Pourquoi vous aurait-il cherchée si assidûment, précipitant son retour dans le but très clair de vous rejoindre plus tôt ? Il n'y a pas de doute, Geneviève, il n'y a pas l'ombre d'un doute. »

Nous nous embrassâmes joyeuses.

« Vous me garderez le secret, avec tout le monde, quoi qu'il arrive. Vous le jurez, Adah ?.. Si je suis folle... et parfois je crois l'être, vous serez seule à le savoir.

— Soyez tranquille, chérie, j'ouvrirai de grands yeux émerveillés en recevant le billet de faire part. Ah ! je suis aussi contente que vous. Bob, Kit, venez féliciter votre maîtresse. »

Et mes deux terriers, alourdis par l'âge, par la trop bonne nourriture que leur prodiguait miss Lynn pour l'amour de moi, m'apportaient, d'un coup de langue affectueux, leurs muets compliments.

XV

Je ne fus pas du tout surprise que Mme de Mirefleur, revenue plus remuante que jamais de ses pérégrinations lointaines et ravie d'être de nouveau à Paris, s'avisât de célébrer son retour par une fête. En réalité, il me sembla qu'elle la donnait en mon honneur, en l'honneur de ce que miss Lynn appelait mes fiançailles, d'autant plus qu'elle m'annonça que Robert Séguier lui avait promis d'arriver à temps pour profiter de son invitation.

Des tapissiers envahirent l'hôtel; on transforma les salons en serres embaumées, en jardins des tropiques. Il y eut des fleurs partout, s'étageant le long de la rampe de l'escalier, jaillissant des encoignures. Au feu des girandoles enflammées, ma cousine apparut non moins chargée de pierreries que la reine de Saba, vraiment étonnante,

Je pensais qu'ils avaient l'air d'être créés l'un pour l'autre.

que possible ; étalée sur mon lit, elle m'avait donné l'impression d'une merveille ; mais combien ne perdait-elle pas à être habitée par ma frêle personne ! J'étais d'une maigreur qui rendait périlleux le corsage décolleté ; mes bras, — des fuseaux, — se dérobaient de leur mieux sous les gants qui atteignaient presque l'épaule. J'avais gardé modestement une écharpe de tulle. N'importe ! cette exhibition d'os, si menus qu'ils fussent et sans aucun angle trop disgracieux, m'était pénible. Je considérais l'embonpoint, ce soir-là, comme une qualité essentielle ; ou bien il fallait être d'une jolie sveltesse élancée, celle de toutes ces captivantes étrangères dont la taille eût tenu dans un bracelet.

tout le monde se plut à le dire. Je me tenais un peu en arrière, près de la grande baie du second salon, où elle accueillait ses hôtes avec une grâce dont tous les journaux parlèrent le lendemain ; pour ma part, je ne souhaitais rien que de passer inaperçue. Depuis le temps de mon enfance, où j'aimais la toilette, ne me doutant pas qu'elle m'enlaidissait, bien loin de m'embellir, aucune robe ne m'avait intéressée cependant comme cette première robe de bal, composée sous les savants auspices de Mme de Mirefleur et de son couturier. On l'avait faite aussi blanche, aussi vaporeuse, aussi seyante

On vit, réunies chez la baronne, un assortiment varié de beautés exotiques, plus frappantes les unes que les autres : les citoyennes des États-Unis en tête, avec leur excitation nerveuse presque fébrile, l'éclat quasi surnaturel de leur teint et de leur regard ; des Anglaises, moins exubérantes et moins fines, mais supérieures par la distinction, par la pureté du type royalement calme ; des Russes pâles et blondes, si piquantes qu'elles pouvaient se passer de régularité ; des Américaines du Sud, Espagnoles perfectionnées, montrant leurs grands yeux ouverts comme des fleurs sombres et leur chevelure de soie bleuâtre. Ces échantillons divers, qui se faisaient valoir réciproquement, représentaient le Tout-Paris des journaux, un Tout-Paris venu des quatre coins du globe. Il forme, ce Tout-Paris cosmopolite, au cœur de la société française, une société annexe qui tend à se confondre avec elle et prête à dire que nous sommes en train de perdre nos qualités nationales.

J'éprouvai un vrai plaisir en constatant que la palme du succès restait quand même aux mains de la France, car, lorsque Mad entra avec sa mère, il y eut un murmure significatif. Elle était pourtant la plus simple, dans son petit fourreau de crêpe bleu pâle tout uni, fabriqué à la maison, mais qu'on aurait cru être l'enveloppe naturelle de sa taille irréprochable, de ses mouvements souples, tant il s'y adaptait bien. Imaginez un bouton de rose sortant de son calice. Et quelle grâce modeste, quelle gaîté, quelle franchise d'allures ! Je ne pus m'empêcher de lui dire : « Que tu es gentille ! Aucune de ces demoiselles n'est aussi bien que toi. » Et cela sans le moindre retour de mon ancienne jalousie. Je n'enviais rien à personne, possédant, j'en étais persuadée, la meilleure part.

La baronne fut électrisée à la vue de Mad ; elle déclara qu'elle se reconnaissait en elle, telle qu'elle était à dix-sept ans, quoiqu'il n'y eût guère de raison pour une si grande ressemblance.

Tous les danseurs se disputaient cette charmante proie. Elle était assiégée ; parfaitement à l'aise, d'ailleurs, au milieu de cette situation nouvelle d'un début dans le monde, sans vanité, sans grimaces, jouissant de son petit triomphe comme si elle en avait eu l'habitude.

« Mad a trouvé l'élément qui lui convient, » me dit sa mère, presque triste.

Je compris qu'elle sous-entendait : — « Hors de cet élément, la pauvre petite risquera de ne pas se sentir heureuse. »

Et je répondis, avec un retour joyeux sur moi-même :

« Ne vous tourmentez pas, chère tante ; quelque chose surviendra tôt ou tard pour lui assurer ce qu'elle désire. Comptez sur l'imprévu, qui arrange tout.

— Tu es bien optimiste ce soir, me dit Mᵐᵉ de Kerhoël. Que le ciel t'écoute ! »

Ma tâche était d'aider ma cousine de Mirefleur à recevoir son monde, de veiller à ce qu'elle ne se fatiguât pas. Je dansais peu, sans le regretter, prenant jusque-là un plaisir très médiocre à cet exercice. Je m'étais dit que je danserais avec Robert s'il se décidait à venir, ce qui paraissait douteux, vu l'heure avancée ; je me réservais pour lui. Mad savait aussi qu'il était attendu et lui avait gardé, me déclara-t-elle, une petite place sur ses tablettes surchargées d'engagements pour les quadrilles et les valses de l'avenir. Mais elle l'attendait avec patience, en s'amusant de tout son cœur, tandis que moi j'éprouvais déjà qu'un sentiment profond supprime, dès qu'il a commencé à nous dominer, toutes les jouissances, tous les intérêts secondaires ; nous devenons incapables de goûter les petites choses, prises en dédain aussitôt que les plus grandes se sont révélées au meilleur de notre âme. Cette brillante soirée me semblait d'une longueur mortelle, parce que dans l'arrivée de Robert se résumait pour moi toute la fête. Mes yeux ne quittaient guère la porte par laquelle il devait entrer. Elle livrait passage à un flot de graves habits noirs, d'habits rouges fantaisistes, de fracs imposants décorés de plaques ou de brochettes, sans que se montrât parmi toutes ces têtes, tondues ou frisées à la mode, certaine tête brune, moins correcte, mais plus énergique et plus intelligente, qui était pour moi, depuis peu, celle du seul homme qui existât au monde. Minuit sonnait quand il apparut.

« Enfin ! m'écriai-je, enfin !

— C'est aimable de vous être aperçue que j'étais en retard, répondit-il en me donnant une cordiale poignée de main. Le fait est que je descends du train, pour ainsi dire. À peine si j'ai eu le temps de me rendre présentable. »

Il me raconta comment il avait été d'abord retenu à Rome, puis obligé de s'arrêter en route, et les tours de force qu'il lui avait fallu accomplir pour ne pas manquer ce bal.

Tout le temps je croyais lui entendre répéter : « J'avais si grande hâte de vous revoir ! Cet empressement n'était que pour vous ! » — Ne disait-il pas, en effet : « Que c'est bon de se retrouver ! de se retrouver ici, à Paris, dans ce cher Paris ! »

Certes, il me parla bien cinq minutes sans faire attention à autre chose qu'à moi-même. Puis, regardant autour de lui :

« Peste ! s'écria-t-il d'un ton d'admiration, combien de jolies personnes ! Et quelle variété de types ! On dirait que tous les peuples ont envoyé ici leurs meilleurs spécimens.

— Oh ! répondis-je gaiement (que m'importait désormais que les autres fussent belles !), notre petite Mad bat à plate couture toutes ces étrangères.

— Notre petite Mad ?

— Eh oui, Madeleine... Madeleine de Kerhoël, » dis-je en indiquant du bout de mon éventail « la jolie bleue », comme on l'appelait depuis le commencement du bal.

Elle tirait une révérence à son cavalier, en achevant un quadrille.

Je ne sais pas au juste ce qui se passa, car Mᵐᵉ de Mirefleur me fit signe de m'occuper d'un détail quelconque relatif au souper ; mais, quand je tournai la tête du côté où se tenait Mad, que sa mère avait rejointe, ces deux dames causaient de la façon la plus animée avec Robert. Que celui-ci dévorât des yeux la petite amie d'autrefois, qui avait si bien tenu les promesses de son enfance ; que Mad parût en ce moment jolie comme elle ne l'avait jamais été ; qu'un éclat nouveau s'allumât dans ses yeux si brillants, sur ses joues si roses, je ne le remarquai pas alors ; je m'en suis cependant souvenue depuis. Et, sans tarder d'une minute, en se débarrassant, je ne

sais comment, des précédentes promesses, Madeleine accorda à Robert la valse qu'elle lui avait réservée. Je m'étais figuré qu'il m'inviterait la première ; ayant la conscience de danser assez mal, j'en étais d'avance intimidée. Ce me fut donc à la fois une petite déception et un grand soulagement que de voir la robe bleue s'envoler d'un mouvement si léger, si gracieux, sur un motif de Waldteufel.

Lui aussi valsait bien ; on s'arrêtait pour regarder tourbillonner ce couple, et je ne pus m'empêcher de penser qu'ils avaient l'air d'être créés l'un pour l'autre... oui vraiment... faits pour rester unis à travers la vie. Ce fut une pensée poignante, mais fugitive, aussitôt chassée... On ne marie pas les filles de dix-sept ans... Un tour de valse n'a rien à faire avec des ententes plus sérieuses... N'importe ! aujourd'hui encore, quand j'ai des idées noires, elles me viennent presque toujours sur cet air de valse, le plus entraînant du monde et follement gai, mais qui, pour moi, a le sens d'une marche au supplice. Cependant, je n'en étais alors qu'à de vagues pressentiments qui se dissipèrent, comme s'ils n'avaient jamais existé, lorsque Robert m'invita pour un quadrille, durant lequel nous parlâmes de tout, sauf de Mad, insistant sur les souvenirs que nous avions en commun, sur ces jours bienheureux de Rome, où j'avais fait connaissance à la fois avec tout ce qui peut exalter l'esprit et remplir le cœur.

Je retrouvais Robert le même que dans ce temps-là. Par quelle tyrannie ridicule aurais-je voulu le garder exclusivement à moi seule ? N'était-il pas naturel qu'il conservât une amitié vive aux Kerhoël en général et qu'il éprouvât pour la beauté de Mad en particulier un certain enthousiasme d'artiste ? Je voulus lui prouver, me prouver à moi-même que je le comprenais ; je ramenai l'entretien sur la petite reine du bal, qui nous souriait de loin, tout en passant d'un cavalier à un autre. A ma grande surprise, il répondit froidement, presque avec embarras :

« Oui, elle est bien, très bien ! » Qu'est-ce que cela voulait dire ?

Mad ne partageait pas son indifférence, si cette réserve était de l'indifférence toutefois. Pendant les figures du cotillon, elle l'accapara de son mieux, et à souper, un magnifique souper assis, elle parut naïvement contente de se trouver auprès de lui. Je les observais, songeuse, tantôt accueillant les soupçons qui me harcelaient, tantôt les repoussant. Était-il possible que Robert eût songé à Mad en me disant qu'il voulait se marier et que je connaissais celle qu'il épouserait ?... Non, Mad, quand il avait quitté la France, n'était qu'une petite fille ; elle ne comptait pas alors. Sans doute !.. mais, quoi qu'il en fût, elle comptait maintenant ; elle était belle, et moi j'étais, comme autrefois, tout le contraire !

« Il n'y a pas de plus grand malheur pour une femme que d'être laide. »

Qui donc avait dit cela ! La voix pointue de Mᵐᵉ d'Arlange me sonnait aux oreilles après plus de dix années ; il me semblait que c'était hier. Cachée derrière certain paravent japonais, j'avais entendu porter ce terrible arrêt contre les laides : « On ne les épouse que pour leur argent ! » Oui, c'était hier. Toute la raison dont j'avais fait provision depuis, toutes les espérances dont je m'étais récemment bercée s'évanouissaient, me laissant pénétrée de mon malheur, comme le jour où, petite fille, j'avais été humiliée ainsi. Pourquoi ?...

Ce grand chagrin avait si peu de bases sérieuses que je n'osai le confier à miss Lynn. Il fut, d'ailleurs, de courte durée. Peu à peu, l'impression pénible que m'avait laissée ce bal s'effaça. Je savais que Robert allait souvent chez les Kerhoël ; mais il venait bien plus souvent encore chez nous. Mᵐᵉ de Mirefleur l'invitait sans cesse à dîner, fière de produire un jeune peintre d'avenir, dont le nom était connu déjà, car il avait fait de Rome des envois remarqués. Robert acceptait volontiers, et c'était toujours avec moi qu'il causait de préférence, me parlant de ses projets de tableaux, me consultant parfois, me mettant toute seule, disait-il, dans la confidence de ce qu'il voulait exécuter pour le prochain Salon. Son *Adoration des bergers* serait conçue d'une façon moderne, propre à renouveler la peinture religieuse, — simplement des paysans d'aujourd'hui rassemblés autour de Celui qui est de tout temps l'espérance des humbles et des pauvres, pauvre et humble lui-même, sur la paille d'une étable, pareil à tous les petits enfants.

Et nous avions là-dessus de longues causeries où nous tombions d'accord sur la part que le vieil idéal, l'idéal éternel, peut et doit garder dans l'étude la plus scrupuleuse de la réalité. Mad eût été incapable de s'intéresser à de pareilles discussions ; ce n'était pas elle non plus qui eût été à même de donner à Robert toute sorte de renseignements pratiques sur le moyen d'organiser sa vie avec l'ordre et l'économie nécessaires. L'intendante de Mᵐᵉ de Mirefleur (j'en remplissais les fonctions jointes à celles de lectrice et de secrétaire) avait gagné une expérience qui manquait auparavant à la petite *diplômée*, touchant la conduite du ménage. Il faut tout autant d'ordre et d'économie pour produire un luxe bien entendu, avec de grosses sommes, que pour se procurer le confort nécessaire avec de petites ressources. Je me flattais d'être excellente ménagère. Qu'on me permette cet étalage d'orgueil. Il fut si vite abaissé ! Le rôle d'Égérie tourne trop facilement la tête des femmes. Quand Robert me proclamait en riant une intelligence universelle, je le croyais à demi, tout en me moquant de moi-même.

Le jour où il réclama mon avis pour le choix de son futur gîte, miss Lynn s'écria triomphante : « Est-ce assez significatif ? »

Il avait, dès son arrivée, loué l'atelier qui lui était indispensable. Nous fûmes priées, dans le courant de l'été, d'y faire une visite, pour juger s'il convenait de le conserver, quoique l'appartement qui tentait Robert fût situé d'un tout autre côté. Par la même occasion, disait-il, nous verrions l'ébauche de son tableau. Avec quel plaisir je me préparai à ce petit événement! Je soupçonnais bien peu l'issue qu'il devait avoir.

XVI

« Vous m'emmènerez, n'est-ce pas? s'était écriée Mad.

— Mme de Mirefleur, répondis-je, ne demandera pas mieux si ta mère y consent.

— Oh! cela m'amusera tant, vois-tu! D'abord je n'ai jamais mis le pied dans un atelier de peintre, et puis je suis si curieuse de voir ce qu'il fait!

— Tu t'intéresses à la peinture?

— Je ne sais pas. Je m'intéresse au succès de Robert.

— Rien ne prouve, dis-je, qu'il obtienne ce succès de sitôt, ayant l'intention de s'occuper toujours de ce qui le tente, sans aucun sacrifice au goût du public.

— Oh! mais en cela il a tort, n'est-ce pas, puisque le public décide si les choses sont bonnes ou mauvaises?

— Ce n'est pas toujours ce que la foule regarde ni ce qui se vend qui a le plus de valeur véritable, » repris-je avec le sentiment de la supériorité de mon point de vue sur les appréciations mesquines de Mad.

Elle fit un *Ah?* interrogateur et surpris, en ajoutant :

« Robert n'a pas le droit de mépriser l'argent, puisqu'il en possède si peu. C'est la chose la plus contrariante que de n'être pas riche. Il mérite de le devenir. Il le deviendra.

— Crois-tu?.. Moi je n'en répondrais pas. »

Je vis un reproche dans ses yeux : il lui semblait que j'avais douté du génie de Robert. Elle me dit d'un petit air raisonnable :

« Malheureusement notre ami n'est pas du tout pratique. Tâche donc de lui donner là-dessus quelques bons conseils. Tes moindres paroles sont pour lui la loi.

— En vérité? Tu as découvert cela?

— Oh! c'est assez facile à voir. Mais je n'ai pas non plus à me plaindre de lui. Il nous apporte des bonbons, malgré ce que maman peut dire pour l'en empêcher, et le jour anniversaire de ma naissance il m'a donné de si jolies fleurs! Mes frères n'avaient pas pensé à en faire autant. »

Des fleurs, des bonbons, oui, c'était bien la part qui revenait à Mad! Moi j'avais toute la confiance, toute l'estime de Robert; je le comprenais, lui et sa peinture. Cela ne valait-il pas mieux? Et cependant j'enviais presque ce bouquet; Robert ne m'avait jamais offert de fleurs, sous aucun prétexte.

Ma tante ne vit point d'inconvénient à ce que sa fille nous accompagnât, mais elle déclara qu'elle serait bien aise d'être aussi de la partie. Mme de Mirefleur fit atteler le landau en conséquence, et nous nous dirigeâmes toutes les quatre vers le quartier de l'Observatoire, où Robert Séguier travaillait sous les toits. Cette invasion de son atelier parut lui être très agréable. Nous y passâmes plus d'une heure, occupées chacune à notre façon. Tandis que Mme de Mirefleur, plantée avec son face-à-main devant la grande esquisse de *l'Adoration des bergers*, qui remplissait tout le milieu de l'atelier, poussait des cris d'extase, sans même regarder, je faisais à ma tante les honneurs d'une série d'études de la campagne romaine, qui étaient bien un peu à moi, puisque j'avais parcouru, en compagnie du peintre, quelques-uns de ces sites, rendus avec le sentiment que l'on rencontre d'ordinaire dans une ébauche sincère d'après nature, beaucoup plus que dans un tableau achevé.

De son côté, Mad explorait tous les coins, au hasard, effleurant de ses doigts un piano enrhumé, se moquant gaiement du désordre de cette grande pièce mal tenue, de la poussière qui couvrait les meubles, etc. Elle arriva ainsi devant certain chevalet enveloppé d'un morceau de serge verte et poussé du côté du mur, sans que Robert, étourdi par les questions intarissables et les compliments excessifs de Mᵐᵉ de Mirefleur, se fût aperçu de son manège. Toutefois, un instinct l'avertit peut-être que quelque indiscrétion se commettait derrière son dos, car il tourna brusquement la tête pour surprendre la touche-à-tout qui soulevait du bout des doigts le rideau jeté sur la toile mystérieuse.

« Ceci n'est pas pour être regardé ! s'écria-t-il, très troublé : ce n'est rien qu'un essai manqué, une esquisse informe. »

Et Mad, sans souffler mot, laissa

Une violente curiosité la saisit.

retombait l'étoffe, mais elle avait vu quelque chose d'intéressant, je n'en pus douter, d'après l'expression de son visage. Une violente curiosité me saisit à mon tour... Bientôt après je profitai d'un moment où tout le monde était réuni autour du carton à dessins pour aller jeter mon coup d'œil sur « ce qui ne devait pas être regardé ».

Pourquoi avait-il menti ?

C'était une charmante figure de femme, presque achevée, et non pas une figure de fantaisie ; quoique les draperies flottantes et la chevelure dénouée fussent d'une nymphe plutôt que d'une Parisienne

I.

de nos jours, il était impossible de ne pas reconnaître Mad. La ressemblance n'était pas moins frappante que si elle eût posé. Je reçus un choc en pleine poitrine. Il était pénétré de son image à ce point, et il le niait, et il cachait ce qu'il eût été naturel de montrer comme tout le reste, s'il n'avait eu nulle arrière-pensée ! Je restai rivée au sol une minute, devant cette preuve qui anéantissait mon pauvre rêve si court... ; puis, d'un pas indifférent, sans avoir été aperçue, je me rapprochai de Mad, qui, très rouge, bavardait avec volubilité, riait à tout propos, laissait

10

évidemment s'exhaler ainsi une joie presque étouffante. Allais-je lui en vouloir ?
allais-je revenir envers elle à mon ancienne jalousie ? Eh bien, non, je ne
sentis rien que tristesse profonde et las-
situde désespérée, avec une sorte de dédain pour moi-même. Je me disais :
« Pauvre laide présomptueuse, comment
as-tu pu croire ?... Quelle méprise, mon
Dieu, quelle méprise ! » Et il me semblait
clair comme le jour que Robert n'avait
jamais parlé que de Mad. C'était pour
me faire causer sur elle qu'il me recher-
chait à Rome, c'était à elle qu'il pensait
en faisant allusion à son mariage et en
ajoutant que je connaissais l'objet de son
choix. Il n'y avait pas à en douter. Je
m'étais créé un mirage, évanoui maintenant. Mon imagination avait tout fait.
Combien faut-il se méfier de celle qu'on
nomme, à si juste titre, la folle du logis !

Il est vrai que miss Lynn, lorsque je
lui racontai ma découverte, fut d'un avis
différent. Que Robert eût prêté à une
nymphe le visage de Mad, il n'y avait rien
là qui pût être interprété si gravement,
prétendait-elle. L'embarras que j'avais
remarqué devait venir de la crainte que
Mᵐᵉ de Kerhoël ne blâmât la liberté qu'il
avait prise... Dans tous les cas, et en
admettant que Robert eût conçu pour
cette petite fille un engouement absurde, cela ne prouvait en aucune façon
que je me fusse trompée à Rome sur
l'attrait que je pouvais inspirer. Bonne
miss Lynn, elle voulait au moins me laisser
le doux souvenir du passé ! Elle préférait
croire — si le pire existait — que Robert
avait eu, pour s'attacher à moi, les raisons les meilleures et les plus hautes qui
puissent décider d'une affection durable,
mais que, sensible par état à la beauté, il
s'était laissé surprendre et fasciner pas-
sagèrement en revoyant si jolie la jeune
fille qu'il avait quittée enfant. Cet éblouis-
sement ne pouvait se prolonger... Il
découvrirait vite que cette gentille petite
Mad manquait de la culture intellectuelle
et des goûts sérieux qu'un homme tel que

lui devait souhaiter chez sa compagne.

Ah ! il ne restait plus grand'chose de
l'ancienne prédilection de miss Lynn pour
Madeleine, depuis que celle-ci semblait
devenue la pierre d'achoppement sur ma
route !

Je sus gré à cette chère vieille amie de
ses efforts bien intentionnés pour me rassurer, mais ils manquèrent leur but. Aucun argument ne pouvait prévaloir contre
ma conviction intime. Je *sentais* que tout
était fini. A quoi bon raisonner ? Peu importait ce qu'avait pu être le *commencement;* une seule chose m'apparaissait très
nette : Robert admirait passionnément
Madeleine, et Madeleine était tout près
d'aimer Robert.

XVII

Les choses marchèrent plus vite encore
que je ne l'avais supposé. A quelque
temps de là, ma tante me dit avec agitation :

« J'ai la plus grande confiance en ton
jugement, Geneviève, et c'est à toi seule
que je confie une offre imprévue qui vient
de m'être faite pour Madeleine. »

Je sentis ma gorge se serrer ; j'eusse été
hors d'état d'articuler un mot. Heureusement ma tante était trop préoccupée de
ses propres affaires pour m'observer beaucoup.

« J'en suis tout interdite, poursuivit-
elle : il me semble qu'hier encore ma fille
jouait à la poupée ; sur tant de points elle
n'est qu'une enfant ! Eh bien, figure-toi
que ce brave Robert la trouve, telle qu'elle
est, fort à son gré, et qu'il m'a demandé
sa main. »

Je balbutiai, tant bien que mal, que je
n'en étais pas étonnée.

« Est-ce possible ? Quant à moi, l'absurdité m'étonne toujours. »

(Cette même épithète d'absurde était
venue déjà sur les lèvres de miss Lynn ;
force m'était donc de croire à sa justesse.)

« La pauvre mignonne est incapable

de soutenir le combat pour l'existence. Il faudrait à Robert une femme sensée, d'un caractère déjà formé, qui eût au fond de son affection pour lui ce sentiment de protection maternelle dont les artistes ne peuvent se passer, car ils restent jusqu'au bout de grands enfants impressionnables ; ils n'ont de talent qu'à cette condition. Robert, comme les autres, aura besoin d'être aidé ; Mad a besoin, elle, de protection plus qu'aucune femme au monde : ils ne sont donc pas faits l'un pour l'autre.

— Vous l'avez dit à M. Séguier, ma tante ?

— Sans doute, en l'engageant à rester célibataire ; mais sa tristesse, ses prières m'ont touchée, à la fin. J'ai été faible. M. de Kerhoël me le reproche un peu.

— Quelle est votre réponse définitive ? » demandai-je avec une impétuosité qui me parut trahir mon secret.

J'en eus honte aussitôt, mais ma tante continua sans y faire attention :

« Eh bien ! je me suis dit qu'en somme Mad rencontrerait difficilement un meilleur parti sous les rapports essentiels. Un honnête homme, un homme de talent, cela ne se trouve pas tous les jours. J'ai répondu à Robert : « Ma fille, dont je « connais d'ailleurs mieux que personne « l'âme douce et charmante, est un petit « objet de luxe ; elle a une dot insigni- « fiante, et votre fortune, à vous, est plus « que modeste. Comment pourriez-vous « vivre dans ces conditions ? » — « Je « gagnerai de l'argent ! s'est-il écrié, en « me voyant aborder le terrain de la dis- « cussion. Laissez-moi un espoir, je vous « en prie, un espoir même lointain. Il y a « des peintres qui deviennent riches : eh « bien ! promettez-moi que si je réussis à « me faire une place, vous ne refuserez « de pas consentir... » — Madeleine est « bien jeune, ai-je répondu d'une manière « évasive, elle peut attendre ! » — Il m'a saisi les mains, les a baisées follement, et je me suis trouvée ainsi presque engagée. »

J'avais repris, tandis que ma tante parlait, quelque empire sur moi-même.

— Vous avez bien fait, je crois, lui dis-je avec toute la fermeté que je pus feindre, car M. Séguier plaît beaucoup à Madeleine. --

— Qu'en sais-tu ? s'écria Mme de Kerhoël. T'aurait-elle dit ?...

« — Non, mais je l'ai vu... »

Et je racontai la petite scène dont j'avais été témoin dans l'atelier. Ma tante ne comprenait pas.

« Eh bien ! elle a découvert qu'un peintre s'était inspiré de sa figure, elle en a été flattée, j'y consens. Mais qu'est-ce qui indique...

— Elle n'a jeté aucune exclamation de surprise, ce qui eût été naturel, n'est-ce pas ? Elle a laissé retomber le rideau comme si elle acceptait qu'il y eût un secret entre elle et Robert. J'ai saisi le regard de complicité qu'ils ont échangé ensuite, j'ai vu la rougeur de Madeleine, et vous-même avez été frappée, souvenez-vous-en, de son excès de gaîté durant le reste de la visite, une gaîté sans cause apparente. Voilà bien des indices !

— Quel juge d'instruction tu fais ! s'écria ma tante en riant. Quelle observation profonde ! Peste, mademoiselle Geneviève, rien ne vous échappe. Vous êtes un grand psychologue !

— Vous me flattez, répondis-je avec un sourire qui dut être un peu douloureux ; mais rien, en effet, de ce qui touche mes amis ne me laisse indifférente. Mad est presque une sœur pour moi, et Robert Séguier... »

J'ajoutai dans toute la sincérité de mon cœur :

« Je fais plus de cas de Robert que d'aucun homme au monde. Mad sera heureuse.

— Plus tard, reprit ma tante, quand l'avenir de ces deux enfants sera une bonne fois assuré,... et il ne peut l'être que par le travail de Robert. Surtout pas un mot à Madeleine. J'ai sa promesse qu'il ne lui parlera pas.

— Oh ! répondis-je, ce serait bien inutile.

— Plus qu'inutile, dit ma tante, se trompant sur le sens de ma réponse. Plus qu'inutile,... très fâcheux. il ne faut pas que d'ici à plusieurs années peut-être, elle sache... »

« Elle sait, pensai-je, le cœur serré. Elle sait aussi bien, et encore mieux que nous-mêmes ! »

En tout cas, Mad fut discrète, elle qui parlait d'habitude à tort et à travers. Elle garda pour elle son trésor : cette certitude que je croyais avoir, moi aussi, la veille, d'être tendrement aimée.

Robert, moins réservé, n'hésita pas à me torturer, sans y mettre de malice. Le lendemain du jour où ma tante m'avait parlé de sa démarche, il vint, à l'heure où s'habillait Mme de Mirefleur, demander s'il ne pourrait voir Mlle Delmas. Non que j'eusse l'habitude de recevoir des visites quand je me trouvais seule, mais c'était un jeudi, et chaque jeudi miss Lynn passait une partie de la journée avec moi, sous prétexte de lire de l'anglais. Robert avait eu soin de choisir le moment qu'il savait être celui de notre lecture, s'attendant bien à ce qui arriva. Miss Lynn, avant même de me laisser le temps de répondre, s'écria : — « Qu'il entre ! » — lorsqu'un domestique annonça dans le petit salon où nous nous trouvions : « M. Séguier ! »

Robert entra donc, et, après quelques préliminaires, aborda le sujet dont m'avait déjà entretenue ma tante, avec une franchise qui prouvait assez combien peu il se sentait coupable envers moi.

Miss Lynn, avertie de la ruine de nos espérances, eut grand'peine à s'empêcher d'éclater ; il fallut, pour qu'elle se contînt, toute la fierté britannique et mon exemple, car je fus très calme, d'un calme qui m'étonna moi-même ; j'eus lieu d'être contente de ma propre attitude, l'attitude d'une personne vouée par la nature à jouer les confidentes. J'en avais vu quelques-unes dès mon enfance, lorsque mon père m'emmenait aux Français entendre les tragédies de Racine ; elles étaient toujours laides, jeunes quelquefois, en réalité, mais condamnées à déguiser leur jeunesse. Pauvres disgraciées à qui les premiers rôles sont défendus, quand bien même elles auraient assez de mérite pour oser les aborder.

Ces bizarres pensées de théâtre me hantaient, je ne sais pourquoi. tandis que j'écoutais Robert me presser d'une foule de questions cruelles :

« Croyez-vous vraiment que Madeleine veuille m'attendre ? Elle sera si souvent demandée... Ne pas pouvoir seulement être assuré par elle-même que je ne lui déplais point... Je crois, il est vrai... Mais comment être sûr ?... Oh ! si j'étais sûr, bien sûr, quel stimulant ! Je soulèverais le monde. Cette incertitude, au contraire, me paralyse. »

Je lui fis observer tranquillement que les plus jolies filles, lorsqu'elles n'avaient pas de dot, étaient moins demandées qu'il ne le supposait ; j'ajoutai que, sans en être sûre, je ne doutais pas que Mad eût beaucoup de goût pour lui. Il me fit répéter ces derniers mots plus de dix fois, ravi de les entendre.

« Ce qui me préoccupe davantage, dit sèchement miss Lynn, c'est que vous renonciez si tôt à votre indépendance d'artiste. Je vous parle en amie. Rien ne me paraît plus fâcheux pour un peintre ou un homme de lettres que d'être condamné à vivre et à faire vivre les siens de son pinceau ou de sa plume. Lui qui ne devrait viser qu'au progrès, il songe alors au profit, et son talent s'abaisse en conséquence.

— Il y a du vrai dans ce que vous dites, repartit Robert, quand le choix de notre cœur est imprudent et mauvais, quand nous sommes poussés au travail hâtif par une femme vaine, dépensière, qui ne comprend pas ce qu'il y a de sacré dans l'art. Mais vous ne pensez pas que Mad soit de ces femmes-là ? »

Comme miss Lynn haussait impatiemment les épaules sans répondre :

« La jugez-vous, reprit-il avec une

nuance d'inquiétude dans la voix, la jugez-vous incapable de diriger un ménage modeste, de comprendre les exigences de mon métier, et d'accepter l'existence retirée qui convient aux gens qui travaillent ?

qui ressemble au réalisme, voilà de la brutalité ! »

Mais elle ne se joignit pas à nos plaisanteries plus ou moins franches.

« Je m'entends ! Les hommes me paraissent insensés. Ils prétendent rencon-

Robert entra.

— Demandez donc à un papillon de traîner une charrette ! » s'écria miss Lynn.

Tous les deux, Robert et moi, nous éclatâmes de rire, et je m'écriai :

« Vous donnez un nom bien vulgaire au char du mariage, chère amie. Pour une irréconciliable ennemie de tout ce

trer chez la même personne les qualités les plus inconciliables, — la gentillesse enfantine et la maturité du jugement, la coquetterie instinctive et des goûts de recluse, tout ce qui brille et tout ce qui dure. Malgré leur prétendue expérience, ils ne sont que des enfants gâtés qui demandent la lune. Est-ce à moi de leur apprendre qu'il y a des catégories d'individus possédant telles ou telles qualités avec l'envers de ces qualités ? C'est pourtant ainsi du bas en haut dans l'échelle des êtres : l'oiseau-mouche n'a pas la voix du rossignol, et le rossignol n'a pas les couleurs de l'oiseau-mouche ; la violette n'éblouit pas les yeux comme le font beaucoup d'autres fleurs qui n'ont point son parfum. Une jeune fille sage, instruite, sérieuse n'aura jamais le même genre de séduction qu'une agréable évaporée...

— Miss Lynn, m'écriai-je avec effroi, la voyant partie sur ce ton, vous ne parlez pas ainsi de Mad?...

— Je cite des exemples pour me faire mieux comprendre.

— Vous oubliez que M. Séguier a mûrement réfléchi ; dès l'hiver dernier, à Rome, il me disait son intention de se marier.

— Allons donc ! » s'écria miss Lynn toujours rebelle.

Robert avait rougi légèrement.

« Oui, dit-il, l'idée d'avoir un foyer m'est venue de très bonne heure. J'ai pu même penser quelquefois à l'enfant charmante qui grandissait en mon absence dans cette famille de Kerhoël, toujours parfaite pour moi. J'avoue, cependant, que je n'avais pas encore arrêté mon choix sur Madeleine quand les circonstances m'ont amené en face d'elle.

— Et elle s'est trouvée être décidément votre idéal ? dit miss Lynn railleuse.

— Mon idéal, c'est bien le mot, répondit Robert. Quoi qu'il arrive, elle le restera ; qu'on me la donne ou qu'on me la refuse, elle sera pour moi l'inspiration, le rêve et l'amour.

— A merveille ! dit miss Lynn, sans se laisser attendrir, je ne verrais aucun inconvénient à ce qu'elle restât éternellement pour vous ce que Béatrice fut pour Dante, et Laure pour Pétrarque.

— Je croyais que vous me vouliez du bien, miss Lynn.

— C'est pour cela que je vous parle net, mon cher ami.

— Et je pensais que vous aimiez Madeleine.

— Nous l'aimons tous ! dis-je avec élan, et on ne vous la refusera pas, si Dieu exauce mes prières. ».

Il me tendit la main et serra celle que je lui donnais, d'un air de reconnaissance affectueuse et profonde.

Oui, je m'étais bien tenue, j'avais agi de mon mieux ; mais, quand il fut parti, je fondis en larmes.

Mon courage était épuisé, miss Lynn le comprit. Après m'avoir contredite comme on l'a vu, elle fut avec moi toute pitié, me consolant, me demandant en quoi elle pourrait me servir, m'aider à n'être pas trop malheureuse.

Je la priai de m'y laisser songer et d'y réfléchir elle-même. Une seule chose me paraissait intolérable : entendre Robert me parler de ses sentiments pour Madeleine, et peut-être bientôt Madeleine de son inclination pour Robert, les voir ensemble, assister au développement de leur tendresse mutuelle, être conviée aux délibérations en famille pour savoir s'il fallait consentir à ce mariage, abréger l'attente, etc. C'était là cependant ce qui me menaçait inévitablement. Ils m'avaient tous sous la main à l'occasion, ils comptaient tous avec raison sur ma sympathie. Nouvelle complication, mon oncle, détaché au ministère de la Guerre, était sur le point de quitter Versailles pour Paris ; mes rapports avec la famille allaient donc devenir plus fréquents encore. Enfin Robert, m'ayant une bonne fois ouvert son cœur, comme à une amie sûre et discrète, était de plus en plus assidu chez Mme de Mirefleur, dans un seul but : se faire encourager par moi, ou seulement verser dans une oreille bienveillante ce qu'il ne pouvait confier à d'autres. Tout cela ne devait pas se prolonger. Je le dis à miss Lynn, en la suppliant de faire surgir un prétexte pour m'éloigner, pour rompre avec Mme de Mirefleur. Le devoir de sourire perpétuellement à des futilités indifférentes était au-dessus de mes forces ;

un peu de solitude me ferait du bien.
Mais il était difficile de m'assurer ce remède.

A force de tourner et de retourner les
impossibilités, nous en vîmes à cette conclusion que je pourrais quitter sans aucun
scandale la maison de Mme de Mirefleur,
en alléguant que les fonctions d'institutrice me plaisaient décidément mieux que
celles de demoiselle de compagnie. Les
avantages d'argent, qui dépendaient d'ailleurs du caprice de la tyrannique baronne,
m'importaient moins que jamais. Justement, miss Lynn donnait des leçons
dans une famille que des raisons particulières forçaient de s'installer à la campagne, dans une terre éloignée de toute
ressource d'éducation, au fond de la Bourgogne. Cette famille, qu'elle avait eu
l'occasion de bien connaître, avait besoin
d'une institutrice pour achever l'éducation
de deux jeunes filles âgées de treize et
quatorze ans. La recommandation de miss
Lynn suffisait comme références, et je
remplissais d'ailleurs toutes les conditions
nécessaires.

En acceptant de me pousser dans cette
voie, ma vieille amie fit preuve d'un complet oubli d'elle-même, car rien ne pouvait
lui être plus pénible que de se séparer de
moi. Mais elle me voyait souffrir, elle se
rendait compte des côtés intolérables de
ma situation présente, et ne mit pas un
instant en balance son propre désir et ce
qu'elle croyait être pour mon bien.

XVIII

Il s'agissait, soit d'obtenir l'assentiment
de Mme de Mirefleur, soit de m'en passer.
Je saisis le moment où elle était de bonne
humeur, l'instant précis où, après avoir
appliqué un visage fictif sur les ruines de
sa beauté, elle se reposait en robe de
chambre, avant de se livrer à la suprême
épreuve du corset impitoyablement serré
par sa femme de chambre; sans qu'on lui
permit jamais de se relâcher d'un cran.

Tandis qu'elle respirait encore, tout en
se contemplant de face, de trois quarts et
de profil, sans trop de déplaisir, dans les
glaces mobiles de son cabinet de toilette,
je profitai de l'heure favorable, je lui exposai ma requête, je réclamai respectueusement ma liberté.

« Votre liberté ! s'écria-t-elle en tressail-
lant et en laissant tomber de saisissement
le petit miroir à main dont elle s'aidait
pour l'examen de sa personne. N'êtes-vous
pas libre chez moi ? Croyez-vous que vous
le serez davantage avec deux enfants à surveiller du matin au soir ?... Le plaisir de
communiquer à d'autres ce que vous avez
d'instruction ?... C'est cela ! un réveil de
vos instincts de maîtresse d'école. Quelle
choquante manie chez une fille bien née !
Il y a de quoi rester confondue, ma parole ! N'étiez-vous pas heureuse auprès de
moi ? Je vous traitais en proche parente...
Comment ne sentez-vous pas qu'il y a de
l'ingratitude à me quitter ? Mais qui est-ce
qui me fera la lecture ?... Qui est-ce qui
écrira mes lettres ? Qui est-ce qui m'aidera
à recevoir ? Ah ! vraiment ?... Vous me
laisserez le temps nécessaire pour chercher votre remplaçante. Bien obligée ! Et
l'ennui d'avoir là, devant moi, une nouvelle figure, vous le comptez pour rien ?
Non pas que vous soyez, il s'en faut, la
perfection, mais j'avais pris l'habitude de
vous voir là. Et puis c'est ce mauvais
procédé de votre part qui m'abasourdit. A
qui se fier, mon Dieu, à qui se fier ! »

Mme de Mirefleur eût pleuré si son teint
n'eût été déjà fait ; elle se borna, par prudence, à lever les bras au ciel, et comme
ce genre de chagrin me touchait très peu,
elle m'appela cœur de pierre, stupide
créature, me donnant même d'autres
noms moins doux, après quoi elle me
demanda si je ne serais pas retenue, faute
d'affection pour elle, par mon propre intérêt. Je répondis que si quelque chose
eût pu me retenir, c'eût été uniquement
le désir de lui complaire.

« Des phrases que tout cela ! Vous
saviez bien, en entrant chez moi, que je

comptais vous récompenser largement. »

Cette attaque brusque et grossière me donna la force de répondre que, parmi les choses qui avaient contribué à me faire hésiter, lorsque ma tante de Kerhoël m'avait autrefois transmis sa proposition, l'idée de cette récompense pécuniaire avait compté presque en première ligne.

« Alors vous n'aurez aucun regret d'être rayée de mon testament ?

— Beaucoup moins de regret que je n'en ai de vous affliger, madame. »

Elle ne me crut pas. Une vie d'égoïsme ne prépare point à croire au désintéressement. Le sourire sceptique et artificiel des trente-deux perles qui garnissaient sa bouche mince, se braqua sur moi, pour ainsi dire, comme s'il voulait me mordre, et elle reprit :

« Alors votre résolution est irrévocable ?

— D'autant plus irrévocable après ce que vous venez de dire.

— Il ne vous plaît pas de compter parmi mes héritiers ?

— Que Dieu vous conserve une longue vie !

— La plus longue vie n'est pas interminable. A ma mort, vous auriez eu, — je précise, — deux cent mille francs. C'est une fortune. Vos services, quels qu'ils soient eussent été bien payés. Qu'est-ce qu'on vous donne là-bas pour apprendre la grammaire et le piano à des petites filles, dans un pays de loups ?

— Dix-huit cents francs.

— Vous ne ferez pas là-dessus des économies suffisantes pour vous amasser une dot.

— Une dot ?

— Eh bien, oui : moi partie, vous pouviez vous marier. J'aurais même été généreuse de mon vivant, si vous aviez voulu attendre chez moi un parti sortable ; mais me quitter pour vous mettre aux gages d'étrangers, vous Geneviève Delmas, la fille du plus parfait gentilhomme !...

— Mon père était de bonne bourgeoisie, madame, et eût-il été noble, que je ne dérogerais pas davantage. Quant à la ques-

tion de mariage, permettez-moi de le déclarer : je ne me marierai jamais, je n'ai donc pas besoin de dot.

— Eh bien, riposta-t-elle avec une méchanceté croissante, Madeleine de Kerhoël n'en dira pas autant ; elle est ma parente au même degré que vous. C'est sur elle que je reporte ce que vous avez dédaigné.

De quel ton âpre et dur elle prononça ces mots ! Les âmes sans élévation ne pardonnent guère, en effet, à qui n'est pas leur pareil, le dédain des biens de ce monde.

« Ce n'est pas là me punir, madame, je serai heureuse que Madeleine profite de ma disgrâce, dis-je en lui faisant une révérence pour me retirer, car mes jambes tremblaient tellement que j'avais peine à me tenir debout.

— Nous verrons bien ! » fit-elle avec le hochement de tête d'un despote qui envoie au supplice l'insolent, coupable de lui avoir résisté.

Je parus comprendre que ce geste hautain me congédiait, et je m'enfuis éperdue, en me demandant si elle pouvait être inconsciemment cruelle à ce degré, ou si, ayant deviné mon penchant pour Robert, elle me frappait exprès au point vulnérable. Mme de Mirefleur n'observait, ne jugeait pas grand'chose, mais les personnes les plus sottes sont souvent pleines de malice, bien qu'une erreur de l'opinion publique ait fait aux bêtes une réputation de bonté.

Peu de jours après, tandis qu'humiliée du matin au soir par ma soi-disant bienfaitrice, qui était devenue ma mortelle ennemie, je vaquais, en me hâtant le plus possible, à mes préparatifs de départ, mon oncle me fit prier de passer chez lui, pour une affaire de haute importance, sans doute, car le teneur de la dépêche me parut solennelle.

Sa physionomie, lorsqu'il me reçut, était plus grave encore, et je vis que ma tante, qui se trouvait auprès de lui, avait pleuré.

« Mon enfant, me dit M. Kerhoël, nous voici dans une position des plus délicates,

Je lui exposai ma requête.

fort embarrassés par les largesses imprévues de Mme de Mirefleur, si embarrassés que nous sommes tentés de les refuser. Dans la colère où la jette ton départ et pour te donner une leçon, je suppose, plutôt que pour nous être agréable, Mme de Mirefleur manifeste l'intention d'assurer à notre fille aînée, en guise de dot, une grosse somme qui t'était destinée.

— Et, en acceptant, il nous semblait te frustrer, Geneviève, ajouta, ma tante.

— N'ayez pas de scrupule, leur répondis-je. Cet argent, payé si cher, ne me ferait aucun plaisir. Je n'en ai nul besoin

et suis parfaitement décidée à vivre de celui que je ne gagnerai moi-même.

— Mais pourquoi cette résolution si brusque ?

— Brusque ? Je l'ai toujours eue. Vous m'aviez presque contrainte à la différer. Mais ma patience est à bout et c'est une grande satisfaction, en m'en allant, que d'avoir pu contribuer, même indirectement, à assurer l'avenir de Mad.

— Tu auras été notre bon ange, dit ma tante avec attendrissement.

— Eh bien, dis-je, saisie d'une inspiration subite et sans me donner le temps de réfléchir, puisque vous m'attribuez ce rôle dont je suis si peu digne, permettez-moi de vous adresser une prière. Abrégez l'attente de Robert Séguier. Vous m'avez dit vous-même que la réponse qu'il a reçue de vous n'avait pas pour unique raison, ni même pour raison principale, l'extrême jeunesse de Mad. Vous vouliez lui laisser le temps d'acquérir l'aisance nécessaire. Cette aisance arrive tout d'un coup. N'est-ce pas le cas d'avancer leur mariage ?

— Ceci demande réflexion, prononça mon oncle.

Mais je lus dans les yeux de ma tante qu'elle était de mon avis, et je fus certaine d'être exaucée.

Qu'on ne me loue pas ici d'avoir accompli quelque chose d'héroïque. Il me semble, lorsque j'y songe, que je n'aurais pu agir autrement, qu'une impulsion irrésistible me soulevait au-dessus de moi-même. Et, de fait, n'est-il pas naturel, quand on ne peut être heureux, de travailler du moins à fonder le bonheur des êtres que l'on aime ? Je fus plus égoïste que magnanime ; la certitude du souvenir que laisserait à Robert ma prétendue générosité m'exalta jusqu'à l'orgueil. Beaucoup de sentiments assez équivoques entrèrent donc, on le voit, dans ce qui aurait pu être jugé à la légère, comme une action noble et méritoire. L'orgueil dont je m'accuse grandit encore après une conversation que j'eus avec Robert. Il vint dans la soirée, chez Mᵐᵉ de Mirefleur ; nous pûmes causer quelques minutes à demi-voix, et je réussis à le mettre ainsi au courant de mon départ en même temps que de l'heureuse fortune de Mad.

La première nouvelle passa presque inaperçue, tant il fut terrassé par la seconde :

« Mais alors, s'écria-t-il, si Madeleine devient riche, je suis perdu, toutes mes chances s'envolent. J'ai osé aspirer à la main de Mˡˡᵉ de Kerhoël au temps où elle n'était pas mieux partagée que moi-même quant à l'argent, mais la voici en mesure de faire un tout autre mariage. Vous m'aurez nui sans le vouloir ! »

Mon cœur se serra sous ce reproche et devant sa parfaite indifférence pour mon départ, mais je n'en laissai rien paraître.

« Vous ne connaissez donc pas les Kerhoël, dis-je à Robert, si vous les croyez capables de ce vilain calcul : exiger d'autant plus que l'on possède davantage ! Ils voulaient simplement être assurés que leur fille aurait de quoi vivre. Cette sécurité leur est donnée maintenant. A votre place, j'irais réitérer ma demande.

Je ne me vantai pas d'avoir préparé les voies. J'étais contente, — toujours l'orgueil, — qu'il fût mon obligé à son insu.

Robert, tout enivré par l'espérance que je lui donnais, eut alors un mot de bonté pour moi :

« Et admettant que cela arrive, comme rien ne peut être complet, paraît-il, en ce monde, vous nous manquerez au moment même !

— Bah ! m'écriai-je, avec une affectation de gaîté, vous serez tous trop occupés pour vous apercevoir de mon absence...

— Vous déciderez-vous enfin, mademoiselle, à servir le thé ? » dit d'un ton sec Mᵐᵉ de Mirefleur.

Et elle me foudroya d'un de ces regards haineux qui tombaient sur moi dru comme grêle, du matin au soir, avec les paroles amères, depuis que j'avais demandé mon congé.

Je n'avais pas eu tort de compter sur les bonnes dispositions des parents de Mad, car celle-ci vint en personne m'annoncer la merveilleuse nouvelle, comme elle disait.

Pourrai-je jamais le croire ?... Elle allait se marier, elle, ma petite Mad ! Et avec Robert ! Quand sa mère lui avait proposé ce parti qui s'offrait, la parole d'abord lui avait manqué. Certes, elle savait bien que Robert la trouvait gentille... Elle me confia comme un grand mystère, en guise de preuve, la découverte qu'elle avait faite de la prétendue figure de fantaisie dans l'atelier, son portrait dessiné de souvenir. Mais de là vraiment à vouloir l'épouser, il y avait loin ! C'était comme un rêve. Sa mère lui ayant dit : « Veux-tu ? » Elle s'était écriée : « Je le crois bien que je veux ! » Et on avait beaucoup ri.

« Tu l'aimes donc aussi, mignonne ? » avait demandé son père.

En réalité, elle avait toujours eu pour lui une grande amitié, une grande admiration. N'avait-elle pas été la première à lui prédire le succès, bien qu'elle ne s'entendît pas en peinture ? Jamais cependant elle n'avait pensé à lui autrefois comme à un mari, croyait-elle, et voilà que depuis la veille, oui, depuis la veille seulement, il lui semblait, au contraire, que leur mariage fût chose convenue, décidée de toute éternité... On prétend que les mariages sont écrits dans le ciel. C'est sans doute vrai !

La pensée de porter bientôt une bague de fiançailles l'occupait tout particulièrement ; elle avait confié à Robert son désir... le désir que cette bague fût composée d'une grosse perle entre deux brillants. Elle adorait les perles. Il y en aurait sans doute une parure dans sa corbeille.

« Mais, lui dis-je, Robert pourra-t-il ?... Cela coûte très cher, les perles !

— Bah ! répliqua-t-elle d'un air espiègle, il peut bien faire quelques petites folies, puisque nous voilà riches, grâce à toi. Maman m'a tout dit. C'est toi que je devrais remercier, ma bonne Geneviève, au lieu de Mme de Mirefleur. Cela me chagrine que tu te sois dépossédée pour nous. Mais si tu préfères à l'argent la liberté... dame ! C'est une préférence de femme supérieure. Je suis si peu intelligente, moi ! Mais je t'aime bien, va ! Tu es ce que j'aime pardessus tout, après mes chers parents. Oh ! bien sûr, Robert passera maintenant avant tout le reste. N'est-ce pas drôle ? Je suis heureuse, heureuse !... »

C'est ainsi qu'aimait la petite Mad ; ses sentiments ingénus se répandaient au hasard, comme un frais parfum s'exhale d'une fleur.

Pauvre chère petite Mad ! A cette heure critique de ma vie je ne l'aimais pas, moi, aussi franchement que je l'ai aimée depuis ; il y eut, je le confesse, des instants où,

tout en me dévouant à elle, il me semblait la haïr. Dieu merci, elle ne s'en douta jamais ; elle ne sut ni le chagrin qu'elle m'avait fait, ni ce qu'il me fallut plus tard surmonter pour me consacrer corps et âme à son bien-être, à son repos.

Depuis le jour des fiançailles de Mad, on vécut dans un véritable tourbillon d'allégresse, chez ma tante et chez Mme de Mirefleur. Celle-ci s'était éperdument jetée, comme elle le faisait toujours, dans un nouveau caprice, aiguisé par une pointe de vengeance.

La compréhension vague de ce qui se passait lui venait parfois, je suppose, elle s'amusait alors à m'infliger le supplice de l'envie. Son activité mondaine trouvait d'autre part un aliment dans les préparatifs de ce mariage qu'elle se vantait d'avoir fait ; le vide de son existence était momentanément comblé. Elle multipliait les rendez-vous chez la couturière, chez la lingère, chez le bijoutier ; elle présidait au trousseau et voulut offrir elle-même la parure de perles que Robert n'aurait pu, sans extravagance, mettre aux pieds de sa petite fiancée. Entourée comme elle l'était de tous les Kerhoël, forcément empressés et reconnaissants, la baronne n'avait plus besoin de moi et me le faisait sentir. Quant aux autres, ils m'oubliaient, tout en montrant par intervalles, avec une sorte de remords, qu'ils étaient honteux de me négliger ainsi ; mais comment me réserver une place dans ces joyeuses journées qui s'écoulaient trop rapides ?

La compassion navrée que me témoignait miss Lynn me faisait plus de mal encore, en m'obligeant à reconnaître que j'étais fort à plaindre. Ce fut un soulagement pour moi quand j'échappai au spectacle de son mécontentement attristé, à celui de la satisfaction des fiancés, satisfaction partagée par leur famille et troublée seulement, je crois, par ma présence. Des convives assis à une table abondante souffriraient du voisinage d'un pauvre affamé qu'il ne serait pas en leur pouvoir d'inviter : j'étais à leurs yeux cet affamé-là.

Au dernier moment je voulus faire ma paix avec Mme de Mirefleur. Elle s'y refusa, en répétant qu'elle n'oublierait jamais mon ingratitude, bien qu'elle en fût toute consolée.

Sur ces réconfortantes paroles, je dis adieu à Paris comme j'aurais dit adieu à la vie, à la jeunesse, à l'espérance, avec le sentiment que je serais pleurée par un seul cœur fidèle.

Je ne m'apitoyai pas, pourtant, sur moi-même outre mesure. Je fis bonne contenance dans le compartiment des dames — au complet — où je voyageai toute une nuit, jusqu'à la petite ville de Bourgogne de laquelle partait la mauvaise diligence qui, pendant une grande demi-journée, roula sous un soleil ardent et une poussière étouffante. De chaque côté de la route j'apercevais quelques bois interrompus par de vastes espaces en friche ; parfois, du haut d'un plateau, mon regard plongeait au fond d'étroites vallées qui mettaient une note de fraîcheur dans le paysage, assez aride, et bossué plutôt que montagneux. Du reste je ne voyais guère, il faut en convenir, que ma propre peine. Le dehors des choses ne m'était rien.

Je descendis dans un endroit désert où un monsieur d'apparence respectable guettait le passage de la patache. Il m'aida poliment à descendre, tandis qu'un domestique, qui l'accompagnait, prenait soin de mes malles. Aucune trace d'habitation ; mais au bout d'un petit chemin que je suivis à pied, en répondant de mon mieux à des questions polies sur le voyage que je venais de faire, j'aperçus, dans un creux assez triste, une grille moussue. Cette grille s'ouvre sur la cour du château de Crèveroche, lequel, par parenthèse, n'est qu'une antique maison, méritant fort peu le nom dont on la décore ; elle n'est château qu'en comparaison des toits de chaume environnants qui représentent le village. Sur un perron de pierre grise deux petites filles avec leur mère semblaient m'attendre. Elles vinrent à ma rencontre, et Mme d'Armentières, très douce, très bienveillante, me présenta mes élèves. Cet accueil affable, cette demeure évidemment paisible et hospitalière, ces visages sympathiques, le calme de cette campagne un peu sauvage, tout cela était plutôt de nature à me plaire ; je ne sais pourquoi, une fois parvenue au but que j'avais souhaité d'atteindre, une sensation atroce d'isolement m'oppressa, me tordit le cœur pour ainsi dire. J'acceptai avec une hâte désespérée l'offre qui me fut faite d'aller me reposer.

Enfermée dans ma petite chambre, qui communiquait avec l'appartement de mes élèves, je m'abandonnai à une crise de sanglots, de larmes amères. Pour l'interrompre, il ne fallut rien moins que la cloche du dîner : d'une voix qui me parut impérieuse et sévère, elle me rappela tout à coup que dorénavant je ne devais plus vivre pour moi-même, que mon lot était de donner le conseil et l'exemple. Ce devoir, d'ailleurs, pendant les quatre années que je passai chez M. et Mme d'Armentières, je crois ne l'avoir jamais oublié.

QUATRIÈME PARTIE

XIX

Quatre années. Combien ces années, assez lentes pendant qu'elles s'écoulaient, me paraissent courtes lorsque j'y reporte ma pensée ! C'est qu'aucun événement n'y prit place à partir du moment où m'arrivèrent de tous côtés les récits détaillés du mariage de Mad, plus ravissante que jamais, me disait-on, dans ses blancs atours cousus de fleur d'oranger, et sous le long voile qui l'enveloppait de la tête aux pieds comme une transparente vapeur. Robert radieux, bien entendu,... tout le monde aux anges, malgré le regret de voir les jeunes époux s'envoler. Leur voyage de noces devait les conduire à Biarritz d'abord, puis dans le nord de l'Espagne. J'éprouvai une puérile satisfaction en apprenant qu'ils n'iraient pas en Italie, car c'était là que j'avais eu ma part, — une part bien petite, assurément, — des affections de Robert.

Tout aurait pu être plus douloureux, en somme, — par exemple si j'avais été forcée d'assister à ce mariage, au lieu de me borner à envoyer mes vœux du fond de la retraite où des occupations nouvelles, absorbantes, donnaient un dérivatif à ma tristesse. Je m'attachai très vite au château de Crèveroche comme à un refuge, et à mes élèves comme à deux bons petits tins secourables qui, en m'imposant des tâches sans cesse renaissantes, m'arrachaient à moi-même. Elles n'étaient pas plus intelligentes que la majorité des enfants de leur âge, un peu molles au travail toutes les deux, avec des différences de caractère dont il fallait tenir compte dans ma conduite à leur égard : chez l'une, la douceur dégénérait en apathie ; l'autre eût été facilement opiniâtre et boudeuse. Je vins à bout de leurs défauts, parce qu'elles se mirent, dès le premier moment, à m'aimer et à désirer me plaire. Du matin au soir je m'occupais d'elles, dirigeant, au profit de leur instruction, nos promenades, nos entretiens, nos lectures, même les moins sérieuses, et Mᵐᵉ d'Armentières voulut bien me dire à la fin du premier mois qu'elle était contente de tout ce que j'obtenais de ses filles. Ce jour-là j'eus le sentiment d'avoir remporté une victoire, et, de fait, les victoires remportées sur nous-mêmes, sur notre lâcheté, notre faiblesse, nos chagrins égoïstes sont peut-être, sinon les plus glorieuses, du moins les plus difficiles.

Le récit du développement de ma vie morale et des progrès que je fis en enseignant, — ce qui, on l'a répété bien des fois, est un des meilleurs moyens pour s'instruire, — semblerait ici monotone. Je me bornerai donc à dire que ma santé en même temps que mon âme, j'imagine, se trempa dans cet âpre climat, au milieu de ces collines granitiques, nues au sommet, hérissées à la base de sapins noirs, pays de chasse et de pêche, où l'exercice au grand air est à la fois rude et tentateur, où la nature, qui ne se laisse pas aisément aborder (les chemins du Morvan comptent encore parmi les plus mauvais de France), vous réserve à chaque pas des surprises auxquelles ne vous a préparés aucun *Guide Joanne*. Ceci avait pour moi le mérite de la nouveauté, la vraie campagne, ignorée des touristes, éloignée des villes, grandes ou petites, étant assurément ce que je connaissais le moins.

Mes élèves étaient ravies des étonnements et des extases enfantines de leur maîtresse devant le petit monde abrupt que nous abordions, aussitôt sorties du creux de Crèveroche, car de ce creux on ne voyait rien que de la terrasse plantée de tilleuls, et de temps en temps le profil d'une charrue qui passait, découpé sur le ciel clair, au sommet de la montagne. Disons montagne, à la condition de ne penser ni aux Alpes, ni aux Pyrénées, ni même à l'Auvergne. Une triple chaîne mamelonnée fermait la vallée, où coulait une espèce de petit gave limpide, laissant scintiller les cailloux sous l'écume transparente de ses eaux. Des bœufs d'une blancheur uniforme ruminaient épars dans le pré où nous allions cueillir des champignons, quand nous ne nous égarions pas à travers les chaumes, à la recherche d'une *pierre branlante*, d'une *pierre écrite* quelconque. Parfois aussi nous partions dans un vieux char-à-bancs traîné par le Rouan, un cheval de labour, retrait d'emploi, que nous conduisions nous-mêmes, — au pas, vu son grand âge, — vers les ruines intéressantes d'un de ces anciens châteaux, que leurs propriétaires laissent s'écrouler peu à peu, comme le château d'Alligny, par exemple. Nous emportions notre goûter pour le servir sur la bruyère, cette fleur du Morvan par excellence, qui a tant contribué à me consoler, car il n'y a pas de plus grande consolatrice que la nature, quand on sait l'écouter, se pénétrer d'elle. Chère petite bruyère modeste, déguisant sous ton manteau de pourpre la nudité du sol pauvre, résistant aux intempéries des saisons, saine, rustique, d'une poésie naïve, fraîche encore dans la mort, séchant sur ta tige sans qu'aucune brise parvienne à t'en détacher jamais, — si humble, si forte, si fidèle, combien de leçons m'as-tu données ! — S'il est vrai que les qualités des choses environnantes se communiquent à nous, je dus sans doute aux sites qui m'entouraient les forces qui me furent prêtées pendant cette période où presque rien ne m'arriva de personnel, mais où je vécus de la vie des autres d'une façon intense et profonde. L'heure du facteur était en effet pour moi l'unique événement de la journée. Avant la fin de cette première année, je reçus, parmi beaucoup d'encouragements affectueux de miss Lynn, envoyés à jour fixe chaque semaine, et quelques petits mots, gais comme les cris de l'alouette enivrée de soleil, que Mad jetait vers moi à de longs intervalles, quand elle en avait le temps, deux lettres qui me firent beaucoup réfléchir.

DE MADELEINE

« 15 novembre 1885. ·

« Nous voici rentrés à Paris, ma chère mignonne, après un séjour au bord de la mer et une pointe jusqu'à Madrid, qui a enthousiasmé Robert, absolument fou de Vélasquez, fou à ce point que j'en étais jalouse. Nous serons bientôt presque installés. Je t'avoue que, pour ma part, je ne suis pas fâchée d'en avoir fini avec les auberges et les grandes routes. Paris est, du monde entier, l'endroit que je préfère. Je le déclare de confiance, sans avoir parcouru les deux hémisphères, mais sûre tout de même de ne pas me tromper.

« Naturellement, Robert devait quitter son perchoir d'autrefois. Je lui ai fait louer un joli appartement dans ces quartiers neufs du côté de la place Péreire. C'est loin, mais très élégamment habité ; on y trouve, sans trop de peine, de beaux ateliers dans des maisons où le reste n'est pas sacrifié outre mesure. Tu conçois que je désire recevoir un peu, quoiqu'un jeune ménage ne soit pas forcé de rendre toutes les invitations qu'il accepte.

« Ce serait difficile, d'ailleurs, car déjà elles commencent à pleuvoir chez nous, avant même que personne soit censé de retour. Mme de Mirefleur l'est, cela suffit, et elle trouve toujours moyen de rassembler des gens gais autour d'elle. Régulièrement, nous sommes de ses dîners ; la reconnaissance nous défend de lui rien refuser, et tous ceux que nous rencontrons dans son salon nous invitent à leur tour. Robert prétend détester le monde, c'est une idée fausse qu'il se fait. D'abord il aimera tout ce que j'aime, et puis je suis plus prévoyante qu'il ne le suppose. Je sais très bien, — Mme de Mirefleur l'affirme, et elle n'a pas tort, — qu'un artiste, pour s'assurer des commandes, doit se produire. Nous nous produirons donc au mieux des intérêts de mon mari et de mon propre plaisir.

« Mme de Mirefleur est parfaite pour nous ; elle m'envoie chercher en voiture et m'emmène faire des visites dont Robert est dispensé ; elle me comble de cadeaux et dirige très bien mes débuts, car elle connaît le monde sur le bout du doigt, il faut lui accorder cela. Nous pendrons notre crémaillère vers Noël. Je veux que, comme chez elle, la table soit jonchée de violettes de Parme, — moins les grands surtouts de fleurs et d'argenterie, cela va sans dire ; — nous ne visons pas au luxe, mais à une coquette simplicité. Maman, qui n'a jamais eu le goût des jolies choses, me dit de prendre garde, et que j'ai un penchant à la dépense ; j'ai cependant montré assez de raison dans le choix de notre mobilier, dont nous n'avons encore, du reste, que l'indispensable. Robert dit que les vrais objets d'art doivent s'acheter peu à peu. Il ne fait aucun cas des chefs-d'œuvre du tapissier qui me suffiraient, je crois, en attendant mieux, si j'avais carte blanche... Mais mon devoir est de me conformer à la volonté de mon seigneur et maître, n'est-ce pas ? Et c'est facile, somme toute. Il *veut* si rarement, il demande d'une façon si persuasive toujours, il est si bon, la vie est si douce auprès de lui ! Aucune concession ne me coûte donc. Je tâche d'être économe comme si nous n'étions pas des gens fort à leur aise.

« Ah ! chérie, je continue à sentir que tout ce que je possède, oui, notre fortune et presque mon mari, tout, c'est toi qui me l'as donné ! Si tu savais comme je reste reconnaissante de ce cadeau, comme la comparaison du bonheur que je mérite si

peu et des efforts laborieux de ta pauvre vie
désemparée se présente souvent à mon
esprit ! J'en aurais du chagrin, s'il était
possible d'en avoir dans ce paradis, où il
ne manque, hélas, que ta présence. Mais
tu viendras quelquefois à Paris, tu me le
jures ? Quelle fête alors chez ta petite
Mad ! »

DE MISS LYNN

« Versailles, 25 décembre 1885.

« C'est la première fois, mon enfant, que
je passe, sans vous, le jour de Noël. Mes
pensées, mes prières vous suivent. Je me
suis enfermée dans ma chambre aujour-
d'hui, jour de congé, avec une certaine
répugnance à voir d'autres visages que le
vôtre, celui-ci ne m'apparût-il que sous
forme de photographie. Tout le monde me
semble trop bien partagé en votre absence,
darling. Non que je vous croie malheureuse : on ne l'est absolument que lorsqu'on
s'abandonne soi-même, et ma chère Geneviève a, Dieu merci, le cœur haut et ferme.
Je ne suis pas non plus de celles qui s'api-
toient, en principe, sur la disgrâce d'être
dépendante « chez les autres », ayant
trouvé, quant à moi, des égards, du bien-
être, et même beaucoup de joies dans une
situation semblable ; mais je ne peux m'empêcher de remarquer, avec une sorte de
colère, que certaines personnes ont le superflu, tandis que vous avez tout juste
le nécessaire. Vous concevez, n'est-ce pas,
que ces mots de nécessaire et de superflu
ne s'appliquent point au côté purement
matériel de la vie, que j'y fais entrer pour
une large part les affections ? Eh bien, Mad
est gâtée par son mari d'une façon qui inquiète et sa mère et moi-même ; elle abuse
de l'empire qu'elle exerce sur lui pour
obtenir gentiment tout ce qu'elle souhaite,
et ce qu'elle souhaite est déraisonnable.

« J'ai remarqué que les filles élevées
dans une famille où l'ordre, l'économie,
quelques privations même s'imposent rigoureusement, sont parfois très promptes
à jeter l'argent par les fenêtres quand l'oc-

casion s'en présente. Mad agit durant ces
premiers mois de mariage où elle organise
sa maison, ses toilettes, etc..., comme si
elle ne devait jamais voir la fin de revenus,
qui ne sont pas énormes, après tout. Elle
confond évidemment avec ce qu'on appelle
une belle fortune les ressources qui, sage-
ment administrées, seraient une agréable
aisance. Et, gaspillage plus grave, elle
dispose, sans façon ni scrupule, du temps
de son mari. Robert la laisse faire, souriant
à tous ses enfantillages. Elle est certainement très séduisante, et elle me désarme
moi-même quand j'entreprends de lui faire
un peu de morale. Mais la sourde colère
que je vous ai confessée en commençant
me reprend vite contre elle et contre tout
ce qui n'est pas mon « Bijou ». Vous
voyez que, loin de lui, je ne deviens pas
meilleure, c'est Geneviève qui, — je l'entends d'ici, — va sermonner son vieux
mentor sur son manque d'indulgence. Nos
rôles sont intervertis ! Oh ! oui, maintenant,
vous valez mieux que moi, chérie, beaucoup
mieux que moi ! Je n'accepte pas ce que
vous me dites, avec trop de modestie, que
si vous réussissez avec vos élèves, c'est en
vous souvenant des leçons que je vous ai
données. Vous réussissez, parce qu'il se
dégage de vous le genre d'influence ma-
gnétique qui appartient aux bons, aux
forts, aux dévoués, aux désintéressés.
Puissiez-vous semer dans un terrain aussi
riche que celui qu'il m'a été donné de cultiver chez vous, à travers quelques épines,
soit ! Il y a si longtemps que ces épines
sont arrachées. Pourtant vous avez conservé un ou deux défauts, quand j'y songe :
un peu de témérité, d'orgueil aussi ; défauts
de jeunesse, après tout. Vous en avez fait
preuve en assurant à la légère ce qui vous
paraissait le bonheur de deux êtres. Est-on
bien certain, — j'en doute pour ma part,
— est-on bien certain d'assurer le bonheur
des autres en réalisant ce qui est au moment même leur désir le plus vif ? Je croi-
rais plutôt, moi, que l'obstacle placé par la
Providence entre un désir et sa réalisation
est souvent, pour les gens qu'il fait tempo-

rairement souffrir, le plus grand des bienfaits. Mad aurait gagné à attendre quelques années avant d'entrer dans le mariage ; elle serait peut-être devenue plus sérieuse, et, en tout cas, Robert se serait mûrement de penser, de se recueillir. Nous ne recevions presque pas de visites, les châteaux étant à grande distance les uns des autres. D'ailleurs, la retraite de M. d'Armentières dans son vieux Crèveroche, longtemps

Nous emportions notre goûter.

interrogé. Dieu veuille que l'avenir de ce jeune ménage soit sans nuages comme l'est encore le présent ! »

Non seulement je lus et relus ces lettres, qui se complétaient si singulièrement l'une l'autre, mais, à tort ou à raison, je découvris entre les lignes bien des choses alarmantes. Dans le silence de la campagne ensevelie sous la neige, on a tout le temps

abandonné, ayant eu pour cause des revers de fortune, la famille se tenait systématiquement à l'écart, vivait sans aucun faste et supprimait toutes les occasions de dépense. Le père de mes élèves s'occupait d'agriculture, leur mère ne dédaignait de s'intéresser ni à la basse-cour ni à la ferme. J'avais sous les yeux le spectacle d'une quasi-ruine très noblement supportée, qui me faisait songer davantage encore à ce qui menaçait les Séguier, si Mad continuait à se montrer prodigue et si Robert ne travaillait plus.

Mais, d'autre part, je voyais de quels sacrifices les parents sont capables aussitôt que l'intérêt de leurs enfants est en jeu. C'était pour combler les brèches faites à l'héritage des deux petites filles, qu'ils aimaient par-dessus tout, que M. et Mᵐᵉ d'Armentières s'étaient imposé de certaines réformes. Quand Mad serait mère, cette maturité que miss Lynn me paraissait exiger d'elle un peu trop tôt lui viendrait. En attendant, je répétais chaque jour dans mes prières : « Mon Dieu, faites qu'ils soient heureux ! »

Combien de fois la petite église où nous allions le dimanche par des chemins crevassés, aux ornières gelées, lorsqu'ils n'étaient pas boueux au point de nous forcer à porter des sabots ; combien de fois notre pauvre petite église, pareille à une grange, a-t-elle entendu la même invocation faite avec ferveur ! Je ne demandais que cela, n'ayant rien à désirer pour mon propre compte que la continuation de cette paix dont je jouissais de plus en plus, sauf quand il m'arrivait de Paris des messages tels que ceux-ci, par exemple :

DE MADAME DE KERHOEL

« 1ᵉʳ mars 1886.

« Mad me charge de l'excuser auprès de toi, ma chère Geneviève, si elle t'a un peu négligée en ces derniers temps. Il est certain qu'elle n'avait pas une minute à elle. Rien n'est plus absorbant que le monde quand on s'y livre une fois, et j'ai le regret de dire qu'elle s'y livre un peu trop. Son mari le trouvant bon, nous n'avons rien à objecter, nous, les vieux parents, des gens d'un autre siècle ; mais nous jugeons, ton oncle et moi, que la maison de Mᵐᵉ de Mirefleur est dangereuse pour Mad. On y organise à chaque instant des fêtes en son honneur ; elle sert

de prétexte à cette passion de recevoir qui consumera jusqu'au bout la baronne ; elle a des succès qui l'enivrent et dont est fier mon excellent gendre. On les recherche de tous côtés. La beauté de Mad (rayonnante en ce moment) et le talent de son mari font fureur. Robert a reçu plusieurs commandes de portraits. Celui de la duchesse de B... ira au Salon et produira certainement de l'effet, mais il n'a pu achever à temps son *Adoration des bergers*, qui eût compté beaucoup plus pour sa gloire. Mad comprendra-t-elle un jour, comme tu le lui dis si bien, que la femme d'un peintre doit être sa collaboratrice, en ménageant et en servant de son mieux ce qu'il a de génie ! Elle nous a lu ingénument ta lettre, en déclarant que tu avais mille fois raison, et Robert a aussitôt ajouté que tu savais toujours dire à propos le mot juste, que tu étais la fée bienfaisante ; mais je ne vois pas que depuis lors ils aient arrêté un tourbillon vraiment vertigineux. Enfin, ils sont jeunes, et je n'ose trop prêcher, dans la crainte d'ennuyer ma fille ou de devenir pour son mari ce que je ne veux jamais être, le type de la belle-mère qui se mêle de ce qui ne la regarde pas. Tout ceci entre nous, bonne et sage petite amie. Un avis de toi pourra être écouté à l'occasion plus que toutes mes morales. Mad t'adore, et Robert a pour toi, je peux le dire, une estime passionnée. »

Je fis de mon mieux ; j'entrepris d'envoyer à Mad les conseils que, du fond de son cloître, une recluse pourrait envoyer à ceux qui voguent sur les flots agités de la vie. Du moins elle qualifiait ainsi, en se moquant un peu, mes instances répétées pour qu'elle se réservât chaque jour une heure de recueillement qu'elle emploierait à s'interroger sur ses gaspillages de plus d'une sorte : — « C'est peine perdue, ajoutait-elle. Je commence bien à méditer selon ta formule ; mais, au bout de cinq minutes, il se trouve que je pense à la robe que je mettrai le soir. »

Et, à propos de cette robe ou d'autres

fanfreluches, elle barbouillait gentiment de longues pages qui me paraissaient folles, tombant au milieu de nos passe-temps rustiques : distribution de miettes aux moineaux affamés qui, pendant chaque repas, venaient heurter du bec les vitres de la salle à manger ; découverte imprévue d'une violette sous la neige ; après-midi de patinage sur la petite rivière gelée ; contemplation d'un coucher de soleil quasi boréal, si rouge derrière la noirceur des sapins ; veillées silencieuses au coin du feu, quand les longues aiguilles agiles couraient dans les tricots de laine destinés aux pauvres, et que M. d'Armentières faisait une lecture à haute voix. Je connaissais mieux les livres nouveaux que Madeleine, qui n'avait jamais le temps de lire.

Enfin, il me sembla que le ciel venait au secours de mes chers imprudents le jour où m'arriva la missive ci-jointe :

DE LILI DE KERHOEL

« 15 mai 1886.

« Le portrait de la duchesse de B... est très regardé au Salon ; il y a toujours devant lui une foule de belles dames, et je m'amuse à écouter leurs réflexions pour les rapporter à Mad. De son côté, elle collectionne les jugements très favorables de la presse. Je ne peux comprendre que Robert n'en prenne pas plus d'orgueil. Il dit que les compliments ne sont que de la mousse et les articles du fatras, qu'on ne doit pas se contenter de si peu de chose. Monsieur est difficile ; Mad et moi, qui le sommes moins, nous collons ces titres de gloire dans un album acheté tout exprès. En vraie fille de militaire, j'ai écrit sur la première page (tu connais ma ronde irréprochable) : *États de service de Robert*, à l'encre rouge.

« Je tiens compagnie à ma sœur le plus que je peux. Pauvre Mad ! Elle s'ennuie terriblement, toujours allongée dans sa chambre et malade. Nous nous distrayons en confectionnant un amour de layette, c'est-à-dire que nous cousons, maman et moi, et que Mad attache les petits rubans bleus. Le bleu porte-bonheur : ce sera un garçon. Mad n'est pas forte sur les travaux d'aiguille sérieux ; il ne s'agit pas de *chiffonner* de la toile fine ou de la flanelle, il faut coudre solidement et régulièrement. Moi je perle... à ton exemple. Ah ! que je serai contente d'avoir un petit neveu ! Malheureusement, cela ne fait pas le même plaisir à Mad. Elle prétend que les enfants sont trop assujettissants, qu'ayant eu tant de frères et de sœurs, cela lui suffit. Merci pour nous ! Enfin il en sera ce que Dieu voudra.

« Robert, qui a le meilleur caractère du monde, prétend n'avoir jamais été aussi heureux que depuis qu'il passe la journée entière dans son atelier. Il est vrai que cet atelier ouvre sur le petit salon de Mad. Elle le dérange à chaque instant, sous un prétexte ou sous un autre, en se disant jalouse de la peinture... Mais c'est pour rire. Et nous faisons ensemble mille folies dont la peinture pâtit, assure ce pauvre Robert, qui attache la plus haute importance à ne pas perdre une heure de jour. N'importe, les moindres caprices de Mad lui sont sacrés de plus en plus. Dieu veuille que je trouve, quand j'aurai l'âge de me marier, un second Robert ! »

L'espérance d'avoir un filleul, car Mad me demanda bientôt après d'être marraine, coïncida pour moi avec cette gaîté que procure toujours à la jeunesse l'éclosion du printemps. Il est tardif en Morvan, et le mois de mai ne nous avait encore apporté ni chaleur, ni végétation bien accusée, mais il me sembla que toutes les haies d'aubépine fleurissaient en l'honneur du petit Paul.

Certainement ce serait un garçon et il s'appellerait Paul, comme mon père ! Je crois que sa naissance ne réjouit personne autant que moi, la santé très éprouvée de Mad ayant été pour elle et pour ses proches un sujet de souci qui ne leur permettait pas de se féliciter, ainsi qu'ils l'eussent fait sans cela, de l'arrivée du petit ange. Cet événement me fut annoncé ainsi qu'il suit par mon oncle :

DU COLONEL DE KERHOEL

« 1ᵉʳ octobre 1886.

« Ma chère Geneviève,

« Nous avons, ta tante et moi, un petit-fils depuis ce matin. Il est délicat pour le quart d'heure, mais nous comptons bien en faire avec le temps un gaillard solide qui marchera sur les traces de notre brave André, parti joyeusement, on te l'a déjà dit, pour le Tonkin. Son frère, après l'avoir plaint un peu dédaigneusement d'en être réduit à l'infanterie de marine, l'envie maintenant de faire campagne, tandis que lui, il attend toujours sur notre frontière de l'Est quelque occasion de se distinguer. Cette occasion se présentera d'une manière ou d'une autre, Yves étant un excellent officier.

« Pour revenir à maître Paul, nous l'avons remis aux mains d'une nourrice qui déclare n'avoir jamais rien vu de si petit. Sa maman va sortir, espérons-le, de l'état de langueur qui nous a un peu alarmés tout l'été dernier. L'effet de la campagne, où son mari l'avait emmenée, n'a pas été très favorable. Mad s'ennuie vite partout ailleurs qu'à Paris, et pour ces jeunes femmes nerveuses l'ennui est mortel. Il est heureux que les travaux de son mari la retiennent justement dans l'endroit qui lui plaît le plus. Elle n'aurait pas eu la philosophie de ta tante pour courir les garnisons.

« Je t'envoie toute l'affection de la famille réunie. »

DE MADELEINE

« 29 octobre 1886.

« Tu veux son signalement ? Gros comme le poing, avec un petit visage où il n'y a que des yeux, les yeux de son père, le reste à peine indiqué, de sorte que ton imagination a le champ libre, plutôt pâlot, du reste fort criard. Il faudra le voir dans dix-huit mois.

« Sa première nourrice ne lui a pas fait faire de progrès, ne valant rien, à aucun égard, ce qui a été pour maman une occasion de dire que les enfants ne sont bien nourris que par leur propre mère. Mais quel esclavage ! Pauvre mère chérie ! Je ne l'ai jamais assez admirée. La seconde nounou que Mᵐᵉ d'Armentières a eu la bonté de m'envoyer de votre Morvan, le pays par excellence de cette espèce laitière, a enchanté les médecins et nous-mêmes. Je vais pouvoir lui livrer en toute confiance le poupon, tandis que je me reprendrai peu à peu à une autre existence que celle d'invalide. Mᵐᵉ de Mirefleur me prépare gracieusement toutes sortes de distractions pour l'hiver. Jamais je ne pourrai l'aimer tout à fait, puisqu'elle t'a rendu la vie dure, mais je suis forcée de reconnaître qu'elle me gâte. Tu es adorable de dire que tu lui pardonnes tout à cause de cela. »

DE MADAME DE KERHOEL

« Février 1887.

« Un mot seulement, petite amie, pour te donner de nos nouvelles à tous, car je suis la femme la plus occupée de la terre. Je croyais en avoir fini avec les poupons. Oh ! bien oui ! Il y a un petit Paul qui m'accapare plus que jadis Yves, Mad, Lili, André et Bébé tous ensemble. Sous prétexte que mon expérience fait de moi une maman incomparable, on me le laisse pendant que sa petite mère danse et brille partout comme un feu follet. Cette fureur mondaine qui ne s'apaise pas par la satiété — au contraire — m'effraye pour plusieurs raisons. Tu sais que Mad n'a jamais été bien robuste. Elle devient plus diaphane que jamais, elle tousse souvent ; son mari et moi nous voudrions en vain obtenir qu'elle se ménageât : « C'est le jour où je m'arrêterai, dit-elle étourdiment, que je tomberai malade tout de bon. Le régime que je suis me convient. »

« Nombre de jeunes femmes vivent de cette façon, et elle s'appuie sur l'exemple de celle-ci ou de celle-là, nous prouvant que nous avons tort. J'ai des idées du moyen âge, à l'en croire ; et, quant à ce sournois de Robert, il médite de l'enfermer pour n'être pas distrait de sa prétendue peinture religieuse, dont le réalisme mitigé n'aurait de succès qu'auprès des raffinés qui cherchent midi à quatorze heures, tandis que ses portraits, ses portraits de femmes surtout, font fureur.

« Il y a du vrai là dedans au point de vue du gain, mais je crains que Robert souffre un peu d'être obligé de tenir compte à ce degré de la question d'argent. Cela, toujours entre nous, ma mignonne. J'ai tant besoin d'épancher mon cœur ! Ton oncle prend les choses trop au sérieux, avec l'humeur quelque peu implacable et intransigeante que tu lui connais. Il prétend que je devrais m'occuper beaucoup moins de notre petit Paul et contraindre ainsi sa mère à vivre aussi pour lui ; mais l'idée qu'involontairement, étourdiment, elle pourrait le négliger, m'empêche de tenter l'expérience. Peut-être ai-je tort... »

Fragment d'une lettre de miss Lynn.

« Mai 1887.

. . . .

« Que je vous parle maintenant du jeune ménage. Il n'a rien à souhaiter en apparence, sauf un peu d'embonpoint pour Mad, qui regarderait ce vœu de ma part comme une malédiction, une élégante maigreur étant à la mode. Nos toilettes d'aujourd'hui l'exigent. Quant la nature ne vous a pas faite mince comme un jonc, avec une taille qui semble prête à se briser, on travaille à réaliser artificiellement cet idéal de la couturière, que condamnent les médecins, car ils savent combien d'atroces détériorations il implique : côtes croisées, foie comprimé et le reste. Mais Mad n'a nul besoin de recourir aux corsets-cuirasses, ni aux drogues amaigrissantes : elle n'est que trop aérienne, et de

plus en plus. C'est à craindre qu'un de ces jours, elle ne s'évapore dans l'éther. Très sérieusement, son aspect de jeune poitrinaire m'inquiète, et le vers bien connu me revient en mémoire :

Elle aimait trop le bal, c'est ce qui l'a tuée.

« Tous les soirs dans le monde ! N'est-ce pas de la frénésie ? Je le lui ai dit, forte de ma vieille amitié. Elle m'a répondu que lorsqu'on avait accepté une invitation, il fallait les accepter toutes, sous peine de se faire des ennemis ; que la carrière de Robert s'en trouvait bien, que les commandes de portraits s'attrapaient dans le monde. Ne dirait-on pas vraiment qu'elle sert d'enseigne à un commerce ?

« Il est vrai que Robert fait beaucoup de portraits, tant de portraits que son *Adoration* n'a pas été envoyée au Salon cette année encore. En revanche, il y a Mlle X... en blanc et Mme Z... en vert, et on s'extasie, et on déclare qu'il est né pour être peintre de portraits. Volontiers le monde réduit les talents au niveau de son goût, qui n'est pas des plus élevés. Je crois que Robert ne jouit que médiocrement de ce genre de vogue ; il est souvent sombre et distrait. Vous, ma chère Geneviève, que Mad aime par-dessus tout, après son mari, donnez-lui donc quelques sages conseils dans l'intérêt de tout le monde ! »

DE ROBERT SÉGUIER

« Juin 1887.

« Merci de vos compliments, ma chère cousine. Ainsi, les échos du Salon sont arrivés jusque dans les contrées sauvages où vous vous êtes exilée ? Ainsi, vous avez lu les éloges qui me font mourir de honte sur le bon goût de mes ajustements et sur l'art que je possède d'embellir la ressemblance ? Venir à bout des caprices, des fantaisies, des exigences, des entêtements, des révoltes de deux femmes à la mode, c'était au-dessus de mes forces. J'ai transigé lâchement ; j'ai soigné avec amour les luisants d'un satin *couleur Nil* enguirlandé de roses vertes ! J'ai caressé les savantes ondulations d'une perruque à la grecque ! ! ! J'ai consenti à rapetisser de grandes bouches et à grandir de petits yeux. Il s'ensuit deux abrégés d'horreurs que je suis honteux d'avoir signés, et des louanges idiotes auxquelles j'ai envie de répondre par des bourrades, — sans parler d'une certaine satisfaction chez de bons camades qui s'entredisent tout bas que je vais en dérive, tout en me félicitant tout haut de bien comprendre la beauté moderne.

« Vous rappelez-vous mes grands projets d'autrefois, quand je vous disais, à Rome, combien la vie d'un moine, cloîtré dans l'art comme dans la religion, la vie d'un Beato Angelico, me paraissait enviable ? Ah ! Geneviève, j'en suis loin ! Savez-vous ce qui arrivera, si je ne me trompe ? Votre cousin Robert portera en lui toute sa vie le rêve d'une grande œuvre qu'il n'accomplira jamais, faute de temps et par suite de ces maudites nécessités d'argent que je ne connaissais pas au temps où j'étais pauvre... pauvre et seul... Maintenant, j'ai ma chère Mad et mon petit Paul. Il faut penser à eux. Peut-être les joies de la familles et celles de l'art sont-elles incompatibles, et j'ai fait mon choix.

« A vous avec le plus tendre respect,

« Votre cousin. »

Post-scriptum de Mad :

« Je lis par-dessus son épaule ; je viens de lui infliger une jolie petite scène de ma façon, et j'ajoute qu'il me jure, pour en finir, que de ce choix il ne se repend pas, qu'il ne s'en repentira jamais, qu'il préfère encore sa folle petite femme à la gloire, qu'il donnerait l'*Adoration des bergers* pour un seul de mes cheveux, bref qu'il tâchera de prendre son parti d'être un peintre prôné, recherché, qui déjà fait payer ses portraits ce qu'il veut. »

Robert, à son tour, avait ressaisi la plume, effacé le mot peintre, et griffonné dessus d'une main nerveuse, emportée : « fabricant d'images de modes » ; après

quoi deux ou trois pâtés, des barbouillages divers indiquaient que Mad avait entrepris de conduire sa plume pour une rétractation qu'il n'avait pas voulu écrire.

Enfantillages, sans doute, petites tempêtes éphémères après lesquelles revenait le beau temps ; mais tout cela, considéré du fond de ma retraite, ne me satisfaisait pas cependant. Il me semblait que Mad laissait échapper la meilleure partie de son bonheur, et que l'ironie de Robert envers lui-même cachait des regrets dont il eût fallu tenir compte. Que résoudre, sinon de temps à autre adresser à Mad un mot d'avertissement discret ? J'y mis le tact dont j'étais capable, mais surtout la plus entière bonne volonté. Mon cœur n'oubliait pas les chers absents, tandis que je m'acquittais, jour par jour, semaine par semaine, année par année, de mes devoirs d'institutrice, sans que M. et Mme d'Armentières parlassent de revenir à Paris. Ils y avaient fait un ou deux voyages, ayant en moi assez de confiance pour me laisser la direction complète de leurs filles avec celle de la maison. Je devenais de plus en plus comme un membre de la famille, et ce fut un véritable chagrin pour ces excellentes gens quand je parlai de les quitter, sur l'appel pressant, irrésistible de Mad :

« Oui, ma chérie, tu as raison, tu as toujours raison, tu me dis de bonnes choses, des choses sages, et je suis très disposée à les écouter, étant, pour le moment, hors d'état de m'en distraire... Chacune de tes lettres m'a toujours frappée comme l'expression de la vérité même ; mais, quand la vérité paraît un peu sévère, on se tourne vers le mensonge, en sachant bien qu'on a tort, qu'il vous manquera de parole, trop faible cependant pour agir autrement.

« C'est ce que j'ai fait depuis la naissance de Paul. Aujourd'hui seulement j'éprouve la vérité de ce que dit La Fontaine :

Car que faire en un gîte, à moins que l'on ne songe ?

« Retenue au gîte bon gré mal gré, je songe, et je songe tristement. Écoute...

Elle ne va pas trop bien, ta pauvre Mad ! Cette vilaine petite toux, que j'ai menée tambour battant l'hiver dernier ne veut pas céder aux remèdes, et les médecins disent qu'ils m'enverront, cet été, prendre les Eaux-Bonnes ; jusque-là on m'ordonne le repos, le repos absolu. Oh ! Robert a le temps de travailler maintenant, va ! Je ne le dérange pas, j'obéis à la Faculté. Mais elle n'entend rien à ce qu'il me faut. J'ai beau rester tranquille chez moi, tout me fatigue. J'avais bien dit que, le jour où je m'arrêterais, je serais perdue. C'est comme une courbature physique et morale qui ne cesse pas. La direction de mon ménage, si petit qu'il soit, m'épuise ; le tapage que fait Paul, devenu très turbulent, m'est insupportable, et maman ne peut guère me venir en aide. Elle s'occupe en ce moment du mariage de Lili avec un camarade de mon frère, un jeune officier d'artillerie, tout à son affaire, absolument au goût de papa par conséquent. Ma maladie n'est plus que d'un intérêt secondaire, d'autant que ce n'est rien de très sérieux : des forces épuisées, l'aggravation de cette anémie dont je suis atteinte depuis longtemps. Ma toux est nerveuse, je suppose ; mais vraiment l'énergie me manque pour surveiller comme il le faudrait l'éducation de mon petit Paul. Il a trois ans et demi ; sa nourrice, que j'ai gardée jusqu'à ce jour, le gâte horriblement, et sa tendresse inintelligente finirait par avoir de mauvais résultats. On me presse de choisir pour lui une bonne anglaise. J'aimerais mieux que ce fût une vraie gouvernante, capable de commencer son instruction, — intelligent comme il l'est, — et de le bien diriger moralement, car il aura, je crois, un caractère assez difficile.

« Ah ! chérie, j'ose à peine te le dire, mais pourquoi faut-il que tu sois allée te dévouer à des personnes étrangères quand tu pourrais faire tant de bien à ta propre famille, nous secourir tous d'une manière si efficace ? Je crois que toi qui adores les enfants, tu t'occuperais sans ennui de notre petit diable, et je te remettrais avec tant de confiance le soin de mon intérieur, très mal conduit par une pauvre infirme telle que moi, qui sort de son lit à midi et se recouche aussitôt sur une chaise longue ! Tu me réconforterais, tu m'apprendrais comment il faut s'y prendre pour devenir, une fois guérie, la maîtresse de maison, l'épouse et la mère modèles dont tes lettres me parlent toujours. Les recettes que tu préconises sont excellentes, sans doute, ma bonne Geneviève ; malheureusement je ne sais point m'en servir. J'aurais besoin d'être soutenue presque pas à pas.

« Mais je suis une égoïste de te proposer ce rôle pénible. Robert me le reprocherait, quoiqu'il juge bien que seule tu sois de force à nous venir en aide au milieu de nos difficultés presque inextricables. Tu sais quel culte a pour toi Robert ! »

XX

J'agis loyalement avec les d'Armentières ; je leur exposai la situation, en demandant à partir sans retard pour Paris, afin de voir en quoi je pouvais me rendre utile. Je m'engageais à revenir après un mois de congé, dans le cas où il me semblerait possible qu'on se passât de mon secours ; mais personne n'ajouta foi à cette promesse.

« Si nous vous laissons vous envoler, me dit tristement Mme d'Armentières, nous ne vous reverrons plus ici. »

Cependant, comme elle était la justice même, elle reconnut que j'avais raison de répondre à l'appel de ma famille. Mes élèves, en revanche, ne pouvaient prendre leur parti de ce départ. C'étaient maintenant deux filles de seize et dix-sept ans ; l'intimité qui nous unissait ne différait guère de celle qui peut exister entre trois compagnes rapprochées par l'âge et par les goûts, car je leur avais appliqué le système de miss Lynn à mon égard.

« Qu'allons-nous devenir ? » me répétaient-elles avec un chagrin si vrai qu'il me semblait avoir, en les abandonnant, de véritables torts.

Il faut reconnaître que la tentation de rentrer à Paris pour occuper dans la maison de Robert la place d'une sorte de femme de charge, de bonne d'enfant et de garde-malade à la fois, n'était pas des plus fortes. Si l'on m'eût proposé une pareille tâche à l'époque où je fuyais jusqu'en Morvan l'occasion de rencontrer mon nouveau cousin, je l'eusse repoussée sans hésitation ; mais j'étais parvenue à vaincre l'égoïsme qui, dans ce temps-là, se cachait encore chez moi sous les apparences de l'abnégation ; j'avais compris que la seule manière d'aimer tout de bon, c'est de nous vouer, sans trop considérer ce qui nous est agréable et commode, au bonheur de ceux que nous avons une fois pour toutes appelés nos amis.

Ce nom, prodigué dans des relations banales, a perdu ainsi sa valeur, — une valeur très haute, car les parentés nous sont imposées, tandis que nos amitiés nous les choisissons dans toute la liberté de notre sympathie.

Je n'avais plus de père, je n'avais ni frères ni sœurs, je ne devais être, pensais-je, ni épouse ni mère, mais je pouvais être le modèle des amies, cela suffisait dorénavant à mes ambitions. — Comment ? je ne le savais pas encore : je n'avais qu'un programme bien arrêté : mettre sans relâche dans la vie de ceux que j'allais rejoindre cette huile qui aide à faire marcher les rouages des machines les plus compliquées, me montrer serviable, discrète, toujours prête à m'offrir, toujours prête à m'effacer. J'espérais réussir, puisque ceux que j'allais quitter, — les amis moins chers, mais auxquels je tenais cependant par le fait de ces obligations qu'établit l'échange des services rendus et des égards prodigués, — m'affirmaient que j'avais auprès d'eux parfaitement rempli ma tâche.

« Quelque chose de vous restera au milieu de nous, quoi qu'il arrive, me dit, avec effusion Mᵐᵉ d'Armentières, — ce que vous avez communiqué à nos filles de votre esprit et de votre cœur. Nous vous avons confié des enfants chez lesquelles il n'y avait que des promesses à peine ébauchées, vous nous rendez deux femmes qui vous ressemblent... Nous ne pouvions rien désirer de mieux. »

Je répète ces paroles trop flatteuses pour indiquer la cordialité des rapports qui subsistaient déjà et qui n'ont pas cessé entre les d'Armentières et moi. Jamais je ne pense au Morvan qu'avec tendresse et gratitude. J'y ai fait l'apprentissage de la vie morale en me corrigeant de mes pires défauts, pour devenir digne d'élever, dans toute l'acception que ce terme comporte, l'enfant que j'avais le plus de raisons de chérir.

Il m'apparut dès mon arrivée à Paris, notre petit Paul, comme un jeune diable assez récalcitrant. Sa nourrice, furieuse d'avoir à me l'abandonner, l'avait mis en garde contre une Mᵐᵉ Croquemitaine qui allait l'atteler du matin au soir à l'alphabet, et tout le bien qu'on lui disait de sa marraine, depuis qu'il était au monde, les menus cadeaux même qu'elle lui avait envoyés régulièrement, ne pouvaient contrebalancer l'effet d'une pareille menace.

Il s'enfuit à ma vue en criant. Cette première scène, peu engageante, se passa dès l'antichambre, au moment où j'entrais chez Madeleine, péniblement oppressée par tout ce que son mari m'avait conté le long du chemin. Robert était venu à ma rencontre, et, jusqu'à la maison, ne m'avait parlé que de l'état de sa femme, un état bizarre, qui cependant ne devait pas être grave, les médecins assurant qu'aucun organe essentiel n'était atteint ; mais pourquoi, en ce cas, s'affaiblissait-elle de jour en jour ?

« Ah ! me dit Robert, votre arrivée lui fera plus de bien que tous les remèdes : elle ne cesse de soupirer après vous, elle prétend que vous la guérirez, et vraiment je vous en crois capable... je vous crois capable de tout ce qui est bon. Nous nous sommes déjà ressentis plus d'une fois de votre influence, même lointaine. Que sera-ce maintenant que vous vivrez parmi nous ? »

Le mari de Mad était pour moi un autre homme que celui, dont un instant, par l'effet de quelque folie, j'avais espéré devenir la femme. Les années, en passant sur ma déception, avaient tout rétabli dans l'ordre. Notre parenté, sa situation de père de famille nous mettaient à l'aise. Je l'appelais Robert, comme j'eusse dit à mes autres cousins Yves ou André, et il me disait, cordialement, familièrement, Geneviève, en m'entourant du genre d'attentions qu'un frère aurait pour sa sœur.

Le fiacre s'arrêta devant la maison que Mad m'avait souvent décrite dans ses lettres, une de ces maisons neuves, coquettes

Elle s'était soulevée à demi, les bras tendus vers moi.

et dorées où tout est sacrifié à l'apparence, et qui frappent d'étonnement les provinciaux par leur luxe un peu mesquin. Or, j'avais eu le temps de devenir provinciale. Mad me le fit sentir dès la première exclamation :

« Quelles bonnes joues rouges, quel embonpoint tu nous rapportes de la campagne, chérie ! »

Elle s'était soulevée à demi sur sa chaise longue les bras tendus vers moi, — deux petits bras décharnés, et, en la serrant sur mon cœur, je sentais que pour sa part elle n'avait, pauvre mignonne, que la

peau et les os. Une envie de pleurer irrésistible m'avait prise ; je continuais à la couvrir de caresses pour n'avoir pas à la regarder.

« Tu m'étouffes !... Lâche-moi un peu ! »

Elle riait en parlant ainsi, mais le rire se termina par une quinte de toux inextinguible qui envoya deux petites taches d'écarlate à ses joues creuses. Était-ce vraiment Mad, ce si léger fantôme, émacié au point que le peignoir de soie qui l'enveloppait semblait ne tenir de nulle part, toujours jolie pourtant, plus jolie que jamais, surnaturellement jolie avec ses

I.

13

yeux grandis où brûlait la fièvre sous les cils encore allongés, et ses lèvres un peu fléchissantes, d'une teinte trop rouge, qu'on aurait pu attribuer au fard, tant elle tranchait sur la diaphane blancheur du tout petit visage ? Était-ce Mad, cette délicieuse mourante ?... car il n'y avait pas à s'y tromper, elle ne tenait plus à la terre que par un fil prêt à se rompre... Comment ne s'en apercevait-on pas autour d'elle ?... Comment son mari conservait-il des illusions, au milieu de son inquiétude mal définie ?...

Avec la clairvoyance du premier coup d'œil qui suit une longue séparation, je me dis : « Tous ces gens sont fous, elle est perdue ! »

Et elle cependant persistait à m'examiner ; elle s'écriait : « Oui, des joues de pomme d'api ! Toi qui étais si pâle ! »

Interpellant son mari, qui venait d'entrer :

« Vois donc, Robert, quelle robuste campagnarde Geneviève est devenue ! Il faudrait m'emmener en Morvan. C'est une idée ! Qu'en dis-tu ?

— Pourquoi pas ? répondis-je en affermissant ma voix. Pourquoi pas ? quand il fera chaud ! »

Et je baisais ses pauvres petites mains si brûlantes, en remarquant que bagues et bracelets, devenus trop larges, glissaient des poignets et des doigts.

« Franchement, Geneviève, à ton tour, dis... comment me trouves-tu ? Je n'ai pas trop mauvaise mine aujourd'hui...

— Franchement... tu as besoin d'engraisser un peu, lui répondis-je d'un air aussi gai que possible.

— Je me mettrai à ton régime. Pourvu qu'il ne faille pas beaucoup manger, car je n'ai jamais faim.

— Non, elle n'a pas mauvaise mine, répéta Robert, évidemment convaincu. La physionomie est toujours aussi vive, aussi animée : c'est ce qui me rassure sur cet amaigrissement. »

Il me regardait dans le blanc des yeux pour y lire ma pensée intime. Je ne lui dis pas ce que je croyais, — que cette prétendue vivacité était de l'excitation fébrile et que la maigreur était celle d'un squelette. Je répondis, assise tout à côté de Mad, sa main entre les miennes :

« Il faudra être sage, se nourrir, tenir compte de mes recettes, pour passer comme moi à l'état de grosse campagnarde réjouie.

— Mais c'est que ça te va très bien, s'écria Mad. Tu as gagné du tout au tout. Comment t'y es-tu prise ?

— Je ne me suis jamais couchée plus tard que dix heures et demie, pour être debout à sept ; j'ai fait de grandes promenades à pied ; j'ai travaillé sérieusement à devenir raisonnable, voilà tout.

— Qu'appelles-tu devenir raisonnable ?

— Ne rien souhaiter de plus que ce qui est d'accord avec notre position, avec nos forces et avec nos devoirs. »

Elle fit une petite moue :

« Ceci doit être ennuyeux autant que difficile ; mais je paie cher d'avoir voulu le contraire. »

La porte s'ouvrit comme si un ouragan l'eût poussée. Paul entra, barbouillé de confitures, et alla se jeter tout de son long sur le canapé où reposait sa mère, non sans laisser sur la robe blanche des traces visibles de gelée de groseille.

« Vilain enfant ! va-t-en vite ! s'écria Mad. Voilà que tu fais tousser ta pauvre maman ! Ne peux-tu la laisser tranquille dix minutes ? Tu es dans un bel état pour être présenté à ta marraine

— On t'avait défendu de rien manger hors de tes repas, reprit sévèrement son père.

— Allons, interrompis-je en le prenant de force sur mes genoux, viens m'embrasser. »

Il se débattit et m'échappa :

« Je ne vous aime pas... Nounou dit que vous êtes méchante ; je ne veux pas que vous me fassiez lire... Je veux rester avec nounou. »

La nourrice accourut au moment même, en criant :

« Petit désobéissant ! petit gourmand ! petit menteur ! Venez vite que je vous fouette !... »

Tandis qu'il riait aux éclats de ses menaces, que Mad gémissait d'une voix plaintive : « Emportez-le ! », et que Robert disait tristement : « Ce gamin est insupportable ! » Je vis tout de suite à qui j'aurais affaire : à un enfant turbulent, gâté d'un côté, brusqué de l'autre, mal soigné par une paysanne sans éducation, qui le flattait et le grondait alternativement, selon que ses espiègleries la gênaient ou l'amusaient, encourageant cette malice fâcheuse qu'elle prenait pour une preuve de précocité, mais ne craignant pas en revanche de se montrer injuste au besoin et de le maltraiter sans raison ; car il était clair que Paul n'avait pas menti en déclarant qu'elle disait que j'étais méchante.

« Laissez-nous faire connaissance tous les deux, » dis-je au trio qui assistait à cette scène.

Et, tirant de mon sac de voyage un album de gravures coloriées, je l'ouvris de façon que Paul pût voir, même de loin, la lutte corps à corps d'un ours et d'un ramoneur.

« Je ne suis pas si méchante, continuai-je avec calme, puisque j'avais apporté cela pour un petit garçon que je croyais aimable. »

Après quoi, faisant signe à la nourrice de sortir, je repris ma conversation avec Mad, le livre toujours ouvert sur mes genoux. J'étais bien sûre de ce qui arriverait.

D'abord Paul contempla, de l'autre bout de la chambre, une scène à la fois burlesque et tragique qui représentait la dégringolade, à travers une avalanche, des gens et des objets les plus hétéroclites ; puis il avança d'un pas, de deux, de trois, sans que personne, sur ma recommandation expresse, parût y prendre garde. A la fin, il se trouva tout près de mon genou, dévorant l'album des yeux, tournant les feuillets de ses petits doigts

rouges et poissés pour entrevoir la suite. Tout à coup, la curiosité l'emporta et il me dit sans transition :

« Qu'est-ce que c'est que ces bêtes-là ? Qu'est-ce qu'il fait avec elles, le petit garçon qui est sur l'image ?

— C'est écrit dessous, répondis-je : tous ceux qui sont capables d'épeler le sauront.

— Mais je ne peux pas épeler.

— Je te plains. Le plus triste c'est que tu n'épelleras jamais, puisque tu es décidé à ne pas apprendre tes lettres. »

Paul resta quelques secondes silencieux, un doigt dans sa bouche, à réfléchir. Nous nous étions remis à causer, en affectant toujours d'ignorer sa présence.

« Est-ce que c'est très difficile d'apprendre ses lettres ? demanda-t-il en me tirant par la manche.

— Non, pas trop : on joue avec des petits carrés d'ivoire où il y a des signes, et, à mesure que l'on réussit à reconnaître et à rassembler ces signes-là, on reçoit une pastille de chocolat.

— Ou un sucre d'orge ? insinua Paul.

— Ou un sucre d'orge, au choix.

— Mais alors je veux bien apprendre mes lettres, s'écria le petit bonhomme avec ardeur. Nounou ne m'avait pas dit ça : elle me parlait de vilains gros livres qui me donneraient mal à la tête...

— Voyez-vous la coquine ! grommela Robert.

— C'est qu'elle ne savait pas, interrompis-je, résolue à ne point entamer l'affection et la reconnaissance que l'enfant devait conserver de loin pour celle qui l'avait aimé, fût-ce avec inintelligence.

— Comment aurait-elle su, n'ayant pas appris à lire elle-même ? Elle se trompait. Va le lui dire.

— Non, j'aime mieux rester avec toi à regarder les images, marraine.

— Comme elle s'y prend bien ! murmura Mad en souriant. Nous sommes sauvés !

— Je croyais que vous ne m'aimiez pas, » dis-je en réponse à ce tutoiement de bon augure.

Il leva vers moi sa petite bouche pareille à une fraise. Je n'y pus résister et l'embrassai de bon cœur.

« Eh bien, monsieur Paul, soyons amis. Je te montrerai les images en t'expliquant ce qu'elles signifient, si tu veux venir avec moi, dans ma chambre, et laisser ta maman se reposer. Demande-lui pardon d'avoir mangé des confitures sans sa permission et d'avoir taché sa robe.

— Pardon, maman... pardon, ma petite maman chérie, dit Paul avec volubilité. Emmène-moi vite, marraine. Et, dans ta chambre, tu as encore d'autres images ? ajouta-t-il en m'entraînant par la main.

— Oui, mais tu ne les verras que quand tu pourras lire les lettres qui sont dessous et découvrir toi-même ce qu'elles représentent.

— Ce sera bien long ?

— Cela dépendra de toi ;... très court si tu t'appliques. Et pour te donner du courage, il y aura les pastilles, les sucres d'orge.

— Les berlingots, les papillotes peut-être, poursuivit Paul, dont l'ambition augmentait, et les cigares ? J'adore les cigares en chocolat. C'est un bonbon de garçon...

— Tu auras un paquet de cigares le jour où tu réciteras l'alphabet.

— Commençons tout de suite, alors !... Je sais déjà dire *a*... Mais je n'ai jamais voulu aller plus loin avec grand'mère.

— Nous irons beaucoup plus loin ensemble.

— Oh ! oui, marraine. Allons ! »

Et il alla, il alla beaucoup plus loin ce jour-là et les jours suivants, les yeux fixés sur tout un avenir de brillantes ou savoureuses récompenses, en tête desquelles figuraient les histoires racontées par marraine. Marraine n'effaça que trop vite Nounou dans ce cœur aux impressions faciles ; une fois de plus, l'enfance donna un exemple d'ingratitude absolue, mais Paul expliquait logiquement sa préférence :

« Jamais marraine ne promet rien sans qu'elle le tienne. — Jamais elle ne me reproche des choses que je n'ai pas faites. — Je n'ennuie jamais marraine ; je ne la dérange jamais ; elle est toujours contente de m'avoir avec elle. — Et elle aime beaucoup jouer, quoiqu'elle soit grande. — Et elle ne m'a pas grondé d'avoir cassé sa montre en l'ouvrant l'autre jour pour regarder ce qu'il y a dedans, parce que je lui ai dit tout de suite ce que j'avais fait. Ce serait si honteux de mentir ! Elle s'en irait vite si je mentais, et je veux qu'elle reste toujours avec Paul. »

On voit que j'avais mené cette première conquête tambour battant.

XXI

Dès le lendemain, je fis savoir à Mᵐᵉ d'Armentières que ma présence à Paris était indispensable et que j'y resterais. Une nuit de réflexion m'avait décidée ; j'avais à prendre le commandement d'un navire en détresse... tout près du naufrage.

La situation pouvait se résumer ainsi : Madeleine plus malade que personne ne voulait le voir, hors d'état de diriger sa maison ni son enfant ; Robert détourné de l'art, qui devait être sa préoccupation unique, par des soins dont il s'acquittait mal, n'étant qu'un homme ; ma tante à bout de forces pour se multiplier comme il l'eût fallu et pour se partager entre tous les siens ; miss Lynn absente, rappelée en Angleterre par des intérêts de famille ; la petite fortune du jeune ménage plus qu'entamée après quatre années de folies ; Mᵐᵉ de Mirefleur, qui avait inspiré ces folies, parfaitement indifférente à leurs résultats et coiffée d'une autre favorite qui avait le mérite d'être mieux portante que Mad.

La maladie était un tort très grave aux yeux de la baronne. Or, miss Mattie J.-C.-L. Brown, une parente de son défunt mari, récemment débarquée d'Amérique, paraissait être physiquement de force à accomplir des prouesses mondaines auprès desquelles eussent pâli les travaux d'Hercule. Elle donnait, par sa beauté resplendissante et sa verve infatigable, un nouvel attrait au salon de Mme de Mirefleur, qui se déclarait ravie de pouvoir mettre d'accord cette fois sa conscience et son inclination, en faisant de miss Brown sa légataire universelle. La fortune de M. Lane retournait ainsi à l'Amérique.

Au milieu de cet engouement de fraîche date, notre jeune ménage était oublié comme s'il n'eut existé jamais. Pauvre Mad! pauvre petit papillon brûlé à la plus décevante de toutes les flammes! Le monde auquel si étourdiment elle s'était sacrifiée ne la regardait même pas se tordre dans ces spasmes d'agonie que nous avons vu traverser à tant d'autres papillons victimes de leur imprudence. On était venu prendre de ses nouvelles d'abord; puis, la maladie se prolongeant, on avait soupiré d'un air distrait : « Quel malheur ! mon Dieu ! Quel affreux malheur ! » pour n'y plus penser ensuite, car la patience et la pitié du monde ont des bornes... Mad commençait à le sentir. Pendant les heures que je passais auprès d'elle, un ouvrage de couture à la main, elle me confiait ses nombreuses déceptions. C'était toujours le babil enfantin d'autrefois, un peu attristé, mais sans amertume :

« Tu vois, on ne vient guère... on vient de moins en moins... Une malade, c'est ennuyeux... Pourvu que je n'arrive pas à ennuyer aussi Robert !

— Mais non, lui disais-je, il n'est pas homme à s'ennuyer entre toi et son travail. Ce qui l'ennuyait plutôt, c'était ce monde qui maintenant vous délaisse. Bon débarras en somme ! Ne cours plus après lui quand tu seras rétablie ! »

Et Madelaine de soupirer, sa petite voix faible et haletante de plus en plus :

« Rétablie ! Il me semble quelquefois que je ne me rétablirai jamais ! »

Néanmoins, ces lugubres pressentiments ne persistaient guère; elle se reprenait vite à l'espoir; une apparence fugitive d'amélioration, un mot rassurant des médecins, la perpective seulement d'essayer d'un remède nouveau suffisaient pour cela. Et alors on formait de grands projets pour le temps, où elle recommencerait à vivre :

« Vois-tu, je ferai tout ce que tu fais si bien, chérie. Je m'occuperai de mon intérieur, je compterai régulièrement avec la cuisinière, j'aurai de beaux livres de dépense bien tenus, je changerai de couturière (la mienne était beaucoup trop chère), je n'achèterai plus dans l'année que quatre chapeaux... On peut être très convenablement coiffée, n'est-ce pas, avec deux chapeaux par saison ? Je ne m'exposerai plus jamais surtout, en conduisant un rhume au bal, à en faire une de ces éternelles bronchites. Et puis tu m'auras enseigné à être une mère intelligente, car, c'est curieux, tu es plus mère que moi, dans la bonne acception du mot. J'ai compris, depuis que je te vois agir, que, tout en aimant bien mon Paul, je ne savais pas m'y prendre avec lui. Je passais tout au pauvre petit, afin qu'il me laissât tranquille, ou bien je m'impatientais sans qu'il y eût de quoi, parce que ses fantaisies venaient à la traverse des miennes. Nous étions deux enfants, lui et moi... Même le moins sage des deux était quelquefois la maman. Oh ! comme je vais devenir différente ! comme je vais m'appliquer à être, si tu m'y aides, une gentille maîtresse de maison ! »

Je profitais de sa bonne volonté pour lui faire entendre aussi doucement que possible quelques vérités sérieuses sur la façon dont une femme doit s'associer à la vie de son mari, en se prêtant d'esprit et de cœur aux exigences d'une carrière ou d'une profession qui contrarie quelquefois ses goûts, ses plaisirs.

Elle m'écoutait, et, durant les longues torpeurs qui la prenaient après la moindre fatigue, je voyais bien qu'elle rêvait, qu'elle ressassait, qu'elle s'assimilait ce que je lui avais dit. Hélas, je voyais aussi qu'au moment où elle devenait digne, par ses résolutions, du bonheur que Dieu lui avait donné, ce bonheur allait lui échapper avec la vie ! Comme j'aurais voulu pouvoir faire entrer la mienne dans ce petit corps épuisé, partager au moins avec Mad mon sang et mes forces !

Quand, les jours de beau temps, elle me disait : « Moi qui n'aimais pas à marcher !... La moindre petite promenade me ferait aujourd'hui plus de plaisir que toutes les fêtes d'autrefois... » Quand, aux heures de découragement, elle gémissait, en respirant un bouquet de violettes : « La campagne doit embaumer ! Je n'irai plus à la campagne ! » j'étais furieuse contre moi-même de me sentir si énergique et si active, tandis que languissait cette douce créature. Montaigne a dit que la vue des gens bien portants communique la santé et fait qu'on se porte bien : pourquoi n'est-ce pas vrai, d'une vérité absolue ?

J'avais plus d'un malade à soigner. Robert me donnait presque autant de peine que Mad. Il traversait, lui aussi, alternativement des crises de désespoir et de folle confiance ; il se reprochait d'avoir mal soigné sa femme, de lui avoir permis des équipées absurdes qu'elle payait à présent... Il me racontait comment elle avait négligé rhume sur rhume, s'obstinant à se décolleter quand même, portant dans les salons surchauffés ou dans les courants d'air de l'Opéra la petite fièvre lente qui la consumait. Et lui, imbécile, il avait cédé, toujours cédé... De même il n'avait jamais eu le courage de lui apprendre le prix de l'argent, il lui avait laissé ignorer la vraie valeur des choses ; tout cela par faiblesse, par négligence, par ennui de la contrarier, mais surtout parce qu'il avait très vite jugé que ce serait inutile, qu'elle ne se corrigerait jamais...

Ceci me semblait révoltant au delà de toute expression : traiter un être humain avec ce mépris, comme s'il n'était qu'une plume légère qui ne peut s'empêcher de voltiger au moindre vent ! Je ne cachais pas ma façon de penser à Robert. Je lui

disais que la responsabilité du développement de la femme repose sur son mari.

« Ou sur une amie excellente, me répondait-il affectueusement. Mad a beaucoup plus de raison et de bon sens depuis que vous êtes ici. L'avenir, grâce à vous, vaudra mieux que le passé. ! »

Car Robert croyait, lui aussi, par intermittences, à l'avenir. Et, comme jadis à Rome, il se remettait à me parler de son art, quelquefois devant Mad, qui ne comprenait qu'à demi. « Il faudra que tu fasses mon éducation en même temps que celle de Paul ! » disait-elle avec son rire devenu si douloureusement cristallin.

Dieu sait que, dans la mesure de mes forces, je travaillais sans relâche à élever ses pensées, encore promptes à se poser sur des futilités, jusqu'aux pensées de Robert ; de même que j'amenais Robert à reconnaître tout ce qu'il y avait de perfectible dans l'esprit aimable de sa pauvre petite femme, qu'il avait à la fois adorée et dédaignée, la traitant un peu en hochet. Il fallait un certain art pour accomplir cette œuvre délicate du rapprochement de deux âmes qui, à leur insu, s'étaient trouvées aux antipodes l'une de l'autre, quoique unies par le plus étroit de tous les nœuds.

Je découvrais qu'au fond, Robert en avait voulu à sa femme de la sotte course aux vanités et aux plaisirs où elle l'entraînait innocemment ; qu'il l'avait rendue en secret responsable de l'amoindrissement de son talent, de ses travaux manqués ; que son affection pour elle avait failli en souffrir ; qu'il avait fallu la maladie, la terreur de perdre cette délicieuse enfant, pour qu'il se remît à l'aimer plus que jamais. Mad n'avait rien soupçonné de tout cela ; elle se rappelait seulement deux ou trois accès de colère de son mari contre Mme de Mirefleur qui étaient un peu retombés sur elle-même ; elle avait pleuré, Robert lui avait demandé pardon, et l'orage s'était terminé ainsi. Oh ! les malentendus de cette espèce, quels résultats terribles ils peuvent avoir ! Dieu merci,

tout était encore réparable entre Madeleine et Robert : ils ne se doutaient pas de
la brèche que le monde, cet ennemi de
l'intimité, avait faite à leur tendresse réciproque ; ils étaient prêts à recommencer
d'être heureux, plus prudemment cette
fois, il ne fallait pour cela que la guérison de Mad. Un instant on osa presque
l'espérer. La lampe, sur le point de s'é-
teindre, jeta une lueur brillante, la con-
somption parut s'arrêter ; il fut possible
de transporter Mad aux Eaux-Bonnes, où
je l'accompagnai, pleine d'espoir moi-
même pour la première fois. Mais soit que
le voyage eût épuisé ses forces, soit que
les eaux, prises trop tard, fussent respon-
sables de l'hémorragie qui survint tout à
coup, elle s'affaissa un soir sur l'épaule de
son mari en murmurant avec un dernier
sourire, si pâle, si doux :

« Ce n'est rien... n'aie pas peur... Robert... Mon pauvre Robert !... Ah !... »

Le petit papillon aux ailes brûlées avait
cessé de souffrir

XXII

Pour chacun de nous, le coup fut aussi
violent que s'il eût été imprévu. En réalité, rien ne saurait nous préparer à perdre
ceux que nous aimons, ni les arrêts de la
science, ni le spectacle prolongé d'une
lente agonie. La fin surprend toujours
et fait sentir à ceux-là mêmes qui se
croyaient sans illusion qu'ils avaient espéré en dépit de tout. Madeleine eût été
fille unique de mon oncle et de ma tante
qu'ils ne se fussent pas montrés plus inconsolables. Sa mère surtout s'accusait
de n'avoir pas su empêcher les impruden-
ces qui l'avaient tuée.

« Car, répétait-elle, en énumérant les
folies commises par la malheureuse enfant,
elle vivrait encore si l'on eût réussi à obtenir qu'elle se ménageât un peu. C'était
à nous de la supplier, de lui persuader...
c'était à son mari d'ordonner au besoin... »

Mais qui donc eût osé adresser un reproche au pauvre Robert, abîmé dans une
douleur dont les caresses de son fils ne
réussissaient pas à l'arracher une minute ?
Ce fut alors surtout que je me rendis utile
auprès de Paul, car tous ces affligés le
négligeaient plus ou moins. Je l'éloignais
des éclats de désespoir qu'il n'eût pu comprendre à son âge, et qui, s'il les avait
compris, lui eussent fait beaucoup de
mal ; je lui racontais, à l'heure où, invariablement, il réclamait une histoire, que
sa maman était partie pour un voyage
dans de beaux pays où, l'un après l'autre,
à notre tour, nous irions la rejoindre.
Bien loin ?... Non, peut-être. Il était possible qu'elle fût tout près de nous ; mais
le pays où elle venait d'aborder avait ceci
d'étrange qu'aussitôt ses frontières fran-
chies on y devenait invisible, de sorte que
la chère absente se manifestait uniquement par la protection qu'elle ne cessait
d'étendre sur son mari, sur ses parents,
sur ses frères et sœurs, et d'abord sur son
petit Paul.

« Ainsi, demandait-il, maman voit
quand je ne suis pas sage ?

— Beaucoup mieux que moi-même,
car tu parviens quelquefois à me cacher
tes méchancetés, tandis qu'elle est toujours là pour voir non pas seulement ce
que tu fais, mais ce que tu penses.

— Alors, si j'étais méchant, elle aurait
du chagrin ?... Je veux qu'elle soit contente, ma pauvre petite maman partie
pour le pays où l'on est invisible ! »

Ces mots avaient évidemment frappé
l'imagination de Paul. Il les associait à
des souvenirs de contes de fées, d'anneaux
magiques, etc.

« On n'est admis dans ce pays-là, lui
disais-je, qu'à la condition d'être très bon.
Ta petite maman était si bonne !

— Mais moi je ne suis pas bon, répliquait Paul en soupirant. Je désobéis, je
me mets en colère, je suis très gourmand.

— Puisque tu connais tes défauts, tu
dois t'en corriger.

— C'est bien difficile. Je ne sais pas si

Une plante cueillie, un caillou ramassé.

je pourrai. Maman a dû être toujours bonne, même quand elle était petite.

— Oui, mais j'ai connu une autre petite fille qui était méchante, très méchante, plus méchante que toi, égoïste, paresseuse, jalouse, pleine d'orgueil, et qui, ayant vu partir son père du même côté où est partie ta maman, a réussi à devenir meilleure, comme son cher père eût voulu qu'elle le devînt...

— Et cette petite fille s'appelait...

— Geneviève.

— Comme vous, marraine ?

— C'était moi-même, mon chéri.

— Vous avez été mauvaise ?

— Très mauvaise.

— Vous ? Oh ! marraine... Est-ce qu'elle est vraie, cette histoire-là ?

— Parfaitement vraie. Je peux t'apprendre de quelle façon je m'y suis prise pour devenir digne de revoir mon père.

— C'est cela, marraine : allons ensemble retrouver ma petite maman. »

Il avait glissé sa main dans la mienne avec un si joli élan de confiance.. que j'eus grand'peine à retenir mes larmes en l'embrassant. Ce jour-là, je promis à Madeleine de lui conduire son fils, en effet ; et, tandis que je faisais cette promesse sur la tombe où l'on avait ramené la dépouille de ma pauvre petite cousine, dans un cimetière de Paris, il me sembla qu'un rayon de soleil qui rappelait son sourire tombait d'en haut sur le marbre blanc dont Paul épelait l'inscription fraîchement gravée :

MADELEINE SÉGUIER

Née de Kerhoël

22 ans.

Mais cet engagement, comment allais-je faire pour le tenir ?

Au plus fort de ses regrets, Robert m'avait demandé en grâce de ne pas l'abandonner, et il m'eût été impossible, dans un pareil moment, de répondre autrement que d'une manière affirmative, sans discussion d'aucune sorte. Je ne trouvais pas facile, néanmoins, en y réfléchissant, de rester dans cette maison d'un veuf : ma tante, il est vrai, y avait provisoirement élu domicile, mais elle ne pouvait déserter son propre intérieur à tout jamais. J'attendais donc avec anxiété qu'elle m'eût fait part, après s'être entendue avec son gendre, de ce qui lui paraissait convenable et opportun.

Ce fut Robert lui-même qui me parla. Depuis la triste cérémonie, je l'avais à peine vu ; nous n'avions pas causé une seule fois. Il vivait replié sur lui-même, dans une solitude farouche.

« Geneviève, me dit-il, je vais m'absenter. Un changement complet de milieu pourra seul me remettre d'aplomb, et l'occasion se présente pour moi de faire un voyage dont je profiterai au point de vue de mon art, si le courage de travailler me revient jamais. »

J'approuvai très vivement sa résolution.

« Soyez sûr que ce courage vous reviendra, lui dis-je avec confiance. On retrouve toujours, pourvu qu'on s'y efforce un peu, le moyen d'accomplir son devoir, et votre premier devoir est de produire de belles œuvres.

— Non, mon premier devoir est d'élever mon fils, mon pauvre enfant sans mère. Aussi votre décision va-t-elle me dicter la mienne.

— Comment cela ? m'écriai-je.

— Pour le moment, continua Robert, je ne vois pas bien clair dans ce qui s'impose à moi. Certes l'offre du comte G... est tentante (Robert me nomma un grand seigneur russe bien connu à Paris). Il part pour l'Inde et ne demande pas mieux que d'attacher un peintre à son expédition. Je ferais ainsi, avec des facilités exceptionnelles, le voyage que j'ai rêvé toute ma vie. Je sens que je rencontrerai là-bas des motifs d'intérêt assez puissants pour

rafraîchir chez moi l'inspiration. En outre j'échapperai au supplice des condoléances et à des soucis matériels. Nous avons été un peu vite en ces dernières années, reprit-il avec une sorte d'embarras, comme s'il eût craint d'offenser la chère mémoire de Mad ; je me suis endetté plus ou moins... De toutes façons il serait bon que je pusse me remettre en état de travailler... entrer pour cela dans des voies nouvelles... Comprenez-vous ?

— Je comprends si bien que je voudrais déjà vous voir en route, » répliquai-je.

Robert me serra énergiquement la main, comme il eût serré celle d'un ami.

« Eh bien, il suffit que vous me promettiez de veiller en mon absence sur votre filleul.

— N'est-ce que cela ? Je ne croyais pas avoir besoin de promettre une chose aussi simple : je ne quitterai pas mon élève plus que son ombre.

— Merci, Geneviève : Mme de Kerhoël m'avait bien dit qu'elle était sûre de votre réponse. Et savez-vous ce qu'elle a pensé, Paul étant, hélas, très frêle et, ayant besoin, pour se fortifier, de vivre à la campagne ? C'est que vous, qui avez si bien supporté l'hiver en Morvan, vous ne refuseriez pas d'habiter, même toute seule, le Chêne-Lierru, cette petite propriété de mon beau-père où vous êtes allée enfant, paraît-il.

— Rien ne saurait me faire plus plaisir, répondis-je avec empressement. Dites à ma tante que les choses sont arrangées selon son désir et le vôtre.

— Mais, Geneviève, n'est-ce pas abuser ?... Ne pourriez-vous trouver meilleur emploi de votre temps, de votre vie, que l'éducation de ce bambin ?... J'ai peur d'être égoïste.

— C'est moi qui le suis, au contraire, en vous demandant de me confier mon filleul, mon fils devant Dieu, l'enfant de ma chère Mad et le vôtre... »

Ce fut l'unique protestation d'amitié que je lui fis. Une seconde fois, il me serra

la main, sans parler, mais les yeux pleins
de larmes. Après quoi il précipita son départ, avec l'approbation de tous, sauf du
petit Paul, qui craignait que les accidents
de la route ne le portassent, lui aussi, vers
le pays où l'on devient invisible. Je par-
vins à le rassurer en lui affirmant que
nous suivrions pas à pas le voyageur sur
la carte. Ce furent nos premières leçons
de géographie. Paul apprit à connaître
Malte, Alexandrie, le Caire, le canal de
Suez, la mer Rouge et enfin Bombay,
d'après les timbres des lettres de son père,
qui ajoutait toujours quelques lignes à son
usage en écrivant à Mme de Kerhoël.
Ces lignes se terminaient généralement
ainsi :

« Ne fais jamais de peine à ta marraine.
Aime-la bien. »

Paul ne m'aimait que trop, car il ne s'a-
percevait de l'absence de personne quand
j'étais auprès de lui. Soir et matin, je lui
rappelais pourtant de dire dans ses prières :
« Mon Dieu, gardez bien mon papa, ra-
menez-le vite, et faites que ma chère maman, qui est dans le ciel, protège toujours
son petit Paul. » De lui-même il ajoutait :
« Mon Dieu, faites que j'aie toujours à
côté de moi marraine. »

Nous étions de plus en plus d'intimes
camarades, ne nous fatiguant jamais de
la présence l'un de l'autre, sans avoir besoin d'autre compagnie. On le vit bien
pendant notre séjour au Chêne-Lierru.
J'ai parlé déjà de cette propriété de Sologne où les Kerhoël réunis passaient autrefois leurs vacances et où ils n'allaient
plus qu'à de rares intervalles depuis que
mon oncle avait quitté Orléans, pour Versailles d'abord, puis pour Paris. L'air
chargé des émanations balsamiques qui
sortaient des petits bois environnants
réussit à Paul si bien que, après y avoir
vécu l'été, nous y restâmes une partie de
l'hiver. Je me plaisais fort dans ce modeste diminutif du Morvan, un Morvan
sans collines abruptes et sans eaux courantes, mais où ne manquaient ni les
bruyères, ni les ajoncs. La lande et les

sapins suffisaient à me charmer ; je retrouvais en outre les braves gens qui m'avaient
vue petite ; seule la vieille mendiante que
nous prenions alors pour une fée manquait
à l'appel, et je me rappelais nos souhaits
de cette époque-là, tout en promenant
mon petit Paul sur le site même où s'é-
taient jouées nos comédies enfantines. Hélas ! Mad avait eu ses robes couleur de la
lune et couleur du temps, les robes de
Peau-d'Ane ; elle ne les avait que trop
portées au bal avant de les échanger
contre un suaire ; et André était, selon ses
vœux, en campagne au bout du monde. Il
n'y avait que moi qui n'eusse pas été
exaucée ; je m'en souciais bien peu aujour-
d'hui, accoutumée que j'étais à ma figure.
Pourvu qu'elle ne fît pas peur à Paul,
qu'elle ne l'empêchât pas de m'embrasser,... et de cela pas la moindre apparence ! Il m'aimait plus encore au Chêne-
Lierru qu'à Paris, persuadé que c'était à
moi, à moi seule qu'il devait la liberté
de la campagne, le bonheur de posséder
pour la première fois des bêtes à lui, de
prendre part aux travaux des champs, de
n'être plus forcé de faire toilette pour
aller se promener. Bruni comme un petit
paysan, il grandissait et enforcissait à vue
d'œil. Je continuais à l'instruire en l'amusant ; nous n'avions pour ainsi dire pas
d'heures de classe : une plante cueillie,
un caillou ramassé, un oiseau entrevu à
travers les branches m'aidaient à semer
dans le jeune esprit, ouvert pour les recevoir, quelques notions simples d'histoire
naturelle ; et les contes, que quotidiennement je devais inventer, s'étaient transformés, par gradations insensibles, en récits plus sérieux qui mettaient mon petit
élève au courant des grands événements
de son pays, quand ils ne l'initiaient pas
aux enseignements de la religion, de la
morale. Les livres ne l'effrayaient plus ;
au contraire, il les dévorait avec l'entrain
d'une intelligence précoce qu'il fallait retenir parfois au lieu de la stimuler, et le
désir impatient de parler à son père de
tout ce qu'il entreprenait lui inspira une

prédilection marquée pour l'art calligraphique.

Quand miss Lynn, revenue d'Angleterre, nous rendit visite en Sologne, elle déclara que nous faisions merveille à nous deux, que mon filleul était mieux qu'un petit prodige, et qu'il semblait rendre en joie et en bonne humeur à sa marraine ce qu'elle lui donnait de dévouement. Il est vrai que je jouissais, au delà de tout ce que je peux dire, des progrès de mon cher petit, qui parlait avec la voix de Mad et qui me regardait avec les yeux de Robert.

La compagnie de miss Lynn, cependant, ne gâta rien pour aucun de nous deux. Les affaires qu'elle venait de régler dans son pays lui assuraient le moyen de se reposer sur ses vieux jours, et elle voulut commencer auprès de nous les douceurs de son *farniente*. Ce prétendu *farniente* fut consacré à l'heureux Paul : ne sachant comment appeler la chère bonne vieille dame à figure d'aïeule qui, au débotté, lui avait fait cadeau d'un petit âne vivant, il la nomma grand'marraine. A peine nous croyait-il quand nous lui assurions que les marraines ne devaient tenir qu'un rang secondaire à côté des mamans.

Marraine, grand'marraine, l'âne, les chiens, le chat, les poules, les lapins, et même un petit renard pris au piège, dont il s'appliquait consciencieusement à faire une créature honnête et respectable, tout ce monde de bêtes et de gens, logé dans les huit ou dix arpents de bois et de jardin qui entouraient le Chêne-Lierru, servait de thème intarissable aux missives de plus en plus longues qui allèrent chercher Robert de Ceylan à Madras, de Mysore à Calcutta, puis à Delhi, à Lucknow et dans l'Himalaya enfin.

XXIII

Nous étions au Chêne-Lierru quand l'absent annonça son retour, sans en préciser la date ; nous y étions quand, à l'improviste, la petite grille qui sépare du bois le jardin potager fut poussée par un homme dont l'allure et la physionomie avaient ce caractère particulier aux gens qui ont arpenté de grands espaces, essuyé de grandes fatigues et subi le choc de climats très différents. Cette teinte blême que la peau des Européens prend dans l'Inde, pour la garder le plus souvent, couvrait son visage amaigri. N'importe, c'était Robert. Son fils, qui avait atteint ses six ans ce jour-là et qui parlait depuis des semaines de l'arrivée de papa comme d'un beau cadeau de fête, fut seul à ne pas le reconnaître. Je dus l'entraîner presque de force vers cet étranger qui l'intimidait, et, l'enlevant dans mes bras, je le jetai, robuste et superbe, dans ceux du père qui l'avait quitté tout petit et tout délicat au lendemain d'une si grande douleur. Revenait-il consolé ? Je ne le croyais pas, mais il me semblait que rien ne pouvait mieux contribuer à guérir sa blessure que la vue de ce bel enfant.

Il eut, en effet, lorsque son regard tomba sur lui, un air de surprise ravie qui m'alla droit au cœur comme le meilleur des remerciements, avant même qu'il ne m'eût dit : « Vous devez être fière de votre ouvrage, cousine ! »

Je répondis avec élan : « Eh bien, oui, j'en suis fière ! » riant de joie et les larmes aux yeux, tandis que Robert continuait à caresser les cheveux de Mad sur la petite tête bouclée qu'il serrait contre lui.

Déconcerté un instant, Paul se familiarisa très vite et ne laissa pas de repos à son père jusqu'à ce que celui-ci eût fait connaissance avec tous les personnages à figures de bêtes qui lui avaient été présentés par écrit.

Miss Lynn s'empara ensuite du voyageur, pendant que Paul me confiait l'impression tout à fait favorable produite sur lui par son papa retour des Indes ; ils eurent en tête à tête un long conciliabule ; bref, ce ne fut que vers le soir que je pus avoir mon tour et entretenir Robert de ce qui concernait son fils, tandis que le chéri courait devant nous avec ses vénérables compagnons Kit et Bob, dans le petit bois, sous les pins. De temps en temps il nous rejoignait, m'apportant un brin d'herbe, une pierre, un insecte ; ses questions montraient à Robert, mieux que tout ce que j'aurais pu lui dire, comment je l'avais élevé, en le nourrissant de petites leçons courtes et faciles qui l'amusaient autant qu'un jeu, et ouvraient cependant un champ de plus en plus vaste à sa pensée naissante, sans la fatiguer.

« Votre système, me dit-il, est excellent ; je n'aurais jamais cru qu'en si peu de temps on pût arriver à un tel résultat.

— Trois années, m'écriai-je, vous appelez cela peu de temps !

— Je n'ai pas compté, je crois, répondit-il. J'ai vu, j'ai fait assez de choses dans cet intervalle pour remplir une existence et davantage ; mais les incidents et les spectacles ont été si précipités qu'il me semble parfois que tout cela est un rêve. J'ai besoin de toucher à la réalité pour y croire. »

Comme involontairement, il prit mon bras, le glissa sous le sien, et nous fîmes quelques pas en silence sur le muet tapis que formaient les aiguilles des pins.

« Oui, poursuivit Robert d'une voix un peu émue, tout cela est vrai : votre présence, le bien que vous avez fait à Paul, cette abnégation qui de votre part ne s'est jamais démentie... et l'espérance qui se lève pour moi dans l'avenir...

— Dieu soit loué ! dis-je avec ferveur. Vous allez vous remettre à l'œuvre, recommencer la vie.

— Oui, répéta-t-il, recommencer la vie, pourvu que j'y sois aidé... pourvu qu'une fois de plus vous veniez à mon secours, Geneviève. »

Je le regardai sans comprendre.

« Vous figurez-vous que Paul n'ait plus besoin de vous ? Sans doute, dans quelque temps il faudra songer au collège, mais jusque-là... »

Je ne l'écoutais plus : mes yeux attristés suivaient mon petit filleul lancé après un papillon, le soleil qui filtrait entre les branches entourant d'un nimbe d'or ses cheveux ébouriffés, et Robert m'apparaissait tout à coup comme un bourreau qui allait l'emporter, me le prendre...

Paul au collège... le vide autour de moi... Que ferais-je alors ?... Cette pensée ne m'était pas venue. Robert dut sentir mon bras trembler.

« Nous réclamerons vos soins un peu de temps encore, reprit-il ; même je ne vois pas bien comment nous pourrons y renoncer jamais. Quand l'enfant aura pris son vol et sera devenu un écolier avec des maîtres, des camarades qui vous remplaceront, il y aura le père... Croyez-vous que le père, resté seul, tout à fait seul, saura se passer de vous, Geneviève ?... Croyez-vous que vous ne me serez pas aussi nécessaire que vous pouvez l'être à Paul ? »

Je retirai mon bras avec une certaine brusquerie, puis, les yeux baissés vers le sol, sans savoir pourquoi, je répondis presque froidement :

« Tout ce que je pourrai faire pour vous, je le ferai, mon cousin. »

Quand j'osai le regarder de nouveau, il souriait, et c'était la physionomie du Robert d'autrefois, si gaie, si ouverte, si franche, si jeune.

« A la bonne heure ! vous ne craignez pas de vous engager à l'avance. C'est que je vous en préviens, j'exigerai peut-être beaucoup. Écoutez, mon amie : je ne veux pas vous prendre en traître. Asseyez-vous là, sur ce banc de mousse, et causons. »

Paul se rapprochait au moment même, tenant entre ses doigts un papillon couleur de citron auquel je lui persuadai de rendre aussitôt la liberté. J'aurais voulu le garder entre nous deux pour mettre un tiers dans notre entretien, qui vaguement m'inquiétait ; mais son père le pria d'aller, à quelque distance, cueillir de splendides champignons rouges qu'il avait remarqués en se promenant, et il repartit comme un trait.

« Écoutez, Geneviève, reprit Robert, couché à mes pieds sur la mousse, et dites-

On ne se moque pas de ce qu'on adore.

vous bien que c'est notre pauvre petite Mad qui vous parle en même temps que moi. »

L'intervention de la chère morte me rassurant aussitôt, je prêtai l'oreille.

« Presque au lendemain du jour où elle nous a quittés, j'ai trouvé dans le petit bureau de sa chambre un paquet cacheté, avec la suscription : « Ceci est mon testament. » Les pages qu'il contenait devaient être tracées depuis peu, car l'écriture en était faible et tremblée. Peut-être entrevoyait-elle l'affreuse vérité sans y trop croire. Elle avait jeté sur le papier, à tout hasard, ses volontés dernières, disposé de ses bijoux, de ses dentelles, des objets à son usage en faveur de celle-ci ou de celle-là. Puis elle était passée à un sujet plus grave. Pensant à moi, elle avait dit en s'adressant à vous : « Je ne laisse rien en particulier à mon cher mari, car tout ce que je possède lui appartient, mais je le laisse, lui, à ma meilleure amie qui est aussi la sienne. Je te confie Robert en même temps que Paul, ma Geneviève chérie. Tu as toujours été, tu seras toujours notre providence à tous. Depuis que tu es ici, j'y ai beaucoup songé, en vous écoutant causer, en le voyant si volontiers prendre ton avis, en remarquant que mille choses marchaient mieux qu'autrefois dans la maison : c'était une femme telle que toi qu'il lui fallait. Il m'a rendue très heureuse, mais il peut être avec toi plus heureux qu'il ne l'a jamais été. Si je vis, je tâcherai de te ressembler; si je meurs, je veux que tu me remplaces. »

« Voici la page, ajouta Robert en tirant de sa poche un papier tout froissé, souvent lu et relu évidemment; je l'avais emportée là-bas, j'ai été maintes fois tenté de vous l'envoyer, après avoir surmonté l'angoisse d'une première impression : l'angoisse atroce de penser que Mad s'était, ne fût-ce que par éclairs, vue mourir. »

Le visage entre mes mains, je sanglotais; mes pleurs avaient plus d'une cause. J'étais à la fois émue et indignée.

« Si j'ai tant attendu, poursuivit Robert, c'est que j'ai voulu plaider ma cause moi-même, vous dire... »

Je l'interrompis, incapable de me contenir davantage.

« Me dire qu'à force d'y réfléchir vous vous sentez prêt à obéir au dernier vœu de Madeleine et à faire en sorte que ma présence chez vous, auprès de votre fils, soit possible ? Merci, Robert, mais le mariage est une chose trop sérieuse pour qu'on en fasse une question de déférence, même aux volontés d'une morte, encore moins aux ois et usage du monde. »

Il me regarde fixement, étonné, je crois, de ma voix sèche et brève.

« Je ne vous comprends pas, » balbutiat-il.

Je regagnai du calme, — mais ce ne fut pas sans un effort prodigieux; — d'un air presque souriant, j'expliquai qu'il me déplaisait d'être épousée par ordre ou même par reconnaissance. Notre parenté, mon âge me permettraient, si ma tante Kerhoël le trouvait bon, de rester sans cela auprès de Paul, quoique celui-ci ne dût pas quitter son père.

« Mme de Kerhoël le trouvera très bon et aussi Miss Lynn ; elles approuvent et encouragent, dans l'intérêt de tous, la démarche que je fais en ce moment. Mais que parlez-vous de votre âge ? Vous n'avez guère que vingt-six ans !

— Bah ! avec une figure telle que la mienne on est vieille autant qu'on le veut, répliquai-je en rougissant très fort et en riant d'un rire qui ne sonna pas trop gaiement à mon oreille. J'aurai eu au moins une fois le bénéfice de ma laideur.

— De votre laideur ? répéta Robert. Est-il possible, Geneviève, que vous vous croyiez laide ?

— Est-il possible, repartis-je vertement que vous vous moquiez assez de moi pour prétendre que je sois le contraire ?

— On ne se moque pas de ce qu'on adore, répondit très doucement Robert. Si jamais ce mot d'adoration fut permis à l'égard d'une créature humaine, c'est assurément dans ma bouche et envers vous.

Croyez-en un peintre, qui juge que la séduction de la femme de Rembrandt vaut celle de la *Joconde*. Nous irons les contempler dans le sa'on carré, au Louvre, et vous serez de mon avis. Il y a la beauté d'accident, pour ainsi dire, que le hasard donne en aveugle à la première jeunesse et qui se flétrit avec elle ; mais il y a aussi celle que se crée peu à peu un noble cœur tel que le vôtre, celle qui se modèle sur l'âme et qui est toujours en progrès tandis que l'autre décline. Celle-là ne craint pas la vieillesse, elle est à l'épreuve du temps. Les admirateurs de la forme euxmêmes l'ont sentie, se sont agenouillés devant elle, se sont inspirés de son charme souverain pour concevoir des œuvres qui ont fait passer au plus profond de tous ceux qui les regardent l'enthousiasme dont est seule digne la beauté de la bonté. Le mot est d'un grand écrivain, d'un grand artiste qui a soutenu et prouvé que chacun de nous était libre de sculpter et de refaire son visage à force d'esprit, de vertu, de tendresse, libre de traduire la grâce du cœur en grâce de parole et d'allure. Vous êtes pour moi, Geneviève, — ne prenez pas cette mine incrédule, — vous êtes pour moi depuis longtemps la plus belle femme qui soit au monde. Je ne vous épouserais pas par pure reconnaissance et par soumission au souhait angélique d'une autre, mais par amour.

— C'était Mad que vous aimiez ! dis-je douloureusement,

— Jamais je n'oublierai Mad et nous chérirons sa mémoire ensemble, répondit-il d'un ton ferme et sincère ; mais n'admettez-vous pas qu'il y ait plus d'une manière d'aimer ? Le charme de la fleur printanière qui brille sur notre chemin, dès notre premier pas dans la vie, ne nous rend pas incapables de jouir des moissons de l'été, des fruits de l'automne. Geneviève, voulez-vous être ma femme à tout jamais, ma compagne dans les bons et dans les mauvais jours, la seconde mère de Paul ? »

Il tenait mes deux mains, et je pleurais encore, mais c'étaient d'autres larmes maintenant, des larmes divines.

Paul cependant s'y trompa lorsqu'il revint avec les champignons qu'il avait longtemps cherchés.

« Ils n'étaient pas où vous avez dit, papa, mais je les ai découverts tout de même, là-bas, là-bas, et regardez, c'est du vilain poison... ils ont taché ma blouse ! » cria-t-il de très loin.

Se laissant tomber sur un pan de ma robe, il me regardait avec la crainte d'être grondé pour avoir autant couru et s'être mis en nage.

« Mais qu'est-ce que vous avez, marraine ? vos yeux sont tout rouges... » Et il se jeta gentiment à mon cou. « Vos joues sont toutes mouillées. Papa vous a donc fait du chagrin ? Méchant papa !

— Non, dit son père, mais je lui ai demandé une chose qu'elle me refuse : je lui ai demandé d'être, comme ta mère l'a désiré avant de partir, la seconde maman du petit Paul, et de ne plus nous quitter ni toi, ni moi, jamais... jamais...»

Paul, qui continuait à me tenir par le cou, resserra son étreinte jusqu'à m'étouffer.

« Oh ! s'écria-t-il, en ponctuant ses supplications de baisers, — je serais si content... et papa aussi... et ma petite mère qui est dans le ciel ! Dites que vous voulez bien, chère marraine, bonne marraine, dites vite, ma jolie petite marraine !

— Ce n'est pas moi qui lui ai soufflé que vous étiez jolie, reprit vivement Robert. Et vous savez que la vérité sort de la bouche des enfants. »

De fait, lorsque je rentrai dans la maison, au retour de cette promenade, après avoir dit *oui* à Paul et à son père, je fus frappée de l'agréable apparence d'une certaine personne, vêtue de ma robe grise et de mon chapeau de paille, qui semblait venir vers moi du fond de la grande glace vis-à-vis de la porte-fenêtre. En regardant cette quasi inconnue, en la saluant d'un signe de tête, je pensai à l'impression produite sur moi par une autre rencontre de

mon individu dans un miroir moins flatteur, celui qui jadis m'avait renvoyé le
reflet de ma vanité blessée jusqu'à la rage.
Était-ce vraiment « l'immortelle beauté
de la bonté », comme l'avait dit Robert,
qui me souriait ainsi et me réconciliait avec
mon apparence ? — Non, je n'avais pas
assez de présomption pour le croire. C'était
plutôt la beauté du bonheur. Quelqu'une
des fées, mes vieilles amies, était venue

peut-être, dans la clairière autrefois han-
tée par leur émule la mère Nanon, me délivrer d'un maudit enchantement.

Quoi qu'il en fût, je crois bien que je
terminerai ici ces souvenirs de Geneviève
Delmas, qui pourraient avoir pour sous-
titre :

Mémoires d'une jeune fille laide.

PIERRE CASSE-COU

PIERRE CASSE-COU

TH. BENTZON

PIERRE
CASSE-COU

suivi de

TROUVÉ DANS UNE CAISSE

(D'après H. BARNARD)

ILLUSTRATIONS

par

P. PHILIPPOTEAUX

H. MAYER

et J. GEOFFROY

COLLECTION HETZEL

18, RUE JACOB, PARIS (VIᵉ)

—

UN MOT AU LECTEUR

Une partie de Pierre Casse-Cou *est empruntée à un livre très justement estimé en Angleterre, et que d'abord nous voulions traduire, sans autre modification que de transporter ses personnages dans un milieu français. Ce premier projet a rencontré des difficultés insurmontables,* Misunderstood *n'étant pas à l'usage de la jeunesse, bien que ses principaux acteurs soient des enfants. Nous offrons donc aujourd'hui aux lecteurs de la Bibliothèque d'éducation et de récréation un ouvrage inspiré par celui de miss Montgomery, mais qui en diffère sur nombre de points; on y trouvera des personnages nouveaux, des situations inédites, un autre dénouement; bref, en tenant compte de l'âge auquel nous nous adressons, nous avons ajouté à un travail bien personnel les perles susceptibles de se détacher de l'œuvre du romancier anglais et de s'enchâsser dans la nôtre.*

TH. BENTZON.

PIERRE CASSE-COU

I

Depuis le déjeuner la pluie n'a cessé
de tomber à flots sur les champs et sur les
prés, sur le grand parc et sur les jardins
qui entourent l'un des plus beaux châteaux
des environs de Paris, le château de Laurière. Depuis le déjeuner, deux petites
têtes frisées se pressent l'une contre l'autre à la fenêtre d'une chambre du premier
étage, et les grands yeux bruns de Pierre,
les jolis yeux bleus de Georget, interro-
gent tristement la voûte sombre du ciel
chargé de nuages.

Quelle vilaine journée humide! Ce
mauvais temps contrarie d'autant plus les
deux petits frères que leur papa est attendu dans l'après-midi, et qu'il a permis
à ses enfants de venir le chercher à la
station dans le *dog-cart*. Or, il n'y a pas
de place dans le *dog-cart* pour miss Ann,
la bonne anglaise, de sorte que, Pierre et
Georget ayant promis de se tenir bien
tranquilles, de ne pas grimper sur la roue,
de ne pas sauter avant que la voiture soit

arrêtée, bref, de ne faire aucune imprudence, on a décidé qu'ils pourraient être
confiés au vieux Renaud, le cocher, et
Renaud est le meilleur des hommes ; avec
lui ses jeunes maîtres font tout ce qu'ils
veulent, tandis qu'avec miss Ann... Échapper une heure entière à la prétendue tyrannie, aux soins importuns de miss Ann
est depuis longtemps l'ambition secrète
de M. Pierre et de M. Georget. Miss
Ann leur paraît créée tout exprès pour
contrarier leurs projets de plaisir, pour
prévoir du danger sous tout ce qu'ils
appellent amusement, pour jeter, en un
mot, sur le côté de la vie telle que la
comprend leur âge l'ombre de ses éternels :
« Ne faites pas ceci, ne faites pas cela... »

Pauvre miss Ann! amenée devant le
tribunal de ces deux petits juges en
perpétuelle révolte, elle eût été condamnée sans bénéfice de la moindre circonstance atténuante; et pourtant, c'était
en somme une excellente femme, attentive
et dévouée, dont l'unique défaut était
peut-être un excès de sollicitude, bien

excusable si l'on considère la lourde responsabilité qui pesait sur elle. Le père des deux enfants livrés à ses soins était veuf, presque toujours absent, et elle lui devait compte de la vie, de la santé, des progrès, des moindres faits et gestes du couple de lutins le plus intrépide et le plus étourdi que l'on pût rencontrer à dix lieues à la ronde. Encore venait-elle assez facilement à bout de Georget quand il était seul ; Georget, n'ayant que quatre ans, cédait au joug sans trop de résistance ; mais M. Pierre !... Quand miss Ann entreprenait d'expliquer au père un état de choses qui la désespérait, elle s'arrêtait d'ordinaire à cette phrase : « Mais M. Pierre !... » Puis les paroles lui manquaient, elle levait les mains et les yeux au ciel.

Le comte d'Armont était fort absorbé naturellement par ses devoirs de député. L'hiver, toute la famille étant réunie à Paris, il pouvait au besoin surveiller ce qui se passait chez lui ; mais, l'été, tant que duraient les travaux de la Chambre, on ne le voyait à Laurière qu'assez rarement. A peine arrivé, il était obsédé par les plaintes et les récriminations de miss Ann au sujet de M. Pierre. M. Pierre montait à tous les arbres, sautait du haut de tous les murs, se glissait à l'écurie sous les sabots mêmes des chevaux, allait goûter dans le chenil à la soupe des chiens ; avait manqué de se noyer dans l'étang, il avait failli se casser le cou en se promenant sur les toits... Toujours la même témérité toujours la même désobéissance... Mais le grand reproche de miss Ann était celui-ci : M. Pierre entraînait son petit frère dans toute sorte de méfaits, car ce que faisait M. Pierre, M. Georget voulait le faire aussi, et partout où allait M. Pierre, M. Georget était prêt à le suivre...

« Et le danger, ajoutait miss Ann, était autrement grave pour M. Georget que pour M. Pierre, qui ne s'enrhumait jamais, qui n'était jamais malade, tandis que le petit Georget, d'une santé fort délicate, toussait facilement comme feu sa pauvre mère. Le moindre accident, des pieds mouillés, un coup de vent froid, un exercice au-dessus de ses forces, l'obligeait à garder le lit huit ou dix jours, et alors M. d'Armont perdait la tête, car il adorait son petit Georget pour lui-même et aussi pour sa ressemblance avec la charmante femme qu'il avait perdue. Georget était le portrait vivant de sa mère, et tenait d'elle des qualités de douceur, de tendresse, des grâces câlines irrésistibles qui lui valaient de la part de son père un surcroît de gâteries. Certes, M. d'Armont aimait également ses fils, mais quiconque eût ignoré l'équité de son caractère eût pu croire qu'il accordait à la faiblesse de Georget une sorte de prédilection. Mme d'Armont, elle-même, le lui avait autrefois reproché, en souriant, car elle savait bien que cette préférence n'existait qu'à la surface.

« Que voulez-vous ? répondait son mari, Pierre ne paraît pas désirer qu'on le caresse ; c'est un vif-argent qui nous échappe toujours, tandis que Georget a besoin d'affection avant tout. Il resterait volontiers des heures sur mes genoux. Si je voulais y retenir ce démon de Pierre, au contraire, il me glisserait des mains au bout d'une seconde pour sauter sur toutes les chaises.

— Pierre a trois ans de plus que son frère, faisait observer Mme d'Armont, vous ne pouvez vous attendre, mon ami, à ce qu'il se laisse dorloter comme un simple bébé ; mais son cœur vaut celui de Georget.

— Je le crois, répondait M. d'Armont, c'est un bon garçon et un garçon intelligent ; mais l'extrême douceur de Georget a bien son prix !... Cet enfant voyez-vous, est la sensibilité même... »

Mme d'Armont n'insistait pas, elle se contentait d'arrêter un regard d'orgueil et de contentement sur le joyeux petit diable qui, pendant trois années, avait été son seul trésor ; elle était fière de sa gaieté, de sa bonne humeur, de sa turbulence même, et faisait autant de cas de ses embrassades un peu rudes que des façons plus câlines de son petit frère. Comme elle aimait le voir se précipiter le matin dans sa chambre et venir d'un bond lui sauter au cou ! Souvent il renversait sur son passage un siège qui se trouvait là mal à propos, il culbutait dans sa précipitation tout le contenu de la boîte à ouvrage, il salissait un peu le tapis avec ses bottines déjà empreintes de la boue des chemins. Tant pis ! Il avait grimpé sur elle et il l'embrassait si fort qu'elle en était toute décoiffée. Oh ! maman pardonnerait cela ! Ne savait-elle pas que son diable l'aimait par-dessus tout et qu'il lui obéirait à elle ? La crainte de lui causer le moindre chagrin l'eût détourné de ses plus chers projets.

Ce fut un triste jour pour Pierre quand cette mère lui fut enlevée, quand la mort vint mettre fin à une lente maladie : les beaux yeux humides qui jusqu'au dernier instant l'avaient cherché se fermèrent à jamais, les mains transparentes se croisèrent une dernière fois sur ce sein où il ne pourrait plus cacher sa tête bouclée pour sangloter ses confessions et son repentir... On lui dit qu'elle était au ciel.

M. d'Armont, écrasé par le coup qui le frappait, ne vit que fort peu ses enfants pendant les premiers jours de deuil ; lorsqu'il se décida enfin à les rappeler auprès de lui, il fut douloureusement surpris de trouver Pierre à peu près semblable à ce qu'il avait toujours été : tapageur, mutin et léger.

« Sa pauvre mère se trompait, il n'a peut-être pas beaucoup de cœur, » pensat-il avec tristesse, tout en regardant par la fenêtre cette petite figure vêtue de noir chasser les chèvres dans la prairie.

Non, l'instinct d'une mère ne se trompe pas. M. d'Armont voyait l'enfant dans un de ces moments d'oubli où la nature et la jeunesse reprennent leurs droits ; il ne l'avait pas vu pâlir chaque fois qu'une même pensée venait chasser de sa mémoire tout ce qui n'était pas *elle ;* il ne l'avait pas entendu prononcer à demi-voix un nom familier, adoré, qui se perdait dans les sanglots ; il n'était pas là tout à

l'heure, quand Pierre avait couru jusqu'à la porte du salon avec une trouvaille quelconque dans un pli de sa blouse, pour s'arrêter brusquement sur le seuil de cette porte close derrière laquelle il se disait tout à coup, hélas ! que le sourire maternel ne l'attendait plus... Ses bras étaient alors retombés inertes, il avait poussé un gros soupir ; puis il s'était élancé dehors s'efforçant d'échapper au vide, à l'amertume, à la désolation qu'il ne pouvait supporter.

Celui qui, du plus haut des cieux, voit ce qui se passe chez la moindre de ses créatures, avait seul compris ce qui se passait dans le cœur du petit Pierre, compté les larmes qui la nuit mouillaient son oreiller, et recueilli ce muet appel de l'orphelin à l'heure qui était d'ordinaire celle de son sommeil :

« O maman, ma petite maman, que ferai-je sans toi ! »

Tout ceci s'était passé près de deux années avant le jour où les deux frères, le front collé aux vitres, regardaient tomber la pluie ; tout ceci s'était effacé complètement de la mémoire du pauvre petit Georget qui ne réussissait même plus à se rappeler sa mère ; mais, dans l'esprit du frère aîné, les souvenirs déjà lointains étaient encore par intervalles aussi vifs que s'ils eussent daté de la veille.

Des semaines pouvaient s'écouler sans qu'il pensât à sa maman absente ; puis, soudain, une fleur, un livre, quelque objet qui lui avait appartenu, ressuscitait tout le passé ; alors sa petite poitrine se soulevait, et les yeux bruns, toujours ensoleillés, étaient voilés par une larme.

Il y avait dans le second salon, abandonné maintenant, un portrait en pied de Mme d'Armont, tenant Pierre entre ses bras. Chaque fois qu'il avait maille à partir avec miss Ann, le petit garçon se réfugiait sous ce portrait et restait pelotonné sur le tapis dans la chambre obscurcie par les volets clos ; il essayait, pauvre enfant, de reprendre l'attitude que lui avait donnée le peintre, et de se figurer qu'il sentait les bras

Debout à côté l'un de l'autre devant leur mère...

de sa mère autour de lui. A certains jours, cette chambre était époussetée, rangée ; les volets s'ouvraient alors, et les rayons du jour, ruisselant sur le portrait, lui prêtaient une sorte de vie. Alors on pouvait voir les petits frères debout à côté l'un de l'autre devant leur mère, l'aîné racontant au plus jeune tout ce qu'il pouvait se rappeler sur cette chère maman.

Georget avait pour Pierre la plus respectueuse admiration. Tout garçon de sept ans qui porte des culottes, impose à un bambin de quatre ans qui en est encore aux robes ; mais le grand prestige de Pierre était dans ce souvenir qu'il gardait de la maman. Georget, lui, ne se rappelait le se-

cond salon que comme une chambre fermée, toujours déserte ; Pierre lui racontait donc les gloires passées de cette pièce, alors qu'il y avait des rideaux de mousseline aux fenêtres, que les meubles ne se cachaient pas sous des housses, et que maman, étendue sur sa chaise longue auprès du feu, brodait pour ses petits enfants. Cette maman n'était qu'un rêve dans l'esprit enfantin de Georget ; mais, à mesure que Pierre parlait de la sorte, il croyait l'avoir connue ; sûrement elle était bien belle et bien bonne... Un sentiment d'infériorité s'emparait de lui en songeant que Pierre en savait si long, et ce sentiment devenait presque de l'humiliation quand le narrateur interrompait brusquement son discours pour dire en haussant quelque peu les épaules :

« Mais c'est inutile d'essayer de t'expliquer ; tu ne te la rappelles pas... »

Alors une expression de tristesse très particulière passait sur la petite figure blonde et pâlotte de Georget, tandis qu'il répondait à demi-voix :

« Oh non, je ne me rappelle pas, je ne me rappelle pas assez... et cela me fait bien du chagrin... »

C'était l'admiration de Georget pour son grand frère qui rendait si rude la tâche de miss Ann. Naturellement timide, Georget devenait hardi quand il s'agissait d'égaler ce modèle ; très soumis pour son compte, il défiait miss Ann si Pierre lui prêchait la révolte, et devenait au besoin aussi intraitable que son guide.

« Il y a longtemps, disait en riant M. d'Armont, que mes fils ont découvert tout seuls un grand secret trop souvent ignoré en politique : c'est que l'union fait la force. On pourrait les citer comme exemple à certains partis. »

La pluie continue de tomber ; cependant miss Ann déclare qu'elle laissera l'aîné de ses élèves aller au chemin de fer chercher son père, pourvu qu'il consente à endosser un manteau imperméable et à mettre des chaussures en caoutchouc.

« Je le veux bien, dit docilement Pierre, pourvu que Georget vienne aux mêmes conditions. »

Mais sur ce point miss Ann est inflexible. Aucun manteau n'empêcherait Georget de s'enrhumer par un temps aussi humide ; elle le sait, une fatale expérience l'a depuis longtemps avertie. Donc, l'arrêt est prononcé : ou bien Pierre prendra son parti d'aller seul, ou bien les deux frères resteront.

« N'y va pas, je t'en prie, chuchote le pauvre Georget, je m'ennuierai si fort sans toi avec miss Ann !... »

— C'est une méchante, répond le frère aîné ; mais sois tranquille, je n'irai pas seul. »

Et il se met à compter les gouttes d'eau

II.

sur la vitre, espérant qu'ainsi le temps passera plus vite.

Cette intéressante occupation, partagée par Georget, a l'effet désiré ; la demi-heure qui suit semble beaucoup moins longue aux deux enfants que la précédente ; enfin le *dog-hart* apparaît au bout de l'avenue.

« Qu'est-ce que c'est ? crie miss Ann effrayée du saut périlleux que maître Pierre vient d'exécuter, saut qui l'a porté de l'appui de la fenêtre au milieu de la chambre.

— C'est papa... »

Elle ne peut rien obtenir de plus ; déjà il s'élance sur l'escalier sans écouter ses appels désespérés.

« Mon Dieu ! attendez donc que je vous arrange un peu les cheveux... »

Il a disparu ; rien ne trahit plus son existence qu'un bruit de pas répétés, de sauts frénétiques, de gambades variées dans le lointain, attestant qu'il descend l'escalier à sa façon.

Georget, moins agile, reste prisonnier entre les mains de miss Ann, qui le peigne et le brosse malgré sa résistance ; après quoi il court rejoindre son frère.

II

Les deux enfants se jetèrent dans les jambes d'un homme jeune encore et de haute taille, avec de grands favoris noirs, qui se baissait pour les embrasser l'un après l'autre.

« Eh bien ! garnements que vous êtes, il ne vous est rien arrivé depuis l'autre jour ? Vous n'avez ni bosse, ni égratignure nouvelle à me montrer ? A la bonne heure ! Voilà qui est gentil. Prenez les joujoux que je vous apporte. »

Ils étaient si occupés du déballage des joujoux, si occupés de leur père qu'ils ne s'aperçurent pas qu'un autre monsieur descendait de la voiture, jusqu'à ce que M. d'Armont eut repris :

« Allez donc dire bonjour à... Mais voyons si vous le reconnaîtrez ?... »

Pierre regarda fixement le jeune homme qu'on lui désignait, et balbutia en devenant cramoisi :

« Je crois que vous êtes mon oncle Charles ; je vous ai vu il y a longtemps, avant votre départ sur mer et avant que... »

Il allait ajouter : « avant la mort de maman. » M. d'Armont l'interrompit d'une voix brève, un peu tremblante :

« Très bien, dit-il, je ne te croyais pas si bonne mémoire. Et vous, Charles, je suppose que vous ne trouvez pas maître Casse-Cou bien changé... Nous l'appelions déjà Casse-Cou dans ce temps-là, à cause de son goût marqué pour toute espèce d'aventures... Il avait, il a encore la vocation de se rompre les os... Quant à Georget, il était bien petit quand vous l'avez quitté. »

Et M. d'Armont soulevait Georget entre ses bras pour le faire admirer à son beau-frère.

« Quelle ressemblance frappante ! s'écria ce dernier tout ému.

— Hélas ! soupira M. d'Armont, posant à terre son plus jeune fils, je crains qu'il ne *lui* ressemble de plus d'une manière ! Regardez ! » ajouta-t-il en indiquant le réseau bleu des veines sous la peau transparente du front et la fugitive coloration des pommettes.

Pierre avait prêté à ce dialogue une oreille attentive ; tandis que son père expliquait le mécanisme d'un Polichinelle à Georget, il se rapprocha d'oncle Charles, et mit avec une affectueuse confiance sa main dans la sienne.

« Tu es un brave petit homme, dit l'officier de marine ; nous avons toujours été bons amis et nous continuerons, j'en suis sûr, à nous entendre très bien ! »

Le premier coup de la cloche, annonçant le dîner, venait de sonner ; les deux petits se précipitèrent dans la chambre de leur père sous prétexte de l'aider à sa toilette.

Georget s'empressa de vider le sac de nuit où il espérait bien trouver encore quelque chose à son adresse, et Pierre fouilla consciencieusement les poches du paletot que son père venait de jeter sur une chaise. Une sorte de cliquetis força M. d'Armont à se retourner :

« Qu'est-ce que tu tiens là ? » s'écria-t-il.

Un canif tomba de la main du petit curieux ; il avait réussi à ouvrir les deux lames et les essayait sur son pouce. Dérangé dans cette expérience, il passa aussitôt à d'autres amusements. Un silence prolongé inquiéta de nouveau M. d'Armont :

« Veux-tu bien remettre mon rasoir à sa place, vaurien. »

Dans la glace, il avait aperçu un museau barbouillé de savon, et il intervenait juste à temps pour empêcher une opération périlleuse.

Le châtiment suit toujours de près la faute : Pierre fut expédié à miss Ann pour être essuyé convenablement. Toutefois, grâce à une ingénieuse glissade le long de la rampe, il rattrapa le temps perdu et entra dans la salle à manger en même temps que le reste des convives. Les chaises des deux frères étaient placées à droite et à gauche de celle de leur père. La soupe fut mangée en silence. Tout à coup la voix de Pierre se fit entendre :

« C'est aujourd'hui la fête de François, » dit-il sans préambule.

Le valet de pied, sur lequel on attirait ainsi l'attention générale, rougit jusqu'à la racine des cheveux et, dans sa confusion, faillit laisser tomber l'assiette qu'il tenait.

« Je veux dire, continua Pierre, que c'est aujourd'hui son jour de naissance ; il a vingt-deux ans, il me l'a dit ce matin. »

M. d'Armont essaya d'accueillir cette importante nouvelle avec une dose suffisante d'intérêt.

« A quelle heure êtes-vous né, François ? » poursuivit impitoyablement l'enfant terrible sans remarquer les signes désespérés que lui faisait sa victime.

M. d'Armont prit au bout de sa fourchette un morceau de poulet qu'il mit dans la bouche de Pierre, procédé qui eut l'heureux effet d'interrompre celui-ci pendant quelques secondes ; mais à peine eut-il avalé qu'il reprit, les deux bras sur la table et le menton appuyé sur ses mains afin de mieux regarder son père en dessous :

« Qu'est-ce que vous allez donner à François pour sa fête, papa ?... Je sais ce qui lui ferait plaisir, car il me l'a dit... »

Le malheureux objet de ces indiscrétions essayait de gagner la porte ; mais le maître d'hôtel lui mit une saucière dans la main, et il fut obligé bon gré mal gré de se rapprocher de son maître.

« Je lui ai dit ce matin, acheva Pierre avec orgueil évident d'être dans la confidence de François, je lui ai dit ce matin : — Si papa vous faisait un cadeau pour votre fête, qu'est-ce que vous aimeriez ? Vous vous rappelez, n'est-ce pas, François ? Et alors il me l'a dit... Qu'est-ce que vous m'avez dit, François ?... »

Cette forme directe d'attaque était au-dessus des forces du jeune domestique ; il disparut brusquement sans se soucier davantage des regards furibonds du maître d'hôtel, au moment même où l'oncle Charles qui depuis longtemps était pourpre et paraissait étrangler, partait d'un grand éclat de rire.

« Il ne faudrait pas parler autant à table, mon enfant, dit M. d'Armont quand la porte fut refermée ; ton oncle et moi nous n'avons pu encore placer un mot. Demain, nous causerons ensemble de la fête de François ; mais c'est assez pour ce soir... Je vous assure, ajouta-t-il tout bas à l'oreille de son beau-frère, que ces enfants me tiennent dans l'huile bouillante. On peut toujours se demander ce qui va leur échapper encore ! »

Quand François reparut, ces messieurs parlaient politique, au grand soulagement du pauvre garçon, et Pierre consacrait ses énergies à faire une montagne dans la salière en y ensevelissant des boulettes qu'il fabriquait avec de la mie du pain de son père.

Presque aussitôt, du reste, la tête de miss Ann se montra par la porte entre-bâillée :

« Monsieur Pierre, monsieur Georget, il faut monter vous coucher ! »

III

Le lendemain était un dimanche et il faisait beau. De bonne heure, l'oncle Charles appela Pierre, déjà occupé à donner la chasse aux papillons dans le jardin.

« Veux-tu venir à l'église avec moi ? lui demanda-t-il.

— Oui, répondit l'enfant, qui s'arrêta court pour essuyer son front couvert de sueur ; Georget, lui, est trop petit, mais moi j'y vais toujours.

— Et c'est le seul lieu du monde où il consente à se tenir tranquille, dit miss Ann intervenant. Mon Dieu, que cet enfant a chaud ! Je ne sais pas de quelle pâte il est fait pour pouvoir courir sous ce soleil !

— C'est un gaillard ! dit avec complaisance l'oncle Charles, il peut se flatter d'avoir des forces pour quatre.

— Ah ! monsieur, le cher garçon n'a jamais eu un jour de maladie. S'il pouvait donner un peu de sa vigueur à son pauvre petit frère...

— Bah ! Georget se fortifiera. A son âge, je passais aussi pour avoir la poitrine délicate, et jamais je n'ai toussé en mer... Allons, maître Pierre, êtes-vous prêt ? »

Et Pierre, sautant par-dessus la plate-bande, se remit à courir après les papillons qui étaient nombreux sur le chemin de l'église, un joli chemin fleuri et plein de soleil. Tandis qu'il se livrait à ce passe-temps, l'oncle Charles pensait au dernier dimanche, où, sur la même route, il avait accompagné sa sœur chérie. Il fallait traverser le cimetière. Pierre, sur le seuil de ce champ de repos, devint tout à coup sérieux et il ôta son chapeau en passant de-

« Veux-tu bien vite remettre mon rasoir à sa place ! »

l'oncle Charles attendri ; bien des choses, que tu crois avoir oubliées ou que tu ne comprends pas maintenant, remonteront à ta mémoire une à une... Bien souvent, je me suis rappelé ainsi les leçons de ma mère tout en naviguant, à l'heure des grandes responsabilités, à l'heure du danger... Je croyais l'entendre encore, et cependant ses lèvres étaient fermées depuis bien des années déjà... »

Le marin se parlait à lui-même plus qu'il ne s'adressait à un enfant de sept ans ; mais ce dernier était parfaitement capable de le comprendre, car déjà il avait dû à sa mère absente, de bonnes inspirations, d'heureux avertissements de conscience, et il s'en rendait compte.

L'oncle et le neveu entrèrent à l'église, dans le banc de famille qui était très vaste ; naturellement l'oncle Charles crut que son petit compagnon allait s'asseoir auprès de lui... Point. Il alla prendre la place à l'autre extrémité du banc et grimpa sur un coussin en face duquel était placé un livre richement relié dont il ouvrit les fermoirs avec précaution.

« C'est le livre d'Heures que j'ai donné à ma pauvre Germaine le jour de son mariage, » pensa l'oncle Charles.

Tout le temps de l'office, Pierre montra un recueillement bien fait pour surprendre ceux qui connaissaient sa turbulence. Personne ne se doutait des réflexions qui surgissaient dans cette petite tête. Il se disait :

« Je suis assis à la place de maman ; elle

vant une croix de marbre blanc sur laquelle on lisait :

GERMAINE D'ARMONT,
morte à vingt-six ans.

« Maman est là, » murmura-t-il.
Puis il ajouta :
« Mais elle est tout de même au ciel. Je me rappelle bien qu'elle disait que ce qu'on met de nous dans le tombeau est comme une graine qui produit un jour la plus belle fleur. Oui, elle disait quelque chose comme cela... Je voudrais me rappeler tout ce qu'elle disait..

— Ce qu'elle t'a dit te reviendra peu à peu, à mesure que tu en auras besoin, dit posait les pieds où j'ai les miens, elle fixait ses yeux sur ces mêmes vitraux que je regarde, elle tenait entre ses mains ce livre dont je tourne les feuilles. Nulle part je ne suis aussi près qu'ici de ma chère petite maman. »

Cependant, quand, à la fin, les portes s'ouvrirent toutes grandes pour laisser sortir les fidèles, Pierre fut un des premiers à gagner le grand air. Il n'était pas capable de s'absorber longtemps dans les mêmes pensées. Son plaisir, en retournant au château, fut de soulever des nuages de poussière avec de belles bottines neuves qu'il avait mises pour la première fois le matin même, et dont l'état déplorable révolta miss Ann quand elle vint à sa rencontre, suivie de Georget.

Ce jour-là, les enfants accompagnèrent dans une assez longue promenade leur père et leur oncle. On alla jeter un coup d'œil sur les meules de foin qui couvraient la prairie ; on procéda ensuite à l'inspection des champs de blé.

« Si ce temps-là dure encore quinze jours, dit M. d'Armont, contemplant la nappe dorée qui l'environnait, je crois que nous aurons une superbe moisson.

— J'en réponds ! s'écria Pierre, qui avait toujours une opinion faite sur chaque sujet, opinion qu'il éprouvait le besoin irrésistible de produire en public. Nous aurons tant de blé, tant de blé, que nous ne saurons qu'en faire.

— Je n'ai jamais encore éprouvé ce genre d'embarras, répliqua son père ; pour peu que tu dises vrai, je pourrai faire

la part des moissonneurs ; de toute façon je leur donnerai une fête. Ils danseront dans la grange neuve ; et vous ouvrirez le bal, si cela vous amuse, avec les petites filles du village...

— Je sais bien avec qui je danserai, répliqua Pierre, à cheval sur un échalier ; ce n'est pas une petite fille ; elle est vieille, au contraire, elle doit avoir près de vingt ans ; mais je ne me soucie pas de danser avec des petites filles, moi ! c'est bon pour Georget.

— Qui est l'heureuse dame dont mon neveu désire être le cavalier ? demanda l'oncle Charles.

— Ce n'est pas une dame non plus, c'est Jeannette la jardinière ; elle porte des sa-

« Maman est là ! » murmura-t-il.

bots, elle a toujours les manches retroussées, et ses bras sont aussi rouges que ses joues. Jeannette ne ressemble pas du tout à une dame.

— Et avec qui dansera mon petit Georget ? demanda M. d'Armont.

— Moi, papa, j'aimerais mieux danser avec la petite Berthel que j'ai vue passer une fois dans le parc ; c'est la seule petite fille qui soit aussi petite que moi...

— Connaissez-vous cette Lilliputienne ? dit l'oncle Charles à son beau-frère.

— Elle doit habiter la maison blanche à l'entrée du village, répondit M. d'Armont. Cette maison est louée depuis peu à un ancien professeur, M. Berthel, qui l'autre jour est venu me voir. Il fait lui-même l'éducation de ses fils, deux ou trois garçons très gentils ; mais j'ignorais qu'il eût une fille. Eh bien ! Georget, nous inviterons Mⁿᵉ Berthel ; puisque tu l'as choisie, nous tâcherons de l'avoir à notre bal. Vous voilà pourvus tous les deux, mes enfants. Charles, il faudra aussi venir avant votre départ, tout exprès pour voir Pierre se débattre contre sa grande danseuse, et Georget conduire dans la ronde la seule petite fille qu'il connaisse qui soit aussi petite que lui. »

Et le père se mit à sourire en se représentant ce tableau.

« Quand le bal aura-t-il lieu ? demanda Pierre. Papa, je vous en prie, fixez le jour où commencera la moisson.

— Quand le blé déjà jaune sera presque brun, je t'autoriserai à fixer le jour toi-même, répondit M. d'Armont. J'ai acheté cette année une machine à vapeur qui fauche toute seule, de sorte que la besogne ira vite.

— Je viendrai tous les jours dans les champs voir si le blé brunit, dit Georget.

— Faisons mieux, reprit son frère, sautant à bas de l'échalier et déracinant plusieurs épis, emportons ces épis dans notre chambre, nous les verrons mûrir tous les jours...

— Petit sot, dit le père, tu les as cueillis trop tôt ; ils ne mûriront plus !... »

Pierre regarda son butin d'un air déconcerté.

« Ils ne mûriront plus, répéta le petit Georget après son père.

— Laisse-moi faire ! s'écria Pierre, dont le front s'éclaircit soudain, je vais les planter dans notre jardin dont la terre est bien meilleure que celle-ci, et je suis sûr qu'ils deviendront beaucoup plus beaux que si je les avais laissés mûrir avec les autres. Ils ne savent pas parler, autrement ils me remercieraient peut-être un jour de les avoir transplantés dans un si joli endroit...

— Peut-être bien, dit Georget regardant son grand frère avec admiration.

— Allons-nous-en, interrompit M. d'Armont, il fait ici une chaleur atroce ; gagnons ce bouquet de chênes là-bas... »

Les petits garçons franchirent l'échalier et atteignirent bien avant les deux autres promeneurs l'endroit indiqué.

Ces messieurs, en les rejoignant, se jetèrent sur l'herbe ; alors Pierre et Georget s'assirent auprès de leur père et réclamèrent une histoire.

« Les marins sont de fameux conteurs, répondit le papa, demandez à votre oncle. »

Et l'oncle Charles ne se fit pas prier ; il savait en effet de merveilleuses histoires de requins, de crocodiles, de chasses au tigre ; bref, il raconta les plus extraordinaires aventures de terre et de mer. Les deux petits étaient tout oreilles, littéralement suspendus à ses lèvres. Il raconta comment, tandis qu'il tirait tranquillement des canards sauvages sur un lac proche de la baie de Manzanilla au Mexique, l'un de ses compagnons, couché à plat ventre sur une grosse branche, avait tué, au-dessous de lui, le plus magnifique alligator qui se pût imaginer... Les alligators ne manquaient pas, du reste, dans ce lac stagnant, peu profond et d'une eau jaunâtre, limoneuse au fond ; celui-ci, frappé à l'œil, fit quelques mouvements convulsifs, un second coup le mit hors d'état de nuire ; mais les indigènes hésitaient encore à tirer hors de l'eau ce monstre, qui n'est jamais aussi dangereux que lorsqu'il se sent blessé. D'un coup de sa queue formidable, il peut casser les deux jambes d'un homme aussi aisément qu'un tuyau de pipe, et cette vigueur extraordinaire lui reste même lorsqu'il est blessé à mort, même lorsqu'il a depuis longtemps déjà l'apparence d'un cadavre. Avec des précautions infinies, cinq hommes traînèrent, à l'aide d'une corde, l'énorme bête jusqu'au rivage, où l'on put l'examiner à loisir. Elle avait quinze pieds de long : la première balle avait frappé juste au point vulnérable qui n'est pas l'œil, comme beaucoup de voyageurs l'ont dit, mais près de l'œil, un peu en arrière ; la peau est moins épaisse qu'ailleurs à cette place, et le cerveau, qui rejoint presque l'encolure chez tous les reptiles, peut ainsi être atteint facilement. Quelque repoussant que soit l'aspect du crocodile, les Indiens mangent sa chair à l'occasion. La peau est tannée quelquefois, du moins la peau du ventre, qui résiste mieux à l'eau que le cuir ordinaire, et sert à la fabrication d'une foule d'objets dont quelques-uns sont devenus à la mode.

— Oui, fit observer Casse-Cou, miss Ann m'a donné un porte-monnaie en peau de crocodile et elle m'a dit que c'était la *dernière mode*. Je n'ai pas trouvé ça bien joli, mais puisque ça peut aller à l'eau, nous lui ferons prendre un bain demain, pour voir, n'est-ce pas Georget ?...

— Ton porte-monnaie sera perdu, s'écria M. d'Armont. Tenez, Charles, voilà toute la moralité que ces enfants tirent de vos histoires : des idées de destruction tout simplement.

— Mon oncle, reprit Casse-Cou, sans écouter son père, on tue donc beaucoup de crocodiles tous les ans puisque leur peau, et seulement la peau de leur ventre, sert à fabriquer tant de choses ?

— Oh! on les tue par centaines pendant la saison sèche, quand ils se rassemblent en grand nombre dans les flaques d'eau que le soleil a épargnées ; c'est alors un vrai massacre et très facile ; le crocodile, quoi qu'on ait dit de ses ruses, n'est pas bien fin ; les animaux les plus inoffensifs réussissent à le duper, les chiens par exemple. Il faut vous dire que le crocodile adore le chien, non pas d'un amour désintéressé, mais comme un gourmet adore un fin morceau. Eh bien ! sur les deux rives du Santiago il y a de nombreux petits villages tous démesurément peuplés de chiens. Les chiens aiment se rendre visite les uns les autres, et parfois ces pauvres bêtes sont terriblement gênées dans leurs rapports affectueux par ces eaux jaunâtres dont ils connaissent les perfidies, nombre de leurs ancêtres y ayant été croqués tout vifs, ce qui fait que les prudents petits-fils osent à peine s'y désaltérer, encore moins s'y baigner. Mais voyéz de quelles inventions est capable un chien qui a bonne envie de courir. Une bande organisée se détache du gros de la population canine et se met à aboyer sur le rivage. Aussitôt vingt ou trente têtes béantes sortent doucement des eaux troubles afin de mieux guetter leur proie. Les chiens descendent le courant à fond de train en donnant de la voix avec énergie, toujours au bord de la rivière, bien entendu, mais assez près de l'ennemi pour tenter sa gourmandise. De cette façon, ils entraînent celui-ci à plus d'un kilomètre et là redoublent leur tapage pendant des heures, de façon à attirer sur un même point tous les caïmans des environs.

« Les habitants riverains se plaignent de ne pouvoir dormir ; l'eau grouille de crocodiles exaspérés ; jamais concert n'attira un public plus nombreux. Puis, tout à coup, les rusés musiciens tournent les talons et, muets maintenant, remontent comme des fous jusqu'à l'endroit qu'ils ont réussi à rendre désert et qu'ils traversent en un clin d'œil, tandis que les crocodiles remontent le courant à grand' peine.

— Et joliment attrapés ! s'écria Casse-Cou, éclatant de rire. C'est bien fait !...

— Comme les chiens doivent rire ! ajouta Georget se renversant lui-même dans un transport d'hilarité.

— L'histoire est palpitante d'intérêt, fit observer M. d'Armont ; elle n'a qu'un défaut, celui d'être un peu trop merveilleuse. Je n'y crois qu'à demi pour ma part...

— Oh ! papa ! s'écrièrent les enfants d'un ton de reproche.

— Ma foi, dit l'oncle Charles, je vous répète ce que m'ont raconté les gens de l'endroit, libre à vous d'y croire ou non...

— Nous y croyons, oncle Charles, nous y croyons, dirent les deux petits frères avec feu. Comme si les chiens n'avaient pas assez d'esprit pour inventer n'importe quoi ! — Mais, papa, vous ne vous rappelez donc pas... nous connaissons bien des histoires de chiens plus extraordinaires que celle-ci...

— Des histoires individuelles qui n'impliquaient pas l'idée d'un complot aussi savamment combiné.

— Papa, vous allez être cause, si vous interrompez et si vous n'avez pas l'air de croire, qu'oncle Charles ne nous racontera plus rien. »

Mais l'oncle Charles avait le meilleur caractère du monde ; il était fort de l'assertion des riverains du Santiago, et bien moins piqué de l'incrédulité de son beau-frère qu'il n'était flatté de la confiance de ses neveux. Reprenant le fil de ses histoires, il narra donc encore, à propos de crocodiles, un combat fameux qui eut lieu, il y a quelques années, sur cette même côte de Manzanilla, entre requins et alligators. Durant la saison des pluies, ces derniers furent emportés hors du lac par le débordement des eaux d'une petite rivière qui se jetait dans la mer à peu de distance. Aussitôt les requins de se précipiter sur cette proie nouvelle et inespérée. La lutte fut terrible entre des monstres également voraces. Tous les gens du village étaient rassemblés sur la rive pour y assister ; elle dura une journée entière, et le fracas de cette étrange bataille retentissait à près d'un kilomètre de distance ; maître Requin toutefois eut l'avantage, car l'eau de la mer était son élément, et tous les alligators furent dévorés.

— Pauvres alligators ! dit Georget, qui ayant le cœur très tendre, s'intéressait toujours aux vaincus.

— Oui, plaignons-les, s'écria Casse-Cou, ce sont de bonnes pièces ; mais, mon oncle, le requin avait beau être dans son élément, comme vous dites, il me semble que le crocodile aurait pu se défendre mieux, car enfin il n'y a pas beaucoup de requins, n'est-ce pas, qui aient quinze pieds de long comme cette affreuse bête qu'a tuée votre camarade ?

— Tu te trompes, il y a des requins de la même taille et au delà, bien que ce ne soit pas, j'en conviens, la généralité...

— Vous en avez vu, mon oncle ?

— Oh ! bien des fois... le dos est d'une couleur brune ou ardoisée, le reste blanc, et la peau est si grenue que les charpentiers s'en servent quelquefois comme de papier de verre pour polir les ouvrages en bois. Plusieurs espèces fournissent le chagrin que vous connaissez ; on en fait des étuis, des fourreaux, des reliures de livres. Mais ce qui est vraiment curieux chez le requin, c'est sa bouche ; elle présente une ouverture allongée, munie de plusieurs rangées de dents ; celles du dessus dépassent celles du dessous, de sorte que, pour saisir plus aisément sa proie flottante à la surface de l'eau, le requin fait volontiers la planche. J'ai rencontré, entre l'Amérique du Nord et celle du Sud, trois espèces de requins : le requin-tigre, ainsi nommé parce qu'il est le plus féroce, le requin à tête de marteau et le requin, plus dangereux que tous les autres, qui nage invisible au fond de l'eau jusqu'à ce qu'il soit tout près de sa proie. Mais, heureusement, on est averti d'ordinaire par l'apparition de la double nageoire que la pluplat des squales[1]

1. Le requin, le chien de mer, le lamantin, un grand nombre d'autres espèces sont des squales.

Les deux petits étaient tout oreilles.

portent sur le dos. Pour les pêcher, les matelots se servent d'un morceau de bœuf ou de porc salé, attaché à l'hameçon colossal qui termine une chaîne de fer attachée elle-même à une longue corde. Un nœud coulant, dans lequel le corps du requin se trouve engagé aussitôt qu'il a mordu à l'hameçon, permet de l'attirer à bord ; là, les matelots le tuent à coups de couteau, et presque toujours, on trouve dans son corps les choses les moins faites pour être digérées : des os, des écailles de tortue des ustensiles de toute sorte emportés par la mer et happés au passage par le plus vorace de ses habitants.

« Un officier de marine américain m'a parlé de la capture d'un requin si colossal qu'il avait fallu douze hommes pour le hisser ; encore l'effort fut-il tel que tous tombèrent sur le dos en tirant la corde ; l'une des jambes de celui qui se trouvait le plus près du requin glissa même entre les mâchoires du monstre.

— Quelle horreur ! s'écrièrent ensemble Pierre et Georget ; si ce pauvre homme a été coupé en deux, ne nous le dites pas, oncle Charles.

— Rassurez-vous ; les bottes seules du matelot, qui, heureusement, étaient fort larges, restèrent dans la bouche du requin, et, quand leur propriétaire les reprit, il y trouva quelques-unes des dents qui auraient aimé le dévorer ; car il faut vous dire que les dents du requin ne sont pas enchâssées dans les mâchoires, mais seulement implantées dans un muscle cartilagineux ; elles sont mobiles à la volonté de l'animal : tantôt elles se couchent en arrière les unes des autres, tantôt elles se redressent et présentent perpendiculairement leurs pointes pour pouvoir arrêter et déchirer la proie. Ces dents tombent assez facilement et se reproduisent de même.

— Les requins sont bien heureux, fit observer Pierre ; quand on m'a arraché ma grosse dent du fond, cela m'a fait beaucoup de mal ; le dentiste a pris une pince en fer...

— Tandis que, si tu avais été requin, ajouta Georget, tu n'aurais eu qu'à mordre dans une botte.

— Mais les requins ne se contentent pas toujours de bottes, reprit oncle Charles ; le même Américain m'a conté que, son navire étant à l'ancre à Colon, à l'est de Panama...

— L'isthme qui réunit l'Amérique du Nord à l'Amérique du Sud, insinua Pierre, toujours empressé de montrer ce qu'il savait.

— A merveille, mon neveu !... L'un des hommes, un chauffeur, avait demandé la permission de descendre à terre. On la lui refusa parce que Colon est un lieu très insalubre, surtout le soir où des miasmes s'élèvent avec l'humidité... Mais cet obstiné n'en tint pas compte, et, quand il jugea que personne n'était là pour l'arrêter dans son projet, il entreprit de descendre sur le quai en s'aidant des cordes qui amarraient le navire ; malheureusement la corde n'était pas bien tendue, et, le poids du chauffeur la faisant fléchir, les jambes du malheureux trempèrent dans l'eau... Il faut que vous sachiez que le port de Colon est plein de requins, lesquels, à la tombée de la nuit, viennent happer tout ce qui se trouve à la surface de l'eau. Ce requin-là fut enchanté de rencontrer à l'improviste un dîner aussi succulent. Le cri perçant, qui accompagna tout à coup la chute dans

l'eau d'un corps lourd, avertit les hommes qui restaient à bord. On lança un canot, on jeta le grappin dans toutes les directions, mais le grappin ne ramena rien qu'un pantalon déchiré. Le lendemain, le corps mutilé du noyé flottait dans le port, et plusieurs requins s'acharnaient contre cet affreux débris. On le leur disputa, et ce qui restait du pauvre chauffeur reçut une sépulture chrétienne. Deux jours après, un grand requin de seize pieds de long, avec six rangées de dents, fut pris, et l'on trouva dans ses entrailles une botte et la poche du pantalon renfermant six dollars d'argent. C'était le criminel, assassin et voleur tout à la fois.

— Quant à l'argent, il ne l'avait pas pris exprès ; qu'en aurait-il fait ?... s'écria Pierre.

— Voilà ce que c'est que d'être désobéissant, dit sentencieusement Georget en hochant sa petite tête blonde.

— Bah ! on n'est pas toujours puni aussi fort, répliqua Pierre, en faisant un retour sur lui-même.

— Il ne faut pas s'y fier, dit M. d'Armont... Quelquefois les parents ne sont pas seuls à punir et...

— Oh ! le bon Dieu n'est pas bien sévère non plus, j'en suis sûr, interrompit légèrement Casse-Cou ; pourtant il l'a été pour ce pauvre chauffeur. A sa place j'aurais voulu aller à terre moi aussi peut-être... Puisqu'il avait de l'argent dans sa poche, c'est qu'il avait quelque chose à acheter... Une drôle d'idée de la part de ses chefs de vouloir l'empêcher d'aller prendre la fièvre... qu'il n'aurait peut-être pas prise, et...

— Tout à l'heure ses chefs vont être cause qu'il ait été dévoré par un requin, interrompit l'oncle Charles d'un air mécontent. Si vous raisonnez de cette façon, maître Casse-Cou, je ne vous prendrai jamais à mon bord. Croyez-vous que les enfants soient seuls forcés d'obéir ? On exige du marin bien plus de soumission que votre père ou miss Ann n'en peut réclamer de vous.

— Oh ! oncle Charles, prenez-moi à

votre bord, et j'obéirai, je vous le promets, vous verrez ; mais ne me dites plus *vous* et surtout racontez vite autre chose ; nous ne pouvons rester là-dessus, c'est trop triste.

— Une autre histoire de requin et une histoire gaie ?... » dit oncle Charles en interrogeant ses souvenirs.

Cependant l'ombre des arbres s'allongeait sur l'herbe, le soleil baissait derrière les champs de blé ; M. d'Armont, qui jusque-là s'était amusé à observer les changements de physionomie de l'auditoire attentif, se leva tout à coup et dit :

« Assez causé,... ou bien il nous faudra passer la nuit ici. Je suis sûr que miss Ann se demande ce que nous sommes devenus.

— Oh ! s'écria Pierre, descendant à regret des hauteurs où l'avaient emporté de si beaux récits, quel dommage ! Que c'était amusant !

— Attendez, dit oncle Charles, j'ai trouvé,... ma dernière histoire ne sera pas longue. Je vais seulement, pour réconforter mon public, lui citer ce petit nègre dont le sang-froid déjoua la malice d'un requin ; le drôle se retrancha derrière un baril qui flottait à l'endroit où il s'était baigné imprudemment ; il réussit à le pousser devant lui et à faire des culbutes par-dessus jusqu'à ce qu'il eût atteint le rivage.

— Brave petit nègre ! s'écria Pierre. Vous voyez qu'on échappe quelquefois aux requins,... et c'est un garçon de mon âge qui a fait cela peut-être ? Quel âge avait-il, oncle Charles ?...

— Il était très jeune,... mais presque tous les négrillons sont dans la mer comme chez eux. Ils nagent aussi facilement qu'ils marchent.

— Je vais apprendre à nager tout de suite, dit Casse-Cou résolument, et je serai marin sous vos ordres, mon oncle... N'est-ce pas, petit père, que vous me laisserez être marin quand je serai grand ?

— Tu as le temps d'interroger ta vocation, répondit en riant M. d'Armont.

— Moi aussi, dit Georget, moi aussi je veux être marin.

— Toi, mon bijou ? répliqua le père avec émotion, toi ? non, pas toi, pauvre petit ! »

Nous ne savons comment Pierre interpréta ces paroles dictées à M. d'Armont par les constantes appréhensions que lui inspirait la santé délicate du petit Georges; toujours est-il que, détournant la tête, il se mit à regarder ses épis de blé avec une singulière attention. L'oncle Charles crut voir une larme perler au bord de ses longs cils, et il se pencha pour mieux observer la petite figure à demi cachée sous un grand chapeau de paille ; mais, avant qu'il eût pu s'assurer de rien :

« Un lapin ! criait Casse-Cou partant à toutes jambes, un lapin ! »

Et il s'enfonça jusqu'à la ceinture dans les fougères voisines, suivi de son petit frère essoufflé.

« Rentrons ! rentrez vite, leur criait M. d'Armont. Eh bien ! Charles, vos histoires ne seront pas perdues... ils en répéteront le moindre mot à leur gouvernante. Miss Ann a du bon temps devant elle ! »

Après dîner, les enfants auraient voulu entendre parler encore de requins et de tigres.

« Non, pas ce soir, dit leur père. Voyez comme les mains de Georget sont brûlantes. Je ne veux pas qu'il s'excite ainsi à l'heure qui est celle d'aller se coucher.

— Mais vous finirez demain l'histoire du crocodile ? dit Pierre en grimpant à la jambe de son oncle comme à un mât de cocagne.

— Demain je pars, mon garçon...

— Demain ! déjà ! Quelle courte visite !

— Quelle courte visite ! reprit comme un écho Georget qui croyait toujours de son devoir de dire la même chose que son frère.

— Je vous en ferai une plus longue la prochaine fois, dit l'oncle Charles en les baisant au front l'un après l'autre.

— Quand donc ? quand sera la prochaine fois ? insista Pierre.

— Oui, quand sera la prochaine fois ?... répéta Georget.

— Quand je reviendrai du Sénégal, dit l'oncle Charles avec insouciance, et je vous rapporterai des armes de ce pays-là, mes petits hommes, puisque vous aimez tant les choses extraordinaires. »

IV

Une pareille promesse enchanta les deux frères au point qu'ils eussent voulu précipiter maintenant le départ de leur oncle, embarquer ce bon Charles le soir même afin d'avoir plus vite le cadeau promis.

« J'ai la tête pleine de tant de projets, qu'elle me fait mal ! dit Pierre à Georget le lendemain matin, tandis que debout, tous les deux, sur les marches du perron, ils regardaient s'évanouir au bout de l'avenue la voiture qui emportait vers la station leur père et leur oncle. Sais-tu qu'il y avait bien des choses, dans les histoires d'oncle Charles, que nous pourrions faire sans aucune peine ? Par exemple tu ne craindrais pas, je suppose, de grimper au grand arbre qui est à moitié couché au-dessus de l'étang où il y a tant de nénuphars ?

— Non, dit Georget avec une certaine hésitation, non, si tu allais en avant pour me tendre la main, mais cet arbre est bien loin ! Est-ce qu'un des arbres du verger ne suffirait pas ?

— Oh ! ce ne serait pas moitié aussi amusant. Ne te rappelles-tu déjà plus l'histoire de l'homme qui, pour tuer un crocodile, s'est traîné tout le long d'une grosse branche ?... Le lac était juste au dessous, il y voyait sa figure... Eh bien, c'est la même chose pour notre arbre, qui, comme dit oncle Charles, surplombe l'étang, et je veux faire exactement ce qu'a fait le tueur de crocodiles.

— Pourquoi ne pas demander à miss Ann si nous pouvons aller jusque-là tout seuls ? hasarda Georget.

— Petite fille que tu es ! s'écria Casse-Cou avec dédain, jamais tu ne sais te passer de permission ! »

Et Georget fut si profondément blessé de l'apostrophe, qu'il s'arma de courage pour ne plus ressembler à une petite fille.

Cette journée était horriblement chaude comme la veille, et le chemin de l'étang sans ombre. Pierre enjambant prestement les échaliers, passait comme un furet par tous les trous des haies qui séparaient telle et telle prairie. Georget le suivait de son mieux ; mais, bientôt, frappé à outrance par les rayons d'un soleil implacable, il sentit qu'il n'en pouvait plus ; un faible cri avertit Pierre l'intrépide de cette défaillance. Il se retourna étonné.

« Pierre, je t'en prie, arrête, je ne peux pas te suivre. Tu as de si grandes jambes ! »

Aussitôt il revint sur ses pas pour aider le petit frère.

« Je suis si las, vois-tu, et j'ai si chaud ! Rentrons, dis ?...

— Rentrer quand nous sommes à deux pas de l'étang ! Tu n'y penses pas. Regarde ! nous n'avons plus qu'à traverser ce pré, puis un champ de blé... après nous y sommes... »

Georget suivit des yeux le doigt de son frère en constatant que le but indiqué était décidément bien loin et que le soleil brûlait cette plaine à perte de vue.

« J'essayerai... dit-il d'un ton résigné.

— Attends ! s'écria Pierre avec feu... Je vais te porter. Grimpe sur ce talus pour atteindre mes épaules, et puis je ne fais qu'un saut jusqu'à l'étang, et tu verras comme on y a frais ! »

Georget gravit à grand'peine, en s'écorchant les genoux, la crête du talus, mais il se sentit fort mal à l'aise sur le dos de son frère qui le retenait des deux mains de façon à lui meurtrir les jambes ; cette position critique s'aggrava encore quand le porteur se mit en mouvement. Pierre avait d'abord entrepris de courir ; bientôt il dut modérer son allure, et en même temps un doute sérieux pénétra dans son esprit : arriverait-il au bout de la besogne qu'il s'était donnée ?

Cependant il allait toujours, butant et

Les deux enfants roulèrent par terre.

chancelant; mais sa victime se mit à glisser; il resserra si bien une étreinte déjà
douloureuse, que Georget, qui avait souffert
longtemps en silence, n'y put tenir et demanda grâce.

Sur ces entrefaites, Pierre se prit le
pied dans un terrier de lapins; les deux
enfants roulèrent l'un sur l'autre. Éclats
de rire inextinguibles de la part de Casse-
Cou, pour lequel cette catastrophe n'était
qu'un jeu.

Georget n'entrait pas, quant à lui,
dans l'esprit de la plaisanterie. Pauvre
petit! Il suait à grosses gouttes et suppliait son frère de le laisser se reposer
sous la haie prochaine.

Le chef de l'expédition daigna lui accorder cinq minutes de halte.

« Peut-être ferions-nous mieux d'y renoncer pour le moment, dit-il avec un
gros soupir, après l'avoir installé à l'ombre... Nous reviendrons le soir, quand il
fera moins chaud... tu pourrais bien,
n'est-ce pas, s'il faisait moins chaud?

— Certainement, » répondit Georget
avec vivacité.

Pourvu qu'on lui accordât un peu de
répit, il eût promis des merveilles.

« Très bien, dit le frère aîné, nous reviendrons ce soir!... Si ce n'est pas là un
champignon!... s'écria-t-il en s'interrompant pour fondre sur cette proie imprévue.

Un champignon ! N'est-il pas joli... ? tout blanc... et si rose en dessous ! Comme il sent bon ! Si papa était à la maison, je le ferais cuire pour son dîner. Il aime tant les champignons !

— On pourrait le garder jusqu'à son retour ! hasarda Georget.

— Oh ! il serait gâté d'ici là, et puis que veux-tu que la cuisinière fasse d'un seul champignon ? Mais nous viendrons un matin ici pour en rapporter une pleine corbeille... Écoute... levons-nous demain, de très bonne heure, et allons à la chasse aux champignons...

— Mais il faudra bien attendre que miss Ann soit éveillée.

— Pourquoi ?...

— Pour m'habiller...

— Bah ! je t'habillerai, moi ! Est-ce que nous avons besoin de miss Ann ? D'abord, je vais te dire... ça serait dommage de la réveiller de si bonne heure. Elle se couche tard et elle est toujours fatiguée le matin.

— C'est vrai... pauvre miss Ann ! dit Georget.

— Et puis, tu sais, continua Pierre, elle se figure qu'il va nous arriver quelque chose quand nous ne sommes pas avec elle. A quoi bon l'effrayer pour rien ?

— Oui, à quoi bon ? répéta Georget. Mais qu'est-ce que c'est que ce bruit là-bas, entends-tu ? Un coq qui chante, un bœuf qui beugle... je ne sais pas... »

Les deux enfants tendirent l'oreille.

Il y avait autour d'eux bien des bruits variés : le bourdonnement des abeilles sur les champs de trèfle, la chanson des sauterelles dans l'herbe, la fanfare des coqs de la ferme, le mugissement des bestiaux dans le lointain ; mais ce n'était rien de tout cela qui avait attiré l'attention de Georget ; c'était en réalité des cris humains, des cris désespérés, et la voix qui se rapprochait, empreinte d'un fort accent britannique, se trouva être celle de miss Ann, éperdue comme une poule qui cherche les canards qu'elle a couvés.

« Monsieur Pierre, monsieur Georget !

Monsieur Pierre où êtes-vous donc ?

— Ici ! » crièrent-ils à la fois.

Grande fut l'horreur de la pauvre miss Ann en découvrant qu'ils s'étaient autant écartés du château, et que Georget était en nage. Elle entassa sur Pierre tous ses reproches et le ramena dans la salle d'étude, où il fut installé devant un pensum.

« Vous en aurez pour l'après-midi tout entière ! » dit-elle avec sévérité.

La punition était peut-être plus dure encore pour Georget que pour Pierre. N'eût été l'ennui de rester longtemps à la même place, Pierre lui-même, qui était intelligent et curieux de tout connaître, n'aurait pas détesté l'étude, tandis que, pour Georget, les heures de leçons du grand frère étaient des heures d'isolement et de mortel ennui. S'il avait pu travailler de son côté... mais il était trop jeune... on lui défendait de parler à Pierre, de détourner son attention d'une façon ou d'une autre. L'unique consolation du petit abandonné était un livre d'images ou un château de cartes. Encore le plaçait-on dans un coin de la chambre où son frère ne pouvait pas le voir !

Cette fois le coupable essaya d'obtenir de miss Ann la permission d'apprendre ses leçons dans le jardin, sous un bouquet d'arbres de la pelouse ; mais sa prière rencontra un refus formel. Miss Ann redoutait trop les distractions qu'il trouvait immanquablement au dehors. Si le petit épagneul Carlo sautait après lui, si l'un des jardiniers venait arroser dans le voisinage, si un insecte seulement passait sur quelque feuille à sa portée, c'en était fait du verbe ou de la dictée...

Pierre, sans insister, ouvrit son livre avec un soupir dont miss Ann ne comprit point toute la portée. Il songeait au temps où une pareille requête n'eût pas été faite en vain, aux journées d'été pendant lesquelles, assis près de sa mère, sous ce même bouquet d'arbres, il apprenait l'alphabet. Son attention s'égarait-elle ? Bien vite elle était ramenée sur les

pages par un mot doucement prononcé :
« Fais attention, je t'en prie. »

Et, quand un certain point marqué d'avance était atteint, comme le livre se fermait vite !

« Allons, mon enfant, va jouer, amuse-toi de tout ton cœur ! »

Et elle l'embrassait là-dessus, aussi contente de lui rendre sa liberté qu'il était lui-même heureux de prendre son vol. Miss Ann était bonne sans doute, mais ce n'était pas une mère... Et puis Casse-Cou ne comprenait pas qu'un garçon ne peut être traité toujours, quand il s'agit d'études, comme un petit enfant. Bref, il se trouva très malheureux tant que dura le *pensum*. Un grand silence régna dans la chambre pendant plus d'une heure, rompu seulement par la voix de l'élève, qui lisait d'une façon quelque peu monotone, et par les observations de la gouvernante :

« Tenez-vous bien ! Ne mettez pas les coudes sur la table. — Ne donnez pas de coups de pied à la chaise... »

Ou bien encore par la chute des dominos de Georget, à mesure que s'écroulaient, les uns après les autres, les châteaux forts qu'il avait édifiés à grand'peine, avec le secret désespoir de ne pouvoir les faire admirer à son frère. Quand le temps de la délivrance de Pierre approcha, Georget se mit à tirer certains gémissements, étouffés à demi, des profondeurs de sa petite poitrine. Miss Ann ne parut pas entendre cette supplication indirecte ; enfin, cependant, elle donna le signal ; Pierre renversa aussitôt sa chaise avec un cri de joie et fit une culbute. Georget se jeta sur lui et tous les deux roulèrent enlacés le long du tapis dans l'abandon d'une parfaite allégresse.

« Nous irons à l'étang après dîner, » chuchota Pierre au milieu de cet exercice.

V

Mais miss Ann avait d'autres projets ; on ne trompait pas sa vigilance deux fois dans la même journée. Elle emmena les enfants rendre visite à une ferme où Georget s'amusa beaucoup avec les animaux de la basse-cour, et où Pierre se fit encore gronder pour avoir décroché le fusil du fermier afin de voir s'il était chargé.

Ils ne rentrèrent qu'à l'heure de se mettre au lit. Pierre observa miss Ann comme il ne l'avait jamais fait, tandis qu'elle déshabillait son petit frère ; il voulait voir de quelle manière les vêtements de Georget s'ajustaient les uns aux autres, car il doutait un peu de ses talents de valet de chambre. Son visage s'allongea quand il découvrit l'existence d'un nombre considérable de petits cordons qu'il faudrait attacher le lendemain avec ordre.

« N'allez donc pas si vite, dit-il en suivant d'un œil attentif le mouvement agile des mains de miss Ann, je n'ai pas bien vu ! »

Un coup d'œil étonné de la gouvernante l'avertit qu'il avait parlé inconsidérément, et il eut peur qu'elle ne démêlât, avec sa perspicacité ordinaire, la cause de l'intérêt qu'il prenait à la toilette de son frère ; mais miss Ann s'en tint à lui reprocher de ne s'être pas adressé à elle en anglais.

Le petit Georget rêvait d'une butte de verdure sur laquelle il était assis avec Pierre, tressant des chaînes de pâquerettes, quand, tout à coup, une nuée de cousins se mit à lui piquer le visage de la façon la plus désagréable. Ces vilaines mouches bourdonnaient, le harcelaient ; il ne parvenait pas à les chasser. Il se tourna vers son frère pour avoir du secours ; mais un coup de vent le renversa au moment même, et il glissa de la butte... il glissait toujours... où s'arrêterait-il ? En saisissant un bras secourable, Georget s'éveilla pour ne trouver ni pâquerettes ni banc de gazon. Il n'y avait là que maître Casse-Cou qui le tirait hors du lit :

« Enfin ! murmura Pierre, enfin ! j'ai cru que tu ne t'éveillerais jamais ! J'ai

essayé de tout pourtant !... Je t'ai jeté
des croûtes de pain à la figure, j'ai soufflé
dans ton oreille, je t'ai secoué, poussé à
tour de bras !... Je ne pouvais t'appeler,
tu comprends... j'aurais réveillé miss Ann...
Prends garde... Je l'ai déjà entendue bouger deux ou trois fois.

— Mais qu'est-ce que tu veux faire ?
dit Georget se frottant les yeux. Pourquoi
te lèves-tu au milieu de la nuit ?

— Au milieu de la nuit ? Le soleil
brille ! Ne le vois-tu pas à travers le petit
trou du volet ? Moi, j'ai l'œil ouvert depuis que le coq a chanté.... »

Mais déjà la tête assoupie du petit
frère était retombée sur l'oreiller.

« Georget ! Georget ! appela tout bas le
pauvre Pierre désespéré.

— Bonsoir !

— Comment ! tu vas te rendormir ?

— Non, je ne me rendors pas, balbutia
l'enfant, qui commençait à reprendre son
rêve.

— Mais tu dors déjà ! » dit Pierre oubliant de parler bas, tant il était excité.

Fort heureusement, miss Ann avait ce
jour-là le sommeil lourd.

« Non, non, » répétait Georget dont
les paupières retombaient toujours, quelque effort qu'il fît pour les tenir ouvertes.

Un mouvement dans le grand lit, au
fond de l'alcôve, empêcha Casse-Cou de
répondre ; il épia miss Ann avec anxiété,
tandis qu'elle se tournait de droite à gauche, et Georget profita de cette trêve pour
se rendormir.

« Debout ! debout ! » dit l'enragé revenant à la charge ; est-ce que tu ne te
rappelles plus notre projet de nous lever
de bonne heure pour cueillir des champignons ? »

Georget se dressa sur son séant ; mais
le projet en question ne lui semblait plus,
— il ne savait pourquoi, — aussi tentant
que la veille.

« Tu verras ! reprit l'énergique Casse-
Cou, une fois dehors, tu seras content de
ne t'être pas rendormi ; je vais t'habiller ;
ainsi lève-toi. »

Le petit Georget paraissait avoir envie
de pleurer plutôt que de sortir :

« Si nous n'y allions que demain ? »
murmura t-il.

Son frère lui arracha d'un mouvement
brusque toutes les couvertures ; après quoi
il se détourna pour chercher des chaussettes
qui devaient être sur la chaise voisine ;
mais, quand il les eut trouvées, Georget
dormait de nouveau à poings fermés.
Quel parti prendre ? Une inspiration soudaine vint en aide au grand frère ; il s'empara du broc placé sous la toilette. Un
léger bruit pareil au clapotement de l'eau
attira l'attention de Georget qui ne dormait plus qu'à moitié.

« Qu'est-ce que tu vas faire ? balbutia-
t-il.

— Tu vois, répondit Pierre d'une voix
quelque peu entrecoupée, car le poids du
broc qu'il portait à travers la chambre
l'oppressait singulièrement ; on dit que le
meilleur moyen d'éveiller les gens est de
leur verser de l'eau froide sur la tête,
aussi...

— Oh ! je suis bien éveillé maintenant,
je t'assure, tout à fait éveillé, dit le pauvre Georget en frissonnant de la tête aux
pieds ; regarde mes yeux, » reprit-il en
les ouvrant outre mesure.

Et Georget se jeta sur ses chaussettes
avec précipitation.

« Attends ! dit Pierre en posant le broc
à portée de sa main pour pouvoir s'en
servir si le paresseux se rendormait ; je
vais t'aider. »

Il saisit la jambe de Georget si maladroitement qu'il faillit le renverser, et
mit la chaussette à l'envers en décidant
que cela ne faisait rien.

« Mais on n'a pas encore nettoyé mes
bottines, balbutia Georget, elles doivent
être en bas...

— N'importe ; tes souliers suffisent. »

Georget glissa docilement ses pieds dans
de petits souliers d'appartement, bien
minces pour braver la rosée du matin et
une course prolongée dans les hautes herbes ; puis la toilette commença sérieuse-

Georget s'amusa beaucoup avec les animaux de la basse-cour.

ment. Pierre ne s'en tira pas trop mal jusqu'à l'épreuve des cordons.

« Je m'y perds, dit-il après de vains efforts ; est-ce que tu ne pourrais pas rassembler tes jupes dans ta main, et puis je serrerais bien fort ta ceinture pour tenir tout en place ? »

Georget se prêta d'autant plus volontiers à cet arrangement, qu'il ne voyait d'autre alternative qu'une grosse épingle, qui, à en croire Pierre, tiendrait lieu de tous les cordons du monde.

« Je ne me sens pas bien à mon aise, dit le pauvre petit en se roulant dans ses habits mal ajustés, et puis, je ne sais pourquoi, j'ai moins chaud que de coutume.

— Allons, ne te secoue pas de cette façon-là, ou bien tout va dégringoler... Prends ton chapeau, et sortons tout doucement.

— Mais je ne suis pas débarbouillé, dit Georget s'arrêtant sur le seuil.

— Moi non plus, j'ai oublié !

— Qu'est-ce que c'est que ça ? reprit Pierre en ramassant un petit gilet qui traînait par terre.

— C'est mon gilet de flanelle...

— Voilà donc pourquoi tu avais froid ?... Mais nous n'avons pas le temps de recommencer. Viens, et surtout marche sur la pointe des pieds. »

Et les deux petits garçons s'échappèrent

à pas de loup de la chambre, dont ils laissèrent la porte grande ouverte derrière eux.

VI

Il n'était guère que cinq heures à l'horloge du vestibule quand Pierre et Georget traversèrent les appartements du rez-de-chaussée, qui leur parurent avoir, dans la demi-obscurité, un aspect mystérieux tout à fait insolite. Georget se serrait contre son frère et n'osait parler. Toutes les portes étaient encore fermées à clef, sauf celle qui donnait sur la serre ; ce fut par celle-là qu'ils sortirent de la maison, portant les paniers dont ils s'étaient munis. La rosée avait trempé, bien entendu, leurs souliers et leurs bas avant qu'ils eussent atteint l'endroit désigné. Georget grelottait, mais n'osait se plaindre. La vue du premier groupe de champignons rendit le meneur de cette équipée presque fou de joie. Il s'élança dans l'herbe, courant d'un champignon à l'autre, ramassant tout, aussi vite que possible, et Georget, qui avait renoncé à le suivre, l'eut bientôt perdu de vue. La chasse fut donc faite tout entière par Casse-Cou ; quant au petit frère, un peu alarmé d'abord de sa solitude, il se rassura dès qu'il eut constaté d'un regard rapide qu'aucun taureau ne rôdait dans le voisinage ; là-dessus il se mit à remplir son panier en chantonnant. Combien Pierre en avait laissé derrière lui de ces champignons ! Vraiment les plus beaux restaient, des jaunes, des rouges, et si grands ! ouverts comme des ombrelles !... Georget les plaça triomphalement dans son panier, puis il s'assit sous un arbre pour attendre le retour de Pierre ! L'air du matin était bien frais... ce gilet de flanelle lui manquait vraiment, et comme ses pieds étaient mouillés... Il courut un peu pour se réchauffer, et en courant il rencontra son frère.

« Viens donc voir ! s'écria-t-il du plus loin qu'il l'aperçut, j'en ai une masse !

— Et moi ! riposta messire Casse-Cou, ouvrant son panier ; as-tu jamais vu une aussi belle chasse ?...

— Oui, tu en as beaucoup, mais ils ne sont pas beaux,... ils sont tous pareils... des champignons blancs... les miens ne leur ressemblent pas du tout.

— J'espère que tu n'as pas ramassé de mauvais champignons ? dit Casse-Cou s'arrêtant court.

— Oh non !... c'est-à-dire je crois que non... Mais qu'est-ce que tu appelles de mauvais champignons ?...

— Tous ceux-là, ces vilains jaunes,... et les rouges sont encore pires... il n'en manque pas par ici. Montre-moi vite les tiens. Où sont-ils ?

— Là, sous les arbres...

— Je le pensais bien ! s'écria Pierre renversant le panier d'un coup de pied... pas un seul qui soit mangeable ! Mais malheureux ! tu ne sais donc pas que c'est là du poison ! »

L'horreur que cette nouvelle vint causer au pauvre Georget effaça complètement l'amertume de son premier désappointement.

« C'est heureux encore que je les aie vus avant qu'on les ait fait cuire, poursuivit Pierre d'un air important. Te figures-tu papa et miss Ann et nous tous empoisonnés par ta faute, — par ta faute, petit Georget !

— Oh ! mon Dieu, s'écria le pauvre enfant épouvanté du crime qu'il aurait pu commettre sans le vouloir, jetons-les tous bien loin !...

— Écrasons-les pour plus de sûreté, » décida le frère aîné.

Tous les deux se mirent à trépigner sur les champignons jusqu'à ce que leurs bas fussent couverts d'une sorte de purée verdâtre.

« Que dira miss Ann quand elle verra nos jambes ? dit Casse-Cou en riant.

— Que dira-t-elle ? » répéta Georget enthousiasmé.

Tout à coup son visage passa du ravissement à la consternation.

« Nous n'avons pas dit nos prières !...

— Tiens, c'est vrai...

— Il faut rentrer les dire bien vite...

—Nous serons tout aussi bien ici, sous les arbres. »

Et joignant l'action à la parole avec sa promptitude accoutumée, Pierre se mit à genoux dans l'herbe.

« Ote ton chapeau, Georget, imite-moi... Naturellement tu ne sais pas qu'à l'église cela se fait toujours, tu es trop petit... »

Georget reçut cette information avec le plus grand respect, et procéda laborieusement à démêler un élastique dans lequel s'étaient pris ses cheveux.

Mais il n'était pas encore sorti d'embarras : habitué à répéter sa prière après miss Ann, il ne savait presque rien dire tout seul. Quand Pierre eut achevé à voix basse la grande prière et se fut relevé d'un bond, il lui confia ses perplexités.

Pierre parut presque aussi soucieux que lui-même.

« Je te ferais bien répéter la grande prière après moi, dit-il, mais tu ne comprendrais pas, tu es trop petit.

— Oui, je suis trop petit, dit Georget.

— Et j'ai oublié, moi, ma prière de bébé ; il y a si longtemps que je ne la dis plus ! Tiens, une bonne idée ! Récite tes grâces tout simplement.

— Mes grâces ! comment ?... Elles se disent à table les grâces, et je n'ai pas déjeuné, car nous n'avons pas déjeuné, sais-tu, il est tard... J'ai faim.

— Eh bien ! puisque nous allons déjeuner tout à l'heure, les grâces sont bonnes ; allons, vite ; — « Mon Dieu, bénissez le repas que je vais prendre... »

— Mais tu dis là tes grâces, Pierre, les grâces des grands garçons et non pas les miennes. Moi je dis seulement : — Merci, mon Dieu, de mon bon déjeuner.

— Eh bien ! ça peut aller.

— Mais ça se dit en déjeunant, après déjeuner, répéta Georget qui était pourvu d'une certaine dose de logique.

— C'est vrai... voyons, cherche bien dans ta poche, tu n'as pas quelque chose, un bout de biscuit...

— J'ai quelques miettes de pain... et du sucre.

— Eh bien, de quoi te plains-tu ? Mange cela et dis tes grâces. »

Après quoi, Georget ayant achevé de verdir sa robe par des génuflexions répétées, les deux frères se mirent à compter les champignons pour voir combien chacun des invités en aurait au grand dîner que devait donner prochainement leur papa ; un dîner à ses électeurs, avait dit M. d'Armont. Ce que pouvaient bien être les électeurs, ils n'en savaient rien, mais c'était un dîner de cérémonie naturellement.

VII

Cependant miss Ann avait été réveillée par le courant d'air que lui envoyait la porte grande ouverte. Elle tressaillit et regarda autour d'elle. Deux petites chemises de nuit sur le tapis, un broc rempli d'eau, juste au milieu de la chambre, attirèrent d'abord son attention ; mais, les volets fermés laissant la chambre dans l'obscurité, elle ne s'aperçut pas d'abord de la disparition des enfants. Inquiète toutefois, elle descendit sans bruit de son lit, ouvrit la fenêtre et vit aussitôt les deux petites couchettes vides.

« Mon Dieu ! » s'écria-t-elle.

S'étaient-ils cachés ? Elle chercha partout, derrière les rideaux, dans les armoires : l'étonnement devint chez elle du désespoir quand elle découvrit que leurs habits avaient disparu. Sans songer à sa toilette sommaire, elle s'élança dans le corridor en criant :

« Monsieur Pierre ! Monsieur Georget ! »

Mais elle était anglaise, le sentiment des convenances eut très vite raison du premier mouvement, et elle rentra s'habiller en toute hâte. A ses vigoureux coups

Pierre se mit à genoux dans l'herbe.

de sonnette, cependant, Victorine, la femme de charge, répondit : elle n'avait pas vu *ces messieurs,* mais elle offrit de les chercher de la cave au grenier. Tandis qu'elle s'acquittait consciencieusement de cette tâche, miss Ann aperçut le gilet de flanelle oublié ; elle se tordit les mains :

« Il prendra froid ! il s'enrhumera ! s'écria-t-elle, pensant à Georget ; que dira son père ?

— Ils ont dû sortir par la serre, vint déclarer la femme de charge, c'est la seule porte de la maison qui soit ouverte.

— Impossible ! bégaya miss Ann, on n'a pas monté leurs bottines de promenade... ils n'ont que des pantoufles.

— Eh bien ! ils seront sortis en pantoufles, décida Victorine, car j'ai fouillé tous les coins... D'ailleurs, ils ont pris leurs chapeaux, n'est-ce pas ?

— En effet, s'écria miss Ann, regardant les deux patêres où les chapeaux en question auraient dû être accrochés. Oh ! Georget ! Qu'arrivera-t-il à Georget ? Et il n'a pas sa flanelle, figurez-vous... »

Elle descendait à la recherche des fugitifs, quand la femme de charge qui était penchée à la fenêtre s'écria :

« Les voici ! Les voici ! crottés jusqu'à l'échine !... de vrais barbets ! Le petit traîne un peu la jambe, il a l'air terriblement fatigué !

— Rentrez ! rentrez à l'instant ! fit miss Ann d'une voix déchirante en courant à leur rencontre, les cheveux au vent.

— Regardez ! » répondit Pierre tout au plaisir de sa chasse aux champignons, en lui tendant de loin son panier sans songer seulement qu'elle était en colère.

Et vraiment miss Ann n'eut pas l'idée de le gronder ; elle ne vit que les pieds mouillés de Georget, ses yeux cernés, ses joues couvertes d'une rougeur anormale ; se bornant à confisquer les champignons, elle emporta dans ses bras le pauvre petit homme épuisé.

Casse-Cou trottait à ses côtés, la suppliant de lui rendre le panier. Mais elle n'y prit pas garde ; elle conduisit Georget dans sa chambre et se mit à le déshabiller. Quel piteux aspect offrait le costume du petit malheureux ! des nœuds partout, et il n'y avait pas un bouton qui fût dans la boutonnière convenable. C'était une merveille que tout cela eût pu tenir si longtemps. Georget bâillait continuellement, il éternua même à deux ou trois reprises, et chaque fois, il y eut de la part de miss Ann une explosion nouvelle de courroux.

« Ne grondez pas Georget, dit Casse-Cou, que Victorine débarbouillait pendant ce temps-là, il ne voulait pas venir ; c'est moi qui ai tout fait. »

Quand les deux enfants furent convenablement rhabillés, on servit le déjeuner. Pierre mangea comme un jeune ogre ; mais Georget prétendit qu'il ne pouvait rien avaler, qu'il préférait dormir. Il fit un somme fiévreux en effet, et se réveilla vers le soir avec une toux de mauvais augure ; miss Ann envoya sans retard chercher le médecin.

Pierre apprit avec une certaine émotion que son frère ne se lèverait pas pour dîner. Pendant cinq minutes il s'adressa les plus violents reproches ; mais l'arrivée du docteur, dont le cabriolet était traîné par un nouveau cheval qu'il brûlait de voir de près, réussit à le distraire complètement de son chagrin très réel.

« Bonjour, docteur ! s'écria-t-il en courant le recevoir. Votre harnais est neuf aussi, n'est-ce pas ? comme il brille ! Comment appelez-vous ce joli cheval ?...

— Oui, il est neuf, répondit le vieux méde-cin, mais qu'est-il donc arrivé à votre petit frère ?

— Oh ! les champignons, voilà tout, répondit Pierre d'un air vague, les yeux fixés sur le harnais neuf, objet de son admiration. Croyez-vous que ça va durer, ce vernis si brillant qui est dessus ?...

— Des champignons ! répéta le docteur qui poursuivait son idée, on aurait laissé un enfant encore si susceptible se donner une indigestion de champignons ?

— Oh non ! dit Casse-Cou en caressant le cheval, il a mal à l'estomac, je crois... Le joli poil noir !...

— C'est bien cela... une indigestion... Peut-on s'en étonner si on lui permet à

« Quelle robe mettrez-vous, Jeannette ? »

son âge, et délicat comme il l'est, de manger des champignons... Quelle imprudence !... »

Pierre éclata de rire.

« Qu'est-ce que vous dites, donc, docteur ? Ils étaient crus...

— Et des champignons crus, encore !... C'est de la démence...

— Mais il n'en a pas mangé, s'écria Pierre en riant de plus belle, il n'a rien mangé du tout. »

Et, dans un paroxysme d'hilarité, il alla rouler sous les pieds du cheval.

« Prenez donc garde, mon enfant, dit le docteur en le saisissant avec effroi, vous vous ferez écraser.

— Il a rué, docteur, il a rué, c'est trop drôle.

— Laissez-le ruer et voyons... Expliquez-moi... Ne m'avez-vous pas dit que les champignons lui avaient donné mal à l'estomac ?...

— Oh ! c'était plutôt son gilet de flanelle, » répliqua l'étourdi.

Puis échappant aux bras du docteur :

« Il rue encore, je veux le voir ruer... »

Et il sauta dans le cabriolet, où il eut vite fait de décider le domestique du docteur à lui confier les rênes, tout en criant :

« Je vous dis que c'est la flanelle, à moins que ce ne soient peut-être les souliers trop minces... Nous étions si pressés... »

Le docteur ne l'écoutait plus ; il avait, non sans raison, trouvé plus simple de monter directement à la chambre de Georget, qu'il trouva suffisamment malade pour lui enjoindre de garder le lit, et pour conseiller à miss Ann de rappeler sur le champ M. d'Armont par dépêche télégraphique.

M. d'Armont arriva dans la nuit, trouva Georget fort agité, avec une grosse fièvre, et veilla auprès de son lit jusqu'au matin. Il était allé enfin prendre un peu de repos quand Pierre s'éveilla, oublieux de ses méchants tours de la veille.

« Laissez dormir votre petit frère, qui est malade, lui dit miss Ann, et descendez au jardin ; votre papa vous parlera plus tard. »

Tout autre qu'un Casse-Cou l'eût remarqué : les yeux de miss Ann étaient très rouges, et elle parlait d'un ton singulièrement sévère, presque menaçant ; mais il ne tint compte que d'une chose : la permission de descendre courir plus tôt que de coutume... Sans doute, il y avait une ombre à sa joie : Georget ne pouvait venir jouer, lui ; pauvre Georget ! il s'était enrhumé sans doute... Oui, au fait, ces champignons... Mais ce ne serait rien...

Pierre passa la matinée dans le parc, tout heureux d'être dispensé de ses leçons et, nous regrettons d'avoir à le dire, fort peu préoccupé de l'état de son petit frère... Celui-ci avait été malade bien des fois et s'en était toujours tiré. Cependant Georget lui manquait, il ne savait rien faire sans Georget ; entraîner Georget à des folies, être perpétuellement admiré par Georget, c'était la meilleure partie de son plaisir. Faute de mieux, il se contenta de la société de Jeannette, la jardinière, qui l'aida obligeamment à désherber son petit jardin. C'était cette même Jeannette aux bras rouges avec laquelle il se proposait d'ouvrir le bal des moissonneurs, une belle et brave fille, du reste. Elle l'aimait beaucoup, connaissant mieux que personne peut-être le bon cœur qui se cachait sous une forte dose d'étourderie, et voici comment elle était arrivée à le connaître : pendant la maladie de feu Mme d'Armont, Pierre était venu lui demander des graines qu'il avait semées dans son petit jardin, de manière à dessiner tant bien que mal, un G et un A entrelacés, les initiales maternelles. Ce chiffre réjouirait, pensait-il, les yeux de sa chère maman quand enfin elle pourrait se lever. Comme ces graines furent lentes à rien produire ! Enfin, le jour où le funèbre cortège sortit du parc, accompagnant jusqu'à sa dernière demeure celle qui avait été la douce et charmante Germaine d'Armont, le chiffre verdoyant se dessina sur le sable... Jeannette était seule présente quand le pauvre Pierre s'était écrié :

« A quoi bon maintenant ? à quoi bon ? »

Elle l'avait reçu dans ses bons gros bras rouges tandis qu'il sanglotait.

« Je voudrais que rien ne pousse... puisqu'elle ne le verra plus... »

Et Jeannette lui avait dit avec les tendres paroles que la femme la plus simple sait trouver pour consoler son enfant :

« Ne pleurez pas, monsieur Pierre, ne pleurez pas, mon chéri... cela fleurit tout de même pour votre maman ; elle l'a vu, elle le voit de là-haut... oui, je vous le promets, elle en est bien contente... ainsi, essuyez vos yeux. »

Et depuis, quand les domestiques s'étaient avisés de dire devant Jeannette que M. Pierre était un étourneau, un insouciant qui ne pensait qu'à son plaisir, la bonne créature avait toujours protesté :

« Vous n'y entendez rien, répliquait-elle, il est sensible comme pas un... Je sais ce que je sais.... »

Ce matin-là encore, Jeannette eut un entretien confidentiel avec son jeune maître, tout en sarclant avec lui le jardinet des enfants. Pierre lui conta que son père se proposait de donner une belle fête aux moissonneurs, et l'informa de l'honneur insigne que lui, Casse-Cou, comptait lui faire à cette occasion.

« Et quelle robe mettrez-vous, Jeannette ? Il faudra vous faire très belle. »

Jeannette déclara qu'elle achèterait tout exprès une robe neuve, et consulta son goût quant à la couleur.

« J'aime beaucoup le rouge, dit Pierre après réflexion, le rouge et le jaune... »

Jeannette eut l'air assez perplexe.

« Pourvu que je réussisse à trouver une indienne rouge et jaune !

— Eh bien ! prenez-la toute jaune, dit Casse-Cou ; c'est la couleur du blé, je demanderai à Georget de vous donner sa ceinture rouge et vous en ferez une cocarde pareille aux coquelicots pour votre bonnet. Tout sera bien comme cela ! »

VIII

Le temps passa vite dans ces entretiens ; puis, enfin, Pierre s'étonna qu'on ne l'appelât pas pour déjeuner. Il rangea ses outils, cueillit une poignée de radis à l'intention de son frère, qui les aimait beaucoup, et rentra au château. Ses mains étaient pleines de terre ; il regagna, pour les laver, la chambre qui était la sienne et celle de Georget ; mais, à son grand étonnement, cette porte se trouvait fermée à clef.

« Ouvrez ! cria-t-il en la battant des pieds et des mains... C'est moi... Ouvre, Georget ! Je t'apporte des radis de notre jardin ! »

La porte s'ouvrit en effet brusquement, mais pour montrer la figure de miss Ann enflammée d'indignation.

« Sans cœur !... Sans cœur... »

Georget était très mal, le docteur très inquiet... on avait appelé un médecin de Paris... Tout cela était sa faute, et il venait d'éveiller le malade en donnant des coups de pied dans la porte, quand il fallait que le pauvre enfant dormît.

« Allez-vous-en, acheva miss Ann, taisez-vous, méchant garçon, et qu'on ne vous voie, qu'on ne vous entende plus... »

Après quoi, elle lui ferma la porte au nez et le laissait tout seul, pétrifié dans le corridor. Sa botte de radis à la main, il se répétait à lui-même avec un douloureux battement de cœur : « Georget est très mal, le docteur est très inquiet. »

A peine osait-il bouger ? Que se passait-il donc dans la chambre ? Il colla son œil à la serrure et ne vit rien ; alors il se pelotonna comme un petit chien sur le paillasson, devant la porte, et il écouta de toutes ses oreilles... Il n'entendit rien encore... rien que des voix qui chuchotaient... Ce murmure mystérieux, lugubre, l'effraya plus encore... S'il avait seulement pu voir Georget assis sur son lit, tandis que le docteur lui appliquait un emplâtre dans le dos, s'il l'eût vu avaler la potion que lui versait miss Ann, il eût été relativement rassuré ; mais cette maladie soudaine qu'on lui cachait avait quelque chose de terrible, car, pour une imagination d'enfant surtout, l'inconnu, l'incertain, est toujours pire que la réalité. Pierre souffrait même plus que ne l'eût fait un autre enfant en pareille conjoncture, car il avait vu mourir. La crainte de la plupart des enfants aurait été vague, mal définie... Pierre avait traversé déjà une épouvantable épreuve, il savait qu'elle pouvait se renouveler ; Georget allait mourir... il était mort peut-être... Que signifiait cet affreux silence ?... Et miss Ann avait dit que c'était sa faute, elle avait dit qu'il n'avait pas de cœur !... Un cliquetis de cuiller lui rendit un peu d'espoir ; il essaya de se figurer que son frère mangeait.

« Pourquoi ne lui a-t-on pas donné mes radis ?... Ils lui auraient fait plaisir. A quoi serviront-ils, ces radis ?... »

Tout en réfléchissant, Pierre les essuyait avec sa blouse et les croquait un à un. Il s'était approché de la fenêtre de l'escalier, durant cette opération, et regardait les mouches s'aventurer autour d'une toile d'araignée, ce qui réussit peu à peu à le distraire. Tout à coup, une porte s'ouvrit sur le palier, la porte de l'appartement de son père, et M. d'Armont sortit très pâle.

« Voilà papa ! quel bonheur ! » s'écria l'impétueux petit garçon oubliant tout dans sa joie de ne plus être seul.

Il courut sauter au cou de M. d'Armont le sourire aux lèvres, comme de coutume. Quelle fut sa consternation quand son père, le repoussant, dit d'une voix brève et dure qu'il n'avait jamais entendu sortir de cette bouche :

« Qu'est-ce que cela signifie, monsieur ? Vous osez rire comme si vous n'aviez rien à vous reprocher ? Vous donnez une angine à votre pauvre petit frère, vous l'entraînez à toute sorte de sottises qui lui seront funestes, et puis vous osez venir m'embrasser ? Je vous défends de m'adresser la parole. Il n'est que temps de vous mettre au collège, puisque vous ne faites que

des méchancetés à la maison... Laissez-moi... »

Déjà M. d'Armont était entré dans la chambre de Georget... Jamais il n'avait parlé ainsi à aucun de ses enfants, jamais Pierre ne lui avait connu ce regard, cet accent irrité... Il n'y put tenir... une sorte de désespoir tel qu'en peuvent seules ressentir les natures ardentes, fortes et tendres et toutes de premier mouvement, s'empara de lui ; en même temps se réveillait un ancien chagrin non moins violent, un vieil ennemi qui, depuis un an, manifestait plus rarement sa présence que par le passé, mais qui toutefois était toujours là... Pierre le sentait bien par intervalles. L'ancienne et la nouvelle douleur se mêlaient, se confondaient, n'en faisaient plus qu'une, trop lourde pour que cette pauvre petite âme, taxée à tort de légèreté, pût la supporter davantage. Pierre descendit précipitamment l'escalier comme s'il voulait fuir,... fuir quoi donc ? Ses pensées, ses pensées affreuses qui l'empêchaient de songer désormais à son petit jardin, à ses jeux, à tout ce qui avait fait jusque-là les délices de sa vie privilégiée. Mais elles le poursuivaient partout, elles s'acharnaient après lui... Il traversa comme un fou les corridors, les grandes pièces vides... Mon Dieu ! mon Dieu ! était-ce là qu'il avait fait de si bonnes parties la veille encore avec son cher Georget ? Tout lui semblait changé... Il courut, effrayé de trouver cette grande maison si déserte, si tristement silencieuse... la mort seule y demeurait donc ?

« Maman ! ma chère maman ! appelait-il d'une voix désolée, maman, où êtes-vous ?

Et, comme une pauvre petite épave chassée par le flot, il alla échouer dans le salon où était le portrait de sa mère ; il se jeta sur le canapé au-dessous de ce portrait.

« Maman, revenez ou emmenez-moi... J'ai tant, tant besoin de vous !... Tout le monde est fâché contre moi, parce que je suis méchant, et j'ai bien du chagrin !... »

Même silence ; la mère continuait à sourire du haut de son cadre ; mais tout à coup il tomba de ce sourire un sentiment de calme divin qui enveloppa on ne sait comment le cœur de l'enfant. Celui qui a dit : « Avant qu'on m'appelle je répondrai, » a pensé aux enfants, aux petits

doucement l'heure d'une épreuve trop rude pour ses forces. La femme de charge qui le cherchait, le trouva ainsi et n'osa pas l'arracher à son repos. Un peu plus tard, elle revint lui dire tout bas :

Je vous défends de m'adresser la parole.

qui ne savent pas encore articuler cet appel tout-puissant de la prière, ou qui ne savent pas du moins l'appliquer à leurs besoins. Dieu eut pitié du trouble de ce jeune cœur qui s'ouvrait éperdu à sa mère absente. A force de pleurer, Pierre ferma ses paupières en feu et s'endormit. Sa mère l'avait exaucé, elle lui avait envoyé la paix et l'oubli dans le sommeil... et ce sommeil, bercé par la voix bien connue qu'il entendait à son oreille, lui fit passer

« Il faut pourtant manger, monsieur Pierre.

— Georget ! s'écria-t-il en se redressant avec un retour d'angoisse.

— Georget va mieux, tranquillisez-vous ; le médecin venu de Paris a dit qu'avec des soins, il guérirait. »

Pierre comprit — jugez de son ravissement ! — que le petit frère n'était plus en danger !

Ce soir-là, il coucha dans la chambre

II.

de Victorine, où on lui avait dressé son lit.

« M. Georget est guéri... M. Georget vous demande ! »

Tels furent les mots qu'il entendit un matin, après huit jours qui lui avaient paru un siècle.

« C'est donc vrai ! s'écria-t-il, je n'ai pas rêvé cela... il est guéri.

— Dieu soit loué ! fit avec allégresse la vieille femme de charge. Ces maladies-là sont terribles ; mais, du jour au lendemain elles tournent bien ou mal... on est perdu ou sauvé très vite, — et notre Georget est sauvé... »

Pierre ne se souvenait plus de ses grands désespoirs. Si on lui en avait parlé, il aurait eu peine à y croire. Il courut rejoindre son frère, et les deux enfants s'embrassèrent comme s'ils eussent été séparés depuis des mois.

Georget avait encore bien mauvaise mine ; cependant Casse-Cou aurait voulu le décider à se lever tout de suite ; il l'eût fatigué par son babil si miss Ann n'y eût mis bon ordre. Du reste, miss Ann fut pleine de bonté pour Pierre. Peut-être regrettait-elle de l'avoir rudement éconduit dans un moment où elle était quelque peu exaspérée par l'inquiétude et le chagrin.

« Venez me donner une bonne poignée de main, affreux tourment, et faisons la paix, dit Miss Ann. *Shake hands.*

— Je n'entraînerai plus jamais Georget à la chasse aux champignons, répondit Casse-Cou en mettant sa main dans celle de sa gouvernante.

— Bon ! Pourvu que vous vous rappeliez vos promesses !

— Oui ! pourvu que je me les rappelle, dit Casse-Cou d'un air méditatif qui fit sourire miss Ann. Je ne fais pas exprès de les oublier, mais je les oublie tout de même bien souvent.

— Pour vous mieux rappeler celle-ci, allez donc la répéter à votre papa, qui vous attend dans la salle à manger. Il déjeunera avec vous aujourd'hui... »

Mais Pierre craignait pour la première fois d'affronter la présence de son père, qu'il n'avait pas vu depuis cette explosion de colère dont le souvenir était encore vif et terrible pour lui. M. d'Armont avait habitué ses enfants à l'indulgence ; passant peu de temps avec eux, il aimait à les voir contents ; amener un nuage sur ces joyeuses petites figures était pour lui une souffrance ; cependant il avait senti cette fois la nécessité de faire une vive impression sur Pierre, pour que celui-ci ne retombât point dans la même faute. Aussi, quand le petit coupable se décida enfin à pénétrer dans la salle à manger, l'air penaud et les yeux baissés, M. d'Armont résista-t-il bravement à l'envie de l'embrasser. Il entama un nouveau sermon, mais avec beaucoup de calme cette fois, sur les devoirs d'un frère aîné, ajoutant que miss Ann se plaignait souvent de lui, Casse-Cou, et que, s'il ne changeait pas de conduite, on se verrait contraint à l'emprisonner, durant ses récréations, dans les limites du jardin.

Pierre parut l'écouter attentivement mais sans beaucoup d'émotion. Ce fut seulement quand son père eut ajouté d'une voix qui se brisa soudain : « Sais-tu que nous avons été bien près de perdre ton petit frère ? » que, saisi d'un accès de repentir profond et de désolation rétrospective, il laissa tomber bruyamment sa fourchette et fondit en larmes. Les derniers vestiges de mécontentement s'évanouirent à ce spectacle chez M. d'Armont ; ce fut lui qui consola son fils et qui proposa une partie de ballon pour mettre fin à un entretien si douloureux :

« Je resterai avec vous deux pendant quelques jours, et je verrai si tes bonnes résolutions se soutiennent, » dit-il un peu plus tard.

Comme tout cela finissait bien ! Garder papa pendant quelques jours à Laurière ! Casse-Cou sauta de joie.

« Et les vacances de la Chambre sont proches, ajouta M. d'Armont. Alors nous ne nous quitterons plus. »

Grâce à la présence de ce bon père, aucune imprudence ne fut commise durant la convalescence de Georget, qui fut plus longue que l'avait été sa maladie. On passait beaucoup de temps dans la bibliothèque à jouer aux dames, aux dominos, puis M. d'Armont faisait une lecture amusante. Un jour il lut le plus joli des contes de fées où il était question d'un miroir magique, qui avait le pouvoir de montrer à son propriétaire, quand il le consultait, tout ce que faisaient au moment même ses amis absents.

« Oh! comme je voudrais posséder un pareil miroir! s'écria Pierre.

— Et moi donc! dit Georget.

— Vraiment? Pourquoi, mes enfants? Qu'en feriez-vous? »

Pierre ne répondit pas. Il regardait par la fenêtre, il contemplait le ciel et pensait : J'y verrais maman.

« Allons, parle, M. dit d'Armont à Georget.

— J'y verrais mon petit père chéri !

— Mais je suis ici, bijou.

— Pas toujours, reprit Georget en posant sa petite main caressante sur la sienne. Quand papa est loin, à Paris, je regarderais mon miroir et je serais comme avec lui. »

C'était par de semblables gentillesses, parties, du reste, de son bon petit cœur, que Georget savait accaparer les gâteries paternelles.

« Je te manque donc quand je ne suis pas là? dit M. d'Armont, serrant contre lui son plus jeune fils

— Oh! oui, papa! Je voudrais vous avoir toujours ici. N'est-ce pas, Pierre, que nous serions contents si papa n'allait jamais à Paris?... »

M. d'Armont regarda Pierre dans l'espoir de l'entendre confirmer les paroles de son frère; mais celui-ci continuait à regarder par la fenêtre.

« A quoi pense-t-il? demanda tout bas M. d'Armont au petit Georget.

— Je ne sais pas... Au miroir sans doute; il voudrait le miroir magique... »

Et certes le pauvre garçon souhaitait quelque chose d'irréalisable, à en juger par l'expression triste de ses yeux levés au ciel; mais, comme il tournait le dos, M. d'Armont n'en pouvait rien voir.

« Attendez, dit tout bas Georget, attendez, papa, il répondra quand il aura fini de penser; bien souvent quand il pense il ne me répond pas; alors j'attends qu'il ait tout à fait fini. »

Les yeux humides, une seconde auparavant, du pauvre Casse-Cou, étincelèrent et, d'une voix éclatante :

« Un épervier... un grand épervier... il attrapera le moineau avant une minute, je parie! Vilaine bête! »

M. d'Armont eut l'air quelque peu désappointé; il attira Georget plus près de lui encore.

« Va! murmura-t-il, va, il ne pense pas à nous.

— Vous me parliez, papa? s'écria Pierre revenant à lui d'un bond.

— C'était à propos de ce miroir, expliqua Georget; je disais à papa comme nous aimerions voir ce qu'il fait quand il est à Paris.

— Oh oui, ce serait drôle, répliqua Pierre se ramassant en boule sur le canapé, auprès de son frère. Quelquefois nous verrions papa au Cercle, et quelquefois nous le verrions se promener sur le boulevard, et nous le verrions aussi prononcer des discours à la Chambre, en faisant de grands gestes comme cela... »

Il désigna une gravure qui représentait Mirabeau à la tribune.

M. d'Armont se mit à rire.

« Vous me faites trop d'honneur; je ne suis pas souvent dans cette attitude.

— Et le soir, où vous verrions-nous le soir, papa?... »

M. d'Armont ferma les yeux et fit semblant de dormir.

« Oh! par exemple! vous allez au bal, bien sûr !

— Ces plaisirs-là sont depuis longtemps passés pour moi, » dit M. d'Armont d'un air distrait.

Il pensait au dernier bal officiel où il

avait conduit sa femme rayonnante comme une jeune reine.

« Ah ! tant pis ! ça doit être beau, un bal, dit Georget ; nous verrons ça chez nous à la moisson.

— Mais les bals où allait papa n'étaient pas des bals de moissonneurs, répliqua Pierre en haussant les épaules ; c'étaient des bals comme celui-ci. »

Il ouvrit un gros volume placé sur la table, qui portait la date de 1710 ; certaine gravure au commencement réprésentait *un bal à la cour.*

« Est-ce qu'on danse des rondes dans ces bals-là ? demanda innocemment Georget.

— Des quadrilles et des valses plutôt, répondit M. d'Armont qu'égayaient les questions de ses fils.

— Et puis le menuet... ajouta Pierre toujours bien informé. C'est vrai, papa, vous êtes trop vieux pour aller au bal maintenant ; mais, quand vous étiez jeune et que vous y alliez, on dansait le menuet, n'est-ce pas, et on avait une petite queue ?... Voyez ces messieurs de l'image, ils ont tous une petite queue retombant sur le dos.

— Quel âge crois-tu donc que j'aie ? » s'écria M. d'Armont en éclatant de rire.

Les enfants n'avaient aucune idée de l'âge de leur père ; mais un papa est toujours très vieux. Ils se perdirent dans leurs conjectures. Pierre lui donnait cinquante ans ; Georget, pour lui faire honneur d'un plus grand nombre d'années encore, variait entre soixante et quatre-vingts.

« Voulez-vous venir courir un peu dehors, papa ? dit Pierre en s'interrompant.

— Il fait bien chaud pour cela, répondit M. d'Armont étonné que l'on osât demander autant d'agilité à un vieillard ; mais, si vous vous ennuyez dans la maison, nous pouvons aller nous promener au jardin tranquillement comme des gens sérieux. »

Casse-Cou fit la grimace.

« Eh bien, reprit son père, je me promènerai avec Georget ; toi tu peux t'amuser comme tu voudras pendant une demi-heure.

Où te retrouverons-nous ?

— Dans mon jardin que je veux ratisser,... ou plutôt non, je vais dans le verger... Vous me trouverez peut-être bien aussi dans le poulailler. J'y vais chercher un œuf pour Georget.

— Mais tu sais que le poulailler est fermé à clef. C'est toujours la fille de basse-cour qui va lever les œufs.

— Eh bien ! qu'est-ce que ça fait ? Est-ce que vous croyez que je ne me glisse pas bien par la petite porte des poules ?

— Soit ! tu ne peux pas espérer pourtant que je te rejoigne par le même chemin ? »

Cette idée de voir son père s'introduire dans le poulailler par le trou qui servait aux poules et à Casse-Cou, jeta les deux enfants dans un tel paroxysme d'hilarité, que Pierre se roula sur le canapé, les jambes en l'air, tandis que Georget toussait à perdre haleine. M. d'Armont se reprocha de l'avoir fait rire. Ce ne fut ni dans le jardin, ni dans le poulailler, ni au verger qu'on retrouva Pierre une heure après ; cet étourdi avait complètement oublié le rendez-vous. Il était en train de donner à manger à un vieux corbeau boiteux qui sautillait à travers la cour sur sa jambe de bois.

« Quel singulier garçon tu fais ! lui dit son père, on croirait que tu tiens plus à cet affreux corbeau qu'à toutes tes autres bêtes... il m'a toujours paru si peu intéressant ! Et il est l'ingratitude même, car plus tu lui marques de bontés, plus il témoigne de mauvaise humeur.

— Oui, il est très grognon, pauvre vieux ! s'écria Pierre. Regardez, ajouta-t-il montrant sa main où se révélait la trace évidente d'un coup de bec, regardez comme il m'a mordu !... Il me mord chaque fois que je lui donne à manger...

— A ta place, je ne lui donnerais plus rien.

— Vous dites cela, papa, mais certainement vous ne le laisseriez pas mourir de faim. D'ailleurs, je ne m'étonne pas qu'il soit grognon, pauvre Jacquot ! Être forcé de sautiller toujours à la même place quand on avait le monde devant soi ! Il y a bien de quoi rendre grognon n'importe qui ! Et sans moi, vous savez, il s'envolerait à sa guise ! »

M. d'Armont sentit qu'il venait d'éveiller un remords chez son fils, bien que, pour sa part, il ne se rappelât que bien imparfaitement l'histoire du corbeau. Un jour que Jacquot passait dans le parc, jeune et vigoureux alors, Pierre sans méchanceté aucune, mais pour s'assurer qu'il tirait juste, avait lancé au pauvre animal une pierre qui lui brisa l'aile et la patte à la fois. Rien ne peut rendre le chagrin du bon petit Casse-Cou lorsqu'il s'aperçut du mal qu'il avait fait. Une créature vivante était privée de mouvement par sa faute, privée de tout son bonheur ; car, pour Pierre, le bonheur était dans le mouvement. Jeannette, qui se trouvait là cette fois encore, le consola de son mieux, et munit d'une jambe de bois l'infortunée victime qui fut depuis lors parfaitement soignée dans un coin de la basse-cour ; mais jamais Pierre ne put passer devant sa cage sans un serrement de cœur.

Georget fut bientôt las de se promener dans la basse-cour ; le père et les enfants regagnèrent donc la bibliothèque, où ils se livrèrent à certain dérivé naïf du jeu d'échecs qu'on appelle « la vieille fille ». Il s'agit de se débarrasser d'un pion fatal dont la possession nous menace d'un éternel célibat.

Jamais demoiselle déjà mûre ne fit, pour gagner, autant d'efforts qu'en firent les petits frères ; on eût dit que tout leur avenir dépendait de l'issue de cette partie. Enfin, avec de grands battements de mains et d'autres démonstrations d'allégresse, ils finirent par déclarer à leur père que, « la Reine » lui restant, il serait une vieille fille, avertissement que M. d'Armont reçut avec toute la confusion désirable.

IX

Ce fut pendant ce bienheureux congé qui fêta la convalescence de Georget, que Pierre obtint un jour d'accompagner son père à la petite ville voisine, où M. d'Armont allait se rendre en voiture pour quelques affaires. Chemin faisant, le père interrogea l'enfant sur ses études : il fut content de voir que, malgré l'éternelle mauvaise note donnée par miss Ann et trop méritée, hélas ! — application nulle — Pierre avait fait des progrès en anglais et qu'il savait déjà beaucoup de géographie. Leur entretien fut très animé sur l'espace d'une lieue environ.

« Papa, dit brusquement Pierre en s'interrompant au milieu de la conjugaison du verbe *to work*, — travailler, — papa, ne passerons-nous pas par la grande rue ? »

La grande rue en question était fort petite et des plus modestes sous tous les rapports, mais c'était là cependant, que se trouvaient réunies les rares boutiques de l'endroit.

« Que veux-tu faire dans la grande rue ? demanda M. d'Armont.

— J'aurais quelque chose à acheter.

— Quoi donc ?

— Oh ! papa, ne me demandez pas quoi, je vous en prie, c'est un si grand secret ! Mais vous savez garder un secret, j'espère ?...

— Je l'espère aussi, répliqua M. d'Armont, et je te promets de ne rien dire du tien à qui que ce soit.

— Eh bien ! alors je vous en confierai un tout petit bout... c'est un cadeau... un cadeau pour votre fête, papa... »

Pierre était toujours extrêmement préoccupé de la question des anniversaires, on l'a déjà vu par le souci tout particulier que lui inspirait le jour de naissance de tel ou tel serviteur de la maison.

« Je voudrais connaître votre goût, poursuivit-il, mais vous promettez bien de ne le dire qu'à moi seul et que personne ne saura...

— Personne ne saura... Mieux vaut cependant que tu choisisses à ton gré... J'aimerai tout ce que tu aimes, sois-en sûr.

— Mais non, papa, ce n'est pas possible. Moi j'aimerais eu ce moment des quilles, des échasses, un petit pistolet à amorce, et vous ne vous soucieriez de rien de tout cela, n'est-ce pas ? »

M. d'Armont admit qu'il devenait un peu vieux pour ce genre de bagatelles.

« Sans doute ! reprit Casse-Cou enchanté de son propre discernement, et c'est ce qui m'embarrasse. Les choses qui amusent les petits garçons ne vous amusent plus, et vous avez une montre, un thermomètre, une boussole, tout ce qui plaît aux grandes personnes. De sorte que je ne sais que vous donner !

— Mais, cher petit, les objets dont tu parles coûtent très cher et dépassent tes moyens, je présume. Combien as-tu donc d'argent dans ta bourse ?

— Eh bien ! c'est encore ce qui me contrarie ! Je n'en ai pas du tout ! Seulement j'ai pensé que vous voudriez bien m'en donner un peu pour votre cadeau de fête. »

M. d'Armont se mit à rire.

« C'est une façon coûteuse d'avoir des cadeaux. Qu'en dis-tu ?

— Oh ! non, ce ne sera pas si coûteux, peut-être ; naturellement, le prix dépendra de ce que j'achèterai. Voici une belle boutique, papa, arrêtons-nous... »

Ils venaient d'entrer dans la grande rue, et la boutique qui frappait les yeux de Pierre d'une façon si flatteuse était une sorte d'épicerie à laquelle se trouvait adjoint un bureau de tabac. M. d'Armont ne discuta pas les goûts de son fils ; il fit faire halte à ses chevaux.

« Et maintenant, papa, écoutez-moi bien, ne regardez ni par la fenêtre ni par la porte, parce que vous me verriez choisir. »

Ayant arraché à son père la promesse d'être aveugle, il s'élança dans la boutique.

L'épicière fit de son mieux pour le comprendre et le servir ; elle lui montra toutes celles de ses marchandises qui pouvaient à la rigueur être offertes en cadeau, mais rien ne plaisait à l'acheteur. Son regard interrogeait tous les recoins du magasin avec une expression d'anxiété profonde.

« N'avez-vous donc pas quelque chose qu'un monsieur puisse porter dans sa poche ? »

Une heureuse inspiration saisit l'épicière. Elle courut chercher dans la vitrine une bourse en cuir et une pipe munie de son étui.

« Prenez garde ! s'écria Pierre avec un accent d'angoisse, et si brusquement que la bonne femme, dans son trouble, faillit laisser tomber tout ce qu'elle tenait. Prenez garde ! papa est là dehors... ne comprenez-vous pas qu'il va vous voir prendre cette pipe et cette bourse, qu'il n'y aura plus de surprise possible, que tout est perdu ?... Non, non, je ne veux pas même les regarder, ajouta-t-il en écartant du geste les objets qu'on persistait à lui montrer, je vous dis qu'il a vu... »

Avec une patience exemplaire, la marchande continua d'empiler devant lui sur le comptoir mille petites futilités qui n'avaient pas même le mérite d'être jolies. Pierre les regardait d'un œil critique sans parler.

« Madame, demanda-t-il enfin, avez-vous un mari ? »

Quelle fut sa consternation quand la marchande, au lieu de répondre, se mit à pleurer.

« Oh, mon Dieu ! s'écria-t-il, que je suis fâché ! Je ne voulais pas vous faire de la peine, non je vous assure... j'ai parlé sans penser... J'aurais dû remarquer que vous avez un bonnet noir. Vous êtes donc en deuil ?... Il est mort, n'est-ce pas ? C'est bien contrariant, ajouta-t-il après un silence, parce que je réfléchissais justement que votre mari pourrait peut-être nous dire ce qui plaît aux hommes. Vous êtes une femme, vous... et naturellement, vous ne pouvez pas savoir... »

Une fois de plus, il craignit d'avoir offensé sa complaisante interlocutrice.

« Je vous demande pardon, je vous demande bien pardon, je ne voudrais pas vous faire encore pleurer, mais vous ne vous rappelez pas ce que votre mari aimait recevoir pour sa fête ? François, lui, a demandé une montre en argent, mais comme papa en a une en or... »

La veuve s'essuya rapidement les yeux avec le coin de son tablier, après quoi elle évoqua le souvenir des habitudes préférées du défunt... Il fumait volontiers.

« Pourquoi pas un porte-cigares ? » hasarda-t-elle.

L'idée sourit singulièrement à Pierre. Oui, c'était là un cadeau sérieux pour un homme !

« Mais, demanda-t-il, vous n'allez pas me dire, j'espère, que vos porte-cigares sont en montre ?

— Hélas ! ils y sont pourtant, mon petit monsieur.

— Qu'allons-nous faire alors ! s'écria Pierre avec un redoublement d'angoisse.

— Attendez, madame, attendez. »

Il courut rejoindre son père dans la rue.

« Papa !

— Qu'y a-t-il, mon enfant ? Dépêche-toi un peu. Comme tu es lent à choisir ?

— Papa, ça va être fini... seulement... est-ce que vous aurez l'obligeance de tourner la tête un instant parce que nous allons prendre quelque chose dans la montre ? »

Toute l'attention de M. d'Armont fut aussitôt concentrée sur l'auberge en face, au grand ennui d'un de ses jardiniers qui en sortait à moitié gris, très désireux d'esquiver le regard de son maître.

Les porte-cigares plongèrent Casse-Cou dans un véritable enthousiasme. Ils étaient tous de couleur brillante et plus ou moins brodés. L'un d'eux surtout lui plaisait parce qu'il était extraordinairement petit.

« C'est qu'il tient bien peu de cigares, fit observer la marchande.

— Qu'est-ce que ça fait, puisque papa ne fume pas ? Pourvu que le porte-cigares soit gentil, qu'il ne tienne pas de place dans la poche. Enveloppez-le vite de façon que papa ne puisse pas deviner ce que c'est. »

La veuve déguisa le porte-cigares de son mieux, et Pierre sortit tout triomphant de sa boutique après l'avoir embrassée en guise de remerciement.

« Papa, vous n'avez rien vu, j'espère ? » dit-il d'une voix suppliante en remontant dans la voiture.

M. d'Armont affirma qu'il n'avait pas regardé une seule fois.

« Combien vous dois-je ? demanda-t-il à l'épicière qui tendait le paquet à son petit client.

— Six francs, » répondit-elle.

M. d'Armont paya sans demander plus d'explications, et salua en rendant les rênes à ses chevaux avec cette bonne grâce qui faisait dire à tous les gens du village :

« Quel bel homme ! Et qu'il est aimable ! »

« Ma foi, ce n'est pas cher pour tout l'or qu'il y a dessus... » s'écria Pierre.

S'interrompant tout à coup et devenant rouge jusqu'aux oreilles :

« Oh, mon Dieu ! balbutia-t-il, oh, mon Dieu ! je vous ai fait deviner...

— Au contraire... Je suis plus intrigué que jamais, car je ne peux concevoir ce que tu es parvenu à trouver dans cette petite boutique de campagne qui soit tout couvert d'or.

— A la bonne heure !... Vous n'avez pas la moindre idée, papa ?

— Non, pas la moindre.

— Je sais donc une fois quelque chose que vous ne savez pas ! Il y a tant de choses que vous savez et dont je n'ai pas la moindre idée, moi, à ce que vous dites. Et aujourd'hui le contraire arrive.

— Tout le contraire, répéta M. d'Armont, tu en es bien fier, à ce que je vois ! »

Pierre en effet ne se possédait plus.

« Mais c'est une chose terrible que d'avoir un secret, fit-il observer, après avoir à deux ou trois reprises commencé une phrase qu'il n'achevait pas.

— Pourquoi ? demanda son père en souriant.

— C'est si difficile de le garder ! Vous ne voyez donc pas que j'ai manqué déjà d'oublier, je ne sais combien de fois, que vous ne deviez vous douter de rien.

— Parlons d'autre chose, si tu m'en crois. »

Pierre essaya inutilement, puis il retomba dans le silence et finit par dire :

« Nous devrions rentrer, papa !

— Rentrer déjà ! Tu es fatigué ?

— Oh ! non, ce n'est pas cela, mais je suis sûr que je ne pourrai pas me retenir bien longtemps encore de vous parler... tandis que, si j'avais seulement confié mon secret à quelqu'un, à Georget ou à miss Ann, il ne me pèserait plus de la même manière.

— Mais il faut que j'aille rendre à M. Berthel la visite qu'il m'a faite, et j'ai quelque chose à remettre aussi chez Denison...

— Denison ?... le vieux sourd... Est-il né avec les oreilles fermées, pauvre homme ?

— Non, il n'y a pas beaucoup d'années que cette infirmité lui est venue.

— Que je suis content de n'être pas sourd !... Pourquoi Denison n'achète-t-il pas un cornet comme celui de ma tante ?

— Un cornet acoustique ? Il n'est pas assez riche sans doute.

— Pauvre Denison ! Je serais si content de pouvoir lui donner un cornet !

— Mais où donc est ton argent ?

— Je vous ai dit que je n'avais pas un sou, petit père. Je n'ai jamais d'argent.

— Je t'en donne pourtant ; qu'est-ce que tu en fais ? Tu as reçu vingt sous pour tes bons points, la semaine dernière.

— Il y a longtemps ! Depuis, j'ai acheté du pain d'épices et des billes.

— Eh bien ! si, au lieu de dépenser ton argent à mesure, tu le gardais pour les grandes occasions...

— Je sais ce que vous allez dire, papa...

Oui, je ferai des économies... la première pièce d'un franc que vous me donnerez sera mise de côté ; je continuerai de même jusqu'à ce que j'aie assez pour acheter un cornet à Denison...

— Voilà un excellent projet...

— Quand croyez-vous que vous me donnerez encore un franc, papa ?

Quand tu l'auras mérité.

— Mais ne vaudrait-il pas mieux me le donner tout de suite pour que je commence mes économies ? C'est très cher, naturellement, un cornet, et vous ne voudriez pas faire trop attendre Denison ? »

M. d'Armont tendit une pièce de quarante sous à son fils, et celui-ci promit solennellement de ne penser à aucune futilité tant que Denison n'aurait pas son cornet.

Le vieux Denison, un ancien soldat qui avait fait les guerres d'Afrique, bêchait son petit jardin quand M. d'Armont s'arrêta devant la barrière :

« Bonjour, mon brave ! » cria-t-il de toute sa force.

Denison leva son chapeau, mais sans avoir rien entendu.

« Comme il serait content, pensa Pierre, s'il savait que je vais faire des économies pour lui acheter un cornet ! »

Et il montra de loin sa pièce de deux francs au vieillard, comme si la seule vue de cette pièce eût pu révéler ses bonnes intentions.

Denison lui adressa en souriant un signe de tête affectueux.

« Je vois, je vois, vous allez acheter des gâteaux. »

Pierre secoua la tête avec véhémence.

« Non ?... des joujoux en ce cas ? Je parie que c'est une toupie ! »

Pierre eût bien voulu expliquer, mais c'était impossible, et, comme les chevaux repartaient, il n'eut d'autre ressource que de continuer à secouer la tête, tandis que le bonhomme, appuyé à la barrière de son petit jardin, continuait de son côté à lui sourire.

« Dites donc, papa, si on essayait de

confier à Denison un se-
cret? Quelle mauvaise
idée on aurait là !

— Parce qu'il fau-
drait parler trop haut ?

— Sans doute ; les voi-
sins entendraient. Un
drôle de secret crié aux
oreilles de tout le village !
Aussi je me suis bien
gardé de lui raconter que
je vous ai acheté un
porte... Oh, mon Dieu !
j'en étais sûr... J'ai gâté
votre surprise, papa...
J'ai laissé échapper mon
secret... »

M. d'Armont, qui était
très occupé pour le mo-
ment à maîtriser un
jeune cheval fort ombra-
geux, put assurer sincè-
rement qu'il n'avait rien
entendu.

« Et maintenant, dit-
il en riant à Pierre, tâche
d'être sage et de donner
bonne opinion de toi à
M. Berthel. Nous voici
devant sa maison ; j'ima-
gine que tu y trouveras
toute sorte de choses
qui te distrairont de ton
idée fixe. »

« Prenez garde ! Papa est là dehors. »

X

La maison de M. Berthel à l'entrée du
village n'était qu'une maison de paysan,
et Pierre en fit la remarque plus haut que
son père ne l'eût désiré ; mais cette maison
était proprement badigeonnée. Une vigne
qui l'escaladait de toutes parts lui donnait
l'air très riant et presque coquet, car ses
festons s'entrelaçaient à ceux d'un magnifique rosier remontant, dont les branches,
soutenues par des cercles, formaient une
sorte de dais fleuri et embaumé au-dessus

du porche. Le jardin n'avait guère plus
d'étendue que celui du vieux Denison,
mais il était cultivé avec goût. Un joli
parterre terminé par une tonnelle séparait
la maison de la route ; derrière s'étendaient
trois arpents de légumes et d'arbres frui-
tiers, on passait de là sans transition dans
de grands bois qui, bien qu'ils appartins-
sent à l'État, donnaient autant de plaisir
que le plus beau parc aux habitants de la
petite maison. Le bruit d'un piano, touché
par une main inexpérimentée, avait frappé
d'assez loin l'oreille des visiteurs. La porte
étant grande ouverte, ils entrèrent sans
que personne parût pour les annoncer ;

mais aussitôt une femme jeune encore, d'une figure agréable et douce, vint prier M. d'Armont d'entrer dans la chambre modeste qu'elle avait arrangée en salon. C'était de cette chambre que partaient tout à l'heure les sons du piano. Mme Berthel faisait étudier sa petite fille quand la voiture qui s'arrêtait à la porte vint interrompre une longue série de gammes, et maintenant l'enfant se tenait debout devant le piano ouvert tandis que sa mère accueillait M. d'Armont avec cette simplicité qui révèle une éducation parfaite.

« Va bien vite avertir ton père, » dit-elle à la petite fille qui partit en secouant ses boucles blondes.

Les belles boucles en question avaient fait, d'abord, l'admiration de Pierre, tandis que son père et la maman de Mlle Alice échangeaient les premières phrases de politesse. Il se demandait si des cheveux pouvaient friser ainsi naturellement, ou bien si l'on était obligé d'emprisonner dans du papier ces mèches flottantes et dorées, comme miss Ann faisait pour Georget les jours de grande toilette.

C'était là sans doute la petite fille avec laquelle Georget rêvait de danser le jour du bal des moissonneurs, car elle n'était pas plus grande que lui en effet, et cependant son âge devait se rapprocher plutôt de celui de Pierre ; elle avait une petite figure déjà sérieuse, et puis on ne joue pas du piano à quatre ans. Tandis que Casse-Cou se livrait à ces conjectures sur Mlle Alice, tout en s'amusant avec un chien de chasse qui était venu dès le seuil du salon les saluer d'un coup de langue familier, M. d'Armont était de plus en plus frappé de la distinction de cette jeune femme, qui trouvait moyen d'être vraiment élégante en robe de percale tout unie et qui faisait si agréablement les honneurs de chez elle, sans l'ombre de prétention.

Bientôt M. Berthel entra, tenant la petite Alice par la main. A première vue, Pierre le trouva très laid, parce qu'il était chauve et qu'il avait l'air malade. C'était une grave maladie, en effet, une maladie lente et incurable qui avait forcé M. Berthel à interrompre une belle carrière scientifique pour venir s'ensevelir dans ce village ; mais il supportait ce que le monde eût appelé son malheur avec une sérénité parfaite. Sans doute il souffrait souvent ; mais ces cruelles souffrances lui avaient permis d'apprécier dans toute son étendue l'admirable dévouement de sa femme ; sans doute il avait dû renoncer à des ambitions légitimes, mais il pouvait en revanche se consacrer plus complètement à l'éducation de ses enfants, qui, comme lui, se trouvaient à merveille de l'air pur de la campagne. Un accident fâcheux en lui-même avait contribué à fixer davantage sa vie au sein de la famille et à resserrer des liens qui faisaient tout son bonheur. C'est ainsi que la résignation et la sagesse d'une âme forte parviennent à transformer en faveurs de la Providence les plus grands revers. M. d'Armont fit cette remarque lorsque M. Berthel répondit sans aucune amertume à quelques questions très discrètement posées sur ses occupations et ses intérêts en général. Au fond, le riche propriétaire de Laurière ne pouvait plaindre un homme mieux partagé que lui, malgré les apparences, puisqu'il n'avait pas perdu son plus cher trésor en ce monde. Chaque fois que Mme Berthel s'adressait à son mari ou le regardait seulement avec une expression de tendresse et d'estime profonde, en femme qui est fière de sentir que celui auquel elle a voué sa vie lui est supérieur par les talents et le caractère et qui se trouve trop heureuse de pouvoir lui être cependant utile, indispensable même, M. d'Armont éprouvait une indicible émotion vaguement partagée par Pierre, qui remarqua que Mme Berthel avait un peu la voix de sa maman. Mais on ne lui laissa pas le temps d'observer ni de devenir triste.

« Allons, dit Mme Berthel à sa fille, prends la main de ton petit ami et conduis-le jouer avec tes frères. »

Ton petit ami ! N'était-ce pas charmant ? L'amitié n'était pas encore conclue peut-être, mais comme elle allait marcher vite ! Ce seul mot rompait la glace. Mlle Alice entraîna Pierre dans le verger, et Pierre lui apprit, chemin faisant, qu'elle serait invitée au bal des moissonneurs. Elle interrompit sa course pour sauter de joie.

« Mais vous ne danserez pas tout le temps avec Georget, dit Casse-Cou ; d'abord Georget est petit, il se fatigue vite.

— Je danserai aussi avec vous, répondit Mlle Alice.

— Naturellement, nous sommes bien mieux assortis d'âge. Au fait, quel âge pouvez-vous bien avoir ?

— J'aurai sept ans au mois d'octobre.

— Moi, j'ai passé mes sept ans ; n'importe, cela ne fait pas une grande différence... mais je suis plus grand que vous de toute la tête...

— C'est vrai, vous êtes très grand, et moi on ne m'appelle que Mlle Tom-Pouce...

— Eh bien ! puisque nous sommes du même âge, pourquoi me dire vous ? Les gens du même âge se tutoient...

— Vous cro... tu crois ? Je ne demande pas mieux. »

Voilà comment il arriva qu'au bout de dix minutes d'intimité, et avant même d'avoir atteint la lisière du bois où les trois jeunes Berthel jouaient à saute-mouton, Pierre et Alice se tutoyaient comme de vieilles connaissances.

Les frères d'Alice accueillirent cordialement le petit d'Armont ; c'étaient de gentils garçons vifs et gais, à la physionomie ouverte. L'aîné, Lucien, fit à Pierre l'effet d'un jeune homme, car il avait environ quatorze ans, et semblait le guide en même temps que le camarade de ses frères. Quelle leçon pour Casse-Cou qui jouait sans cesse auprès du sien le rôle de tentateur pernicieux ! Il secoua une légère impression de honte en songeant qu'il ne lui faudrait guère que sept années pour devenir raisonnable, lui aussi.

« N'arrêtez pas votre jeu, dit-il aux frères Berthel, ne perdons pas une minute, je saute aussi bien que vous.

Et il le prouva en franchissant d'un bond le cheval fondu. Mais le grand Lucien fit observer qu'il fallait changer de jeu à cause d'Alice.

« C'est juste ! s'écria Pierre, comment les filles joueraient-elles à saute-mouton avec toutes leurs jupes ? mais je ne savais pas, voyez-vous... je n'ai pas de sœur, moi... »

Et il lui vint, en parlant, un vague regret de n'avoir pas une aimable petite sœur comme Alice.

On organisa une partie de crocket ; pendant que les joueurs plantaient les cercles dans le sable, Pierre attira derrière un arbre sa petite amie.

« Peux-tu garder un secret ? lui demanda-t-il.

— Je ne sais pas, répondit-elle, je n'en ai jamais eu, parce que je dis tout à maman.

— Eh bien ! moi, c'est la première fois que j'ai quelque chose à cacher, et cela me gêne beaucoup.

— Pourquoi cacher ?..

— Mais parce que papa.....

— Je devine, dit Alice avec vivacité, tu as cassé quelque chose, ou bien tu as fait quelque sottise et tu as peur d'être grondé. Va ! ton père ne te grondera pas si tu lui parles franchement. Papa ne nous gronde jamais quand nous disons la vérité ; mais tu as peut-être déjà beaucoup tardé, de sorte que tu crains... Veux-tu que je lui dise tout, en demandant pardon pour toi ? Il ne me refusera pas... il a l'air si bon, ton père. »

Elle parlait avec tant de volubilité que Pierre, après deux ou trois tentatives inutiles, dut renoncer à l'interrompre.

« Tu te trompes tout à fait, lui expliqua-t-il, quand elle eut fini, je n'ai rien fait de mal ; j'ai acheté un porte-cigares, voilà tout, et papa est la dernière personne qui doive le savoir, parce que ce porte-cigares est pour lui.

— Je comprends ! Je comprends ! Tu veux lui faire une surprise...

— Une surprise magnifique ! Regarde... »

« Peux-tu garder un secret? » lui demanda Pierre.

Il tira de sa poche le paquet si soigneusement ficelé par l'épicière, défit les nœuds
avec ses dents, retira plusieurs feuilles de
papier, et enfin exposa le précieux objet
aux yeux émerveillés d'Alice.

« Que c'est beau ! » s'écria involontairement celle-ci.

Aussitôt les trois frères d'accourir.

« Mais c'était à toi seule que je voulais
le montrer, dit Casse-Cou.

— Sois tranquille, reprit son amie, ils
sont discrets. »

Et Casse-Cou céda au plaisir de faire
admirer son bon goût par un cercle
nombreux.

Mais tout à coup il poussa un cri perçant, un cri de détresse profonde.

Tandis que les cinq jeunes têtes, réunies sous le vieux pommier, se penchaient
sur le porte-cigares, d'autres promeneurs
s'étaient rapprochés sans bruit, l'épais
tapis de gazon étouffant leurs pas. Il fallut qu'ils fussent tout près pour que Casse-
Cou levât les yeux et reconnût son père
à qui M. Berthel faisait voir le jardin.
Une seconde il perdit la tête, puis, par un
mouvement instinctif, il s'élança vers
Mᵐᵉ Berthel qui marchait un peu en avant,
et vite, écartant les plis de sa robe, cacha,
dans une poche qui se trouvait là fort à
propos, la fameuse surprise.

« Vous êtes bien étonné, papa, dites? »

« Qu'est-ce que tu fais? demanda M. d'Armont.

— C'est un secret, maman, un secret qu'il vous donne à garder, expliqua la petite Alice aussi rouge que Pierre lui-même.

— Comment, dans ma poche? N'importe, il y est en sûreté, » répondit la mère avec son meilleur sourire.

Et, en gage de promesse, elle se baissa pour l'embrasser.

«Pauvre petit!» murmura-t-elle, comme si elle se fût parlé à elle-même.

Elle pensait que ses enfants seraient bien à plaindre si elle venait à leur manquer; aussi plaignait-elle naïvement, du fond de son heureuse médiocrité, ce futur héritier d'un grand nom et d'une grande fortune. Elle avait raison; tous les biens de ce monde sont peu de chose si on les compare aux soins et à l'affection d'une mère.

Pierre sentit parfaitement ce que ce baiser avait de maternel, et il embrassa Mᵐᵉ Berthel à son tour comme jamais il n'embrassait miss Ann, en chuchotant:

« Alice vous dira tout. Vous le cacherez bien, n'est-ce pas?... jusqu'au jour de sa fête? »

Mᵐᵉ Berthel s'y engagea sans comprendre. Cette complicité acheva de lier étroitement Pierre et ses nouveaux amis.

XI

On rentra goûter, puis les enfants emmenèrent Casse-Cou dans le cabinet de leur père, où il vit des collections superbes de minéraux, de plantes et d'insectes : coléoptères ou papillons. Ses questions intéressèrent le professeur qui félicita tout bas M. d'Armont d'avoir un fils aussi intelligent. Bref, on se quitta enchantés les uns des autres, en projetant de se revoir. Mme Berthel avait accepté l'invitation pour le bal des moissonneurs, en riant beaucoup de l'engouement subit que la petite taille de sa fille avait inspiré au petit Georget.

« Papa, dit Casse-Cou, sur le chemin de Laurière, je trouvais d'abord que la maison de M. Berthel n'était guère plus jolie que celle de Denison, et à présent, je l'aime tout autant que la nôtre.

— Parce qu'elle renferme des gens aimables et bons ?...

— Oui, et tant de belles choses !... des choses que nous n'avons pas... des pierres extraordinaires, et ce qu'ils appellent des herbiers, et des bêtes curieuses que l'on croirait vivantes si elles n'étaient pas piquées sous verre par des épingles. Les petits Berthel sont bien heureux...

— Heureux d'avoir tout cela ?...

— Oui, » dit Pierre d'une voix hésitante.

Un sentiment de délicatesse, surprenant chez un pareil lutin, l'empêcha d'ajouter qu'il les trouvait heureux surtout d'avoir une maman. M. d'Armont crut que cette pensée ne lui était pas venue, et répondit en étouffant un soupir :

« Oui, certes, ils sont heureux...

— Je n'aimais pas beaucoup M. Berthel au premier moment, continua Pierre, parce qu'il a l'air un peu sévère ; mais ses histoires sur les... comment appelle-t-il cela ?

— Les coléoptères ?

— Oui... Eh bien ! ces histoires-là m'ont presque autant amusé que celles de mon oncle Charles sur les crocodiles. A propos de crocodiles, savez-vous, papa, notre projet à Georget et à moi ?... Nous voulons grimper au gros arbre qui est couché sur l'étang et nous traîner jusqu'au bout de la plus longue branche, comme a fait le chasseur de crocodiles du conte d'oncle Charles.

— Quelle idée ! s'écria le père épouvanté. Je vous défends absolument cette imprudence. La branche est pourrie, elle peut se briser d'un jour à l'autre. »

Pierre prit l'air contristé.

« Vous êtes sûr, papa ?

— Très sûr, et je vous interdis à tous les deux d'approcher de l'étang.

— Mais si ce n'est pas pour monter dans l'arbre...

— N'importe, j'exige que vous n'alliez jamais de ce côté. Je me fie à ta parole, Pierre, tu vas me la donner tout de suite. »

Casse-Cou donna sa parole avec un gros soupir en faisant cette restriction mentale que nous n'enregistrons qu'à regret et dont il fut, hélas, suffisamment puni par la suite : « Je peux bien la donner puisque j'oublie toujours tout ce que je promets. » Et son père, le jugeant trop favorablement cette fois, fut tranquille.

Pierre passa toute la soirée à raconter à Georget combien il s'était amusé chez les Berthel :

« Tu iras aussi, lui dit-il, et tu les aimeras beaucoup. Papa les aime. N'est-ce pas que vous avez trouvé que M. Berthel avait beaucoup d'esprit ?

— C'est un homme supérieur, répondit M. d'Armont ; je me réjouis de l'avoir pour voisin ; ce sera une précieuse ressource. Sa conversation m'a beaucoup intéressé.

— Tu vois bien, Georget ! Papa s'est amusé de son côté avec M. Berthel. Vous ne direz pas de lui, papa, ce que vous disiez l'autre jour à mon oncle Charles de M. Duclos...

— Qu'est-ce que j'ai pu dire de M. Duclos ? demanda M. d'Armont épouvanté de l'esprit d'observation et de la mémoire parfois importune de son fils. M. Duclos est un bon voisin.

— Oui, mais cela n'empêche pas que vous l'avez appelé béo... je ne me rappelle plus la fin du mot. Comment avez-vous dit, papa ? »

M. d'Armont se souvint avec horreur que par euphémisme et afin de rendre son jugement inintelligible, pensait-il, pour les oreilles des enfants, il avait qualifié de « béotien » M. Duclos, un propriétaire du pays, bon homme, mais mieux partagé sous le rapport de la fortune que celui de l'esprit.

« Vous ne vous rappelez pas ? reprit Pierre interprétant son silence. Eh bien ! moi non plus ; tout ce que je sais, c'est que vous avez dit ce mot-là comme vous auriez dit imbécile. »

M. d'Armont se récria, bien entendu ; mais il prit en lui-même la résolution de faire grande attention désormais à ce qu'il dirait devant Pierre.

Ce même soir, les enfants, qu'il croyait couchés depuis quelque temps déjà, entrèrent tumultueusement dans la bibliothèque où il écrivait.

« Papa, commença Georget, nous avons compté que votre fête ne serait que dans huit jours...

— Et que nous ne pourrions jamais nous taire jusque-là, reprit Pierre. D'abord, je ne serais pas venu à bout de dormir cette nuit avant de vous avoir dit...

— Que c'est un porte-cigares, acheva promptement Georget.

— Je l'avais confié, poursuivit Pierre, à la maman d'Alice, en la priant de ne me le rendre que dans huit jours pour n'être pas tenté de vous le montrer... Vous ne l'aurez que la semaine prochaine, papa, mais enfin vous savez maintenant...

— Que c'est un porte-cigares, répéta Georget. Je ne l'ai pas vu, mais Pierre m'a raconté qu'il était rouge et or.

— Vous êtes bien étonné, papa, dites ?... demanda Pierre d'un air de doute.

— Vous êtes bien étonné ! » s'écria Georget avec confiance en battant des mains.

Et leur père put les assurer, en les remerciant de tout son cœur, qu'il n'avait jamais été aussi étonné, en effet, car, n'ayant fumé de sa vie, le dernier don auquel il pouvait s'attendre était certainement celui d'un porte-cigares.

XII

Le bal des moissonneurs fut une belle fête, d'autant plus belle que l'oncle Charles put, contre toute attente, y assister, le départ de son navire s'étant trouvé retardé pour quelque raison. Jamais une aussi grande abondance de gerbes n'avait jonché les champs de Laurière. La fameuse machine qui devait remplacer faux et faucilles fit merveille ; traînée par de bons chevaux qui la transportaient d'un point à un autre, elle abattait, au moyen d'une scie mise en mouvement par la vapeur, d'épaisses javelles que rassemblait un rateau dirigé par la même force motrice. Le travail des bras humains se trouvait ainsi singulièrement facilité ; on n'avait guère qu'à lier les gerbes. Les moissonneurs, réduits au rôle de spectateurs stupéfaits, couraient de chaque côté de la locomobile en criant, en s'extasiant. Pour eux ce résultat de mécanisme était un prodige ; jamais ils n'avaient rien vu ni rien imaginé de semblable, et à leur surprise se mêlait beaucoup de joie ; on savait que tout le pays était admis à profiter des engins perfectionnés relatifs à l'agriculture, dont M. d'Armont faisait presque chaque année, l'acquisition très coûteuse. Quelle économie de temps et de peine on lui devait ! Seules, les glaneuses auraient eu le droit de se plaindre, tant la machine achevait proprement sa besogne en ramassant jusqu'au dernier épi, si M. d'Armont n'eût recommandé qu'on réservât leur part.

Pierre s'intéressait aux locomobiles tout autant que les paysans eux-mêmes. Il était partout à la fois, offrant ses services comme la mouche du coche, gênant un peu, mais égayant beaucoup tout le monde. A chaque instant, une gambade imprudente le jetait sous les roues. Miss Ann ne cessait de crier derrière lui : « Prenez donc garde, monsieur Pierre ! Pour Dieu, monsieur Pierre, revenez auprès de moi ! » Et de courir l'arracher à tel ou tel péril plus ou moins menaçant. Elle ne put empêcher qu'il ne montât sur le siège en compagnie de Georget qui s'acharnait à le suivre ; tout ce qu'elle obtint, fut que Pierre tiendrait une ombrelle ouverte au-dessus de sa tête et de celle de son petit frère ; rien n'était plus joli que ce groupe d'enfants, à l'ombre du grand parasol, qui couronnait la *moissonneuse*. Miss Ann, privée de son ombrelle, attrapa un coup de soleil qui lui fit pour huit jours la figure toute rouge, toute rissolée. Mais ni Pierre ni Georget n'eurent le plus léger mal de tête, et cette gouvernante modèle ne se souciait que de cela ; elle tenait à la santé des enfants confiés à ses soins mille fois plus qu'à la sienne.

L'arrivée inopinée d'oncle Charles coïncida avec la fin de la moisson. L'histoire du tueur de crocodiles fut terminée, commentée, enjolivée de mille détails inédits, et cette fois Pierre avait aussi bien des choses nouvelles à raconter : l'histoire du porte-cigares, celle de sa visite aux Berthel ; il fit une description enthousiaste d'Alice, et, toute la famille du professeur étant venue dîner le jour de la fête, oncle Charles put s'assurer que cette description n'avait rien d'exagéré. Pierre, lui-même, trouva qu'il n'avait qu'insuffisamment rendu justice à son amie, quand il la vit apparaître en toilette de bal ; elle portait une robe de mousseline blanche très courte, de petits souliers à bouffettes, des bas à jour et un ruban bleu autour du cou. Cela suffisait à sa transformation de chrysalide en papillon. Les beaux cheveux étaient retenus par un autre ruban bleu ; mais ils ne frisaient ni plus ni moins, la nature seule faisant, sur cette tête blonde, office de papillotes.

Georget fut presque intimidé d'abord en songeant qu'il allait ouvrir le bal avec cette gentille fée ; mais, pendant le dîner, les deux enfants firent si bien connaissance, qu'au dessert, Georget n'attendit même pas que son père lui dît d'inviter Mlle Alice à danser, il courut s'emparer de ses deux mains en sautant d'avance. Peut-être Pierre aurait-il voulu être à la place de son frère ; mais Jeannette comptait sur lui pour la première contredanse ; il n'aurait eu garde de tromper l'attente de cette bonne fille. D'ailleurs Jeannette ne le lui eût pas permis ; elle vint, revêtue de la robe jaune toute neuve dont ils étaient convenus ensemble, lui dire que les violons étaient d'accord.

Pendant que le dîner du château avait lieu, les moissonneurs s'étaient eux-mêmes attablés sur la pelouse devant un succulent repas ; on avait défoncé à leur intention des tonneaux de bon vin, et les chants des couples qui s'acheminaient vers la grange neuve, laquelle devait servir de salle de danse, indiquaient assez que tout le monde était en bonnes dispositions.

« Bien entendu, dit M. d'Armont aux enfants, vous ne resterez au bal que jusqu'à neuf heures, et miss Ann, vous accompagnera.

— J'y vais aussi, dit Mme Berthel ; pour rien au monde, je ne me priverais d'un si joyeux spectacle.

— Et moi donc ! s'écria l'oncle Charles. Ne faut-il pas que j'emporte à bord le plus de souvenirs possible ! »

Bref, tous les hôtes du château coururent gaiement au bal de la grange. Les paysans, déconcertés une minute par la soudaine irruption de tant de beau monde, prirent bien vite leur parti de s'amuser quand même. Il y avait trois ménétriers perchés sur une estrade, des torches étaient plantées à tous les coins, et un énorme lustre en papier découpé, œuvre de l'habile miss Ann éclairait le milieu de la salle, aussi bien qu'eût pu le faire un lustre de cristal. Sur les murs blancs couraient des guirlandes, toutes les jeunes filles avait mis leurs plus beaux atours, tous les hommes étaient en habits du dimanche.

Une contredanse s'organisa ; Georget l'embrouilla bien par quelques bévues, mais sa petite partenaire l'aida obligeam-

shocking ! » faiblement articulés par la craintive Anglaise.

« Maintenant, dit Pierre en courant vers Alice, aussitôt que le premier quadrille fut terminé, maintenant, à nous deux. »

Alice et Pierre dansèrent ensemble.

ment à s'en tirer. Pierre étonna les plus habiles danseurs du village par un pas de *cavalier seul* tout à fait original et audacieux ; il conduisit la grosse Jeannette avec autant d'entrain que si elle n'eût pesé que deux onces. Les petits Berthel se partagèrent les moissonneuses les plus avenantes, et oncle Charles finit par entraîner de force miss Ann dans un galop échevelé, malgré les cris de « *shocking !*

Elle ne se fit pas prier, et, pendant l'heure qui suivit, ils dansèrent ensemble. Georget, après avoir invité successivement la cuisinière, la fille de basse-cour et plusieurs autres grandes gaillardes dont il n'atteignait guère que la poche, se reposait sur les genoux de Jeannette qui par intervalles, le ramenait dans la ronde. Les frères Berthel étaient infatigables ; tout le monde sautait et riait comme si M. d'Armont, qui d'ordinaire imposait quelque peu, n'eût pas été là. Il est vrai que depuis longtemps on ne l'avait pas vu d'aussi joyeuse humeur ; la gaieté des enfants et de tous ces braves gens se communiquait sans doute à son cœur. Il fallut que la permission de neuf heures s'étendît jusqu'à dix ; encore Mme Berthel stupéfaite de voir sa fille, qui, déjà enveloppée de son manteau, s'apprêtait, croyait-elle, à la suivre, engagée dans une nouvelle figure baroque et sans nom, où son cavalier Casse-Cou imitait le trot d'un cheval, de manière à faire pâmer de rire tous les paysans réunis en cercle. Il était prodigieusement ébouriffé, son visage paraissait humide de sueur, et ses yeux toujours brillants étincelaient comme des escarboucles.

« Il finira par se faire mal, » dit-elle à miss Ann, qui, de guerre lasse, prit le parti de saisir son élève par le bras pour l'emmener se coucher.

Les deux frères étaient si excités qu'ils parlèrent entre eux des événements de la soirée jusqu'à une heure avancée de la nuit, ce qui fut cause que le lendemain il était, par extraordinaire, fort tard quand ils ouvrirent l'œil.

Ce fut la voix goguenarde de leur oncle Charles qui les éveilla.

« Voilà, disait-il, l'effet des excès de plaisir ! Comment, drôles que vous êtes, vous dormez encore à huit heures ! Quelle honte !

— Oncle Charles est revenu du Sénégal ! s'écria Georget rêvant encore.

— Non, petit fou, mais je m'embarque dans quarante-huit heures, sans rémission cette fois...

— Oncle Charles ! répéta Pierre en se dressant sur son séant, le visage rouge comme une cerise, d'un côté particulièrement, le côté sur lequel il avait dormi, et les cheveux retroussés en une houppe formidable, oncle Charles dans notre chambre ! Je crois que vous n'y étiez encore jamais venu, oncle Charles ! Vous ne connaissiez pas mon lit. Regardez ce joli couvre-pieds ; c'est miss Ann qui l'a tricoté en coton !

— Regardez là-bas aussi, reprit Georget s'asseyant à son tour sur le bord de sa couchette, c'est ma baignoire ! »

Et chacun des deux frères annonça, proclama sa propriété respective, tandis qu'oncle Charles faisait le tour de la chambre, décernant des éloges plus ou moins drôles à tout ce qu'on lui montrait.

« Et qu'est-ce que cela ? dit-il, remarquant sur la toilette une pièce de quarante sous abritée par un verre renversé.

— C'est mon argent, expliqua Pierre, l'argent que j'économise pour acheter un cornet acoustique au vieux Denison. Je n'ai pas trouvé d'endroit plus sûr pour le cacher ; parce qu'ici Georget touche à tout, et moi-même je fais un tel désordre !...

— Combien coûtera ce cornet ?

— Vingt francs, je crois.

— Et tu n'as encore que quarante sous ?

— Oh ! mon Dieu ! vous m'y faites penser, s'écria Pierre, se frappant le front ! Mes dix sous ! J'aurais été capable de les perdre... Ils sont là dans la poche de mon pantalon... Hier, au bal, j'ai parlé de Denison à la petite Alice, et elle est allée, sans dire pourquoi, demander à son père de lui prêter dix sous... C'était beaucoup, car elle a dans sa bourse juste de quoi les rendre ; mais elle est si gentille ! Et elle a promis de faire une quête parmi ses frères et de parler à sa maman, de sorte que j'aurai bien trois francs en tout de ce côté-là...

— Deux francs et trois... cela fait...

— Cinq francs, mon oncle, et Georget donne tout ce qu'il a, une petite pièce de quatre sous et un gros sou neuf qui ressemble à une pièce d'or.

— Brille-t-elle autant que celle-ci ? demanda l'oncle Charles en jetant une pièce de dix francs dans le verre. Voici ma part...

— Votre part, mon oncle ! »

Pierre était trop éperdu pour pouvoir exprimer ses sentiments devant un pareil acte de munificence ; mais il se jeta dans les bras d'oncle Charles avec un élan qui valait les plus belles phrases. Puis, le verre en main, il courut à son père qui entrait :

« Papa ! Papa ! mon oncle vient de me donner dix francs et j'avais déjà cinq francs, de sorte que je pourrai acheter le cornet bien plus tôt... Moi qui pensais qu'il faudrait des semaines, et... Tenez, je pourrai l'acheter tout de suite, papa... ne me donnez pas d'habit d'hiver ; mes vieux habits de l'année passée iront très bien ; ils ne sont qu'un peu déchirés, et vous me donnerez l'argent qu'ils coûteraient à la place... Je suis sûr que nous arriverons comme cela jusqu'aux vingt francs, puisqu'il n'en manque plus que cinq, papa,... dit Pierre secouant le verre comme une tirelire.

— Il ne manque plus rien, dit M. d'Armont en tirant une grosse pièce de sa poche. Je reconduis ton oncle Charles jusqu'à Paris, où je vais moi-même passer quelques jours. Eh bien ! je me charge d'acheter le cornet. Tu le recevras par la poste, de manière à n'être pas forcé d'attendre mon retour pour l'offrir à Denison. »

Pierre et Georget se prirent les mains à ces mots pour exécuter une ronde aussi bruyante que toutes celles du bal de la veille.

« Me promettez-vous d'aller chez le marchand de cornets en arrivant, papa, et avant de faire aucune autre course ?

— Et vous, promettez-vous petits diables, d'être sages en mon absence ? demanda le père à son tour.

— Oui, papa.

— De bien écouter tout ce que vous dira miss Ann ?

— Oui, oui !

— De ne faire rien de ce qu'elle aura défendu ?

— Nous promettons !

— Eh bien ! embrassons-nous, et au revoir.

— Au revoir, papa ! au revoir, oncle Charles ! »

Pourquoi, en répétant au revoir, l'oncle Charles eut-il un triste pressentiment. Le marin ne peut jamais prévoir sans doute, quand il quitte sa famille, s'il la reverra jamais ; il ignore si cet au revoir qu'il répète le cœur serré, ne sera pas un adieu ;

mais oncle Charles n'était pas homme à s'abandonner d'ordinaire aux réflexions mélancoliques. Cette fois pourtant il refoula une larme qui s'obstinait à couler de ses yeux.

« Que Dieu vous garde tous ! » dit-il tout bas.

XIII

L'arrivée du cornet acoustique, par l'intermédiaire du facteur, provoqua chez les deux enfants des transports de joie. On voulut le porter sans perdre une minute au vieux Denison, mais, chemin faisant, Pierre malgré les admonestations de miss Ann, ne résista pas à l'envie d'ouvrir le paquet et de montrer à Georget ce que c'était qu'un cornet acoustique. Jamais Georget n'avait vu d'engin aussi compliqué ! Le cornet se composait de trois tubes qui entraient les uns dans les autres, de telle façon qu'on pouvait allonger l'instrument ou le raccourcir à volonté. Pierre allongea les tubes, s'en servit comme d'une trompette au grand ennui du docteur qui passait sur la route dans un cabriolet, car le petit cheval ombrageux, que nous connaissons déjà, faillit prendre le mors aux dents, tant ce bruit inaccoutumé lui fit peur. Puis, en refermant le cornet, Pierre le laissa tomber dans la poussière. Tout cela prit un peu de temps ; il était midi quand les enfants atteignirent la maisonnette de Denison, et le bonhomme faisait sa sieste, aussi le loquet était-il poussé pour indiquer aux voisins de ne pas venir le déranger. Pierre, brandissant son cornet, se mit à tambouriner des pieds et des mains contre la porte ; Georget l'aida de son mieux, mais rien ne réveille un sourd. Par la fenêtre ouverte, on apercevait le vieillard renversé dans son fauteuil de paille, les yeux clos, la bouche béante.

« Il dort !

— Eh bien ! nous reviendrons une autre fois », dit miss Ann.

Mais Pierre ne pouvait supporter la pensée que rien retardât son plaisir, et son plaisir du moment était de combler de bienfaits le vieux Denison. A quoi bon se hâter d'acheter le cornet si ce n'était pas pour l'offrir tout de suite ?

« Tiens ! s'écria-t-il, la fenêtre est ouverte ! »

Il n'avait pas achevé ces mots qu'enjambant l'appui de la fenêtre, il pénétrait chez Denison. Il fallut que miss Ann aidât Georget à prendre le même chemin. Elle resta pour son compte appuyée à cette fenêtre basse, les surveillant.

Denison dormait toujours.

« Va le secouer », dit Pierre à Georget, tandis qu'il mettait le cornet au point voulu.

Georget avança timidement et toucha le bras du bonhomme qui ne s'éveilla pas du tout, se bornant à sourire dans son sommeil. Cependant Pierre cachait le cornet derrière son dos.

« Plus fort ! Plus fort ! »

Georget reprit docilement la main calleuse du vieux paysan, et le secoua tout de bon cette fois.

Denison le sentit, car il se retourna sur son fauteuil en grognant, et Georget fit un saut en arrière, mais c'était une fausse alerte. La tête de Denison était retombée sur sa poitrine, et il ronflait, voilà tout.

« Allons, saute sur ses genoux ! commanda Pierre.

— Je n'ose pas.

— Tu as peur ? Attends en ce cas. »

Sans aucun ménagement, Casse-Cou s'attaqua au dormeur de telle façon qu'il s'éveilla en sursaut, tout épouvanté ; mais, reconnaissant les petits messieurs du château, ses amis, il se rassit d'un air content et leur dit :

« Comment avez-vous fait pour entrer, lutins que vous êtes ? La porte est pourtant fermée.

— Nous sommes entrés par la fenêtre, » expliqua Georget.

Denison mit sa main ouverte derrière son oreille.

« Je n'entends pas ce que vous dites, répliqua-t-il tristement, je suis vieux, et je deviens de plus en plus sourd. »

Les deux enfants se mirent à rire de joie.

« Il entendra bientôt, n'est-ce pas, Pierre ? dit Georget.

— Ah ! mon Dieu ! s'écria Denison en se levant, Mademoiselle Miss qui attend là dehors !... Je vais lui ouvrir la porte. »

Tous les paysans appelaient l'Anglaise du château « *Mademoiselle Miss* », Denison comme les autres.

Le pauvre vieux ne se doutait guère du coup qui le menaçait. Au moment où il tirait le loquet pour faire entrer miss Ann, Casse-Cou lui appliqua le cornet à l'oreille et cria dans l'instrument allongé outre mesure : « Comment cela va-t-il ?... » si fort que la commotion fit sauter en l'air le pauvre Denison qui retomba ensuite à la renverse. Par bonheur, ce fut sur une chaise qui se trouvait là fort à propos ; autrement il n'eût peut-être pas survécu au premier essai du cornet acoustique. Tout éperdu et tout haletant, il resta là secouant sa tête grise, comme s'il eût cru ne pouvoir plus jamais se débarrasser de l'importune vibration.

Les deux petits garçons étaient consternés ; en croyant faire plaisir à Denison, Pierre lui avait fait beaucoup de mal ; il ne s'expliquait pas comment. Il en était au désespoir...

Miss Ann avait relevé le vieillard, et, tout en le soutenant, elle lui expliquait les bonnes intentions de ses élèves. Il fut quelque temps à comprendre, tant il était ahuri ; mais enfin il se rendit compte de la chose et remercia en riant Pierre et Georget. On convint que celui-ci essayerait d'abord de parler dans le cornet, parce qu'il avait la voix très douce. En effet, sa petite excuse gentiment zézayée : « Je suis bien fâché que nous vous ayons fait sauter en l'air », frappa d'une façon très agréable l'ouïe du vieux Denison. La mine stupéfaite de celui-ci en s'apercevant qu'il entendait pour la première fois depuis tant d'années enchanta les deux frères.

« A votre tour, monsieur Pierre », dit Denison, tendant le cornet à Casse-Cou, pour bien prouver qu'il ne lui gardait pas rancune.

L'étourdi, ne s'attendant pas à cette marque de confiance, n'avait rien préparé ; à peine eut-il touché le cornet de ses lèvres qu'il partit d'un tel éclat de rire que Denison se frotta l'oreille en disant : « Mais ça vous chatouille... ça vous chatouille !... »

Pierre ne fit que rire de plus belle, de sorte que miss Ann l'engagea sérieusement à remettre ses expériences à un autre jour.

Cependant Denison était si content d'être rentré en possession de ses facultés, qu'il déclara son intention de faire avec son cornet le tour du village.

« Il y a trop longtemps, disait-il, que je ne me suis payé un bout de causette ! »

Mais, d'abord, il voulut aller montrer ses oreilles recouvrées à sa fille, une fermière de M. d'Armont. La ferme se trouvant située à peu de distance du château, le vieux paysan, la gouvernante et les deux petits frères sortirent ensemble. Pierre et Georget marchaient devant, bien entendu. Miss Ann mesurait son pas au pas affaibli de Denison, tout en lui parlant au travers du cornet. Cette occupation, d'autant plus attachante que Mlle Miss, qui parlait très mal le français, s'étudiait à prononcer et à construire ses phrases d'une manière intelligible, empêcha la pauvre miss Ann de

« Je suis bien fâché que Pierre vous ait fait sauter en l'air. »

s'apercevoir tout de suite que ses élèves avaient disparu.

« Si nous la perdions ? avait dit tout à coup Pierre à Georget ; elle ne saurait ce que nous sommes devenus et elle nous chercherait de tous côtés, pendant que nous rentrerions avant elle par les prés.

— Oh ! ce serait méchant de lui faire peur ! répondit Georget.

Mais il était, comme son frère, un peu excité par les événements de la journée ; d'ailleurs, il n'avait jamais su résister longtemps aux volontés de Casse-Cou. Les deux frères profitèrent d'un moment où miss Ann, assez éloignée d'eux du reste, se penchait à l'oreille de Denison, pour enjamber le fossé qui séparait la route du « pré aux champignons », à travers lequel ils se sauvèrent en jouant des jambes de leur mieux. Or, le fameux étang, frangé de nénuphars et surmonté d'un arbre à demi couché qui se mirait dans l'eau, était au-delà de ce pré. Casse-Cou y avait-il songé en proposant à son frère une escapade condamnable en elle-même ?... Nous espérons le contraire dans l'intérêt de sa loyauté ; mais il est certain que la nappe argentée qui s'étendait à une certaine distance, parfaitement visible cependant, étincelante au soleil, produisit sur lui l'effet de l'aimant.

« Il fait chaud, dit-il, en s'arrêtant soudain pour s'éventer avec son chapeau de paille ; veux-tu que nous allions nous asseoir à l'endroit où oncle Charles nous a raconté des histoires si drôles, un dimanche ?

— Tu crois que papa permettrait ? Il nous a dit de bien écouter miss Ann...

— Miss Ann ne nous a rien défendu, puisqu'elle ne sait seulement pas... D'ailleurs, les chênes sont encore loin de l'étang. Viens vite. »

Et il entraîna son frère sous les chênes. Arrivés là, ils s'assirent sur le gazon côte à côte.

« Oh ! oui, elles étaient drôles les histoires d'oncle Charles ! reprit Casse-Cou avec un soupir. Je voudrais les entendre encore, et... Quel dommage que papa s'imagine que cette grande branche qui s'étend sur l'eau soit pourrie ! Je suis sûr qu'il se trompe, elle paraît si solide ! »

Il soupira de nouveau, et un assez long silence s'ensuivit. Georget observait son frère avec une vague inquiétude.

« Je me demande, poursuivit Casse-Cou, pourquoi nous n'irions pas regarder de près... il n'y aurait pas de mal à regarder... et on doit avoir encore moins chaud près de l'étang qu'ici.

— Oh ! Pierre, je t'en prie, rappelle-toi que papa m'a fait promettre de ne plus être malade. Si j'allais me mouiller les pieds !...

— Tu ne mettras pas tes pieds dans l'étang, et tout autour l'herbe est aussi sèche qu'ailleurs.

— Mais c'est encore loin... s'il pleuvait...

— Pleuvoir ! le ciel est bleu, vois donc ! »

Georget leva la tête. Le ciel était bleu en effet, mais dans le lointain s'avançait cependant un gros nuage noir.

« Bah ! ce nuage-là ne signifie rien ; il ne crèvera pas avant ce soir, décida Casse-Cou. En avant, marche !

— Non, non ! répétait Georget.

— Je te dis que je veux seulement voir. De quoi donc as-tu peur ?

— Je ne sais pas... Je crois que j'ai peur de fâcher miss Ann et surtout papa...

— Ils se fâcheraient pour peu de chose ! Mais ne viens pas si tu veux. J'irai sans toi. Ce ne sera pas long. »

Cette résolution formellement exprimée décida Georget ; il ne voulut point rester tout seul dans le pré. Donnant la main à son frère, il dit d'une petite voix résignée :

« J'irai.

— A la bonne heure ! courons ! »

Ils coururent en effet jusqu'à l'étang, et, pendant quelques minutes, la main dans la main, ils restèrent à contempler les nénuphars, à écouter les petites grenouilles.

« Eh bien ! qu'est-ce que je te disais ?... Il n'y a aucun danger ! » s'écria Casse-Cou.

Telle était la tranquillité de ces lieux que sa voix résonna comme un grand bruit. Certain rat d'eau, qui dormait sous les joncs, s'en alla faire un plongeon plus loin, dans l'étang ; un oiseau, perché sur l'arbre, s'envola tout effarouché avec un petit cri de détresse ; des myriades d'insectes se mirent en mouvement à la surface de l'eau.

« Comme c'est triste ici, dit Georget, allons-nous-en.

— Pas encore, » répondit Casse-Cou qui, les yeux fixés sur l'arbre tentateur, ne voyait que lui et roulait évidemment un projet dans sa tête.

La branche, qui s'étendait au-dessus des petits flots clapotants, se balança au gré de la brise avec lenteur; quelques-unes de ses feuilles touchaient l'eau.

« Laisse-moi examiner cette branche, reprit Pierre, elle est superbe et bien vivante, je te dis; papa s'est trompé. Elle nous porterait facilement tous les deux. »

Enveloppant le tronc de ses bras, sans y songer davantage, il rampa ensuite sur la branche aussi adroitement que l'eût fait une chenille et disparut dans le feuillage.

« Où es-tu? où es-tu? » criait le petit frère effaré.

Un rire vibrant lui répondit, et bientôt Georget aperçut de nouveau son frère qui se glissait le long de la branche étendue sur l'eau. Ses yeux brillaient comme l'autre soir au bal, et il ne paraissait pas se soucier du mouvement de la branche qui ployait un peu sous son poids. Quand il eut atteint le point déterminé dans sa pensée, il revint vers le tronc et se dressa triomphant sur ses pieds, agitant son chapeau.

« Là! s'écria-t-il, c'est fait! Qui parlera de danger à présent? Il n'y a aucun risque. Tu ne te figures pas comme c'est amusant! »

Georget recula :

« Oh! non! je suis sûr que papa...

— Je serai le premier à le dire à papa, quand il reviendra de Paris, interrompit Pierre, et non seulement il ne nous grondera pas, mais il sera enchanté d'apprendre que la branche est solide. Puisque je te répète que je prends tout sur moi!... Donne-moi la main, je t'aiderai.

— Nous allons nous tuer, » dit Georget qui tremblait comme une feuille.

Pierre lui saisit vigoureusement le poignet, en se moquant de ses faiblesses de petite fille, et l'éleva par degrés à son niveau; puis, il lui apprit comment il fallait se traîner à quatre pattes, le fit passer devant lui et le suivit de près avec mille précautions. Encouragé par la voix de son aîné, Georget reprit vite un peu d'assurance; d'ailleurs, il était retenu par derrière au besoin; l'invincible Casse-Cou veillait sur ses mouvements; il sentit enfin deux bras l'enlacer pour le maintenir à califourchon, et entendit un joyeux hourrah! poussé tout près de son oreille.

« Quel bonheur! s'écria-t-il, nous y sommes! Nous allons redescendre maintenant, dis?... »

Attentifs à de périlleux exercices, ils ne s'étaient aperçus ni l'un ni l'autre que le gros nuage, tout à l'heure blotti à l'horizon, s'était avancé avec rapidité et qu'il flottait maintenant juste au-dessus de leurs têtes. L'air obscurci s'épaississait pour ainsi dire, et bientôt on entendit de sourds grondements, ceux du tonnerre.

« Il pleut! s'écria tout à coup Georget, il pleut! J'aurai les pieds mouillés, je serai malade, j'ai fait de la peine à papa! Oh! mon Dieu! »

De grosses gouttes commençaient à tomber en effet. Pierre se rappela soudain la maladie grave de Georget dont il avait été cause, l'indignation de son père, son propre désespoir, il comprit, comme si l'un des zigzags de feu qui déchiraient le ciel eût éclairé sa conscience assoupie jusque-là, combien il avait été coupable cette fois encore, plus coupable à beaucoup près que la première fois, car il avait donné sa parole, et pour y manquer presque aussitôt!

« Rentrons vite! s'écria-t-il.

Son mouvement de retraite fut si vif qu'il faillit faire perdre l'équilibre à Georget. Instinctivement il étendit la main pour le retenir, et Georget se cramponna, sans savoir ce qu'il faisait, à cette main protectrice.

C'en était trop pour la branche à demi pourrie; elle céda sous leurs manœuvres combinées. Avec un craquement sinistre qui se mêla au fracas de l'orage, elle se détacha du tronc et alla s'engloutir, elle et les enfants, qui la montaient, dans l'eau profonde au dessous!

XIV

M. d'Armont, en arrivant à Paris, fit

quelques courses pressées ; puis, il se rendit chez lui pour changer de vêtements avant d'aller dîner au club. Déjà une dépêche l'attendait... une dépêche qui lui rappela si vivement celle qu'avait envoyée miss Ann peu de temps auparavant pour l'avertir de la maladie de Georget, qu'il hésita une minute à l'ouvrir ; ses doigts tremblaient malgré lui. Enfin, il déchira l'enveloppe et vit les lignes suivantes :

« Accident grave. Enfants tombés dans l'étang. Tous les deux vivent. Revenez immédiatement. »

S'élançant dehors, il prit la première voiture qui passait en criant au cocher :

« A la gare du Nord ! Je paye double course si vous ne manquez pas le train ! »

Quelle angoisse jusqu'à cette gare où il redoutait d'arriver trop tard ! Chaque embarras de voiture, le seul ralentissement des chevaux au tournant des rues, le mettaient hors de lui ; il avait envie de descendre, de courir... Dans de semblables crises, il est bon d'avoir la pensée tendue vers un but pratique qui distraye l'esprit momentanément des conjectures, des appréhensions sans limites. Le but du pauvre père était d'arriver à temps pour le train ; il ne vit rien au delà, jusqu'à l'instant où, casé enfin dans un wagon, il tira de nouveau la dépêche de sa poche pour la relire.

Hélas ! cette dépêche ne lui apprenait pas grand'chose... Elle était conçue comme tous les messages du même genre en termes assez vagues pour ne pas éteindre toute espérance, mais pour laisser en même temps le champ libre aux plus effrayantes suppositions. La vérité tout entière était-elle dans ces deux lignes ? Y avait-il autre chose ? N'était-ce pas seulement un moyen de le préparer ? Le préparer à quoi ? Ni l'un ni l'autre n'était noyé. De ceci on l'assurait formellement... Pourquoi en ce cas lui enjoindre de revenir immédiatement ? Il fallait que l'accident eût mis Georget dans un état désespéré... car il ne s'agissait pas de Pierre, bien entendu. Pierre pouvait braver un plongeon, Pierre était de force à résister, robuste, invulnérable... ce devait être Georget !...

Et le père songeait à la mine souffretante du pauvre petit depuis sa dernière maladie... Comment, si frêle encore, à peine sorti de convalescence, aurait-il supporté une chute dans l'eau froide !

Tous ceux qui ont traversé une pareille épreuve comprendront ce que furent les sentiments de M. d'Armont, pendant son court voyage. Le train lui semblait avancer moins vite qu'un colimaçon ; il s'en prenait à tout le monde du malheur survenu :

« N'avais-je pas défendu qu'ils approchassent de l'étang ? se disait-il. Et miss Ann... pourquoi n'était-elle pas là ? Miss Ann était infidèle, négligente. Quant à Pierre, aucune punition ne pouvait être trop sévère pour lui. Quel acte flagrant de rébellion, de désobéissance effrontée !... Jamais il n'avait poussé aussi loin l'oubli... volontaire peut-être... des ordres paternels et, qui pis est, de la parole donnée. Ce n'est pas la première fois qu'il exposait la santé de Georget, sa vie même. Il fallait remédier à cela... il fallait empêcher... Longtemps on avait pu lui reprocher d'être un père faible, indulgent à l'excès ; désormais ce serait autre chose... oui tout autre chose... il se le promettait !... »

Tout plein de ces pensées, M. d'Armont atteignit enfin la station ! Personne ne l'attendait là !... Il dut gagner le château à pied par un chemin de traverse. S'il avait pu rencontrer quelqu'un... paysan, jardinier, domestique de la maison, qui l'informât de ce qui s'était passé !... Le chef de gare n'avait su lui rien dire.

Fièvreusement, il suivit à grands pas le sentier désert. Il entra dans le parc... personne ! Il gravit le perron, pénétra dans le vestibule, personne... M. d'Armont appela d'une voix brisée. L'écho seul lui répondit. Il semblait que sa maison fût abandonnée de tous ; l'anxiété grandissait en lui au point de devenir une torture. Enfin, il poussa violemment la porte du salon; là, il y avait foule; les gens rassemblés parlaient entre eux à demi-voix; c'était un murmure confus, et tous ces visages pâles, terrifiés! Il ne les distingua d'abord qu'à travers un nuage; au fait, il ne vit rien qu'un petit enfant qui accourait en lui tendant les bras : Georget! Georget sain et sauf! Avec une exclamation de joie délirante, il le serra contre sa poitrine et le couvrit de baisers.

Un silence que, sans le bonheur de revoir Georget, il eût trouvé lugubre, s'était établi dans tous les groupes à son approche. Se tournant vers la femme de charge qui se tenait là tremblante, il demanda d'une voix sévère, après avoir bien embrassé Georget, comment l'accident était arrivé, mais d'abord où était M. Pierre.

Victorine n'osa répondre.

« Où est mon fils? répéta M. d'Armont, saisi de nouvelles craintes.

— On m'a défendu de rien dire, » balbutia Georget.

Mais son père regardait fixement l'un des domestiques. Celui-ci se décida enfin à dire :

« Nous avons porté M. Pierre ici. »

Et il montrait du doigt la porte ouverte du petit salon.

« Porté?... Comment?... Que signifie...

— Dame, monsieur, il n'y avait pas moyen de le monter jusqu'à sa chambre dans l'état où il est... on l'a déposé sur le premier canapé venu. »

Cet homme parlait encore que M. d'Armont était dans la pièce voisine. Il aperçut miss Ann penchée sur la chaise longue, et auprès d'elle le docteur.

« Qu'y a-t-il, mon Dieu, qu'y a-t-il? répétait le malheureux père en avançant d'un pas inégal comme si ses jambes eussent refusé de le soutenir.

— Du courage, » dit tout bas le médecin. Sous le portrait de sa mère, et pâle, immobile, sans vie, selon les apparences, gisait l'enfant rebelle pour lequel tout à l'heure aucune punition ne semblait pouvoir être assez sévère.

« Pierre! mon pauvre Pierre! »

II.

Le docteur expliqua tout. Les deux frères s'étaient échappés, fuyant, comme ils le faisaient trop souvent, la surveillance de leur bonne. Au premier cri qu'ils avaient poussé, des vachers qui gardaient leurs bêtes près de l'étang étaient accourus; on les avait retirés de l'eau très promptement... personne n'avait failli à son devoir, sauf la pauvre petite victime...

« Quant à présent, ajouta le médecin, je ne puis déterminer au juste l'étendue d'une lésion qui est, en tout cas, — à quoi bon vous le cacher, — assez grave... Georget ayant été lancé du bout de la branche tout droit dans l'étang, en a été quitte pour un bain; mais Pierre, qui était plus près de l'arbre, s'est heurté au tronc et à des souches qui se cachaient sous l'eau. J'ignore encore si la colonne vertébrale n'est pas atteinte... Du reste, j'ai fait appeler en consultation celui de mes confrères qui passe pour être expert entre tous... »

Et le médecin de campagne nomma l'un des représentants les plus célèbres de l'art chirurgical à Paris.

« Mon pauvre Pierre! » répétait M. d'Armont, serrant dans les siennes une des mains froides et insensibles de l'enfant...

Ce coup était si soudain, si cruellement inattendu, qu'il n'y pouvait croire; à peine écoutait-il le docteur, qui lui-même balbutiait, n'osant dire au malheureux père, tout ce qu'il redoutait. Un seul mot frappa M. d'Armont : « Si la colonne vertébrale n'est pas atteinte... » Il entraîna le vieux médecin dans la pièce voisine :

« Vous ne supposez pas, murmura-t-il, comme s'il eût demandé grâce, vous ne supposez pas que mon pauvre cher enfant puisse rester estropié?... »

Le docteur fit un geste qui ne promettait rien de bon.

« Si cela devait être, commença-t-il...

— Si cela devait être! s'écria M. d'Armont avec une sorte d'égarement, mais cela ne se peut pas, entendez-vous?...

Pierre !... un enfant qui, à ma connaissance, n'est jamais resté cinq minutes tranquille, à la même place... et il perdrait l'usage de ses membres... Mon pauvre Pierre !...

— Il ne faut pas exagérer mes paroles ; je vous ai confié ce que je craignais ; mais rien ne prouve que les vertèbres du dos soient atteintes. Peut-être n'y a-t-il aucun accident grave de ce côté-là, et la hanche seule...

— Que me parlez-vous de la hanche ? il serait encore boiteux, en ce cas... boiteux... Croyez-vous que je puisse supporter cette pensée atroce, et lui... Mais vous ne vous rappelez donc pas sa vivacité, combien il est impétueux dans tous ses mouvements ? La vie sans la liberté de se mouvoir à sa guise, qu'en ferait-il ? Non, non, Dieu ne voudra pas cela ? »

M. d'Armont s'était, en parlant, approché de la fenêtre. Ce fut cruel de la part d'un petit chevreau de venir sous ses yeux gambader au milieu de la pelouse, cruel de la part des abeilles de voltiger sur la plate-bande, de fleur en fleur. Combien de papillons dans l'air ! quelle gaieté tumultueuse chez tout ce qui respirait ! et Pierre, le turbulent, ne pourrait plus vivre de cette vie active, bondissante, ailée pour ainsi dire ?

Être et remuer, c'était pour lui la même chose ! pensait le pauvre père.

Il revint vers l'enfant toujours évanoui, malgré les soins qu'on lui prodiguait. Assis auprès de lui, il songeait en épiant son réveil, — son réveil à la souffrance, au sentiment d'une réalité effroyable, — il songeait que, tout petit, dans les bras même de sa nourrice, Pierre trahissait déjà le besoin de s'élancer, d'entreprendre, bref, des goûts aventureux... Sa mère en était fière... Et le souvenir de la mère se mêlant dans l'esprit de M. d'Armont à la pensée du malheur de l'enfant :

« Mieux vaut, hélas ! dit-il, qu'elle n'ait pas vécu pour voir ce jour... »

Il se rappelait les débats qui, le matin, surgissaient entre la mère et l'enfant :

celui-ci criant, d'une voix impatiente : « Petite maman, est-ce que je peux sortir ?... » L'autre répliquant dans un baiser : « Sortir, déjà ! il est de trop bonne heure, il fait trop froid. Attends un peu, rien qu'un peu... — J'étouffe dans la maison, petite maman, je t'en prie, dis que je peux sortir me promener... »

Se promener ? Avait-il jamais marché ? avait-il fait autre chose que bondir ? Son père ne se le représentait que franchissant les obstacles qui lui barraient le chemin, leste et intrépide comme un poulain échappé.... Et le chevreau ne bondirait plus, l'oiseau n'aurait plus d'ailes !...

Sentant qu'il ne pouvait retenir les larmes qui l'étranglaient, M. d'Armont se leva brusquement et passa dans la pièce voisine. Cinq minutes après, le docteur vint le chercher :

« Il ouvre les yeux, dit-il tout bas, il parle... »

Comme M. d'Armont se précipitait de nouveau vers le petit salon :

« Non, pas encore, reprit le docteur en l'arrêtant, il est épouvanté à la seule pensée de vous revoir...

— De me revoir... moi ?... Oh ! mon Dieu ! je comprends ! il se souvient... il a donc conscience de ce qui est arrivé ?...

— Je le crois... D'abord, il a paru stupéfait de se trouver dans le salon, et puis il s'est mis à appeler son petit frère et à prononcer votre nom avec terreur...

— C'est bien cela... il se rappelle ma défense formelle d'approcher de l'étang, il s'attend à des reproches... Je vais le rassurer...

— Non, laissez-moi ce soin, dit le docteur, vous viendrez ensuite... »

L'instant d'après, il faisait signe à M. d'Armont par la porte entrebâillée d'approcher.

« Papa, » dit une petite voix faible.

M. d'Armont se mit à genoux pour mieux entendre et pour embrasser par la même occasion le cher visage si pâle sur l'oreiller.

« Papa, n'ayez plus de chagrin... il n'a

pas de mal, il n'est même pas enrhumé...
je suis si content d'être malade à sa place !

— Tais-toi, mon chéri, tais-toi...

— Vous n'êtes pas fâché, papa ? Vous
me pardonnez d'avoir grimpé ?... Je ne le
ferai plus jamais... Dites que vous n'êtes
pas fâché.

— Non, non, cher enfant, je ne suis
pas fâché ; j'ai seulement du chagrin de te
voir malade, comme tu dis.

— Est-ce que je le suis beaucoup ?...
Ma tête bat, je ne sais pas ce qu'il y a
dedans, — et puis ma jambe... oh ! ma
jambe... »

Il poussa un cri étouffé.

« Je ne peux ni l'écarter ni la plier...
Mais cela ne sera rien, n'est-ce pas ?...

— Cela ne sera rien, répéta le père.
Demain, des messieurs très savants doivent
venir qui te remettront sur pied.

— A la bonne heure !... C'est que,
voyez-vous, je ne pourrais pas rester tranquille longtemps comme me voilà ! Si je
ne me sentais pas si fatigué... je voudrais
sauter par terre tout de suite ! Mais il y a
cette vilaine jambe, et puis le dos me fait
mal !... grand mal ! Et puis j'ai presque
envie de me rendormir...

— Dors, mon chéri, » dit le père en
baisant tendrement la petite main pen-
dante qui brûlait maintenant comme si
un accès de fièvre eût succédé à la torpeur.

« Mais je ne pourrais pas dormir sans
avoir dit bonsoir à Georget. »

On appela Georget, qui entra sur la
pointe des pieds.

« Bonsoir, Georget, lui dit son frère ;
je suis bien content, papa nous pardonne
encore cette fois, et demain je serai guéri...

— Comment ! s'écria Georget, tu vas
rester toute la nuit ici dans le salon ?... »

M. d'Armont le fit taire et l'emmena se
coucher, puis il revint veiller le blessé, ne
voulant pas laisser ce soin à personne.

La nuit fut mauvaise ; Pierre passait de
l'agitation à la stupeur, et le moindre
mouvement lui arrachait des cris. Dès
l'aube, il demanda Georget d'abord, et

puis le médecin qui allait le remettre sur
pied. Son père lui répondit que celui-ci ne
devait arriver qu'à onze heures, mais que
Georget pourrait venir à la condition de
ne point faire de bruit.

Georget vint en effet à pas de chat, et
parlant tout bas ; on le lui avait recommandé, mais il ne s'expliquait pas pourquoi ; l'idée que Casse-Cou pût avoir besoin
de ces précautions refusait d'entrer dans
sa petite cervelle.

« Lève-toi, lève-toi donc vite ! lui dit-il
tout bas... pourquoi es-tu toujours couché...

— C'est que je suis malade, Georget.

— Malade ! Ne sois pas malade, je t'en
prie !...

— Tu l'es bien, toi, tu l'es très souvent ;
c'est mon tour... Pourquoi ne veux-tu pas
que je sois malade aussi quelquefois ?

— C'est si ennuyeux, tu verras !... répondit l'enfant les larmes aux yeux. Comme
je voudrais que nous n'ayons pas désobéi,
et que nous n'ayons pas roulé dans l'é-
tang !...

— Moi aussi, répondit Pierre, faisant
un courageux effort pour ne point s'attendrir avec son petit frère. Allons, ne pleure
pas, Georget... le mal est fait... nous n'y
pouvons rien ; seulement il ne faudra jamais recommencer... »

On vint annoncer que le chirurgien de
Paris était arrivé, et M. d'Armont alla le
recevoir, puis revint préparer Pierre à un
examen qui ne pouvait être que fort douloureux. Et Georget fut emmené auprès
de miss Ann.

Tandis que le grand chirurgien, secondé
par le médecin de la petite ville, passait
en revue tous les ravages produits sur le
corps de Casse-Cou par sa chute dans
l'étang, le petit malade montra le plus
grand courage ; à peine cria-t-il quand,
malgré des ménagements infinis, on le
faisait trop souffrir. Son unique préoccupation était celle-ci : « Serai-je bientôt
guéri ? » Il répéta dix fois la même question sans qu'on lui répondît autrement que
d'une manière évasive. Enfin, le chirur-

gien de Paris, posant sa main sur sa tête bouclée :

« Vous vous êtes conduit, dit-il, pendant l'examen auquel nous venons de nous livrer, comme un brave homme, et je vais vous répondre comme à un homme : tout dépend de votre énergie et de votre patience... »

De sa patience ! C'était l'unique vertu dont Pierre se sentit absolument incapable ; une vive rougeur monta jusqu'à ses joues pâlies et il demanda, dans un sanglot :

« Ce sera long... ?

— Dieu seul connaît la durée des maladies, répondit le grand chirurgien avec un sourire consolant, mais le médecin peut aider à les abréger, et le malade peut aider beaucoup le médecin. Voilà pourquoi je disais tout à l'heure : Tout dépend de vous. Il faudra vous soumettre à une opération que vous ne sentirez pas du reste, grâce au chloroforme.

— Je dormirai ?...

— Oui ; quand vous vous réveillerez cela sera fait... et puis il faudra vous résigner à rester étendu quelque temps...

— Combien de jours, monsieur, combien de jours ?

— Je le dirai à votre papa lorsque l'opération sera faite. Tout ce que je peux vous dire aujourd'hui, c'est que vous êtes un solide gaillard, bâti de façon à résister aux plus rudes chocs ; s'il en avait été autrement, nous aurions eu grand'peine à vous tirer d'affaire.

— En ce cas, c'est bien heureux que Georget se soit trouvé au bout de la branche au lieu d'être à ma place, dit Pierre non sans orgueil. Il n'est pas fort, lui, pauvre Georget... »

Le chirurgien donna une tape amicale sur la joue de son malade :

« Bon petit cœur, dit-il. Cela aide aussi à guérir d'avoir bon cœur, mon garçon ; tout ira bien, sois tranquille !... Mais de la patience, entends-tu ! ajouta-t-il du seuil de la porte en se retournant. Je reviendrai demain t'endormir et commencer ta guérison. »

Quand il fut hors de la chambre :

« J'exige le repos avant tout, dit le grand chirurgien en prenant le bras de M. d'Armont. Vous comprenez : l'immobilité absolue... »

Malheureusement, il ajouta autre chose, et ses paroles furent saisies au passage par des oreilles auxquelles elles n'étaient pas destinées, celles d'une lingère de la maison qui traversait le vestibule au moment même. Celle-ci répéta ce qu'elle avait entendu à la femme de charge, qui courut tout éplorée chez miss Ann. L'Anglaise lui enjoignit de se taire, il est vrai, en montrant Georget qui faisait sa sieste de midi, comme il n'y manquait jamais quand il était fatigué, et s'il était fatigué, c'était ce jour-là, le bain forcé de la veille lui ayant laissé une courbature. Mais il arrivait parfois que Georget, lors même qu'il avait les yeux fermés, avait l'oreille ouverte presque à son insu. Il entendit quelques mots comme en rêve et se leva, un quart d'heure après, dans une perplexité qu'il eût assurément confiée à miss Ann si elle eût été là ; mais miss Ann avait été appelée près du malade, et ce fut une nouvelle-venue dans la domesticité du château qui aida Georget à se rhabiller. Il n'était pas assez familier avec elle pour engager la conversation. Cependant il brûlait d'éclaircir ce qu'il avait entendu dans son demi-sommeil ; il courut pour cela droit au salon, qui était devenu la chambre de Pierre ; l'instant d'après, le pauvre petit en sortait effaré pour courir chercher son père dans la bibliothèque.

« Papa, papa ! venez vite auprès de Pierre. Il a tant de chagrin ! il pleure, il crie, il vous appelle, il dit qu'il aime mieux mourir, mourir tout de suite...

— Que lui est-il arrivé pour cela ? demanda M. d'Armont qui avait lui-même les yeux très rouges.

— Je ne sais pas... il s'est mis à crier quand je lui ait dit...

— Quoi ? Que lui as-tu dit ?

— Quand je lui ai demandé si c'était

vrai que le médecin lui avait ordonné de rester longtemps, très longtemps tranquille sans bouger, parce qu'autrement il serait boiteux bien sûr toute sa vie...

— Boiteux ? tu as prononcé ce mot-là ?...

— C'était ce mot-là que Madeleine avait dit à miss Ann pendant que je dormais... et miss Ann vient de me gronder de l'avoir répété... Pourquoi ? je ne sais pas pourquoi, puisque c'est le médecin qui... »

Le pauvre Georget ne pouvait évidemment comprendre le mal qu'il venait de faire innocemment à son frère, et M. d'Armont se garda bien de le lui expliquer, car il en aurait eu inutilement trop de chagrin. Il s'en tint à cette recommandation :

« Ne répète jamais à ton frère ce que tu entendras dire de sa maladie... »

Puis il courut consoler Pierre. Après tout, il fallait bien qu'il sût tôt ou tard cette condition mise à son rétablissement, condition terrible, surtout pour un garçon qui avait — chacun s'était toujours accordé à le dire — du vif-argent dans les veines... On l'eût averti plus doucement, dans un moment plus opportun, il est vrai... N'importe, il savait maintenant. Se résignerait-il ?...

XV

« Papa ! papa ! cria le pauvre enfant, du plus loin qu'il aperçut son père, — et quelle épouvante, quel désespoir vibraient dans sa voix ! — Papa, dites que ce n'est pas vrai, que je ne serai pas boiteux !

— Non, non, mon chéri, si tu te laisses bien soigner, si tu prends ton parti...

— De rester couché... de rester couché très longtemps, des semaines, des mois peut-être ?... Je ne pourrai pas, je vous dis que je ne pourrai pas... j'aime mieux mourir tout de suite.

— Mourir ? Ne prononce jamais ce mot-là... Qu'est-ce que je deviendrais ? Pense à ton pauvre papa... »

La tendresse désolée, avec laquelle M. d'Armont prononça ces paroles, parut faire sur Pierre une vive impression ; ses sanglots s'arrêtèrent.

« Vous auriez toujours Georget, dit-il en embrassant son père.

— Mais Georget ne me consolerait pas d'avoir perdu mon petit Pierre.

— Boiteux ! répéta l'enfant, — et ses larmes coulèrent de plus belle, — boiteux ce serait si horrible, papa !

— Je m'arrangerai pour que, boiteux ou non, tu sois heureux, mon cher trésor ; mais tu sais bien ce qu'a dit le médecin : avec de la patience... »

Pierre ne l'écoutait pas ; ses yeux en pleurs étaient fixés sur le portrait de sa mère, au-dessus de lui, avec une expression étrange.

« A quoi penses-tu ?...

— Je pense que je n'aurais pas tant de chagrin si maman était ici ; je serais bien resté couché sur ses genoux toute la journée comme dans ce temps-là... — Il montra le portrait du doigt, — tandis qu'à présent...

— Tu auras les genoux de ton papa, cher enfant...

— Mais non... c'est Georget qui est toujours sur vos genoux et dans vos bras... Moi, je n'y suis jamais...

— Parce que tu ne t'en souciais pas jusqu'ici...

— Vous croyez ? C'était seulement parce que la place était toujours prise...

— Qu'est-ce que tu dis là ? Vraiment tu aurais aimé toi aussi te faire câliner ?

— Oui... quelquefois... pas bien souvent... dans le temps plus souvent que depuis...

— Mais, mon enfant, la place, comme tu dis, était à toi tout autant qu'à Georget, et je t'aurais caressé tout aussi volontiers.

— Vrai ?...

— Pourquoi en doutes-tu ?

— Vous embrassiez toujours Georget, papa, et moi...

— Toi, je te traitais en grand garçon. Georget est un bébé. Je n'aurais jamais supposé que tu pouvais être jaloux...

— Jaloux ? Qu'est-ce que c'est que ça être jaloux ?... C'est en vouloir à quelqu'un, n'est-ce pas ? Et vous vous figurez que j'en ai voulu à Georget ! Pauvre petit Georget, il ne pouvait pas se rappeler maman lui... il fallait le gâter un peu pour le consoler de ça... C'était juste... je le comprenais bien, allez !... seulement...

— Seulement quelquefois maman me manquait tant ! Vous ne pouvez pas vous figurer comme elle me manquait, papa !... Et maintenant j'aimerais bien aller la retrouver au lieu d'être boiteux... Promettez qu'on ne me guérira pas pour rester boiteux... promettez-le ! s'écria le pauvre Pierre avec un nouvel accès de désespoir. Maman viendra me chercher... Je veux qu'elle vienne me chercher. »

En vain son malheureux père, à genoux auprès de son lit, les bras autour de lui, s'efforça-t-il de le calmer.

« Ne te démène pas ainsi, lui disait-il, tu vas te faire mal.

— Tant mieux ! tant mieux ! Je veux en finir ! Je ne vivrai pas comme ça !... Renvoyez les médecins... ils ne me toucheront pas, ils ne me regarderont pas... ils veulent me guérir pour me laisser boiteux à la fin, et je ne veux pas guérir !... J'ai dans le ciel une maman !... »

Quelle heure cruelle passa M. d'Armont à entendre ces plaintes, ces divagations, ce délire, à se dire qu'il s'était trompé sur le compte de Pierre, que Pierre, qu'il croyait jusque-là, insouciant et léger, avait profondément regretté sa mère et souffert de la privation de cette tendresse expansive, sans cesse manifestée... lui qui craignait de l'ennuyer en arrêtant ses jeux par une caresse ! Il n'avait pas soupçonné jusque-là combien cet enfant était sensible...

Certes, il ne pouvait l'aimer plus qu'il ne l'avait toujours fait, mais ce caractère lui apparaissait sous un aspect nouveau. Pierre n'était pas seulement un brave garçon, un boute-en-train, il avait un cœur débordant d'affection, — sa mère l'avait bien dit, — mais cette impétuosité terrible,

cette impétuosité qui, dans un moment de crise comme celui-ci pouvait mettre sa vie en danger, comment en venir à bout ?... Qui donc appeler au secours ?... Miss Ann ?... il fallait que quelqu'un s'occupât de Georget. L'oncle Charles ?... il voguait maintenant vers le Sénégal... Tout à coup une inspiration le frappa : les Berthel...

« Oui, pensa-t-il, j'écrirai à Mme Berthel, elle aussi, est une mère... »

Cependant Pierre, épuisé par des émotions si violentes, avait fini par s'assoupir, mais ce ne fut qu'un demi-sommeil, entrecoupé de soubresauts, d'hallucinations effrayantes.

« Ne plus jamais jouer avec Georget, ne plus jamais courir... quelle horreur !... Et cependant le petit enfant du portrait, le petit enfant dans les bras de sa mère a l'air heureux... Si je pouvais monter à sa place ? J'irai... j'y monterai... Au ciel, ce sera comme cela ! Plutôt que de vivre boiteux ! boiteux par suite de ma désobéissance... car j'ai été désobéissant... je suis bien puni... Le pauvre corbeau, qui est boiteux aussi, l'est devenu par ma faute... pauvre Jacquot, il ne peut plus voler ; je ne le plaignais pas assez... »

Et puis, il crut voir passer devant lui, se traînant sur sa chaise basse, à l'aide de ses deux mains, le petit Thomas, un mendiant du village à qui toujours il donnait ses sous en disant : « Pauvre Thomas !... il ne peut pas courir !... »

Être comme Thomas !... De pareilles pensées n'étaient pas supportables ! Une violente agitation le reprit, il se remit à crier, à essayer de se retourner dans son lit et de sauter par terre ; mais quel était donc ce bras qui le retenait ?... Le bras de son père ?... Non... rêvait-il encore ? c'était le bras de sa maman, ce bras couvert d'une manche de mousseline, le bras du portrait... et c'était sur l'épaule de sa maman qu'il appuyait sa tête... c'était la voix de sa maman qui lui parlait tout bas à l'oreille, si tendre, si consolante... Il sentait ses cheveux fins

qui l'effleuraient et les bagues de la petite
main qui tenait la sienne... Il était là-
haut, comme il l'avait désiré, il ne serait
plus jamais boiteux, jamais malade...
« Maman ! » balbutia-t-il avec ravissement... Et il essaya de parler à cette mère
chérie, enfin retrouvée, de son papa et de
Georget ; mais le sommeil le prit tout de
bon, un calme et profond sommeil, un
sommeil du ciel.

« Vous avez bien fait de m'appeler,
disait tout bas, pendant ce temps, Mme
Berthel à M. d'Armont. Je resterai autant
qu'il le faudra, et je réponds de lui. »

Elle baisa le front fiévreux du petit
malade, et murmura plus bas encore :

« Tu as vraiment retrouvé ta mère. »

Ce fut sous cette bienfaisante influence
que l'enfant reposa deux heures.

A son réveil, Pierre crut encore sentir
sa mère auprès de lui ; il se blottit contre
elle et referma les yeux, craignant à demi
que cette délicieuse illusion ne s'envolât.
Ses souffrances, l'opération prochaine, le
triste avenir qui le menaçait ne le préoc-
cupaient plus... il était délivré de ces misères, il avait rejoint sa mère. Peu à peu,
prenant tout à fait confiance, il osa ouvrir
les yeux et la regarder ; un soupir de désappointement lui échappa :

« Madame Berthel !... J'ai cru que c'é-
tait maman...

— Je suis venue la remplacer, » répondit doucement la jeune femme.

Il secoua la tête.

« Je ferai de mon mieux, reprit-elle, et
d'abord, je te dirai tout ce qu'elle te de-
manderait de faire en ce moment, tout ce
qui de ta part peut la rendre contente.

— Comment le savez-vous ?...

— Je le sais aussi bien que si elle me
l'avait confié. Est-ce que je n'ai pas des
enfants, moi aussi, est-ce que toutes les
mamans ne pensent pas de même ?

— Eh bien ! dites, qu'est-ce qui ferait
plaisir à maman ? Autrefois je lui faisais
plaisir en lui portant des bouquets, en apprenant bien mes leçons, en étant sage ;
mais maintenant tout cela est impossible.

Comment aller cueillir des fleurs puisque
je ne puis plus marcher ? et quand à ouvrir un livre... avec ce mal de tête !... on
me le défendrait. Je peux encore moins
être sage, puisque je pleure tout le temps
malgré moi...

— Tu peux te laisser soigner docilement. Ta mère t'en prie, dit Mme Berthel
d'une voix si douce que Pierre crut vraiment entendre celle de sa maman. Et tu
peux te résigner à rester tranquille pendant quelques jours...

— Si ce ne devait être que quelques
jours...

— Quand ce seraient quelques semaines ?... Te voilà bien à plaindre ! Nous
t'entourerons du matin au soir ; mes fils
apporteront ici, pour te distraire leur
théâtre de marionnettes.

— Ils ont des marionnettes ?...

— Des marionnettes charmantes, et,
en attendant, Alice est là, derrière la
porte, qui attend que tu lui permettes
d'entrer. Ses frères voulaient venir, mais
j'ai eu peur qu'ils ne fissent du bruit...

— Oh ! s'écria Pierre dont la physionomie s'éclaircit, j'aimerais bien voir
Alice. »

La petite fille entra d'un pas léger
comme celui d'une souris. Elle avait l'habitude de ménager le repos des malades,
son père ayant été alité très longtemps ;
aussi sa présence ne fit-elle que du bien
au pauvre Casse-Cou. Tout le reste de la
journée se passa presque agréablement à
écouter des histoires, que Mme Berthel
racontait avec un talent supérieur encore
à celui de l'oncle Charles, tout en prépa-
rant les costumes des fameuses marionnettes. La petite Alice vanta celles-ci de
manière à exciter très vivement la curiosité de Pierre. Le chagrin était chassé, la
fièvre avec lui... Cependant, à l'heure un
peu triste qu'on appelle entre chien et
loup, Pierre se remit à penser à l'opération du lendemain ; il devint sombre tout
à coup, et cessa d'écouter le babil d'Alice.

« Vous savez, dit-il à Mme Berthel, que
les médecins vont m'endormir ?

« Il n'y a plus qu'à signer. Donne-moi la plume. »

— Oui, et tu ne sentiras rien...

— Mais il y a des malades qui, ayant été endormis, ne se sont jamais réveillés. J'ai entendu dire cela une fois.

— Tu te réveilleras, sois tranquille.

— Oh ! ça me serait égal de mourir, reprit Casse-Cou ressaisi par ses noires pensées ; seulement... »

Il s'arrêta, ne sachant comment exprimer ce qu'il voulait dire.

« Les gens qui vont mourir font leur testament... J'ai lu des histoires de testaments...

— Est-ce que, par hasard, tu voudrais faire le tien ? dit Mᵐᵉ Berthel en s'efforçant de rire, quoiqu'elle eût les yeux humides.

— Oui, madame, je le voudrais bien ; mais il ne faut pas que papa le sache ça lui ferait trop de peine, et puis je n'ai plus la force d'écrire... Si ça n'ennuyait pas trop Alice, je lui dicterais ce que j'ai à dire...

— Quelle idée !

— Je vous en prie... » Mᵐᵉ Berthel, tout en s'essuyant les yeux, alluma une bougie, rapprocha du lit une table à écrire, et Alice, très pénétrée des fonctions solennelles dont on l'investissait, prit la plume.

« Une belle feuille de papier blanc, Alice, et tu mettras en ronde : *Testament de Casse-Cou.* »

Tandis que la petite fille traçait ces premiers mots laborieusement, à grand renfort de majuscules, Pierre semblait faire effort pour rassembler ses idées, et sa figure pâlie avait une expression sérieuse tout à fait au-dessus de son âge.

« C'est écrit, dit Alice.

— Eh bien, continue en plus fin :

« Je laisse mon couteau d'écaille à deux lames, ce que j'ai de plus beau, à Georget ; une des lames est cassée, mais l'autre est encore bonne et elle ne pourra pas faire de mal, car elle est émoussée depuis que j'ai coupé les ongles de Carlo avec. Je laisse aussi à Georget mes lignes, mes patins, mon jeu de crocket et tous mes joujoux.

« Jeannette aura soin de mon jardin, et elle empêchera les fleurs de mourir.

« Je vous laisse, mon cher papa, mon

livre de prières, le livre de maman et le microscope que vous m'avez donné.

« Je demande pardon à miss Ann de toutes mes méchancetés ; elle aura la petite épingle de cravate en or que je voulais porter avec une cravate bleue quand je serais devenu grand.

« Alice Berthel aura mes livres... »

Jusque-là le secrétaire avait fait bonne contenance, quoique son cœur se gonflât sous son petit tablier de percale ; mais, à ces mots qui la concernaient directement la pauvre enfant n'y put tenir, ses larmes tombèrent en pluie sur le papier, délayèrent l'encre et firent un pâté irrémédiable.

« Non, s'écria-t-elle en se jetant à bas du tabouret pour courir embrasser Pierre, non, je ne veux pas de tes livres... tu les garderas toujours... Quel vilain jeu que ce jeu du Testament !

— Ce n'est pas un jeu, dit Pierre en se dégageant avec la volonté de ne plus paraître ému et de laisser maintenant les larmes aux petites filles, toutes les grandes personnes font ça. Tu as gâté en pleurant dessus cette première page qui était si bien écrite ; allons, va te rasseoir et mets ce que je te dis : — Alice Berthel aura mes livres... excepté le *Robinson suisse*, le *Tour du monde en quatre-vingts jours*, et *Don Quichotte*, qui sont pour ses frères.

« Qu'est-ce que je vais faire de mes cochons d'Inde et de mes lapins ? Ah ! je ne pensais plus à Denison ! Il faut bien que Denison ait quelque chose... Donc mes lapins à Denison, mes cochons d'Inde à Jeannette, et mes économies au petit Thomas. Je ne sais pas au juste combien il y a de sous ; s'il n'y en a pas assez, papa en ajoutera... Et puis, il faudra être bon pour mon pauvre corbeau ; il est bien laid et très méchant, il ne cesse de donner des coups de bec, mais c'est qu'il est boiteux, pauvre animal ! C'est si triste d'être boiteux !... Si le petit Thomas voulait s'en charger,... parce qu'il comprend mieux que personne comme on est malheureux de ne pouvoir marcher ? Papa nourrirait naturellement mon corbeau et

le petit Thomas... Je lui demande de faire cela.

« Et le pois de senteur qui grimpe à ma fenêtre est pour Victorine, la femme de charge... Il lui faut beaucoup d'eau. Je l'arrosais cinq fois par jour. C'était peut-être trop, car il n'a jamais été bien fort, ce pois de senteur, mais Victorine, qui est très soigneuse, règlera ça...

« Je crois que c'est tout... Ah ! et mon oncle Charles, mon bon petit oncle Charles... il aura ma boussole qu'il fera raccommoder, parce que cela peut être très utile à un marin, et puis... je n'ai plus rien à donner... J'ai fini. Mettez maintenant en ronde et à la ligne.

« *Adieu tout le monde.* »

« As-tu écrit : *Adieu tout le monde,* Alice ? Ajoute maintenant :

« *Je vous embrasse bien des fois.* C'est fait ! Eh bien, il n'y a plus qu'à signer, donne-moi la plume. »

Mais sa main était trop faible.

« Je ne peux pas, murmura-t-il. Écris encore pour moi tous mes noms : Charles-Maurice-Pierre d'Armont. Et je ferai une croix.

« Maintenant, il faut cacher cela, dit-il précipitamment à Mᵐᵉ Berthel, car on ne le lira que si... C'est égal, je suis bien aise d'avoir fait mon testament... Me voilà plus tranquille. »

Il était parfaitement tranquille, en effet, et avait même un sourire sur les lèvres quand M. d'Armont entra quelques minutes après ; mais Alice pleurait derrière les rideaux, et, si sa mère n'en faisait pas autant, c'est qu'elle avait beaucoup d'empire sur elle-même.

« Papa, dit Pierre, je n'ai plus peur du tout, appelez donc Georget, que nous fassions notre prière du soir ensemble comme de coutume. »

Ce fut Georget qui, à genoux auprès du lit, prononça tout haut sa petite prière de bébé à laquelle chacun se joignit. Quand il en fut aux paroles qu'il répétait par habitude : « Mon Dieu, aidez-moi à contenter toujours mon papa et maman... »

III.

— Vous croyez, dit Pierre à l'oreille de Mᵐᵉ Berthel, que maman serait contente si j'avais du courage ?

— J'en suis sûre, mon enfant. »

Sa conviction profonde se communiqua au cœur du petit blessé.

« Eh bien ! dit-il, j'en aurai. »

XVI

Il tint parole, cette fois, et il eut mieux que du courage, il eut encore de la patience. Nous ne donnerons pas ici les détails de l'opération qui réussit à merveille ; mais malheureusement, cette opération ne mit pas fin aux souffrances de Pierre ni à son immobilité forcée.

« Il faudra bien encore un mois de repos, avait dit le chirurgien en posant un appareil qui interdisait le moindre mouvement.

« Un mois ! » avait soupiré Pierre.

Mais le visage de son père exprimait tant de tristesse qu'il résolut bien vite de ne pas ajouter à ce chagrin. En somme il était justement châtié ; la résignation était un devoir ; à ce prix il obtenait son pardon.

« Nous devons tout mériter en ce monde, » lui avait dit Mᵐᵉ Berthel.

Qu'avait-il fait en somme pour mériter les soins caressants de cette seconde mère qui lui parlait toujours de la première ? Qu'avait-il fait pour mériter que son papa renonçât à toutes ses affaires, afin de lui tenir presque constamment compagnie ? Qu'avait-il fait pour mériter qu'une aimable petite sœur comme Alice passât volontairement toutes ses récréations à lui faire la lecture au lieu de jouer dehors avec ses frères, qui, de leur côté, s'occupaient de Georget, inconsolable d'être séparé une partie de la journée de son cher Casse-Cou ? Pauvre Georget ! il avait bien besoin que de nouveaux amis l'aidassent à se distraire un peu, car son papa lui-même le négligeait forcément, et miss Ann ne faisait que pleurer, tant les soucis per-

pétuels que lui avait donnés le plus indiscipliné de ses élèves lui manquaient apparemment.

« Vous n'avez plus à courir après moi, à me débarbouiller, à me repêcher, lui disait parfois Casse-Cou.

— Pauvre *dear !* répondait l'Anglaise, je voudrais ne faire que cela du matin au soir, à la condition que vous fussiez sur pied ! »

Pierre eut l'occasion de voir combien on l'aimait : les gens du village venaient quotidiennement chercher de ses nouvelles et s'apitoyer sur son compte comme s'il eût été l'enfant de chacun d'eux ; ils laissaient pour lui de petits présents ; les fleurs, les animaux de Pierre étaient mieux soignés que par lui-même ; et puis quel amusement toujours nouveau, que le spectacle des marionnettes qui chaque soir avait lieu au pied de son lit ! Les petits Berthel composaient eux-mêmes les pièces, et dirigeaient avec un art consommé les fils de fer ; ils mettaient en présence David et Goliath, Arlequin et Polichinelle, organisaient des ballets de nègres et de négresses, de bergers et de bergères, peignaient des décors appropriés aux sujets historiques ou de fantaisie, se donnaient enfin une peine extraordinaire pour égayer leur ami.

Tout le monde gagna à cet échange de dévouement et d'affection. Pierre reconnut qu'il y avait d'autres plaisirs que ceux qui vous exposent à vous rompre les os ; Georget apprit à ne plus parler comme une petite pie, à tort et à travers, car, averti par l'expérience, il craignait désormais de répéter un mot imprudent qui pût faire pleurer son frère ; les jeunes Berthel firent aussi un apprentissage de douceur, de délicatesse et de complaisance, subordonnant, sacrifiant au besoin tous leurs propres amusements à ceux de ce pauvre petit camarade dont le sort leur inspirait une profonde pitié.

Le mois d'épreuve, qui semblait ne devoir jamais finir, passa relativement vite dans ces conditions ; mais hélas ! à la fin

de ce terrible mois, Pierre n'était pas plus
en état de se lever qu'au commencement.
Les médecins purent se dispenser de le lui
dire, il le sentait ; chose étrange, cependant, il ne le sentait pas avec le même désespoir et les mêmes révoltes que ce premier jour où il avait voulu mourir. C'est
qu'il ne s'agit que de prendre son parti
une bonne fois ; là est tout l'effort ; ensuite
chaque instant qui s'écoule vous apporte
des forces nouvelles et inespérées, pourvu
que l'on ait la bonne volonté. D'ailleurs,
Pierre n'avait plus qu'une jambe malade,
tout le reste allait bien. Il souffrait peu,
il pouvait manger, dormir, l'immobilité
était le seul ennui auquel il se trouvât
désormais condamné ; certes, cet ennui
était grand, il y eût succombé peut-être,
malgré tout le courage que sa maman, par
l'entremise de Mme Berthel, avait exigé
de lui, si M. Berthel à son tour, n'était intervenu.

« Il faut que cet enfant travaille, dit-il
à M. d'Armont, le travail est le grand
remède ; seul, il nous détourne de nous-
mêmes ; j'en ai eu la preuve.

— Mais où trouver, objecta le pauvre
père, un professeur assez attentif, assez
dévoué pour ne pas lui demander d'application au-dessus de ses forces et pour l'a-
muser en l'instruisant ?

— Je serai volontiers ce maître-là, »
dit avec élan M. Berthel.

Et le jour même, il commença des leçons
qui furent dorénavant le principal intérêt
de cette pauvre petite vie déshéritée.
Pierre n'avait connu jusque-là que l'enseignement de miss Ann, un enseignement
qui ne pouvait convenir qu'à la première
enfance ; il fut tout fier d'abord qu'on le
jugeât digne de passer entre les mains des
hommes, et qu'un savant tel que M. Berthel consentît à se charger de lui.

« Je veux, avait dit M. Berthel, que
vous soyez parmi les premiers de votre
classe quand vous entrerez au collège ; je
veux qu'on vous trouve alors aussi avancé
que si vous n'aviez jamais été malade. »

Ce but du collège, qui l'effrayait autrefois comme la fin de la liberté à outrance,
le séduisait maintenant d'une façon extraordinaire, car, pour entrer au collège il
faudrait avoir recouvré l'usage de ses
jambes.

Il promit de s'appliquer de façon à n'être
pas en retard. D'ailleurs, quel autre
moyen avait-il de remplir les heures maus-
sades de sa maladie !

« J'emploierai comme cela le temps
qu'il me faudra rester couché, se disait
Pierre par un raisonnement enfantin, de
manière à n'avoir plus qu'à jouer, quand
une fois je me retrouverai debout. »

Mais un phénomène se produisit bientôt à son insu : il aima l'étude pour elle-
même. Le vif-argent qu'il avait dans les
veines, la turbulence naturelle qui l'empêchait de s'arrêter deux minutes de suite
à la même occupation, à la même pensée,
l'avaient empêché de l'aimer plus tôt.
Maintenant l'oiseau avait un fil à la patte
et son attention semblait enchaînée du
même coup ; il apprenait avec une ardeur
qui enchantait son maître et qui lui faisait
dire à M. d'Armont, dans les entretiens
qu'il avait avec ce pauvre père après
chaque leçon :

« Les plus grands maux ont un bon
côté : bien portant, votre fils aurait peut-
être été toute sa vie détourné, par l'impétuosité de son sang et la légèreté de son
caractère, de tout travail, de toute réflexion sérieuse. Que serait-il devenu en
prenant des années ? Un de ces étourdis
qui ne vivent que pour leur plaisir, un de ces
amateurs de chasse et de chevaux qui promènent leur bruyante inutilité dans le
monde.

— Mais que sera-t-il ? Un infirme, répondait tristement M. d'Armont.

— Vous n'en savez rien encore, et quand
même ?... les difformités de l'âme sont-
elles donc moindres à vos yeux que celles
du corps ? Je vous estimerais plus heureux d'avoir un fils estropié, homme de
mérite d'ailleurs, qu'un robuste garçon
avec des instincts de brute. Pascal a été
l'être le plus chétif de son temps, il a souf-

« Il faut que vous soyez parmi les premiers de votre classe. »

fert physiquement toute sa vie. Ses souf-frances, ses tristesses ont élevé son ca-ractère et alimenté son génie. Je suppose que sa famille devait être plus fière d'avoir produit cet enfant débile que la famille de tel ou tel Hercule ne peut l'être de voir son nom porté par un gaillard ample-ment doué de muscles et privé de cœur, dépourvu de cervelle.

— Mais il sera malheureux... reprenait M. d'Armont. Il me l'a dit si souvent, le pauvre petit !

— Il vous l'a dit avant d'avoir trouvé des compensations à son malheur. Croyez-vous qu'on soit absolument malheureux quand on fait entrer dans sa vie morale et intellectuelle tout ce qui peut la rendre honorable et utile, glorieuse même ?... Que cet enfant-là soit estropié ou non, son avenir ne m'inquiète plus. Dans le pre-mier cas (que le ciel l'en préserve !), il aura bien assez de talent et d'esprit pour se consoler d'avoir de mauvaises jambes ; dans le second cas, qui est le plus pro-bable, quoi que vous en pensiez, il aura gagné à sa captivité forcée, en compagnie de livres qui l'instruisent, certaines qua-lités sérieuses qu'il n'aurait peut-être ja-mais eues.

— Grâce à vous, mon excellent ami, disait M. d'Armont en serrant la main de M. Berthel.

La première fois que Pierre sortit sur des béquilles...

— Soit ! répondit ce dernier, j'aurai aidé aux circonstances. Un jour viendra où lui, notre Pierre, et vous-même, d'Armont, vous ne penserez pas à la période d'épreuves que vous avez traversée avec les sentiments qu'elle vous inspire aujourd'hui; elle vous fera l'effet, au contraire, d'une initiation à quelque chose de meilleur que ce qui existait auparavant. Mais déjà, mon ami, ne me l'avez-vous pas dit ?... vous lui devez d'avoir découvert tout ce que vaut le bon petit cœur de votre fils aîné, dont vous aviez douté parfois, et Georget lui doit de n'être plus l'enfant uniquement gâté, dorloté avec exagération, sous prétexte d'une délica-

tesse de santé que les petits soins entretiennent au lieu de les conjurer; on s'occupe moins de lui, et il s'en trouve bien. Pierre devra aux événements mieux et plus que cela encore, vous verrez...

— Que Dieu vous entende ! soupirait M. d'Armont, mais je donnerais toute la sagesse nouvellement acquise de mon pauvre Casse-Cou pour le voir gambader de nouveau sur les pelouses.

— Et vous auriez tort, interrompit résolument M. Berthel, les gambades passent après bien des choses, croyez-en un invalide qui en est venu à être satisfait de son sort.

XVII

Nous n'aurions pas voulu le dire avant d'avoir exposé toutes les raisons qui rendirent ce supplice supportable pour notre ami Pierre, avant d'avoir constaté surtout les progrès qu'il avait faits si rapidement dans le bien et qui lui permirent de subir son sort avec la fermeté d'un homme, mais l'immobilité forcée du malheureux Casse-Cou dura deux années entières! Deux années dans le lit ou sur une chaise longue, deux années de captivité entremêlée des plus vives souffrances d'abord, puis de cette langueur qu'apporte la privation d'air et d'exercice. N'était-ce pas payer bien cher le plaisir douteux de se traîner sur une branche au-dessus d'un étang, à la façon d'une chenille ou du chasseur de crocodiles dont avait parlé oncle Charles ? Celui-ci, auteur innocent de tout le mal par l'attrait dangereux qu'il avait su donner à ses récits, revint du Sénégal avant que le malade eût pu mettre pied à terre. Il promettait dans la lettre, qui le précéda de quelques jours, les présents les plus variés et les plus extraordinaires à ses petits-neveux en même temps que des histoires toutes neuves. Cette lettre était triste pourtant :

« C'est que vous lui avez écrit que j'étais malade, dit Pierre à son papa.

— Naturellement, je lui écris tout ce qui vous concerne, toi et Georget, répondit M. d'Armont ; mais ton oncle compte bien que tu seras rétabli à temps pour pouvoir passer les examens de l'École navale à l'âge voulu.

— Oh ! répondit Pierre en soupirant, je ne crois pas pouvoir jamais grimper aux mâts et aux cordages... Consolez-vous, reprit-il remarquant un geste désolé de son père, si je ne peux pas être marin, je serai tout aussi content d'être un savant comme M. Berthel...

« Seulement voici ce que je voulais vous dire à propos de l'oncle Charles : n'allez pas lui raconter, ni Georget non plus, que c'est son histoire de tueur de crocodiles qui m'a donné si grande envie de grimper à ce vilain arbre...

— Pourquoi ? demanda Georget.

— Parce que ça lui ferait trop de peine... Et d'ailleurs j'aurais peut-être grimpé sans cela... J'étais si désobéissant!.... »

M. d'Armont l'embrassa, touché de cette délicatesse d'un excellent petit cœur.

« Ne parlons plus des défauts dont tu t'es corrigé, lui dit-il.

— Savez-vous, papa, que je ne m'en serais peut-être jamais corrigé si je n'étais pas tombé dans l'étang ? fit observer Pierre d'un air grave.

— Il est certain que tu as noyé, une fois pour toutes, les méchancetés de Casse-Cou ce jour-là, dit M. d'Armont en essayant de rire.

Mais, au moment même, un souvenir bien puéril en apparence et qui cependant le frappa profondément lui revint à l'esprit. Il revit le champ de blé où, un certain dimanche, le dimanche de la fameuse promenade avec l'oncle Charles, cet enfant, alité aujourd'hui, alors plein de santé et de vigueur avait exercé ses instincts de destruction sur des épis de blé encore verts ; il se rappela leur conversation.

— Tu as tort de les arracher, lui avait-il dit ; maintenant ils ne mûriront plus.

— Bah ! je les replanterai dans mon petit jardin où la terre est meilleure qu'ici, et ils y deviendront bien plus beaux que si on les avait laissés mûrir avec les autres... »

Lui aussi, pauvre petit, avait été déraciné du sol où il poussait si naturellement comme une plante vivace au soleil, — déraciné avec violence par un terrible accident ; il avait fallu le transplanter à l'écart des autres. Qui pourrait dire si, dans cette atmosphère nouvelle, il ne s'élèverait pas au-dessus de ce qu'il eût été dans le sillon commun ? M. Berthel avait peut-être raison. Beaucoup de bien durable sort parfois d'un mal passager.

L'arrivée de l'oncle Charles, la présence

d'un visage ami au milieu du cercle qui déjà l'entourait, aida Pierre à passer ce printemps-là ; enfin, au milieu de l'été, on le laissa marcher en s'appuyant sur des béquilles.

Des béquilles à Casse-Cou ! Eh bien ! il se trouva qu'aucune de ses escapades ne lui avait procuré le même plaisir que ce premier essai d'un engin bien incommode, mais qui lui permettait de faire quelques pas dans la chambre d'abord, puis dans le jardin, — tant il est vrai que nous ne sommes heureux que par comparaison. Passer d'un état misérable à un état meilleur semble délicieux, le second état laissât-il encore beaucoup à désirer... Chaque progrès que l'on fait ressemble à une conquête. Et puis quand on en a fini, avec ces joies relatives, que tout est décidément bien, on prend l'habitude de ce parfait bonheur et on n'y attache plus aucun prix, sauf dans les moments où l'on se souvient de ce qui l'a précédé ! C'est pourquoi les maux de la vie ont leur utilité, ne fût-ce que pour nous faire mieux apprécier ses plaisirs.

La première fois que Pierre sortit sur des béquilles, il déclara que jamais il n'avait cru le ciel si bleu, les fleurs si belles, le soleil si brillant, la chanson des oiseaux si gaie ; tout cela lui faisait l'effet de choses nouvelles... Son frère cependant s'affligeait de le voir bien pâle, bien amaigri, les jambes inertes encore entre les deux béquilles ; mais, lui, il était tout à l'enchantement de l'heure présente, enchantement partagé par Georget et par Alice, qui le suivaient pas à pas. Le premier jour, il fut fatigué très vite ; comme les forces, sous l'influence du grand air, lui revenaient néanmoins, il put bientôt explorer tout le parc, lestement même, en courant presque, car il apprenait à se servir avec adresse de ses béquilles. Sur ces entrefaites, les médecins décidèrent qu'il se trouverait bien des bains de mer.

« Nous irons tous, dit l'oncle Charles à son neveu ; il est juste que je te fasse les honneurs de la mer que tu ne connais pas et qui est pour moi une si vieille amie.

« Nous irons ensemble ton père, miss Ann, Georget et nous deux.

— Et Alice ?... dit Pierre d'un ton suppliant.

— Alice ? tu la retrouveras au retour. M. et Mᵐᵉ Berthel ne sont pas assez riches, je crois, pour voyager avec tous leurs enfants...

— Mais si nous demandions la permission d'emmener Alice, mon oncle ?

— Sa mère, qu'elle n'a jamais quittée un seul jour, ne nous la donnerait pas, probablement.

— Qui sait ? dit miss Ann, présente à cet entretien, miss Alice est un peu palote, et j'ai entendu Mᵐᵉ Berthel regretter, il y a quelque temps, qu'elle ne pût prendre des bains de mer... Mᵐᵉ Berthel aura confiance en mes soins, j'espère ; je me chargerai bien volontiers des trois enfants. Si monsieur essayait seulement de demander aux parents de la petite ?...

— Oh ! miss Ann, chère miss Ann, que vous êtes bonne ! s'écria Casse-Cou en se jetant dans ses bras... Je vous en récompenserai, allez ! Je me tiendrai si tranquille et je serai si sage que les trois enfants que vous consentez à garder ne vous donneront pas plus de peine qu'un seul... car je réponds de Georget... et vous savez comme Alice est gentille...

— Oui, *dear*, je sais, répondit miss Ann, à moitié décoiffée par ses caresses, mais attendez pour me remercier que monsieur votre père ait obtenu la permission. »

Cette permission, M. d'Armont l'obtint après une légère résistance, causée par le grand regret qu'éprouvait Mᵐᵉ Berthel de vivre éloignée de sa fille, ne fût-ce qu'un mois. L'air de la mer pouvait être favorable à Alice, et c'était une bonne occasion d'aller le respirer. Cette mère excellente n'avait-elle pas coutume de consulter, avant tout, l'intérêt de ses enfants ? Mais ce ne fut pas l'intérêt d'Alice seulement qui la détermina. M. d'Armont sut faire vibrer chez elle une autre corde presque aussi sensible ; il parla de Pierre.

« Songez donc, lui dit-il, songez à la

nouvelle série de tentations et de sacrifices qui va commencer pour ce pauvre petit. Les courses dans les rochers, la pêche, tous les exercices violents qui font les délices des garçons au bord de la mer, lui seront défendus. Il verra son frère s'y livrer avec d'autres enfants plus ingambes. Georget a bon cœur certainement ; mais, à son âge, on se laisse entraîner presque malgré soi... le jeu est le plus fort... Croyez-vous que notre pauvre Pierre sera bien dédommagé par la société des grandes personnes ? Tandis que s'il avait auprès de lui une petite fille ingénieuse et douce qui invente pour elle et pour lui des amusements tranquilles, une amie comme Alice, en un mot, il ne regretterait rien. Soyez notre Providence jusqu'au bout, Madame. »

Bref, M. d'Armont sut prouver à Mme Berthel que Pierre et lui-même et tous les siens seraient ses obligés si elle voulait bien se résoudre à leur prêter Alice.

« Nous en aurons soin comme de la prunelle de nos yeux, ajouta-t-il.

— Petite mère, dit Alice lorsqu'on la consulta, je t'écrirais tous les jours... »

C'était dire qu'elle admettait comme possible l'idée de cette séparation que sa pauvre maman ne pouvait encore accepter. Mme Berthel soupira.

« Allons, dit-elle, puisque tu prends si bien ton parti de me dire adieu, il faut que je réponde oui, je suppose.

— Non pas adieu ! s'écria Alice prête à pleurer, jamais adieu, à bientôt !... sans cela je ne partirais pas... mais ce pauvre Pierre sera si content... et je rapporterai à tous des coquillages superbes, dit-elle à ses frères, avec une cargaison de biscuits de mer pour nos oiseaux..

Pierre, qui attendait tout craintif derrière la porte la fin de ce conciliabule, lequel avait lieu dans le salon de Laurière après dîner, entra en sautillant sur ses béquilles aussitôt qu'il entendit qu'on formait des projets.

« Oh ! s'écria-t-il, c'est donc arrangé ?... N'est-ce pas ? c'est donc arrangé ?... Jamais je n'ai été aussi content depuis... »

Il allait faire allusion au jour funeste de sa chute ; mais on empêcha ce retour vers le passé en parlant d'un avenir prochain et joyeux. Le départ pour la mer devait avoir lieu le surlendemain. A peine Alice avait-elle le temps de préparer avec sa maman un costume de bains, le seul article de toilette dont elle se souciât, car elle n'avait pas l'ombre de coquetterie, c'est une justice à lui rendre.

Jamais encore Pierre et son frère n'avaient fait d'autre voyage que le court trajet de Paris à Laurière ou de Laurière à Paris. Alice n'était pas plus avancée ; la distance de cinquante lieues qu'ils avaient à franchir en chemin de fer jusqu'au Havre, où l'on devait faire une première halte, leur paraissait donc très considérable. Ils partirent tous trois dans cet état particulier d'excitation qu'on a nommé la fièvre du départ, en recommandant à miss Ann d'emporter beaucoup de provisions, car on ne pouvait manquer d'avoir faim en route.

« Mais ce grand voyage se fait entre le déjeuner et le dîner, » disait en riant l'Anglaise, qui, dans sa première jeunesse, avait, comme beaucoup de femmes de son pays, traversé l'Océan avec autant d'insouciance que l'oncle Charles lui-même.

N'importe, les trois jeunes voyageurs décidèrent entre eux que la vitesse du train creusant l'estomac, ils feraient au moins trois repas ; mais, une fois en route, ils ne pensèrent plus à manger, tant la curiosité de voir des choses nouvelles les absorba. Georget, à genoux sur la banquette, se penchait hors du wagon de telle sorte que miss Ann était obligée de le retenir et que son père ne cessait de lui répéter de rentrer sa tête dans la crainte de quelque accident. Pierre était étendu en face, et Alice, blottie auprès de lui, se faisait toute petite pour lui laisser la jouissance pleine et entière de la fenêtre. M. d'Armont s'étant mis à lire son journal, c'était à l'oncle Charles qu'incombait le devoir de nommer chaque station, chaque village, chaque château entrevu parmi les arbres ;

on feuilletait son inépuisable mémoire comme un dictionnaire. Un peu après Mantes, le vent enleva le chapeau de Georget, ce qui provoqua des rires fous.

« Je te l'avais bien dit, s'écria M. d'Armont; maintenant le soleil va te forcer de quitter ta place à la portière.

— Je la quitte, dit Georget, qui ne voulait avoir l'air de craindre ni le soleil ni la fumée, ni autre chose, bien qu'il eût les yeux pleins de charbon, je la quitte parce qu'il est temps de goûter, voilà tout ! »

Quel plaisir de déballer les provisions de bouche contenues dans un joli panier tout neuf acheté pour la circonstance et où chaque chose est à sa place : la fourchette qui se plie, le couteau qui se ferme, la timbale qui rentre en elle-même, la bouteille revêtue d'osier ! Quel plaisir de faire l'essai de tous ces engins nouveaux, de mettre le couvert sur ses genoux, de manger avec les doigts, ce qui est défendu partout ailleurs qu'en voyage ! On fait goûter aussi la poupée d'Alice qui a dormi jusque-là sous le voile dont elle s'enveloppe hermétiquement, car Mlle Pierrette, ainsi nommée d'après Pierre son parrain, est seule à redouter la poussière ; Georget insiste même pour qu'elle boive, et une goutte d'eau maladroitement versée efface un peu les brillantes couleurs de cette charmante jeune personne ; mais, bah ! aux bains de mer Mlle Pierrette en verra bien d'autres.

Un cri général d'admiration : l'assiette qui sert de gamelle, la timbale, les débris du goûter, tout est renversé par un élan désordonné vers la portière, auquel le pauvre Pierre est seul à ne pouvoir prendre une part complète, ses béquilles se reposant dans le filet. On approche de Rouen : voilà les îles verdoyantes dispersées sur la Seine avec leurs filatures en pleine activité, entremêlées à de jolies habitations, et l'église Notre-Dame de Bon Secours dominant du haut d'une éminence ce beau paysage, l'un des plus variés de France.

« Mais ce n'est pas la même Seine qu'à Paris, cette rivière si large ! s'écrie Georget.

— C'est la même, explique Pierre qui vient de consulter un guide enfoui au fond du panier de provisions, seulement elle est plus près de son embouchure. »

Un tunnel ! quel dommage !... On ne voit plus rien !... Et puis un temps d'arrêt dans la gare de Rouen. M. d'Armont remplit cette halte fastidieuse en racontant l'histoire de Jeanne d'Arc qui fut brûlée à Rouen. Les enfants voudraient bien descendre pour voir le château fort où Jeanne d'Arc fut prisonnière, la tour du donjon surtout où elle subit ses interrogatoires, et qui reste encore debout tout entière, et la place du Vieux-Marché où la sainte guerrière fut brûlée vive, le 30 mai 1431. Mais un coup de sifflet avertit qu'il est trop tard pour descendre. On verra tout cela au retour, et aussi la magnifique cathédrale, et l'église Saint-Ouen, et le Palais de Justice construit par Louis XII, chef-d'œuvre de l'architecture gothique et de celle de la Renaissance, et l'emplacement de la maison de Corneille.

Mais déjà nos petits voyageurs pensent à autre chose ; cette campagne plantureuse qui fait une ceinture à la vieille cité normande, est si riche et si gaie à la fois, si variée d'abord !

Cependant on se lasse de tout, même de regarder : le jour baissait, Georget demanda, en se frottant les yeux, si l'on ne serait pas bientôt arrivé.

On n'était arrivé qu'à Yvetot.

L'oncle Charles le réveilla en lui chantant deux couplets de la chanson du *Roi d'Yvetot*, du bon petit roi d'Yvetot

> Peu connu dans l'histoire,
> Se levant tard, se couchant tôt,
> Dormant fort bien sans gloire,

couronné d'un simple bonnet de coton qui faisait ses quatre repas

> Dans son palais de chaume,
> Et sur un âne, pas à pas,
> Joyeux, simple, et croyant le bien
> Parcourait son royaume.
> Pour toute garde il n'avait rien
> Qu'un chien.

Refrain :
Oh ! oh ! oh ! oh ! Ah ! ah ah ! ah !
Quel bon petit roi c'était là
Là là.

Les deux garçons déclarèrent qu'ils ne demanderaient pas mieux que d'être rois aux mêmes conditions dans un joli pays.

« Naturellement, ajouta Pierre, Alice serait la Reine.

— Et je donnerais, reprit Georget, un palais magnifique à miss Ann. »

Cette idée d'un palais dans le royaume d'Yvetot fit rire tout le monde.

« Tiens ! voici le Roi ! dit Alice en montrant un paysan qui passait le long d'une petite route bien blanche, en dessous du chemin de fer, juché sur son baudet, son bonnet de coton posé en arrière, ses pieds chaussés de sabots, se balançant à droite et à gauche au ras du sol, sans étriers.

« Bonsoir le Roi ! bonsoir ! » crièrent les petits fous en agitant leurs chapeaux à la portière.

Le Normand souleva son bonnet avec un rire qui lui ouvrit la bouche jusqu'aux oreilles.

Ce fut dans ces joyeuses dispositions qu'on arriva au Havre à la tombée de la nuit. Georget seul s'était endormi pendant la dernière demi-heure ; il fallut que miss Ann le portât du wagon dans la voiture et de la voiture dans une chambre d'hôtel où il continua son somme, sans même sentir qu'on l'avait déshabillé pour le mettre au lit.

XVIII

Quelle surprise de s'éveiller dans un lieu inconnu ! Pierre fut le premier à ouvrir l'œil le lendemain ; il regarda autour de lui, frotta ses paupières encore appesanties et cria :

« Où sommes-nous ?...

— Où sommes-nous ?... » répéta Georget comme un écho.

Et la voix somnolente d'Alice articula la même question, dans un léger bâillement, au fond de la chambre voisine.

« Nous sommes à l'hôtel *Frascati*, répondit miss Ann, qui, déjà levée, avait ouvert les volets et regardait au dehors.

— Que voyez-vous, miss Ann ? La mer ? Aperçoit-on la mer ?... »

Et sans attendre de réponse, Georget sauta hors de son lit pour courir pieds nus à la fenêtre.

« Hélas ! pensait le pauvre Pierre, si je pouvais en faire autant ! »

Un cri d'admiration poussé par son frère augmenta ses regrets :

« Oh ! Pierre, viens donc vite ! Alice ! Alice ! que c'est beau ! que c'est grand, la mer ! Oh ! les vagues... elles ont l'air de jouer, tu sais, les unes par-dessus les autres, à saute-mouton... Et toutes ces voiles blanches éparpillées ? Des barques de pêche, vous dites, miss Ann ?... Et cette fumée si longue, si longue, là-bas ?... Vous croyez que c'est un bateau à vapeur ? Mais à gauche, miss Ann... expliquez-moi ce que je vois à gauche ; c'est comme une forêt avec des petits drapeaux de toutes les couleurs au lieu de feuilles...

— Ce sont les bassins remplis de vaisseaux venus de toutes les parties du monde, et vous prenez pour des arbres leurs mâts serrés côte à côte... C'est une forêt de mâts que vous avez sous les yeux, Georget.

— Oh ! miss Ann, aidez-moi à me lever pour que je puisse voir aussi ! répétait Pierre, en pleurant presque, pendant cette conversation.

— Un peu de patience, mon enfant, vous verrez bien mieux de la jetée tout à l'heure...

— Et je ne regarderai pas avant toi, cria la petite Alice qui avait toutes les délicatesses. Nous irons ensemble, quand tu seras habillé, voir les belles choses que raconte Georget... »

Quelques minutes après, les trois enfants, ayant fait leur toilette à la hâte, sortaient tumultueusement et couraient à la jetée. Jamais Pierre n'avait mené si grand train ses béquilles ; il était électrisé, et c'était un trio d'exclamations à faire retourner tont le monde. Rien n'est merveilleux en effet comme la vue dont on jouit de la jetée du Havre : d'un côté, les hauteurs de Sainte-Adresse et le cap de la Hève avec ses deux phares, et devant vous l'immensité houleuse sillonnée de bateaux.

« Te figurais-tu la mer comme ça ? demandait Georget à Alice.

— Comment veux-tu qu'on se la figure aussi grande, aussi belle ? dit Alice transportée.

— Je voudrais bien aller dans le port examiner de près les navires, s'écriait Pierre l'insatiable.

— Miss Ann, reprenait Georget, en se léchant les lèvres, j'ai déjà la figure toute salée... et comme vous êtes rouge, miss Ann, avec votre chignon défait ! »

Les dames avaient grand'peine effectivement à retenir autour d'elles les plis de leurs robes et de leurs voiles, où s'engouffrait un vent très vif.

« Bah ! disait l'Anglaise, n'y faites pas attention, cela me rappelle mon pays... Je suis heureuse de respirer la mer... Il me semble être à Southampton...

— Ah ! enfin, voilà oncle Charles !

— Oncle Charles ! vous allez nous promener sur les quais ?

— Oncle Charles, vous avez promis de nous faire visiter un navire.

— Oncle Charles, l'affiche de la jetée annonce pour aujourd'hui l'arrivée d'un bateau américain... Il y aura des émigrants... nous irons... n'est-ce pas, oncle Charles ?...

— D'abord, nous allons déjeuner, messieurs et mademoiselle ; mais, avant déjeuner, vous m'aurez rendu sourd, si vous continuez vos clameurs. Pour le moment silence ! »

Et prenant son grand air de commandement, l'oncle Charles ramena la petite troupe dans la grande galerie vitrée de l'hôtel, d'où l'on découvre la mer aussi bien qu'à travers les glaces d'une serre. Là, M. d'Armont avait commandé un déjeuner substantiel, auquel chacun fit honneur, car rien n'excite l'appétit comme l'air salin. Mais trois paires d'yeux dévorants braqués sur la mer s'évertuaient à leur façon autant que les mâchoires ; rien ne se passait le long de la jetée ni à l'horizon qui ne fût enregistré, commenté à grands cris. Jamais société aussi bruyante n'avait fait honneur à la bonne chère de l'hôtel Frascati.

« Et maintenant, dit l'oncle Charles, en achevant sa tasse de café que les enfants l'avaient regardé boire avec une fiévreuse impatience, maintenant procédons avec ordre. Nous commencerons par les quais. »

Oh ! ces quais du Havre ! quel abrégé de toutes les curiosités du monde. On ne sait de quel côté se tourner, tant l'attention est sollicitée là-bas par les navires de toute sorte, rangés dans le port ; ici, plus près, sous vos pas, par les produits exotiques de toute provenance qu'ont amenés ces navires. L'Amérique a envoyé son coton, son café, son riz, son sucre, ses peaux brutes, ses bois de teinture et de marqueterie ; l'Espagne, ses vins, ses laines, ses huiles ; le Portugal, ses oranges et ses citrons qui s'entassent en pyramides d'or ; les Iles Britanniques leur charbon ; la Norwège, ses bois de mâture, ses madriers, ses planches de sapin, ses tonnes de poissons secs et salés ; et toutes ces odeurs âcres, résineuses, suaves ou fétides, entremêlées, combinées, sont effacées pour ainsi dire par les fortes et saines émanations du goudron.

Comme ce sont les détails qui attirent toujours en premier lieu l'attention des enfants, Pierre, Alice et Georget se précipitent vers les boutiques d'oiseleurs et les bazars où s'étalent des collections splendides de coquilles, de paniers caraïbes, de fruits des tropiques, sans parler des singes, et des perroquets qui piaillent à l'envi les uns les autres, couvrant les cris plus faibles, mais non moins discordants, d'une nuée de petits oiseaux d'Asie, d'Afrique et d'Amérique, aux couleurs étincelantes comme celles des pierres précieuses, et si serrés sur les bâtons de leur volière qu'on les croirait enfilés dans une même brochette.

« Oh ! vois donc, Pierre, s'écrie la pe-

« Oh ! papa, donnez-moi ce petit singe-là ? »

tite Alice, ce grand perroquet bleu !... Quel géant !

— C'est un ara, dit l'oncle Charles.

— Et cet autre blanc, comme de la crème, avec une si belle huppe jaune...

— C'est un cacatoès...

— Mais je crois que j'aime encore mieux cette petite perruche verte avec sa longue queue, son collier noir et ses deux taches rouges sur chaque aile... Mon Dieu ! elle parle... elle dit : — As-tu déjeuné ? Comme elle le dit bien. Que j'aimerais avoir cette perruche-là !...

— Mon oncle, il faut acheter la perruche pour Alice... Oh ! voyez donc les singes... il y en a de bien laids et des méchants...

regardez-les se battre !... Mais ce petit là-bas, mon oncle, qu'il est joli et qu'il à l'air triste !

— Lequel ?

— Celui qui a une queue bien plus longue que son corps, des touffes de poils blancs pareilles à des favoris, de si grandes oreilles et une étoile blanche au milieu du front.

— C'est un ouistiti... Ceux-là viennent de la Guyane ou du Brésil. On les nomme ouistitis à cause de la modulation très particulière de leur cri.

— Oh ! papa, donnez-moi ce petit singe. Je lui apprendrai toutes sortes de tours comme j'en ai vu faire aux singes qui sont venus l'année dernière à la foire de Laurière ; il y en avait un qui dansait sur la corde, qui servait à table aussi bien qu'un domestique ; seulement il était laid, un vrai magot....

— Voilà peut-être pourquoi il était si intelligent ; par une compensation que je trouve très juste, les animaux jolis sont souvent stupides, tandis que les autres, moins brillants, sont mieux doués sous le rapport de l'instinct. Ainsi regarde ces oiseaux pareils à des topazes, à des rubis, à des turquoises animés. Dieu leur a refusé le chant ; aucun d'entre eux ne saurait nous charmer comme cet humble petit oiseau couleur de muraille, ce grand artiste, le rossignol. De même pour les singes : l'affreuse guenon râpée de la foire de Laurière était l'adresse et la drôlerie mêmes ; ton ouistiti ne sera que frileux, gourmand, et colère, je t'en préviens.

— Oh ! papa, vous le calomniez, j'en suis sûr ; voyez donc comme il cligne ses yeux brillants d'un air rusé, comme il épluche gentiment sa noisette.

— Papa, je vous en prie, donnez-nous le ouistiti, s'écria Georget, joignant ses prières à celles de son frère ; il sera pour nous deux, et j'aurai, s'il vous plaît, à moi tout seul, une paire de belles tortues comme celles qui se promènent là sur des feuilles de salade...

— Une perruche, un singe, deux tortues... récapitula M. d'Armont en hochant la tête ; mais c'est une véritable ménagerie que vous me proposez d'emporter aux bains de mer ! Il faudra faire votre choix, mes enfants. Je vous achèterai volontiers une de ces bêtes-là, mais non pas toutes ; ce serait trop embarrassant. Une, à elle seule, nous donnera déjà bien assez de souci. Réfléchissez ; vous avez le temps jusqu'à demain.

— Demande tout de suite le ouistiti, souffla Georget à l'oreille de son frère.

— C'est que j'aimerais bien avoir la perruche pour Alice... Oh ! les magnifiques coquillages ! Ne dirait-on pas un parterre de fleurs ?

— Quant aux coquillages, répliqua Georget avec un peu de dédain, je ne perds pas mon temps à les regarder, puisque nous pourrons en ramasser toute la journée au bord de la mer...

— Non, pas de ces espèces-là, mon ami, expliqua en riant l'oncle Charles. Vous trouverez des bucardes, de petites porcelaines, du fretin de coquillage, mais rien qui ressemble à ceci. Ces conques de Vénus et de Neptune, ces conques épineuses, ces trompettes marines, ces gueules de lion, ces porcelaines tigres, ces avicules tapissées de la nacre précieuse qui, extravasée en forme de globules, forme les perles, tout cela ne se trouve que dans les mers des Indes, sur les côtes d'Afrique, aux îles Maldives. Cette coquille plate, déprimée, d'un blanc jaunâtre, c'est le cauris, qui sert de monnaie courante au Bengale et dans une partie de l'Afrique. Tu te trompes, Georget, nous pourrions passer ici plus d'une heure à faire connaissance avec des choses très rares, très nouvelles pour toi et qui t'amuseraient beaucoup, je t'assure, car il n'y a rien d'insignifiant en fait d'histoire naturelle ; seulement il faut nous hâter si vous voulez voir décharger le *Labrador*.

XXX

Le *Labrador* était un de ces énormes bateaux transatlantiques qui servent de trait d'union rapide et commode entre l'ancien et le nouveau monde. Lorsque M. d'Armont et sa famille atteignirent le quai Lamblardie, où allait s'opérer le déchargement, des myriades de portefaix attendaient le moment de donner un coup de main ; des paquets de lettres étaient jetés par-dessus bord aux préposés de la poste, et, du pont où ils se penchaient avidement, des passagers blêmis par la fatigue et le mal de mer échangeaient force signaux avec les amis qui les attendaient.

Quelles scènes touchantes que celles qui accompagnent le revoir... le retour dans la patrie ! A combien d'embrassades assistèrent nos voyageurs ! Une jeune fille pâle serrait sur son cœur sa vieille mère comme si elle ne pouvait se résoudre à en finir avec cette étreinte tant désirée, retardée tant de fois !... C'était une institutrice partie quelques années auparavant, ses diplômes en poche, pour aller gagner bien loin le pain de la famille, mais à quel prix !... Qui nous rendra les années décolorées par l'absence des êtres que nous chérissons le plus, années d'exil, années supprimées, effacées du livre de la vie de famille !... Autour de ce groupe, des hommes se serraient la main, échangeaient de chaleureux compliments de bienvenue ; de petits enfants nés aux États-Unis et ramenés par une mère vêtue du crêpe noir des veuves, se jetaient au cou de leur aïeule, qu'ils ne connaissaient pas et qui les bénissait en pleurant, avant même de les avoir regardés.

Ces effusions impressionnèrent très vivement Pierre ; je dois dire en revanche que Georget était uniquement occupé à regarder les marchandises de toute sorte qui, sous forme de caisses ou de ballots, voltigeaient, pour ainsi dire, tant leur transport était prompt, du bateau sous les hangars des douanes. Quant à Alice, elle ne s'expliquait pas pourquoi les pleurs de joie versés par des mères qui retrouvaient leurs enfants, par des sœurs qui retrouvaient leurs frères, depuis longtemps envolés du nid commun, la faisaient elle-même pleurer. Elle avait beau se raisonner et s'efforcer de se contenir, son émotion était la plus forte. Peut-être pensait-elle à la joie qu'elle aurait à son tour de revoir sa chère maman, dont elle n'était séparée pourtant que depuis une journée et demie.

« Attends, lui dit Pierre pour la réconforter, nous allons voir défiler les émigrants, des gens qui sont allés chercher de l'or en Californie. Puisqu'ils reviennent, c'est qu'ils ont fait fortune... Je me demande s'ils rapportent avec eux de grosses pépites d'or comme celles dont m'a parlé mon oncle Charles... je leur demanderais en ce cas la permission de les regarder. »

Les portes de la douane où chacun devait laisser examiner ses bagages s'ouvrirent au moment même, et les émigrants sortirent après tous les autres passagers. Hélas! quelle déception! un flot de malheureux hâves, exténués, se traînant d'un pas alourdi sous leurs guenilles. Quelques-uns tremblent de fièvre ; il y a là des vieillards qui semblent être revenus demander un tombeau à leur sol natal, des femmes à qui l'excès du travail n'a plus laissé rien de féminin, ni grâce, ni beauté, ni jeunesse ; autour d'elles des enfants grouillent par douzaines, mal vêtus, mal nourris ; un pauvre rémouleur s'esquive au plus vite, sa meule sur le dos, pour échapper aux quolibets des ouvriers du port qui lui crient qu'apparemment on ne s'engraisse pas en Amérique à aiguiser des couteaux.

« Mais, mon oncle, les fameuses pépites ?... disait Pierre déconcerté... Ces gens n'en ont donc pas trouvé même de toutes petites ? Ils ont l'air de n'avoir pas un sou dans leur poche.

— Les émigrants enrichis ne reviennent point ainsi par troupeaux parqués pêle-mêle à l'avant; ceux-là sont sans ressources et rapatriés aux frais du gouvernement. Le nombre en est bien plus considérable que celui des émigrants qui réussissent, parmi les Français surtout, à qui l'air de la patrie est apparemment indispensable, car jusqu'ici ils n'ont prospéré nulle part comme colons. Les Anglais, les Allemands ne sont pas de même, peut-être parce que leur pays a moins de charmes que la France et leur laisse moins de regrets. Je gage que ces pauvres diables, arrivant nus et affamés *chez eux,* sont quand même dans la joie de s'y retrouver.

— Papa... »

M. d'Armont comprit le regard de Pierre ; il s'approcha d'un groupe d'hommes qui paraissaient plus misérables que les autres, et, tout en les interrogeant, sut leur faire accepter des secours, sans que cette manne qui leur tombait du ciel dès leur premier pas sur le rivage de France eût l'air d'une aumône. Les deux frères, serrés contre leur papa, écoutaient la triste histoire de ces exilés volontaires, histoire monotone que résume assez bien le proverbe : « Pierre qui roule n'amasse pas de mousse. » L'aîné, observant en même temps une bande de gamins qui, à peine sortis du navire, s'étaient mis à escalader les piles de bois de construction échafaudées dans le port, pensait à part lui, un peu triste :

« Je ne les plains pas trop ; ils n'ont ni bas, ni souliers, mais ils ont de bonnes jambes. »

Une petite fille cependant s'était approchée d'Alice d'un pas furtif, et tournoyait autour d'elle comme un papillon autour de la flamme. Plus d'une fois, elle avait été rappelée en vain par sa mère, une femme amaigrie, qui, assise sous le porche de la douane allaitait un poupon, et consolait deux autres enfants acharnés à lui demander du pain. Un aimant semblait l'attirer autour de cette autre petite fille, si jolie, si bien mise ; ce n'était pourtant pas Alice qu'elle regardait, c'était Mlle Pierrette, c'était la poupée qui, comme toujours, étalait sa pelisse bleue et sa capote blanche sur le bras de sa petite maman. Peut-être, l'enfant pauvre, élevée dans quelque désert du Far-West américain, n'avait-elle jamais vu de poupée. D'un doigt craintif elle effleura les boucles de Mlle Pierrette et sa robe toute brodée... puis elle recula, un bras sur ses yeux, et alla se cacher derrière une pile de caisses ; mais bientôt elle revint, enhardie et un sourire aux lèvres, se planter tout droit à quelques pas devant la poupée, c'est-à-dire devant Alice, qui pensait au moment même qu'il était bien triste de n'avoir pas d'argent pour soulager un peu toutes ces misères. Mais sa maman lui avait toujours dit : — On peut donner de bien des manières, et les dons que la richesse permet de faire ne sont pas toujours les plus précieux ; on peut donner de son affection, on peut donner la dernière bouchée de son repas, un vêtement dont on se prive ; on peut donner à plus pauvre que soi un peu de son superflu, fût-il bien petit.

Cette leçon se présenta, on ne sait pourquoi, très vivement à l'esprit d'Alice, lorsque ses yeux eurent rencontré les grands yeux noirs curieux et caressants que l'inconnue fixait sur sa poupée ; d'un mouvement spontané, plein de gentillesse, elle mit Mlle Pierrette dans ces menottes maigres, brunes et d'une propreté douteuse qui l'effleuraient timidement.

« Vous voulez jouer un peu avec ma poupée, prenez-la, elle s'appelle Pierrette.

— Quelle est belle ! dit tout bas la petite émigrée d'une voix étouffée par le respect, et les yeux arrondis par l'admiration.

— Oh ! belle !... pas précisément... elle est bien un peu fanée... j'en ai de plus belles à la maison... ce n'est qu'une poupée de voyage...

— Il y a des poupées plus belles que celle-ci ?... demanda l'enfant d'un air incrédule.

— Je le crois bien ! Si vous voyiez Julie et Ambroisine... »

Elle s'arrêta brusquement sur ces mots inspirés par une gloriole naïve ; était-ce bien généreux de parler de ses nombreuses poupées à cette pauvre fille qui n'en avait pas, qui avoua même au bout d'un instant n'en avoir jamais eu ?...

« Quoi, jamais ?...

— Oh ! une petite poupée de chiffons que ma mère m'avait faite et que de méchants gamins m'ont noyée pendant la traversée. Ça m'a même bien chagrinée, car je l'aimais beaucoup, telle qu'elle était... mais elle n'avait pas de figure, pas de belle robe, je n'appellerais plus ça une poupée maintenant que j'en ai vu une vraie... »

Et l'enfant baisait avec crainte la main gantée de Mlle Pierrette.

« Vous aimeriez donc bien une poupée pareille à la mienne ?

— Oh ! Mademoiselle !

— Vous en auriez grand soin ?

— Je crois que je n'oserais presque pas y toucher.

— Vous la garderiez toute votre vie ?

— Toute ma vie, répéta la petite fille avec une exaltation contenue, en baisant cette fois les pieds de Mlle Pierrette chaussés de fins brodequins rouges. Mais je n'aurai jamais de poupée, reprit-elle avec un gros soupir... nous sommes trop pauvres... Quand maman a de l'argent elle achète du pain, et il faut que je me dépêche de grandir pour l'aider à en gagner... »

La figure de la pauvrette devint sérieuse à ces mots, et elle remit avec précaution, en détournant la tête pour mieux résister à l'envie de l'embrasser de nouveau, la merveilleuse poupée dans les bras de sa légitime propriétaire. Mais celle-ci hésitait à la reprendre ; depuis quelques minutes elle était très rouge, son cœur battait violemment, un combat se livrait en elle ; certes elle tenait à Mlle Pierrette, tout inférieure que fût Mlle Pierrette à Mlle Julie, mais elle serait si contente aussi de faire plaisir à cette déshéritée ! Pierrette pouvait bien passer d'ailleurs pour une de ces choses de trop qu'il est bon de sacrifier à ceux qui n'ont pas assez.

« Marie ! cria la mère émigrante à sa fille, Marie, viens vite, tu ennuies mademoiselle, et ton père nous appelle... Voilà un bon monsieur qui lui a donné de quoi dîner. »

Alice pensa : « Et moi, je ne donnerais rien !... »

Elle repoussa délibérément la poupée qu'on voulait lui rendre.

« Tiens, murmura-t-elle, la voix tremblante et les yeux humides, garde-la, je te la donne... cela me fait trop de peine que tu n'aies jamais eu de poupée... Seulement laisse-moi l'embrasser encore une fois, ma pauvre Pierrette, et promets bien d'être pour elle une bonne maman. »

La petite Marie était restée bouche bée, sans répondre, incapable d'articuler un mot, comprenant à peine, croyant rêver. Quand le geste, plutôt que les discours d'Alice lui eurent appris que cette poupée splendide passait entre ses mains à tout jamais, elle poussa un cri de joie presque sauvage et fit en l'air deux ou trois cabrioles, oubliant même de remercier. Puis, d'un mouvement aussi irrésistible que l'avait été celui de sa bienfaitrice, elle saisit la main de cette dernière et la porta à ses lèvres.

« Resteras-tu au Havre ! dit Alice avec un sourire radieux, car son sacrifice accompli, il ne lui restait plus que le contentement de voir la joie que ce sacrifice procurait à une autre.

— Oui, papa est de ce pays-ci, il va chercher de l'ouvrage dans les chantiers. C'est Allard, qu'il s'appelle.

— Eh bien ! Marie Allard, interrompit Alice, je t'enverrai des chiffons pour habiller ta poupée. Il faudra que tu deviennes adroite pour la faire belle...

— Oh ! soyez tranquille, je vais dire à maman de m'apprendre à coudre tout de suite. »

Et la petite, appelée de nouveau par son père et sa mère, s'enfuit à toutes jambes en envoyant des baisers à Alice, la poupée serrée sur son cœur. Grâce à cette heureuse rencontre, elle savait peut-être pour la seule fois de sa vie, ce que c'était que le superflu et la douceur qu'il y a, en somme, à le posséder. Alice, tout en restant les mains vides, était surprise de se sentir aussi satisfaite pour le moins que l'était sa petite obligée.

Pierre et Georget vinrent la féliciter.

« Tu as mieux agi que nous, dit le premier : nous n'avons fait que distribuer aux émigrants l'argent de papa.

— Tandis que tu as donné ce qui était à toi, acheva le second d'un ton qui indiquait qu'il comprenait très bien la différence, tout jeune qu'il était.

— Oh ! mon Dieu ! s'écria Alice, j'ai oublié de demander son adresse à cette Marie Allard. Quelle étourderie ! Moi qui lui avais promis de lui envoyer des chiffons pour notre poupée...

— Calmez-vous, mignonne, nous la retrouverons, dit M. d'Armont qui venait de rejoindre les enfants. Le père est charpentier de son état et va tâcher de rentrer chez son ancien patron, qu'il m'a nommé, place de la Mâture. C'est, à ce qu'il m'a semblé, un ouvrier intelligent, mais qui, emporté par son imagination un peu vive, a cru pouvoir s'enrichir en un jour là-bas en Amérique, au lieu de gagner sa vie laborieusement ici. L'expérience lui a ouvert les yeux. Il revient comme le pigeon de la fable que vous nous récitiez l'autre jour, « Traînant l'aile et tirant le pied, » — mais guéri, assure-t-il, de ses ambitions, et décidé à ne plus s'éloigner de son gîte. La femme et les enfants s'en trouveront mieux. »

XX

Le reste de l'après-midi fut employé à visiter l'intérieur des navires. Georget et même Alice grimpaient comme des écureuils aux escaliers-échelles qui y donnent accès; il fallait au contraire aider beaucoup ou même porter le pauvre Pierre, qui devint triste en rencontrant à chaque pas l'occasion de constater combien l'on est embarrassé et maladroit à bord avec des béquilles. Cependant, au milieu de ses pénibles réflexions, il s'amusa par intervalles. Un ordre, une propreté si exquise régnaient sur les grands bateaux à vapeur; les tables et les hamacs étaient si drôlement relevés contre la boiserie dans l'entrepont, les magasins si bien rangés, et les salons, et les cuisines, et les cabines!... Les cabines surtout le ravirent; rien n'y manquait dans un étroit espace : il y avait un lit, une toilette-commode, un petit divan, un porte-manteau. Dans la salle à manger et l'office, les lampes, les cristaux, les porcelaines étaient suspendus ou accrochés de manière à ne

« Tiens, je te la donne. »

pouvoir se détacher, quelque secousse que la mer leur imprimât. Le long des corridors interminables se déroulaient des tapis; c'était confortable et même luxueux.

« Est-ce aussi beau sur votre frégate ? demanda Georget à oncle Charles.

— Aussi beau ! répliqua le marin tout indigné d'entendre comparer un navire de guerre à un vulgaire paquebot. On voit bien que tu ne sais pas ce que tu dis. Je t'emmènerai un jour ou l'autre à Toulon; tu verras l'*Éclair*, et tu me diras s'il est permis d'admirer la grosse auberge flottante où nous sommes quand on a fait connaissance avec cette batterie de soixante canons, et cette haute mâture effilée, pa-

voisée, si belliqueuse et si coquette, et cette carène et cette voilure plus élégantes que celles des lourds vaisseaux de ligne, parce que, comme on l'a très bien dit, la frégate n'est pas seulement une citadelle destinée à figurer en ligne de bataille ou à battre en brèche les forts qui défendent les rades; c'est un navire de guerre et de course; elle a des ailes comme le fier oiseau qui lui a donné son nom; elle est forte, mais elle est leste, les matelots l'appellent la reine de la mer... Ces excellents matelots de l'État !... en voilà de braves gens ! Tenez, je voudrais vous tenir déjà sur le canot qui nous transportera en rade... vous verrez une douzaine de rames obéir à un seul mouvement, si bien qu'aucune goutte d'eau ne jaillit sous ces avirons légers qui se relèvent et retombent à la fois, fendant la lame comme des nageoires ! Tous ces gens-ci barbotent sur leurs coquilles de noix... Oh bien ! si vous allez me parler de notre marine à propos de marine marchande, de bateaux de transport...

— Pardon, petit oncle, dit Georget, qui n'avait pas compris grand'chose à cette tirade, mais qui sentait confusément néanmoins son erreur, je ne voulais pas vous fâcher... je ne savais pas... bien sûr l'*Éclair* est autre chose que tout cela... qui est pourtant si beau... Il faudra que vous m'emmeniez avec vous pour y rester... car vous savez... je veux être marin... marin à la place de Pierre, reprit-il étourdiment sans s'apercevoir que son frère eut, sur ce seul mot, les yeux gonflés de larmes... puisque Pierre prétend qu'il aime autant devenir un savant comme M. Berthel... Je t'apporterai des insectes, des coquillages, des plantes de toute espèce que tu rangeras dans ta collection, n'est-ce pas, Pierre ? Moi, je ne me soucie pas d'être savant, je serai marin. Vous voulez bien, papa, n'est-ce pas ?... »

Et M. d'Armont ne répondit point comme il l'avait fait autrefois : « Je ne pourrais me passer de mon petit Georget. » Il dit simplement :

« Oui, tu feras ce que tu voudras, puisque Pierre me reste. »

Les yeux de Pierre se séchèrent aussitôt. Saisissant la main de son père, il la serra avec tendresse.

« Je vous resterai toujours, papa, et je ne regretterai rien du tout.

— Mon cher enfant, lui répondit son père, je compte sur toi...

— Ah ça ! disait cependant l'oncle Charles à Georget, que viens-tu de nous chanter là, mon gaillard : « Je ne me soucie pas d'être savant, je veux être marin ! » Crois-tu donc par hasard que nous soyons un ramassis d'ignorants sur l'*Éclair* et que tu puisses y mettre le pied

(pour y rester) avant d'avoir passé et bien passé les examens voulus ?

— Est-ce qu'ils sont difficiles ?

— Très difficiles, si l'on considère qu'il s'agit de s'y présenter de quinze à dix-sept ans.

— Qu'est-ce qu'on demande à ce moment-là, mon oncle ? La gymnastique ?

— La gymnastique s'apprend assez au *Borda*, un navire-école où l'on passe deux années entières avant de faire ce premier voyage autour du monde qui est comme une préparation au grade d'aspirant ; mais d'abord il faut apprendre les mathématiques, l'astronomie, les langues étrangères, beaucoup de géographie, un peu de physique, de chimie, de mécanique...

— Oh ! mon oncle, interrompit Georget alarmé, qu'est-ce que c'est que la chimie ? Qu'est-ce que c'est que la physique ?...

— Je te l'expliquerai quand tu sauras lire couramment...

— Je croyais, balbutia Georget en baissant sa tête blonde d'un air confus, qu'on n'avait pas besoin d'en savoir si long pour, pour...

— Pour être mousse ?... Regarde comme le mousse est traité par les matelots, dit l'oncle Charles en montrant de loin, sur le pont d'un bateau, un petit garçon chétif, bronzé, le nez en l'air, comme s'il flairait le vent, qui recevait un coup de pied et une calotte à la fois de deux côtés différents, pour avoir négligé quelque détail de son service. Cela et une galette de biscuit, voilà ses aubaines. Il est vrai que, pour les recueillir, il n'a besoin de savoir *a* ni *b*, rien, sauf de nager comme un poisson et de grimper comme un singe. Voudrais-tu être à sa place ?

— Oh ! non, mon oncle ; je voudrais avoir un bel uniforme pareil au vôtre et pas de calottes du tout, ni de coups de pied. Je voudrais, comme vous, commander...

— En ce cas, commence par être un bon écolier, mon pauvre Georget... »

Tout en causant, on avait regagné les quais et atteint le bassin du Commerce.

Là un spectacle lamentable attira l'attention des enfants ; une rangée de curieux, parmi lesquels figuraient en majorité, nous devons le dire, ces gamins dépenaillés et de mauvaise mine qui fourmillent dans les ports, assistaient à la noyade d'un malheureux chat qu'une main cruelle avait lancé du haut du parapet. Son supplice durait depuis plus d'une heure, et il nageait encore avec une énergie que la fatigue cependant commençait à paralyser, accompagnant chaque effort d'un cri de détresse désespéré, presque humain, lequel au lieu d'attendrir ses bourreaux, les faisait rire aux larmes...

« Pauvre bête ! dit Alice en se tournant vers les petits vauriens avec indignation.

— Oh ! papa, s'écria Pierre, sauvons-le.

— Oui, dit Georget prêt à pleurer d'horreur et de pitié, qu'on le repêche comme on nous a repêchés, vous savez, papa !...

— Il va mourir, monsieur, reprit Alice les mains jointes. Écoutez ses cris,... ils deviennent rauques de plus en plus. Sauvons-le...

— Mais qui donc voudra se mettre à la nage pour cela ?... » dit très haut M. d'Armont en regardant les gamins qui paraissaient s'amuser beaucoup de la sensiblerie de ces étrangers.

Personne ne répondit à cet appel indirect.

« Je payerai ce qu'il faut, » ajouta M. d'Armont.

Aussitôt tous les petits gueux de s'attrouper autour de lui :

« Moi, monsieur ! — Choisissez-moi !... — Ce sera vite fait, allez !... — Pour vingt sous, monsieur !... — Pour dix !... Pour cinq !... »

Et les concurrents de distribuer des horions à leurs camarades prêts à se mettre sur les rangs pour une moindre somme encore...

« C'est moi que monsieur prend... — Non, c'est moi !... Intrigant, va !... — Propre à rien !... »

Les coups de pleuvoir.

Au milieu de ce tumulte, Alice, qui avait l'oreille fine, entendit un petit monstre à crinière rousse, avec un pantalon déchiré retenu par une seule bretelle, grommeler entre ses dents :

« C'est ça ! il y aura le profit de le repêcher... et puis quand ces originaux-là auront le dos tourné, il y aura le plaisir de le reflanquer à l'eau !... »

Tout bas elle répéta cet affreux propos à miss Ann.

« Si nous sauvons le pauvre animal, dit celle-ci, je crois qu'il faudra nous en charger ensuite ; autrement nous n'aurons fait qu'aggraver son supplice, qui recommencera dès que nous ne serons plus là pour nous y opposer.

— Miss Ann a raison, dit M. d'Armont ; il ne faut jamais laisser une bonne œuvre incomplète. Je vous ai promis d'emporter du Havre un animal quelconque... voulez-vous celui-là ?

— Au lieu du singe ou de la perruche, papa ?

— Oui ; choisissez.

— Ce chat paraît affreux, dit Georget, avec son poil pelé, ses yeux hors de la tête... Et le singe est si drôle, la perruche, est si gentille !...

— C'est pourquoi, reprit vivement Alice, ils trouveront sans peine de bons maîtres, tandis que personne ne voudra de ce pauvre chat à moitié mort...

— Il a peut-être déjà quelque chose de cassé, dit Pierre, le cœur serré... nous sommes méchants de le laisser souffrir, presque aussi méchants que ces vilains petits gueux qui l'ont voulu noyer.

— C'est vrai, dit Georget... si on nous avait laissés dans l'eau, nous deux !...

— Et songe donc qu'aucun animal ne déteste autant que le chat être mouillé.

— C'est encore vrai ! Miss Ann m'a dit une fois que j'étais cruel d'avoir débarbouillé Blanchette qui s'était fourrée dans la caisse à charbon. Et je n'avais fait que la frotter un peu avec mon éponge, tandis que celui-ci a pris un bain d'une heure !

— Ah ! dit Alice, comme vous êtes lents à vous décider ! Moi j'ai déjà renoncé à la perruche.

— Et moi au singe, s'écria Pierre.

— Qu'on le repêche ! nous choisissons le chat ! » décida Georget d'un ton héroïque.

À peine avait-il parlé, que deux ou trois gamins, les mêmes qui avaient accompli la noyade, descendaient rapidement un petit escalier qui conduit à la mer, et plongeaient au secours de leur victime pour la ramener triomphalement au bout de quelques secondes, non sans avoir reçu force coups de griffes, car le chat, exaspéré, délirant, s'était mépris, en les voyant venir, sur leurs intentions, hostiles tout à l'heure, à présent bienveillantes. La malheureuse bête, déposée par terre, resta une minute sur le flanc, pantelante, raidie, ensanglantée, promenant autour d'elle des regards éperdus ; l'eau ruisselait de sa maigre fourrure collée sur les flancs et sur l'échine ; elle était hideuse ainsi.

Ses sauveurs la regardaient un peu déconcertés.

« Au moins, dit Pierre, j'espère qu'il sera reconnaissant...

— Comme il montre les dents d'un air féroce, reprit Georget, il n'a peut-être pas un bon caractère.

— Dans ce moment-ci, dit Alice, il doit être furieux et croire tous les hommes méchants... C'est naturel, nous serions de même à sa place, mais avec de la douceur... »

Cependant, elle hésitait à prendre, pour l'emporter, le chat qui lentement se redressait sur ses pattes, en grondant et en crachant dès qu'on essayait de le toucher.

« Payez-nous, mon bon monsieur, payez-nous, » glapissaient les gamins en chœur ; ceux qui avaient aidé au sauvetage réclamant à plus grands cris que tous les autres.

M. d'Armont leur jeta une poignée de sous qu'ils se disputèrent comme une meute affamée se dispute un os... Mais, aux coups de poings qu'ils échangeaient entre eux, vint soudain se joindre une grêle de taloches distribuées indistinctement à ceux-ci, à ceux-là par une femme de haute taille, vêtue d'une jupe courte et d'un corset de grosse laine, une vieille femme très vigoureuse encore, le type même de la marchande de marée, qui accourait essoufflée au moment même.

« Tas de bandits ! criait-elle, rendez-moi mon chat !...

— Ohé ! la mère Michel !

— Vot' chat n'est pas perdu ! » hurlèrent les coupables en jouant des jambes au plus vite.

Mais elle tenait par l'oreille le petit bourreau à la bretelle unique et aux cheveux rouges :

« Tu ne m'échapperas pas cette fois-ci, brigand ! mes voisins t'ont vu voler Misto tandis que j'étais au marché... ils t'ont vu, je te dis !... Qu'en as-tu fait ?... S'il est noyé, comme on le prétend, je ne te laisse pas un seul cheveu sur la tête...

— Ne le battez pas, madame, dit Alice intervenant toute tremblante ; votre chat était à moitié noyé, mais nous l'avons tiré d'affaire... tenez, le voici. »

La marchande de marée, lâchant le criminel avec une dernière bourrade, se jeta sur le pauvre Misto qui miaulait faiblement en se frottant contre elle comme s'il ne se fût senti vraiment hors de danger que depuis l'intervention de sa maîtresse. Elle l'essuya, le baisa entre les deux oreilles, le posa douillettement sur les filets roulés au fond d'un grand panier qu'elle tenait au bras :

« Oh ! mon pauvre chéri ! gémissait-elle, dans quel état je te retrouve !... »

Puis se tournant vers les enfants qui restaient seuls devant elle avec miss Ann, M. d'Armont et l'oncle Charles ayant continué leur promenade :

« Tenez, vous êtes de braves gens, vous autres... cher bon petit monde !... Dieu vous le rendra... Ça vous paraît peut-être bête ; mais, sans mon vieux Misto, j'au-

Las gamins chantaient la Mère Michel.

rais trouvé le temps long chez nous, moi qui suis veuve et sans enfants. Mon en- enfant c'est Misto... je l'ai élevé... il est fidèle comme un chien ; si Misto n'y veil- lait pas, les rats ne laisseraient rien d'en- tier dans mon mobilier... il y en a tant de ces rats dans le port ! Merci, bonsoir la compagnie...

— Et gardez bien votre chat à l'avenir, criait Pierre. Fermez la porte quand vous sortirez...

— N'ayez peur ! répliqua de loin la vieille femme. Nous repenserons souvent à vous, Misto et moi, mon petit monsieur ! »

Sur son passage, la bande des gamins, revenus à pas de loup, chantaient la Mère Michel d'un ton goguenard, et elle les pourchassait en leur montrant le poing.

Les enfants ne purent s'empêcher de rire.

« Il vaut mieux en somme que ce pau- vre chat ait retrouvé sa maîtresse qui l'aime tant et qu'il aime sans doute aussi, dit Alice.

— Il était vraiment trop laid, reprit Georget.

— Ce n'est pas cela, dit Pierre, nous nous serions habitués à sa figure, et il au- rait pu embellir à la longue, mais les chats détestent voyager. Ils tiennent à leur

maison encore plus qu'à leur maître...
Misto n'aurait pas été heureux avec nous
dans les premiers temps. Il est vrai qu'une
fois à Laurière...

— A Laurière même nous n'aurions
pas pu le nourrir à son goût... Ce chat-là
doit n'aimer, avec les rats, que le poisson
de mer. Pensez donc ! Et à Laurière on
ne mange pas très souvent du poisson de
mer...

— Et à Laurière il n'y a presque pas
de souris. C'est tout au plus si Blanchette
en a assez pour elle.

— Oui, certainement, il vaut mieux
que Misto ait retrouvé sa maîtresse, mais
quel bonheur que nous soyons passés par
là !... »

M. d'Armont attendait ses enfants devant la fameuse boutique de l'oiseleur
marchand de singes.

« Eh bien ! leur dit-il, qu'avez-vous
décidé ? Puisque nous voici débarrassés
du chat, est-ce le singe ? est-ce la perruche ?

— As-tu déjeuné ? disait au moment
même la perruche à collier rose et noir,
de sa voix la plus engageante.

— Voyez donc, elle a l'air de nous demander de l'acheter, dit Alice.

— La perruche, papa ! s'écrièrent les
deux frères d'un commun accord... la perruche pour Alice... »

Dix minutes après, Cocotte, — c'était
son nom — sortait de la boutique dans
une belle cage de laiton portée par miss
Ann, autour de laquelle se pressaient les
trois enfants émerveillés.

XXI

La courte traversée du Havre à Trouville permit à Georget de s'assurer qu'il
avait le pied marin, Pierre et Alice ne
sentirent aucun malaise non plus malgré
la houle d'une assez grosse mer ; ils en furent peut-être empêchés par de conti-
nuelles distractions. C'est un panorama
féerique en effet et que l'on n'oublie plus,

quand on l'a vu une fois, que celui qui
vous montre à votre droite Honfleur et
ses phares se détachant à l'horizon, devant
vous Trouville avec ses coquettes villas
étagées dans la verdure ; à votre gauche,
Villers et ses falaises pittoresques, puis
Houlgate et Cabourg, entre lesquels se
trouve la petite ville de Dives où Guil-
laume le Conquérant s'embarqua pour la
conquête de l'Angleterre ; depuis, la mer
s'est retirée de ce port, et, sans la colonne
commémorative qui rappelle le plus grand
événement historique des annales nor-
mandes, on ne pourrait croire qu'une flotte
en fût jamais partie.

La famille d'Armont avait pensé d'abord
se fixer à Trouville, mais elle y trouva la
vie d'hôtel trop mondaine et trop bruyante
pour ses goûts. On poussa donc jusqu'à
Houlgate, et, là, sur une plage de sable fin
descendant en pente douce jusqu'à la mer,
Pierre, Alice et Georget passèrent quelques
semaines qui, pour Georget surtout, furent
délicieuses.

Levé dès l'aube, il sortait du chalet
qu'avait loué M. d'Armont, juste en face
des bains, pour aller ramasser les coquillages nouveaux apportés par les vagues.
La pêche aux équilles lui inspirait une
véritable passion ; pieds et jambes nus,
un panier en bandoulière, il pourchassait,
à marée basse, cette petite anguille de
sable, couleur d'argent, qui sait si bien se
creuser une retraite souterraine, et c'é-
taient des cris de joie quand il en avait
saisi une, qui lui échappait, qu'il ressaisissait, à la poursuite de laquelle il se roulait dans le sable ! Et puis oncle Charles
lui apprenait à nager ; tous deux faisaient
ensemble de belles promenades au Désert,
parmi les sombres éboulements des *Vaches
Noires*, Georget s'aidant d'un âne quand
le but était trop éloigné. A ce régime,
l'enfant délicat aux cheveux de lin, au
teint de cire, devint vigoureux et superbe.
Hâlé des pieds à la tête, pour ainsi dire,
fouetté par les brises marines, bruni par
les coups de soleil dont le préservait mal
un chapeau de paille qui voltigeait sans

cesse au gré du vent, il se fortifiait de jour en jour à la grande joie de toute la famille.

L'effet de la mer n'était pas aussi sensible pour le pauvre Pierre. Les exercices au grand air où son frère puisait la santé ne lui étaient permis que dans une faible mesure. Il n'était pas assez leste pour la pêche, il n'eût pu enfourcher un âne, ni s'aventurer sans danger à l'aide de ses béquilles au milieu du chaos des croulantes falaises, nager encore moins. Il prenait son bain dans les bras d'un baigneur qui le plongeait simplement pour le ramener ensuite au rivage où l'attendaient les frictions de flanelle dirigées par la main active de miss Ann. Le pauvre enfant ne se résignait pas sans regret à n'être en somme qu'un malade. Il voyait toute la jeunesse turbulente de l'endroit organiser des parties de crocket sur la plage, des chasses aux crabes, des pêches aux crevettes, et il ne pouvait prendre part à rien de tout cela. Quelle privation ! Les instincts de Casse-Cou se réveillaient.

« Oh ! si j'étais venu ici du temps que j'avais mes jambes, soupirait-il parfois, combien je me serais amusé !

— Ne t'amuses-tu donc pas avec moi ? » demandait Alice d'un ton de reproche.

Et la fidèle société d'Alice lui était en effet très précieuse ; son amie ne le quittait pas, refusant de se joindre à aucun des plaisirs qu'il ne pouvait partager, l'aidant à en inventer d'autres, à creuser des canaux, à édifier des citadelles dans le sable, à lancer des barques fabriquées par eux deux, à faire mille choses sans grand intérêt pour une petite fille, mais qui ne l'ennuyaient pas, parce que l'excellente enfant voyait qu'elles amusaient son cher malade. Puis, quand la fatigue interrompait ces jeux, ce qui arrivait assez vite, on s'occupait, mollement assis sur le sable, à l'ombre de l'énorme parasol de miss Ann, à coller sur les pages d'un album une collection d'algues marines à laquelle s'ajoutaient tous les jours quelques échantillons précieux : mousses délicates, laniè-

res élastiques comme du caoutchouc, rubans aussi soyeux et aussi transparents que de la gaze verte, grappes gonflées d'iode, rameaux déliés, d'un rose de corail ; et l'oncle Charles expliquait les propriétés de chaque espèce. Elles croissent au fond des eaux comme les herbes et les arbres à la surface de la terre, formant des forêts, des prairies. Celles qui sont arrachées par le flot et rejetées en grande quantité sur le rivage servent d'engrais ; en les brûlant, on tire de leurs cendres une quantité notable de soude et de potasse ; certains hydrophytes fournissent une gelée alimentaire très saine aux habitants de plusieurs contrées maritimes : l'hirondelle salangane [1] en choisit un pour fabriquer ces nids gélatineux dont les Chinois sont friands. Bien entendu, toutes ces algues ne se trouvaient pas sur la côte d'Houlgate ; mais celles qu'on recueillait servaient à se faire une juste idée des autres, et, tout en s'amusant beaucoup à les ranger, à les classer, à les étiqueter, on étudiait un peu sans livres.

« C'est égal, disait Pierre chaque fois que ses béquilles avaient été un obstacle à quelque excursion, je crois bien que je me trouverai mieux à la maison. D'abord je n'aurai pas la même envie de faire toutes sortes de choses impossibles, et puis, il n'y aura pas autant de gens à me regarder marcher sur mes béquilles... Des étrangers qui ont l'air de me plaindre sans me connaître, je déteste ça...

— Je voudrais bien aussi revoir maman, répondait Alice. J'ai beau lui écrire tous les jours, elle me manque trop, et je suis sûre que je lui manque encore plus. »

Ni l'un ni l'autre des deux enfants ne fut donc fâché quand sonna l'heure du retour.

Et ce fut une belle fête aussi pour toute la famille Berthel, venue jusqu'à Paris à la rencontre des voyageurs, quand, un soir,

---

1. Espèce qui habite l'archipel des Indes. Les nids d'hirondelle sont à demi transparents et adhèrent aux rochers ; les Chinois les apprêtent comme des champignons.

Pierre prenait son bain dans les bras d'un baigneur.

d'Alice en cette circonstance fut généralement approuvée et lui valut même de la part de sa mère un baiser de plus.

XXII

Dès le lendemain de son retour à Laurière, Pierre s'en alla gaillardement à pied, porté par ses béquilles, jusqu'à la maison de M. Berthel, déclarant qu'il voulait désormais s'y rendre ainsi chaque jour pour prendre des leçons.

« Vous êtes assez longtemps venu à moi, dit-il à son maître d'un air de triomphe... il est juste que j'aille à mon tour vous chercher. »

Cet exercice régulier lui fit le plus grand bien, et l'effet des bains de mer s'en mêlant, trois mois ne s'étaient pas écoulés que les béquilles étaient remplacées par une canne.

Alice sauta dans les bras de sa maman d'abord, dans ceux de son papa ensuite, puis au cou de chacun de ses frères, sans se soucier des plaintes aigres de Mlle Cocotte qu'elle tenait à la main dans un sabot de bois, et que ces bonds désordonnés secouaient terriblement.

« Qui donc piaille ainsi sous ton manteau? demanda Lucien Berthel ; ce ne peut être Pierrette, à moins que les bains de mer ne lui aient donné de la voix. »

La transformation de Pierrette en perruche fit rire tout le monde, elle amena le récit de la rencontre avec les émigrants et du cadeau qui avait tant réjoui le cœur de la petite Marie Allard. La conduite

« Pauvre petit Thomas ! disait Pierre en passant tous les matins devant le jeune mendiant du village, s'il avait été soigné comme je l'ai été, il aurait pu guérir, lui aussi ! »

Ce fut à la requête de Pierre que Thomas fut, à quelque temps de là, placé par M. d'Armont dans un asile où on lui donna le bien-être compatible avec sa triste position. N'est-il pas naturel, quand on échappe à un désastre, de soulager par tous les moyens possibles celui qui, moins favorisé, en reste victime? On ne songe pas assez à cela généralement. Pierre d'Armont y songea; il n'avait plus rien de commun avec le sans-souci que nous avons connu, mais il gardait le bon cœur qui avait compati jadis à la surdité du vieux Denison, aux tristesses de Jacquot, rachetant dès ce temps-là bien des travers et même des défauts. De ces défauts, du reste, nous le répétons, il n'était plus question. Le brave enfant s'en était débarrassé à tout jamais ; il racontait, comme des légendes, d'une façon comique qui faisait rire souvent ses amis Berthel, les aventures fabuleuses de feu Casse-Cou, non que son ardeur passée fût éteinte, elle avait plutôt changé de cours ; elle s'était reportée sur l'étude, et notez bien que l'étude ne faisait aucun tort au jeu. Seulement le jeu n'était plus l'affaire principale, les choses frivoles n'empiétaient pas dorénavant sur les heures consacrées aux choses sérieuses.

Avec le temps, la canne alla rejoindre les béquilles, et l'unique trace qui resta de cette longue maladie fut le fameux testament conservé comme une relique par Mme Berthel.

Toutefois, sans être le moins du monde difforme ni même malingre, Pierre ne redevint jamais robuste comme il l'avait été avant sa chute. Il semblait qu'il eût passé à Georget la belle santé qui était autrefois son principal mérite, car Georget continuait à se développer extraordinairement ; mais il n'abusa jamais de ses forces physiques pour se lancer dans de folles aventures comme faisait Casse-Cou. Il avait suffisamment goûté de la noyade, et l'exemple de son frère

l'avait d'ailleurs instruit ; on peut même dire que l'exemple de ce frère qui, malgré les événements, lui inspirait toujours la plus entière confiance, continuait à l'instruire tous les jours. Georget était faible et facile à entraîner ; Casse-Cou l'eût perdu peut-être. Pierre, amené à la raison, le forma fort heureusement à sa nouvelle image. Ce caractère malléable prenait toutes les empreintes ; la dernière qui lui fut imprimée, celle qu'il devait garder à travers la vie, fut décidément bonne, grâce à son frère, on peut le dire. Georget fut sage et studieux parce que Pierre était studieux et sage ; il apprit avec zèle sous les auspices de M. Berthel, afin de n'être

« S'il avait été soigné comme je l'ai été, il aurait pu guérir, lui aussi. »

pas mis au collège et séparé de son cher compagnon. Cette éducation excellente porta des fruits, bien que le plus jeune des fils de M. d'Armont ne fût pas aussi brillamment doué que l'aîné sous le rapport de l'intelligence. Aujourd'hui, le petit garçon chétif est devenu un superbe enseigne de vaisseau qui fait grand honneur à son parrain, l'oncle Charles. Quant à Pierre, c'est la science qui l'a décidément fixé. M. Berthel est resté jusqu'au bout son maître chéri et vénéré.

Les médecins ayant décidé qu'il serait avantageux pour le convalescent de passer sa première jeunesse à la campagne où l'air est plus pur et plus vif qu'à Paris, M. d'Armont s'est retiré de la vie politique afin de se consacrer exclusivement à ses fils. Les deux frères ont donc pu être élevés avec les jeunes Berthel. On conçoit que, dans de pareilles conditions, l'intimité des deux familles, déjà unies par toute sorte d'obligations réciproques, se soit étroitement resserrée. Pierre et Georget en sont venus à ne plus savoir au juste ce qu'ils doivent appeler leur foyer, du château ou de la petite maison blanche. Mme Berthel est restée pour eux une seconde mère; cette mère-là, du reste, ne dérobe rien à la première, toujours entourée dans le cœur aimant et fidèle de Pierre, enfant ou homme, d'une sorte de culte. Il reporte vers elle tous ses efforts, tous ses succès; néanmoins, Mme Berthel aura bientôt plus que jamais le droit d'appeler son fils celui qu'elle a sauvé du désespoir et peut-être de la mort. Je l'ai su par miss Ann qui a remplacé au château Victorine la vieille femme de charge, mise à la retraite, depuis longtemps déjà, avec une pension.

« M. Pierre, m'a-t-elle dit, voyage en ce moment avec M. le docteur Berthel (Lucien Berthel a passé, — vous l'avais-je dit ? — ses examens de docteur en médecine) ; mais, à leur retour, il y aura de belles fêtes au château de Laurière, des fêtes de fiançailles, car M. Pierre a déclaré, paraît-il, qu'il ne pouvait souhaiter une femme plus parfaite que Mlle Alice, et c'est aussi l'avis de M. d'Armont, c'est l'avis de tout le monde, grands et petits.

TROUVÉ DANS UNE CAISSE

« Voulez-vous que je vous le dise ? Vous n'avez pas plus d'ambition qu'un escargot, monsieur Joe Somerby ! »

Mᵐᵉ Somerby adressa cette énergique apostrophe à son mari, tout en vaquant, les manches retroussées plus haut que le coude, aux soins du ménage.

Joe, qui fumait tranquillement sa pipe, ne s'interrompit qu'un instant pour répondre :

« Eh bien, après ?...

— Après ?... Que deviendrions-nous, bon Dieu, si je vous ressemblais ? Vous avez la prétention de faire le commerce des chiffons, n'est-ce pas ? Tout votre argent passe à en acheter de ces malheureux chiffons... Vous emmagasinez la marchandise, bon ! Et puis vous croyez que tout est dit ! Le grenier en regorge, la grange en déborde, le hangar, aussi... Je ne puis plus remuer pied ni patte sans rencontrer un tas de chiffons. Répondez, monsieur Somerby ! Qu'attendez-vous pour les vendre ?... »

Joe continuait d'envoyer méthodiquement au plafond des bouffées de sa pipe.

« Vous attendez,... vous attendez toujours, et en attendant vous laissez passer les bonnes occasions. »

Mᵐᵉ Somerby alla ranger son balai dans une armoire, puis, d'un air pensif et profond :

« Écoute, reprit-elle, j'ai un pressentiment... »

Joe ne manifesta aucune curiosité ; ce ne fut qu'après avoir achevé sa pipe qu'il prononça lentement : « Voyons, ma petite femme...

— Oui, j'ai un pressentiment... » Et la petite femme interpellée vint s'asseoir aux côtés de son seigneur et maître. « Si tu portes aujourd'hui un lot de chiffons en ville, tu trouveras acquéreur chez le premier fabricant de papier auquel tu t'adresseras. C'est une idée qui me poursuit depuis ce matin.

— Je ferai ce que je jugerai convenable, » répliqua Joe avec dignité. — Cependant il se levait et serrait sa pipe.

Mᵐᵉ Somerby trouva inutile d'insister ; elle connaissait son excellent mari comme elle connaissait l'horloge de la cuisine ; elle savait jusqu'à quel point précis il fallait tourner la clef, après quoi horloge et mari marchaient tout seuls. Un peu trop vive peut-être, elle était bien la moitié qui convenait à un homme plein de bonnes intentions, mais passablement engourdi ; Joe avait la plus haute opinion du mérite de sa femme, ne se fâchait d'aucune de ses boutades, et quand elle le *réveillait*, selon son expression, un peu trop rudement, il l'excusait tout le premier en disant : « Elle a un si bon cœur ! » C'était vrai. Le cœur de Mᵐᵉ Somerby était aussi chaud que son humeur était parfois difficile.

Une heure après, la carriole avançait tout attelée devant la porte. Mᵐᵉ Somerby s'élança, un morceau de sucre à la main, au-devant de Tom, pauvre vieux cheval efflanqué que Joe avait acheté autrefois avec la prétention de s'en défaire ensuite à gros bénéfice : « Dans un mois, avait-il dit, j'en aurai fait un trotteur et je le revendrai à quelque riche bourgeois. »

Son système de perfectionnement ne valait rien ou bien le sujet n'offrait pas d'étoffe. Quoi qu'il en fût, Tom continuait à mettre péniblement un pied devant l'autre et se refusait obstinément à engraisser ; mais, trotteur ou non, il était devenu la coqueluche des deux époux, qui eussent refusé de s'en défaire à aucun prix. C'étaient de braves gens que ces Somerby, prompts à s'attacher et fidèles aux objets de leur affection.

« Qu'il est gentil ! » s'écria Mme Somerby quand le vieux Tom se mit à hennir.

Elle l'embrassa sur les naseaux, tandis que M. Somerby tâtait les jambes de son élève avec une évidente satisfaction :

« Il est en progrès, ma chère Clarisse, décidément en progrès !

— Attends, Joe, dit Clarisse, je vais t'aider, mon ami. »

Elle se mit à charger les sacs avec lui, malgré tout ce qu'il pouvait dire et faire pour l'en empêcher.

« Il est certain, déclara-t-elle, quand le dernier sac fut dans la voiture, que nous devrions avoir à notre service quelque jeune garçon pour te donner un coup de main au besoin.

— Sans doute, ce n'est pas un travail de femme que tu fais là, ma Clarisse. Ah ! si le bon Dieu nous avait donné un fils ! Il pourrait avoir vingt ans aujourd'hui. Allons, ne t'afflige pas,... les enfants sont souvent une cause de souci... » Tout en constatant cette vérité banale, M. Somerby poussait un gros soupir de regret. Un fils eût été le complément et la plus belle part en somme de son bonheur. « Ne t'afflige pas, répéta-t-il, va plutôt préparer le goûter qu'il faut que j'emporte. »

Mme Somerby emballa soigneusement un fin repas dans un petit panier, alla chercher la peau de bique et le chapeau de son mari, lui donna le tout avec un gros baiser, et longtemps après qu'il eut disparu au tournant de la route, continua d'agiter son mouchoir.

« Quelle femme j'ai là ! pensait le bon Joe en se dirigeant vers la ville, — sa maison était à quelques milles de Boston, dans la campagne, — quel trésor ! Je ne suis pas à sa hauteur, je le sais... — et un éclair d'orgueil conjugal jaillit de son œil de brebis, — mais ça n'empêche pas. Avanceras-tu, Tom ?... » Et il décocha un coup de

fouet très doux au prétendu trotteur qui, la tête entre les jambes, semblait perdu dans une méditation profonde.

Tom ne témoigna pas la moindre émotion ; il continua de se traîner cahin-caha. Le froid piquait ferme : Joe, impatienté de la lenteur de son cheval, fut obligé de marcher pour se réchauffer un peu. Il était plus de midi quand la carriole fit son entrée en ville.

Arrivé sur la place du marché, Joe attacha son cher Tom à un anneau de fer scellé dans la muraille, le revêtit soigneusement d'une bonne couverture, lui mit au nez un sac d'avoine, puis s'en alla offrir ses chiffons. Malheureusement, c'était l'heure du dîner : tous les fabricants de papier auxquels il avait affaire étaient allés prendre leur repas.

« Jusqu'ici, pensa Joe, je n'ai pas grande confiance dans le pressentiment de ma femme. Pourvu qu'ils prennent ma marchandise à la fin ! Ce serait dur d'avoir fait pour rien une telle course par ce froid de loup... »

Il était remonté sur son siège et s'occupait à ouvrir son panier de provisions.

Au moment même, un fait étrange se produisit. Tom releva brusquement sa tête pensive, renifla avec bruit et finit par se cabrer de toute sa hauteur.

« Et bien ! s'écria son maître, ravi de cette manifestation inattendue de force et d'entrain, tu te décides donc à devenir un trotteur comme je l'avais dit, mon gaillard ?

— Votre poulet d'Inde a-t-il souvent des lubies comme ça ? demanda un polisson qui faisait la roue sur ses mains dans le marché, au grand ravissement de ses camarades.

— Il est un peu vif, dit Joe avec fierté. N'approchez pas, mes enfants. »

Déjà cependant Tom s'était calmé, mais ses gros yeux ternes restaient obstinément fixés sur une pile de caisses que l'on apercevait dans la cour à l'entrée de laquelle il était attaché.

« Qu'est-ce qui te tracasse, mon Tom ?

« Mange et dépêche-toi. »

— C'est l'ermite qui le chagrine, fit un des gamins en montrant du doigt une grande caisse dressée contre le mur d'où l'on voyait sortir une tête et des épaules.

— As-tu bientôt fini de faire peur à mon cheval, mauvais sujet ! cria le marchand de chiffons.

La figure interpellée s'était penchée en avant ; elle était très pâle, avec de grands yeux creusés, hagards, les yeux d'un affamé. Joe Somerby eut le temps d'en faire la remarque, si courte qu'eût été cette apparition.

Il reprit son goûter interrompu, mais garda les guides en main, de crainte que Tom ne fût effrayé par une nouvelle sortie de l'ermite, comme on l'appelait. Celui-ci néanmoins ne donnait plus signe de vie ; Joe en conclut qu'il préparait quelque mauvais tour. Un peu inquiet, il mit pied à terre et alla regarder ce qui se passait dans la caisse : quelle fut sa surprise, en approchant, de voir un enfant à genoux et d'entendre le mot : « Mon Dieu ! » prononcé entre deux sanglots, avec un tel accent de douleur et de prière que son cœur en fut tout ému.

« Pauvre petit, murmura l'honnête marchand de chiffons, pauvre petit ! Il a froid, il a faim, peut-être, il a quelque gros chagrin, très certainement. Si ma femme était ici, elle saurait l'interroger, elle arrangerait ses affaires... Oh ! elle s'y prendrait bien, la fine mouche !... Moi, je ne sais pas ; je voudrais pourtant bien le tirer d'embarras... Voyons... Hé ! petit !... »

L'enfant, qui tournait le dos à demi, était en train d'enfiler une aiguille pour raccommoder ses haillons probablement ; il fit un soubresaut.

« Pourquoi restes-tu là, mon enfant, à geler ? Tu devrais rentrer chez toi, dit avec bonté M. Somerby.

— Où voulez-vous que j'aille ? répondit le pauvret. Je n'ai pas d'autre chez moi que celui-ci.

— Allons donc ! tu te moques ! Prétends-tu me faire accroire que tu loges dans une vieille caisse ? »

Celui qu'on appelait l'ermite eut une minute d'hésitation :

« Monsieur, dit-il enfin, vous êtes de la campagne ?...

— Eh bien, après ? Est-ce que je porte ma qualité de campagnard écrite sur la figure ? » dit M. Somerby d'un ton bourru, car il avait la prétention, quand il était en toilette, d'avoir aussi bonne mine qu'aucun citadin.

L'enfant parut intimidé par cette brusque sortie ; néanmoins il reprit à demi-voix :

« C'est que rien ne m'empêche de répondre à vos questions, si vous n'êtes pas de la ville. Je me nomme John, monsieur, je suis fils d'émigrants anglais ; les gamins du quartier m'appellent l'ermite parce que je ne me soucie pas de leur compagnie...

— Où donc sont tes parents ?

— Ils ont péri en mer, monsieur, répondit l'orphelin d'une voix étranglée ; bien souvent je regrette qu'on m'ait sauvé du naufrage, allez !...

— Mais tu dois avoir des compatriotes ici ?

— Je ne sais pas,... personne ne veut me donner d'ouvrage,... d'ailleurs je n'ai pas de métier, voyez-vous, et quant à ten-

dre la main,... non, non, monsieur, j'aimerais mieux mourir ici tout seul, balbutia le pauvre garçon en pleurant à chaudes larmes. Je fais quelques commissions dans le marché, quand on veut de moi,... c'est ma seule ressource ; et puis je vais me réchauffer dans les gares de chemin de fer, mais presque toujours on me chasse comme un vagabond, et c'est comme vagabond aussi que la municipalité de Boston me renverra de la ville, si j'y reste trop longtemps.

— Allons, du courage, du courage ! répétait le brave Joe d'un ton mal assuré sans trop savoir ce qu'il disait.

— Vous êtes maintenant au courant de tout ce qui me regarde, reprit tristement le petit John. J'ai fait peur à votre cheval,... je vous devais des explications à cause de ça. Et puis vous avez l'air bon. Est-ce qu'on est meilleur qu'à Boston dans l'endroit où vous demeurez ? »

Joe s'était éloigné sans lui répondre.

« Je vais toujours calmer sa faim, si je ne puis faire autre chose, pensait-il en regagnant sa voiture, d'où il rapporta le panier de provisions. — Allons, dit-il à l'ermite, tu ne me refuseras pas un coup de main... Prends ce pâté, prends ce pain blanc ; ma femme me gronderait si je rapportais un seul morceau du goûter qu'elle m'a préparé. Mange et dépêche-toi. »

La faim étouffa l'orgueil du petit Anglais ; il mangea de bon cœur et eut bientôt fait plat net. Ses joues se colorèrent faiblement, il sembla renaître. Rien ne tue le courage comme une faim dévorante.

Tant qu'avait duré le repas de son protégé, Somerby s'était mis l'esprit à la torture pour trouver un moyen de lui rendre quelque nouveau service.

« Ah ! si ma femme était ici ! se disait-il intérieurement. Elle qui a l'esprit inventif... »

Tout à coup une inspiration lumineuse lui vint :

« Veux-tu garder mon cheval tandis que j'irai à mes affaires ? » demanda-t-il à l'enfant.

Celui-ci sortit de sa caisse en rampant et grimpa sur le siège de la carriole, où il lui fut recommandé de bien s'envelopper d'un manteau que Mme Somerby forçait toujours son mari à emporter.

« De cette façon, il gagnera l'argent que je compte lui donner avant de partir, il ne se sentira pas trop humilié, avait imaginé le digne Joe. Car il est un peu fier, ce garçon-là ! Il serait capable de refuser une aumône... Ce sera encore un coup de main que je lui aurai donné. »

Mais après ce second coup de main, que deviendrait le pauvre petit vagabond ? Joe se sentait déjà de l'amitié pour lui, il avait de la peine à s'étourdir sur la nécessité où il allait être, avant peu, de l'abandonner à son triste sort. Heureusement une parole en l'air du fabricant de papier auquel il alla proposer ses chiffons lui ouvrit de nouveaux horizons. Après avoir donné un bon prix du chargement de la voiture et réalisé ainsi le pressentiment de Mme Somerby, cet homme lui dit : « Je vous achète le reste de votre magasin, aux mêmes conditions, si bon vous semble.

— Bien volontiers, répondit Joe Somerby. Vous me reverriez dès demain si j'avais un aide, mais, dame ! il me faut faire la besogne tout seul, et cela exige du temps.

— Comment, vous n'avez pas d'aide avec l'accroissement que prennent vos affaires ! s'écria le fabricant de papier. A votre place j'aurais chez moi quelque garçon actif... Tenez, j'en connais un, la probité même, plein de bonne volonté...

— Oui, oui, interrompit brusquement Joe en plantant là son interlocuteur qui le crut fou, oui, je le connais, il est dans ma carriole. Ma femme aussi m'avait bien dit qu'il me faudrait un aide », se répétait-il en courant vers le marché.

A son approche, l'ermite voulut descendre du siège ; mais Joe Somerby l'en empêcha. Secouant vigoureusement le petit John par le collet de son propre manteau, il lui cria plein d'enthousiasme et de jubilation :

« Il me faut quelqu'un pour m'aider, entends-tu ? C'est l'avis du marchand de papier, c'est celui de ma femme, c'est le mien. Veux-tu être ce quelqu'un-là ? je t'emmène ?

— Oh ! monsieur, je savais bien que vous étiez bon... »

Le pauvre John n'en put dire davantage. Le soir même il eut excellent souper, excellent gîte. L'impérieuse Clarisse sut gré à son mari d'avoir suivi ses conseils une fois de plus ; elle trouva une figure intéressante au petit domestique, qui bientôt fut traité comme l'enfant même de la maison. Au lieu de le faire travailler manuellement, on l'envoyait à l'école tout l'hiver.

« Tu n'as vraiment besoin de ses services qu'en été, avait déclaré à son mari Mme Somerby, et ce garçon a tant d'intelligence qu'il serait fâcheux de ne pas lui mettre le pied à l'étrier, comme on dit, une fois pour toutes. »

Les progrès de John furent rapides ; ils émerveillèrent sa protectrice, qui déclara que son propre fils, si le ciel lui en eût donné un, n'aurait pu mieux faire.

« Et pourquoi ne serait-il pas notre fils, Joe ? demanda-t-elle un jour à son mari.

— Oui, pourquoi ?... répondit doucement Joe.

— Mais notre fils irait au collège, monsieur Somerby ; nous avons toujours dit que notre fils irait au collège.

— Sans doute, puisque nous avons des économies.

— Mettons-le au collège, » dit Mme Somerby.

Aujourd'hui le petit John est un gros négociant, la joie et l'orgueil de son père adoptif qui, toutes les fois que Clarisse le traite trop cavalièrement, s'écrie volontiers :

« Tu n'étais pourtant pas là quand j'ai trouvé notre John ! Et ça n'empêche pas que c'est la meilleure acquisition que j'ai faite de ma vie,... après toi, bien entendu, après toi, madame Somerby. »

TYPOGRAPHIE FIRMIN-DIDOT ET Cie. — MESNIL (EURE)

YETTE

Histoire d'une jeune Créole

TH. BENTZON

YETTE

≡ HISTOIRE ≡
≡ D'UNE ≡
JEUNE CRÉOLE

Illustrations par H. MAYER

COLLECTION HETZEL
18, RUE JACOB, PARIS (VIᵉ)

—

TABLE

YETTE

HISTOIRE D'UNE JEUNE CRÉOLE

I

UN TERRIBLE ENFANT

Tous les voyageurs qui ont visité les Antilles et longé le littoral escarpé d'une des plus belles colonies, la Martinique, se rappellent l'aspect pittoresque des habitations sucrières dont on aperçoit, entre le double azur du ciel et de la mer, la cheminée d'usine, les bâtiments d'exploitation et les cases à nègres couvertes en paille qu'abrite contre le soleil tropical le feuillage échevelé des cocotiers. Ces habitations, — c'est le nom que portent aux colonies les grandes propriétés rurales, — se blottissent dans les gorges fertiles que bornent à droite et à gauche les Mornes, montagnes détachées de la chaîne principale qui, partageant l'île dans le sens de la longueur, forme une sorte d'arête de poisson. Elles s'échelonnent jusqu'au point où commencent les forêts inaccessibles, entrelacées de lianes gigantesques. Au-dessus de cette couronne

de verdure se dresse encore le sommet chauve de la montagne Pelée, volcan éteint dont la couleur varie, selon les jeux de la lumière, du gris verdâtre au gris doré, quand elle n'est pas voilée par les grains qui, souvent, s'abattent sur les Mornes.

A l'époque où commence notre récit, l'habitation sucrière de M. de Lorme était la plus importante du quartier de l'île appelé le Macouba. En parlant de son importance, nous voulons dire que ses champs de cannes couvraient une très vaste étendue, car, du reste, rien ne ressemble moins à un château, ni même à une élégante villa, que la maison créole. Elle est basse, afin de pouvoir braver les coups de vent ; des planchettes superposées, qui s'abaissent où se relèvent à volonté pour laisser passer plus ou moins d'air et de jour, tiennent lieu de fenêtres. Le luxe intérieur est inconnu, les insectes s'attaquant aux rideaux et aux sièges en étoffes ; les lits sont uniformément enveloppés de moustiquaires ; quant au salon, on l'abandonne d'ordinaire pour la galerie ; celle-ci est une sorte de long vestibule encombré à ses deux extrémités de barriques et d'ustensiles de ménage. Le milieu sert de salle à manger.

L'heure du déjeuner avait sonné depuis longtemps ; la chaleur était déjà intense. Dans la longue galerie, M. et Mme de Lorme étaient à table. Leurs regards inquiets se tournaient souvent vers la porte.

« Décidément, dit M. de Lorme à sa femme, qui répondit comme de coutume à cette ouverture par un profond soupir, décidément, il serait temps de songer à l'éducation de Yette. »

L'apparition tardive de Mlle Yette vint justifier l'air d'inquiétude et de découragement du père de famille. Après s'être fait attendre une heure et laissé chercher partout, Yette entrait comme un ouragan, les cheveux en désordre, sa gaule (blouse) d'indienne déchirée par les branches des arbres auxquels, malgré ses neuf ans révolus, elle aimait encore à grimper. Une troupe de négrillons qui la suivait s'arrêta craintive sur le seuil, puis un geste du maître dispersa ces diablotins dans toutes les directions ; mais bientôt on vit çà et là des prunelles de feu étinceler entre les lames des jalousies. Le premier soin de Mlle Yette, avant de manger elle-même, fut de prendre sur la table quelques friandises pour les lancer généreusement à ses satellites, dont on entendit aussitôt les disputes, tandis qu'ils se ruaient dessus comme autant de jeunes chiens. Du reste, la coupable ne paraissait nullement confuse de son inexactitude ni de l'état de sa toilette, pas plus qu'elle n'était effrayée du courroux probable de ses parents.

« Ma foi, je n'ai plus faim ! dit-elle bientôt en quittant la table pour se jeter sur l'un des sièges qui garnissaient la galerie.

— Parce que tu manges toujours entre tes repas, quoiqu'on te le défende, » dit M. de Lorme essayant de prendre un ton sévère.

Yette éclata de rire. Très désobéissante par étourderie, elle était néanmoins incapable de mensonge.

« Je suis sûr, continua son père, que tu es allée encore à la sucrerie. »

La sucrerie était en effet le théâtre habituel des ébats de Mlle Yette. Elle y trouvait le jus de canne que l'on nomme *vesou*, la colle filante à demi cuite, les galettes qui s'attachent aux parois de la gouttière en bois dans laquelle on vide la batterie (chaudière) et qui conduit le sucre bouillant aux plateaux où il se refroidit. Yette partageait ses préférences entre toutes ces bonnes choses ; elle ne dédaignait pas non plus de croquer les cannes fraîches, et sa bande l'aidait si bien, que l'économe qui surveillait le moulin avait dû se plaindre plus d'une fois à M. de Lorme. Celui-ci tançait les négrillons. Yette s'accusait, sanglotait, implorait leur grâce, et, l'ayant obtenue, célébrait son triomphe par un nouveau méfait.

« Avoue, reprit sa mère, que tu t'es attaquée aux cannes !

— Oui, répondit la petite fille, ce sont les mulets qui m'en ont donné l'idée ; ils avaient l'air de trouver si bonnes leurs amarres [1] que j'ai voulu me régaler, moi aussi !

— Comment ! tu as été encore dans le parc à mulets ?

— Pardon, maman, ne vous fâchez pas, je n'ai sauté que sur un seul, et puis, autant vous le dire tout de suite, nous sommes restés longtemps dans la savane à taquiner les bœufs. Ils sont si gentils qu'ils se laissent faire.

— C'est tout ? demanda la mère d'un air de doute.

Non, maman, dit Yette les yeux baissés sur la déchirure de sa robe.

— Je vois, vous avez encore pillé des fruits. Yette, ne deviendras-tu donc jamais raisonnable ? Sais-tu ce que me disait ton père tout à l'heure ? Qu'il faudrait au plus tôt t'envoyer en France, dans quelque pensionnat où l'on viendrait à bout de tes entêtements, de tes colères, de tout ce qui

---

1. Têtes de cannes munies de leurs feuilles que l'on hache si elles sont sèches et que l'on arrose de limonade de gros sirop.

fait de toi une fille plus insupportable que deux garçons mal élevés. »

Aux mots de France et de pensionnat, Mlle Yette fondit en larmes ; deux ou trois petits nègres, qui avaient leurs entrées dans la maison et que le parfum du déjeuner avait attirés autour de la table, enfoncèrent leurs poings dans leurs yeux avec de sourds gémissements.

Les cris d'un autre enfant, partis soudain de la pièce voisine, se mêlèrent à cette explosion.

« Bon ! dit le père impatienté en haussant les épaules, voilà le comble ! Tu éveilles ta petite sœur ! Elle était malade, on avait eu beaucoup de peine à l'endormir ; si la fièvre la reprend, ce sera ta faute. »

La pensée d'avoir fait mal à sa petite sœur changea soudain le cours des larmes égoïstes de Mlle Yette. Elle ne se désola plus d'être menacée d'aller en pension, elle se reprocha d'être méchante avec une véhémence, une exaltation de repentir qui força bientôt ses parents à la consoler.

Les caresses de la petite Cora, apportée sur ces entrefaites par la vieille bonne qu'on nomme *da* en ces parages, réussirent mieux que tout le reste à ramener la gaieté sur le visage de Yette, et les museaux noirs de ses trois favoris Tom, Mes délices et Loulou s'éclairèrent en même temps d'un large sourire. La petite sœur fut comblée de fruits cueillis à son intention, presque tous avant maturité, cela va sans dire, ce qui n'était pas précisément le meilleur remède contre la fièvre, mais les parents et la *da* ayant essayé d'intervenir, des clameurs si violentes éclatèrent qu'ils durent renoncer à une lutte inégale. Les fruits verts firent merveille, du reste, car, cinq minutes après, la petite malade était bruyante et joyeuse entre tous parmi la marmaille blanche, noire et jaune qui roulait à travers la galerie comme un flot tumultueux.

M. et Mme de Lorme, étourdis par le vacarme, ne savaient dans quelle partie de la maison se réfugier, car les chambres ne sont séparées entre elles que par des cloisons de bois à jour comme les persiennes,

de sorte que l'on est nulle part précisément chez soi.

« Chères enfants ! elles sont gaies, dit la jeune femme à son mari, en guise d'excuse timide.

— Oui, mais terribles ! reprit le mari employant l'épithète consacrée, celle qui convient le mieux en effet pour rendre le caractère des enfants créoles, entreprenants, inventifs, capables de mille tours plus comiques que méchants, mais aussi éloignés que possible d'ailleurs du type d'enfant gâté, boudeur et maussade, trop répandu en Europe.

— Yette est si caressante, elle a un si bon cœur ! poursuivit la mère.

— Et de l'esprit ! ajouta le père avec une subite indulgence ; mais toutes ces qualités, chère amie, rendent d'autant plus dangereuse pour elle la vie oisive et sans discipline d'aucune sorte que nous lui laissons mener. »

Mme de Lorme vit que l'éducation européenne allait être remise sur le tapis et leva vers son mari de beaux yeux suppliants.

« Mon Dieu ! dit-elle, je suis loin d'être un modèle, mais j'ai été une bonne compagne pour vous, jusqu'ici, mon ami, et une bonne mère pour nos chères petites... bien qu'un peu faible peut-être, je vous l'accorde ; enfin, vous n'avez pas eu à rougir, je crois, de mon ignorance, de mes manières... »

M. de Lorme regarda tendrement sa femme ; un sourire d'orgueil passa sur ses traits pendant ce rapide examen.

« Vous savez bien, Marie, que je vous trouve parfaite, dit-il dans la sincérité de son cœur ; mais où voulez-vous en venir ?

— A ceci : Je n'ai jamais quitté la colonie. Pourquoi mes filles feraient-elles autrement ?

— Parce que (je ne parle que de Yette, nous avons le temps de songer à Cora, et je ne prétends pas vous enlever à la fois tous vos trésors), parce que, chère amie, il y a des caractères plus ou moins difficiles à diriger, et que notre fille aînée est

Un geste dispersa ces diables.

— Vous avez raison sans doute ; c'est bien cruel pourtant ! »

Et la voix de Mme de Lorme tremblait d'émotion mal contenue.

« Cruel ? C'est l'usage en tous cas ! Nos voisins, presque sans exception, n'ont-ils pas envoyé leurs enfants en France, ceux-ci au collège, celles-là au couvent ? Et tous n'ont pas peut-être des correspondants aussi sûrs, aussi dévoués que mon ami Darcey, qui, certainement, veillera sur Yette comme j'y veillerais moi-même.

— Soit ! mais sa femme ne saura pas me remplacer.

— Parce qu'elle est un peu mondaine, un peu frivole ? Vous ne l'avez connue que jeune fille ; elle a peut-être changé ! Elle est de vos parentes, après tout, et tiendra certainement à vous être agréable.

— Elle m'a toujours marqué beaucoup d'affection en effet.

— Eh bien, que craignez-vous ?

— De me séparer de ma fille, dit Mme de Lorme en s'essuyant les yeux ; ne me la laisserez-vous pas encore un peu ?

— Un an, je vous l'ai dit, répliqua son mari évidemment navré du chagrin nécessaire qu'il lui causait, une année entière, à la seule condition que dans six mois elle sache lire.

— Ah ! s'écria Mme de Lorme, elle partira plus tôt si vous exigez cela ! »

Et, comme pour confirmer ce dire, le chat bondit dans la chambre, poussant devant lui une boule fabriquée avec les

loin d'avoir la douceur de sa mère ; parce que nous vivons à la campagne, loin des écoles que vous avez pu suivre, ayant toujours habité dans votre première jeunesse Saint-Pierre ou Fort-de-France ; parce que, enfin, je regrette d'avoir à le dire, vous gâtez vos enfants à l'excès, plus encore que vos parents ne pouvaient vous gâter vous-même. Ce n'est pas un reproche, Marie, puisque je me sens aussi coupable que vous. Quand je rentre, harassé par les travaux qui m'appellent au dehors, je n'ai pas le courage de gronder ; mais, croyez-moi, on ne corrigera Yette qu'en la dépaysant tout à fait.

feuillets du dernier alphabet illustré de Mlle Yette. Aucun de ses livres n'avait jamais servi à un autre usage, sauf ceux dont elle faisait des cocotes, des bateaux ou d'ingénieuses découpures.

II

L'HABITATION DU MACOUBA

Certes, la situation d'un enfant qui, pour la première fois, quitte la maison paternelle est toujours digne de pitié ; mais celle de Yette semblera peut-être à nos lecteurs particulièrement intéressante quand ils sauront quel Paradis terrestre c'était pour elle que l'habitation du Macouba, où elle était née, où elle avait grandi, et quelle existence cette étrange enfant y menait. La vie de famille telle que nous l'entendons en Europe suppose, quelque douce qu'elle puisse être, un peu de répression et de contrainte. Yette n'avait connu rien de semblable. Tout ce qu'elle voulait, elle l'avait ou parvenait à se le procurer ; tout ce qu'on ne lui donnait pas, on le lui laissait prendre. Elle savait que son armoire à robes regorgeait de belles mousselines brodées qu'elle avait plaisir à regarder quelquefois, car elle aimait la parure comme presque toutes les petites filles ; mais, plus turbulente que coquette, elle leur préférait les gaules qu'elle pouvait déchirer à sa guise. Dès l'aube, la famille était levée pour profiter des heures fraîches. On se réunissait dans cette galerie qui, étant le passage pour entrer et sortir, est par conséquent le théâtre d'un va-et-vient, d'un mouvement continuel ; on y prenait le café. Souvent Yette était assez matinale pour assister au départ de l'*atelier*, comme on nomme la réunion des travailleurs d'une habitation. L'atelier s'en va aux champs en une seule troupe bien rangée ; arrivé sur le lieu du travail, il se met à l'œuvre au son d'un tambour de construction toute particulière. C'est un petit quartaut dont le bout est fermé

par une peau de cabri bien tendue, sur laquelle on frappe avec les mains, le joueur de tambour étant à cheval sur son instrument couché. Chaque *commandeur* nègre, à la tête de sa division d'atelier, a d'ordinaire une dame-jeanne de tafia à sa disposition, et le labourage, plus ou moins mal fait, marche bon train, grâce au tafia et au tambour.

Après le bain, pris dans une rivière rapide pareille à un gave et que préservait des rayons du soleil une voûte de daturas embaumés, la famille se dispersait. M. de Lorme allait surveiller les travaux de sa sucrerie ; sa femme s'occupait de l'intérieur, préparait ces liqueurs, ces marmelades que les dames créoles excellent à faire. Yette l'aidait volontiers de ses petites mains agiles ; mais il faut dire qu'elle s'entendait surtout à *goûter*, et qu'une bonne partie des confitures disparaissaient avant même d'être refroidies. Elle prenait plaisir déjà aux soins de la basse-cour, dont toutes les bêtes la connaissaient et accouraient autour d'elle avec des cris d'attente et de joie.

Elle avait aussi, comme tous les enfants créoles, des animaux qui lui appartenaient en propre, sa vache qu'elle allait voir traire, ses poules dont elle ramassait les œufs. Tantôt une négresse lui apportait un poussin à peine assez gros pour être séparé de sa mère, tantôt un ami de la maison envoyait à Yette une chèvre, un cabri ou un agneau. La *da*, pour l'engager à les soigner, lui avait raconté l'histoire légendaire de certain œuf donné par un pauvre nègre à une petite fille dont le premier soin fut de le faire couver par une poule. Après l'éclosion, la prudente fillette marqua le nouveau-né en lui attachant un fil de couleur à la patte ; grâce à sa vigilance, il réchappa du *piau*, du *mal z'yeux*, du *thiac*, de toutes les maladies nègres des petits poulets ; une fois même sa maîtresse dut lui ouvrir la *phalle*, le jabot, afin d'en tirer une pierre qu'il n'avait pas pu digérer. Grâce à cette infatigable sollicitude, le petit poulet devint une poule pondeuse émérite. Sa première couvée, vendue par la petite fille, lui permit d'acheter un cabri, la seconde une truie, la troisième une brebis. La première portée du cabri, jointe à celle de la brebis, permit d'acheter une génisse, puis une autre vache ; bref, la poule pondant toujours, la chèvre, la truie et la brebis ayant toujours des petits, les vaches donnant d'excellent lait, la petite fille acheta ceci et cela, ce qui finit par aboutir à une fortune de cinq cent mille livres coloniales (deux cent mille francs à peu près).

« Eh bien, disait Yette à sa *da*, en écoutant ces merveilles, quand je serai aussi riche que cette petite fille-là, je te donnerai tout, puisque c'est toi qui t'entends le mieux à soigner mes bêtes. Mais je ne les aime pas parce qu'elles me rendront riche, je les aime parce qu'elles sont gentilles et qu'elles sont à moi. »

Volontiers aussi Yette accompagnait sa mère dans ses visites de charité au petit village que les cases nègres formaient sur la propriété. Elle y laissait de bon cœur les gros sous de sa bourse ; mais force était bien, quand elle avait rempli ces devoirs agréables, de lui mettre la bride sur le cou. L'impatiente meute des négrillons, qui n'a d'autre souci que d'inventer sans cesse tous les jeux, toutes les farces, toutes les espiègleries possibles, guettait au passage la petite maîtresse. Sous prétexte de la surveiller, de remplacer la *da*, c'était à qui l'entraînerait dans les plus périlleuses aventures.

Combien de fois la crut-on perdue, tombée dans quelque précipice ! On ne cultive jamais plus de la moitié de ces grandes propriétés créoles ; l'autre moitié est composée de casse-cou dangereux, même pour les animaux. De quel côté son étourderie pouvait-elle avoir emporté Yette ? La pauvre *da* éplorée courait tout le jour à sa recherche, comme une poule après le caneton qu'elle a couvé. Yette revenait souvent avec des *bêtes rouges* aux jambes, souffrant le martyre des piqûres de ce petit insecte, et alors la *da*, sans

plainte ni réprimande, la lavait avec des décoctions d'oranger, des bourgeons de vigne et d'herbes odoriférantes ; d'autres fois, les jours de forte pluie, Yette se lançait pieds nus du côté de la rivière, pour la chasse aux ceriques. La cerique est une espèce de crabe, avec cette différence que le crabe a des pinces relativement inoffensives ; celles de la cerique sont de véritables cisailles droites et dentelées sur le tranchant, et, comme il faut prendre à la main cette bête bien armée, la chasse n'est pas sans péril. L'intrépide fillette s'en tirait avec adresse ; elle n'en rentrait pas moins les doigts ensanglantés, trempée jusqu'aux os, et, pour la réchauffer, c'était encore la *da* qui lui faisait un *matété*, cette excellente bouillie où le sirop se mêle à la farine de manioc et au gingembre râpé. Il n'y avait jamais assez de ceriques ramassées de cette façon pour en faire une fricassée, mais le crabier de Yette s'en régalait. Il tenait le premier rang parmi les animaux favoris de la petite fille, et vraiment, avec son habit gris d'ardoise, son ventre blanc, sa tête fine enchaperonnée de noir, ses majestueuses échasses, son bec long d'un pied, ses yeux de cristal environnés d'un cercle d'or, au-dessus desquels se redressaient deux aigrettes pareilles aux poils rebelles de trop longs sourcils, cet oiseau superbe méritait sa prédilection. Elle l'avait trouvé tout petit dans son nid, et n'avait pas voulu permettre qu'on le mît à la broche, bien que le crabier de cet âge soit un friand morceau. Un vieux fer à repasser, auquel était attachée une ficelle, servait de boulet au captif, qui supportait son sort d'assez bonne grâce, pourvu qu'on ne le laissât jamais manquer de crabes d'eau douce.

« Veux-tu donc qu'il ait faim ? » s'écriait Yette, quand sa *da* la conjurait de ne plus s'exposer ainsi aux fluxions de poitrine.

Une fois, Yette fut piquée par un petit serpent, et la pauvre *da* suça le venin au péril de sa vie.

Cette fameuse *da*, mulâtresse de grande

taille, encore belle sous son madras artistement échafaudé, était une narratrice incomparable ; enfants et domestiques se réunissaient tous les soirs pour l'entendre conter ses contes, et quels contes ! N'y cherchez ni rime ni raison : tels qu'ils étaient dans leur folie, dans leur extravagance, ils charmaient l'auditoire ignorant et naïf . La conteuse commençait invariablement par ces paroles : *Bonbonne fois* (il était une fois), et tous les négrillons de répondre en chœur selon l'usage : « Trois fois bel conte ! »

Compère Lapin jouait toujours un grand rôle dans le récit ; c'est le héros madré des fables nègres. Il va un matin voler dans le jardin du roi et y est surpris par le jardinier, qui lui tend un piège en façonnant un bonhomme de glu, lequel tient à la main le plus exquis des bonbons Compère Lapin est gourmand, il voit le bonbon, vient saluer le bonhomme, et finit par lui demander un petit morceau de ce qu'il a dans la main. Irrité de n'obtenir aucune réponse, il le menace, lui donne un soufflet et reste englué. Se croyant retenu par un bonhomme vivant, il le menace encore, lui donne un second soufflet ; le voilà pris des deux pattes. Menace nouvelle, coup de pied ; les quatre pattes sont prises à leur tour ; sa colère est telle qu'il donne à son adversaire un coup de ventre qui le rend définitivement prisonnier. Le jardinier survient et court chercher le roi pour le faire assister à l'exécution du lapin, qu'il attache d'abord solidement avec de bonnes ficelles. Compère Lapin pleure, compère Éléphant passe et lui demande ce qu'il a.

« C'est que le roi, dit compère Lapin, m'a condamné à manger un bœuf tout entier. »

Compère Éléphant se dit que le bœuf lui serait peut-être d'une digestion plus facile qu'à un chétif petit lapin. L'idée de ce mets inconnu le séduit peu à peu. Il en arrive à envier le sort du malheureux, et lui propose tout bonnement de se mettre à sa place. Compère Lapin, délivré de

ses liens, garrotte à son tour l'imbécile glouton. Le roi cependant accourt à l'appel du jardinier et, sans s'étonner de la substitution, ordonne qu'on passe à l'éléphant un fer rouge au travers du corps. La chose faite, on débarrasse l'éléphant de ses liens, et tandis que la pauvre bête se sauve en hurlant, avec sa broche, l'ingrat Lapin lui lance, du haut d'un arbre qu'il a choisi pour observatoire, force quolibets dont Yette riait à se pâmer. Jamais, du reste, elle n'avait songé à se préoccuper de la vraisemblance ni de la moralité du conte, évidemment dédié aux gourmands et aux Jocrisses du pays. La *da* savait en outre les plus belles chansons. Il fallait l'entendre nasiller de sa voix railleuse :

Quand Milate metté ion bel zabi,
Prend chapeau et pis canne a tini,
Mesdames, quand Milate metté ion bel zabi,
I dit : « Négresse pas maman li 1. »

Mais c'était surtout dans les *titimes* ou énigmes qu'elle brillait ! Les devinettes nègres n'ont rien de très compliqué.

On est assis : Titime ! commence le sphinx en madras. — Bois sec ! répondent les enfants assemblés. — Rougeaud dit à Noiraud : Tiens bon ! tiens fort ! Si tu défonces, je suis mort ! »

Il faut deviner que Rougeaud c'est le feu et Noiraud la marmite. Si la marmite se défonce, il est clair que le feu sera éteint par le liquide qui tombera dessus. Yette devinait des titimes bien autrement difficiles que celle-là, ce qui aurait suffi à lui faire la réputation d'une petite personne capable, si la chose n'eût pas été établie d'avance.

« Je ne suis pas bête, disait-elle à ses parents, puisque je devine toutes les *titimes*, et, quant à ce qu'on peut lire dans vos livres, je parie bien qu'il n'y a rien d'aussi beau que les contes de ma *da*. »

Les parents avaient eu le tort de rire trop longtemps de ce qu'ils appelaient ses

---

1. Quand le Mulâtre met son bel habit,
Prend son chapeau et tient sa canne,
Mesdames, quand le Mulâtre met son bel habit
Il dit que la Négresse n'est pas sa mère.

drôleries, de se montrer trop indulgents en toute circonstance. Ils ne pouvaient oublier qu'ils avaient perdu plusieurs enfants, et tremblaient toujours pour ceux qui leur restaient, ménageant leur santé physique aux dépens même de leur santé morale. En outre, Yette était restée longtemps fille unique, et l'on sait que le malheur des enfants uniques est d'être souvent trop choyés, malheur très doux, mais qui n'en eut pas moins pour Yette des conséquences déplorables, et d'abord la première douleur de sa vie, une douleur honteuse, inavouable ! La naissance de Cora en fut cause. Habituée à régner seule au logis et dans le cœur de ses parents, elle souffrit de voir l'affection de ces derniers se partager équitablement entre elle et la nouvelle venue, la *da* s'installer jour et nuit auprès du petit berceau qui semblait devenu le centre des intérêts de chacun, une autre puissance, en un mot, s'élever soudain à côté de la sienne. On la vit devenir triste, maigrir ; son visage s'altéra, elle fuyait le petit être qui, croyait-elle, accaparait les soins et l'amour de toute la maison ; elle ressentait contre lui une sorte de colère farouche. La mère clairvoyante comprit avant sa fille aînée ce qui se passait dans cette âme impérieuse, où un excès d'indulgence avait laissé l'égoïsme se développer en liberté. Elle fut navrée non seulement de la voir malheureuse, mais surtout d'être obligée de reconnaître que Yette était capable d'un mauvais sentiment. Jusque-là elle avait excusé ses caprices, ses violences, en se disant qu'elle n'avait aucun défaut sérieux, il n'y avait pas à se le dissimuler pourtant : Yette était jalouse ! La mère n'essaya ni des réprimandes, ni des punitions ; elle traita l'enfant comme une malade, avec la plus douce pitié ; elle s'adressa par des moyens détournés à sa raison, sans lui laisser croire qu'elle l'eût devinée. Un soir, tout en allaitant la petite Cora, elle raconta négligemment à Yette, qui se tenait à l'écart, sombre et les yeux pleins de larmes, comme si on lui eût volé les caresses qu'on faisait à sa sœur, l'histoire vraie d'un petit

chien qu'elle avait amené au Macouba, lors de son mariage, et qui s'était laissé mourir de langueur lorsqu'un rival était venu détourner de lui toute l'affection de sa maîtresse.

« Quel rival ? demanda Yette.

— Mon premier enfant, que le bon Dieu m'a repris depuis. Je chassais souvent le pauvre Skip de la chambre, parce que ses aboiements troublaient le sommeil du baby, parce que ses gambades lui faisaient peur. Skip, s'apercevant avec un instinct merveilleux que sa part d'affection avait diminué, surtout depuis qu'il avait eu la méchanceté de mordre le petit innocent, refusa de manger, de boire, et dépérit très vite. Bref, on le trouva un jour dans sa niche réduit à l'état de cadavre. »

Yette avait écouté avec attention, la tête basse, les joues très rouges. Elle ne répondit rien, mais sa mère entendit, dans la demi-obscurité qui commençait à se répandre, un bruit de sanglots étouffés.

« Qu'as-tu ? » dit-elle.

Et comme Yette se taisait encore :

« Tu t'apitoies sur le sort de Skip ?

— Oui, répondit la petite fille, éclatant tout à coup, et puis... — les larmes l'interrompirent pendant quelques secondes, — et puis, je me disais que j'avais envie de faire comme lui, que je ferais comme lui certainement tôt ou tard, parce que, moi aussi, je ne suis plus si bien aimée... et à cause de celle-ci ! » dit-elle en désignant sa petite sœur d'une main qui semblait prête à la frapper.

Mᵐᵉ de Lorme frissonna et devint toute pâle. Elle se contint cependant, remit le poupon dans son berceau, puis, attirant Yette sur ses genoux, elle la tint à son tour étroitement pressée contre elle. En même temps elle lui parlait tout bas, s'efforçant de lui faire comprendre qu'elle s'abusait, que le nouveau don envoyé du ciel à ses parents ne lui faisait aucun tort, que, si l'on s'occupait davantage de la plus faible des deux, c'était par devoir, non par préférence.

« Toi-même, lui dit-elle, tu as tes de-

L'habitation du Macouba.

voirs de grande sœur, comme nous avons nos devoirs de père et de mère. Tu dois, dès à présent, ta protection à Cora ; tu lui devras plus tard l'exemple, et si je lui manquais un jour, si, la fortune de ton père s'écroulant, vous restiez, — ce qu'à Dieu ne plaise, mais tout est possible, — sans ressources comme tant d'autres, tu serais tenue, sous peine de mécontenter Dieu et ta mère qui ne serait plus là, de devenir la petite maman de ta sœur, de travailler pour elle, de te sacrifier au besoin pour son avenir. Comprends-tu ? Entends-tu, Yette ?... »

On eût pu croire Yette insensible à ces touchants discours, tandis qu'en réalité elle était trop pleine d'émotions nouvelles ; la stupeur la rendait muette. Jamais cette pensée ne lui était venue que sa mère pût mourir ; elle l'avait crue jusque-là destinée, par quelque glorieuse exception, à une jeunesse, à une beauté éternelles. De même, il lui eût paru impossible que son père pût être victime d'un de ces vulgaires accidents qui transforment du jour au lendemain l'opulence en pauvreté ; il lui semblait trop au-dessus du commun des mortels. Toute petite elle avait appelé la mer *grande rivière à papa ;* maintenant encore, elle ne supposait pas de limites aux savanes, aux bois, aux champs de cannes de l'habitation, qui lui représentait la terre entière. Une lu-

mière insoutenable pour ses yeux si longtemps aveuglés s'était faite en elle, tandis
que sa mère lui montrait, en même temps
que son devoir, de grandes et sévères vérités : —mort, pauvreté, effort, sacrifice, —
quels mots terribles, et comme ils devaient
faire travailler son imagination !

Sur ces entrefaites, la petite sœur tomba
gravement malade, et, pendant cette
maladie qui désolait et absorbait toute la
maison, Yette fut réellement négligée ;
mais elle n'était plus ni ombrageuse ni
égoïste ; ce n'était plus la jalousie qui faisait couler ses larmes. Tout le jour elle
restait assise devant la porte de Cora, guettant les nouvelles. Aussitôt qu'on le lui
permit, elle entra dans la chambre sur la
pointe du pied, elle si tapageuse d'ordinaire, et aida de tout son pouvoir aux soins
qu'exigeait l'état de Cora ; elle parlait doucement à celle-ci, l'amusait, lui apportait
ses joujoux, supportait sans se plaindre
qu'elle les cassât. Une nuit, la *da*, en ouvrant l'œil, fut frappée d'un spectacle
étrange qui lui fit croire qu'elle rêvait encore. Yette avait quitté son lit ; pieds nus
et en robe de nuit, elle priait devant sa
petite sœur endormie, s'arrêtant par intervalles pour baiser une main maigrelette
qui pendait hors du berceau. Qui sait si ce
ne fut pas à cette prière d'enfant que Dieu
accorda la vie de la malade ? Quoi qu'il
en fût, le premier sourire de Cora convalescente fut pour Yette, pour Yette encore
le premier baiser de ces petites lèvres pâles
que l'on avait crues à jamais refroidies. Le
tyran de la maison fut dès lors dominé par
un autre despote, qui abusait souvent des
droits qu'on lui laissait prendre.

« Elle est si faible ! » répétait Yette, pénétrée des paroles de sa mère sur la nécessité de faire, en cédant, acte de force
morale.

Le désir de donner le bon exemple la
décida, dans la première ferveur de sa
conversion, à se laisser initier aux mystè-
res de l'alphabet ; mais la persévérance
n'était pas chez elle à la hauteur du
zèle. Il lui parut suffisant de savoir ses

lettres, et bientôt elle revint, comme nous
l'avons vu, aux plaisirs de l'école buisson-
nière, avec une nouvelle recrue, sa petite
sœur, qui, dès qu'elle put marcher, fit le
diable, en l'imitant aussi bien que le lui
permettait son jeune âge.

III

LES ADIEUX

Cependant, malgré la volonté, arrêtée
en apparence, de M. de Lorme et la résignation de sa femme à tout ce qu'il désirait, Yette n'eût pas été exilée cette année-là encore, si le curé du Macouba ne
s'en fût mêlé. Il fit observer à ses amis
que leur fille, séparée de sa première
communion par deux années à peine,
n'était encore qu'une sauvage ignorante
de tout.

« Non seulement, dit-il, elle est incapable d'épeler deux lignes, mais, grâce à
ce beau jargon nègre qu'elle parle du
matin au soir à ses petits familiers, elle
ne sait pas le français ; ses manières n'ont
rien de commun, avouez-le, avec celles
d'une demoiselle...

— Vous seriez donc d'avis, comme moi,
de l'envoyer en France ? interrompit M. de
Lorme.

— Assurément.

— Au risque de désoler sa mère ?...

— Mme de Lorme, j'en suis persuadé,
aime ses enfants pour eux plus encore que
pour elle-même. Elle se consolera donc en
songeant que sa faiblesse eût étouffé le
meilleur des qualités de Yette, et que le
seul moyen de réparer le mal qu'elle lui a
déjà fait est de se séparer d'elle. Je ne
l'accuse pas, remarquez-le bien : ce défaut d'énergie des mères est presque général dans nos colonies ; il résulte probablement de notre climat, qui alanguit toutes
les volontés. Le moyen d'être ferme par
une température de 40 degrés au-dessus

de zéro ! Les Européens qui nous trouvent indolents en parlent à leur aise.

— Vous avez raison de chercher des excuses à ma femme, dit M. de Lorme, tous les torts sont à moi. C'eût été mon devoir de réagir contre cette mollesse des pays chauds et ces gâteries maternelles. J'ai été négligent.

— Non, trop occupé ailleurs, voilà tout. Tandis que vous travailliez à l'avenir de vos enfants, le présent souffrait un peu. On ne peut tout faire à la fois, et votre tâche était déjà lourde, mon ami. Je suis là pour l'attester, moi qui sais dans quel état déplorable feu votre père avait, au lendemain de l'abolition de l'esclavage, laissé la plantation dont vous avez, à force d'industrie, décuplé le produit.

— J'avais beaucoup à réparer, dit gravement M. de Lorme. Si mon père m'a laissé un médiocre héritage, j'ai d'abord, moi aussi, contribué à l'amoindrir par mon insouciance et mes folies, vous le savez bien ! Je ne pouvais résister au plaisir d'acheter pour moi un beau cheval américain ou un bijou pour ma femme ; j'aimais le jeu. La naissance des enfants m'a mis à la raison ; j'ai compris un peu tard que tout devait leur être sacrifié, je me suis occupé sérieusement moi-même de l'exploitation de ma propriété ; mais, pour renouveler mon outillage, pour me procurer un moulin puissant, des appareils de fabrication perfectionnés, pour acheter des animaux de travail en quantité suffisante, j'ai dû emprunter de grosses sommes, et c'est surtout la préoccupation d'en payer régulièrement l'intérêt, de me libérer sous quelques années et de laisser une situation nette, un bien-être réel à mes enfants, qui me tourmente. Souvent, quand il faudrait adresser à Yette une réprimande utile, je suis bien loin de ses espiègleries du moment. Je vois le jour où elle sera grande, riche, heureusement mariée ; je regarde le lointain brillant, mais incertain, sans m'apercevoir du caillou trop réel sur lequel je puis buter avant d'être arrivé au bout de ma tâche.

— Nous en sommes tous là, dit le curé avec bonté. Je sais ce que vous valez, mon cher ami. Aussi suis-je bien sûr que vous prendrez sans retard la résolution courageuse que l'intérêt de votre fille vous commande. Yette est un diamant... mais un diamant brut comme il n'est pas rare d'en trouver chez nous ; malheureusement nous n'avons point ici le secret de les polir, de leur donner toute leur valeur. Écrivez, je vous en prie, à votre digne ami Darcey. Il n'est que temps. »

M. Darcey était un riche banquier, copain de collège de M. de Lorme, et qui, malgré une séparation de vingt années, était resté lié avec lui d'amitié presque fraternelle. Ils s'écrivaient fréquemment ; M. Darcey avait rendu plus d'un service à cet ancien camarade qui portait aux nues son mérite. La lettre que M. de Lorme adressa, à son ami de Paris, renfermait la vérité tout entière sur le compte de Yette. Ce fut une confession complète, la confession des parents, il faut le dire, bien plus que celle de la petite fille. M. et Mme de Lorme s'en remettaient à M. Darcey pour le choix d'un pensionnat, et lui donnaient, à lui et à sa femme, tous les droits dont, quant à eux, ils n'avaient pas su bien user.

La réponse ne se fit pas attendre. Brièvement, selon sa coutume, et dans des termes un peu secs, car il avait toujours préféré l'action aux phrases, M. Darcey déclarait accepter la responsabilité dont on le chargeait, et indiquait comme excellent le pensionnat de Mlle Aubry, où avait été élevée sa fille.

« Non pas que ma fille soit un modèle, ajoutait-il, mais ses défauts appartiennent au monde où sa mère, malgré mes conseils, l'a conduite un peu trop tôt, tandis qu'elle ne doit rien que de bon à la personne distinguée qui l'a dirigée toute jeune. L'enfant indisciplinable dont vous me parlez se transformera chez Mlle Aubry. Tous les petits créoles sont insupportables, c'est convenu, et presque tous, sous une règle judicieuse, deviennent charmants. »

A la lettre de M. Darcey, aussi concise qu'une lettre d'affaires, Mme Darcey avait joint le plus gracieux des petits billets musqués, promettant de faire sortir Yette les jours de congé et de s'intéresser à elle comme à sa propre fille.

« C'est très bien dit, fit observer M. de Lorme après avoir lu, mais je compte surtout sur mon vieux Jacques ; celui-là tient toujours plus qu'il ne promet. »

D'ordinaire on ne recevait pas beaucoup de visites à l'habitation du Macouba ; aussitôt cependant que le bruit se fut répandu que la petite de Lorme allait « partir pour France », toutes les connaissances de sa famille vinrent dire leur mot, recommander la pension où avaient été élevées leurs filles, nièces ou pupilles, et féliciter Yette d'un bonheur qu'elle était loin d'apprécier.

« Vous allez connaître la mère patrie, » disaient les uns.

Yette ne comprenait pas : on lui avait toujours dit qu'elle était Française ; mais la Martinique lui semblait être la plus belle partie de cette France dont ses aïeux étaient originaires.

« Vous verrez des pays nouveaux, disaient les autres.

— Aucun ne pourra me plaire comme le Macouba.

— Vous deviendrez savante... »

Elle faisait une moue dédaigneuse et incrédule.

« Et puis, s'avisa de dire sa mère, affectant une liberté d'esprit qu'elle était loin de ressentir, nous irons la rejoindre avant la fin de son éducation. D'abord, nous lui enverrons sa petite sœur... »

Yette, à ces mots, l'attira vivement dans un coin où personne ne pouvait entendre, et là, fondant en larmes :

« Non, maman, dit-elle, je ne veux pas que Cora ait à son tour le chagrin que j'endure aujourd'hui. Me croyez-vous donc assez mauvaise pour me consoler en pensant qu'elle sera malheureuse, elle aussi ? J'irai en France, mais à la condition qu'elle ne vous quittera jamais. Quand vous l'amènerez ou quand je reviendrai, je lui apprendrai tout ce qu'on m'aura appris. Maman, je déteste les livres, mais je vous le promets, je travaillerai pour Cora. »

Mme de Lorme serra tendrement sa fille dans ses bras. Elle avait eu tort de craindre de la résistance, des emportements. Yette prenait son parti avec le courage du conscrit qui va au feu, tremblant dans l'âme, mais sans en laisser rien voir. Elle était fière, elle était brave, et n'étant rien moins que sotte, elle avait peut-être compris, que l'on agissait avant tout pour son bien.

D'autre part, cette petite fille n'était pas fâchée d'être devenue du jour au lendemain un personnage dont tout le monde s'occupait. Deux couturières travaillaient à son trousseau. On empila le linge fin et brodé dans ces caisses de fer-blanc, enfermées elles-mêmes dans un panier caraïbe, qui servent de malles aux colonies, malles incomparables sous le double rapport de l'élégance et de la légèreté ; on fit une caisse séparée de confitures de mangues, d'ananas, de tamarins, de citrons, de goyaves, en y ajoutant des oranges cristallisées, des noix d'acajou grillées, des sirops, des tablettes de coco et de pistaches, enfin des sucreries de toutes sortes. On emballa encore à part une splendide poupée noire, vêtue en capresse avec une *tête* de madras *calendé*, c'est-à-dire passé à la gomme et au jaune de chrome sur toutes les parties roses de l'étoffe, une chemise ornée de deux larges boutons doubles en or reliés par un anneau, une jupe éclatante, crânement relevée de côté dans la ceinture, des pendants d'oreilles gigantesques formés de cylindres juxtaposés et des colliers sans fin. Tous ces préparatifs, tous ces présents réussirent à distraire un peu Yette de son sacrifice. Du reste, on ne lui laissait pas le temps d'y penser beaucoup. C'étaient chaque jour des invitations, des fêtes en son honneur chez les voisins ; la veille même de son départ, un de ces pique-niques au bord de l'eau, que l'on nomme *parties de rivière*, fut organisé.

On y porta le *calalou*, cette classique purée d'herbes mucilagineuses cuites avec du lard et brassée d'un coup de *lélé*, d'un coup de bâton à cinq branches que l'on roule rapidement entre les mains.

Bien entendu, le calalou n'est qu'un prétexte à divertissements variés; on est en costume de bain, on se baigne avant, pendant et après le repas, on pêche des ceriques. Cette fois un lieu particulièrement favorable avait été choisi : un bassin ombreux et profond, formé par les obstacles qui retenaient en amont les eaux torrentueuses de la rivière. Après le calalou on grilla, en plein air, sur des charbons, la morue, la morue assaisonnée d'huile et de piments; on ajouta le court-bouillon mulâtre, la

On le rencontra partout, un soulier dans chaque main.

fricassée de volaille brune, à ce menu délicieux. Les enfants usèrent du droit, inséparable de toute partie de rivière bien organisée, de manger avec leurs doigts. Rien n'y fit ! personne n'avait ni appétit ni gaieté, personne ne réussissait à donner le change aux tristes préoccupations du moment.

Rentrée à l'habitation, Yette distribua des souvenirs aux trois petits nègres, ses compagnons ordinaires. Loulou eut un collier de graines de courbaril; Mesdélices, la préférée, une petite croix d'or, et Tom atteignit au faîte de toutes ses ambitions. Vain comme le sont ceux de sa race, il avait rêvé d'avoir des souliers; Yette lui

en donna une belle paire toute neuve. Il faut dire qu'elle n'usait guère de souliers, étant aussi empressée à les quitter pour courir pieds nus dans la savane, que Tom était envieux d'en avoir. Le négrillon fit une culbute de contentement qui scandalisa Mesdélices : sauter quand petite maîtresse partait !

Là-dessus, Tom répliqua qu'on aurait beau faire, qu'il ne quitterait jamais petite maîtresse.

« Et comment t'y prendras-tu, mon pauvre Tom ? On m'envoie en France.

— *Moë qué couri !* répondit-il en montrant ses jambes nerveuses.

— Courir ! il faudrait nager, et tu ne

sais pas ! Et puis nager pendant quinze
cents lieues de suite, y penses-tu ? Je n'ai
pas assez d'argent pour payer ta place sur
le bateau... sans compter qu'on ne voudrait pas de toi au pensionnat.

— Moë qué couri ! » répétait machi-
nalement Tom qui était retombé en contemplation devant les deux souliers et les
baisait l'un après l'autre.

Son illusion sur le plaisir d'être chaussé
ne dura guère. De même que bien d'autres ambitieux, il vit, en touchant au but,
le néant de son désir ; les souliers ne furent
portés qu'une fois et avec force grimaces.
Jamais singe ne souffrit davantage d'avoir
aux pieds des coquilles de noix, mais il
ne renonça pas pour cela au plaisir d'affi-
cher une supériorité sur ses camarades.
Longtemps après le départ de sa petite
maîtresse, on le rencontra partout un soulier à chaque main, et le sobriquet de Tom-
Botté lui resta toute sa vie.

Mais Yette n'est pas encore partie, et
nous assistons à ses adieux.

« Ah ! dit-elle, vous êtes bien heureux
vous autres, vous n'irez jamais en pension !
Allons ! ne sanglotez pas comme ça, petites bêtes ! vous me feriez pleurer aussi,
et il ne faut pas ! Nous ne nous quittons
pas pour toujours. Je reviendrai et, quand
je serai grande, je vous prendrai tous à
mon service. Vous n'aurez rien du tout
à faire. On dansera du matin au soir. Toi,
Mesdélices, je te promets que tu seras la
da de mes enfants. »

Mesdélices prit un air aussi important
que si elle eût été déjà investie de ses
graves fonctions de gardienne ; Loulou lui
jeta un regard d'envie.

« C'est bien convenu ! Ne m'oubliez
pas. Adieu ! Adieu ! »

Les trois petits serviteurs se jetèrent
la face contre terre en faisant retentir de
leurs lamentations le potager où se passait
cette scène pathétique, tandis que la petite
maîtresse courait vers la maison pour cacher son attendrissement.

Là, elle donna en toute propriété ses
vieilles poupées à Cora, qui battait des

mains d'allégresse, ne comprenant pas
encore ce que signifiait une *traversée*.

« Tu reviendras dimanche, disait-elle
à sa sœur, et tu me rapporteras un ménage
bleu en porcelaine de France. »

Yette ne la contredisait point, voulant
ménager sa sensibilité. Le cœur de la courageuse fille se gonflait d'orgueil en même
temps que de douleur. Elle était sage à la
façon d'une grande personne ; elle laissait
aux enfants qui ne savaient rien encore
de la vie et de ses amertumes leurs chimères consolatrices. Sa mère la remercia d'a-
voir été si prudente avec Cora, que la
pensée de ne plus voir sa sœur de longtemps eût rendue malade, tant elle était
impressionnable et nerveuse.

« Il faudra, lui dit-elle, que tu me trai-
tes, moi aussi, comme un enfant, que tu
ne me demandes pas de t'accompagner
au bateau. » M. de Lorme avait exigé de
sa femme ce sacrifice, craignant qu'elle
manquât de courage. « Nous nous sépare-
rons ici. Je pourrai me figurer que tu ne
vas qu'à Saint-Pierre, je ne verrai pas la
mer te prendre et t'emporter. Aie pitié
de moi, ma pauvre petite ! Sois forte pour
nous deux ! »

La *da* devait accompagner Yette en
France ; elle avait l'expérience des voyages,
ayant déjà fait celui de Paris dans sa jeunesse, avec la mère de Mme de Lorme.
La *da* était la personne la moins triste de
la maison, car elle devait rester avec sa
fille, comme elle la nommait, plus longtemps que les autres. Elle tint à ce que
rien ne fût changé jusqu'au dernier moment, et employa la soirée à conter l'un
de ses plus beaux contes : *le Merle et la
Tortue*. Ce conte a pour but d'expliquer
comment l'écaille de la tortue est partagée
en morceaux depuis certain déjeuner
donné dans le ciel par le bon Dieu aux
animaux de toute la terre. La Tortue
trouva compère Merle pour l'y porter ;
mais, à table, elle eut l'insolence de dire
au merle que sous l'aile il sentait le ravet.
« Compère Merle c'est ion bon ti zoiseau,
mais c'est dommage en bas zaile li lqué

senti ravett. » (Le ravet est une petite bête infecte qui pullule à la Martinique.)

Là-dessus, le Merle, choqué, l'abandonna.

L'Araignée, après avoir bien ri de cette aventure, proposa obligeamment à la tortue le bout de son fil pour descendre, lui promettant de filer jusqu'à ce qu'elle eût touché la terre et crié : Coupez ! Mais compère Merle avait tout entendu et méditait sa vengeance. Quand la Tortue fut à moitié chemin, il cria : « Coupez ! » et la Tortue, tombant sur le dos, se brisa l'écaille contre une roche.

D'habitude la scène du déjeuner céleste et les impertinences de la Tortue, excitée par trop de boisson, divertissaient outre mesure l'auditoire ; mais, cette fois, un morne silence accueillit les saillies quelque peu forcées de la *da*. Elle regarda autour d'elle et ne vit que des yeux humides fixés sur Yette qui, le visage penché vers la terre, s'efforçait en vain elle-même de retenir ses larmes. Pour rompre la glace, la *da* entama presque avec colère une nouvelle série tout à fait inédite d'interpellations comiques entre les animaux convives du bon Dieu ; mais soudain il parut qu'elle étranglait, une violente quinte de toux la saisit. Frappant du pied, elle se couvrit la face de son mouchoir et, sous ce voile, on entendit quelque chose comme le gémissement d'un pauvre chien qui aboierait à la lune. L'histoire de la Tortue ne fut jamais continuée.

IV

LE DÉPART

Le lendemain, à trois heures du matin, le départ eut lieu en bon ordre. M. de Lorme et la *da* étaient à cheval, et deux nègres, portant un hamac suspendu à des bambous, attendaient Yette, tandis que d'autres nègres à pied chargeaient sur leur tête les paniers caraïbes composant le bagage. Deux éclaireurs devaient marcher en avant, une liane de persil à la main pour écarter les reptiles.

La petite Cora dormait encore dans son heureuse ignorance de ce qui se passait. Attroupés devant la maison, les serviteurs s'étudiaient à composer leur contenance sur celle de la maîtresse, qui, pâle et les yeux rougis, faisait néanmoins tous ses efforts pour paraître calme. A plusieurs reprises, elle saisit sa fille entre ses bras, la bénissant tout bas, la couvrant de caresses et ne pouvant se résoudre à la laisser s'éloigner d'un pas. Par intervalles, un soupir, un sanglot, s'échappait du groupe des nègres violemment émus par cette scène navrante. Enfin, M. de Lorme appela Yette d'une voix qu'il rendait sévère pour qu'on ne s'aperçût pas qu'elle était altérée ; aussitôt, l'étreinte de la pauvre mère se desserra docilement. Il n'y eut pas un seul mot échangé entre elle et son enfant ; ni l'une ni l'autre n'eût osé articuler une parole, dans la crainte de perdre le fruit de cette victoire si péniblement remportée sur elles-mêmes.

« Yette ! » répéta le père.

Un dernier baiser à sa mère défaillante, un geste affectueux de la main aux gens qui s'empressaient autour d'elle avec des souhaits de bon voyage, un baiser, jeté dans la direction de la chambre de Cora, et Yette se laissa porter dans le hamac plutôt qu'elle n'y monta. Le silence était lugubre, on eût entendu voler une mouche ; l'heure mélancolique et solennelle ajoutait à la tristesse de ces mornes adieux. Il faisait un clair de lune tel que les Européens ne peuvent se le figurer, car, entre leur lune blafarde et celle-là il y a la même différence qu'entre le soleil des tropiques et celui du Nord. La caravane se mit en marche, toujours sans bruit. Par un mouvement irrésistible, Yette tourna la tête, une dernière fois, du côté de la maison. Elle vit, sous les deux palmiers qui en précédaient l'entrée, une sorte de noire fourmilière qui s'agitait ; elle ne vit pas sa mère ; la pauvre femme venait de s'évanouir ; le chagrin, trop intense pour ses forces, était momentanément suspendu.

« Elle sera rentrée dans sa chambre, pensa Yette, elle va secouer son mouchoir à la fenêtre. »

Mais aucun mouchoir ne se montra en signe d'adieu. Alors, cachant sa tête dans les profondeurs du hamac, elle se mit à pleurer tout à son aise.

La grande *da*, sur son petit criquet de cheval créole, haut comme un âne, affectait charitablement de ne pas la regarder, et M. de Lorme fumait d'un air de mauvaise humeur son cigare, dont la fumée lui entrait sans doute dans les yeux, car il ne cessait de les frotter du revers de sa main.

Les accidents de la route ne tardèrent pas cependant à occuper Yette. Il faut le pied sûr des chevaux indigènes, qui ne bronchent pas plus que les mulets des Alpes, pour venir à bout des obstacles qu'offre le chemin escarpé du Macouba à la Basse-Pointe. Il traverse un pays des plus pittoresques, mais aussi des plus sauvages et qui, sous les rayons diamantés de la lune, parut féerique à Yette, même dans la disposition désenchantée où elle se trouvait. Au fond d'une gorge formée par deux falaises coupées presque à-plomb, roulait la rivière du Macouba. Sous ces falaises se dessinaient de grandes voûtes semblables à des arcades naturelles. Les chevaux se tenaient au rocher comme s'ils eussent eu des griffes de chat ; ils ne parurent pas plus embarrassés que les nègres eux-mêmes sur les petits sentiers en zigzag, où un éboulement est sans cesse à craindre. Le moindre caillou qui roule donne l'alarme ; on longe, enserré entre deux chaînes de montagnes, le flanc du précipice ; puis il faut tantôt se tirer de ravins presque impraticables, tantôt franchir de petites rivières hérissées de roches grises, sur lesquelles les ponts ne durent jamais plus longtemps que d'un débordement à l'autre. Les nègres passaient à gué, bien que l'eau fût souvent très froide, quitte à se réchauffer ensuite par une accolade à la calebasse de tafia qui suivait avec les bagages. La planche, négligemment jetée d'une roche à l'autre, rebondissait comme un tremplin, ou même venait à chavirer. Dans le dernier cas, deux nègres repêchaient cette planche et la replaçaient. M. de Lorme et la *da* avaient fini par mettre pied à terre ; à chaque cours d'eau, un nègre entrait dans le lit et soutenait avec la main le bout du bâton de ceux qui défilaient. Alentour, toutes les terres présentaient des pentes abruptes, entrecoupées elles-mêmes de rochers. M. de Lorme expliqua à Yette que ces terres étaient les meilleures, même quand la canne ne peut y être plantée qu'au louchet, c'est-à-dire au moyen d'un piquet garni d'une pointe de fer qui remplace la houe aux endroits où celle-ci ne trouverait pas de place pour mordre le sol. Mais, dans ces terres-là, gare aux serpents ! Il peut y en avoir un sous chaque roche. Dans les pièces de terre que l'on sait infestées de ces reptiles, on coupe les cannes en cercle, en ayant soin de laisser au milieu un bouquet dans lequel les serpents vont naturellement se réfugier. On enlève toute la paille qui environne ce bouquet, l'atelier se place autour, le coutelas à la main, dans l'espace nettoyé ; on met le feu à la paille de canne qui couvre le sol de la citadelle des serpents, tous cherchent à fuir, et alors on les tue presque sans danger, vu qu'en marche ils ne peuvent piquer. Cependant, des serpents à demi rôtis se lèvent au milieu du feu et s'élancent contre les flammes, cherchant à les frapper de leurs dents venimeuses.

M. de Lorme entretint par ses discours une crainte salutaire des serpents chez sa fille, jusqu'au moment où la caravane atteignit le quartier de la Basse-Pointe. Il faisait jour ; au milieu des péripéties que nous venons d'énumérer, le court crépuscule qui précède le soleil avait passé inaperçu. En tournant la pièce de cannes qui marquait le coin d'une habitation, Yette fut éblouie par le nouvel aspect de la campagne qui s'étend jusqu'à la mer en une pente douce et fertile. La Basse-Pointe est le quartier le plus riche et le plus salubre de l'île.

On s'arrêta pour prendre le café. Yette, malgré les injonctions de son père, ne raient prendre aux reflets de velours du *poisgratte,* le fruit tentateur et perfide d'une liane élégante ; mais Yette sait que chaque poil de ce velours s'enfonce dans la chair et y cause des démangeaisons, des

La planche négligemment jetée d'un rocher à l'autre.

résistait plus à courir de tous côtés pour ramasser, selon son habitude, toutes les pierres, toutes les graines qu'elle rencontrait : les graines de réglisse rouge comme du corail et que nous nommons vulgairement graines d'Amérique, les pois mabouïa, sorte de gros haricot blanc attaché à une gousse ouverte et plate du plus beau cramoisi, et bien d'autres... Des chercheurs moins expérimentés se laisse-brûlures intolérables. Elle ne s'y frottera pas !... non, le cri perçant qu'elle vient de jeter est un cri de joie. Elle a découvert un nid de karouge sous une feuille de balisier. C'est le plus joli hamac-miniature tissé en fibres, qu'un petit oiseau aux vives couleurs arrache, Dieu seul sait comment, à quelque plante textile. Tout un système de cordages le suspend à la large feuille qui lui sert de toit. Les nègres, enchantés d'entendre leur petite maîtresse, tout à l'heure si accablée, rire et battre des mains, veulent s'emparer du nid, en se frayant une voie au moyen de leurs coutelas dans les broussailles inextricables qui protègent le balisier ; mais soudain Yette redevient grave.

« Non, non, laissez les pauvres petits à leur maman, » dit-elle par un retour sur elle-même.

Cette halte est féconde en incidents. Les chiens qui ont suivi la caravane profitent du temps d'arrêt ; ils lèvent une sarigue. Aussitôt les nègres de poursuivre le *manicou,* comme ils l'appellent ; il n'y a pas de serpents qui tiennent !... Sans précautions aucunes, ils pénètrent au milieu des rochers et des halliers épineux. Bientôt, cependant, la course cesse, le manicou est monté sur un arbre du haut duquel il grince des dents, en montrant aux chiens qui l'entourent sa redoutable mâchoire. Un nègre grimpe aussitôt dans les branches. Le manicou est un peu bête lorsqu'il se voit pris ; il manque absolument de sang-froid. Au lieu de gagner le haut du feuillage, de se suspendre au moyen de sa puissante queue et de défier ainsi toute attaque, il reste blotti sur une fourche où il se laisse saisir. On le muselle avec une liane, on lui attache les pattes antérieures derrière le dos, et on le prend par sa fameuse queue qui aurait pu lui rendre tout à l'heure si bon office.

Cette queue du manicou, la partie la plus singulière de sa bizarre personne, est dépourvue de poils et très dure ; il s'en sert pour pêcher ; à cet effet il la plonge dans l'eau Quand une écrevisse la mord, il donne une secousse qui envoie le crustacé trop confiant sur la terre ferme. Le manicou n'est pas seulement pêcheur, il est chasseur aussi ; il fait sa proie du serpent, quand il ne lui en sert pas. Les deux ennemis sont-ils en présence, le serpent se dresse, prêt à s'élancer. Le manicou s'arrête, hors de portée, rassemble des feuilles sèches, des mousses, des brins de bois mort en tas devant lui ; quand ce tas

est assez gros pour lui servir de bouclier, il le pousse et s'avance ainsi, sans offrir de prise à son adversaire. Dès qu'il se croit assez près, le rusé mesure sa distance, fait un bond, tombe sur le reptile comme la foudre, lui brise le col et le mange. S'il manque son élan, le serpent, au contraire, part comme un ressort, et lui, ne manque guère le manicou.

Les nègres apportèrent en triomphe leur capture à la petite maîtresse. En vain celle-ci intercéda-t-elle en sa faveur, il fut condamné à augmenter le déjeuner ; mais, soudain, cinq ou six petites queues, grosses comme celle d'une souris, sortirent de la poche qui leur servait de refuge. Le manicou était une femelle ; au premier indice du danger, un cri d'appel avait ramené la progéniture dans le sein maternel.

« Du moins, dit Yette, vous aurez bien soin de ceux-ci, vous les élèverez en *caloge*. Je ne les verrai pas grandir, ajouta-t-elle avec un soupir. Papa, recommandez à Cora de ne pas leur tirer la queue, comme elle fait trop souvent à ma chatte. Dites-lui de laisser tranquilles, si elle m'aime, ces jolis petits manicous. »

La caravane se reforma pour continuer le voyage. Le pays était devenu plat et uni ; les chevaux avançaient vite sur une assez bonne route, élevée de vingt à vingt-cinq pieds environ au-dessus de la mer ; leur allure équivaut au petit trot. Les nègres, les tenant par la queue, se laissaient soutenir et entraîner ainsi. C'est le grand plaisir des nègres ; rencontrent-ils sur la route, lorsqu'ils sont seuls, un cavalier dont la figure leur inspire confiance, vite ils demandent la permission de prendre la queue de son cheval, et, si las qu'ils puissent être, les voilà lancés à la course. M. de Lorme avait sa fille en croupe ; on passa la rivière Capot, on se rafraîchit à la Grande-Anse, car la chaleur sévissait déjà violemment.

Yette, qui s'était laissé d'abord amuser par le voyage, n'en sentait plus que la fatigue lorsqu'elle atteignit Saint-Pierre.

V

COMBATS DE COQS

Saint-Pierre est la capitale commerciale de la Martinique, comme Fort-de-France en est la capitale administrative. Serrée entre la mer et une ceinture de montagnes, elle s'allonge sur une longueur de près de cinq kilomètres. Yette reçut chez des amis de ses parents cette hospitalité créole qui est bien la plus simple, la plus gracieuse et la plus cordiale à la fois que l'on puisse imaginer.

M. Desroseaux, l'un des riches négociants de Saint-Pierre, n'avait pas d'enfants, mais il élevait auprès de lui l'un de ses neveux, jeune garçon un peu plus âgé que Yette, qui connaissait déjà le petit Maxime, car, à la suite d'une grosse maladie, il était venu passer au Macouba le temps de sa convalescence, le changement d'air lui ayant été ordonné. C'était un bel enfant, vif, espiègle et d'une remarquable intelligence ; mais Yette avait gardé le souvenir de sa bonne humeur avec les gens, beaucoup moins que celui de sa cruauté inconcevable envers les bêtes. Ce défaut est fréquent du reste chez les jeunes créoles ; très braves et très déterminés pour leur compte, ils ont la fureur du combat et dressent les animaux à s'entredéchirer. Rencontrait-il, par exemple, sur les murs un de ces lézards qu'on appelle *anolis*, Max fabriquait vite avec de l'herbe le lacet cabouïa, dont les nègres se servent pour prendre les serpents. Habitué au frôlement des herbes, l'anoli ne bougeait pas quand le cabouïa lui effleurait le museau. Crac ! Max donnait une secousse et l'anoli, muni d'un collier solide, avait beau se débattre, il était prisonnier. Aussitôt, avec l'aide de Tom ou d'un autre négrillon, Max s'en procurait un second et, malgré les protestations de Yette, qui détestait que l'on tourmentât un être vivant, si peu intéressant qu'il fût, les deux anolis étaient mis en présence. Il n'y a rien de plus colère et de plus belliqueux que ces lézards des tropiques : leur jabot se gonfle, ils s'attaquent avec fureur, sans motif, pour le seul plaisir de se battre ; leur mâchoire est une arme puissante ; leur peau, si dure que les dents acérées n'y pénètrent que difficilement, est une excellente cuirasse. La lutte peut être longue, et, s'ils sont de force égale, la mort seule y met un terme.

Max attrappait aussi à la glu des moissons, petits oiseaux rageurs au bec vigoureux, qui ressemblent beaucoup à nos pierrots d'Europe. Quand il en tenait un, il lui taillait une crête dans un morceau de drap rouge, et puis lâchait la pauvre bête, qui, toute joyeuse, retournait auprès des siens ; mais alors commençait une furieuse bataille. Les autres frères-noirs, comme les nomment les nègres, ne reconnaissant plus leur semblable dans cet oiseau pourvu d'une crête à la façon d'un coq, tombaient sur lui et le chassaient de la compagnie, non sans avoir perdu eux-mêmes plus d'une plume, car le proscrit protestait énergiquement contre l'ostracisme qui le frappait.

Ces menues férocités, qu'elle ne pouvait empêcher, inspiraient à Yette une sorte d'horreur ; elle ne savait comment l'exprimer à Maxime ; mais sans cesse elle lui répétait :

« Méchant ! si tu étais à la place du père-noir ou du pauvre anoli ! »

Et Maxime de rire, tout prêt à se fâcher, n'admettant pas qu'on le comparât à une bête. Ce qui étonnait Yette, c'était que, sur d'autres points, il fût le meilleur garçon du monde, capable de pleurer quand le moindre accident arrivait à l'un de ses camarades.

« Comment cela se fait-il ? avait-elle demandé souvent à sa mère. Il est impossible pourtant qu'il ait bon cœur. »

Elle sut un jour à quoi s'en tenir sur ces apparentes contradictions.

Dans sa basse-cour, il y avait un coq superbe, bien campé sur des pattes ni trop longues ni trop courtes, l'œil ardent, la queue ornée de longues plumes recourbées jusqu'à terre, les pieds munis d'éperons insolents qui lui donnaient une démarche comparable à celle d'un cuirassier en bottes à l'écuyère.

« Est-il coquet ! dit une fois Max en le regardant avec admiration. A-t-il l'air fier ! Il ferait bon effet au *pit!*

— Qu'est-ce que c'est que le pit ? » demanda Yette curieuse.

Max lui expliqua comme il put que le *pit* est une sorte de puits, d'arène plutôt, avec de la sciure de bois par terre et une palissade pour séparer les combattants des banquettes où sont assis les spectateurs. Une toiture en forme de chapeau chinois recouvre le tout : « Et, ajouta le petit Desroseaux, il y a une foule ! Comment, tu ne connais pas cela ? Les femmes n'y vont jamais, c'est vrai, — et Max se redressa d'un air d'importance, — mais tu aurais pu du moins en entendre parler. Ton papa ne fait donc jamais battre des coqs ?

— Quelle horreur ! s'écria Yette, comment une personne raisonnable commettrait-elle cette méchanceté ?

— Mon oncle à moi a des coqs *guemme* [1], répondit Max ; déjà il m'a emmené plusieurs fois au pit.

— Qu'est-ce qu'on y fait ? demanda Yette, de plus en plus intriguée.

— Eh bien, on regarde deux coqs se battre. Les piteurs les présentent bec à bec, afin qu'ils se mordent, puis reculent jusqu'à la palissade et posent les deux coqs à terre. Les coqs s'approchent l'un de l'autre en s'observant, puis ils se mettent à piétiner en traînant de l'aile, à *carrer,* comme on dit, et celui qui a le malheur de carrer à portée de son adversaire est sûr de recevoir le premier coup. Alors

l'adversaire bondit sur lui avant qu'il ait eu le temps de se mettre en défense, et il faut les voir se rapprocher, le cou tendu en baissant la tête, et s'élancer souvent en même temps, et renverser leur patte...

— Mais, à la fin ?... demanda Yette.

— Oh ! à la fin, cela dépend ! Quand le coq le moins fort ne se relève plus à l'approche de l'autre, on arrête le combat, car, autrement, aucun coq guemme ne sortirait vivant du pit. Ces braves bêtes ne demandent jamais grâce. Viens seulement chez nous, tu verras Jobinette, c'est un fameux ! »

Et, en effet, le premier soin de Yette, en arrivant chez les Desroseaux, fut de demander à voir Jobinette.

M. Desroseaux qui, tout propriétaire de coqs guemme qu'il fût, était un homme charmant, conduisit lui-même la petite fille jusqu'aux *boxes,* proportionnées à leur taille, où l'on préparait ses coqs au prochain combat. Il lui expliqua que, chaque matin, après les avoir baignés, on les attache à l'ombre, en ajoutant qu'une seule fois par jour ils recevaient un peu de maïs.

« Ceux de notre basse-cour sont plus heureux, dit Yette, s'adressant à son père. Ils font tout ce qu'ils veulent. »

M. Desroseaux continuait à lui apprendre que les coqs sont pesés comme des chevaux de course et soigneusement mariés, assortis de façon qu'ils aient des chances à peu près égales.

« Oh ! mon Dieu ! s'écria Yette sans l'écouter, que celui-ci est laid !

— Laid, Quimboi ?... s'écria Max avec indignation, un coq-faisan huppé, noir comme un corbeau ! Tu ne t'y connais pas. Il a l'air d'un vrai diable ; à cause de cela on l'appelle Quimboi, le sorcier.

— Et c'est justement parce qu'il a l'air d'un diable que je le trouve laid ; et puis, ses éperons sont sciés...

— Sans doute, pour attacher ceux de fer qui lui sont utiles.

— Et il n'a pas de crête !

— Parbleu ! la crête donnerait prise au

---

1. Corruption du mot anglais *game,* jeu. Le combat de coqs est aussi populaire aux Antilles et au Mexique que le sont en Espagne les courses de taureaux, en Angleterre les courses de chevaux. Les noms de *Doublon* et de *Trois-Rivières,* deux vieux routiers invincibles, figurent, à la Martinique, dans les annales du combat, comme les noms d'*Éclipse* et de *Gladiateur* chez nous dans celles du turf.

M. Desroseaux conduisit lui-même la jeune fille
jusqu'aux « boxes » des coqs.

bec de son adversaire ; elle serait vite déchirée... on la lui rogne...

— La dernière fois qu'il s'est battu,
le pauvre Quimboi a eu le dessous, dit
M. Desroseaux, nous avons cru le perdre.
Blessé dans les muscles, il pouvait à peine
marcher ; mais il attendait encore l'ennemi
et, par un dernier effort, il lui a crevé les
yeux en y enfonçant ses deux éperons. »

Yette frissonna de la tête aux pieds.

« Et celui-là, Monsieur, celui-là ? » dit-
elle en montrant un coq franc, couleur
acajou foncé, la poitrine gris cendre ta-
cheté d'orange, les panaches dorés, magnifiques en somme, mais déplumé par places

et malade évidemment, ou tout au moins
très fatigué.

— Celui-là, c'est Jobinette (Croquemitaine), notre grand vainqueur. Cette semaine même on l'a conduit au *pit*, et il a,
du premier coup, donné une gorge coupée
à son adversaire, c'est-à-dire qu'il lui a
coupé une veine qui a déterminé une hé-
morrhagie interne ; au second coup, il l'a
renversé sur le dos. Le combat a duré trois
quarts d'heure, l'ennemi est tombé onze
fois et s'est toujours relevé après le délai
de rigueur. C'était un héros, lui aussi. A
la fin, Jobinette lui a fait sauter le cer-
velet ; il est sorti de là blessé en maint

III.

endroit, mais sans une goutte de sang à la tête ni au cou. — Pourquoi donc, dit M. Desroseaux en s'interrompant, pourquoi cette petite est-elle toute pâle ?

— Ah ! Monsieur, s'écria Yette parlant créole tout à coup avec volubilité, comme elle le faisait toujours dans les moments où la vivacité l'emportait, le bon Dieu n'avait pas fait les coqs si méchants que vous les faites.

— Que veut-elle dire ? demanda M. Desroseaux.

— Yette vous accuse d'avoir gâté l'œuvre du bon Dieu par une mauvaise éducation, » dit M. de Lorme en souriant pour faire passer la leçon, mais en jetant toutefois un coup d'œil très significatif sur Max aussi bien que sur Jobinette.

C'était la première fois que M. Desroseaux était averti de l'immoralité des combats de coqs, et le reproche auquel il s'attendait si peu lui venait d'un enfant.

« Pourtant, allégua-t-il, en faisant battre les coqs, on excite chez eux un instinct naturel, voilà tout.

— Si vous excitiez les instincts naturels du jeune coq que voilà, dit à voix basse M. de Lorme, désignant Max d'un mouvement des paupières, n'y aurait-il pas lieu de craindre que le résultat de cette excitation ne fût un caractère de duelliste et de joueur, le caractère créole, au dire de bien des gens, mal informés sans doute ? Quant à moi, reprit-il tout haut en caressant la tête de sa fille qui le priait des yeux de parler pour elle, comprenant qu'elle avait remis la cause des coqs aux mains d'un bon avocat, quant à moi, j'avoue que je suis jusqu'à un certain point de l'avis de ma petite Yette. Je repousse les combats qui favorisent le jeu en provoquant des paris et qui habituent les hommes à voir couler le sang avec indifférence.

— Du sang de coq ! s'écria Maxime.

— Mais, cher ami, dit M. Desroseaux, les courses de chevaux sont plus cruelles, puisqu'elles peuvent entraîner mort d'homme.

— Aussi je ne fais pas l'apologie des courses de chevaux, répliqua M. de Lorme. Sur ce chapitre, je me déclare incompétent ; mais je crois tous ces spectacles violents des plus malsains, surtout pour la jeunesse. Voyez l'effet qu'ils produisent sur nos enfants : Max est déjà endurci plus qu'on ne devrait l'être à son âge, et voici Yette tout près de se trouver mal au seul récit de ce qui, pour notre neveu, n'est qu'un amusement.

— Oui, murmura Yette, je comprends maintenant pourquoi il faisait battre les anolis et les pères-noirs. S'il est méchant, ce n'est pas tout à fait de sa faute.

— Je ne connais personne ici, nègre ou blanc, qui ne raffole des combats de coqs, dit M. Desroseaux. Chez quelques-uns, cette passion devient une monomanie. Vous avez rencontré La Falaise, mon vieux voisin ? poursuivit-il en s'adressant à M. de Lorme. Eh bien, il ne quitte pas le *pit*, et le goût du jeu, des paris, du gain en un mot, n'y est pour rien. C'est un amateur désintéressé. Le regarder pendant le combat est presque aussi amusant que le combat lui-même. Il gesticule comme un possédé, il applaudit les beaux coups, de quelque part qu'ils viennent. L'un des coqs est-il blessé à l'aile, il agite ses bras avec des grimaces ; est-ce à la patte, il lève la jambe comme si c'était lui qui eût été frappé. Mon Quimboi ayant reçu un jour certaine blessure à la tête, qui lui fit jeter les hauts cris, ce pauvre La Falaise secouait son toupet avec fureur, portait la main à son oreille et poussait des aïe ! aïe ! désespérés. »

Les deux enfants éclatèrent de rire à la fois. M. Desroseaux avait réussi à dissiper l'émotion de Yette.

« Voilà, reprit l'oncle de Maxime, ce que j'appelle dépasser les limites raisonnables. La Falaise ne dédaigne pas de *piter* ses favoris lui-même, il descend avec eux dans l'arène, il les assiste, il a fait une science de ce qui n'était qu'un passe-temps. Je n'y avais pas pour ma part trouvé grand inconvénient jusqu'ici... cependant... »

M. Desroseaux réfléchit une seconde, puis se tournant vers Yette avec la bonne grâce créole :

« Ma petite amie, lui dit-il, seriez-vous vraiment bien contente si désormais Jobinette se reposait sur ses lauriers, s'il n'allait plus jamais au *pit ?*

— Oh ! Monsieur ! Monsieur ! vous me le donnez ? s'écria Yette en bondissant. Vous me faites cadeau de ce pauvre coq, dites ?...

— Eh ! qu'en ferez-vous si je vous le donne ?

— Je tâcherai de le rendre heureux.

— Mais, fit observer Max, qui paraissait plongé dans une méditation profonde, tu ne pourras pas l'emporter en France ?

— C'est vrai, je pars après-demain, dit Yette avec un profond soupir. Je l'avais oublié ! Jobinette continuera donc à donner et à recevoir des gorges coupées.

— Non, non, dit Max avec vivacité. Tenez, mon oncle, faisons un grand plaisir à Yette. Vous avez promis de m'accorder en échange de mes bons points ce que je désirerai. N'envoyez plus nos deux coqs au *pit*. Je ne vous demande pas autre chose. Laissez-les vivre à leur guise et ne se battre qu'autant qu'ils en auront envie. »

M. Desroseaux sourit :

« Voilà, dit-il, de la vraie galanterie. Eh bien, je tiens, moi aussi, à ce que Mlle Yette se rappelle toujours son passage dans notre maison. Pour l'amour d'elle, je mets à la retraite ces deux vaillants soldats. Donnez du maïs aux invalides.

— Oh ! s'écria Yette, oubliant dans l'excès de sa joie ses chagrins personnels, oh ! Monsieur, comme je vous remercie ! Et je suis contente que tu aies demandé cela pour moi, dit-elle en se jetant au cou de Max, car je te croyais aussi méchant que Jobinette. Maintenant je peux t'aimer beaucoup tout à mon aise. »

Leur amitié, que devait cimenter l'avenir, data en effet de ce jour-là.

VI

L'AJOUPA DE MAX

Yette, enchantée de la victoire qu'elle venait de remporter, se montra tout le temps de son séjour chez les Desroseaux d'une gaieté charmante. Max avait congé en son honneur. Aussitôt qu'elle fut un peu reposée, on l'emmena visiter la ville, qui lui parut fort intéressante; car elle n'en avait jamais vu d'autre. A chaque pas, la question : — Paris est-il plus grand ? revenait sur ses lèvres. La grande rue longue, montueuse, bordée de maisons irrégulières, la place Bertin, centre du commerce, avec un millier de barriques rangées, d'où dégoutte assez de sucre pour nuire aux arbres environnants, le théâtre, les magnifiques boulevards ou savanes, les boutiques, sous les auvents desquelles brillent des bijoux et autres marchandises de France, la frappèrent d'admiration. Elle fut moins surprise, habituée qu'elle était aux beautés de son cher Macouba, par cet incomparable Jardin des Plantes que les Européens nouvellement débarqués visitent comme l'une des merveilles du monde, un abrégé de toutes les curiosités du règne végétal. Tout y est réuni en effet, gorges agrestes, riantes vallées, eaux jaillissantes, montagnes chargées de l'enchevêtrement impénétrable des forêts vierges; mais, pour le touriste, rien n'égale l'allée de palmistes, cette double colonnade aux fûts d'argent, aux chapiteaux formés de majestueux panaches ; quelques-uns atteignent cent quatre-vingts pieds de hauteur et leurs feuilles sont longues de plusieurs mètres.

Yette cependant n'était pas un touriste ; sa première enfance, aussi sauvage que celle d'un jeune Robinson, s'était passée dans une étroite intimité avec la nature même ; les copies de la nature, fussent-elles faites avec art, devaient donc la laisser assez dédaigneuse. Tout citadin qu'il

Un abrégé de toutes les curiosités du règne végétal.

— Comment! il faut traverser l'Enfer pour arriver aux grands bois? s'écria Yette en reculant d'un pas.

— Petite folle! dit Max d'un air de suffisance, c'est le nom d'un rocher. Deux blocs énormes forment comme un porche, et dans le fond on entend le mugissement d'une chute d'eau dont la vapeur vient vous frapper la figure. C'est effrayant! »

Et, à grands renforts de gestes, il entreprit de dessiner sur le sable avec son bâton de cerceau le chemin taillé en corniche qui s'accroche au flanc de la montagne, avec le précipice à droite, au fond duquel coule la rivière. Et puis, tout à coup, le chemin s'arrête comme si une portion de la montagne s'était écroulée, le précipice vous entoure, et la Porte-d'Enfer s'ouvre béante, noire comme la nuit.

Le bâton de cerceau s'évertuant à démontrer tout cela sans accompagnement de paroles, Yette ne comprenait pas très bien; n'importe, elle admirait.

« Et, dit-elle, qu'y a-t-il donc dans les grands bois?

— Je vais vous le dire, répliqua M. Desroseaux, arrivant au secours de Max qui s'embrouillait. D'abord, à chaque pas, on rencontre une cascade ou une petite rivière; ensuite le chemin s'engage sous une voûte de feuillage qui ne vous laisse plus apercevoir le ciel; les lianes sont impénétrables; aucun autre bruit que le bruit du torrent qui coule parallèlement au chemin, ne frappe vos oreilles, mais celui-là suffit à les remplir. Brusquement, le lit de

était, Maxime, qui lui servait de guide, était de son avis; depuis certaine excursion dans les grands bois, il ne rêvait plus que d'aller camper au bord d'une rivière, de s'y bâtir un ajoupa de bambou couvert en feuilles de balisier, et là de vivre de sa pêche.

« Où trouve-t-on les grands bois? demandait Yette. J'aimerais mieux cent fois y aller que de me laisser enfermer dans une vilaine pension.

— Oh! répondit Max, ils ne sont pas bien loin. A dix minutes de marche du fond Saint-Denis où demeure bonne maman, on voit la Porte-d'Enfer qui est comme l'entrée des bois...

la rivière s'élargit sur une pente plus douce, et votre horizon s'élargit aussi ; le jour pénètre à travers les branches, les oiseaux se remettent à chanter, et la route sinueuse que vous suivez semble dessinée au milieu d'un parc.

— Oh ! s'écria Max en frappant dans ses mains, que vous contez bien cela, mon oncle ! Je crois y être ! Parlez donc à Yette des Deux-Choux !

— C'est, reprit M. Desroseaux que Yette écoutait dans un religieux silence, un endroit ainsi nommé à cause des palmiers gigantesques qui se trouvaient placés à droite et à gauche du chemin. Ces arbres sont morts depuis plusieurs années. Là, aboutit l'embranchement de la route qui conduit à la Trinité ; une petite case sert d'abri momentané aux passants, car il ne faut pas songer à faire halte en plein air. On est arrivé sur l'arête de la chaîne de montagnes qui traverse l'île, du nord au sud, et un piton, un sommet dont la tête retient les nuages en ce lieu, y fait tomber une pluie continuelle.

— Et là, vous avez pris un tiembé cœur (morceau sur le pouce), interrompit Max, avant de vous mettre à la recherche des palmistes. Mon oncle en a coupé un lui-même, Yette !

— Oui, dit M. Desroseaux, nos nègres nous aidant avec leurs coutelas, nous nous étions frayé un chemin au milieu d'une véritable pépinière de palmistes de différentes espèces. Nous avons abattu trois arbres ayant de quarante à cinquante pieds. Le dernier, trop entouré d'arbres, ne tombait pas ; il fallut le couper sept fois pour l'amener à terre. Nous en avions assez ensuite, et ne nous sommes plus attaqués qu'à de petits palmistes, commençant seulement à montrer leur partie ligneuse ; ils donnent du reste un chou aussi gros que les autres. Notre salade fut délicieuse.

— Et les bois que vous avez traversés ensuite étaient plus beaux encore que les premiers, dit Max avec feu. Figure-toi, Yette, qu'à chaque instant on rencontrait de petites sources et que des ceriques

énormes, couleur de citron, partaient sous vos pieds.

— Bon pour mon crabier, fit observer Yette.

— Dans toutes les clairières, poursuivit M. Desroseaux, d'énormes fougères arborescentes formaient des parasols de dentelle. Nous atteignîmes une maison de refuge, dernier vestige d'une petite colonie militaire disparue. Des rosiers, des citronniers, des lauriers-roses y fleurissaient ; plus loin le chemin est coupé par la Rivière-Blanche, qui va se jeter dans la mer non loin de là. Les poissons passaient entre nos jambes quand nous marchions dans l'eau. On doit y faire des pêches miraculeuses.

— Aussi est-ce à cet endroit que je compte bâtir mon ajoupa ! s'écria Max.

— L'endroit n'est pas unique, dit M. Desroseaux ; les rivières courantes et bondissantes sur des rochers ne manquent pas chez nous. Un seul quartier de l'île fait exception, c'est le Lamentin, la grande plaine humide située au sud-ouest ; les terres y sont fortes et souvent noyées, les eaux mauvaises, les sources inconnues. Il y règne des fièvres dangereuses.

— Oh ! nous n'irons pas là, interrompit Yette. Dis donc, Max, tandis que tu bâtiras ton ajoupa, fais-le assez grand pour moi. Que ce doit être beau, cette Rivière-Blanche !... Que tu es heureux de t'être promené dans les grands bois !

— Lui ? dit M. Desroseaux, il n'a rien vu de tout cela ; comment voulez-vous qu'un enfant de son âge marche comme je l'ai fait dans ce voyage ? Nous étions deux ou trois amis chargés de sacs, armés de bâtons contre les serpents, un revolver à la ceinture pour les cas d'attaques plus sérieuses ; nos domestiques portaient les provisions. Lorsque nous avons atteint Balala et de là Fort-de-France, nos habits étaient en lambeaux, nos bottes crottées jusqu'aux genoux ; à peine avions-nous figure humaine. Un gamin de l'âge de Max serait mort de fatigue en route.

— Comment !... dit Yette consternée,

avec un coup d'œil de reproche à maître
Maxime, comment ! tu n'as rien vu ? Et
tu me faisais des dessins, tu me racontais...

— Mon oncle avait vu pour moi, répondit Max avec aplomb, et, quand j'aurai
achevé mes classes, j'irai aussi visiter les
grands bois, mais pour y rester dans mon
ajoupa.

— Nous verrons cela, dit l'oncle.

— Oh ! vous m'avez promis de me laisser faire si j'en avais toujours envie...

— Je maintiens ma promesse, et je dors
bien tranquille.

— Mais, dit Yette, puisque nous sommes
décidés à passer notre vie dans les grands
bois avec maman et Cora, bien entendu,
et vous aussi, papa chéri, pourquoi nous
envoie-t-on en pension ? Nous n'avons pas
besoin de savoir tant de choses !

— Nous prenons nos précautions, dit
M. Desroseaux, de crainte que vous ne
changiez d'avis.

— Oh ! quant à cela !... commença Max
d'un air de suffisance.

— Au moins, dit Yette, ton collège est
à Saint-Pierre, tandis que moi... »

Elle s'interrompit, sentant qu'elle allait
pleurer.

VII

LE CRABE « VOYÉ [1] »

Quand ils passèrent de nouveau sous les
manguiers ombreux de la savane des Pères-
Blancs, Yette remarqua que plusieurs *das*
qu'elle avait rencontrées portaient sur la
tête une boîte peinte en rouge écarlate,
d'où sortait par un trou le goulot d'une
bouteille.

« Qu'est-ce qu'elles portent là ? demanda-t-elle à Max.

— C'est la boîte à manger, le déjeuner
des enfants qui sont à l'école, répondit le
jeune garçon qui remplissait en conscience
son rôle de cicerone.

1. Ensorcelé.

— On reste donc bien longtemps à l'é-
cole, qu'il faut y porter les repas ?

— De huit heures du matin à cinq heures du soir ; mais il y a les jours de congé,
les petites vacances du mois de juin,
les grandes vacances du 20 novembre au
10 janvier...

— Bon ! pensa Yette, c'est sans doute la
même chose à Paris. Ainsi ma *da* m'apportera tous les jours à manger dans une
belle boîte rouge. Il doit y avoir de très
bonnes choses là-dedans. »

Elle fut plus rassurée encore quelques
heures après, en constatant l'air heureux
de tous les enfants qui revenaient de l'é-
cole. Les familles sont très nombreuses à
la Martinique, de sorte que c'était par les
rues un flot babillard de fillettes et de
jeunes garçons accompagnés de leurs *das*
respectives. Les petites filles en âge d'aller
à l'école quittent la gaule, ce vêtement de
la première enfance, pour des robes à taille ;
mais seules les élèves du couvent avaient
la robe noire, égayée d'ailleurs par le ruban
qui indique chaque classe ; les autres portaient des robes de percale descendant jusqu'aux genoux et un petit pantalon à corps
retenu par deux épaulettes qui ne gênaient
pas leurs libres mouvements. Des chapeaux
de paille les abritaient contre le soleil. Ces
demoiselles, de même que les garçons de
toutes couleurs qui sortaient du collège, se
pressaient autour du marchand d'*acras*,
petites fritures dont les jeunes créoles sont
si friands. Yette se dit que la pension n'empêchait décidément pas d'avoir bonne mine
et de s'amuser.

Un spectacle qui lui parut moins joyeux
fut celui que donnent les chiens dans les
rues de Saint-Pierre. Les chiens de la Martinique sont tous laids et assez maltraités
à la campagne même, mais en ville leur
sort est affreux. Ils peuvent le disputer à
ceux de Constantinople pour le nombre, la
voracité, l'abandon, la mine affamée. On
voit parmi eux des ombres de chiens, qui
se disputent les débris les plus repoussants.
Sur la place Bertin, ils rôdent sans cesse
pour lécher le gros sirop filtrant au travers

des barriques ou saturé de poussière sur le pavé.

Yette regardait presque avec crainte ces bandes errantes. Un baril de farine vint à se défoncer devant elle, aussitôt les chiens de se bousculer en s'entre-déchirant pour laper la farine sèche.

« S'ils ont faim, dit Yette, pourquoi ne mangent-ils pas cette saucisse qui est tombée là-bas ?

— Oh ! s'écria Max, ils ne sont pas si bêtes ; c'est une de ces saucisses empoisonnées que la police fait semer quelquefois pour en tuer le plus possible, mais les coquins flairent le danger ; il y en a un plus gourmand et plus malin que les autres, pourtant, qui mange la saucisse et qui n'en meurt jamais ; il est malade, mais un bain dans le canal de la rue le remet.

— Pauvre bête ! » dit Yette, lui jetant, faute de pain, le gâteau qu'elle était en train de manger et qui cependant lui semblait très bon.

Vers sept heures on rentra dîner, mais ce ne fut pas sans avoir assisté à une scène étrange.

Devant la maison de M. Desroseaux, l'un des serviteurs de la famille, un vieux nègre nommé Trésor, tenait un balai d'une main, un énorme crabe de l'autre :

« Voilà un crabe superbe, dit M. Desroseaux, — et il fit observer que ce crabe gris, le crabe de terre, était le plus délicat de tous ; — il a dû s'échapper, ajouta-t-il, de quelque baril où l'avait emprisonné une cuisinière du voisinage. Il faut tâcher de savoir laquelle, pour le lui rendre. »

Mais Trésor ne répondit que par un *hon* significatif, accompagné d'un hochement de tête soucieux et du mot de *voyé* chuchoté entre ses dents ; puis il jeta de toutes ses forces le crabe dans le canal ouvert au milieu de la rue pour l'écoulement des eaux de chaque maison, et l'écrasa du coup.

Max se récria, M. Desroseaux haussa les épaules.

« Ce serait, dit-il, peine perdue d'essayer de lui prouver que ce crabe n'est pas un animal *voyé* !

— Oui, dit M. de Lorme en riant, c'est là une des formes favorites de la sorcellerie des nègres. Et avez-vous jamais bien compris ce qu'ils entendent par ce mot *voyé*, envoyé, qui leur inspire une terreur si extraordinaire ? Un individu voit un gros rat qui ne se laisse pas prendre au piège ; tout de suite il va dire que c'est un *rat voyé*. Une canne, un parapluie a été oublié dans la maison, personne n'y touche, ces objets pouvant bien être *bagages voyés* ; sur le chemin on ne ramassera ni couteau, ni mouchoir, ni aucun petit objet, de crainte qu'il ne soit ensorcelé. Si quelqu'un manque à cette règle et tombe malade, son entourage ne manquera pas de dire : *C'est mal io fai i* (c'est du mal qu'on lui a fait). Les accidents les plus naturels sont expliqués ainsi.

— A qui le dites-vous ? répliqua M. Desroseaux. Un matin j'entends une grande rumeur dans la maison contiguë à la nôtre, dont elle est séparée par un petit mur de terrasse seulement. Je vois un brasier s'allumer, je crois à un incendie. Quelle est ma surprise d'apprendre qu'un crapaud *voyé* est la cause de tout ce tapage, et que les habitants de la chambre où on l'a trouvé n'ont rien pu imaginer de mieux pour le détruire que d'allumer un cercle de feu autour de lui, au risque de faire flamber la maison ! Ce crapaud n'était autre qu'un crapaud de la Dominique, grenouille géante fort appréciée des gourmets, que j'avais dans ma cour depuis plus de deux mois. On m'en avait envoyé une demi-douzaine de l'île qui les produit, et je les laissais dans une jarre, ne pouvant me résigner à voir figurer ce mets sur ma table. L'un d'eux réussit à s'échapper et fut assez mal inspiré pour sauter par-dessus le mur. Tombé sur le toit, il était entré par une lucarne dans la chambre haute, où le cri *ion crapaud voyé* avait attiré bien vite une trentaine de personnes.

— A force d'aller à l'école, les nègres ne croiront plus à ces bêtises, n'est-ce pas, mon oncle ? dit Max.

— Il faudra du temps pour chasser de

Trésor tenait un balai d'une main
et un énorme crabe de l'autre.

leur tête les lubies de sortilèges, de philtres et d'empoisonnements, répondit M. Desroseaux, et quant à éclairer des vieillards comme Trésor, c'est impossible, ils tiennent à leurs idées ; d'ailleurs, celui-ci est d'une simplicité toute particulière, excellent homme du reste. Je ne l'ai grondé rudement qu'une fois dans sa vie, et il prit la chose si fort à cœur, qu'il déclara n'avoir plus qu'à se noyer. Le voyant courir bouleversé du côté de la Grosse-Roche, où vont se baigner les habitants du Mouillage[1], je mets quelqu'un

à sa poursuite ; c'était inutile, mon Trésor était résolu ; il se déshabille avec emportement, puis, au moment de se jeter à la mer, il s'aperçoit qu'il est en nage : « Oué ? dit-il, moë pas qua tombé dans eau, moë trop chaud ; moë se hâpé ion fluxion de poitrine. » Et, dans la crainte d'attraper une fluxion de poitrine, il renonça sans hésiter à son projet de suicide. »

Les naïvetés de Trésor défrayèrent la conversation de tout le dîner, et Yette en rit aux larmes.

_____

1. Partie sud de Saint-Pierre.

Les porteurs se ruaient sur les bagages.

VIII

FORT-DE-FRANCE

Les adieux entre les de Lorme et les Desroseaux ne furent pas trop tristes, bien que Yette regrettât de quitter si vite son ami Max, qui était décidément un gentil compagnon. Il y eut beaucoup de présents échangés. La petite fille emporta plus de *pains doux,* de pâtisseries qu'elle n'en aurait pu manger pendant les quinze jours de la traversée. Elle ne s'ennuya pas sur le bateau qui la conduisit à Fort-

de-France. Le trajet est très court; à peine si la brise d'est ridait les flots. Son père lui expliquait tous les accidents du merveilleux paysage que l'on ne perd pas de vue : c'est d'abord la ville de Saint-Pierre, en demi-cercle, derrière une forêt de mâts de navires, étageant ses toitures rouges jusqu'aux premiers contreforts de la montagne ; puis les habitations qui étalent toute la luxuriante végétation des tropiques ; puis les grands bois qui font suite aux terres cultivées, et enfin la cime de la montagne Pelée dominant le tout et plongeant dans les nuages.

Au nord, l'horizon est fermé par un

long bras de montagnes qui viennent, s'abaissant graduellement, former la pointe Lamarre.

M. de Lorme désigna aussi à Yette le morne Labelle que couronne l'arbre appelé fromager ou cotonnier mapou. Quand les gousses renfermant ses semences s'ouvrent, il jette sur la ville et sur la rade des nuages de coton. Cette neige d'espèce particulière dure plusieurs jours. Les falaises sont tantôt tapissées de plantes d'une richesse extraordinaire, et tantôt composées de roches nues comme la « Grosse-Roche » noire du morne d'Orange, au-dessus de laquelle est placée une vierge colossale.

Entre les falaises se creusent d'admirables vallons; les maisons de campagne sont à demi cachées parmi les lianes, et chacun des bourgs coquettement éparpillés çà et là pourrait fournir un sujet de tableau, le Carbet surtout, avec ses cocotiers admirables et le pont hardi jeté sur sa rivière, près de l'embouchure.

Un navire venant de France avait été signalé; la mer était couverte d'une multitude de petites voiles qui se précipitaient à sa rencontre : c'étaient des pirogues, longues de vingt pieds sur trois de large, creusées dans un tronc d'arbre et garnies de chaque côté d'un léger bordage de six pouces de haut. Un nègre placé à l'arrière gouvernait au moyen d'une pagaie; deux autres nègres, pendus à l'écoute de la voile, un pied sur le rebord du canot et le corps penché du côté du vent, faisaient contrepoids; selon que la brise fraîchissait ou semblait mollir, ils se couchaient littéralement sur la mer, on se redressaient un peu afin de maintenir dans son aplomb la pirogue, dont l'énorme voilure offrait au vent une prise considérable.

Des luttes s'engageaient entre les pirogues; l'une d'elles vint à chavirer; aussitôt les trois nègres de nager autour de leur esquif, de le démâter, de le relever, d'en faire sortir l'eau en lui imprimant un balancement régulier, le tout avec aisance. En moins de cinq minutes ils avaient remis à la voile, et de plus belle fendaient l'onde.

Le débarquement des passagers du bateau à vapeur s'effectua au milieu d'un tumulte épouvantable. Les porteurs se ruaient sur les bagages comme si ceux-ci eussent été leur bien. Les luttes les plus violentes s'engageaient partout. Un monsieur s'était assis sur sa malle et défendait une valise contre certain nègre dont le bras seul était visible au milieu de la foule, tandis qu'un autre barbiste[1] s'efforçait de tirer la malle sous lui, le soulevant de terre à chaque effort. Une femme, la jupe relevée et serrée au-dessous des hanches par un mouchoir, arrachait de droite et de gauche les sacs de nuit aux mains crispées pour les retenir. M. de Lorme poursuivait un porteur chargé du bagage de Yette qui, prête à pleurer, ne réussissait pas à le rejoindre avec sa *da*. Désespérant de rassembler ses malles éparses de tous côtés, il dut faire appel à un mulâtre vêtu d'une tunique à galons qui indiquait sa qualité de sergent de ville. Ce personnage regardait d'un air calme les scènes qui avaient lieu autour de lui; néanmoins, à la demande de M. de Lorme, il intervint pour rappeler le porteur trop zélé, mais ne réussit qu'à se faire appeler *mal blanchi* et *mauvais gendarme ti bâton*. C'est le nom que donnent volontiers les nègres aux agents de la police municipale. A cette insulte, le sergent de ville saisit l'insolent au collet; mais l'autre, laissant tomber la malle de toute sa hauteur, envoya, d'un coup de tête dans l'estomac, « le gendarme petit bâton » s'asseoir à dix pas. La foule applaudissait, quand soudain un cri se fit entendre : « Mi gendarme grosse botte! » Puis le silence le plus profond s'établit, et le sergent de ville, qui s'était relevé, arrêta au hasard, sans rencontrer de ré-

1. Barbiste, faiseur de barbe, celui qui fait un travail accidentel et bien rétribué. Le barbiste a horreur du travail régulier.

sistance, les braillards qui se trouvaient sous sa main, en se plaignant d'insulte envers des agents de la force publique. Le portefaix, cependant, avait piqué une tête dans la mer, plongé sous le vapeur et disparu à la première alerte. Ce changement à vue dans l'attitude de chacun avait pour cause l'apparition des buffleteries jaunes, qui, à la Martinique, ont plus de prestige que partout ailleurs. Un vrai gendarme, que les nègres désignent sous le nom de *grosses bottes*, avait rétabli l'ordre en se montrant ; mais M. de Lorme ne jugea pas à propos de lui conter sa mésaventure, étant bien sûr de retrouver tôt ou tard ses bagages disparus, et en effet ils étaient tous rassemblés à la porte du premier hôtel. Les *barbistes* attendaient leur pourboire et le reçurent le sourire aux lèvres, en bénissant leur cher petit maître, leur joli petit maître.

Bien entendu, les nombreux amis que M. de Lorme comptait dans la ville ne lui permirent pas de rester à l'hôtel, et Yette fut encore fêtée ; on la promena sur la magnifique savane qui s'étend du Carénage à la baie des Flamands, et de l'hôtel du Gouvernement au fort Saint-Louis, sombre et majestueux sur le rocher dont il semble faire partie. C'est là que se réunissent matin et soir tous les habitants de Fort-de-France, de Port-Royal, comme on disait naguère en souvenir du temps où la ville se composait de quelques cases placées sous la protection du canon, et n'était guère peuplée que des défenseurs et des employés de la place forte.

Au milieu de la savane se dressait la statue d'une jolie dame qui, — on eut soin de l'expliquer à Yette — partit, elle aussi, toute jeune pour la France où elle devint, selon la prédiction d'une vieille négresse, plus que reine. La statue de Joséphine est placée en face du bourg des Trois-Ilets, où naquit la créole impératrice ; mais Yette n'accorda qu'une médiocre attention à ce qu'elle prit pour un conte de fées.

A mesure qu'approchait l'heure de son embarquement définitif, il devenait plus difficile de la distraire. Encore une nuit, et le *Cyclone*, dont elle avait entrevu la masse énorme avec un frisson d'effroi, allait l'emporter loin de tout ce qu'elle aimait.

IX

EN MER !

On s'embarque sur le paquebot français à quai, au Carénage, port naturel fermé par le fort Saint-Louis, que l'on contourne pour sortir. La pauvre Yette ne comprit pas bien comment elle se trouvait transportée sur le *Cyclone* ; le tapage, l'encombrement avaient recommencé plus terribles encore que la veille. Elle en était tout étourdie ! Tant qu'elle eut la main dans celle de son père qu'elle serrait de toutes ses forces, Yette n'eut pas nettement conscience de ce qui allait se passer. Le bateau transatlantique était plus vaste que la plus grande maison ; il renfermait des salons somptueux, des boudoirs pour les dames, des fumoirs pour les messieurs, des salles de bain, tout ce que peuvent exiger le confort et le luxe. Les lampes, les porcelaines, les verreries étaient suspendues de façon à osciller sans danger. L'ensemble parut à Yette vraiment magnifique, à l'exception toutefois des cabines qui ouvraient sur un long corridor, petites et pressées les unes contre les autres comme les cellules d'une ruche d'abeilles. M. de Lorme avait assuré à sa fille l'une des meilleures, qui renfermait deux lits superposés pour elle et sa *da,* une table de toilette, une banquette, et, attachés au mur, deux gros morceaux de liège dont Yette s'empressa de demander l'usage. Une sorte de maître d'hôtel, qui l'avait introduite, lui répondit en souriant que c'étaient des nageoires au moyen desquelles on se soutenait sur l'eau en cas de naufrage, et M. de Lorme profita, pour s'esquiver, de l'attention mêlée d'une certaine dose d'effroi qu'elle prêtait à cette explication peu rassurante. Quand Yette ne vit plus son père à ses côtés, quand, un coup de canon ayant retenti, elle sentit le navire s'ébranler et partir, une impression d'horreur soudaine s'appesantit sur elle, semblable à celle du condamné qui, absorbé jusque-là par mille détails puérils, est arrivé au pied de l'échafaud sans presque s'en rendre compte. Elle jeta un grand cri de détresse et tomba éperdue dans les bras de sa *da*.

Que de choses elle aurait eu à dire encore, que de commissions à donner pour sa maman et pour Cora! Comme elle avait mal répondu aux baisers de son père! Et il était trop tard! Quel mot affreux!

Lorsque Yette sortit de ce premier paroxysme de désespoir, le navire était déjà loin, et les passagers, rassemblés sur le pont, agitaient leurs mouchoirs en réponse aux signaux d'adieu qu'on leur adressait de la Savane, dont on n'apercevait du reste qu'un petit coin obscurci par la fumée des nombreuses cheminées d'usines.

Les clameurs d'une enfant en colère, qui trépignait et ordonnait qu'on la ramenât à terre, attirèrent quelques personnes. On s'attroupa auprès de la petite furie, comme l'appela aussitôt une dame étrangère; les uns souriaient d'un air moqueur, les autres, ayant entendu qu'elle réclamait sa mère d'une voix déchirante, témoignaient quelque pitié. Une jeune femme proposa d'aller chercher ses enfants pour jouer avec elle; mais Yette ne voulait parler à qui que ce fût, elle repoussait du pied et des poings tous ceux qui essayaient de la calmer, et finalement elle se rendit si importune, que le capitaine, à qui son père l'avait recommandée, pria la *da* de faire cesser cette scène.

« Elle sera mieux en bas, dit-il, et du moins ne se donnera pas en spectacle. »

Malgré la vigoureuse défense de Yette qui la pinçait, l'égratignait et se tordait avec de véritables convulsions, la *da*, éplorée elle-même, emporta sa petite maîtresse dans la cabine. Il faut avoir habité ces cases étroites et presque privées d'air pour savoir combien on y est mal. Tout le beau courage dont Yette s'était armée s'évanouissait devant les réalités désagréables du voyage, et surtout devant la certitude que chacun des plongeons de cet odieux vaisseau l'éloignait de ses parents. Elle voulait les revoir, les revoir tout de suite, exigeant ainsi l'impossible et s'en prenant de tout à la pauvre *da*, qui, le madras arraché de sa tête crépue et les vêtements déchirés par la griffe de cette terrible enfant, présentait une image grotesque et lamentable à la fois du désordre et de l'ahurissement.

« Je ne veux pas partir! répétait sans cesse Yette, je ne veux pas être partie, j'aime mieux mourir! »

Comme elle prononçait ces mots, il lui sembla que le ciel l'exauçait; sa bouche resta entr'ouverte et muette, l'extrémité de son petit nez se glaça, un violent mal de tête accompagné d'éblouissements et de vertiges, déroba les objets à ses yeux, des nausées épouvantables se joignirent à une sueur tour à tour froide et brûlante; il lui semblait que toutes les oscillations du navire se répétaient dans son estomac. Le mal de mer avait commencé pour Yette. N'ayant jamais navigué, elle n'en connaissait ni les symptômes ni même le nom. La *da*, qui l'avait déjà éprouvé à plusieurs reprises et qui commençait elle-même à le ressentir de nouveau, ne s'en effraya pas. Elle maintint dans la position horizontale sa petite malade, qui bientôt n'eut plus la force de crier ni seulement de tourner la tête, lui prépara une boisson réconfortante la soigna jour et nuit sans songer à son propre malaise, tandis que Yette se plaignait tout bas, suppliant la *da* d'arrêter cet affreux mouvement d'escarpolette, reprochant à la mort, qu'elle croyait proche, de venir si douloureuse, et demandant par intervalles qu'on la jetât à la mer, ce qui faisait rire les vieux matelots habitués à ces divagations. Tout autour d'elle il y avait des malheureux atteints de la même manière. Ce supplice dura tant qu'on fut près des côtes ; il eut le bon effet de faire oublier momentanément à Yette ses souffrances morales. Quand elle se retrouva, un peu chancelante encore, sur le pont où l'on respirait la vie des eaux, avec les plaisirs mondains, les commérages, l'élégante oisiveté que ce genre d'existence comporte. Yette fut placée à table entre les deux enfants qu'elle avait si rudement repoussés tout d'abord

Lui parlant des petits-neveux qui l'attendaient.

brise pure et saline, au lieu de l'épaisse atmosphère des cabines, elle se sentit comparativement heureuse.

Après la jouissance d'être enfin debout et au grand air, il y en eut une autre, celle de dîner du meilleur appétit après une longue diète. La table du *Cyclone* était aussi bonne que celle d'un hôtel de grande ville, et, de fait, ce caravansérail flottant était une ville à sa manière, une ville très peuplée, où l'on vivait à peu près de la et qui, dès le premier repas, devinrent ses amis intimes. C'étaient deux petits Anglais répondant aux noms de Ned et de Bob. Presque aussi turbulents qu'elle-même, ils se laissèrent volontiers entraîner, comme naguère Tom, Mesdélices et Loulou, à des tours qui, sur terre, n'eussent été qu'extravagants, mais qui, à bord, devenaient fort dangereux.

La maman de M. Ned et de M. Bob et la *da* de Mlle Yette voyaient avec épouvante ces trois petites ombres agiles courir sur les bastingages, sortir couverts de taches de la souillarde, grimper dans les haubans, tourbillonner autour des machines, passer par tous les trous comme des rats effarouchés. Encore Bob et Ned obéissaient-ils à la voix de leur mère quand elle les rappelait; Yette se bornait à répondre invariablement de sa position périlleuse : « Moë qua vini! » du ton le plus câlin, mais sans bouger du reste. On fait à la Martinique un abus irritant de cette phrase : « Moë qua vini[1], » et d'une autre locution du même genre : « Moë pas save[2], » qui dispense de chercher même à comprendre. « Moë qua vini » et « Moë pas save » forment le fond de la langue créole.

Le grand-père de Yette, planteur de la vieille roche, devenait féroce quand ses esclaves lui faisaient une de ces deux réponses. Derrière son fauteuil étaient suspendues deux rigoises ou cravaches; l'une était baptisée *Moë pas save* et l'autre *Moë qua vini*. Chaque fois qu'on lui faisait une de ces deux réponses, il envoyait le coupable chercher celui des instruments qui portait le nom de la faute commise, et il s'en servait sans pitié. Il était fâcheux peut-être qu'il n'eût pas usé de ce régime pour corriger sa petite-fille.

« Quel dommage qu'on ne fasse pas un mousse d'une pareille gaillarde ! disaient les hommes de l'équipage qui, malgré tout, avaient fini par la prendre en amitié. Un petit lion pour le courage, le pied marin, le mot pour rire ! toutes les qualités, quoi ! »

La *da* gémissait, roulait des yeux et arrachait toute la laine de son crâne sans aucun résultat; le capitaine intervenait avec sa grosse voix pour menacer de mettre la rebelle aux arrêts, voire de lui donner les étrivières, mais Yette ne faisait qu'en rire; elle savait bien qu'il n'était pas si sévère, car, souvent il l'avait prise sur ses genoux en lui parlant de ses petits-neveux

1. Je viens.
2. Je ne sais pas.

qui l'attendaient dans son pays de Bretagne. Il allait même excuser son indisciplinable protégée auprès des gens qui se plaignaient de visites indiscrètes faites dans leurs cabines, où tout était brisé, mis sens dessus dessous par Mlle Yette. Les excentricités dont elle se rendait coupable n'empêchaient pas cette dernière, chaque soir, avant de s'endormir, de parler avec larmes de sa mère chérie; mais les passagers, n'assistant pas à ces retours, la considéraient comme un simple démon. Longtemps ils entretinrent leurs familles et leurs amis respectifs de la détestable éducation des enfants créoles et de toutes les frayeurs, de tous les ennuis qu'ils avaient dus au plus enragé de tous sur le *Cyclone*.

X

PREMIER ACCUEIL

Il ne faut qu'une quinzaine de jours pour atteindre Saint-Nazaire ; mais cette traversée, qui paraît si courte comparée aux lenteurs des voiliers, est sans doute bien longue pour ceux qui ont à la subir, car la vue de la terre fut saluée sur le *Cyclone* par des acclamations de joie presque générales. Je dis presque, car Yette n'y mêla pas les siennes. Elle n'éprouvait que l'appréhension du débarquement, des visages nouveaux qui allaient l'accueillir, du genre de vie tout à fait inconnu qu'il lui faudrait affronter. Ce navire, quelque inhospitalier qu'elle l'eût trouvé d'abord, était encore un peu le pays natal, il était parti avec elle du rivage aimé dont il semblait que, comme elle, il gardât le souvenir; son père y avait posé le pied pour parler à ce brave capitaine dont les bontés, passablement bourrues, l'avaient attachée en si peu de temps. Quand elle vit la mer grise se briser, sous un ciel de la même teinte livide, contre les quais noirs et rébarbatifs

comme des remparts, elle se figura vaguement qu'aborder serait faire naufrage, et
qu'elle allait être une pauvre petite épave
jetée sur des écueils où elle ne pourrait
vivre. Son cœur se serra presque autant en
apercevant les côtes de France que lorsqu'elle avait vu s'effacer celles de la Martinique.

On aborda sous une pluie fine, à l'heure
triste qui n'est plus le jour et qui n'est
pas encore la nuit. Quelques réverbères
commençaient seulement à s'allumer çà et
là, le pavé inégal était glissant, et l'humidité si pénétrante, qu'on se fût cru en décembre plutôt qu'aux premiers jours d'octobre. Comment décrire les impressions
de la pauvre Yette, habituée à la pureté
presque inaltérable de son ciel bleu ? Elle
avait bien entendu parler de l'hiver, mais
l'hiver chez elle était doux comme notre
été. Toute transie, elle se serrait contre
la *da* en demandant s'il faisait toujours
aussi froid. Le capitaine n'oublia pas sa
petite protégée, même au milieu des soins
d'un débarquement, et ce fut fort heureux,
car, sans lui, personne n'eût pensé à Yette.
Chacun avait bien assez de ses propres
affaires ; d'ailleurs, chacun aussi retrouvait des amis, des proches dont la bienvenue chaleureuse était faite pour inspirer à
celle qui n'était attendue par personne
de lugubres réflexions.

Yette regardait ces gens se jeter dans
les bras les uns des autres, avec un sentiment que comprit tout de suite la bonne
da, car l'amour peut tenir lieu d'esprit, et
la pénétration de cette humble créature
était grande quand il s'agissait des chagrins de sa petite maîtresse.

« Un jour, dit-elle, vous retrouverez
vos parents et votre pays, vous aussi, et
vous serez contente ! »

Cette radieuse perspective suffit à sécher les yeux de Yette, mais presque aussitôt ils se mouillèrent de plus belle ; le
jour promis par la *da* lui semblait si éloigné ! Elle craignait de ne pouvoir jamais
y atteindre ! Le capitaine la conduisit lui-
même au chemin de fer et l'installa dans

un wagon. Elle s'imaginait qu'il allait
prendre la direction du train comme il
avait eu celle du *Cyclone,* qu'il serait son
capitaine partout et à toujours. Lorsqu'il
lui dit adieu, elle ne put retenir un cri
de désappointement. — Rien de ce qui
est bon ne dure donc en ce monde ? —
Tel était évidemment le sens douloureux
du cri de la pauvre Yette.

« Vous viendrez me voir à la pension ?
dit-elle en tendant vers lui ses bras par
la portière.

— Ce serait bien volontiers, mais mon
service ne me permet pas d'aller maintenant à Paris. »

Pas même lui, son ami des derniers
jours ! Un coup de sifflet retentit, la loco-
motive souffla, cette rude et franche figure
encadrée de favoris-nageoires disparut à
ses yeux, comme celle d'un bon génie qui,
après tous les autres, l'abandonnait. Une
nouvelle connaissance l'attendait, il est
vrai, à Paris. En descendant sous la gare,
elle vit un monsieur sec et chauve, le paletot boutonné jusqu'au menton, qui, alternativement, ouvrait les portières de
tous les wagons comme s'il eût cherché
quelqu'un, et regardait sa montre comme
un homme qui n'a pas de temps à perdre.
C'était M. Darcey, le banquier, à qui son
père l'avait recommandée. Il ne connaissait pas la pupille qui lui était annoncée ;
mais, sachant qu'une négresse l'accompagnait, il lui fut assez facile de la découvrir. Personne parmi les autres voyageurs
ne ressemblait à la *da,* dont le visage et le
costume attiraient l'attention de tout le
monde.

« Enfin, dit M. Darcey, enfin ! ce maudit train est en retard de plus d'une
demi-heure. C'est vous, mademoiselle de
Lorme ? Parbleu ! tout le portrait de mon
ami Georges. Vous faites bien de lui ressembler ! Dix colis !... Et pour quoi faire,
bon Dieu ! En pension, vous n'aurez pas
besoin de tant de nippes ! La robe de mérinos noir, voilà tout ! Ces créoles sont
tous les mêmes. Donnez-moi votre billet
de bagage ; au lieu d'attendre, j'enverrai

On aborda sous une pluie fine.

vite à la Bourse. La voiture s'arrêta sous la porte cochère d'une belle maison de la Chaussée-d'Antin, et un domestique, qui paraissait faire le guet, pria Mlle de Lorme, comme si elle eût été une grande personne, de vouloir bien monter. Ce fut un terrible moment pour Yette. Malgré ses allures indépendantes, elle était fort timide et n'avait vu le monde qu'à de rares intervalles, un petit monde tout intime et bienveillant, du reste, et qui néanmoins l'effarouchait au point qu'elle osait à peine répondre par monosyllabes aux avances des meilleures amies de sa mère. Et elle allait se trouver devant une étrangère qu'on lui avait dépeinte comme fort imposante et difficile! La pauvre enfant ne prévoyait pas encore ce que serait l'épreuve.

Ce vendredi néfaste se trouvait être le jour de réception de Mme Darcey, et le salon où on l'introduisit, toute couverte encore de la poussière du voyage, était rempli de belles dames en visite, dont l'attention se tourna aussitôt sur elle de la manière la plus inattendue et la plus déconcertante. Elle s'arrêta tout court, elle eût voulu s'échapper, disparaître; mais la maîtresse de la maison la retint par la main, puis la conduisant au milieu du cercle curieux, se mit à raconter son histoire, en insistant sur le chagrin qu'elle avait dû ressentir de quitter la belle habitation du Macouba et « ses adorables parents, des gens si distingués, si bien posés là-bas, par parenthèse » !

chercher tout cela. J'ai déjà perdu trop de temps. Venez ! »

M. Darcey ne fut nullement sympathique à Yette tout d'abord ; elle se demanda, étonnée, pourquoi son papa l'aimait tant. Peut-être, quand M. de Lorme l'avait connu, n'avait-il pas encore cette physionomie soucieuse d'un homme que les affaires absorbent tout entier. Il s'acquittait en conscience de la corvée qui lui incombait, mais eût évidemment préféré n'être point dérangé.

M. Darcey fit monter Yette et sa *da*, qui, ni l'une ni l'autre, n'avaient osé articuler un mot, dans son coupé, jeta un ordre au cocher et, quant à lui, s'en alla

Le résultat d'une pareille présentation était facile à prévoir. Yette, les joues en feu, la gorge serrée par une contraction nerveuse qui lui faisait craindre d'étouffer, chercha quelque temps son mouchoir, de la main que l'étreinte de Mme Darcey laissait libre, et, ne le trouvant pas, prit le parti de relever brusquement sa jupe pour y cacher un visage inondé de pleurs. Ce mouvement fut accueilli par des rires et des expressions de condoléance entremêlés, que couvrait un grand frou-frou de soie. Mme Darcey parut choquée ; elle n'avait pensé, en parlant d'une famille opulente à laquelle l'unissaient quelques liens de parenté lointaine, qu'à satisfaire sa propre vanité.

Créole comme la mère de Yette, cette personne, remarquablement belle et élégante du reste, résumait en elle tous les travers d'une race dont Mme de Lorme n'avait que le charme et les meilleures qualités. Ses parents, d'origine bourgeoise, s'étaient affublés par vanité du nom de La Falaise, probablement celle où se trouvait située l'habitation de leurs ancêtres, habitation qu'ils n'avaient plus, si elle avait existé, car on ne leur connaissait qu'un comptoir, autrement dit un magasin. De bonne heure, Mlle de La Falaise avait aspiré aux délices de la vie parisienne entrevues dans un voyage. On eût dit que Saint-Pierre où elle était née fût pour elle un lieu d'exil ; elle ne parlait que des modes de Paris. On l'avait finalement mariée à un habitant de la ville de ses rêves, et maintenant son incurable vanité s'exerçait d'une autre façon. Elle vantait aux Parisiens les séductions de tout ce qui était originaire de la Martinique, se décernant ainsi une louange indirecte, à laquelle son entourage faisait écho par des compliments, cela va sans dire. La flatterie était, avec la toilette, ce qu'elle aimait le plus, mais il est présumable que, intérieurement, les adulateurs se moquaient de ses prétentions, de son indolence et de sa nullité.

L'arrivée de Yette avait défrayé ce jour-là l'entretien souvent languissant ou frivole du vendredi. Mme Darcey s'était répandue sur l'incomparable beauté des enfants créoles, et avait annoncé sa cousine Mlle de Lorme, comme une merveille. Or, la pauvre Yette faisait exception à la règle générale ; bien que créole, elle ne pouvait passer pour vraiment jolie, en aucun temps et moins encore après une telle série de fatigues, d'émotions. Quand les visiteurs eurent déclaré qu'elle avait de grands yeux noirs, ils ne trouvèrent plus rien à dire, et Mme Darcey en voulut naturellement à sa petite compatriote de ne pas faire plus d'honneur à elle-même et à la Martinique.

Elle essaya de lui arracher quelques paroles ; Yette se tut obstinément et passa pour une sotte. Non seulement elle était intimidée au delà de tout ce qu'on pourrait dire, mais l'aspect nouveau des choses la distrayait du babil d'ailleurs insignifiant des personnes au point de lui ôter le peu de présence d'esprit qu'elle eût conservé sans cela. Son regard étonné allait des fleurs du tapis, qui lui rappelaient un jardin, à la cheminée, cet objet qu'elle n'avait jamais vu et dont elle soupçonnait à peine l'usage. La quantité de meubles entassés dans ce salon assez petit lui faisait croire, à elle qui ne connaissait que les chaises de paille et les *rocking-chairs* en canne épars sur de grands espaces, qu'elle était dans une boutique. La crainte de renverser quelque objet l'empêchait de bouger. Cette contrainte, ces surprises et ces appréhensions lui donnaient une mine fort gauche, presque stupide.

Désespérant de rien obtenir d'elle, Mme Darcey la remit aux mains de Mlle Polymnie sa fille, en chargeant cette dernière de la conduire dans son appartement.

Mlle Polymnie devait son joli nom à un parrain de la Martinique. Les parrains, en ce pays, font volontiers de leurs filleules des Nymphes, des Grâces et des Muses en les appelant Uranie, Chloé, Astérie Églé, etc. C'était une brunette d'une quinzaine d'années, jolie à la façon des poupées de porcelaine, coiffée, habillée selon les derniers préceptes du *Journal des Modes,* qui parlait du bout des lèvres en grasseyant, se tenait admirablement droite et n'avait déjà plus l'ombre de naturel.

Elle sortait de la pension Aubry où allait entrer Yette, et celle-ci, en l'apprenant, se demanda, effrayée, si le résultat de la belle éducation qu'on allait lui donner serait de la rendre semblable à cet automate. Elle ne savait pas encore, elle allait apprendre que les meilleures leçons ne servent à rien quand celui qui les reçoit n'est pas résolu à en profiter, et que l'élève doit travailler autant que le maître à son éducation, qu'il fait en grande partie à force de bonne volonté.

La *da,* qui avait été fort humiliée de l'échec évident de sa petite maîtresse, mit tous ses soins à la parer pour forcer les Darcey, qu'elle avait pris en grippe, de revenir sur leur première impression ; mais ce fut inutile, l'effet était produit. Yette n'était pas belle à la façon de Mlle Polymnie. Se sentant mal jugée et mal à son aise, elle avait l'air tantôt sournois, tantôt boudeur. Bref, elle ne savait rien de rien, « c'était une petite sauvage ». Ces derniers mots, prononcés par Mlle Polymnie, frappèrent entre deux portes l'oreille courroucée de la *da !*

M. Darcey revint de la Bourse, il embrassa la pauvre Yette et lui demanda si elle pensait pouvoir s'acclimater à Paris. Yette secoua énergiquement la tête de droite à gauche et de gauche à droite, dans un sens évidemment négatif.

« Il le faudra pourtant, reprit-il, vous vous y habituerez tout doucement, ici, auprès de ma fille, si bon vous semble.

— Oui, dit Mme Darcey de sa voix flûtée, vous resterez chez nous tant que vous voudrez, ma belle, à moins, ajouta-t-elle avec un malicieux sourire, que vous ne préfériez entrer tout de suite en pension.

— Ce n'est pas présumable, s'écria Mlle Polymnie, qui paraissait avoir gardé un médiocre souvenir de l'établissement Aubry.

— Dites, que préférez-vous ? » demanda M. Darcey, toujours pressé.

Yette comptait désormais sur l'inconnu et sur l'avenir, comme font les malheureux en général. Elle répondit, sans hésiter cette fois, qu'elle aimait encore mieux la pension, ce qui était plus sincère que poli. Mais M. Darcey déclara qu'elle avait raison en somme « d'attaquer sans retard le taureau par les cornes ». Sur la foi de cette image, Yette, secrètement épouvantée, se représenta la directrice de ses futures études comme une sorte de monstre menaçant et furieux.

XI

LE PENSIONNAT

La pension de Mlle Aubry était située à l'extrémité des Champs-Élysées, dans une rue presque déserte. Une grande grille la précédait, puis, la grille franchie, on était arrêté de nouveau par une porte percée d'un petit guichet, ce qui donnait à l'entrée d'un des premiers pensionnats de Paris certaine ressemblance avec celle d'une prison. Cette demeure n'offrait pourtant rien de désagréable à qui la connaissait bien ; toute jeune fille studieuse et raisonnable s'y fût trouvée heureuse. Les meilleurs professeurs d'histoire et de littérature, d'arts et de langues vivantes venaient y donner des leçons. Les élèves étaient assez nombreuses pour pouvoir former entre elles un petit monde très joyeux et cependant aussi choisi que possible ; mais Yette n'était ni raisonnable ni studieuse, les leçons l'épouvantaient d'avance, et, tout entière à ses regrets, à ses rancunes contre les Darcey, elle ne se souciait de faire aucune connaissance nouvelle.

Mme Darcey, sa fille et sa pupille, suivies de la *da,* furent introduites dans un long parloir, ciré au point qu'on y glissait comme sur la glace, et bordé de deux rangées de chaises. Le meuble principal de cette pièce était une sorte de monument en faïence blanche, que Yette prit pour un tombeau et qui était en réalité un poêle.

Après une attente de quelques minutes, la porte s'entr'ouvrit et une tête grise se montra, encadrée d'un bonnet de tulle à rubans. C'était Mlle Hortense Aubry. Plus d'une petite fille, moins prévenue que ne l'était Yette, lui eût trouvé l'air dur et rébarbatif, bien que, chez cette femme distinguée, le cœur fût au niveau de l'intelligence ; mais, vouée très jeune à l'enseignement, Mlle Aubry avait dû de bonne heure se faire obéir et imposer le respect ; elle s'était pour cela condamnée à porter une sorte de masque professionnel, que, l'habitude aidant, elle ne songeait plus à quitter. Un sourire froid découvrit des dents blanches, il est vrai, mais fort longues, lorsque, d'une voix brève, accoutumée à donner des ordres, elle pria ces dames d'entrer dans son petit salon.

Quelques phrases banales furent échangées d'abord entre Mme Darcey et l'ancienne directrice de Mlle Polymnie. Pendant ces préliminaires, Yette examinait les détails du petit salon qui n'avait rien d'un boudoir ; des planches de bois noirci supportaient une quantité innombrable de livres, depuis le tapis jusqu'au plafond. La petite échelle volante placée dans un coin servait sans doute à atteindre les rayons les plus élevés. Il y avait des carrés de tapisserie devant chaque chaise, et sur la cheminée une muse drapée, qui pouvait bien être la Polymnie antique, toute différente de Mlle Polymnie Darcey, s'accoudait à une pendule dont le tic-tac régulier remplissait les lacunes de la conversation. Les chaises, de style Empire, en acajou garni de velours d'Utrecht rouge, étaient anguleuses comme les formes mêmes de la maîtresse du lieu ; celle-ci, bien qu'on ne pût lui reprocher de fait que sa maigreur, ses cinquante ans et une mine quelque peu sévère, se trouva, on ne sait comment, réaliser, aux cornes près,

tout ce qu'avait rêvé d'affreux l'imagination de la petite créole. La *da*, debout derrière la chaise de sa maîtresse, regardait cette longue personne vêtue de noir d'un air navré, en se félicitant de ne pas savoir lire, puisque la science desséchait de la sorte ceux qui la possédaient.

« Approchez, ma petite amie, dit Mlle Aubry, attirant à elle sa nouvelle élève, ne tremblez pas ainsi. Votre nom ?

— Yette, dit la petite, que l'on n'avait jamais appelée autrement que par diminutifs familiers, selon la mode créole.

— Éliette de Lorme, interrompit Mme Darcey.

— Eh bien, mademoiselle Éliette aura le n° 113, dit tranquillement Mlle Aubry. Je vous engage à le faire graver sur sa timbale. Quant aux autres marques, nos lingères s'en chargeront. En pension, les initiales sont remplacées par un *chiffre*, ajouta-t-elle, s'adressant à Yette : vous êtes désormais le petit 113. »

La *da* ne put retenir un léger grognement. Cette manière d'effacer la personnalité de sa maîtresse lui paraissait peu respectueuse.

« Votre âge, mon enfant, continua la directrice ; où êtes-vous née ?

— A la Martinique. J'aurai bientôt dix ans.

— Oh ! voilà un accent défectueux, qu'il importe de perdre, s'écria Mlle Aubry, la contrefaisant : *J'oé, Mâtinique!* Que faites-vous de vos *r* Et *biétôt!* Ce *biétôt* ne peut se souffrir ! »

Yette baissa la tête comme si on l'eût accusée d'un crime, tandis que la *da* relevait au contraire son nez épaté, de l'air dédaigneux d'une personne qu'on insulte personnellement et qui s'en moque.

« Cette maîtresse d'école de Paris, dit-elle plus tard en son jargon, va nous apprendre peut-être à prononcer le nom de notre pays qu'elle ne connaît pas !

— Une fille de neuf ans doit savoir déjà bien des choses, continua Mlle Aubry.

— Non, rien !

— Lire et écrire du moins ?

— Rien, répéta Yette, je ne sais rien !

— Enfin, dit la directrice, s'étudiant à ne pas paraître scandalisée, c'est de la modestie de le reconnaître. Vous avez conscience de votre ignorance, vous en rougissez... nous ferons quelque chose de vous. Mais j'aurai le regret de vous infliger d'abord une petite humiliation. Vous serez tout au bas de la dernière classe.

— Oh ! cela m'est égal, » dit Yette, avec une philosophie qui ne promettait pas de bien sérieux efforts.

Mˡˡᵉ Aubry hocha la tête; néanmoins elle continuait toujours à caresser de la main la chevelure brune de Yette.

« Il faudra couper cela, » dit-elle après réflexion.

Yette et la *da* jetèrent un cri simultané : ces tresses épaisses et luisantes étaient leur orgueil.

« Vous y tenez ? soit; nous attendrons pour accomplir le sacrifice que vous nous le demandiez vous-même. Cela ne tardera pas. Vous verrez les inconvénients. Ici on ne garde rien de superflu. Et à propos, chère Madame, poursuivit la maîtresse de pension s'adressant à Mᵐᵉ Darcey, j'ai vu dans la cour une quantité de malles que je ne pourrais loger. Nous vous les renverrons après en avoir tiré le trousseau réglementaire.

— Et ma poupée, réclama Yette.

— Et votre poupée, bien entendu, dit avec un sourire Mˡˡᵉ Aubry.

— Et les confitures donc ! insinua la *da*.

— Oh ! quant aux confitures !... Oui, quelques pots pour les goûters de quatre heures. »

La *da* fit la grimace en pensant que Yette en serait réduite aux repas réguliers.

« Vous prendrez bien aussi dans mes bagages les habits de ma *da* ? reprit Yette.

— Pour quoi faire, grand Dieu ! »

Fallait-il donc que la *da* gardât toujours la même chemise, la même jupe et le même collier ? La mine effarée de l'enfant fit comprendre à Mˡˡᵉ Aubry qu'elle comptait fermement avoir sa bonne auprès

d'elle. Un regard assez inquiet fut échangé entre les deux dames.

« Chère petite, dit Mᵐᵉ Darcey, je vais vous laisser faire plus ample connaissance avec le guide excellent qui veut bien se charger de votre éducation. J'emmène celle-ci, montrant la négresse, pour quelques commissions indispensables. Elle reviendra tout à l'heure. »

Yette leva ses grands yeux francs sur les jolis yeux de chatte de Mᵐᵉ Darcey. Malgré toute la tendresse qu'elle portait à sa *da*, elle l'eût jugée capable de *faire un conte* au besoin, car l'habitude du mensonge, résultat de l'esclavage, n'a pas encore été effacée par l'exercice de la liberté, accordée aux nègres bien récemment d'ailleurs; mais la pensée qu'une personne blanche pût mentir ne s'était jamais présentée à son esprit.

« Elle reviendra vite, vous me le promettez ? dit-elle.

— Sans doute. »

Mˡˡᵉ Aubry parut désapprouver le système de Mᵐᵉ Darcey; elle était d'avis qu'il ne fallait jamais tromper les enfants, mais les amener plutôt à regarder en face la plus dure vérité.

« Allons, suivez-moi, » dit Mᵐᵉ Darcey à la *da*.

Celle-ci, comprenant trop la comédie que l'on jouait, se jeta passionnément à genoux devant sa petite maîtresse et baisa ses mains, ses vêtements en les arrosant de larmes brûlantes.

« Eh bien, lui disait Yette, pourquoi pleurer ? pourquoi m'embrasser, puisque tu vas revenir?

— En effet ! vous êtes folle ! dit Mᵐᵉ Darcey avec humeur.

— Oh ! Madame ! sanglota la pauvre négresse, en se tournant les mains jointes vers Mˡˡᵉ Aubry.

— Sois tranquille, interrompit Yette en créole, avec son rire espiègle, elle ne me mangera pas pendant ton absence... pourvu que tu reviennes vite ! Dépêche-toi ! »

La *da* la reprit dans ses bras; il fallut

presque l'entraîner de force. La grande porte à guichet retomba avec un bruit sourd, puis on entendit faiblement de loin grincer la grille. Alors Mlle Aubry, voyant sur le visage de l'enfant une expression d'anxiété bien naturelle, alla chercher un livre d'images et engagea Yette à s'amuser pendant qu'elle écrirait.

Les images étaient assez drôles, et Mlle Aubry, qui, assise devant son bureau, se retournait à chaque instant, eut la satisfaction de voir que Yette les feuilletait avec intérêt. Au bout d'une heure, cependant, le livre fut fermé, et Yette s'étonna de l'absence prolongée de la négresse.

« Ne vous tourmentez pas et venez souper, dit la directrice. Pour ce soir, vous prendrez place à ma table. »

Yette ne comprit que le lendemain, après qu'elle eut essayé du réfectoire, tout ce qu'avait d'enviable cette faveur. A plusieurs reprises, pendant le souper, en tête à tête avec la plus désagréable personne qu'elle eût jamais vue, pensait-elle, — et sa physionomie transparente devait exprimer ses pensées, — Yette demanda impérieusement sa da.

Mlle Aubry répondait toujours d'une manière évasive, mais, au dessert, jugeant sans doute que la pauvre petite avait mangé trop peu pour qu'une mauvaise nouvelle pût troubler sa digestion, elle prit de nouveau Yette sur ses genoux, la supplia d'être sage, courageuse, de se résigner, car ce n'était qu'à cette condition

La glace craqua.

qu'elle obtiendrait de voir sa *da* le lendemain à la récréation de midi.

« Pendant la récréation ! s'écria Yette devenue tout à coup d'une pâleur effrayante et ses yeux assombris démesurément ouverts. Elle ne demeurera donc pas ici avec moi ?

— Vous devez comprendre, chère enfant, que c'est impossible ; chacune de nos cent vingt élèves ne pourrait avoir sa *da* avec elle. »

Yette la regarda fixement, se frappa le front de son poing fermé, comme pour se punir d'avoir compris si tard, puis, échappant au bras qui enlaçait sa taille, se mit à bondir frénétiquement à travers la chambre avec des cris de jeune tigre capturé par les chasseurs. Les mots : « Elle m'a laissée... toute seule !... toute seule ! *Da !* ma *da !* maman ! au secours ! » s'entremêlaient à un torrent d'injures nègres dont, par bonheur, Mlle Aubry ne saisit pas le sens.

Irritée de plus en plus par le calme qu'on lui opposait, elle se jeta sur la directrice, ses petits poings en avant. Puis, comme si elle eût réfléchi que ses poings ne suffiraient pas à sa vengeance, elle s'empara lestement du premier projectile qui lui tomba sous la main et le lança au milieu d'une grande et belle glace qui surmontait la cheminée. La glace craqua ; une énorme étoile projeta ses rayons du centre aux quatre coins, et les morceaux de verre se détachant jonchèrent la cheminée, où leur chute occasionna encore quelques menus dégâts.

Mlle Aubry, qui s'était crue d'abord menacée elle-même, fut presque rassurée lorsqu'elle entendit éclater la glace, mais ce soulagement ne dura pas. Il fit place à la plus complète indignation, nous dirions à la colère, si une personne aussi maîtresse d'elle-même eût été susceptible d'un sentiment qui ne fût pas correct et mesuré. Son sourcil se fronça, ses lèvres se pincèrent, elle saisit à bras-le-corps Yette abasourdie par le méfait qu'elle venait de commettre, puis, ouvrant la porte d'un cabinet absolument vide, celui-là, et qu'éclairait une seule fenêtre grillée, l'enferma à double tour avec ces simples mots : « Ici du moins, Mademoiselle, vous ne pourrez rien casser, que votre tête contre les murs si vous le jugez bon. Libre à vous, elle vous appartient. »

Il est rare que la honte et le saisissement d'avoir brisé quelque chose ne mette pas fin à l'accès de fureur le plus terrible. La solitude acheva de rafraîchir le sang de Yette. Un certain intervalle s'écoula pendant lequel il lui fut loisible de réfléchir. Les dernières paroles de Mlle Aubry l'avaient frappée. « Y a-t-il quelque différence, pensait-elle pour la première fois, entre détruire ce qui n'est pas à nous et

le voler ? » Sa conscience lui répondait qu'il n'y en avait pas. C'était donc quelque supplice comparable à ceux qu'avait encourus le *compère lapin* des contes de sa *da* qui allait lui être infligé ! Une peur mortelle la prit. Au moment même, en effet, Mlle Aubry préparait son châtiment, qui, pour ne point ressembler à tous ceux qu'elle imaginait, n'en était pas moins sévère.

Mlle Aubry écrivit à Mme Darcey que sa petite protégée était plus intraitable encore qu'elle n'avait pu le supposer, mais que la première crise passée, elle s'apprivoiserait sans doute comme les autres. Seulement il fallait consentir, dans ce but, à la lui abandonner tout entière sans réserve.

« Elle sait maintenant, dit en terminant Mlle Aubry, que sa bonne ne doit pas rester à son service, le coup est porté, la blessure ne tardera pas à se cicatriser, croyez-moi, pourvu que rien de nouveau ne l'avive. Quand il s'agit d'opération douloureuse, il faut trancher vite et sans hésiter. C'est un gage de succès. Je vous prie donc, Madame, de ne pas laisser revenir ici avant son départ, prochain, m'avez-vous dit, pour la Martinique, cette femme qui ne pourrait que détruire ce que nous entreprenons à grand'peine de réaliser, dans l'intérêt de l'enfant dont nous avons à faire l'éducation ; sa soumission aveugle, ses gâteries maladroites réveilleraient les colères et les regrets qu'il s'agit de modérer.

Ayant mis cet ordre rigoureux sous enveloppe, la directrice sonna et fit demander Mlle Agnès. Mlle Agnès était une jeune fille blonde, un peu boiteuse, dont la douce physionomie aurait certainement plu à Yette, si elle n'eût pas été celle d'une sous-maîtresse.

« Allez délivrer la petite rebelle, dit la directrice ; ma vue l'exaspérerait encore, et l'essentiel, pour le moment, c'est qu'elle consente à se mettre au lit. »

Mlle Agnès, sans répondre, se dirigea vers la prison de Yette ; comme elle en

touchait la clef, Mlle Aubry la rappela :
« Les élèves sont couchées ?
— Oui, Madame.
— Très bien. Mieux vaut que son entrée au dortoir ne fasse pas sensation. La
pauvre enfant aura bien assez des épreuves
qui l'attendent et que vous lui allégerez
le plus possible, entendez-vous ? »

Elle sortit sans attendre la réponse de
la sous-maîtresse, qui déjà était dans le
cabinet. Lorsque cette nouvelle figure lui
enjoignit de la suivre, Yette pensa que
l'heure fatale était venue. Elle marcha
néanmoins la tête haute, avec une force
d'âme dont elle était intérieurement fière,
vers l'inévitable expiation.

Mlle Agnès lui fit traverser le parloir,
puis une autre chambre, puis une sorte de
galerie bordée des deux côtés de petits lits
blancs abrités par des rideaux. Le silence
était profond ; à peine les respirations
réunies d'une trentaine de petites filles
formaient-elles un léger murmure. Un
demi-jour, produit par des lampes de nuit,
régnait dans cette salle consacrée au
sommeil.

Mlle Agnès montra un des lits à Yette.
« Couchez-vous, » dit-elle.

Et, la voyant fort embarrassée, elle l'aida
obligeamment à se déshabiller. Cinq minutes après, Yette, les yeux fermés, pour
pouvoir se figurer qu'elle n'était pas dans
un lit de pension, remerciait le bon Dieu
de l'avoir préservée de la bastonnade
qu'elle jugeait avoir méritée.

Elle ne rouvrit les yeux, longtemps après,
que pour les refermer bien vite, et même
pour se cacher la tête sous les couvertures.
Était-ce un cauchemar ? Le majestueux
bonnet de Mlle Aubry se penchait sur elle.
Si Yette avait eu moins de préventions,
elle eût pu remarquer cependant que les
traits graves de la directrice n'exprimaient
pas la méchanceté, mais plutôt une sollicitude attentive. Les rares personnes qui
s'étaient familiarisées avec l'expression de
son œil gris, presque impénétrable, y
eussent peut-être surpris de l'émotion, en
tout cas de la bienveillance. Le petit visage

défait et marbré par les larmes, qui reposait
tout fiévreux sur l'oreiller, lui faisait évidemment pitié.

XII

LA CLASSE ET LA RÉCRÉATION

Un bruit de cloche réveilla Yette en
sursaut. Elle se dressa sur son séant et vit
une foule de petites filles qui s'habillaient
en toute hâte. Sans se préoccuper de suivre
leur exemple, elle se blottit de nouveau
dans ses draps, essayant de ressaisir le
sommeil interrompu, mais à peine eut-elle
retrouvé le fil d'un joli rêve qui la ramenait à son bain habituel du Macouba, un
pur cristal bondissant sur des roches
attiédies, qu'une grosse servante la secoua
sans façon :

« Allons, Mademoiselle, tout le monde
est en classe, il est grand temps de vous
lever. »

Pauvre Yette ! Quel contraste avec ses
réveils d'autrefois ! Elle était naturellement fort dormeuse, mais les rires de sa
petite sœur, qui ouvrait l'œil avec les
oiseaux, venaient toujours l'arracher si
gaiement à son sommeil ! Puis sa mère
entrait avec quelque belle fleur éclose dans
la nuit et encore chargée de rosée, dont le
parfum remplissait toute la chambre. Les
enfants couraient à leurs ablutions ma-
tinales comme à un jeu, avec l'entrain de
petits canetons dont le premier instinct est
de plonger.

Une débarbouillerie de pension avec ses
robinets surmontant la longue rangée de
cuvettes n'invite à rien de semblable. Il
fallut beaucoup de temps pour démêler la
chevelure de Yette, un fouillis, disait la
servante préposée à cette besogne, une
vraie broussaille ! Comment pouvait-on
être assez sauvage pour ne pas porter de
bonnet de nuit ! Yette ignorait même ce
que c'est qu'un bonnet, mais elle se voyait,
grâce à ses cheveux, fort en retard et

commençait à comprendre, sinon à goûter, le conseil que lui avait donné Mlle Hortense Aubry de se faire tondre.

Pour une fois, on lui pardonnerait son inexactitude. Elle dut cependant faire toute seule les prières qui se disent en commun dans la salle de classe et manger froide, après toutes les autres, la simple soupe qui désormais remplacerait pour elle la délicieuse eau de café adoucie au gros sirop ; puis on la poussa dans une grande pièce où douze fillettes uniformément vêtues de noir étaient occupées à écrire devant une rangée de pupitres. Mlle Agnès, assise à son bureau, sur une estrade, leur expliquait quelque leçon de grammaire. A sa droite, il y avait un globe terrestre ; à gauche, un tableau noir bigarré d'opérations d'arithmétique était accroché au mur. L'œil de Yette se fixa d'abord sur ces deux objets inconnus. Cependant un murmure courait parmi les élèves : c'étaient des chuchotements, des rires étouffés ; la nouvelle venue excitait au plus haut degré la curiosité générale. Malgré les précautions prises par la directrice pour tenir cette affaire secrète, on racontait déjà qu'elle avait voulu battre quelqu'un au débotté, que la grande glace du salon avait reçu le coup destiné à Mlle Aubry, que la petite créole, en un mot, était une espèce de bête fauve. Plusieurs de ces demoiselles, même, ignorant que les créoles sont des Européens transplantés aux colonies, s'attendaient à voir quelque créature noire et crépue avec un anneau passé dans les narines. La déception fut complète au premier aspect. Yette n'avait d'autre particularité qu'une taille élancée, rare à son âge, et qui rendait d'autant plus inexplicable la présence d'une si grande fille dans la petite classe. Son teint mat, ses traits peu réguliers mais expressifs ne présentaient d'ailleurs aucun caractère extraordinaire, et les curieuses qui s'étaient bercées de si étranges illusions lui en voulurent d'abord de ressembler à peu près à tout le monde. Un mot de Mlle Agnès rétablit le silence et l'ordre ; elle pria la nou-

velle élève de s'asseoir à l'extrémité d'un des bancs et reprit sa leçon. Cette leçon était, on peut le croire, absolument inintelligible pour Yette. Il s'agissait de *participes*, dont elle ne se souciait guère, ne les ayant jamais rencontrés nulle part ; aussi, après avoir regardé à la dérobée chacune des figures qui l'entouraient et qui lui parurent avoir toutes la même physionomie moqueuse, très déconcertante, commença-t-elle à s'ennuyer beaucoup. Jamais elle n'avait su se tenir tranquille longtemps. Elle commença par se démener sur son banc ; les élèves échangeaient des coups de coude significatifs ; puis elle se leva pour aller regarder de près la mappemonde et le tableau noir, et alors un bruyant éclat de rire força Mlle Agnès d'interrompre sa démonstration. Mlle Agnès avait fait semblant, jusque-là, de ne rien voir ; mais, jugeant enfin que les incartades de Yette troublaient toute la classe, elle se tourna vers la *nouvelle*, comme on l'appelait, qui, tout éperdue des railleries que provoquaient ses allures insolites, ne savait plus que devenir, et la pria de regagner sa place. Yette obéit volontiers ; mais, arrivée là, elle se mit à chercher ce qu'on pouvait bien attendre d'elle. Sans doute elle crut deviner à la fin, car, tirant une paire de ciseaux de sa poche, elle prit de l'autre main un cahier neuf placé sur le pupitre, et, pour déployer ses talents, se mit à découper en bonshommes les belles pages toutes blanches.

Nouveaux rires.

Mlle Agnès, voyant qu'elle ne réussissait plus à distraire au profit de la grammaire une seule parcelle de l'attention concentrée sur Yette, appela cette dernière auprès d'elle, en ordonnant aux autres pensionnaires de repasser le devoir qu'elle leur avait dicté.

« A votre tour, ma petite amie, dit-elle, nous allons lire un peu. »

Le livre qu'elle ouvrit était en gros caractères et des plus enfantins ; néanmoins, Yette ânonna de telle sorte en défigurant

Mˡˡᵉ de Clairfeu vint regarder Yette sous le nez.

tous les mots, que l'hilarité recommença de plus belle.

« Elle ne sait pas lire, cette grande perche ! Jusqu'à quel âge, dans ce pays-là, reste-t-on donc en nourrice ? »

Yette était pourpre.

« Mesdemoiselles, dit gravement Mˡˡᵉ Agnès, je vous prierai de remarquer que, si vous savez quelque chose, c'est qu'on vous l'a enseigné. Peut-être cette enfant n'a-t-elle pas été aussi favorisée que vous ».

Yette l'interrompit tout bas ; il lui semblait qu'on adressait là un reproche indirect et très injuste à ses parents.

« Non, dit-elle, c'est moi qui n'ai jamais voulu apprendre.

— Ah ! elle l'avoue, vous entendez ! dit une petite rousse au nez retroussé impertinent.

— Chut ! mademoiselle Raymond ! J'entends qu'elle est sincère et qu'elle ne laisse accuser personne à sa place. C'est une qualité que vous n'avez pas toutes. Allons ! un bon mouvement ! venez en aide à votre compagne au lieu de vous moquer d'elle. Il va être midi ; faites-lui les honneurs du réfectoire. »

Toute la classe se leva, mais personne n'offrit de donner la main à l'étrangère, confuse et dépaysée, personne, sauf une petite fille que Yette n'avait pas aperçue parce qu'elle était à l'extrémité opposée du banc et assidûment courbée sur son pupitre, tandis que ses voisines pensaient à tout autre chose qu'à leur leçon. Les enfants, pris séparément, ne sont pas méchants pour la plupart ; mais, réunis, ils sont trop disposés à prendre le mot d'ordre d'un groupe de meneurs gais et amusants, presque toujours populaires par conséquent, bien que leur turbulence ne soit pas inoffensive. Il en est ainsi dans les pensions de jeunes filles et dans les collèges de garçons ; heureusement le groupe des plus sages et des plus studieux a aussi son autorité qui finit par prévaloir, mais peu à peu, avec le temps, au lieu que la malice des « mauvaises pièces » se fait jour et éclate tout de suite. Les « mauvaises pièces » du pensionnat Aubry étaient la fille d'un riche agent de change, Mlle Raymond, et Mlle Hélène de Clairfeu. Toutes deux devaient à leurs façons délibérées, autant qu'à l'habitude de dire tout ce qui leur passait par la tête, une fausse réputation d'esprit. Un noyau de péronnelles s'étudiait à les imiter. Jusqu'à l'arrivée de Yette, qui allait la remplacer dans ce rôle peu enviable, Héloïse Pichu avait été leur souffre-douleur, à cause de son nom, de sa figure et de ce qu'on appelait son idiotisme. Elle était plus chétive encore que laide ; ses yeux bleu-faïence démesurément écartés, ses cheveux d'un blond fade lui donnaient une mine étrange. Le perpétuel ahurissement qu'on reprochait en outre à la pauvre fille pouvait bien être le résultat d'une maladie cérébrale, qui avait affaibli et engourdi ses facultés au point qu'elle était presque toujours la dernière de la classe. Les incessantes taquineries de ses compagnes augmentaient encore l'embarras de son maintien. En ce moment, néanmoins, la compassion pour des souffrances qu'elle connaissait trop fut plus forte que la timidité de chien battu qui la distinguait d'ordinaire. Elle osa traverser la classe, et, avec un craintif sourire qui, on ne sait comment, rendît à Yette quelque courage, lui prit le bras pour la conduire au réfectoire dont la cloche sonnait.

« Elles font bien la paire ! » dit à Mlle de Clairfeu Mlle Raymond.

Des quolibets accompagnèrent la marche effarée du malheureux couple jusqu'à la salle du réfectoire, située tout au bout d'une sorte de cloître extérieur, donnant sur la cour. Les élèves des classes supérieures avaient déjà répondu à l'appel de la cloche, et Yette se trouva, en entrant, au milieu d'une imposante assemblée de grandes demoiselles, dont plusieurs n'avaient pas moins de seize ou dix-sept ans. Malheureusement, leurs manières, comme on le verra bientôt, n'étaient pas en rapport avec leur âge. Au réfectoire, du reste, aucun mauvais sentiment ne pouvait faire jour puisqu'il était défendu de parler. Mlle Aubry présidait le repas sans y prendre part ; rien n'échappait à ses yeux de lynx. Tout autour d'elle, des tables couvertes de toile cirée étaient placées symétriquement les unes à côté des autres. Une timbale, un couvert passé dans le rond de serviette, une assiette qu'on ne changeait jamais, marquaient la place de chaque élève. En outre, chaque table était pourvue d'une carafe d'eau et de vin, mélange connu sous le nom d'abondance.

Mlle Agnès se mit à lire tout haut après le *Benedicite*. C'était l'histoire d'un héros de l'antiquité aussi étranger à Yette que les participes eux-mêmes. Elle crut qu'on parlait grec et s'y résigna. Cependant les plats circulaient. Ces plats n'étaient ni meilleurs, ni pires que ceux dont se compose le menu ordinaire des bonnes pensions parisiennes ; mais Yette, habituée aux courts-bouillons et aux sauces épicées, pimentées, qui, dans les pays chauds, sont indispensables pour aiguiser l'appétit, eût trouvé fade le meilleur dîner. Le bœuf à la mode de Mlle Aubry lui inspira un dégoût insurmontable. Elle toucha du bout des dents une carotte, puis elle y renonça. La directrice s'en aperçut.

« Mademoiselle de Lorme, dit-elle sans quitter sa place, aucune règle ne vous oblige à prendre du plat que vous n'aimez pas, mais, une fois servie, on doit manger sans rien laisser sur son assiette.

— N'ayez pas peur, dit à voix basse Héloïse Pichu, assise à côté de Yette, je suis là ; passez-moi tout ce que vous voudrez. »

Et le bœuf à la mode disparut aussitôt, grâce à l'obligeante gloutonnerie d'Héloïse, qui rendit à Yette les plus fidèles services jusqu'au jour où, grâce à un régime régulier et à un climat vivifiant, elle eut faim pour son propre compte.

Le dîner terminé, car ce repas de midi s'appelait un dîner, l'essaim des pensionnaires s'envola dans le jardin, enclos assez vaste, dont toutes les allées aboutissaient à une sorte de butte que couronnait un belvédère et qu'on appelait le labyrinthe. Ce labyrinthe était entouré d'une barrière toujours fermée. Mlle Aubry s'en réservait l'accès, et on la soupçonnait d'être présente aux récréations, de surveiller les ébats des pensionnaires du haut de sa tour. Cette pensée inspirait une crainte salutaire qui cependant ne suffisait pas toujours à empêcher beaucoup de sottises.

Yette, en sortant de table, fut entourée par ses compagnes, et les plus grandes lui firent subir un véritable interrogatoire fort indiscret, sur son pays, sur sa famille. Les réponses naïves de la pauvre petite étaient aussitôt tournées en ridicule.

« Voulez-vous bien, Mademoiselle, nous indiquer le calendrier nègre où vous avez déniché votre nom d'Éliette ?

— Parbleu, c'est le féminin du grand saint Éloi ! » s'écria Mlle Raymond.

Et toutes d'entonner en chœur le refrain du *Roi Dagobert*.

« Que fait monsieur votre papa ?

— Il est sucrier, » répondit Yette avec un certain orgueil, car à la Martinique les habitants sucriers forment une sorte d'aristocratie au-dessus des simples *vivriers*, qui cultivent un peu de tout.

Ces demoiselles se pâmèrent.

« Sucrier ! joli métier ! que fait ce mot-là au féminin ? Comment appelle-t-on votre maman ?

— Mon père est plus beau et meilleur que ne peut l'être aucun de vos papas ! dit Yette qui commençait à trembler de colère, et je vous défends de parler de maman, entendez-vous !

— Comment ! vous défendez ! vous défendez !... Vous !... »

Mlle de Clairfeu vint regarder Yette sous le nez de son air le plus impertinent, mais presque aussitôt il lui sembla qu'un serpent l'enlaçait, l'étouffait, et elle alla tomber meurtrie sur le maigre gazon qui représentait la pelouse.

Yette, malgré la petitesse de ses mains et les attaches extraordinairement fines de tous ses membres, était d'une souplesse, d'une vigueur remarquables. Plusieurs pensionnaires tombèrent sur elle à la fois sous prétexte de venger leur compagne. Les plus raisonnables se tenaient à l'écart de la bagarre. Yette se défendait, aidée de la seule Héloïse, qui, bientôt accablée par le nombre, dut battre en retraite.

« Cette petite diablesse mord ! cria soudain Mlle Raymond.

— Pourvu qu'elle ne soit pas enragée ! »

Avec des cris et des rires le troupeau s'éparpilla de tous côtés.

Yette, le visage égratigné, la robe en loques, alla s'asseoir dans un coin avec Héloïse.

« Sont-elles toujours comme cela ? demanda-t-elle en versant quelques larmes de rage, plus encore que de douleur.

— Non, dit Héloïse, c'est parce que vous êtes nouvelle. On éprouve les nouvelles. Cela passera. Moi, cependant, on me tourmente encore, bien que je sois ici depuis deux ans.

— Pourquoi ?

— Parce que je suis laide et stupide, à ce qu'on dit, » répliqua la pauvre Héloïse en rougissant.

Yette l'embrassa par un de ces mouvements spontanés qui la rendaient soudain très aimable.

« Je vous trouve jolie, dit-elle, car vous êtes bonne ! »

Jamais Héloïse n'oublia le plaisir que

lui avait causé ce compliment, le premier qu'elle eût reçu, et elle voua en retour à Yette une affection qui ne se démentit plus.

« Si nous jouions ensemble ? dit-elle.

— A quoi jouerions-nous ? répondit Yette ; pour bien jouer, il faut pouvoir courir partout, et nous sommes enfermées entre quatre murs.

— N'avez-vous pas une poupée ? dit Héloïse. J'en avais une aussi, mais elle n'a plus de tête, Laure Raymond l'a cassée. Je serais contente de connaître la vôtre.

— Cette vilaine Aubry l'a prise et cachée sans doute.

— Cette vilaine Aubry ! N'appelez pas vilaine Mlle Hortense. Vous nous feriez renvoyer.

— Chasser d'ici ? J'en serais ravie.

— Mes parents en auraient du chagrin ! dit Héloïse, qui, à défaut d'autre intelligence, avait du moins celle du cœur. C'est une chose honteuse que de se faire renvoyer. Attendez ! je vais aller demander votre poupée. »

Elle revint, l'instant d'après, portant une splendide négresse dans ses bras. Lorsqu'elle revit Nana, — c'était le nom de sa poupée, — Yette fut saisie d'une émotion violente.

« Elle est toute pareille à ma pauvre *da !* dit-elle à Héloïse. Voyez-vous, ma *da* est de la même couleur et habillée de la même façon. Oh ! ma pauvre *da !* comme elle doit avoir du chagrin ! Je suis sûre qu'elle tourne autour de ces murs affreux, qu'elle demande à entrer, mais on ne veut pas, on la repousse... »

Yette devinait juste. Sa nouvelle amie lui essuya les yeux, et elles se mirent à jouer ; mais déjà l'accoutrement étrange de la poupée avait frappé les pensionnaires. Quelques-unes accoururent de nouveau, demandant à l'examiner de près ; sur le refus hautain de Yette, Hélène de Clairfeu prit brusquement Nana et l'emporta en courant. Cette malice fut généralement désapprouvée ; une des grandes chercha même à l'empêcher, mais Mlle de Clairfeu avait de bonnes jambes.

« Elle va la mettre en morceaux ! Elle lui arrache les bras ! Elle la traîne par terre ! Voilà Nana qui perd son madras, criait Yette au désespoir. Je vais le dire à Mlle Aubry !

— On ne dérange pas Mlle Aubry pour si peu de chose, dit Héloïse. D'ailleurs, c'est mal de *rapporter*.

— Et Mlle Agnès qui est là-bas, qui a l'air de regarder de notre côté, pourquoi ne pas l'appeler à mon secours ?

— Elle viendra d'elle-même si tu te conduis bien. Attends ! »

Mlle Agnès, quoiqu'elle feignît de lire en se promenant de long en large, voyait tout en effet ; et avait adressé déjà de sévères réprimandes aux bourreaux de Yette.

« Attends ! répéta Héloïse frappée d'une inspiration soudaine. Je vais te faire rendre ta poupée. Il paraît que tu as apporté beaucoup de confitures avec toi ?...

— Un grand panier tout plein !

— Eh bien, je cours annoncer à ces demoiselles que tu promets de les régaler à la récréation de quatre heures, si elles veulent bien te rapporter Nana.

— Et me demander pardon, » ajouta Yette, acceptant d'un signe de tête.

Héloïse était décidément moins stupide qu'on ne le croyait. Elle avait su deviner le côté faible du camp ennemi, et en même temps elle s'assurait une part des fameuses marmelades, au mérite desquelles elle était loin d'être indifférente.

Yette obtint aussitôt non seulement sa poupée, mais encore les excuses demandées. Nana avait bien le nez un peu plus écrasé qu'auparavant, les broderies de sa chemise étaient souillées de boue, son collier de courbaril s'était rompu, et toutes ses articulations restaient légèrement disloquées, mais Yette ne l'en aima pas moins. Il lui semblait qu'elles avaient souffert ensemble.

Dans l'après-midi, plusieurs des *meneuses* furent punies sur la dénonciation de Mlle Agnès. Yette demanda généreusement que la punition n'allât pas jusqu'à les exclure de la distribution des confitures, et s'attira ainsi sans calcul leur tardive bienveillance. Elle présida elle-même à l'ouverture du panier descendu dans la cour avec l'autorisation de Mlle Aubry. Ce jour-là le goûter ne fut pas de pain sec, et les cris de « Vive la créole! » succédèrent à un régal dont le pensionnat garda longtemps le souvenir. Néanmoins, dans la courte récréation qui suivit, une nouvelle bataille s'engagea entre Yette, Laure Raymond et Hélène de Clairfeu. Mlle Agnès vint les séparer.

« Encore ? dit-elle. Il faudra renoncer à vous servir si lestement de vos poings, mademoiselle Éliette. Vous êtes un garçon manqué.

— Cette fois, répondit Yette d'un air maussade, je ne me suis pas battue pour mon compte, mais à cause de vous.

— De moi ?

— Oui ; ces demoiselles imitaient votre manière de marcher clopin-clopant. Je leur ai défendu de le faire, et, comme elles ne supportent pas qu'on leur défende rien, elles m'ont donné deux soufflets, voilà ! »

Une rougeur légère, un fugitif sourire passèrent sur le visage de la sous-maîtresse. Personne encore parmi ces petites ingrates, qu'elle soignait et instruisait de son mieux, n'avait peut-être pris son parti avec autant de vivacité.

« Ma chère enfant, balbutia-t-elle, je vous remercie de votre affection ; mais, à l'avenir, laissez-les dire et, ne vous battez plus ni pour moi, ni pour aucun autre motif.

— Mon affection ! interrompit Yette. Croyez-vous donc que je vous aime ? Ma foi non ! Je n'aime ni vous, ni Mlle Aubry, ni personne ici... excepté toi, dit-elle en se tournant vers Héloïse Pichu, et la singularité de son choix fit rire tout le monde ; mais se moquer d'une maladie, d'un malheur, c'est affreux, c'est lâche, maman me l'a toujours dit, et je les aurais battues tout de même si elles s'étaient moquées d'un chien boiteux ! »

Mlle Agnès ne se chagrina pas d'être assimilée à un chien boiteux. Au contraire, elle sourit de nouveau, presque gaiement.

XIII

LA LETTRE

Le jeudi suivant, Mme Darcey et sa fille Polymnie, dans tous leurs atours, vinrent au parloir et firent demander Mlle de Lorme. Yette se présenta méconnaissable, ses beaux cheveux coupés à la hauteur des oreilles, la taille raidie par un corset et entièrement vêtue de mérinos noir ; cela lui faisait croire, disait-elle, qu'elle était en deuil de tous ses parents. Les eût-elle perdus en réalité, sa physionomie n'aurait pas été plus triste ; mais Mme Darcey ne voulut s'apercevoir que de la malpropreté de ses mains, barbouillées d'encre jusqu'au poignet.

« Eh bien, mon enfant, dit-elle, j'ai d'excellentes nouvelles à vous annoncer. Le packet anglais nous a apporté une lettre de votre mère qui vous écrira directement aussitôt que vous serez en état de lui répondre. Cela ne tardera pas si j'en juge par l'état de vos mains.

— J'ai renversé l'encrier de ma voisine, dit Yette, voilà tout ! Montrez-moi la lettre de maman ! »

Mme Darcey tira de son élégant porte-cartes d'ivoire quatre pages d'une écriture très serrée que Yette baisa de toutes ses forces.

« Qu'y a-t-il là-dedans ? demanda-t-elle ensuite.

— Votre papa et votre maman vont bien, votre petite sœur parle de vous sans cesse, et la maison paraît vide à tout le monde depuis votre départ. Heureusement le prochain packet va porter un peu de consolation à ces pauvres affligés. Je me suis empressée de leur répondre que vous étiez très sage, aussi satisfaite que possible de votre pension et disposée à bien travailler. Ai-je eu tort ? »

Les yeux de Yette prirent une expression farouche qu'ils avaient à ses heures de grande colère. On eût dit qu'ils jetaient des étincelles.

« Vous mentez donc toujours ? » dit-elle lentement.

Cette brutale allusion au stratagème dont elle s'était servie pour éloigner la *da* laissa Mme Darcey stupéfaite. Mlle Polymnie fit un haut-le-corps.

« Il vous faudra d'abord apprendre le respect, » dit la dame offensée en rajustant avec une feinte indifférence les brides de son chapeau.

Puis elle appela Mlle Aubry, qui traversait le parloir du pas affairé qui lui était particulier, et montrant Yette :

« Nous vous avons confié là, Mademoiselle, une petite personne bien mal élevée.

— Mon Dieu ! dit la directrice, elle n'a pas été élevée du tout, ce qui n'est pas la même chose. Figurez-vous une plante vivace qui a poussé de tous côtés au hasard ; il s'agit d'émonder judicieusement, sans rien retrancher de ce qui est bon. Nous tâcherons de nous montrer jardinier habile ; mais, à vrai dire, la plante s'est attachée jusqu'ici à nous montrer plutôt ses nœuds et ses épines que ses fleurs. Je devine cependant qu'elle en portera tôt ou tard, car l'énergie ne manque pas !

— Je vous trouve indulgente pour elle, dit Mme Darcey, qui eût voulu voir tancer plus vertement l'auteur de l'attaque imprévue dont elle n'était pas encore remise.

— Il faut bien compter sur l'avenir quand le présent laisse tant à désirer ! Jusqu'ici, du reste, nous avons trouvé impossible de la faire travailler et non moins impossible de la faire jouer avec ses compagnes. Elle ne consent à parler qu'à une seule.

— Laquelle ? demanda Mlle Polymnie.

— Héloïse Pichu, répondit Yette.

— C'est la fille d'un épicier du faubourg Montmartre, expliqua Mlle Aubry. Ses parents s'imposent de grands sacrifices pour lui donner une éducation dont elle ne profite guère.

— La fille d'un épicier ! » répéta dédaigneusement Mlle Polymnie.

Yette la regarda d'un air de naïf étonnement. Avant de quitter Saint-Pierre, elle était allée rendre visite à M. de La Falaise, le grand-père de Polymnie, dans son magasin qui se composait d'un comptoir poudreux, situé au-dessus du caveau noir où s'entassaient ses marchandises. Elle se rappelait l'odeur fétide qu'exhalaient la vieille morue, la mélasse fermentée, les caisses de savon et de chandelles. Sans doute c'était chose différente de vendre par tonne ou par litre, en gros ou en détail, d'être marchand de denrées coloniales ou épicier ; mais cette différence, l'ingénuité de Yette ne parvenait pas à la saisir. Elle n'osa rien objecter.

« Je désapprouve l'intimité de Mlle Yette et d'Héloïse Pichu, dit la directrice avec un imperceptible sourire, et cela pour des raisons où la boutique d'épicerie n'a rien à faire. Héloïse est une bonne petite fille, mais c'est un esprit des plus bornés, et vous savez que, pour dresser un jeune cheval, le meilleur moyen est de l'atteler avec un compagnon d'expérience, rompu au harnais. Mlle Yette eût mieux fait de rechercher la société de sa voisine de classe, Jeanne Dupré, dont les succès ne se sont jamais démentis. Nous nous sommes efforcées de les rapprocher, mais inutilement.

— Je ne peux pas souffrir votre Jeanne, interrompit Yette en faisant la moue ; elle n'est pas méchante, elle ne m'a jamais taquinée, mais elle ne parle que de choses que je ne comprends pas, et hier elle a prétendu que les personnes qui, comme moi, refusaient de se servir de leur intelligence étaient bien au-dessous des bêtes.

— C'était un peu vif peut-être, dit Mlle Aubry, mais au fond elle n'avait pas tort. Un animal qui fait usage de tous les dons que Dieu lui a accordés vaut mieux qu'une petite fille qui refuse d'appliquer son cerveau plus parfait à rien de sérieux. »

Mme Darcey et Mlle Polymnie furent del'avis de la directrice, et ces dames se mirent à déplorer entre elles la mauvaise volonté de Yette, qui, ennuyée de leurs doléances, bâilla d'abord, puis s'esquiva sans prendre congé de personne.

Elle alla chercher Héloïse :

« Écoute, lui dit-elle, on a trompé maman, on lui a dit que j'étais heureuse, quand j'ai au contraire plus de chagrin quele premier jour. Il faut que je lui écrive la vérité. »

Héloïse fit observer à son amie que, ne sachant pas même tracer des bâtons, elle ne parviendrait jamais à s'expliquer plume en main.

« Mais tu écris, toi !

— Très mal ! Mlle Agnès dit toujours qu'elle ne peut pas déchiffrer mes devoirs, que c'est le griffonnage d'un chat.

— Elle les lit pourtant, puisqu'elle trouve bien moyen de corriger les fautes, et maman a beaucoup plus d'esprit que Mlle Agnès ; elle comprendra, je t'en réponds.

— Tu vas donc me dicter ce que tu veux dire ?

— Je vais te le dire mot à mot. Va chercher un encrier... non, les surveillantes se méfieraient... Le crayon que tu as dans ta poche sera aussi bien. Voici du papier... Vite !

— Mais comment enverras-tu ta lettre ?

— En allant à la chapelle, j'ai vu la boîte aux lettres entre la grande grille et le guichet. Dimanche je trouverai bien moyen de jeter ma lettre dans cette boîte-là, et le facteur qui l'ouvre tous les jours, à ce que tu m'as dit toi-même, la prendra.

— Ou bien nous serons prises nous-mêmes et grondées, dit Héloïse en hésitant.

— Comment cela serait-il possible, puisqu'on ne me verra pas ? Je suis bien adroite, va ! »

Héloïse fit encore quelques objections ; mais Yette la supplia, l'embrassa, pleura, si bien qu'elle finit par se laisser fléchir.

Nous ne reproduisons pas la teneur très incohérente de la lettre, qui ne ressemblait à aucune autre, mais où palpitait l'éloquence du désespoir.

« O ma petite Cora, disait à la fin Yette, interpellant sa sœur, tu ne sais pas combien tu es heureuse, ni comme il faut aimer notre maison, papa, maman, tout ce que je n'ai plus ! Si je ne les revois pas, je mourrai ! Dis-le bien à papa, prie-le de venir me chercher. Maman ne demandera pas mieux, j'en suis sûre, et quand je serai chez nous, je te raconterai des choses qui te feront dresser les cheveux sur la tête. L'enfer dont parle M. le curé, quand on n'est pas sage, ne peut pas être plus terrible qu'une pension, et le diable doit ressembler à Mlle Aubry. »

Héloïse, dont les larmes avaient inondé le papier comme pour rendre ses pattes de mouches plus illisibles encore, tant qu'avaient duré les touchantes supplications de Yette, partit d'un brusque éclat de rire sur ce trait qui lui représentait le diable en bonnet à rubans.

« Il est impossible, dit-elle, que tes parents, quand ils auront lu cela, ne te fassent pas revenir ; les miens m'auraient reprise peut-être, si j'avais su trouver les mots qui te viennent tout naturellement. Mais... » Sans achever sa phrase, la pauvre Héloïse poussa un gros soupir.

« Sois tranquille ! s'écria Yette avec chaleur, quand je serai hors d'ici, je te délivrerai, et, si tu veux, tiens !... je t'emmène à la Martinique.

— Oh non ! Je ne demande qu'à rester au faubourg Montmartre, dans notre magasin, répondit la petite épicière. Il y a de si bon sucre candi !

— Oui, dans des caisses, mais le sucre pousse chez nous, » riposta la fille du planteur avec orgueil.

Et Mlle Héloïse Pichu joignit les mains, comme si on lui eût parlé d'un pays où le ciel laissait pleuvoir des cailles toutes bardées.

Certes, le complot était ourdi assez savamment d'ailleurs ; mais les conjurées manquaient d'enveloppes, de cire à cacheter, de timbres-poste.

Mlle Aubry tenait la lettre ouverte.

découvrir, et se tenant éveillée de force le plus longtemps possible, pour mieux garder son trésor.

Le dimanche, lorsque les pensionnaires suivirent sur deux files la galerie extérieure qui conduisait à la chapelle, Yette s'arrangea pour être du côté de la boîte aux lettres, et y laissa tomber son carré de papier avec toute l'adresse et l'agilité de mouvements dont elle s'était vantée à juste titre.

« C'est fait ! » souffla-t-elle à l'oreille de sa complice.

Elle faillit sauter de joie en parlant ainsi. Enfin ! elle était donc dégagée de ce pesant fardeau du mystère, elle pouvait respirer librement ! Le facteur passait toujours à midi. En prenant place au réfectoire, Yette dit précipitamment à Héloïse :

« *Elle* est partie depuis cinq minutes ! »

Et son imagination lui montra sa missive

« Maman payera le port, dit Yette, et bien volontiers ! »

Elle plia la missive en quatre, comme elle l'avait vu faire quelquefois, et la ferma par une petite épingle.

Avec quelle impatience elle attendit le dimanche ? C'était le premier secret qu'elle eût jamais eu à garder. Vingt fois dans cet intervalle, qui lui parut long comme un siècle, elle fut prête à dire à tout le monde :

« Vous ne savez pas ! j'ai là, dans ma poche, une lettre que personne ne doit voir. »

Elle la cachait la nuit sous son oreiller, tremblant que la surveillante vînt à la

fuyant à toute vapeur sur la mer bleue. Il lui semblait que chaque seconde portât plus près de leur destination ses plaintes et ses prières, qui, elle n'en doutait pas, seraient exaucées. Malheureusement les deux complices avaient compté sans une petite formalité. Toutes les lettres jetées à la boîte, après avoir passé par les mains de Mlle Aubry, devaient être revêtues du timbre de la pension ; cette estampille était une sorte de laissez-passer dont il était expressément recommandé au facteur de tenir compte. En outre, cet employé du service le plus régulier de France trouva je ne sais quelle allure suspecte à un pli griffonné au crayon et fermé par une épingle.

« C'est quelque plaisanterie, » dit-il au concierge en le lui remettant.

Le concierge, fidèle à sa consigne, avertit sans retard l'autorité supérieure, et le résultat de tout ceci fut que, ce dimanche même, après vêpres, Mlles de Lorme et Pichu furent sommées de comparaître dans le cabinet de la directrice.

« Elle va nous interroger, dit Yette, prends garde à tes réponses.

— Je ne parlerai pas répondit Héloïse; mais, crois-moi, on ne trompe pas Mlle Aubry. Tu ferais mieux d'avouer... »

Yette rejeta sa tête en arrière d'un air de défi obstiné.

Il n'y eut pas lieu d'avouer, car on ne les interrogea pas. Mlle Aubry, debout près de la cheminée, tenait à la main la lettre ouverte.

« Mademoiselle, dit-elle à Yette, vous ignoriez

L'échelle était encore là.

peut-être qu'il était défendu d'écrire à mon insu. Vous ne serez donc point punie, à moins que ceci ne soit une punition, » dit-elle en déchirant la feuille qu'elle jeta dans le brasier ardent qui l'eut consumée en un clin d'œil.

Yette s'était élancée pour la ressaisir et ne réussit qu'à se brûler les doigts.

« Vous n'aviez pas le droit de lire une lettre qui n'était pas pour vous, s'écriait-elle avec audace.

— C'est une indiscrétion répréhensible en général, dit Mlle Aubry sans se départir de son calme irritant; mais la règle du pensionnat m'accorde, pour votre sûreté à toutes, ce droit que vous voudriez me contester et qui ne m'a pas conduite, il

faut le reconnaître, à des découvertes bien agréables. Votre lettre ne m'a rien appris, mademoiselle de Lorme, sinon que ma maison était un enfer et que j'étais un diable. Vous avez dicté cela, Héloïse l'a écrit, c'est Héloïse qui payera pour vous deux : d'abord parce que, connaissant bien la règle, elle est plus coupable que vous de l'avoir enfreinte, et ensuite parce qu'ayant du cœur vous souffrirez de la savoir en retenue plus que si l'on vous y mettait vous-même. »

La pauvre Héloïse, qui était restée tout le temps de cette scène les yeux rivés au sol, comme si elle eût souhaité qu'il l'engloutît, poussa un gémissement douloureux. Yette oublia une minute son angoisse profonde, pareille à celle du prisonnier qui voit s'échapper une chance d'évasion, pour ne penser qu'au désastre où elle avait entraîné son amie. La règle ! la règle ! comme elle la haïssait, cette règle odieuse, inexorable, représentée dans toute sa sécheresse par Mlle Hortense Aubry !

« Héloïse, ajouta froidement cette dernière en congédiant les deux coupables, votre orthographe est encore au-dessous de ce que je supposais. »

XIV

TENTATIVE D'ÉVASION

« Personne ne sera plus puni pour moi, pensa Yette. J'agirai seule. »

Elle ne confia même pas à Héloïse le nouveau projet qui avait germé dans son active petite cervelle, un projet plus désespéré que le premier, un projet de fuite ; mais, depuis lors et pendant huit jours, elle amassa soigneusement ce qui de ses repas pouvait se conserver, pensait-elle : fruits secs, biscuits, massepains, confitures. Ces menues provisions, serrées à mesure dans son pupitre, devaient lui suffire en voyage, et combien de temps durerait le voyage ? Elle n'en était pas bien sûre, car il lui faudrait sans doute en faire une partie à pied. La da avait donné plusieurs pièces d'or, dont Yette ignorait la valeur, pour venir de Saint-Nazaire à Paris ; or, elle ne possédait qu'un louis, et c'était à Saint-Nazaire qu'elle voulait retourner.

« Eh bien, pensa Yette, j'irai par le chemin de fer le plus loin possible, et ensuite je marcherai. Mon paquet ne sera pas lourd, puisque je ne peux emporter de vêtements, sauf ceux que j'ai sur le dos ; il tiendra tout entier dans un mouchoir. Je me renseignerai en route sur les chemins à suivre. Il ferait froid la nuit pour dormir en plein air, mais on me donnera l'hospitalité dans les fermes. Je rencontrerai sans doute aussi des charrettes où l'on m'offrira de monter et qui

m'épargneront quelques heures par-ci par-là. Ce n'est pas si loin Saint-Nazaire, nous sommes venues dans une journée. — Yette ne calculait pas la vitesse d'un train direct à laquelle ne pouvait se comparer celle de ses jambes. — Et une fois à Saint-Nazaire, reprenait-elle, je demanderai le capitaine du Cyclone. Je ne sais pas son nom, mais tout le monde doit connaître un si gros bateau. C'est un bon homme, celui-là ! Quand il sera au courant de tout ce que j'ai souffert chez ces vilaines gens, sur le compte desquels on a trompé mes pauvres parents, il m'emmènera de grand cœur à son bord, et, bien entendu, il ne souffrira pas que je paye ma place. Tout cela est très simple. La seule difficulté sera de sortir d'ici. »

Yette employa plusieurs récréations à examiner les murs du jardin, cherchant à y découvrir quelque brèche. Ils étaient, hélas ! d'une solidité désespérante et couronnés, par surcroît de précaution, tantôt de piques de fer, tantôt de tessons de bouteilles. Sur un seul point on avait négligé de les fortifier, sans doute pour épargner un lierre magnifique qui, mêlé à d'autres plantes grimpantes, avait revêtu du plus riche manteau de verdure la maçonnerie ailleurs toute neuve ; mais les rameaux de lierre n'étaient pas assez solides pour qu'on pût s'y accrocher en grimpant. Yette étouffa un cri de joie ; la Providence lui venait en aide : une échelle laissée là par le jardinier, qui était en train de raccommoder le treillage, restait appuyée au mur !

« Pourvu qu'elle y soit encore à la récréation du soir ! » pensa Yette.

Elle avait choisi la récréation du soir pour l'accomplissement de son équipée, que la nuit, qui commence de bonne heure au mois de décembre, devait favoriser. Tout le temps de la classe elle guetta de son banc, situé près de la fenêtre, la bienheureuse échelle. Par cette fenêtre, Yette voyait encore autre chose, une chose qui l'inquiétait quelque peu. Dans l'après-midi, une neige épaisse s'était mise à tomber, la première neige de l'année. Yette n'en avait jamais vu, et son attention se partagea entre ce phénomène et l'échelle, de sorte qu'elle put, sans trop mentir, répondre à la sous-maîtresse qui lui demanda ce qu'elle regardait si obstinément au dehors :

« Je regarde tout ce sucre en poudre qui tombe des nuages. »

La gaieté que souleva cette idée naïve fit que Mⁱˡᵉ Agnès ne poussa pas plus avant ses investigations. Le mauvais temps devait empêcher que la récréation se passât au jardin ; mais Yette, ayant demandé en grâce qu'on la laissât sortir pour voir de près la neige et y goûter un peu, disait-elle, obtint une permission spéciale dont, sans aucun remords, elle se promit d'abuser. « Je vous donne cinq minutes, » avait dit Mⁱˡᵉ Agnès.

« Dans cinq minutes, pensa Yette, le cœur bondissant d'allégresse, je serai loin !... »

Elle, si frileuse d'ordinaire, ne sentit ni le froid ni l'humidité ; le linceul blanc qui couvrait tout le jardin ne l'effraya pas, il ne lui inspira que le désir frénétique de quitter au plus vite un pays où le ciel vous réservait de si horribles surprises. D'ailleurs, on avait parlé en classe de la manne des Israélites dans le désert, et elle persistait à croire que ces flocons, qui devaient avoir un goût sucré, seraient peut-être pour elle au besoin une ressource alimentaire. Tout d'une haleine, elle courut au vieux lierre. L'échelle était encore là. Yette fut vite au sommet en se cramponnant bravement de ses petites mains déjà rouges d'engelures aux bâtons chargés de neige. Une fois sur la crête, elle regarda devant elle et vit une grande rue déserte bordée de rares réverbères déjà allumés ; cette rue, si laide qu'elle fût, lui représenta tout ce qu'il y a au monde de plus beau : la liberté.

« Je n'ai qu'à tirer l'échelle et à l'appliquer de l'autre côté du mur, se dit Yette avec intrépidité.

L'entreprise offrait plus de périls qu'elle

ne pensait, l'échelle étant longue, assez lourde et l'équilibre difficile à garder. Déjà la voix de Mⁱˡᵉ Agnès l'appelait à l'autre bout du jardin. Yette essaya cependant et parvint, en employant toute son adresse et toute sa force, à ébranler l'échelle, à la soulever même ; mais de là, hélas ! à l'attirer jusqu'à elle, il y avait loin ! Ses mains saignantes s'écorchaient aux aspérités du bois. Il lui fallut se débarrasser de son petit paquet. Elle le jeta dans la rue, sans s'apercevoir qu'un chien errant s'en saisissait au moment même, après l'avoir flairé.

« Yette ! » criait aux échos Mⁱˡᵉ Agnès.

Au son de cette voix qui se rapprochait peu à peu, la peur la prit et elle donna une violente secousse qui faillit la faire tomber à la renverse ; l'instinct de la conservation l'amena naturellement à se retenir des deux mains au lierre ; elle lâcha du même coup l'échelle qui tomba bruyamment à plat dans l'allée du jardin, et sa fidèle Nana, qu'elle n'avait pu se résoudre à laisser derrière elle. Nana alla se briser sur le pavé de la rue. Au moment même, une grosse voix disait dans cette même rue : — « Halte-là ! » Yette, se retournant, vit un homme en uniforme et en képi, qui n'avait rien de commun avec le « gendarme ti bâton » dont on se moquait dans son pays. Il était aussi terrible que le « grosses bottes » en personne.

« Vous l'avez échappé belle, petite vaurienne, reprit le sergent de ville, j'ai cru vous ramasser en pièces comme votre joujou, — il tenait la poupée, — attendez ! attendez ! »

En même temps il tournait l'angle de la rue pour sonner sans doute à la porte du pensionnat.

« Je suis perdue, pensa Yette ; si je sautais ?... »

Mais considérant l'espace, elle sentit sa tête tourner comme les ailes d'un moulin et dut fermer les yeux. D'ailleurs, Mⁱˡᵉ Agnès était arrivée au bas du mur.

« Est-ce possible ? criait-elle, malheureuse enfant ! Descendez vite ! Vous allez vous tuer! Au secours! Au secours! »

On accourut. Le sergent de ville avait de son côté donné l'alarme. L'échelle fut de nouveau dressée contre la muraille, et, bien que Yette essayât d'abord de courir sur la crête étroite avec une agilité qui fit jeter les hauts cris à la nerveuse Mlle Agnès, puis de griffer et de mordre comme un chat-tigre aux abois, on réussit à s'emparer d'elle. Au milieu d'un groupe imposant qui la gardait à vue, elle fut conduite droit au cabinet de Mlle Aubry. Celle-ci, avertie déjà du délit, se tenait assise sur son fauteuil avec la majesté d'un juge. Du geste elle congédia tout le monde, puis elle regarda la coupable d'une façon que celle-ci ne s'expliqua pas bien, en pinçant les lèvres et frisant la paupière. On eût dit qu'elle réprimait une violente envie de rire.

« Ainsi, dit-elle, vous vous êtes trouvée prise sur la crête d'un mur, entre le règlement et la loi? Vous voyez, Mademoiselle, que ces deux excellentes choses ont toujours le dernier mot. J'espère que vous voici guérie du goût des escalades. »

Yette fixa sur elle un œil étincelant, désespéré.

« J'essayerai d'un autre moyen, car je ne veux pas rester chez vous.

— Vous vous y trouvez donc bien mal?

— Oh!... fit Yette avec un accent où la fureur se mêlait à l'angoisse.

— Eh bien, mon enfant, il faut vous en aller. »

Yette tressaillit. Ses pleurs prêts à couler se séchèrent. Ce monstre se moquait-il d'elle?

« Mais vous en aller au grand jour, par la grande porte, non pas par-dessus les murs, la nuit, comme un malfaiteur. Songez donc que, si vous aviez réussi dans votre essai d'évasion, le sergent de ville vous aurait arrêtée un peu plus loin et conduite au poste, en prison, jusqu'à ce qu'on vînt vous réclamer! Quelle humiliation pour vous et pour vos parents! »

Yette, bien qu'elle ne comprît pas toute l'étendue de cette disgrâce, rougit et courba la tête.

« Et à quoi bon vous y exposer? poursuivit Mlle Aubry. Vous n'avez qu'à écrire franchement à Mme votre mère que vous désirez retourner auprès d'elle.

— Vous brûlez mes lettres! interrompit Yette farouche.

— La lettre d'Héloïse, voulez-vous dire? C'est tout différent. Je vous affirme, Mademoiselle, que non seulement je laisserai passer la première lettre que vous écrirez à vos parents, — écoutez bien, — que vous leur écrirez vous-même, — mais encore que j'y joindrai un mot de ma main pour appuyer votre prière et les décider à vous reprendre, si vous me le demandez... si vous me le demandez... répéta-t-elle avec un demi-sourire, mais je crois que vous ne me le demanderez pas.

— Ah! s'écria Yette, je vous le demanderai cent fois plutôt qu'une. Vous me jurez que vous ferez cela?

— Je ne jure pas, je promets. Vous pouvez croire à ma parole. Vous ai-je jamais trompée, moi?

— C'est vrai, dit Yette en réfléchissant, vous m'avez toujours avertie de ce que je trouverais ici d'ennuyeux et de désagréable. Je vous crois. Mais, reprit-elle en fondant en larmes, à quoi bon? Je ne sais pas écrire.

— Apprenez.

— Ce sera long?...

— Trois ou quatre mois avec de la bonne volonté. »

Yette parut mesurer ce laps de temps interminable.

« J'essayerai, dit-elle avec un soupir.

— Bien! Et moi je vous promets une chose en retour : vos parents ne sauront rien de votre escapade, ni M. Darcey non plus.

— Que m'importe M. Darcey?

— Seriez-vous ingrate, petite Yette? dit Mlle Aubry en lui relevant le menton pour la regarder droit dans les yeux.

« Ma chère, chère, chère maman... »

— Ingrate ?... Il ne m'a jamais fait de bien !

— Il vient lui-même chaque jour, depuis que vous êtes entrée au pensionnat, s'informer de vos nouvelles, comme il ferait pour sa propre fille, et c'est un homme très occupé, cela doit le déranger beaucoup... Il me prie de vous donner tout ce qui peut vous faire plaisir. Si je n'ai pas suivi ses injonctions, c'est que vous avez mérité jusqu'à présent d'être punie plutôt que récompensée. Cependant je ne vous punirai pas aujourd'hui, dit Mlle Aubry en terminant ; libre à vous d'être ingrate envers moi, comme vous l'êtes envers le meilleur des amis de votre père. »

Yette ne comprit pas bien pourquoi elle se sentait en ce moment honteuse d'elle-même.

XV

YETTE SOUS LE JOUG

Voici ce que Yette écrivit à sa mère trois mois après, avec beaucoup de fautes sans doute, mais il était déjà beau qu'elle eût appris si vite à former lisiblement les caractères :

« Ma chère, chère, chère maman, si j'avais pu vous envoyer ma première lettre quand je le voulais, je vous aurais dit des choses qui vous auraient fait de la peine ;

d'abord que j'étais la plus à plaindre de toutes les petites filles et ensuite que je vous suppliais de me reprendre avec vous; mais il faut beaucoup de temps pour apprendre à écrire, et, pendant ce temps-là, j'ai réfléchi, je suis devenue plus raisonnable. Depuis que je sais quelque chose, je comprends que je suis encore bien ignorante et qu'il faut que je ne le sois plus avant de sortir d'ici. Cela ne m'ennuie pas trop d'apprendre, seulement je veux me dépêcher d'en finir pour retourner plus vite auprès de vous. Je demande donc à ma chère maman de permettre que je passe mes vacances à la pension pour y travailler, au lieu de sortir avec Mme Darcey qui veut m'emmener à la campagne. Je n'aime toujours pas beaucoup Mme Darcey, quoiqu'elle m'apporte des gâteaux et du chocolat toutes les semaines, et je m'ennuie chez elle parce qu'on n'y peut pas jouer. Polymnie est trop grande et a de trop belles robes; et puis, cela me fait pleurer malgré moi de la voir embrasser sa maman. Je pense tout de suite à vous, quoique Mme Darcey soit bien moins jolie et bien moins bonne, mais enfin c'est toujours une maman, et j'ai compté qu'il y avait deux cent soixante-neuf jours que je ne pouvais plus embrasser la mienne! Mais la grande raison qui me fait tenir à passer mes vacances en pension, c'est que je pourrai avancer d'une classe pendant ce temps-là, de sorte que cela sera autant de gagné pour retourner au Macouba. Si je dois rester ici cinq ans, comme me l'a dit Mlle Aubry, je peux gagner une année en supprimant les vacances. Je sais assez compter déjà pour calculer cela. Ne craignez pas que je me fatigue à trop travailler; je me porte très bien, je mange même beaucoup plus qu'à la maison, et je ne sais pas si c'est parce que j'ai faim ou que je m'habitue à la cuisine, mais les ragoûts ne me paraissent plus tout à fait aussi mauvais. Figurez-vous cependant qu'on ne met pas de sucre dans la soupe au lait et que nous n'avons de dessert qu'une fois par jour! Quel dessert encore! des amandes dures comme du bois, des petites figues sèches et du fromage sec aussi... mais je m'y suis faite. J'ai beaucoup d'amies très gentilles que je détestais d'abord, je ne sais plus trop pourquoi. Et puis voilà qu'il fait presque beau après un hiver si long et si triste! Le ciel n'est pas bleu comme chez nous, mais il est clair, et les petites feuilles sortent de ces affreuses branches noires que j'avais crues mortes à tout jamais. C'est très amusant, et vous ne pouvez vous en faire une idée, vous qui n'avez jamais vu les arbres perdre toutes leurs feuilles. Quand vous viendrez, venez au printemps pour voir cela; ne venez pas l'hiver, on s'enrhume, et c'est à peine si l'on voit clair à quatre heures de l'après-midi. Mlle Aubry a une petite perruche qui a manqué mourir de froid et d'ennui. J'étais un peu comme la perruche, mais je me roulais au coin du poêle dans un manteau, je fermais les yeux et je revoyais le Macouba avec tout son soleil, et Cora et papa, et ma bonne *da*, et Tom, et Loulou, et Mesdélices, et ma chatte et toutes mes bêtes, toutes mes fleurs, mais d'abord vous, ma maman chérie, toujours vous. Je vous embrasse,

je vous embrasse. »

Yette avait griffonné : « je vous embrasse » plus de vingt fois, et l'encre était délayée à la fin comme s'il avait plu très fort sur toute cette page.

Mlle Aubry écrivit au-dessous de sa belle écriture ferme :

« Je suis heureuse de pouvoir dire à Mme de Lorme que Mlle Yette fait sous tous les rapports de rapides progrès, et que jamais encore jusqu'ici je n'avais eu l'exemple d'une enfant de cet âge qui travaillât avec autant d'énergie à se corriger de ses défauts et à réparer le temps perdu. »

Plus tard, Yette fut heureuse d'avoir mérité cette bonne note, qui porta une dernière joie bien vive et bien profonde à sa mère déjà terrassée par une cruelle maladie dont elle ne devait pas se relever! M. de Lorme écrivit à ce sujet des lettres qui inquiétèrent les Darcey, mais où Yette ne voulut voir qu'une chose : que la santé de sa mère nécessitait le climat de France, et que, pour consulter de grands médecins, elle viendrait à Paris aussitôt qu'il lui serait possible de supporter le voyage.

« Maman, ma chère maman à Paris ! criait Yette en frappant dans ses mains. Oh ! je suis trop heureuse. »

Et elle se promit de savoir par cœur une sonate pour ce moment-là.

XVI

LES VRAIS CHAGRINS

Malgré son courage, Yette trouva fort dur, le moment venu, de rester prisonnière au pensionnat, après la solennité de la distribution des prix. Quand toutes ses compagnes se furent envolées joyeuses avec leurs familles respectives, et qu'elle se vit seule dans la grande classe déserte entre Mlle Aubry et Mlle Agnès, qui, elle non plus, ne prenait pas de vacances, elle éprouva une sensation d'isolement presque égale à celle qu'elle avait ressentie en quittant sa chère Martinique, et la nuit, seule encore dans le dortoir vide et silencieux, elle pleura très amèrement. Il n'eût tenu qu'à elle de revenir sur sa résolution et d'accepter l'hospitalité que lui offrait toujours avec mille instances nouvelles la famille Darcey ; mais le désir d'abréger son exil par un vigoureux effort, et aussi, convenons-en, la crainte de paraître reculer la soutenant, elle resta.

« Eh bien, dit M. Darcey à sa femme, cette petite aura du caractère. J'aurais voulu un garçon qui lui ressemblât.

— Garçon, elle serait peut-être supportable, répondit Mme Darcey, mais jeune fille, elle laisse beaucoup à désirer. Toute cette vaillance n'est que de l'entêtement et de la mauvaise humeur, ne vous y trompez pas. »

Sans doute M. Darcey, tout positif

qu'il était, pénétrait mieux que sa femme dans l'âme de Yette ; son estime, qui ne fit que croître depuis, data du jour où il la vit se rasseoir volontairement à son pupitre en dévorant ses larmes, tandis que toutes les autres pensionnaires, ivres de liberté, couraient à leurs plaisirs, et que lui-même, tenant la porte ouverte, répétait comme un tentateur :

« Il est temps encore, Éliette. Que préférez-vous ? La campagne, les bains de mer ? Nous vous emmènerons où vous voudrez... »

Le temps qu'on emploie bien ne paraît jamais long. Yette, quelle que fût la monotonie de ses journées, fut tout étonnée de découvrir un matin que le premier mois des laborieuses vacances qu'elle avait choisies était passé. Il est vrai que Mlle Aubry l'emmenait parfois en promenade soit au Bois de Boulogne, soit aux environs de Paris, et qu'elle s'était sincèrement attachée à Mlle Agnès, depuis qu'elle savait que la sous-maîtresse ne sortait pas parce qu'elle n'avait plus de mère.

« Oh ! mon Dieu ! lui disait-elle, moi qui suis si triste d'être éloignée de la mienne pour un peu de temps, qu'est-ce que je deviendrais si je ne devais jamais la revoir ?... »

Hélas ! la pauvre Yette allait être bientôt frappée, elle aussi, par ce malheur, qui la pénétrait de compassion ! Un jour que, dans le salon de musique, elle répétait la fameuse sonate en accrochant toujours les mêmes notes et en se demandant avec inquiétude si elle parviendrait à la bien jouer pour l'arrivée de sa maman, Mlle Aubry entra, une lettre à la main. La directrice était encore plus pâle que de coutume, et ses yeux paraissaient cerclés de rouge.

« Yette, commença-t-elle, — c'était la première fois qu'elle lui donnait ce nom familier, ayant l'habitude d'interpeller cérémonieusement ses élèves par leur nom de famille, — Yette, je viens de recevoir une lettre qui vous concerne... Vous reverrez très prochainement, je pense...

— Maman ! s'écria Yette en se levant frémissante. Maman est en route pour venir ici. Dites-le moi bien vite ? Quand arrive-t-elle ? Quel jour ?

— Monsieur votre père n'indique pas précisément le paquebot qu'il doit prendre, lui et votre sœur Cora ; mais il dit que son départ pour la France aura lieu prochainement, très prochainement.

— Ils viennent tous les trois ! s'écria Yette en sautant à travers la chambre.

— Tous les deux. J'ai dit votre papa et votre sœur, expliqua Mlle Aubry en s'efforçant d'attirer Yette sur ses genoux comme elle l'avait fait le jour de son entrée au pensionnat.

— Mais maman ?... maman ne viendrait pas ?...

— Elle est plus malade... » dit d'une voix émue Mlle Aubry, montrant à Yette la lettre qui était bordée de noir. Mais la pauvre Yette ne voulait pas comprendre.

« Alors pourquoi papa la quitte-t-il ? demanda-t-elle en pâlissant.

— C'est votre maman qui vous a tous quittés et qui, maintenant, vous attendra là-haut, » dit Mlle Aubry, montrant le ciel.

Yette jeta un grand cri. Elle ne se rendait pas compte bien nettement encore du sens de ces paroles qui l'avaient frappée au cœur, mais elle sentait que quelque mal affreux, irréparable, venait de l'atteindre, que sa vie ne pouvait plus jamais être ce qu'elle avait été. Un bourdonnement sourd emplit ses oreilles, elle eut l'impression confuse qu'on l'emportait, qu'on la déposait sur son lit, puis il lui sembla glisser dans un gouffre plein de visions funèbres qu'elle essayait de fuir sans pouvoir y réussir. Un matin, cependant, elle revint à elle en frissonnant et porta la main à sa tête où elle sentait quelque chose de lourd et de douloureux... une compresse de glace. En même temps elle poussa un soupir déchirant... elle se souvenait. Pendant cette période de torpeur dont elle avait à peine conscience,

son cerveau s'était pénétré de la cruelle vérité. Elle avait compris que sa mère était morte.

La convalescente qui se releva de ce petit lit d'infirmerie était toute différente de la fillette volontaire et indisciplinée que l'on avait connue. On eût dit, — si ce mot pouvait s'appliquer à un enfant, — que Yette avait vieilli. Sa physionomie était devenue presque grave. Jamais elle ne parlait de sa mère, elle s'était remise à travailler tout de suite, non plus avec une ardeur impatiente comme auparavant, mais avec je ne sais quelle sombre ténacité ; elle ne pleurait devant personne, ce qui faisait dire à Mme Darcey :

« Je ne lui crois pas beaucoup de cœur. Elle est froide, après tout ! »

Mais quelquefois, se jetant au cou de Mlle Agnès, cette autre orpheline, Yette lui disait :

« Je comprends maintenant combien j'ai été méchante de vous impatienter et de vous faire de la peine. Vous aviez déjà tant de chagrin ! »

On peut croire que la grande piété qui lui vint, tandis qu'elle se préparait avec ferveur à sa première communion, lui prêta des forces. Non seulement elle était sûre d'aller rejoindre sa mère un jour, mais encore, dès à présent, il lui semblait que la chère morte était venue la retrouver et marchait à ses côtés ; elle avait la certitude intime que tout ce qu'elle faisait de bien la rapprochait de cette maman adorée. Souvent, la nuit, elle se blottissait par la pensée contre son sein, dont elle croyait sentir la chaleur, et elle mêlait à une bonne prière mille petits noms qu'elle avait eu coutume de lui donner en promettant d'être sage, de la remplacer de son mieux auprès de son père et de Cora.

Ceux-ci n'arrivaient pas cependant, comme ils l'avaient annoncé, bien que M. de Lorme, dans chacune des lettres qu'il écrivait à sa fille, — des lettres navrées qui prouvaient que ses regrets, loin de se calmer, augmentaient tous les jours, — ne manquât jamais de lui dire : « Je ne peux vivre ici, j'ai pris la Martinique en horreur ; rester davantage dans la maison désolée où ta pauvre mère n'est plus me devient impossible chaque jour davantage. Je maudis tout ce qui me retient

lesse. M. Darcey était d'avis que la meilleure manière de consoler les gens était de leur montrer un devoir à remplir. Sa propre expérience lui avait enseigné cela.

« Qu'est-ce qui le retient donc si long-

Yette étreignant avec transport l'ancienne compagne de sa jeunesse.

loin de toi, mon ange. Toi seule et ta sœur vous m'attachez désormais à ce triste monde. »

« Qu'est-ce qui le retient donc ? » demandait Yette chaque fois qu'elle recevait la visite de M. Darcey.

M. Darcey, depuis la mort de Mme de Lorme, venait très régulièrement tous les jours de parloir, s'étant aperçu qu'il réconfortait l'orpheline mieux que personne en lui parlant du père qui lui restait, de l'enfance de ce bon Georges, qui, dès le collège, était toujours prêt à se sacrifier pour les autres et qui aurait besoin désormais de retrouver cette même qualité chez sa fille aînée, le soutien de sa vieil-

III.

temps à la Martinique ? répétait Yette.

— Des affaires qui doivent passer avant les questions de sentiment, ma petite, répondait M. Darcey du ton sec et cassant qui donnait à sa bonté même une apparence hargneuse. Avant de quitter un pays pour toujours, on doit mettre en ordre les intérêts qu'on y laisse. Votre fortune à toutes deux serait compromise par trop de précipitation. Il faut liquider, et c'est difficile. De Lorme cherche à vendre ses terres, mais il ne trouve pas d'acquéreurs. Le moment est mal choisi ; une mauvaise année... les récoltes à demi perdues... disette d'argent, en conséquence. »

Il paraît que plusieurs années successives furent également mauvaises, car, en parlant toujours de venir et en écrivant des lettres de plus en plus découragées, M. de Lorme ne put quitter sa plantation. Yette, cependant, l'attendait sans cesse, et cette attente soutenait ses forces. Elle vivait d'espérance dans l'intervalle des paquebots, persuadée toujours que le plus proche lui apporterait la date exacte de l'embarquement des siens. Son idée fixe était de se perfectionner le plus possible pour ce moment-là, et parfois elle pensait en frissonnant presque de crainte : « Si papa arrive cette semaine, il me trouvera encore bien au-dessous de ce qu'il croit sans doute que je suis devenue. Dépêchons-nous d'apprendre ! Si je pouvais en outre embellir un peu ! »

Son miroir lui disait qu'elle ne réussirait pas sous ce rapport. A quatorze ans, Yette croyait être une sorte de laideron, à en juger par ce portrait impitoyablement ressemblant qu'elle avait tracé d'elle-même :

« Visage trop rond.

« Nez retroussé.

« Yeux enfoncés, noirs et durs, sous des sourcils très épais.

« Bouche grande avec de bonnes dents.

« Teint pâle, — mais non, la pâleur est jolie... Comment donc l'appeler ?... Mettons verdâtre, bien que ce soit peut-être un peu exagéré.

« Cheveux, oh ! par exemple, j'ai les plus longs de toute la pension.

« Taille, cinq pieds ! On dit qu'elle sera belle, mais je ne crois pas, étant pour le moment gauche et dégingandée.

« Voilà une gentille personne à présenter au papa qui fait deux mille lieues pour la voir ! »

Ce que Yette n'ajoutait pas à ce signalement, parce qu'elle ne pouvait s'en rendre compte, c'est que son sourire était des plus francs et des plus sympathiques, et que ses yeux noirs, qui lui paraissaient durs quand elle se regardait dans la glace pour critiquer son image, pouvaient, selon les circonstances, tantôt pétiller d'esprit,

tantôt devenir humides de tendresse ou rayonnants de bonté.

« Je ne serai jamais belle. Il est d'autant plus indispensable que je ne sois ni sotte ni méchante ! » concluait Yette avec un soupir.

Et puis, tout à coup, elle riait en songeant que les papas étaient assez indulgents pour trouver leurs petites filles les plus charmantes du monde, fussent-elles laides à faire peur.

« Mademoiselle de Lorme, on vous demande au parloir ! » vint lui dire un soir la sous-maîtresse.

Au parloir ! Ce n'était ni le jour consacré à la visite des Darcey, ni l'heure de la récréation. Quelque chose d'extraordinaire était arrivé. Sa pensée, prompte comme l'éclair, embrassa ce quelque chose tant désiré, tant attendu. N'était-ce pas la veille que le transatlantique avait dû toucher à Saint-Nazaire ? D'un bond elle fut dans le parloir.

Il y avait là, avec Mlle Aubry et M. Darcey, une petite fille en grand deuil et qui paraissait avoir environ neuf ans, une petite fille de la beauté la plus remarquable, d'une beauté telle, que Yette murmura comme si elle se fût parlé à elle-même :

« Oh ! mon Dieu ! c'est maman, c'est maman ! » tout en serrant éperdument dans ses bras celle qui ne pouvait être que sa sœur Cora. Elle baisait surtout les grandes boucles châtaines absolument pareilles à celle que son père lui avait envoyée autrefois dans l'affreuse lettre bordée de noir.

Lorsque les larmes et une sorte d'étourdissement joyeux, qui d'abord l'avaient aveuglée, lui permirent de voir clair autour d'elle, Yette distingua soudain à quelques pas en arrière une petite forme noire coiffée d'un madras, laquelle, partagée entre la joie et l'émotion, se balançait d'un pied sur l'autre, à la façon des jeunes singes ; il ne fut pas besoin de certaine croix d'or suspendue à son cou pour qu'elle la reconnût :

« Mesdélices ! cria-t-elle, étreignant

avec transport l'ancienne compagne de ses jeux, ma vieille Mesdélices ! »

Il lui semblait ressaisir avec elle toute l'habitation, tout le Macouba, toute la Martinique ; elle aimait aujourd'hui cette petite négresse luisante et lippue, mille fois plus qu'elle n'aurait cru pouvoir l'aimer autrefois, non pas désormais comme un jouet et un souffre-douleur, mais comme une chère créature humaine son égale, comme une amie, comme le passé perdu, comme le pays natal que cet être exotique représentait pour elle.

« Et... où donc est papa ? » demanda tout à coup Yette.

Il se fit un silence, ce même silence lugubre qu'une fois elle n'avait pas voulu comprendre, mais sur le sens duquel elle ne pouvait plus se tromper.

« Laissons ces enfants seules ; venez, » dit brusquement M. Darcey, entraînant par le bras Mlle Aubry dont les yeux étaient pleins de larmes.

XVII

LA PETITE MAMAN

La triste explication que Cora donna brièvement à sa sœur fut complétée par les détails qu'ajoutait Mesdélices, témoin oculaire du désastre. Un de ces coups de vent furieux qui se font sentir aux Antilles, vers l'équinoxe d'automne, dans la saison de l'hivernage, à de rares intervalles fort heureusement, avait soufflé sur la Martinique. Le ciel est chargé au sud, bientôt l'horizon s'obscurcit, les gros nuages couleur de plomb se fondent en une masse informe, la nuit remplace le jour. Pendant tout le temps nécessaire à l'accomplissement de ces phénomènes, le vent ne s'est pas fait sentir ; deux ou trois rafales seulement ont troublé le calme de l'atmosphère ; elles se sont abattues sur le pays avec un sifflement strident, arrachant les feuilles, faisant battre les portes

et les fenêtres. Après leur rapide passage, le calme s'est de nouveau rétabli ; mais bientôt ce sont des torrents de pluie. Tout à coup le vent recommence, d'une façon continue cette fois ; il grossit de minute en minute, passe du sud à l'est, puis au nord, puis à l'ouest, fait enfin tout le tour du compas. Les arbres, qui avaient déjà perdu leurs branches principales, sont maintenant déracinés violemment. La mer se gonfle à des hauteurs effrayantes ; plus d'un navire est englouti ! La maison perd-elle une tuile, le vent s'engouffre par l'ouverture et, ne trouvant pas d'issue, fait sauter toute la toiture. Quand une porte est enfoncée, vite il faut boucher le passage ouvert au vent, et, si l'on n'y peut réussir, on s'empresse de tout ouvrir, d'abattre même les cloisons qui pourraient ralentir la sortie du courant d'air ; on préserve ainsi un bâtiment de la destruction totale, autrement il éclaterait comme une bombe. Toutes les cases couvertes en paille qui ne se trouvent pas dans un pli de terrain sont balayées, les cannes couchées.

M. de Lorme, résolu à préserver, sinon sa récolte, au moins les bâtiments, n'avait cessé d'être au plus fort du danger, donnant des ordres, soutenant le courage des travailleurs qui disputaient les toitures à l'ouragan. La sucrerie avait fini, en dépit d'efforts désespérés, par se trouver découverte, et une des tuiles en volant avait atteint le malheureux propriétaire à la tempe. Il était tombé comme foudroyé ; les nègres n'avaient rapporté à la maison que son cadavre.

« Quand j'ai vu que je n'avais plus de père, racontait la pauvre Cora, j'ai appelé ma sœur de toutes mes forces, j'ai crié que je voulais aller te rejoindre, que c'était la volonté de papa. On ne savait que faire de moi ; il paraît que nous sommes ruinées, fit la petite Cora en haussant les épaules avec insouciance. Une dame de Saint-Pierre devait partir pour France, elle m'a prise avec elle.

— Et moé lé allé rété épi mamselle, interrompit Mesdélices.

— La *da* était trop vieille pour repartir, reprit Cora, elle est avec sa fille mariée. Mesdélices a dit que j'avais besoin de quelqu'un pour me servir ; figure-toi qu'elle est devenue très adroite ; elle me coiffe et elle coud aussi bien que notre *da*. »

Yette ne répondait rien, elle pleurait silencieusement. Sa petite sœur, voyant cela, cacha son visage sur son épaule et se mit à pleurer avec elle. Mesdélices réglait sa douleur sur celle de ses maîtresses. Les trois enfants restèrent ainsi dans le grand parloir froid et nu, envahi de plus en plus par le crépuscule d'automne, jusqu'à ce que Yette, embrassant sa sœur, lui dit avec résolution : « Je te reste, moi ! » Et la petite fille, rassurée par cet accent tendre et sérieux qui lui rappelait une voix chérie, désormais éteinte dans le tombeau, se pressa plus étroitement contre elle comme elle l'eût fait contre sa mère.

C'était trop vrai ; les pauvres enfants se trouvaient désormais sans ressources. En dépit d'efforts énergiques, leur père n'était pas parvenu à couvrir les emprunts forcés qu'autrefois nous l'avons entendu avouer au vieux curé du Macouba. C'est parce qu'on savait sa propriété grevée de dettes que personne n'avait voulu l'acheter, quand il avait souhaité de s'en défaire. Là-dessus le coup de vent était venu détruire la sucrerie, le revenu avait été insuffisant pour payer les intérêts des créanciers, et l'un d'eux avait poursuivi la vente de la propriété. Rien de plus fréquent aux colonies, où les cyclones, les tremblements de terre et autres révolutions de la nature déjouent souvent tous les calculs de la prudence et du labeur humain. M. Darcey n'ignorait aucun détail de cette histoire, mais il ne jugea pas nécessaire d'en parler à ses pupilles. S'étant concerté avec sa femme, qui, si elle avait peu d'esprit et de bons sens, ne manquait pas du moins de générosité dans les grandes circonstances, il annonça brièvement à Mlle Aubry que désormais il prenait la charge des deux orphelines.

« C'est un devoir que j'aurais réclamé si vous ne m'eussiez devancé, répondit cette dernière avec une égale simplicité ; mais mon tour viendra de les obliger. J'espère que vous me les laisserez jusqu'à la fin de leurs études.

— Cela va sans dire. Où seraient-elles mieux qu'auprès de vous ? »

Instinctivement et bien qu'elle ne pût deviner l'étendue de leurs bontés à son égard, Yette, dès ce moment, alla plus volontiers chez les Darcey. Elle leur était surtout reconnaissante d'aimer Cora. Yette était devenue du jour au lendemain une mère uniquement préoccupée du bien de son enfant à qui elle sacrifiait tous ses propres goûts. Sur cette enfant son cœur chaleureux concentra toute l'affection qu'il avait longtemps partagée entre trois personnes ; elle se défendit cependant de la gâter, toute fière qu'elle était de sa gentillesse, car elle se rappelait combien un excès d'indulgence lui avait été funeste à elle-même ; elle l'éleva doucement et tendrement, la faisant travailler dans l'intervalle des classes et la protégeant aux heures de récréation. Du reste, personne n'eut jamais l'idée d'infliger à la sœur cadette les mauvais traitements dont avait souffert la sœur aînée ; la situation des deux orphelines inspirait trop de pitié aux plus méchantes, et puis la jolie figure de Cora lui avait valu de devenir en peu de temps la favorite de la pension. Yette était obligée de veiller plutôt à ce qu'on ne la flattât pas trop, car la petite fille avait déjà une bonne dose de vanité. Mais si, contre tout précédent, cette *nouvelle* était choyée, fêtée, entourée de soins et de complaisances, c'était à sa grande sœur qu'elle le devait, bien plus qu'à son propre mérite. Yette s'était fait peu à peu une place à part au milieu de ses compagnes, auxquelles on la citait comme un modèle. Les malheurs qui étaient venus la frapper coup sur coup avaient impressionné toutes ces jeunes imaginations, tandis que le courage avec lequel elle les supportait devait nécessairement inspirer aux plus légères une sorte de respect. Mlles Raymond et de Clairfeu

Il était tombé comme foudroyé.

elles-mêmes subissaient cet ascendant, elles qui n'avaient fait aucun cas jusque-là de tout ce qui n'était pas la richesse ou la naissance. Or, on savait que le meilleur moyen d'être agréable à Yette était d'aimer sa petite sœur.

« Pourquoi donc disais-tu qu'on s'ennuyait en pension ? demandait cette dernière ; moi je trouve qu'on n'y est pas mal.

— C'est que tu es plus sage que je ne l'étais à ton âge, répondait Yette, sans songer que le régime dont elle avait pu se plaindre était singulièrement adouci pour Cora, grâce à elle.

— Une seule chose me déplaît ici, reprenait la petite sœur, on travaille trop. »

Cora, une santé délicate aidant, était affligée au plus haut degré de ce défaut créole : la nonchalance ; elle n'avait de vivacité que pour le plaisir, et, souvent endormie en classe, ne dédaignait jamais, bien loin de là, les amusements de toute sorte qui l'attendaient chaque jour de congé dans l'opulente maison des Darcey. Le dimanche, une voiture venait régulièrement chercher les jeunes filles pour les conduire chez leur tuteur, où Yette, à sa grande joie, retrouvait Mesdélices, qui avait dû consentir, non sans difficulté, à entrer au service de Mlle Polyminie Darcey, en attendant que ses maîtresses sortissent de pension. Les deux amies, tout en riant et tout en pleurant, parlaient du bon vieux temps qui ne devait plus renaître. Mesdélices racontait comment Tom était devenu valet de chambre dans la ville de Saint-Pierre ; il portait désormais des souliers tous les jours, selon le rêve de son enfance, même des chemises roses ! il graissait sa laine à outrance pour en faire des cheveux, et sentait la fleur d'orange ! Il fallait le voir danser la bamboula. Quelles grimaces ! quelles manières ! Malgré ses prétentions, c'était un bon garçon, et il parlait toujours de mamselle Yette.

« Et Loulou ? demandait Yette.

— Loulou, reprenait Mesdélices dans son jargon, n'avait jamais pu rien faire qu'aider à la cuisine où sa gourmandise la rendait importune plutôt qu'utile. Les petits manicous capturés par mamselle Yette n'avaient pas voulu s'habituer à la caloge. Le crabier n'existait plus depuis longtemps. La pauvre chatte blanche était morte d'une piqûre de serpent. Elle avait toujours eu la rage d'attraper de petits serpents et le tort de les apporter dans la maison, ce qui n'était pas sans danger, car le serpent peut trouver un trou et s'échapper, s'il n'a pas la colonne vertébrale cassée. Souvent elle avait été piquée et s'était guérie rien qu'en se léchant. C'était vraiment drôle de la voir lécher sa patte, pour la frotter ensuite sur la piqûre, quand elle était blessée à la tête, mais malheureusement ce remède n'avait pas toujours été aussi puissant que le venin. L'autre chatte, la noire, Zizi, était restée aux soins de la *da* qui, n'ayant plus de poupon à bercer, l'endormait le soir sur ses genoux au son de la vieille chanson que réclamait autrefois sa petite maîtresse :

> Do do ti hitch à da li
> Do do ti hitch à da li
> Si ti hitch là pas li dormi
> Gros chatt là qu'allé mangé li ;

autrement dit :

> Do do petit à sa *da,*
> Si le petit ne veut pas dormir,
> Le gros chat qui est là va le manger,

menace qui ne devait pas beaucoup effrayer dame Zizi, les chats, pas plus que les loups, ne se mangeant entre eux.

Jamais Yette n'en avait fini avec ses questions, ses larmes et ses rires.

« Quelle différence entre les deux sœurs ! disait Mᵐᵉ Darcey à son mari. Vous avez beau la défendre, votre Yette est bizarre, pour ne rien dire de plus. Je ne la vois causer aussi volontiers avec personne qu'avec cette noiraude, tandis que Cora est fière comme il convient à une jeune fille distinguée.

— Qu'appelez-vous distinguée ? dit M. Darcey.

— Enfin, mon ami, vous ne pouvez nier que cette petite n'ait les goûts d'une princesse comme elle en a la beauté. Une robe de toile paraît élégante sur elle, et elle porte avec aisance la plus belle toilette... elle danse comme une fée. Vous la verrez dans le monde un peu plus tard, elle y fera sensation !

— Combien de fois, répliqua M. Darcey, serai-je obligé de vous dire que vous avez tort de lui inspirer l'amour des chiffons, dont elle sera forcée de se priver par la suite ? C'est un mauvais service à rendre aux filles pauvres que de les parer comme des poupées.

— Mais on ne peut dire à une enfant qu'elle est pauvre, cela serait cruel !

— Il est bien plus cruel de lui laisser croire qu'elle est riche quand la vie doit la détromper.

— Bah ! ce sont toujours quelques bonnes années de gagnées pour la chère mignonne ! D'ailleurs, la vie ne sera pas aussi sévère à son égard que vous paraissez le prévoir. Je gage qu'elle fera un beau mariage.

— Pourquoi ? Parce qu'elle promet d'être coquette, vaine et dépensière ?

— Elle est si jolie !

— Je suis loin de mépriser une jolie figure. C'est une enseigne qui a son prix et son utilité parfois... elle attire, mais encore faut-il qu'elle tienne ce qu'elle promet et qu'un caractère aimable serve de doublure à la beauté, puisqu'après un peu de temps il ne reste que la doublure en somme.

— Mais Cora est bonne, et d'abord d'une sensibilité !...

— Un peu trop sensible. Éliette la ménage à l'excès, sous prétexte qu'elle est nerveuse au point d'avoir la fièvre pour une contrariété. En revanche, je trouve qu'elle ne ménage pas assez Éliette, qui est à la fois son institutrice et sa servante.

— Oh ! celle-là est de force à tout endurer.

— Vraiment ! Faut-il donc abuser de ce que les gens sont patients et courageux ?

— Soyez juste, mon ami ; il y a des êtres taillés pour la lutte, et il y a aussi des sensitives. Vous ne pouvez nier cela, malgré votre prédilection pour ce garçon manqué.

— Mes prédilections à moi ne vont pas jusqu'à la faiblesse, et la preuve c'est que je crois le moment venu d'éclairer Éliette de Lorme sur sa situation véritable, afin qu'elle puisse défendre sa sœur contre l'influence malsaine et dangereuse de cette maison-ci... oui, de notre maison, où l'on n'entend parler, je suis fâché de vous le dire, que de frivolités de toutes sortes...

— Monsieur Darcey ! »

Sans tenir compte de l'indignation de sa femme, celui-ci ouvrit une porte et appela Yette qui goûtait dans la pièce voisine avec Cora et Mᵈᵉ Polymnie.

« Venez toute seule, dit-il, nous avons à causer de choses graves. »

Yette rougit légèrement.

« Allons, venez ! »

Elle alla s'asseoir sur le canapé, à côté de Mᵐᵉ Darcey, en face de son tuteur, et attendit ce qu'on avait à lui dire.

« Éliette, reprit M. Darcey, je me suis informé auprès de Mˡˡᵉ Aubry ; vous arrivez à la fin de vos classes, et vous êtes en mesure de passer sans trop de peine le premier examen de la Sorbonne. Je vous engage à essayer.

— J'ai déjà dit à Mˡˡᵉ Aubry que je comptais m'y présenter, Monsieur.

— C'est un bon complément d'éducation, fit observer M. Darcey.

— Et pour moi, reprit tranquillement la jeune fille, ce sera en outre une ressource. »

Mᵐᵉ Darcey et son mari échangèrent un regard étonné qui voulait dire :

« Soupçonnerait-elle déjà ? »

« Je sais que nous sommes pauvres, poursuivit Yette ; mais, Monsieur, il y a longtemps que je désire savoir, sans oser vous le demander, jusqu'à quel point nous le sommes. Les personnes riches appellent souvent pauvres ceux qui ont moins d'argent qu'elles. Est-ce ainsi que nous sommes pauvres ? ou bien ne dois-je en réalité compter que sur moi-même pour subvenir à mes besoins et à ceux de ma petite sœur ?

— L'affection que nous vous avons toujours témoignée aurait dû vous faire comprendre que vous pouviez compter sur nous, dit assez aigrement Mᵐᵉ Darcey.

— Éliette n'est pas ingrate, j'en réponds, interrompit son mari, et elle a une façon d'aborder franchement les questions qui me plaît. Elle sait qu'elle trouvera toujours ici des amis dévoués, mais, sans douter d'eux le moins du monde, elle prétend n'être à la charge de personne. Est-ce cela, mon enfant ? »

Yette rougit de nouveau et répondit en fixant sur lui des yeux où brillait la reconnaissance dont Mᵐᵉ Darcey avait si gratuitement prétendu qu'elle était incapable :

« Oui, Monsieur.

— Eh bien, vous touchez justement à un sujet que je comptais tôt ou tard aborder avec vous. Ma chère Éliette, vous n'êtes plus une enfant ; il y a en vous, je crois, l'étoffe d'une femme très raisonnable et très vaillante. Je peux donc vous le dire, votre père, qui passait pour riche la veille de sa mort...

— Était en réalité ruiné, interrompit Yette.

— Vous saviez cela ?

— Je l'ai su tout de suite par un mot

de ma sœur qui depuis a oublié, pauvre petite, ce mot qu'elle avait prononcé au hasard sans le comprendre. Est-ce une ruine complète, absolue?...

— A peu près. Il s'est ruiné en voulant augmenter la fortune de ses enfants. S'il avait vécu, vous eussiez été riches tôt ou tard, en dépit des événements qui paralysaient ses entreprises.

— Oh! s'écria-t-elle, j'étais sûre qu'il ne pouvait y avoir de sa faute, pauvre père! Mais s'il n'a rien laissé, comment donc est payée notre pension? »

Avant d'avoir achevé cette phrase, d'une voix tremblante, Yette avait deviné d'elle-même, car, saisissant la main de M. Darcey, elle y déposa un baiser.

« Et vous ne me laissiez pas vous remercier, mon bon tuteur, c'est mal!... »

Dans son effusion, elle se jeta au cou de Mme Darcey qui, toute honteuse de l'avoir mal jugée, la serra sur son cœur.

« Ne vous tourmentez pas, dit M. Darcey, cherchant, par excès de délicatesse, à diminuer l'importance du service rendu, j'ai reçu à deux ou trois reprises quelques bribes...

— Cette année encore? demanda Yette, son œil clair fixé sur lui.

— Non... cette année, je n'ai rien reçu.

— Il faut donc que je me hâte, dit-elle en se levant avec énergie, comme si elle eût voulu courir à un but déterminé, il faut que je me mette en mesure de gagner ma vie, notre vie à toutes deux.

— Yette! s'écria Mme Darcey avec un élan de bonté mal entendue, ne parlez pas ainsi. Une jeune fille de votre rang ne gagne pas sa vie comme un manœuvre, mais elle trouve des points d'appui honorables, des protections...

— Éliette ne fait fi ni de notre appui ni de notre protection, dit M. Darcey, d'une voix où frémissait un peu d'émotion contenue.

— Moi! interrompit Yette. Oh! Monsieur, je suis si heureuse au contraire de les avoir trouvés chez celui que mon père

appelait son ami! J'accepte si volontiers au nom de mon père tout ce que vous avez fait pour nous, tout ce que vous ferez encore pour un temps... mais un temps le plus court possible!... Vous me comprenez, Monsieur...

— Oui, oui... vous gagnerez votre vie, n'en déplaise à ma femme, non pas comme un manœuvre, mais comme un homme, ni plus ni moins, et sans déroger pour cela. Vous avez bien parlé, mademoiselle Éliette! Votre père eût été fier de vous. Il est beau à votre âge d'accepter ainsi l'adversité.

— Oh! s'écria Yette, je n'ai aucun mérite. Vous ne savez pas quelle joie ce sera pour moi de travailler pour ma petite sœur. »

Yette était vraiment belle en parlant ainsi, plus belle que Mlle Polymnie avec son teint de poupée anglaise, plus belle que Cora avec son profil de camée; sa vaillante petite âme se montrait à toutes les fenêtres de son visage épanoui, rayonnante dans ses yeux, palpitante sur ses lèvres, visible à fleur de peau.

« Laissez-moi vous embrasser ma brave enfant, dit M. Darcey, qui luttait depuis quelques instants contre une quinte de toux persistante, dont l'effet était de rendre son œil bleu d'acier tout humide derrière le verre de ses lunettes.

— On dirait vraiment qu'elle est contente de n'avoir pas le sou! murmura tout bas Mme Darcey. C'est une fille bien originale! Mais elle a du cœur... elle en a! »

XVIII

AIDE-TOI, LE CIEL T'AIDERA

Quelques jours après, dans la même semaine, Yette arriva chez son tuteur plus gaie qu'elle ne l'avait jamais été; elle bondissait au lieu de marcher; Mlle Polymnie en fit la réflexion à demi moqueuse.

« Eh bien, dit Yette, tout est arrangé,

mieux encore que je ne l'espérais, et j'ai obtenu de Mlle Aubry de venir vous parler sans attendre dimanche prochain, car il ne faut pas que Cora soit mise au courant... cela pourrait la troubler, la tourmenter, elle est trop jeune et trop impressionnable... Le croiriez-vous ? Je vais dès à présent gagner le prix de sa pension moi-même !...

Elle promena sur les trois visages qui l'écoutaient, graves, anxieux ou étonnés, un regard ravi.

« Je suis si contente ! Il me semble avoir grandi d'une coudée depuis hier. Mais je ne vous raconte pas ce qui s'est passé ! J'ai parlé à cœur ouvert à Mlle Aubry, je ne lui ai rien caché de notre situation ni de mon désir de me rendre utile. Alors elle m'a dit :

« Avant tout, il faut vous assurer vos diplômes ; nous verrons ensuite.

— Mais, Mademoiselle, cela prendra au moins trois ans ! »

« Trois ans !... Je calculais en moi-même les dépenses qu'eussent entraînées pour vous, monsieur Darcey, ces trois années de pension ! Songez donc ! ma sœur et moi !... — Mlle Aubry a compris :

« Dès à présent, m'a-t-elle dit, je pourrais vous charger d'une petite classe, la classe de couture. Vous êtes très adroite, vous vous entendez à tous les petits ouvrages d'aiguille, et je suis sûre que, si une heure par jour était consacrée à ce genre de travail, bon nombre de ces demoiselles voudraient être vos élèves. Et puis, tout en étudiant pour votre compte, vous

« Bon courage, mademoiselle Yette. »

donneriez encore quelques répétitions aux plus petites ; vous avez fait faire de grands progrès à Cora. Pourquoi n'auriez-vous pas le même zèle et la même patience avec d'autres ? J'en parlerai aux parents. »

« Et elle en a parlé ! et je commence dès demain ma classe. Toutes ces demoiselles veulent en être. Comme j'ai bien fait d'apprendre, pour m'amuser, le filet, le crochet, la tapisserie, les broderies sur toile et sur étoffes ! Et quant aux répétitions, j'en ai déjà aussi ! Mme Pichu, la mère de cette bonne Héloïse, est venue me demander de faire travailler sa fille, sous prétexte que seule j'obtiens quelque chose d'elle.

III.

« Ma fille vous est redevable de tout ce qu'elle sait, » m'a-t-elle dit.

« Figurez-vous que cette excellente femme avait apporté pour Cora une boîte de chocolat énorme ! — Mais, Madame, lui ai-je répondu, à quoi bon parler de cela ? Nous ferons toujours nos devoirs ensemble comme par le passé. — Mlle Aubry m'a interrompue :

« Non, non, vous n'avez plus le droit de prodiguer ainsi votre temps, il faut en devenir avare.

« Mademoiselle a raison, a dit Mme Pichu, si nous donnions nos marchandises au lieu de les vendre, nous ne pourrions pas les payer à ceux qui nous les fournissent. Il faut penser à ce qu'on doit avant de se permettre le grand plaisir de donner.

« C'est une digne personne que cette Mme Pichu, malgré son extérieur commun. On a tort décidément de juger les gens sur la mine ! J'ai cru Mlle Aubry si méchante autrefois, et elle est la bonté même. Tout le monde est bon, je crois, si l'on sait seulement regarder sous l'écorce.

— Mais, Yette, dit Mlle Polymnie qui avait écouté d'un air piteux, avec tout cela vous n'aurez plus un instant de récréation ?...

— Est-ce qu'une grande fille comme moi en a besoin ? Oh ! je devrai renoncer aussi aux arts d'agrément qui coûtent trop cher. Ce n'est pas un grand sacrifice, car je n'y mordais pas... Pauvre monsieur Mayer ! lui ai-je donné de la peine ! Et, avant lui, à ce vieux professeur si ennuyeux qui est bien un peu coupable, quand j'y pense, de m'avoir fait prendre le piano en grippe...

— Mais, Yette, reprit Polymnie sur le visage de laquelle se combattaient la stupeur et je ne sais quelle perplexité, comme si pour la première fois elle eût entrevu des choses dont elle ne s'était jamais doutée, mais, Yette, vous allez être l'esclave de toutes ces petites filles...

— Leur maîtresse, voulez-vous dire ? répliqua Yette en secouant la tête d'un geste fier et mutin. Soyez tranquille ! Je saurai me faire respecter, car j'espère pouvoir me faire aimer. »

Mme Darcey semblait chercher en elle-même quelque moyen de seconder ou de récompenser cette enfant, qu'elle se surprenait à considérer comme une héroïne.

« Polymnie ? dit-elle.

— J'y pensais, maman, répliqua vivement Polymnie. Ma chère Yette, — et elle se rapprocha de son amie avec un peu d'embarras, — puisque vous prenez si bien votre parti d'une besogne ennuyeuse, n'accueilleriez-vous pas une élève de plus ? Je serai assurément la plus maladroite de toutes et la plus ignorante, mais je m'appliquerai et vous me rendrez grand service. Vraiment, il est honteux à mon âge de ne pas savoir faire un point... »

Mlle Polymnie avait toujours professé pour l'aiguille un mépris indicible. C'était, disait-elle, l'affaire des femmes de chambre. Elle faisait donc en ce moment un effort méritoire. Son orgueil pliait en même temps que s'éveillait chez elle un sentiment plus noble que la simple pitié. Yette se mit à rire, puis les larmes tombèrent sur ce rire étincelant, comme tombent parfois au printemps les gouttes de pluie dans un rayon de soleil.

« Je ne suis pas votre dupe, méchante, dit-elle ; mais je veux bien faire semblant de vous croire et vous permettre de nous obliger. »

Elle embrassa coup sur coup Polymnie, tandis que M. Darcey répétait à sa fille :

« Je suis content de toi, ma chérie, très content...

— C'est la première fois que vous me dites cela, papa ! s'écria Mlle Polymnie, d'un ton où le reproche se mêlait à la joie, et je le dois à Yette.

— Nous lui devons, je crois, beaucoup, » dit soudain Mme Darcey en passant une main un peu tremblante sur les tresses brunes de la jeune fille.

Elle lui devait pour sa part d'avoir appris ce que c'est qu'un devoir rigoureux simplement et gaiement accompli ; elle lui devait la première réflexion sérieuse qui fût entrée dans son esprit léger. Il y a des circonstances, où les grandes personnes peuvent aller avec fruit à l'école même des enfants. L'enseignement que Yette répandit sans le savoir, par son seul exemple, dans cette maison, ne fut point perdu. Quand elle rentra au pensionnat, M. Mayer donnait la leçon de musique.

M. Mayer passait pour avoir un grand talent, et, bien qu'il eût trente ans à peine, était déjà célèbre. Il ne restait que par reconnaissance professeur de musique chez Mlle Aubry qui, disait-on, lui avait rendu service lors de ses débuts à Paris, des débuts singulièrement rudes dont il parlait pour sa part avec une certaine fierté. Le petit Mayer, comme on l'appelait alors, était arrivé, quinze ans auparavant, d'un village d'Alsace, à pied, toutes ses hardes nouées au bout d'un bâton blanc et son violon sous le bras. Il était maintenant connu non seulement comme virtuose, mais comme compositeur.

Les vieux peintres allemands ont peint des visages dans le genre du sien, austères, fins et naïfs à la fois. Quand une gaieté d'enfant, facilement excitée chez lui par des riens, entr'ouvrait, sous la barbe dorée qui la cachait d'ordinaire, sa grande bouche franche et laissait voir ainsi des dents comparables à deux rangées de perles, quand une innocente malice creusait dans ses joues maigres je ne sais quelles fossettes bizarres, M. Franz Mayer devenait charmant. Mais personne parmi ses élèves n'avait jamais songé à le considérer comme tel, ou seulement à le regarder... On l'écoutait tout au plus, car il était fort taciturne et ne disait rien que ce qui était utile à ses leçons. Les distractions du professeur de musique étaient devenues proverbiales. Il eût été homme à faire bouillir sa montre comme autrefois Newton, tout en regardant l'heure à l'œuf qu'il tenait dans sa main.

« Il a toujours l'air de tomber des nues, » disait Cora, répondant par des railleries aux éloges que lui accordait libéralement M. Mayer.

Comme la plupart des créoles, — bien que Yette fît exception à la règle, — Cora était née musicienne.

Ce jour-là particulièrement, le professeur aborda Mlle de Lorme l'aînée, en lui parlant des progrès surprenants de sa jeune sœur.

« Je suis bien contente de ce que vous me dites, répliqua Yette. Cela vous dédommagera de tout l'ennui que je vous ai causé.

— Nous avons eu un peu de peine ensemble, c'est vrai, répondit M. Mayer d'un air de bonne humeur. Toutes les facultés de Mlle Cora se concentrent sur la musique ; les vôtres, beaucoup plus variées, sont moins brillantes sur ce point.

— Oh ! n'allez pas croire que Cora soit moins intelligente que moi, s'écria Yette, tout autrement sensible à l'opinion qu'on pouvait avoir de sa sœur qu'à celle dont elle-même était l'objet. Elle a au contraire une facilité que je n'ai jamais eue. Je n'apprends rien sans efforts, ajouta Yette, et je vais avoir à redoubler de travail maintenant, en vue des examens de la Sorbonne. Mlle Aubry vous a peut-être dit que je m'y présentais ? C'est aujourd'hui la dernière leçon que je prends avec vous, monsieur Mayer. J'aurai besoin de tout mon temps pour...

— Je regrette beaucoup de vous perdre, dit le jeune homme, de sa voix vibrante qui rendait agréable jusqu'à un léger accent alsacien. Je reporterai, croyez-le, sur votre sœur, tout l'intérêt que vous m'avez inspiré.

— Oh ! Monsieur, merci ! s'écria Yette, c'est justement ce que je voulais vous demander.

— Et si je ne suis plus votre maître, continua M. Mayer à qui Mlle Aubry avait, à n'en pas douter, raconté beaucoup de choses, voulez-vous me permettre de rester toujours votre ami ? »

Les joues de Yette, d'ordinaire si pâles, s'empourprèrent.

L'idée qu'un homme de ce mérite s'intitulât son ami lui était fort douce. Elle ne

sut que répondre et mit sa main dans
celle que lui tendait le professeur.

« Bon courage, mademoiselle Éliette,
dit celui-ci. Avec de la volonté, de la persévérance et un but élevé dans la vie, rien
n'est impossible. Vous avez ces trois ta-
lismans. Je puis vous affirmer que, pour
ma part, ils m'ont toujours tiré d'affaire. »

XIX

LES RÊVES DE YETTE

« Votre pupille a une puissance singulière pour se faire obéir, disait à quelque
temps de là Mlle Aubry à M. Darcey en lui
parlant de la petite classe de Yette. On
peut juger dès à présent qu'elle réussira
dans l'enseignement, car, de primesaut,
elle a surmonté la plus grande des difficultés; elle a su faire régner autour d'elle
l'ordre et la discipline. On entendrait
voler une mouche dans l'ouvroir qu'elle
préside, tant ses élèves sont attentives;
un caractère d'élite peut seul conquérir
pareil ascendant en si peu de temps et
sans s'écarter jamais de la douceur. »

Yette avait du tact. Elle ne prenait
pas des airs dominateurs incompatibles
avec son âge; elle semblait au contraire
s'excuser par la simplicité de ses manières
de l'autorité qu'on lui donnait sur celles
qui la veille encore étaient ses camarades;
mais, en même temps, elle imposait par
un sérieux sans mélange d'affectation ni
de pédantisme. La peur de lui faire de
la peine eût suffi d'ailleurs à rendre dociles
les plus indisciplinées.

« Oui, continuait Mlle Aubry, cette petite m'apprend un coin de mon métier.
Elle me prouve qu'on peut tout obtenir
par l'affection. J'ai toujours craint de me
montrer faible, ce qui fait qu'on a pu me
croire dure et que j'ai souffert de cette injuste opinion. A l'âge de Yette, je me suis
trompée sur l'attitude à prendre une fois
pour toutes, je m'en rends compte un peu

tard. Qu'en dites-vous? Si je m'associais
cette jeune fille par la suite? Elle me serait un auxiliaire précieux, et je laisserais
ma maison en bonnes mains. »

Yette, cependant, marchait d'un pas
ferme à la conquête de ses diplômes. Trois
années se passèrent à les réunir, trois années de travail tel que Cora lui disait
parfois en s'étirant les bras :

« Tiens! cela me donne une courbature
de te regarder faire seulement!

— Si cela pouvait te donner plutôt un
peu d'émulation, l'envie de travailler à
ton tour! répliquait Yette en hochant la
tête.

— Dis tout de suite de t'imiter! répondait Cora. N'y compte pas. Je t'admire,
c'est bien assez! »

Et Cora reprenait la position horizontale qui était son attitude favorite, fermant
les yeux pour se persuader qu'elle était
dans un hamac sous les palmiers de sa
chère Martinique. Il n'y avait d'agile dans
toute sa mignonne et indolente personne
que les mains; elle jouait du piano en véritable artiste, et, comme sa voix promettait d'être belle, on avait lieu d'espérer
qu'elle ferait un jour grand honneur à son
maître de musique, le seul de ses professeurs qui eût jamais été content d'elle, car
ce bengali n'avait de facultés remarquables
d'aucune sorte quand il s'agissait d'autre
chose que de gazouiller. Yette s'en rendait
compte et s'en inquiétait.

« Que deviendrais-tu si je te manquais?
disait-elle à Cora pour la décider à sortir
de sa paresse.

— Tu ne me manqueras jamais! s'é-
criait la jeune créole en se jetant au cou
de sa grande sœur avec un frisson et un
sanglot.

— Mais, chérie, nous avons déjà vu
combien la mort est proche et comme
elle vient nous surprendre. Je puis mourir. Il faudra que tu travailles alors pour
toi-même.

— Non, non! si tu étais morte, je n'aurais plus qu'à mourir aussi !

— Je ne pourrai cependant pas, songeait

Elle entr'ouvrit ses grosses lèvres.

Yette, la faire vivre perpétuellement en serre chaude, hors de l'atteinte du vent et de la pluie ! »

Puis elle se rassurait ; sa sœur était si gentille, si digne, à son avis, que le ciel fît pour elle un miracle !

« Mon Dieu, disait Yette, dans ses prières de chaque jour, mon Dieu, aidez-moi et veillez sur elle ! »

Mme Darcey ne prédisait-elle pas qu'il surgirait à l'heure voulue un prince charmant pour cette petite princesse de contes de fées ? Le prince charmant ainsi annoncé faisait trotter la cervelle de la sœur aînée ; mais bientôt elle se reprochait des pensées dont son bon sens pratique comprenait la vanité. On voit par là, cependant, que Yette était capable de déraisonner un peu. Nous avons tous notre petit grain de folie, et l'amour fraternel était le sien.

Peu à peu le prince charmant prit dans son imagination une figure moins nuageuse. A la fin du premier semestre de l'année où elle commença bravement à subvenir elle-même aux frais de l'éducation de Cora, elle avait voulu remettre à Mlle Aubry le prix habituel des leçons de piano ; mais Mlle Aubry avait répondu que M. Mayer demandait comme une faveur que ses leçons fussent gratuites.

« Auriez-vous, en perdant tous vos défauts d'enfant, gardé dans un coin l'orgueil? ajouta la directrice, qui avait remarqué la subite rougeur de Yette et son geste de refus.

— J'espère n'être plus que fière, répondit la jeune fille, mais je ne peux oublier que le temps de M. Mayer vaut de l'argent. Rappelez-vous la leçon que vous m'avez donnée quand j'ai voulu continuer à faire travailler Héloïse sans rétribution.

— Ma chère enfant, les circonstances ne sont pas les mêmes ; M. Mayer, très connu déjà et recherché partout, est assez riche pour pouvoir sans inconvénient s'accorder la joie de former gratuitement une élève dont il attend beaucoup. Les succès futurs de Cora le dédommageront, croyez-moi. Il agit comme vous agiriez à sa place. En refusant, vous blesseriez un homme qui n'a que de bonnes intentions.

— Cela prouve que M. Mayer fait grand cas de Cora et qu'il lui est très attaché, répondit Yette pensive. Qui sait si en effet Cora ne le récompensera pas un jour au centuple de sa bonté pour elle ? »

Quelle était l'idée de Yette ? Qu'espérait-elle de l'avenir pour cette sœur chérie ? Nous n'essaierons pas plus que Mlle Aubry de le deviner. Toujours est-il que le bonheur de Cora fut la seule ambition dont se bercèrent les dix-huit ans de cette excellente fille. Je me trompe, elle en avait une autre plus facilement réalisable, l'indépendance relative, le droit d'avoir un chez elle, un foyer, de pouvoir placer dans un nid qui lui appartînt les chères reliques qu'elle tenait de sa mère. Depuis dix années elle n'avait possédé rien en propre ; le règlement de la pension ne le permettait pas. Secouer le règlement après avoir su s'y soumettre, respirer enfin plus à l'aise, voilà quel était le désir secret de Yette. Ce désir s'accomplit le jour où elle eut obtenu son brevet d'institutrice. Ce jour-là, M. Darcey dit à sa femme :

« J'ai tout arrangé avec Mlle Aubry. Il y a dans sa maison, au quatrième étage, un appartement de trois pièces qu'on louait autrefois à des pensionnaires en chambre. Ce petit nid est très habitable. Il suffira parfaitement à nos pupilles. Yette descendra chaque matin faire sa classe, sans être astreinte au régime des sous-maîtresses, et elle pourra en outre donner quelques leçons particulières.

— Mais, fit observer Mme Darcey, il leur faudra une servante.

— Sans doute, n'ont-elles pas Mesdélices?

— Mesdélices ! Vous voulez leur donner Mesdélices ?... Mesdélices dont le service nous plaisait tant à moi et à Polymnie ! »

L'égoïsme de Mme Darcey se réveillait encore de temps à autre.

« Mesdélices, ma chère, n'est pas une esclave dont on dispose, c'est une domestique aussi libre que le serait une blanche. Nous lui demanderons ce qu'elle préfère : rester avec nous ou rentrer chez ses anciennes maîtresses ; elle choisira. »

M. Darcey sonna, et Mesdélices parut, son madras sur l'oreille.

« Eh bien, lui dit M. Darcey, ta mamselle Yette a maintenant un logis à elle. Veux-tu aller l'y rejoindre ? »

Le petit œil de la négresse tournoya comme un soleil de feu d'artifice, elle entr'ouvrit ses grosses lèvres, et, suffoquée peut-être par la joie, ne réussit qu'à taper dans ses mains, en ébauchant une gambade que la présence même de Mme Darcey ne réussit pas à réprimer.

« Nous étions bonnes pour toi cependant, tu étais bien traitée, » lui dit Mme Darcey non sans humeur.

Mesdélices répondit par un signe affirmatif.

« Tu étais bien payée ! »

Mesdélices fit claquer ses doigts.

« Mamselle Yette ne pourra pas te donner autant d'argent, insinua M. Darcey.

— Mamselle Yette i rié payé ! moë lé rié ! moë ié négresse à mamselle Yette ! répondit Mesdélices avec indignation. Mamselle i doit rié à moë, moë tout à li.

— Au reste, continua M. Darcey, elle

te laisse libre, soit de rester avec nous si tu y trouves avantage, soit d'aller avec elle si tu le préfères. »

La joie s'éteignit sur le noir visage de la pauvre fille. Elle se laissa glisser par terre, et son corps souple enroulé sur lui-même comme celui d'un serpent, la tête dans ses jupes, elle sanglota.

« Eh bien, qu'est-ce qui te prend ? dit M. Darcey impatienté. Puisque je te répète que tu es libre !

— Moë lé pa ! moë sé ennui moë, ici ! Moë ié à mamselle Yette. Mamselle c'est moun moë ! Mamselle Yette li pas dit ça ! li pas dit ! li pas dit [1] ! »

Et sur ce démenti formel, Mesdélices s'élança hors de la chambre, toujours sanglotant et la figure plongée dans son tablier.

« Vous voyez, dit M. Darcey à sa femme.

— En effet ! elle sera ravie de nous quitter ! répliqua Mme Darcey avec un certain dépit. Après des gâteries de toutes sortes dont elle n'avait jamais eu l'idée ! Ces nègres n'ont ni cœur ni cervelle.

— Il me semble qu'elle eût manqué de cœur en oubliant sa première maîtresse. Elle est loin de se plaindre de vous, en somme. »

Mme Darcey réfléchit un instant, puis, pénétrée de sa propre injustice :

« Vous avez raison, » dit-elle.

XX

YETTE CHEZ ELLE

Figurez-vous un tout petit logis, bien clos, bien propret, donnant sur des jardins et dont Mesdélices, parée d'un grand tablier blanc et d'un madras coquettement noué, ouvre la porte. Dans le salon, il n'y a guère, en fait d'ornements, outre deux

1. Je ne veux pas, je m'ennuierais ici ! Je suis à Mlle Yette. Mademoiselle, c'est mon monde ! Mlle Yette n'a pas dit ça ! elle ne l'a pas dit !

grands portraits de M. et de Mme de Lorme, qu'une vue de l'habitation du Macouba, dessinée par cette dernière, une collection sous verre des papillons de la Martinique et un groupe d'oiseaux-mouches rapportés autrefois par Cora avec quelques coquillages des tropiques, quelques calebasses travaillées et autres souvenirs d'une égale valeur, plus un piano, présent de M. Darcey, et quatre chaises. Peu importe à Yette l'absence d'autres meubles, qui pourtant ne seraient pas de trop.

« Pensez donc ! dit-elle, ici nos chers parents nous tiennent compagnie. Je leur parle, je les consulte sur ce que je dois faire. Il me semble que leur voix me répond. Tout mon pays tient avec eux dans ce petit réduit, ajoute-t-elle en montrant les oiseaux empaillés, les papillons, les coquillages, quelques échantillons minéralogiques sous de petits globes. Quant à notre chambre, elle renferme deux lits de fer, beaucoup de livres, encore une petite photographie de maman. Qu'y voudriez vous mettre de plus ? »

Cora trouvait qu'on aurait pu y mettre autre chose encore : un bon canapé favorable à la paresse ; elle se serait contentée au besoin d'un hamac. Cependant elle fut d'abord ravie, tout autant que sa sœur, de leur nouvelle installation ; puis, peu à peu, elle y découvrit de petits défauts, de légers inconvénients qu'elle signalait sans se plaindre encore, en riant, mais du bout des lèvres.

« Yette, il fait bien froid sous les toits, ne trouves-tu pas ?

— Nous ne sommes pas précisément sous les toits, chérie ; mais il est vrai que nous n'avons plus de calorifère comme à la pension.

— Oh ! je ne regrette pas la pension, reprenait vivement Cora. Pourtant, sais-tu bien que les pommes de terre figurent dans tes menus plus souvent encore que dans ceux du réfectoire ?

— C'est une excellente nourriture.

— Oui, de temps en temps... J'aurais peut-être meilleur appétit si je me promenais davantage ; mais nous ne pouvons sortir que dans l'intervalle de tes leçons, c'est tout naturel... Ma bonne Yette, reprenait Cora après un silence, il nous faudrait un tapis de Perse, comme chez les Darcey.

— Un tapis de Perse, y songes-tu ? Cela coûte très cher.

— Vraiment ? Je ne savais pas ; c'est si joli ! Quel dommage que toutes les jolies choses soient chères ! »

Ces exigences étaient de la part de Cora pur enfantillage ; le luxe qu'elle admirait chez les Darcey l'avait un peu gâtée. Sans l'envier, — car elle était incapable d'un sentiment bas, — elle eût voulu essayer de l'imiter, et surtout peut-être avoir des toilettes, aller dans le monde comme Mlle Polymnie.

Rien n'est plus malsain quand on est pauvre, qu'on a l'âme faible, et à l'âge surtout où l'on ignore la valeur précise de l'argent, que le spectacle, le voisinage d'une grande opulence à laquelle on se trouve mêlée par accident. Souvent Yette était obligée de répondre à sa sœur, lorsque celle-ci lui citait l'exemple des Darcey pour la décider à quelque dépense :

« Tu oublies que ce sont mes leçons qui emplissent notre petite bourse, Cora ; la caisse serait vite à sec si je t'écoutais ! »

Et l'étourdie de s'excuser en balbutiant toute confuse, quitte à recommencer le lendemain. Ces insinuations sans cesse répétées finirent par faire réfléchir sérieusement Yette. Quelques semaines après leur installation nouvelle, un soir, à l'heure où les deux sœurs se mettaient au lit d'ordinaire, la sœur aînée prit sur ses genoux, comme elle eût fait d'un petit enfant, Cora qui se coiffait pour la nuit. Depuis quelques jours elle l'avait vue triste et comme ennuyée ; tout franchement elle le lui dit :

« Notre vie te paraît monotone, n'est-ce pas ? ajouta-t-elle. Eh bien, j'y ai trouvé un remède, ma petite Cora. Écoute-moi jusqu'au bout. Je puis entrer comme gouvernante chez la marquise de Clairfeu,

la mère de notre amie Hélène ; j'élèverai ses deux plus jeunes enfants. J'aurai de beaux appointements qui s'accumuleront peu à peu pour te former une dot, et tu resteras auprès de Mme de Darcey qui offre de te traiter comme sa fille. C'est ce que tu désires, si je ne me trompe ? »

Cora était devenue pâle. Elle se dégagea des bras qui l'entouraient et, debout, d'un ton de reproche amer :

« Tu me quitterais ? dit-elle.

— Quant à cela, il le faudrait bien. M. de Clairfeu est nommé ambassadeur en Russie. Je suivrai sa famille. Ce sera l'affaire de quelques années...

— Yette ! s'écria Cora avec un accent de détresse.

— Eh bien ?...

— Tu détestais tant l'idée d'être institutrice dans une famille étrangère !

— Oui, j'avais des préventions... des préventions que maintenant je trouve absurdes. Mme Darcey m'a toujours dit, tu le sais, que ce serait pour moi, pour nous deux, le meilleur parti à prendre. D'ailleurs, je serai très bien chez les Clairfeu... ils auront toutes sortes d'égards... »

Yette parlait d'une voix brève et précipitamment, en détournant un peu la tête, afin de ne pas laisser voir à sa sœur les larmes qui s'amoncelaient dans ses yeux malgré elle. Tout à coup, elle entendit un cri étouffé, un véritable cri de douleur, et sentit qu'on lui baisait les mains avec emportement. Cora s'était jetée à ses genoux.

« Oh ! disait-elle, ma bonne Yette, ma trop bonne sœur ! Tu ferais cela pour moi, pour une égoïste, pour une évaporée pour une méchante fille qui t'attriste par ses sottises. Si tu les oublies, moi je ne les oublierai jamais, je te le promets ; je m'en voudrai toujours de t'avoir amenée à croire que je pourrais vivre sans toi ! Si tu savais comme je vais trouver notre petit appartement joli ! comme je vais m'y plaire ! Dis-toi une fois pour toutes que j'aimerais mieux mourir de faim avec ma sœur chérie, que d'être traitée loin d'elle comme une reine !...

Yette voulut répondre ; Cora lui ferma la bouche par ses caresses.

Depuis cette petite scène, les liens si étroits déjà qui les unissaient parurent se resserrer encore. Elles avaient éprouvé toute la force de leur affection l'une pour pour l'autre. Yette ne parla plus d'entrer chez les Clairfeu, Cora ne se plaignit désormais d'aucune privation, allant jusqu'à dissimuler avec soin ses moments d'ennui, s'efforçant de faire croire à sa sœur, et de se persuader à elle-même qu'elle ne pouvait pas être plus heureuse. La musique remplissait ses heures de solitude. Elle se mit à étudier sérieusement, car elle avait fini par se dire qu'avec du talent elle pourrait, elle aussi, enseigner, aider Yette à porter leur commun fardeau. M. Mayer continuait à lui donner des leçons, et parfois, le soir, il montait de nouveau les quatre étages en compagnie de Mlle Aubry qui, presque tous les jours après son souper, rendait visite à ses jeunes amies. Ces soirées-là étaient charmantes : on servait le thé au coin du feu dans de petites tasses chinoises, des reliques de famille ; M. Mayer, qui causait fort agréablement quand il se trouvait dans un milieu sympathique et qu'on le mettait à l'aise, racontait des anecdotes de son enfance nomade, du temps où il courait, avec son aïeul le ménétrier, les foires et les noces d'Alsace, jouant un peu de tous les instruments, et amassant des sous qu'il rapportait dans le pauvre ménage de sa mère veuve. Les détails comiques et touchants s'entremêlaient dans ses récits, et le temps passait vite à l'écouter ; puis il se mettait au piano, on voilait les lumières pour établir le crépuscule qu'il aimait et à la faveur duquel il improvisait pendant des heures, émerveillant son auditoire. Cora éclatait en applaudissements ; très bonne musicienne elle-même, elle était capable de tout apprécier et d'analyser ses impressions. Yette, qui se bornait à adorer la musique,

simplement, restait blottie dans un coin les yeux à demi clos, croyant entendre vibrer autour d'elle tous les sons si chers qui avaient entouré son heureuse enfance, des sons du Paradis. Elle se sentait enveloppée comme d'un courant d'enthousiasme, de tendresse et de bonté, reposée de son labeur quotidien, enlevée en pleine harmonie, comme elle l'eût été en plein ciel, et ses larmes coulaient sans qu'elle trouvât rien à dire. M. Mayer semblait comprendre ce qui se passait en elle et le bien qu'il lui faisait. Sans attendre de compliment, il s'en allait plus fier et plus heureux qu'il ne l'eût été d'aucun succès, d'aucune ovation. Quand il était parti, Cora disait en battant des mains :

« J'ai quelquefois rêvé de fêtes ! Peut-on en imaginer de plus belles ?... Nous recevons à l'ordinaire un grand artiste qui refuse de se faire entendre chez des duchesses. Il n'y a pas, j'en suis sûre, deux maisons à Paris qui aient des soirées comme les tiennes, Yette ! Quelles magiciennes que les grandes mains de M. Mayer ! Mais n'est-ce pas dommage, ajoutait-elle étourdiment, qu'un si habile homme prononce prune pour brune !

— Tiens ! tu n'auras jamais que sept ans, petite folle, » répondait Yette, à demi-souriante, à demi-fâchée.

Ce fut cet hiver-là que Cora, autant pour s'habituer à vaincre l'ennui que pour faire à sa sœur un grand plaisir, entreprit de rédiger un cahier de notes et d'impressions relatives à la Martinique. Elle écrivait facilement et pensa que rien n'intéresserait Yette autant que le récit, même un peu décousu, de ce qui avait rempli sa vie durant leurs années de séparation. Dans ce cahier, elle fit revivre les paysages de l'île natale, la maison paternelle, les vieux serviteurs, les animaux favoris, et quand, le jour de l'an venu, elle offrit ce cahier, Cora fut payée de ses peines, voire de toutes les taches d'encre qu'elle s'était faites aux doigts, par le ravissement de sa chère Yette. Quelle plus grande joie, en effet, peut-on donner à l'exilé

que de le ramener dans sa patrie ? Le cahier de Cora fut lu et relu à haute voix
durant les longues soirées d'hiver. Nous
en avons détaché, au hasard et pêle-mêle,
quelques anecdotes, quelques descriptions
qui nous ont paru pouvoir intéresser nos
lecteurs, et contribuer à leur faire connaître la Martinique. Cora montrait dans
ce journal, à défaut d'autre talent, celui
de peintre de portraits.

FRAGMENTS

DU JOURNAL DE CORA.

Février.

Tout ce mois-ci la terre a tremblé. C'est
le premier tremblement de terre vraiment
fort que nous ayons eu depuis cinq ans.
La terre tremble bien de quatre à huit
fois chaque année, mais d'une façon insignifiante. Une série de petites secousses a
précédé cette fois la grosse, ainsi qu'il
arrive ordinairement ; le soir, le ciel s'était
pommelé de blanc, et papa avait prédit le
malheur, d'autant que de novembre à
mars c'est la saison. Avant la secousse,
l'air est devenu calme, l'atmosphère acca-
blante ; les feuilles ne bougeaient plus ;
aucun oiseau ne chantait. Tout à coup
un roulement sourd se fait entendre ; on
dirait des chariots pesamment chargés,
lancés au galop sur une route en pente,
puis, immédiatement après, une série d'oscillations non interrompues commence,
puis cinq ou six secondes de repos, puis
une nouvelle secousse. Heureusement les
dégâts se sont bornés, chez nous, à la
chute des veilles masures, à quelques fen-
tes dans les charpentes de bois, à quelques lézardes dans les murs ; mais la montagne Pelée fume toujours ; les cendres
qu'elle a jetées ont couvert le pays à plusieurs lieues de distance. Les toits de
Saint-Pierre étaient tout blancs. J'ai eu
bien peur, pour ma part, tandis que les
boiseries craquaient et que les meubles se
promenaient sur le plancher ; mais papa
m'avait mise à l'abri, et son calme me

rassurait. Ce qu'il y avait d'affreux, c'était
le bruit, une sorte de bourdonnement
sourd qui précédait chaque secousse. On
aurait dit un torrent descendu de la montagne, et on s'attendait réellement à disparaître. Les commères étaient enchan-
tées de pouvoir prophétiser, elles décla-
raient que toute l'île serait engloutie ;
mais, grâce à Dieu, les tremblements de
terre tels que celui de Lisbonne au siècle
dernier, celui de Fort-de-France en 1839,
et celui de la Pointe-à-Pitre en 1843, qui
ont causé de si horribles désastres, sont
rares. Le plus grand accident, cette fois,
a été la perte d'une goélette, que le coup
de vent qui accompagnait le tremblement
de terre a fait couler. Les Desroseaux, que
nous avons vus ces jours-ci, nous ont dit
qu'à Saint-Pierre les églises étaient remplies de gens en prières qui croyaient leur
dernière heure venue. En face de la maison Desroseaux, se trouve l'école des enfants noirs ; à chaque secousse, ces deux
cent cinquante marmots hurlaient tous à
la fois. Le vacarme qu'ils faisaient était
plus épouvantable que tout le reste, m'a
dit Maxime.

1er mars.

Aujourd'hui, grande fête à l'habitation.
Papa a ramené Zaminotte, qu'il avait rencontré le long des chemins où il errait,
selon sa coutume. Te rappelles-tu Zaminotte, le vieux nègre, flâneur tous les
jours, violoneux par occasion et cordon-
nier habile ?... Mais il a le tort d'aimer
mieux boire que travailler. Quand l'argent
lui manque, il se promène, attendant un
hasard heureux, comme celui qui s'est
présenté ce matin. Papa, en effet, l'a invité à prendre la queue de son cheval, ce
qu'il a fait avec allégresse. On a fourni à
Zaminotte cuir, fil, formes, tire-pied,
alène. Il va chausser toute la maison ;
mais cela prendra bien des jours, car souvent les enfants le dérangent pour lui
faire racler son violon. Ce soir, il y aura
bal. Malheureusement Zaminotte ne sait
jouer qu'un air, toujours le même ; les

vieux nègres de l'habitation aiment mieux le tambour. Une dame de notre voisinage l'avait chargé cependant de donner des leçons à son fils, qui apprit le fameux air tant bien que mal. Les négrillons de cette habitation-là, plus difficiles que les nôtres, avaient composé des paroles pour accompagner cet sempiternelle mélodie :

> Faites vite,
> Faites vite,
> Finissez donc,
> Allez-vous-en !

Mais Zaminotte ne s'en allait pas, il trouvait la place bonne. On finit cependant par le congédier, parce que son élève ne faisait plus de progrès.

15 mars.

Nous avons organisé hier une partie de rivière bien amusante. En attendant le déjeuner, on a pris des merles. Il suffit d'imbiber de tafia des poignées de farine de manioc[1], que l'on dispose sur les roches au milieu de l'eau. Les merles viennent manger cette farine, s'enivrent et se laissent prendre à la main. Il est curieux qu'un oiseau qui passe pour méfiant et rusé, qui sent l'odeur de la poudre, à ce que prétendent les nègres, car, avec un fusil, il est presque impossible de jamais le tenir à portée, il est curieux, dis-je que ce merle madré succombe si facilement à la gourmandise. Bien entendu, nous n'avons pas gardé nos prisonniers ; ils sont trop utiles en liberté ; que deviendraient les bœufs, les vaches et les chevaux dans nos savanes, si le bec intrépide et familier des merles ne les délivrait pas des tiques, ces vilains petits insectes parasites dont la morsure est si douloureuse ? Aucune bête à cornes ne demeurerait peut-être en bon état, sans les services du merle qui, en se perchant sur son dos, sur sa tête, en becquetant ses pieds, supplée à l'incurie

des gardiens. Nous avons donc lâché nos merles, après avoir admiré leur beau plumage noir et constaté une fois de plus que leur bec reste noir aussi, contrairement à ce que nous dit sœur Yette des merles d'Europe. Le soir, les captifs libérés se réunissaient tous sur les branches élevées d'un courbaril[1], et se félicitaient sans doute, par leurs cris assourdissants, d'avoir échappé au danger de la cage et de la broche. Quelle différence entre ce tapage discordant du soir et leur joli chant du matin que les nègres appellent la prière des merles ! Te rappelles-tu quand notre *da* nous faisait écouter la petite phrase musicale qui, avec un peu de bonne volonté, permet d'entendre : « Merle, prie Dieu, prie Dieu ! »

3 avril.

Nous avons, cette année, jusqu'à cinq paires de rossignols nichées sous le toit de la maison, dans des trous et dans des nœuds de bambous ouverts d'un côté, qu'on a eu la bonne idée d'attacher là, il y a des années. Depuis, ils sont revenus tous les ans chercher le même gîte. Yette nous dit que le rossignol européen a un chant plus mélodieux et qu'il chante la nuit ; mais notre rossignol des tropiques a bien son mérite : il signale la présence du serpent. Aperçoit-il le terrible trigonocéphale, il fait entendre un cri particulier et va se percher au-dessus du reptile en répétant le même cri. Aussitôt les nègres d'accourir pour tuer l'ennemi. Cela est cause que jamais personne ne fait de mal à un rossignol.

Mai.

Tom avait rapporté, il y a quelques semaines, des œufs ronds enveloppés d'une coque dure et transparente, les œufs de

---

[1]. Le manioc est un arbrisseau noueux, rempli d'excroissances qui viennent à tous les endroits d'où tombent les feuilles. Son bois est tendre ; ses racines râpées donnent une excellente farine, aussi nourrissante que celle du froment.

[1]. Le courbaril est un des arbres les plus hauts et les plus magnifiques du pays ; son écorce est grise, son bois rouge et massif ; ses feuilles, de moyenne grandeur poussent doubles sur chaque tige, de sorte qu'elles ont la forme d'un pied de chèvre fendu au milieu. Il porte un grand nombre de fruits durs, revêtus d'une écorce, et qui renferment à l'intérieur, avec de gros noyaux, une farine fibreuse, dont on peut faire un pain ayant goût et couleur de pain d'épice.

avec mamselle Yette, qui,
les ayant élevées, ne voulait jamais qu'on les
mangeât.

17 juin.

Le sonneur de cloches
de notre église, Brise-
Morue, est mort! Per-
sonne ne connaissait son
âge. On aurait pu lui
donner de trente à soi-
xante ans. C'était un
mulâtre foncé, d'un jaune
terreux, la tête longue,
les joues creuses, les yeux
ronds et une seule dent
au milieu de la mâchoire
supérieure, mais quelle
dent!... longue d'un
pouce. Avec cela, un
corps gigantesque et os-
seux, d'une maigreur sans
pareille. Sa taille, déjà
trop haute, l'eût été bien
davantage si les deux
jambes grêles complétant
sa personne n'avaient
offert l'image d'une paire
de ciseaux ouverts, tant
elles étaient cagneuses.

On voilait les lumières.

cette tortue de terre qu'on appelle molocoye ; guettant la pondeuse, il les avait tirés de la terre où elle les enfouit. Les œufs,
logés dans une boîte remplie de coton,
sont éclos, et nous avons des petits molo-
coyes gros comme des noix, dont la cara-
pace ressemble à de la peau de chagrin ;
leur corps est couvert d'écailles luisantes
tachetées de rouge et de jaune. Ils resteront dans leur boîte, où nous les nourrirons de fruits et d'épluchures de légumes,
jusqu'au moment où on les lâchera dans
la basse-cour ; là on les verra vite trotter
derrière les poules. Nous avons déjà beaucoup de tortues. Quand Tom a vu éclore
celles-ci, il a pleuré en se rappelant tout
les œufs de molocoye qu'il avait déterrés

N'importe, Brise-Morue prétendait qu'il
était né bel homme, mais que son maître avait eu l'abominable méchanceté
de couper le pied d'un papayer [1] très
élevé, au sommet duquel il l'avait envoyé
cueillir des fruits. Cette chute avait été
cause de la difformité de ses pauvres
jambes, encore agiles, du reste.

Quant à son nom de Brise-Morue, il lui
venait du pari qu'il avait fait gagner à
quelqu'un d'engloutir dans son estomac,

1. La plupart des terres nouvellement défrichées produisent sans culture le papayer, arbre mince, élancé, et
d'un bois si tendre qu'on le coupe aisément d'un coup. Ses
feuilles ressemblent à celles du figuier de France, mais
deux fois plus grandes ; dessous se trouvent des fruits
attachés immédiatement à l'entour de l'arbre ; leur chair,
semblable, en apparence, à celle du melon, est fade et
douceâtre.

toujours complaisant, une grosse morue salée dans laquelle il mordit à pleine bouche. Il faut dire que le pauvre diable était simple d'esprit, presque idiot, croyait-on, inoffensif d'ailleurs. On ne lui connaissait qu'une passion au monde, l'amour de sa cloche, la cloche de notre église dont il était sonneur. En vingt ans il n'arriva qu'une fois à un autre que lui de la mettre en branle. Encore réussit-il à terminer la sonnerie. Maman l'avait envoyé porter au loin une lettre pressée en lui promettant une belle récompense. En route, il entend soudain la voix de sa cloche chérie et perd la tête. Cachant la lettre sous une roche où il devait l'oublier ensuite, il prend ses jambes torses à son cou et arrive avant la fin de la sonnerie, qu'il a le bonheur d'achever. La cloche tinte son glas aujourd'hui, pauvre Brise-Morue !

Août.

Un de nos nègres, le vieux Labataille, rentrant tard dans la nuit, a été piqué par un serpent. Il avait vu sur son chemin quelque chose de semblable à une torche[1], et il a eu l'imprudence de pousser ce quelque chose du pied ; aussitôt il s'est senti piqué à l'orteil. Il avait plu tout le jour, et Labataille dut marcher dans l'eau un quart d'heure encore, ce qui aggrave toujours la morsure du serpent. Le lendemain la jambe de Labataille était grosse comme une barrique et son bras du même côté déjà lourd. Papa voulait demander un médecin à Saint-Pierre, mais le blessé réclamait à grands cris Sainte-Cécile, le panseur nègre. Celui-ci est donc venu, et papa, qui craignait de se trouver en présence d'un de ces prétendus sorciers-guérisseurs dont il condamne le plus qu'il peut les pratiques superstitieuses, fut étonné de la dignité des allures de ce vieillard, qui traite les maladies des bêtes et des gens d'après les seules données de

ses observations et de sa longue expérience. Il a la voix douce et lente, des façons polies, une démarche posée. Certainement il est pénétré de sa valeur personnelle, mais cette valeur est réelle ; on sent tout de suite que l'on n'a affaire ni à un sot ni à un charlatan. Le traitement fut très simple : quelques scarifications autour de la blessure, une compresse imbibée de jus de citron, force petits verres du même liquide et d'autres boissons destinées, celles-ci, à provoquer une transpiration violente. Malgré tout, l'état du malheureux Labataille parut d'abord empirer plutôt qu'il ne s'améliorait. Il fut paralysé du côté où il avait été piqué, et la gangrène envahit le pied, mais Sainte-Cécile ne se découragea pas. Il est resté un mois à la maison et n'a quitté son malade que guéri, nous laissant tous très convaincus de ses talents.

Pour faire bien comprendre la différence qui existe entre un panseur consciencieux tel que Sainte-Cécile et le vulgaire sorcier, devineur, *quimboiseur*, comme on le nomme, je raconterai l'événement qui vient d'avoir lieu chez notre voisine, Mᵐᵉ Bellune.

On avait volé une bague dans la maison. Pour découvrir le coupable, Mᵐᵉ Bellune envoie chercher un fameux quimboiseur, Criquet. Criquet, consulté, déclare qu'il ne peut donner une solution immédiate, qu'il lui faut un peu de temps. Pour commencer, il s'installe commodément et déjeune avec les domestiques. En sortant de table, il appuie la main sur son estomac, et dit d'un ton pénétré : « Mi ion qui pris toujours » (en voilà toujours un de pris). Ces mystérieuses paroles émeuvent très vivement une partie de la domesticité, qui ne le perd pas de vue. Après le souper, plus copieux encore que le déjeuner, même manège : « Deux qui pris ! » Là-dessus il va paisiblement se coucher. Le lendemain matin, il rendait la bague, et sa réputation de sorcier, d'*homme qui fort* avait été affirmée par une merveille de plus. Mᵐᵉ Bellune sut depuis que la bague avait été volée par trois domestiques de

---

1. Couronne d'herbes ou de linge que les nègres mettent sur leur tête pour la préserver du contact des charges qu'ils portent.

la maison. Quand ils entendirent Criquet dire en sortant de table : « En voilà toujours un de pris, » ils crurent qu'il avait découvert un des complices ; le soir, ils restèrent persuadés qu'il était sur la trace du second, et, pendant la nuit, ils allèrent lui remettre la bague, plus une offrande afin d'acheter son silence. Criquet accepta leur argent et aussi la récompense promise pour la bague. Sur celle-ci il ne comptait pas beaucoup, pensant que les repas plantureux qu'on lui avait servis pendant son séjour sur l'habitation seraient le seul profit qu'il retirerait de sa campagne. Aussi avait-il eu soin d'en compter le nombre : un de pris, deux de pris, — ce que les coupables avaient interprété à leur manière.

« Que dites-vous de l'histoire ? demanda Mme Bellune à maman, après la lui avoir contée.

— Elle est très comique, répondit maman ; une seule chose m'étonne, c'est qu'une femme d'esprit telle que vous ait eu l'idée de faire appeler un *quimboiseur.*

— Comment ! s'écria notre voisine, ne voyez-vous pas que c'était le seul moyen de frapper l'imagination des nègres de la maison et de me faire rendre ma bague que je croyais bien volée ? — Vous l'avez retrouvée en effet, répondit maman, ce qui vous donne matériellement raison ; mais en feignant de partager leurs superstitions, vous ne moralisez ni n'instruisez vos gens. Les miens savent que je ne crois pas aux *quimboiseurs,* et ils ne m'ont jamais volée. »

1er septembre.

Papa m'a menée hier voir une négresse plus que centenaire qui se rappelle avoir émigré avec ses maîtres au temps du général de Rochambeau, à qui fut confié le commandement des troupes que Louis XVI envoya, en 1780, se joindre à l'armée de Washington, pour servir la cause de l'indépendance américaine.

Dame Gardée, ainsi nommée, parce que, dans son enfance, elle gardait les troupeaux tout en jouant avec son petit maître, dont le fils est mort septuagénaire, dame Gardée habite une petite case assez propre, où elle fait du feu dans un canari, sorte de vaisseau de terre placé sur trois roches au milieu de la case. Elle a un petit jardin où tout pousse pêle-mêle, les gombos [1], les pois d'Angole [2], les patates [3], les herbes contre la fièvre, le mal de tête, le mal d'estomac, le thiac [4] des petits poulets, les piqûres de serpents, etc..... Sur tout cela courent des potirons et des concombres qui étouffent le reste. Elle élève une poule, et, en m'apercevant, m'a offert un de ses œufs, comme les nègres de la campagne ne manquent jamais de le faire aux personnes qui entrent chez eux pour la première fois. Elle a aussi un chien et un petit chat et cause avec eux, les pieds dans les cendres de son foyer, jusqu'à une heure assez avancée de la nuit. Quand il fait beau clair de lune, c'est assise sur le pas de sa porte qu'elle parle à ses deux amis. Dame Gardée raconte avec une étonnante lucidité tous les faits qui remontent loin dans le passé. Papa lui ayant demandé si elle se souvenait du général de Rochambeau : « Parbleu ! dit-elle, mais c'est l'autre jour, ça ! » En revanche, elle a perdu la mémoire des choses récentes, et pourtant la bonne femme m'a parlé de ma sœur Yette, qui lui donnait des sous pour acheter du tabac.

6 octobre.

M. le curé nous a, l'autre soir, appris un trait de dévouement pieux qui a touché papa et que nous voulons récompenser.

---

1. Le gombo est le fruit rafraîchissant d'une sorte de mauve à grande fleur jaune ; sa pulpe extérieure est verte et duvetée. Coupé et jeté dans l'eau, il rend cette eau mucilagineuse au point de la faire filer. Il entre dans la composition du calalou.
2. Plante qui rampe quand elle ne grimpe pas, et qui produit des gousses remplies de fruits très savoureux.
3. Excellente racine qui, cuite, a un goût presque semblable à celui de la châtaigne bouillie. Aux îles, on mange des patates comme ailleurs des pommes de terre.
4. Maladie.

Il y a près d'ici un jeune nègre africain nommé Mavongo, qui travaille sur les habitations sucrières des environs et ici même assez souvent. Ce Mavongo trouve encore le temps de servir d'esclave, plutôt que de domestique, à une vieille négresse qui n'a sur lui d'autres droits que ceux d'une marraine. Il est vrai que ces droits sont les plus sacrés aux yeux des Africains ; ils ne trouvent pas apparemment que ce soit trop de donner sa vie aux gens à qui ils doivent le bienfait de la religion. Mavongo travaille au jardin de la négresse, vend le lait de ses vaches, soigne ces dernières et verse religieusement entre les mains de Marraine, chaque samedi soir, le salaire de la semaine. Papa m'autorise à donner toutes mes petites économies au bon Mavongo, pour se faire habiller, car, si l'on n'y veille, jamais il n'aura rien à lui tant que vivra Marraine, qui du reste l'aime comme un fils. J'ai dessiné de souvenir le portrait de ce filleul modèle ; c'est à sa manière un joli garçon, bien que ses yeux n'aient pas de blanc. A peine voit-on, près de la glande lacrymale, quelque chose de moins noir que le reste du visage, une sorte de tache sanguinolente.

M. le curé, le jour où il nous a raconté la belle histoire de Mavongo, avait amené avec lui un autre prêtre, très amusant conteur, le curé du Gros-Morne. Tu sais que le Gros-Morne passe pour la Béotie de la Martinique. Le curé, nouvellement arrivé de France dans ce temps-là, prie un matin le jeune nègre qui le servait d'aller cueillir dans le jardin du presbytère un régime de bananes. Le nègre prend un coutelas et, pour avoir le régime, s'en va couper le bananier lui-même, qui était d'une grande beauté. Colère du curé, ignorant que le même tronc de bananier porte une seule fois des fruits et sèche ensuite, mais que, pour un que l'on coupe, la racine en pousse six autres. Le nègre se laisse gronder et va raconter partout aux Gros-Mornais que leur curé est stupide au point de ne rien entendre à la culture des bananes.

Les paroissiens nègres, là-dessus, se moquèrent tant et tant, que leur pasteur, jeune homme très gai à cette époque, résolut de se venger par une inoffensive plaisanterie. Il possédait une tonnelle à laquelle avait grimpé un pied de concombres ; vite il en fait disparaître les fruits, puis le dimanche venu, suspend à leur place quelques petits saucissons de Marseille. Au sortir de la messe, il invite à déjeuner ceux de ses paroissiens qui s'étaient le plus amusés à ses dépens, et envoie devant eux son domestique cueillir deux saucissons dans l'arbre. Aussitôt les nègres de conclure que le saucissonnier est un arbre de France qui a fort bien réussi au Gros-Morne. Ils trouvent le fruit excellent et ont soin de serrer précieusement les grains de poivre qu'il renferme, les prenant pour les graines mêmes de la plante merveilleuse. Le curé riait sous cape à son tour. Rentrés chez eux, les nègres sèment soigneusement leurs graines et répandent l'histoire. C'est à qui viendra déjeuner désormais chez M. le curé ; cependant, l'un d'eux, plus rusé que les autres, finit par se renseigner auprès d'un savant de la ville, et, retournant au presbytère certain dimanche, prend hardiment un saucisson tout entier qu'il glisse dans sa poche.

« Ça vient peut-être mieux, dit-il, par plant que par graine. »

Le curé comprit que les Béotiens du Gros-Morne commençaient à se déniaiser.

« Moi aussi, dit-il, je me connais maintenant en bananiers ; vous voyez que l'expérience seule éclaire et qu'il ne faut jamais se moquer des ignorants. »

Il lui en avait coûté quelques saucissons ; mais la leçon fut comprise, et on lui rendit le respect qu'il avait failli perdre.

Décembre.

Les nègres sont naturellement hâbleurs, et souvent leurs vantardises sont si drôles qu'on ne peut s'empêcher d'en rire. Du

reste, bien des *béqués* (blancs) pourraient
leur en remontrer sur ce point ; les Marti-
niquais passent pour être les Gascons
des Antilles.

On racontait ici, l'autre jour, que deux
patrons de pirogues s'étaient porté un
défi, au sortir du Carénage de Fort-de-
France. L'un d'eux chavire devant l'îlot
des Ramiers. Quand, après avoir relevé
son canot, il rejoint son camarade, celui-ci
veut lui faire avouer sa défaite.

« Jamais ! répond l'autre ; tu n'as donc
pas vu qu'au train dont j'allais, j'aurais
coupé en deux l'îlot des Ramiers ? Dans
quels embarras cela m'aurait mis avec le
gouvernement ! J'ai mieux aimé faire ca-
poter ma pirogue... »

Et l'îlot des Ramiers est surmonté d'un
fort !...

. . . .

Le journal de Cora continuait longtemps sur ce ton de menus commérages ;
sa plume alerte allait à travers champs,
glissant de-ci de-là. Parfois Mesdélices,
sa besogne terminée, entrait sur la pointe
du pied et s'asseyait dans un coin pour
écouter.

La lecture était interrompue par ses
bons rires sonores, inextinguibles, chaque
fois qu'il s'agissait d'un incident dont elle
avait été témoin, d'une personne qu'elle
connaissait. Quand, au contraire, revenaient les noms vénérés du maître, et de la
maîtresse défunts, elle joignait les mains
et marmottait une petite prière ; le jour
où il fut question d'elle dans un récit, elle
perdit littéralement la tête et prit des airs
d'importance comique, persuadée que ses
faits et gestes passeraient à la postérité :

« Oui, oui, racontait-elle aux autres
bonnes de la maison, c'est Mesdélices qui
fé li ça ! Le journal i dit que Mesdélices i
fé li ça ! »

Longtemps elle ne parla plus d'elle-
même qu'à la troisième personne, comme
d'une célébrité.

────────

XXI

LE BAL

En dépit de ses résolutions de sagesse,
Cora sauta pour la première fois au cou
de Mlle Aubry, lorsque celle-ci, vers l'époque de Pâques, vint annoncer qu'elle comptait donner un bal au pensionnat, un
vrai bal, à l'occasion du vingt-cinquième
anniversaire de son gouvernement, de ses
noces d'argent, comme elle disait, avec
l'Instruction publique. « Ainsi, ajouta-
t-elle, préparez-vous, Mesdemoiselles ! J'ai
accordé huit jours pour cela. Peut-être
est-ce trop. J'ai déjà peur que la fête ne
soit brillante à l'excès ! Il m'a fallu écrire
aux parents pour les prier de modérer
certains envois de franfreluches, qui devenaient l'unique préoccupation d'une
bonne partie de mes petites filles ; en récréation, on ne joue plus, on essaye ; en
classe, on n'a plus la tête à ses leçons.
Heureusement les noces d'argent d'un
pensionnat n'ont lieu qu'une fois, et nous
avons le temps d'attendre jusqu'aux noces
d'or de la cinquantaine ! »

Yette remarqua que sa sœur, si joyeuse
tout d'abord, était peu à peu devenue pensive. Quand Mlle Aubry, son invitation
faite, les eut quittées :

« Eh bien, dit Yette, voilà qui est très
amusant, mais nous n'avons point de
robes !

Si Mme Darcey était ici, elle nous en
enverrait, j'en suis sûre, ou bien Polymnie
insisterait pour nous prêter les siennes.

— Sans doute, mais les Darcey sont en
voyage.

— J'ai bien ma robe de première communion, dit Cora avec un soupir, en dé-
faisant les plis...

— Oui, elle ira tant bien que mal, mais
j'ai peur qu'elle ne soit toujours trop
courte !...

— Pourquoi me dis-tu cela ? gémit la
pauvre Cora, — et ses lèvres eurent un lé-

ger frémissement, — pourquoi ? puisque je ne peux en avoir d'autre ?

— C'est vrai, dit gaiement Yette, il faut en prendre ton parti et tâcher de te divertir quand même. Il y en aura peut-être d'aussi mal attifées que toi ! »

Cora trouva sa sœur bien cruelle d'insister autant sur ce qui lui était vraiment très douloureux ; mais elle eut le courage de ne rien répondre d'aigre ni de désagréable. Elle essaya la robe de première communion, découvrit que le corsage était si étroit, qu'on n'en pouvait rapprocher les deux côtés, et qu'il y avait un accroc dans la jupe, entreprit de rélargir, de raccommoder tout cela, y réussit fort mal et se demanda si elle ne ferait pas mieux de renoncer à la fête, puis craignit de paraître sotte, pleura un peu en l'absence de Yette, tâcha de jouer l'insouciance quand

Et, triomphante, elle étala son œuvre.

celle-ci revint de ses leçons, et ne réussit à persuader sa sœur que d'une chose : c'est qu'elle s'efforçait décidément de surmonter ses petites velléités de coquetterie et de vanité. Ce fut une grande satisfaction pour Yette, qui jamais n'avait été si joyeuse :

« Je ne la reconnais pas, pensait Cora. On dirait qu'elle est tout à fait indifférente à ma peine. Pourtant elle doit bien la deviner. Mesdélices elle-même s'aperçoit que j'ai toujours les yeux rouges depuis qu'il est question de ce malheureux bal ! »

Cora ne savait pas que tous les soirs, quand elle était endormie, Yette se relevait sans bruit, passait une robe de chambre, rallumait la lampe, ranimait les tisons dans la pièce voisine, puis tirait de leur cachette des patrons découpés, de la gaze, des rubans. Jusqu'à l'aube ses mains diligentes taillaient, garnissaient, cousaient, posant ici un nœud, là une fleur, complétant enfin la plus simple, mais la plus fraîche des toilettes de jeune fille. Le matin la retrouvait pelotonnée dans son lit pour mieux tromper Cora, mais, de fait, elle ne dormit pas pendant près d'une semaine. Aussi, la veille du bal, avait-elle si mauvaise mine, que sa sœur, inquiète de la voir malade, ne pensait plus du tout à la grande question des chiffons.

« Si nous essayions cette fameuse robe

blanche, » dit enfin Yette quand elle eut terminé sa tâche.

Cora, fort tristement, alla chercher la robe de mousseline, repassée tant bien que mal par Mesdélices.

« Ce n'est pas celle-là que je te demande ! » dit Yette.

Et, triomphante, elle étala son œuvre, un vrai nuage blanc floconneux et semé de petites bruyères roses. Mesdélices vint admirer, s'extasier, rire et sauter avec ses maîtresses d'aussi bon cœur que si la jolie toilette eût été pour elle-même.

« Et toi ? dit tout à coup Cora dont l'ivresse tomba comme par enchantement, comment donc seras-tu habillée ?...

— I jamais pense à li ! dit Mesdélices.

— C'est vrai, s'écria Yette, je n'y ai pas pensé ; mais bah ! personne n'y fera, je crois, grande attention. Ma robe de soie suffit...

— Une robe montante, une robe noire !

— Eh bien, dit Yette, *je ferai tapisserie;* comme toutes les mamans, je regarderai ma fille. »

En prononçant ces mots, elle leva les yeux vers le portrait de sa mère, et il lui sembla que celle-ci souriait.

Dès le lendemain, commença le brouhaha de la fête. On n'eût pu dire ce qui faisait le plus de bruit du marteau de la porte d'entrée ou de la langue de ces demoiselles. Dans le parloir et la grande classe, les tapissiers clouaient des draperies, accrochaient des guirlandes, rangeaient des banquettes ; les grandes se désespéraient de n'avoir qu'un miroir pour six ; les petites pensaient surtout au buffet, qui devait être abondamment garni de glaces, de pâtisseries et de sirops. Sans doute Mlle Agnès serait préposée à le garder dans la crainte des indigestions ; mais, sans doute aussi, la surveillance de Mlle Agnès serait moins rigoureuse qu'en classe.

Chaque grande était chargée de pomponner de son mieux une petite.

Dans leur chambrette, Yette et Cora se préparaient, elles aussi, c'est-à-dire que la première coiffait et habillait la seconde. Celle-ci fut aisément charmante, sa beauté naturelle de fleur des tropiques aidant à l'effet de la parure. Quand elle fut habillée, Yette ne put retenir un cri d'admiration.

« Ces demoiselles croiront voir Cendrillon en personne arrivant chez le roi.

— Grâce à qui ? Grâce à ma bonne marraine, fée que tu es ! répondit Cora en l'embrassant. Mais dépêchons-nous, il est déjà tard et j'entends les violons. »

La toilette de Yette ne prit pas beaucoup de temps ; elle était semblable en somme à celle de toutes les sous-maîtresses qui ne dansaient pas et au milieu desquelles Yette alla s'asseoir. Comme elle l'avait dit elle-même, cette grande jeune fille en noir devait passer inaperçue. Mlle Aubry donnait à ses acolytes l'exemple d'une austère simplicité. Du reste elle s'acquittait fort bien de son rôle de maîtresse de maison ; ses élèves étaient ses invitées ce soir-là ; elle s'efforçait donc de tempérer la majesté qui lui était habituelle par un grain de bienveillance, sans pouvoir toutefois s'abstenir absolument de quelques observations.

« Six sandwiches coup sur coup, mademoiselle Mathilde ! c'est trop pour votre estomac et pour les bonnes façons. Est-ce ainsi que vous comptez vous bourrer dans le monde lorsque Madame votre mère vous y conduira ?

« Si vous continuez de rire aussi haut, mademoiselle Blanche, je serai forcée de vous envoyer coucher.

« Allons, ne restez pas près de cette fenêtre ouverte, mademoiselle Adrienne, vous avez trop chaud !... Croyez-en mon expérience. Les vieilles personnes savent comment se prennent les rhumatismes !

« Moins de vigueur en polkant, mademoiselle Camille, vous mettez toutes vos danseuses en nage ! »

Cette dernière recommandation de Mlle Aubry suffit à indiquer, je crois, que ces demoiselles dansaient entre elles le plus souvent ; il n'y avait en fait de cavaliers masculins que quelques professeurs ; mais le maître de dessin était trop vieux pour danser, le maître d'écriture avait la goutte ; restait le maître d'allemand, un réfugié polonais dont la grande barbe et la physionomie terrible effrayaient ses danseuses, au point qu'avec lui elles partaient sans exception à contre-mesure. Quant à M. Trianon, qui s'intitulait fièrement sur ses cartes « professeur de danse et de maintien », il avait fort à faire pour guider les « petites divisions » à travers le labyrinthe des *Lanciers,* et pour rappeler à l'ordre les fillettes au-dessous de douze ans qui donnaient avec empressement la main gauche quand il fallait donner la main droite, et la main droite quand il fallait donner la gauche.

« Mesdemoiselles, murmurait-il en décrivant des pas de cavalier seul, de grâce, Mesdemoiselles, rentrez la ceinture... la poitrine effacée... levez la tête... là !... un abandon élégant... et naturel surtout ! Très bien... une, deux, trois... une... deux... ce n'est plus cela du tout ! vous n'y êtes pas... »

Une chute bruyante d'Héloïse Pichu, qui avait exécuté dans la pastourelle une glissade trop audacieuse, soulevait des rires fous quand la princesse Cendrillon fit son entrée. Yette l'avait bien prévu : les rires cessèrent comme par enchantement ; il se fit un silence suivi d'un murmure flatteur et de compliments aussi vifs que sincères. Ce fut bien mieux encore quand Cora se mit à danser avec cette désinvolture créole qui prête à tous les mouvements une grâce, une légèreté quasi-aérienne. On fit cercle autour d'elle. Le regard farouche du Polonais s'adoucit singulièrement lorsqu'elle lui accorda la prochaine contredanse. Enfin M. Mayer, qui n'arriva qu'assez tard, eut à peine salué Mlle Aubry qu'il se dirigea vers la reine du bal et l'invita galamment à son tour. Il l'invita même deux fois, trois fois de suite, et lui dit qu'elle ressemblait, sous ses clochettes de bruyères, à la *Titania* de Shakespeare.

Jamais Cora n'avait été aussi satisfaite de toutes choses et d'elle-même ; mais elle savait où faire remonter la source de ce contentement, et par intervalles son regard cherchait avec une reconnaissance infinie celui de Yette, qui se sentait alors parfaitement heureuse, bien que personne ne s'occupât d'elle. Les attentions dont M. Mayer paraissait entourer sa sœur ne lui échappaient pas et confirmaient ses espérances intimes.

« Il est si absorbé par Cora, pensa-t-elle, qu'il n'a pas même songé à me dire bonsoir. »

Et une tristesse inexplicable lui vint avec cette pensée, tristesse bien fugitive, du reste, qu'elle se reprocha aussitôt comme un mouvement d'égoïsme. N'importe, elle se sentait isolée dans cette foule joyeuse et bondissante. Le bruit rythmé des pas, celui de l'orchestre bourdonnaient dans sa tête alourdie comme par la fièvre. « Est-ce que mademoiselle votre sœur n'est pas ici ? je ne l'aperçois nulle part, » demandait cependant M. Mayer.

Tout à coup Yette entendit sa voix auprès d'elle.

« Je vous aurais cherchée longtemps, Mademoiselle, avant de deviner votre cachette dans cette embrasure de fenêtre ! Comment ! vous ne dansez pas ? »

Elle lui montra gaiement sa robe noire et répondit :

« Je ne suis qu'un chaperon. Ne trouvez-vous pas que toutes ici, alignées sur notre banquette, nous avons l'air de vieilles poules sur un perchoir ?

— J'ai grande envie de vous faire descendre de ce perchoir pour un dernier tour de valse.

— Vous oseriez vraiment faire danser un tel épouvantail ?

— Je l'oserais, et même la grâce que vous me feriez aurait d'autant plus de prix à mes yeux, que vous ne comptiez danser avec personne.

— La grâce !... que de cérémonies ! Si cela peut vous faire le moindre plaisir que je danse, je danserai, dût-on se moquer de moi.

— Cela me fera un très grand plaisir. »

Elle valsa donc dans sa robe noire, et valsa même très joliment, bien qu'elle n'eût pas la prétention de rivaliser avec Cora sous ce rapport ni sous aucun autre.

Jusque-là, personne n'avait remarqué sa toilette négligée, tant elle était restée à l'écart ; mais, quand elle se mêla aux danseuses, quelques petites sottes firent tout bas la réflexion qu'elle avait oublié de s'habiller.

« Ne voyez-vous pas, s'écria Héloïse Pichu avec une honnête indignation, qu'elle a tout donné à sa sœur sans rien réserver pour elle ? »

Un peu avant la fin du cotillon, Yette fit signe à Cora, qui ne la suivit qu'à regret, et toutes deux remontèrent dans leur paisible petit logis. La nuit était fort avancée, les bougies commençaient à s'éteindre, les fleurs à se faner, des lambeaux de gaze et de mousseline jonchaient le parquet ; mais l'infatigable Cora aurait volontiers sauté jusqu'au matin. Avant de se coucher elle embrassa deux ou trois fois sa sœur sur les deux joues.

« Si tu savais ! répétait-elle, si tu savais la grande nouvelle ! mais j'ai juré de ne rien dire encore ! »

Yette crut deviner le secret qu'elle lui cachait et se promit de l'interroger le lendemain. Une anxiété vague la tint longtemps éveillée.

XXII

MALENTENDU

Elle venait de se lever pour se rendre à ses leçons comme de coutume, Cora dormait encore, quand deux coups discrets furent frappés à la porte. C'était Mlle Aubry.

« Quel événement vous amène ? demanda Yette toute surprise.

— Un événement, en effet, répondit la directrice avec solennité. J'ai tout mon temps ce matin pour causer, ma chère, ayant accordé un demi-congé nécessaire à ces petites enragées, qui ont grand besoin de repos après leurs fatigues d'hier.

— C'est que moi je n'ai pas congé, fit observer Yette. On m'attend avant neuf heures. J'aurai le regret de vous quitter bien vite. »

Tout en parlant, elle achevait d'agrafer sa robe et de nouer son chapeau.

« Bon ! une minute suffira pour ce que j'ai à dire : Yette, je vous le répète, il s'agit d'une affaire de la plus haute importance. M. Mayer, — et Mlle Aubry s'arrêta pour regarder la jeune fille droit dans les yeux, — M. Mayer m'a chargée de demander en son nom la main de Mlle de Lorme. »

Yette changea de couleur et laissa échapper un petit cri.

« Cela vous étonne ?...

— Eh bien, dit Yette, se remettant, eh bien, non... Pour être tout à fait franche, je vous avouerai que je m'y attendais un peu.

— Vraiment ?

— Et que surtout je le souhaitais du fond de l'âme !

— A la bonne heure ! s'écria en riant Mlle Aubry. Voilà ce que j'appelle parler net ! Ainsi je puis répondre sans plus de retard que vous consentez ?

— Oh ! s'il ne s'agissait que de mon consentement, vous pourriez l'emporter tout de suite, mais... — le visage candide de Yette exprima une certaine inquiétude, — mais ce n'est pas assez que je trouve M. Mayer l'homme le meilleur, le plus distingué, le plus digne d'estime et d'affection qui soit au monde...

— Bah ! Il me semble à moi qu'il n'en faut pas davantage.

— Y pensez-vous, Mademoiselle ?... En si grave matière, on doit d'abord prendre l'avis des personnes intéressées !

— Sans doute ; mais, puisque je vous affirme que le choix de M. Mayer a été longuement mûri... Vous pouvez m'en croire ; je suis depuis des mois sa confidente, et, sans mes conseils, il se serait déjà déclaré. Quant à la demoiselle...

— C'est elle justement qui me préoccupe, dit Yette avec embarras, elle est bien jeune...

— Mais non ; M. Mayer n'est pas de cet avis. Il la trouve d'un âge parfaitement assorti au sien.

— Pourtant... Enfin, elle fera peut-être des objections... elle n'a jamais songé au mariage... Il faudra la laisser réfléchir...

— Mais, d'après ce que vous me disiez à l'instant même de vos sentiments...

— Je ne vous ai parlé que des miens, interrompit vivement Yette, rien ne m'autorise à me prononcer sur ceux de Cora. Permettez que nous nous consultions.

— Soit ! Je m'étonne cependant de l'importance que vous accordez à l'avis d'une enfant.

— Comment !... »

Elle n'acheva pas. Cora venait d'entrebâiller la porte et montrait sa jolie tête ébouriffée, encore toute somnolente.

« Nous en reparlerons ce soir, dit Mlle Aubry ; du reste, M. Mayer viendra lui-même plaider sa propre cause...

— M. Mayer ?... Il est question de M. Mayer ?... dit Cora en se frottant les yeux, tandis que la maîtresse de pension redescendait l'escalier.

— Oui, ma chérie, lui dit Yette, et je te supplie de peser très sérieusement l'offre qu'il nous fait, de ne pas t'arrêter à des bagatelles, à son accent, à sa tournure, à la grandeur de ses mains, de ne pas me répondre par des enfantillages quand je te demande : Que penses-tu de lui pour mari ?

— Ne consulte pas mon goût, interrompit en riant l'espiègle, il lui serait absolument défavorable.

— C'est pourtant un grand artiste, un noble caractère, un homme dont la femme la plus exigeante doit être fière de porter le nom, dit Yette avec quelque sévérité. Le repousser à la légère serait déplorable et absurde !

— Aussi sera-t-il agréé, je gage !

— Ce que tu disais tout à l'heure était donc pour me tourmenter, méchante ? tu l'épouserais volontiers ?...

— Moi ? Non vraiment ! Et c'est fort heureux, puisque ce n'est pas à moi qu'il pense !

— Que dis-tu ? Il m'a fait demander ta main ce matin même...

— Ma main !... tu rêves encore !

— Je t'affirme que Mlle Aubry n'est venue que pour s'acquitter de la mission qu'il lui avait confiée.

— Impossible ! Il y a confusion ! Serait-elle devenue folle, Mlle Aubry ?... Dans quels termes a-t-elle donc fait sa demande ? Rappelle-toi bien !

— Elle m'a dit qu'elle venait solliciter pour M. Franz Mayer la main de Mlle de Lorme. Est-ce clair ?

— Très clair ! — Et Cora partit d'un grand éclat de rire, — clair pour tout le monde, excepté pour toi. Ce n'est pas Mlle Aubry qui est folle, c'est toi, ma pauvre Yette ! folle de sacrifice, folle d'abnégation, folle d'oubli de toi-même ! Mesdélices a bien raison : « I jamais pense à li ! » Est-ce croyable ?... Toi, mon aînée, toi, si supérieure à moi de toutes façons, tu t'es figuré qu'un homme raisonnable songerait à la petite Cora, quand il avait sous les yeux un modèle de bonté, de sagesse, la perfection même, ma sœur Yette ? Celle des demoiselles de Lorme que veut M. Mayer, c'est toi, ce ne peut être que toi.

— Moi ! s'écria Yette, bouleversée par la surprise et aussi par une joie indicible, moi qui ne suis ni jolie, ni musicienne... ni spirituelle, ni... est-il possible que je puisse plaire à quelqu'un ?

— Est-il possible que l'on puisse ne pas t'aimer, veux-tu dire ? et si l'on te connaissait comme je te connais, on t'adorerait tout simplement. »

Les deux sœurs tombèrent éperdument dans les bras l'une de l'autre.

« Il m'a tout confié hier, disait Cora. C'est pourquoi il a causé tant et si longtemps avec moi. J'ai eu bien de la peine à me taire jusqu'à présent, va !

— Ainsi, tu serais contente de l'avoir pour beau-frère ? ›

— Aussi contente que j'eusse été désolée de l'avoir pour mari... Tu diras oui, n'est-ce pas ?... Il le désire tant !

— Oui, oui, à la condition qu'il promette de ne nous séparer jamais ! »

CONCLUSION

M. Mayer promit tout ce que voulut Yette ; mais il n'eut pas à tenir sa promesse au sujet de Cora, car, quelques semaines après, celle-ci devint elle-même la fiancée d'un jeune créole, qui est déjà de nos amis, ce Maxime Desroseaux, ce précoce amateur de combats de coqs, que Yette avait fait rougir jadis de son inconsciente cruauté. Il n'avait plus rien de féroce désormais ni de sauvage, et, selon les prévisions de son oncle, paraissait avoir oublié ses projets de vie solitaire dans un ajoupa des grands bois. Ayant retrouvé ses anciennes amies, les demoiselles de Lorme, chez M. Darcey, il s'était attaché de plus en plus à Yette, mais davantage encore peut-être à Cora ; la musique l'avait rapproché de cette dernière. Maxime comptait, lui aussi, parmi les meilleurs élèves de Mayer. A la rigueur, il pouvait représenter le Prince Charmant imaginé par Mme Darcey, puisqu'il avait de jolis traits réguliers avec d'élégantes petites moustaches, des cheveux frisés que séparait une raie irréprochable, — et un soin exagéré de ses ongles. Malgré ces menus ridicules, lesquels ne déplaisaient pas à Cora, c'était un excellent garçon qui savait joindre l'utile à l'agréable, car il s'acquittait à Paris, avec une rare intelligence, des fonctions de représentant de M. Desroseaux, dont les affaires commerciales avaient pris plus d'extension que jamais. La pensée de revoir quelquefois son île chérie ne contribua pas médiocrement à décider Cora de Lorme à devenir Mme Des-

roseaux. Du reste, elle ne se laissa point éblouir par la fortune qui venait ainsi la surprendre. Au contraire, lorsque son mari, croyant l'enchanter, ouvrait devant elle une perspective de plaisirs, de toilettes, de fêtes :

« Tout cela est bon en guise d'assaisonnements, à petites doses, répondait-elle d'un air sérieux qu'elle avait emprunté à la sœur aînée ; il faut d'abord savoir aimer le coin du feu.

— Soyez sûre que je m'y plairai plus que partout ailleurs, si vous m'y tenez compagnie, disait Maxime, mais il y a temps pour tout.

— Sans doute ! Ce n'est pas moi qui vous engagerai jamais à vivre en ermite ; seulement, nous chercherons le bonheur avant l'éclat, et nous écouterons toujours la raison quand elle nous parlera par la bouche de Yette. »

Les deux mariages eurent lieu le même jour, à la même église. Mlle Polymnie fut la demoiselle d'honneur de Cora, mais Yette ne voulut pas en avoir d'autre que son humble inséparable d'autrefois, la bonne Héloïse Pichu. Elle retrouva, et avec quelle satisfaction ! en la personne d'un des témoins de Maxime, le brave capitaine du *Cyclone,* encore superbe sous ses cheveux grisonnants. La reconnaissance entre eux fut touchante, et l'excellent cœur de l'ancien marin se manifesta d'une façon si sympathique en cette circonstance, que Mlle Polymnie déclara n'avoir jamais rencontré d'homme plus aimable. Les événements avaient été favorables à l'ex-capitaine, devenu l'un des gros armateurs de Nantes, grâce à l'héritage d'un arrière-cousin nabab. Il était riche, mais toujours célibataire, une sorte de timidité farouche, contractée à bord, le rendant (il en convenait lui-même) maladroit avec les dames. « Et puis, ajoutait-il, je suis bien vieux pour me marier ! » En parlant, il regardait du coin de l'œil, avec un profond soupir, Mlle Polymnie, dont les grâces un peu apprêtées l'avaient fasciné à première vue.

Ils s'assirent à table l'un auprès de

l'autre, et chacun remarqua que Polymnie l'avait mis fort à son aise, car il lui parlait sans désemparer. Elle riait et répondait gaîment comme si elle eût trouvé beaucoup d'esprit à son voisin. Jamais deux êtres plus dissemblables n'avaient paru s'entendre mieux. Yette en fit la remarque et dit un mot à l'oreille de son tuteur.

« Ma foi! répondit celui-ci, mon gendre ne sera pas tout jeune, ni d'une distinction bien exquise; mais sa femme s'appuiera du moins sur un bras solide, qui saura la redresser au besoin. Il faut cela pour Polymnie. En le choisissant elle fera preuve de sagesse. »

Mme Darcey offrit de magnifiques présents aux deux mariées. M. Darcey félicita Franz Mayer d'avoir cherché et trouvé la perle rare de Yette, cette admirable fille qui avait été pourtant une « terrible enfant ». Seule dans l'assistance, Mlle Aubry n'éprouvait pas une joie sans mélange, car elle se voyait obligée de renoncer à son projet d'association future avec sa chère élève; mais Yette parvint à lui persuader que la modeste et intelligente Mlle Agnès s'entendrait beaucoup mieux qu'elle-même à perpétuer la vieille et solide réputation du pensionnat.

Mesdélices ne s'étonna nullement pour sa part que le meilleur lot fût échu à sa bonne maîtresse, et, dans l'expansion d'un festin qui la réunit, le jour des noces, aux nombreux domestiques des Darcey, elle déclara qu'elle avait toujours su que mamselle Yette se marierait bien, puisqu'elle

Je n'osais te le demander, mon bon Franz!

lui avait promis autrefois de la choisir pour *da* de ses enfants.

« Et mamselle Yette i jamais menti! » ajouta Mesdélices.

Quand M. et Mme Desroseaux furent sur le point de partir pour leur voyage de noces aux Antilles, ils proposèrent à Mesdélices de l'emmener, mais elle refusa obstinément de quitter Yette, en disant qu'elle aimait mieux la pluie et le froid avec elle que le soleil avec d'autres. Et le soleil était cependant ce que Mesdélices aimait le plus... après mamselle Yette toutefois:

— Moë sé ennui moë si i pas té là! répétait-elle à satiété.

« Nous aussi, Franz, dit Mme Mayer à son mari, nous aussi, n'est-ce pas, nous ferons plus tard un voyage à la Martinique ? Je pourrai dire à ma pauvre maman, sur sa tombe, que j'ai travaillé de mon mieux à la remplacer auprès de Cora.

— Et je veux, répondit Franz, je veux remercier sur cette même tombe tes chers parents d'avoir envoyé pour moi, dans notre vieille Europe, l'être accompli qui devait être ma joie et mon orgueil. Je veux remonter à la source de ta vie, retrouver là-bas toutes les années pendant lesquelles j'ai eu le malheur de ne pas te connaître.

— Ah ! reprit Yette, il me semble à moi que nous nous sommes toujours connus. Mais, puisque tu as ce désir, cher Franz, tu dois comprendre aussi que je désire moi-même voir ton pays, le village où s'est passée ta première jeunesse. Je sens que je t'aurais aimé alors, pauvre et ignoré, comme je t'ai aimé heureux et célèbre, plus vite même, car l'affection de ta femme eût été alors ton unique bien.

— Devant celui-là, dit Franz profondément ému, tous les autres disparaissent. Oui, je te ferai connaître la vallée des Vosges, d'où je suis parti la poche vide un matin d'hiver, les grands sapins d'où pendaient, ce jour-là, tant de girandoles de glace. Je ne sentais pas le froid, je m'élançais vers l'avenir comme l'alouette vers le soleil. Nous irons où tu voudras, ma chérie, mais pourquoi n'irions-nous pas d'abord un peu plus loin, pourquoi ne partirions-nous pas dès à présent avec ta sœur ? »

Yette jeta un cri de joie.

« Je n'osais te le demander, mon bon Franz ! »

Et se tournant vers Mesdélices qui venait d'entrer :

— Nous t'emmenons, ajouta-t-elle.

— Moë qué allé tou ! Moë ié contente ! déclara Mesdélices. — Elle riait et se frottait les mains. — Moë ié contente ! mais pays moë pas sé pays moë si mamselle Yette pas té là.

La Rose-Blanche

suivi de

Baby Sylvester

TH. BENTZON

La Rose-Blanche

En temps de guerre

Adaptation d'après Mme Mary DAVIS

suivi de

BABY SYLVESTER

Adaptation d'après Bret. HARTE

Illustrations par George ROUX

COLLECTION HETZEL
18, RUE JACOB, PARIS (VIe)

—

TABLE

TYPOGRAPHIE FIRMIN-DIDOT ET Cⁱᵉ. — MESNIL. (EURE).

LA ROSE-BLANCHE

EN TEMPS DE GUERRE

AVANT-PROPOS

Le « Temps de Guerre » dont Mme Davis, de la Nouvelle-Orléans, bien connue en son pays comme poète et comme romancier, raconte les péripéties tour à tour terribles et touchantes, n'est pas celui de notre guerre de 1870. Nous sommes cependant presque en France, tout au moins dans une de nos anciennes colonies qui garde encore sur bien des points un air de province française.

La Rose-Blanche, où se passe le récit qui va suivre, est le nom français d'une de ces vieilles plantations qui, malgré les débordements formidables du Mississipi, furent riches et prospères jusqu'à ce qu'éclatât en 1861 la plus sanglante des guerres civiles.

Depuis le commencement du siècle, il existait une sourde rivalité entre les États-Unis du Nord et ceux du Sud. Plusieurs, parmi ces derniers, — la Louisiane, entre autres — réclamaient le droit de se séparer de l'Union, sous prétexte que la Constitution les y autorisait. Mais un cri de guerre qui remua le monde, éteignant tous les débats d'ordre inférieur, fut celui-ci : Abolition de l'esclavage !

On peut dire que le Nord, manufacturier surtout, ne s'imposait pas, en jetant ce cri, d'énormes sacrifices. Au contraire, le Sud, agricole, avait besoin des troupeaux de travailleurs noirs jadis importés chez lui du fond de l'Afrique. Les intérêts de ces deux parties de la République étaient différents ; mais la cause abolitioniste méritait de rester la plus forte parce qu'elle représentait celle de l'humanité. Elle triompha, en effet, après quatre années d'une lutte fratricide entre Fédéraux et Confédérés, entre *Rebelles* et *Yankees*. La bataille de Gettysburg (Pensylvanie) où le Nord fut vainqueur, quoiqu'il eût perdu plus de trois mille hommes, sans parler d'environ quinze mille blessés et de cinq mille quatre cent trente prisonniers, la bataille de Gettysburg, l'une des plus chaudement disputées, décida d'une issue que l'héroïsme du général Lee devait retarder néanmoins assez longtemps encore. L'abolition définitive de l'esclavage, suivie de la reconstitution du Sud, ne date que de 1865. En trente ans, la Louisiane, ruinée par l'invasion et par l'affranchissement de ses esclaves, devenus citoyens américains, a su reprendre toute son importance, ce qui dénote une somme d'efforts extraordinaire. Cette transformation était d'ailleurs préparée. Très probablement, — bien des preuves l'attestent — les États du Sud eussent, les uns après les autres, procédé peu à peu, d'eux-mêmes, à l'œuvre qui s'est achevée d'un coup par la contrainte des armes. Mais il n'y a point à revenir sur un fait accompli, quand le fait est de ceux qu'il fallait souhaiter et amener, coûte que coûte, au nom de la justice.

Tous les maîtres d'esclaves n'étaient pas aussi bons que ceux dont Mme Davis nous trace les portraits sympathiques, et, l'eussent-ils été, que l'esclavage serait demeuré quand même une chose abominable ; la traite des nègres telle qu'elle se pratiqua en pleine civilisation peut passer pour le plus grand des crimes. Il coûta cher aux peuples qui l'avaient commis, et un juste retour permit que les descendants du vil bétail humain arraché, par violence ou par ruse, à son pays d'origine, l'Afrique, trouvât sur la terre de captivité un gain dans sa misère même : le bienfait du christianisme d'abord, un développement graduel au contact des blancs, enfin tous les privilèges de l'homme libre et civilisé. Les collèges, académies, universités, dédiés à la classe de couleur, se multiplient aujourd'hui en Amérique. Ils sont soutenus par le gouvernement et par les États qui payent à cet effet une taxe énorme.

Le Sud s'est soumis en cela comme pour le reste à la fortune des armes ; la Constitution des États-Unis n'est plus discutée par personne ; au Nord et au Sud flotte le même drapeau ; il n'y a plus de Yankees *bleus* ni de Rebelles *gris*, mais des deux côtés on se rappelle avec un respect réciproque l'égale bravoure des combattants qui sont enfin devenus frères, sans arrière-pensée et à jamais.

I

L'ORDRE DE MARCHE

« Eh bien, quoi, Dandy ?

— S'il vous plaît, maître ; je voudrais aller à la guerre avec maître Tom. »

Nous étions tous dehors dans la véranda de « la Rose-Blanche », ma mère, si jolie et si frêle, balançant sa chaise à bascule ; mon père, assis sur les marches du perron, aux pieds de sa femme ; le grand-oncle Selden, venu de la ville pour nous dire adieu, car son régiment avait reçu l'ordre de marcher en avant. Un peu plus loin, le bizarre serviteur particulièrement attaché à la personne du grand-oncle, un petit nègre de sept ans, à la tête laineuse, qui répondait au nom de Frédéric. Et mes frères, Tom et Hart, superbes en uniforme gris tout battant neuf. Notre cousine Nellie se berçait dans un hamac sous les roses grimpantes ; elle grattait les cordes de sa guitare, tandis que son frère Wesley boudait au fond de la serre parce qu'il n'était pas d'âge à porter l'uniforme, lui aussi, pour partir.

Le capitaine Brion et Dennison, le précepteur de mes frères, tenaient compagnie, sous la tonnelle, à cousine Nellie. Mon inséparable, la petite négresse Mandy, les quatre plus jeunes garçons de la famille et moi-même, nous complétions le groupe.

C'était au mois de mars, par la plus douce des après-midi printanières ; les orangers embaumaient comme les roses, le chèvrefeuille et les violettes. Une brise légère apportait du fleuve ce mélange de parfums. On entendait gazouiller les oiseaux dans les magnolias qui ombrageaient l'avenue très large descendant à la grille. Des papillons jaunes et poudrés d'or zigzaguaient sur la pelouse fleurie. Le ciel était bleu, oh ! si bleu, et, au loin là où nous pouvions apercevoir le camp, avec les tentes d'un blanc de neige et le drapeau qui voletait au faîte de sa longue hampe, une brume empourprée, délicieuse, semblait se fondre dans la masse de nuages laiteux, traînant sur la lisière du marais. Ce camp des fusiliers Selden, auxquels tout le monde, sauf nous autres, les enfants, se préparait à rendre visite, était situé près de la sucrerie [1].

Au bas du perron, très élevé, attendait la voiture, avec oncle Joshua [2] sur le siège et deux ou trois chevaux sellés et bridés alentour.

Dandy tenait en main l'un des chevaux. Tout à coup il laissa tomber la bride, monta quatre à quatre les nombreuses marches et se planta droit devant mon père en ôtant son chapeau privé de bords. Ce fut alors que papa lui dit : « Eh bien, quoi, Dandy ? » Et que Dandy répondit : « S'il vous plaît, maître, je voudrais bien aller à la guerre avec maître Tom. »

Mon père secoua la tête. Dandy avait treize ans bien juste. Il est vrai que mon frère Hart, qui partait tout de même, ne comptait que deux années de plus, et que mon grand frère Tom n'avait guère que seize ans. Mais, en vrais garçons qu'ils étaient, ils avaient fait tant de bruit, tant supplié, tant menacé de se sauver et de s'enrôler n'importe comment avant que personne pût le savoir, que mon père avait cédé bon gré mal gré. Ils étaient entrés ainsi dans la compagnie du capitaine Brion, campée aujourd'hui près de notre sucrerie et prête à rejoindre les troupes de front.

Oh ! comme ils étaient fiers le jour où ils nous apprirent qu'ils venaient de s'engager ! (Nous ne comprenions rien à cet engagement, moi et Mandy.) Comme ils se pavanaient quand, leurs uniformes

neufs étant arrivés, ils les endossèrent pour la première fois !

Mon père secoua donc la tête :

« Non, Dandy, dit-il, tu es beaucoup trop jeune ; d'ailleurs, Virgile...

— Mais, interrompit brusquement Dandy, qui n'avait jamais été un seul jour séparé de mon frère aîné, qui est-ce qui prendra soin de maître Tom ? Virgile pourra brosser les habits de maître Hart, cirer ses bottes, nettoyer son fusil, mais qui pourra... »

Ici Dandy fut étranglé par de grosses larmes ruisselantes sur ses joues d'ébène.

Mandy se mit à ricaner tout haut tandis que mon père secouait la tête une fois de plus et que Dandy descendait lentement les marches. Mandy affectait à l'occasion le plus profond dédain pour Dandy, qui cependant était son frère jumeau.

Sur ces entrefaites, Mammy, notre bonne, Mammy, coiffée de son madras éclatant, parut, un énorme panier au bras. Les enfants se léchèrent les lèvres en aspirant les odeurs épicées et suggestives qui s'échappaient de la serviette blanche étendue sur ce qu'il contenait. Alors ma mère, cousine Nellie, mon grand-oncle Selden et papa montèrent dans la voiture ; on passa le panier à l'oncle Joshua, et l'équipage gagna la grande route sablée de coquillages. Le capitaine Brion et Dennison suivaient à cheval. Mon frère Hart et Wesley, un peu grognon encore, s'en allèrent à pied.

Comme la cavalcade s'ébranlait, mon frère Tom fit signe de la main et, interpellant son capitaine avec cette aisance si caractéristique des premiers jours de la guerre :

« Dites, cap, je vais rester un peu ? Je vous rejoindrai au coucher du soleil. »

Le capitaine répondit par un geste d'assentiment, et calèche, cavaliers, piétons disparurent entre les haies de roses blanches, filant vers le camp, qu'on avait baptisé le camp Nellie.

« Je trouve affreux que mon père ne te laisse pas partir, Dandy, » s'écria Tom

1. On sait que toutes les plantations dans la partie inférieure du Mississipi sont des plantations de cannes. La haute cheminée du moulin à sucre est le trait distinctif de l'établissement.

2. Oncle, tante, sont les noms ordinaires donnés aux nègres dans les plantations, comme en France, à la campagne, on a longtemps appelé les paysans père, mère tel ou telle.

en dégringolant trois marches à la fois.

Nous nous groupâmes autour de lui, Mandy, moi, mes jeunes frères Sam, Charley et Will, même le dernier, Percy, qui marchait à peine, et le petit Frédéric du grand-oncle Selden.

Qu'il était majestueux ce grand Tom ! Cependant combien nous étaient familiers son grand sourire et ses yeux taquins ! La même idée nous saisit pendant qu'il nous faisait tournoyer les uns après les autres selon sa vieille habitude :

« Joue avec nous, oh ! je t'en prie, joue encore avec nous, criâmes-nous tous à la fois, Sam, Charley et moi.

— Joue avec nous, fit Willy, comme un écho.

— Zoue, » répéta le petit Percy.

Car frère Tom dirigeait toujours nos jeux, et il nous manquait beaucoup depuis qu'il s'était engagé. Mes poupées avaient pris une apparence respectable ; elles n'étaient plus ni ébouriffées ni déchirées, Tom, leur ennemi déclaré, étant allé vivre au camp. Et, chose étrange, cette respectabilité me satisfaisait moins que je ne l'eusse imaginé auparavant.

Le futur soldat secoua ses boucles brunes et se mit à rire.

« Très bien ! dit-il en jetant son képi sur les degrés de la véranda et en se débarrassant de sa veste aux innombrables boutons de cuivre. A quoi jouons-nous ?

— A la chasse, criâmes-nous tous ensemble, impatient de commencer notre jeu favori.

— Soit, répondit Tom. Toi, sœurette et Dandy, vous serez les chasseurs ; Mandy et les petits seront les chiens ; maintenant, moi, le chevreuil, je vais courir très fort, et je tomberai lorsque j'aurai reçu une balle entre les deux yeux. C'est dit. Êtes-vous prêt ? un, deux, trois ; partez. »

Le voilà trottant à loisir dans les allées en lacet, feignant de fuir tandis que la marmaille crie sur ses talons. Ce sont les péripéties habituelles : Mandy, Dandy et moi, nous restons derrière pour laisser aux plus jeunes la chance d'atteindre Tom.

Nous approchons ainsi de la haie qui entoure le jardin des roses. Puis Dandy presse le pas, et là-dessus le chevreuil moqueur, en pantalon gris, saute la haie d'un bond léger et commence à courir tout de bon dans les allées qui s'embrouillent. Dandy le poursuit, ne devançant que de peu Mandy aux pieds agiles. Moi, une grosse fille de huit ans, passablement lourde, je peine à l'arrière-garde, hors d'haleine, levant la baguette qui me sert de fusil, et criant « bang ! ».

La longue et mince figure du chevreuil bondit de ci de là, franchit les plates-bandes, saute par-dessus les corbeilles de roses en pleine floraison, s'élance dans des sentiers imprévus, retourne sur ses pas pour donner le change, fuyant toujours Dandy à peine moins vif que lui ; enfin, il se fraye un passage au milieu des petits qui gambadent sur la pelouse, excités, hors d'eux-mêmes. Il saute de nouveau par-dessus la haie et remonte l'allée à fond de train, entre deux rangs d'arbres de la Chine, le long de la plantation de bananes. Tout à coup, au moment où je passe à travers un trou dans la haie pour suivre la bête, je vois Tom tomber par terre. C'était le dénouement prévu de notre petit drame. Alors, le chasseur était censé avoir blessé son gibier et venait l'achever avec un couteau imaginaire pendant que la meute aboyait vigoureusement alentour. Mais, cette fois, comme nous approchons, le chevreuil ajoute une variante au programme. Il se relève, fait quelques pas en avant, retombe, et Dandy, arrivé en tête à l'endroit où a eu lieu la première chute, s'arrête soudain et pousse un cri aigu. Nous le voyons tourner sur lui-même et frapper le sol de son bâton, une grosse branche de gommier. Quelque chose de long, de souple et de brillant semble tourbillonner aussi dans un nuage de poussière.

Dandy jette son arme, rejoint le chevreuil abattu, se penche sur lui, se redresse avec un autre cri. Nous avons tous fait halte, serrés les uns contre les autres, sentant une terreur nous envahir.

Il sauta de nouveau

« Mandy! commande Dandy d'une voix étranglée, cours, cours, souffle dans la conque pour appeler le maître. Cours donc! »

Et, s'accroupissant, il pose la tête de mon frère sur ses genoux.

À peine une seconde s'était-elle écoulée, me semble-t-il, nous n'avions pas bougé, les petits ni moi, quand j'aperçus Mandy, debout sur le montoir des chevaux de selle, près de la grille; elle soufflait de toute sa force dans la grande conque — signal de danger à la Rose-Blanche.

Personne ne pouvait souffler dans la conque aussi bien que Mandy, pas même

oncle Silas, un prince africain qui avait enseigné cet art à tous nos jeunes nègres.

Avant le second appel, Mammy volait à notre secours, suivie de tous les domestiques de la maison. Elle leva les bras en l'air, s'agenouilla un moment auprès des deux garçons, puis d'un ton ferme qui nous réconforta :

« Restez seulement tranquille, maître Tom, mon cœur, et toi, Dandy, ne t'interromps pas une minute. Je viens tout de suite avec le poulet qu'il faut. Houste! Lizy, Melinda, Sophie, négresses fainéantes que vous êtes, allez me tuer un poulet dans la basse-cour! Voulez-vous donc voir mourir maître Tom du venin de ce sale serpent ? »

Bien avant la fin de ce discours elle était partie, et les derniers mots furent jetés par-dessus son épaule. Ils semblèrent rendre la vie à mes pieds paralysés. Je m'élançai, mais pour reculer aussitôt avec une exclamation d'horreur, car devant moi se tordait et se roulait dans la poussière un énorme serpent, la tête fracassée, ce qui ne l'empêchait pas de darder encore une langue mince et fourchue entre ses mâchoires largement ouvertes.

« Seigneur, miss May, faites attention, faites attention, me cria Dandy en crachant à pleine bouche quelque chose de verdâtre. Peut-être n'est-il pas bien mort ! »

Dandy soutenant toujours la tête de mon frère, se penchait et pressait de ses lèvres le front pâle et ensanglanté de Tom. Je saute de côté, je m'avance en tremblant de tous mes membres.

« Qu'est-il arrivé à mon frère ?

Dandy recommença de cracher la même écume verte.

« Qu'est-il arrivé à Tom ? répétai-je impérieusement, prête à sangloter.

— Il a été mordu par le serpent à sonnettes, et je pense qu'il va mourir, » murmure Dandy, sa bouche collée sur la blessure.

A ces mots, le pauvre Tom remue en gémissant. Moi, je me mets à hurler, les petits m'imitent de leur mieux. J'oublie tout ce qui se passa jusqu'à l'instant où l'on entendit le galop d'un cheval. Mon père arrivait !

Agenouillé près de Tom, il versa dans son gosier une partie de la liqueur que contenait un flacon. Puis il força Dandy à boire aussi. Mammy cependant appliquait sur le front du blessé un poulet égorgé, encore chaud et tout palpitant.

Bientôt la voiture remonta l'avenue, et le visage défait de ma mère apparut à la portière. Elle vit le triste cortège traverser la pelouse ; mon père en avant, l'air sombre et inquiet, portait frère Tom évanoui. Mammy fermait la marche, me tenant

dans ses bras, si grande fille que je fusse, et sanglotait de toutes ses forces

L'après-midi du jour suivant, nous étions tous de nouveau dans la véranda : Tom, étendu sur une chaise longue, la tête bandée, le visage très pâle, mais presque aussi gai et aussi bruyant que de coutume. Ma mère ne le quittait pas, osant à peine espérer encore qu'elle conserverait son fils. Papa sortit du vestibule au moment où Dandy tournait le coin de la maison, conduisant en main le cheval du capitaine Brion.

« Ici, Dandy ! » cria mon père.

Dandy laissa tomber la bride et gravit les marches en courant, le chapeau à la main, ses dents blanches dehors. Je remarquai que mon père ne lui parlait pas tout de suite, ce qui me sembla étrange. Après avoir toussé une ou deux fois, il porta ses regards sur Dandy d'abord, puis sur frère Tom. Soudain il tendit sa grande main blanche, prit la petite patte noire de Dandy et la secoua cordialement.

« Dis-moi, Dandy, commença-t-il, quelle est la chose que tu désires le plus au monde ? »

Et Dandy de répéter :

« S'il vous plaît, maître, je voudrais partir pour la guerre avec maître Tom. »

Mon père se mit à rire d'un drôle de petit rire bref :

« Très bien, Dandy, tu iras à la guerre ; je te le permets. »

Frère Tom poussa un cri de joie sauvage.

Dandy fit une respectueuse révérence et descendit les marches à reculons. Ses yeux brillaient comme deux grains de jais. Il atteignit d'un bond l'extrémité de la galerie ; par-dessus la balustrade, nous le vîmes, Mandy et moi, faire la roue, puis se tenir en équilibre sur ses deux mains, les pieds en l'air et ses talons claquant de jubilation l'un contre l'autre.

« Regardez-moi cet imbécile de nègre, dit Mandy avec hauteur. Seigneur ! je plains maître Tom pour sûr ! »

Ils partirent tous la semaine suivante. Nous courûmes en masse au camp, leur

dire adieu, car il ne devait pas y avoir de
halte avant l'embarquement des soldats à
la station sur le Mississipi. La moitié de la
paroisse apporta des paniers de provisions,
des bouteilles de vieux vin, des ballots de
livres, des bouquets de fleurs, et bien d'autres choses encore pour « les garçons ».

Cousine Nellie offrit un drapeau que
Dennison reçut au nom des fusiliers Selden.
Moi, je remis à chacun de mes frères une
ménagère, pas très bien faite, à laquelle
j'avais travaillé secrètement, aidée de
Mandy.

(J'ai retrouvé l'autre jour une de ces
ménagères ; elle était chiffonnée, tachée,
fort malpropre, mais dedans il y avait les
mêmes aiguilles, de très grosses aiguilles,
que nous y avions piquées.)

Ma mère fit elle-même les malles des
garçons pour la dernière fois ; elle avait
préparé beaucoup de fines chemises blanches, de mouchoirs, de beau linge, et elle
montra comment il fallait plier ces choses
à Virgile et à Dandy, leur répétant plusieurs fois d'avoir bien soin de leurs jeunes
maîtres. Et puis... on se dit adieu... et
nous retournâmes au logis.

Le soleil était presque couché quand ils
passèrent devant la Rose-Blanche, pour
aller s'embarquer. Nous les guettions à la
grille : maman et cousine Nellie entourées
de Mammy et des autres domestiques de
la maison ; et moi, Mandy, et les quatre
petits, perchés sur la barrière avec notre
cousin Wesley, qui s'enfonçait les poings
dans les yeux pour refouler ses larmes, et
me disait :

« Tiens, je suis aussi vieux que Dandy...
je vais m'échapper... je vais me battre... tu
verras ça... »

Les voilà enfin qui arrivent le long du
chemin bordé de roses sauvages ! En tête,
Silas, le prince nègre, battant du tambour ;
à ses côtés, le vieux serviteur de notre
grand-oncle Selden, qui jadis l'avait suivi
à la guerre du Mexique, jouait sur un fifre
l'air connu : *The girl I left behind me*, « la
fille que j'ai laissée derrière moi ». Puis
venaient le capitaine Brion, et mon père,

et le grand-oncle Selden qui accompagnaient nos jeunes gens jusqu'à la ville.
Le petit Frédéric trottait comme de coutume près du genou de son maître. Dennison portait le drapeau. Tous se découvrirent
et nous acclamèrent en passant, tandis que
je dansais sur la barrière et que les petits
s'enrouaient à force de crier.

Mes frères se trouvaient presque les derniers, après Dominique Brion, le fils du
capitaine, et un autre voisin, Louis Walker.
Tom salua et sourit à ma mère, portant
haut la tête, si grand, si résolu ! Mais le
pauvre Hart regardait droit devant lui, en
buttant de temps à autre, comme s'il ne
voyait pas son chemin. Son képi était tiré
bien bas sur ses boucles blondes, ses yeux
me parurent rouges et gonflés. Je sais
maintenant qu'il avait pleuré ; mais alors
je trouvais honteux qu'il n'eût pas crié :
« Hourra ! » comme les autres.

Immédiatement après nos garçons, venaient Virgile et Dandy. Virgile, tranquille et sérieux, très fort, très noir, se
comportait comme si c'eût été sa besogne
de tous les jours que d'aller à la guerre.
Mais Dandy ! Dandy riait d'une oreille à
l'autre. Il dansait plutôt qu'il ne marchait.
Devant la porte, il se planta sur les mains,
les pieds en l'air, puis, rugissant d'allégresse, il s'élança pour regagner sa place
dans la troupe.

« Regardez-moi cet imbécile de nègre,
criait Mandy, perchée sur la barrière.
Seigneur, comme je plains maître Tom
d'être servi de cette façon-là ! »

Cependant la musique s'affaiblissait de
plus en plus, le nuage de poussière suivait
toujours le drapeau flottant au milieu des
soldats en marche. A un tournant de la
route tout disparut, et, cinq minutes plus
tard, le bateau, dont nous apercevions les
cheminées fumantes au-dessus des arbres,
se mit à descendre le fleuve, avec un aigre
coup de sifflet.

En sautant au bas de la barrière, je vois
encore Mammy entourer ma mère de ses
bras pour la ramener à la maison. Elle l'entraînait, la portant à demi.

« Ne pleurez pas, mon cœur, implorait-elle d'une voix suppliante, pendant que des larmes coulaient sur ses joues rebondies. Ces enfants ne vont pas se faire tuer. Est-ce que je ne vous entends pas prier le Seigneur ? Est-ce que le Seigneur n'a pas dit qu'il répondait toujours aux prières de la femme bonne, bien bonne ? Est-ce que je n'ai pas vu ce matin dans le marc de café que les garçons reviendront à la maison avec Dandy et Virgile, tout couverts d'or, comme votre grand-papa dans son portrait ? Soyez tranquille, mon cœur, il n'arrivera rien aux enfants [1] ».

II

LE VALET DU COLONEL

Nous l'appelions toujours « un coin de la Rose-Blanche », la vieille grande maison bizarre où demeurait notre oncle Selden, dans le quartier français de la Nouvelle-Orléans.

L'extérieur était aussi différent que possible de notre maison de campagne, avec ses larges galeries, ses fenêtres dormantes, et les prés verts qui l'entouraient, ombragés de beaux arbres. Les petits balcons de la maison de ville, aux balustrades en fer forgé d'un curieux travail, étaient accrochés au-dessus de la rue étroite et bruyante. Le toit de tuiles, en pente, touchait, de chaque côté, d'autres toits pointus et se frottait presque le nez, comme pour un salut amical, avec le grand bâtiment de stuc situé vis-à-vis. La porte d'entrée, un porche arrondi dont le heurtoir à tête de griffon faisait nos délices mêlées d'une enfantine terreur, ouvrait sur le long et obscur corridor, espèce de tunnel où un petit ruisseau jaune, l'eau même du Mississipi, coulait musicalement sur les pierres, le long du mur. Au bout du corridor, la cour pavée s'ouvrait, spacieuse et fraîche. Une fontaine y jouait, arrosant les plantes aux larges feuilles et les fougères frisées qui croissaient autour du bassin de marbre, usé par le temps. Des orangers, des lauriers-roses, qui me semblaient toujours en fleurs, s'épanouissaient çà et là dans des caisses peintes de couleurs vives. Il y avait un angle garni de jarres orientales gigantesques, — les jarres des quarante voleurs, disait mon frère Tom ; — leurs grosses panses humides, d'un vert de mousse miroitant au soleil. Certain perroquet bavard saluait les arrivants d'un flux de français-gombo, autrement dit patois créole. Il avait fait son perchoir du bras sans main d'une statue accotée, avec un geste apparemment commode pour cet usage, contre la balustrade de l'escalier qui aboutissait à l'imposant vestibule carré. C'est ce même escalier que mon arrière-grand'mère, svelte et gracieuse, une beauté aux yeux noirs, vêtue de brocard à fleurs, chaussée de souliers à hauts talons comme dans son portrait qui est à la Rose-Blanche, descendait appuyée au bras de notre arrière-grand-père. Et, dans cette même cour, les nègres, armés de torches, luisants et bien nourris, attendirent jadis leurs maîtres pour les conduire, en éclairant la route, au fameux bal d'inauguration donné par le premier gouverneur américain.

Mais, si, vu du dehors, le vieil hôtel

---

1. Nous regrettons de ne pouvoir rendre tout le long du récit l'amusant jargon de Mammy, de Dandy et des autres nègres ; mais la chose n'eût été possible qu'en usant du patois créole, et, outre que nous le possédons mal, nos lecteurs auraient pu ne pas comprendre toujours. Pour leur donner un échantillon du créole, voici la traduction d'une fable d'Ésope, que tout le monde connaît, par un poète de la Nouvelle-Orléans.

Cigal é froumis.

« Dan tan liyer froumis tapé fé sécher grain diblé ki té umide. Ain cigal ki tè bié faim, mandé yékichoge pou mangé.

» Froumis layé réponne : « Dan tan lété cofer vous pas » serrer kèke nourriture ?

» Mamzel cigal di yé : « — Mo té pa gagnin tan, mo té « toujou apé chanté. »

« Froumis parti rire é di li : « — Dan tan cho vous té « chanté ? asteur fè frette, vous dancé. »

Ce spécimen permettra à ceux qui en auront la patience, de reconstituer le langage nègre là où nous l'avons à contre-cœur supprimé. Les Africains transplantés en Amérique ont formé leur idiome entièrement par le son. Un certain manque d'énergie dans la prononciation leur fait supprimer la moitié des mots : pour *appeler, entendre, vouloir, aujourd'hui*, ils disent *pélé, tendé, oulé, jordi*, etc

(Note du traducteur.)

différait absolument de la Rose-Blanche, les grandes pièces des deux intérieurs se ressemblaient. Dans le salon, les porte-parfums de chaque côté du foyer, les vases de Sèvres, les flambeaux d'argent sur la haute cheminée de bois, étaient disposés comme à la maison.

Les mêmes portraits nous suivaient de leurs regards souriants ; les tables posées sur des griffes de bronze, les larges lits d'acajou massif aux baldaquins de damas, jusqu'aux petits tapis à semis de bouquets, jusqu'au dessus de piano brodé (on ne l'avait pas encore transformé en couverture pour les soldats), tout enfin avait un air de famille avec les objets de chez nous.

Nous allions souvent à cette agréable maison de ville, surtout pendant les courts et brillants hivers. Le carnaval est plus magnifique à la Nouvelle-Orléans que dans aucun pays du monde. Chaque mardi gras nous voyait envahir le balcon pour guetter les cortèges bigarrés qui se succédaient dans la rue au son de la musique ; ou bien, escortés par Mammy et cachés sous des masques grotesques, nous parcourions en dominos les banquettes [1] chargées de monde, poudrant de farine les spectateurs, les criblant de dragées. Mais les défilés que tout le jour nous regardions maintenant, du haut du balcon, avaient perdu leur mine joyeuse de mardi gras. Les masques avaient disparu ; ils étaient remplacés par des uniformes gris, étincelants de boutons de cuivre. Les rues étroites de la vieille ville résonnaient sous le pas cadencé des troupes en marche ; partout, battait le tambour.

Le premier coup de fusil de la guerre civile avait été tiré au fort Sumter. Nos nouvelles recrues partaient, tantôt isolément, tantôt par escouades, par détachements, par compagnies, alertes, le cœur plein d'espoir. Pourquoi ce départ ? Nous n'y comprenions pas grand'chose. On nous avait dit que les États-Unis du Sud ré-

1. Trottoirs.

clamaient un droit que la Constitution leur accordait absolument. Le Nord, jaloux du Sud, prétendait s'y opposer. Il fallait que les Yankees, comme on les nommait, tandis qu'ils nous appelaient les Rebelles, il fallait que ces Yankees impertinents reçussent la correction qu'ils méritaient. C'était clair !

Les fusiliers Selden avaient déjà rejoint l'avant-garde, et avec eux nos garçons, Tom et Hart. Ma mère était venue de la plantation leur dire un adieu, plus triste encore que le premier. Mon père était capitaine dans le régiment du grand-oncle Selden, et ce régiment avait reçu son ordre de marche.

Je me tenais dans la cour, le matin de leur départ ; les quatre petits, assis, bien sages, sur un banc au-dessous de la galerie treillissée, ne s'expliquaient pas l'étrange tumulte qui troublait cette vieille maison paisible. Un bruit de sanglots étouffés arrivait jusqu'à nous, mêlé aux « Comment ça va ? Mo pas connais, » nasillés à tue-tête par le vieux perroquet.

Frédéric restait debout, immobile, une latte sur l'épaule, près de la fontaine, où « 'tit maît' Charley » l'avait planté une demi-heure auparavant, avec l'ordre solennel de ne pas déserter son poste, même si on le fusillait à mort !

Mon père descend le premier ; il sort. Nous courons après lui, jusqu'au pas de la porte. Il suit la rue pleine de monde. Un groupe qui passe, portant un drapeau déployé, semble tout à coup l'engloutir.

Il a disparu. Nous retournons navrés à notre banc d'observation dans la cour. Frédéric continue de monter la garde près de la fontaine.

Un autre pas résonne sur l'escalier. Grand, l'air martial, oncle Selden, dans son uniforme gris, le sabre au flanc, une longue plume noire ondoyante sur son chapeau rabattu, descend sans se presser.

Frédéric laisse tomber sa latte et s'élance vers lui.

« Où allez-vous, maître ? » demande-t-il avec une respectueuse familiarité.

Et mon oncle s'arrête un instant pour poser la main sur sa tête crépue ; regardant le petit visage noir levé vers le sien, il répond d'une voix grave :

« Je vais à la guerre, mon garçon. »

Nous nous empressons tous autour d'oncle Selden pour lui dire adieu ; puis son pas retentit sur le pavé, ses éperons sonnent dans le corridor sombre, la lourde porte s'ouvre et se referme avec un bruit sourd. Parti aussi le bon oncle ! Frédéric se précipite comme nous après lui, et, quand nous remontons, le petit nègre reste là, passant à grand'peine sa figure ronde entre les barreaux de la grille extérieure pour crier sans relâche :

« Où allez-vous, maître, où allez-vous ? »

Il n'avait que sept ans, le petit Frédéric, mais il se donnait le titre ambitieux de « valet du colonel », et les habitants de la Rose-Blanche l'appelaient ainsi. Depuis qu'il pouvait se tenir sur ses jambes, il trottait toujours sur les talons d'oncle Selden, l'attendant à la porte de la rue quand il rentrait, s'emparant avec autorité du chapeau et de la canne de son maître, allant lui chercher son journal, chauffant ses pantoufles, s'évertuant à lui tirer ses bottes, attisant le feu pour allumer sa pipe, tandis que le père de Frédéric, le gros domestique du colonel, qui l'avait suivi à la guerre du Mexique, restait debout derrière la chaise de son maître, riant des libertés que prenait le gamin, ou grognant tout bas selon son humeur.

« D'où venez-vous, maître ? criait impérieusement le petit valet, aussitôt que le colonel paraissait au bout du corridor.

— Où allez-vous, maître ? demandait-il avec insistance chaque fois que le colonel prenait sa canne et son chapeau.

— Cet enfant est l'ombre du colonel, » disait notre brave Joshua lorsque maître et valet venaient ensemble à la Rose-Blanche.

Mon père et oncle Selden étant partis, nous retournâmes à la plantation. Quatre jours après, un matin, Sara, la mère de

Frédéric, s'attardait, très nerveuse, au seuil de la chambre de sa maîtresse, quoique tout fût en ordre.

« Qu'est-ce qu'il y a, Sara ? demanda enfin ma tante Selden, levant son visage pâle et marbré par les larmes, qu'elle avait tenu penché sur un livre de prières.

— J'ai chagrin de vous déranger, miss Ray[1] ; vraiment, ça me coûte, car je vois combien vous êtes affligée à cause de notre maître. Mais du haut en bas, nous avons cherché le valet du colonel et nous ne pouvons le trouver. Cet enfant n'est nulle part, miss Ray.

— A quel moment vous êtes-vous aperçue de son absence ? demanda ma tante.

— Le maître est parti tard dans la matinée. Le valet du colonel a disparu le soir du même jour. »

La pauvre Sara se couvrit la figure de son tablier et sanglota.

Tante Selden s'était levée, très émue.

« Oh ! Sara, dit-elle d'un ton de reproche, pourquoi avoir tant tardé ? pourquoi n'être pas venue m'avertir tout de suite ?

— Non je n'avais pas le cœur de vous déranger, » répondit obstinément la négresse.

On fit sur-le-champ des recherches. La police fut informée. Ma tante elle-même monta dans sa voiture avec Sara pour demander des nouvelles de porte en porte. Un signalement de l'enfant perdu fut affiché par la ville et une récompense offerte à qui ramènerait le favori du colonel, le cher petit pickaninny[2], aimé de toute la maison.

Cette sollicitude fut vaine ; Frédéric ne se retrouva pas. Il fallut arriver à une triste conclusion. Le valet avait dû essayer de rejoindre son maître. Sans doute il était descendu jusqu'à la levée. Une fois ou deux il avait accompagné de ce côté le colonel. Sans doute, aussi, l'immense fleuve trouble avait entraîné dans

---

1. La servante élevée avec sa maîtresse l'appelle toujours même mariée, par son nom de demoiselle.
2. Négrillon.

son courant rapide le petit corps, froid et inanimé aujourd'hui.

. . . .

Près d'une année plus tard, un jeune officier errait sans but, de grand matin, dans les rues pleines d'herbe d'un village écarté de la Virginie. Sa pensée se reportait, douloureuse, à quelque cent mètres de là, vers un champ lamentablement foulé, défoncé, jonché de débris, suites affreuses de la bataille qui avait eu lieu peu de jours auparavant.

Le jeune homme ne sentit pas d'abord une main d'enfant qui se posait timidement sur la sienne, il n'entendit pas une voix plaintive et tremblante qui demandait :

« S'il vous plaît, maître Jim, vous n'auriez pas vu mon maître ? »

Mais sa manche fut tirée de nouveau avec impatience, et alors l'officier sortit de sa rêverie. La question réitérée l'arrêta court :

« S'il vous plaît, maître Jim, vous n'auriez pas vu mon maître ? »

Il baissa les yeux vers le paquet de guenilles qui s'était permis de l'accoster.

« Qu'est-ce que tu veux, petit singe noir ? » demanda-t-il en fronçant le sourcil, tandis qu'un souvenir vague s'éveillait dans sa mémoire.

« Vous ne me reconnaissez pas, maître Jim ? Je suis le valet du colonel, votre cousin... Sûrement, vous me reconnaissez, maître Jim ! S'il vous plaît, avez-vous vu mon maître ? »

Le jeune officier poussa un gémissement et cacha son visage entre ses deux mains.

Le valet du colonel, debout, la tête de côté, le regardait avec inquiétude, Hélas ! quel valet abandonné et misérable il faisait !

Ses joues jadis rondes étaient devenues creuses ; ses grands yeux s'enfonçaient dans l'orbite, son pauvre corps chétif, couvert de plaies et de meurtrissures, montrait une maigre nudité sous quelques loques ignobles. Ses pieds nus, encroûtés de boue, la laine de ses cheveux longue,

inculte, emmêlée, autant qu'un nid, de paille, de feuilles sèches et de morceaux de bois, tout en lui faisait pitié.

L'officier se détourna sans répondre, et il se rappela depuis que Frédéric n'avait jamais renouvelé sa question. Il emmena le pauvre vagabond à demi mort de faim au quartier, et lui donna la nourriture, les vêtements dont il avait besoin.

Peu de temps après, notre cousin Jim, ayant obtenu quelques jours de permission, se hâta d'aller les passer chez lui ; il emmena le valet du colonel.

Nous étions auprès de tante Selden quand ils arrivèrent. Ce fut même pour longtemps notre dernière visite en ville, car la flotte de Farragut remonta le Mississipi, à une semaine de là, et vint planter, sur l'hôtel de ville de la Nouvelle-Orléans, le drapeau du Nord, le drapeau strié de raies et d'étoiles.

Malgré le deuil qui remplissait les cœurs en ces temps cruels, toutes les bouches poussèrent ensemble un cri de surprise et de joie, à la vue du cousin Jim qui montait l'escalier, tenant notre Frédéric par la main.

Dans le vestibule, les nombreux habitants de la maison, noirs et blancs, entourèrent le petit malheureux ; ils lui souhaitaient la bienvenue, le questionnaient. Frédéric tournait cependant de côté et d'autre des yeux investigateurs. Enfin, nous vîmes son regard se fixer sur le portrait de l'oncle Selden, sur la guirlande funéraire enroulée autour du cadre, sur le drapeau troué de balles accroché en dessous. Une étrange expression envahit lentement les traits du petit nègre, un frisson secoua de la tête aux pieds son corps amaigri ; sa lèvre trembla.

« Ne le lui dites pas ! gémit tante Selden en se cachant le visage sur la poitrine de sa fidèle Sara. A quoi bon ? Vous voyez bien qu'il sait...

— Je sais que mon maître est mort ; il a été tué, » dit le valet du colonel à travers un sanglot bref et sans larmes.

Nous avons toujours ignoré ce qu'a-

« Qu'est-ce que tu veux, petit singe noir ? »

de l'eau pour boire, et moi je n'en avais pas à lui donner ! »

Frédéric resta un pauvre être faible, usé, vieux dès l'enfance, mais toujours tendrement soigné par la famille de son bien-aimé maître.

L'autre jour, tout juste avant sa mort, dans la vieille maison du quartier français, qui n'a pas changé (même le perroquet est encore là ; il chante et gronde en patois comme au bon temps où le colonel se promenait gaillard et dispos, avec son valet sur ses talons) ; donc, l'autre jour, Frédéric mourant était étendu près de la fenêtre ouverte lorsqu'un régiment défila. Des pas réguliers sonnaient sur le pavé de la rue, le tambour battait ; puis la musique joua *Dixie*, l'air national du Sud. A ce bruit, l'agonisant ouvrit les yeux et promena un regard inquiet autour de la chambre.

« Maître Jim, murmura-t-il d'une voix suppliante, s'il vous plaît, avez-vous vu mon maître ? »

Mais, l'instant d'après, un joyeux sourire éclairait sa figure émaciée, une lueur brillait dans ses prunelles éteintes, un cri de reconnaissance s'échappa de ses lèvres, et alors... Alors il avait retrouvé son maître !

vaient pu être les souffrances de Frédéric et ce qu'il avait vu d'affreux pendant de longs mois. A toutes les questions, il répondait par un regard lointain, étrange, qui remplissait d'effroi les curieux. Des heures de suite il restait assis devant le feu de la cuisine, la tête inclinée, les yeux à demi clos. Une fois, il rompit soudain ce silence habituel ; sans bouger, sans lever seulement ses paupières lourdes, il dit à sa mère :

« Mammy, il y a des tas de messieurs blancs couchés sur la terre. Ils sont tous couverts de sang. Un monsieur, — il ressemblait à 'tit maît' Hart, — m'a demandé

III

LA DINETTE DES POUPÉES

Mandy prenait des airs importants à propos de cette dînette qu'elle avait organisée, qui était la *sienne*.

« Parce que, vous savez, miss May, disait-elle, pendant que nous enlevions à l'aide d'un balai les feuilles qui remplissaient notre « maison de jeux », et que nous installions Sissy, Adelmina, Florence et Lodore dans un coin, sur un morceau de tapis, — vous savez, la semaine dernière, pour votre dînette à vous, Florence n'avait pas encore son manteau neuf, et votre maman ne pouvait vous donner ni sucre ni raisins secs, ni café, toutes les bon-

J'aimais beaucoup mieux jouer avec lui qu'avec Mandy.

nes choses qu'elle a maintenant, depuis que maître Jim les lui a envoyées.

— Tu n'as pas de café non plus, toi, répliquai-je, très jalouse.

— Je sais bien que je n'en ai pas, repartit Mandy en hochant la tête, mais votre maman m'a laissée prendre du sucre et des raisins, et je vais tout de suite retourner à la maison chercher du gâteau que Mammy fait cuire. Votre gâteau, à vous, n'était qu'un méchant gâteau de mélasse, au lieu que celui-ci !... »

Les malignes insinuations de Mandy me gonflaient le cœur. Mais, à cet instant, ma grande poupée Lorena, qui tenait, épinglées aux manches de sa robe, celles que nous appelions les jumelles, tomba sur le nez, entraînant dans sa chute Sissy et Florence.

« Oh ! mon Dieu ! m'écriai-je, très émue, tout en relevant ces malheureuses, couvertes de poussière, si j'avais une nourrice capable de plier les bras et les jambes, ou seulement de s'asseoir comme faisaient les Mullens ! ajoutai-je avec un soupir en songeant à ces défuntes poupées.

— Les Mullens étaient très gentilles, c'est vrai, ça, » dit Mandy d'un ton sympathique.

Cette concession rétablit la bonne harmonie, et nous continuâmes de concert nos préparatifs.

Nous étions dans une partie écartée du parc, à l'ombre de la haie de roses qui bordait le chemin, toute blanche en sa complète floraison. Entre nous et la maison s'étendaient les longues avenues de la plantation d'orangers où le soleil filtrait à peine parmi les feuilles épaisses et serrées ; mais la brise soufflait avec douceur, agitant sous les arbres les herbes fleuries. En arrière de la maison se trouvaient les écuries et la grande remise, et les granges surmontées de greniers remplis de foin. Puis encore apparaissait la verdure légère de la haie, et, au delà de tout le reste, l'ample Mississipi, très jaune, qui étincelait sous le ciel bleu.

Au-dessus du petit coin où nous étions blotties, pendaient d'un côté de souples et longs festons de roses appartenant à la haie ; de l'autre côté, un pêcher sauvage étendait ses branches basses. Un chèvrefeuille en fleurs couvrait le treillage, qui formait comme un paravent au fond de ce réduit et balançait près du banc ses pousses folles. C'était là qu'en temps de paix, mes frères faisaient semblant d'étudier leurs verbes latins, pendant que leur jeune précepteur, parti comme eux pour la guerre maintenant, se promenait de long en large dans les avenues d'orangers.

« Là, enfin ! » dit Mandy, et elle se recula pour juger de l'effet du couvert.

Il était vraiment fort beau : à un bout, la grande tasse bleue rempli de sucre ; à l'autre extrémité, une grappe de raisins secs. Des morceaux de porcelaine cassée, quelques-uns dorés au bord ou décorés de fleurs peintes, ornaient les deux côtés de la table.

« Là, je pense que Mammy a fini de cuire le gâteau. Surveillez bien notre table, miss May, empêchez ces enfants voraces de tout avaler pendant que je vais chercher le rôti ! »

Elle se précipita dans le chemin herbu qui menait à l'écurie. En une seconde, je la perdis de vue.

A peine Mandy fut-elle partie que Sissy, de la voix la plus aiguë qu'il me fut possible de lui prêter, demanda à être emmenée en visite.

« Non, Sissy, non, mon enfant, répondis-je d'un ton maternel, miss Dixyland est à la Nouvelle-Orléans, et vous ne pouvez sous aucun prétexte aller voir Florence. »

Là-dessus, Sissy se mit à pleurer ; je la menaçais du doigt en grondant, lorsqu'une autre voix, qui semblait venir de quelque part au-dessus de ma tête, s'écria :

« Ne grondez pas Sissy, je jouerai à la dame avec vous tant que vous voudrez. »

Stupéfaite, je bondis et je regarde autour de moi. Je m'imagine d'abord que c'est notre cher Tom déjà revenu de la guerre. Vais-je voir, entre les branches du pêcher sauvage, briller ses yeux espiègles ? Je cours derrière le treillage où parfois mes frères se cachaient pour sauter sur moi au moment où j'entrais dans la maison des jeux.

Un rire étouffé me suit, tandis que je regagne mon coin, alarmée de ne voir personne.

A ce bruit, je regarde encore et j'aperçois, de l'autre côté de la haie, un visage gai, ouvert, brûlé par le soleil, celui d'un jeune garçon. Tout de suite, il disparaît, puis reparaît derechef par ce trou dans la haie, le même trou que bouchent aujourd'hui les lianes entrelacées — (frère Tom s'en servait toujours pour entrer et sortir). Une seconde après, le visiteur inconnu se glisse à quatre pattes dans la maison des jeux, traînant après lui un fusil.

Il se redresse, se secoue, pose son arme contre le tronc du pêcher sauvage, puis s'assied sur le banc du gazon et me sourit d'un sourire si franc, si drôle, que je me sens tout de suite à mon aise.

« Il doit avoir l'âge de Tom, » me dis-je.

En effet, il est aussi grand, aussi mince. Ses cheveux bruns frisent comme les siens, il a les mêmes yeux bleus ensoleillés. Sa tunique est garnie de boutons de cuivre ; à ce signe et aux bandes de son pantalon je reconnais qu'il fait la guerre.

Nous nous observons en silence, puis il prend Adelmina et la fait danser sur ses genoux. Du bout de la table, où je suis assise, je l'interroge :

« Qui êtes-vous ?

— Eh bien, je suis un de vos nouveaux voisins, répond-il après avoir hésité un instant.

— Oh, oh ! dis-je, tout en me demandant si ces nouveaux voisins n'étaient pas installés à Bon-Soldat.

(Bon-Soldat était le nom de la propriété des Brion, et depuis la mort du capitaine Brion, tué à la bataille de Bull-Run, sa femme avait quitté la maison, emmenant, à mon grand regret, ses filles, mes deux camarades, Angélique et Odile.)

« J'espère que votre mère se plaît ici, » ajoutai-je avec le désir d'être aimable.

Il me regarda d'un air singulier, et je crus qu'il allait pleurer.

Sans attendre sa réponse, je continuai :

« Avez-vous des sœurs ? »

Là-dessus il redevint gai :

« Oui, j'en ai une, la plus gentille mignonne... à peu près de votre taille... vous lui ressemblez beaucoup. »

Mon imagination s'excita sur cette compagne possible, et je fis à son sujet une foule de questions ; à toutes, il répondait avec un empressement presque égal au mien.

En moins de temps qu'il ne m'en faut pour le raconter, j'appris que sa sœur s'appelait Alice, qu'elle possédait cinq poupées, un chien, César ; qu'elle avait neuf ans, presque mon âge ; que les gammes l'ennuyaient fort, et qu'elle pleurnichait volontiers quand on ne lui donnait pas ce qu'elle voulait, — toujours comme moi.

« Est-ce que vous faites la guerre ? » demandai-je à mon nouvel ami par un brusque retour à son histoire personnelle.

Il répondit d'un signe affirmatif.

« Vous avez un congé, je pense ? Mon frère Tom est à la guerre. Mon frère Hart, mon cousin Wesley Branscome et mon père y sont aussi. Il n'y a plus d'hommes autour de nous nulle part, ni hommes, ni garçons. Je suis bien contente que vous soyez venu. Oh ! mon Dieu ! »

Cette dernière exclamation fut provoquée par Lorena, qui s'était penchée en avant selon sa fâcheuse habitude, entraînant les jumelles dans la poussière.

Le jeune voisin ramassa et nettoya si gentiment mes poupées, il les remit à leur place avec tant de soin que bientôt je me surpris à lui raconter l'histoire souvent répétée des Mullens, une famille de poupées à ressorts, qui avait eu la plus affreuse destinée. Frère Tom et son satellite Dandy leur avaient fait subir des tortures.

Mon visiteur inconnu s'amusa de cette triste histoire plus que la politesse ne le permettait, et je rentrai en moi-même défiante et boudeuse.

« Oh ! voyons, petite sœur... ne soyez pas fâchée, dit-il d'un ton câlin. Jouons plutôt à la dame. Je jouais à la dame avec Alice, mais quelquefois je me faisais prier, ajouta-t-il, s'adressant un reproche à lui-même. Ah ! si j'avais la chance de jouer encore avec Alice, comme je serais complaisant aujourd'hui ! Voyons, qui voulez-vous être ? »

Aussitôt je redevins très douce.

« Mon Dieu, je suis toujours Mᵐᵉ Meddlelan... Meddlelan, c'est un joli nom, n'est-ce pas ?

— Oui répondit-il gravement, je dois donc être, moi, comme vous disiez tout à l'heure, Mᵐᵉ Dixyland ?

C'était certainement un garçon délicieux ! Il comprenait tout à demi-mot. Vous ne sauriez croire comme il soignait bien le mal de gorge de Lodore, avec quelle autorité il grondait Lorena d'avoir promené les jumelles en plein soleil, avec quelle attention il m'écoutait quand je lui parlais de la difficulté d'avoir des parquets bien cirés, et quand je voulais lui prouver que les pommes de terre brûlées remplaçaient à merveille le café, ... en un mot, toute la conversation des dames

qui se rendent visite. J'aimais beaucoup
mieux jouer avec lui qu'avec Mandy. Je le
lui dis, et même j'étais en train d'ajouter :
« J'espère bien que Mandy va rester
à la maison, » quand il sauta en l'air, renversa Florence et Adelmina, saisit son
fusil et disparut je ne sais où ni comment.

Notre factotum nègre, oncle Joshua,
accourait, nu-tête, éperdu, à travers le
bois d'orangers, en criant à chaque pas :
« Miss May... miss May... où êtes-vous ? »

Mammy, haletante, s'essoufflait derrière
lui :

« Oh ! mon enfant, gémissait-elle, mon
enfant, ils ont pris mon enfant ! »

A ma vue, ils s'écrièrent tous deux avec
ferveur :

« Dieu soit loué ! »

Oncle Joshua me saisit dans ses grands
bras et se sauva vers la maison. Mammy
le suivit en récitant des prières sans ralentir sa course. J'étais muette d'étonnement
et de frayeur.

Ce fut seulement quand ma mère m'eut
reçue au bas de l'escalier et conduite dans
sa chambre, où s'était réfugiés cousine
Nell, les quatre petits garçons, Mandy, et
les femmes de chambre, que j'osai demander ce que tout cela voulait dire. J'étais
convaincue que mon père avait été fait
prisonnier, qu'un de mes frères ou tous les
deux peut-être avaient été tués.

« Oh ! qu'est-ce que c'est ? implorai-je
tremblante et serrée contre ma mère.

— Les Yankees sont arrivés, » répon-
dirent-ils tous à la fois, dans un chucho-
tement plein de terreur.

Le petit Percy lui-même zézayait :

« Yan...ees a...ivès ! »

Un instant je demeurai sans voix, épouvantée. Puis la grandeur de mes malheurs
personnels m'apparut, et je sanglotai :

« O Mandy, Mandy ! Ils vont faire pri-
sonnières Sissy et Florence, et Lodore, et
Lorena, et les jumelles, et Adel...mi...na... »

Les deux ou trois journées qui suivirent
celle-là furent comme un mauvais rêve.
Mandy et moi, ainsi que les quatre petiots,
nous restâmes enfermés dans la chambre

de maman, sous la garde de cousine Nellie.
Ma mère allait et venait, le visage pâle et
solennel, toujours suivie de Mammy et
quelquefois d'oncle Joshua avec qui elle
avait de mystérieux conciliabules.

Des bruits inusités à travers les persiennes closes de fenêtres dont on nous
défend d'approcher ; des pas lourds résonnant dans le vestibule et dans les pièces
du rez-de-chaussée au-dessous de notre
chambre... Puis graduellement les bruits
cessent, un calme surnaturel semble régner
partout.

Je n'étais jamais restée si longtemps
dans la maison, sauf l'hiver où j'avais eu
la rougeole. Il me semblait être captive
au fond d'un de ces châteaux enchantés
dont nous parlait mon frère Tom, quand
nous nous réunissions autour de lui sur les
marches du perron, au crépuscule, pour
écouter des histoires. La pensée de Sissy
et des autres poupées ne mettait au désespoir.

Enfin, une après-midi, pendant que ma
mère et Mammy étaient absentes, que
cousine Nellie faisait la sieste sur sa chaise
longue, que les petits frères se disputaient
leurs joujoux, nous profitâmes, Mandy et
moi, du manque de surveillance pour nous
glisser dans le vestibule sur la pointe des
pieds, traverser la véranda et descendre
les marches extérieures. Nous voici dehors ! J'étouffe une exclamation en voyant
un amas de tentes blanches près de la sucrerie. Un drapeau se déploie au milieu
d'elles. Dans l'air chaud, pesant, flotte le
son lointain du tambour.

La pelouse a un aspect abandonné ; des
bouts de papier, des chiffons, des épluchures de maïs jonchent l'herbe haute ;
les bordures sont déchirées et foulées aux
pieds ; les roses grimpantes arrachées du
treillage se fanent par terre. Je remarque
tout cela avec étonnement.

Mandy m'entraîne vers les écuries. Nous
tournons le coin de la maison non sans
d'infinies précautions.

« Parce que, voyez-vous, dit Mandy, il
faut que nous passions par le grenier. J'ai

apporté du maïs pour Mme Hamilton. »

Mme Hamilton était ma grosse poule jaune favorite, et nous guettions anxieusement l'éclosion de sa couvée depuis quelque temps déjà. L'écurie était grande ouverte et les stalles désertes : les granges aussi semblaient vides, et les portes, presque toutes, étaient arrachées ou ne tenaient plus que par un gond. Pas une âme ! Pas un des quadrupèdes, pas un des volatiles, qui, d'ordinaire, remplissaient la cour de bruit et de mouvement ; plus rien qu'un grand silence dans cette basse-cour si animée autrefois.

Tout à coup, Mandy me pince le bras.

« Miss May, me dit-elle à l'oreille, voici un de ces voraces Yankees. »

Mon cœur bat. J'essaye de fuir, mais je me sens comme rivée au sol.

Mon regard est fasciné par une paire de jambes dans un pantalon de drap bleu. Ces jambes vêtues de bleu ne me sont pas inconnues, à ce qu'il me semble. Elles pendent par la fenêtre du grenier à foin, et cherchent évidemment une planche appuyée en guise d'échelle contre le mur. La tête et les épaules de leur propriétaire restent encore invisibles.

Mandy attend une seconde, puis se porte bravement en avant et retire la planche. Ensuite, elle saisit une des jambes et tire avec vigueur. Une voix, qui part d'en haut, gronde en colère ; mais l'homme ne lâche pas prise. Enhardie par son exemple, j'attrape l'autre jambe, et nous voilà tous trois par terre, roulant les uns sur les autres, Mandy et moi, et le Yankee. Celui-ci se relève, jette à Mandy un regard furieux ; mais, quand ses yeux tombent sur moi, leur expression change du tout au tout.

« Bah ! madame Meddlelan ! » s'écrie-t-il de sa voix gaie.

C'était mon camarade de jeu.

« Êtes-vous donc vraiment un Yankee ? lui demandai-je, à peine rassurée.

— Eh bien ! oui, déclara-t-il, une espèce de Yankee.

— Et qu'est-ce que vous faites dans mon grenier à foin ?

— Je cherche des œufs, me répondit-il sans se déconcerter. J'adore les œufs. Est-ce que votre frère Tom ne les aime pas aussi ? »

A ces mots, ma sévérité se fondit en tendresse. Je pouvais me figurer frère Tom descendant du grenier, le chapeau rempli d'œufs qu'il faisait cuire pour lui et pour moi, sa petite sœur, au feu de Mammy.

Mandy, grimpée dans le grenier par quelque chemin connu d'elle seule, montra sa tête crépue à la lucarne et glapit d'une voix frémissante :

« Miss May, le nid est en pièces... Ils ont emporté Mme Hamilton ! »

Je cessai de sourire et fondis en larmes.

« Oh ! ne pleurez pas, petite sœur, de grâce ne pleurez pas, suppliait mon Yankee. Sur l'honneur, ce n'est pas moi ! Et je vous ai amené une nourrice pour vos filles, venez voir !...

— Une quoi ?... »

Je laisse tomber le coin de mon tablier pour regarder en coulisse.

« Une nouvelle bonne. Vous m'avez dit que vous en vouliez une pour soigner les jumelles. Venez ! »

Il me prit la main et me fit courir à fond de train dans le sentier qui conduisait à la maison des jeux.

Là tout était dans l'ordre où je l'avais laissé, sauf une longue ligne de fourmis rouges qui se promenaient sur la table et qui escaladaient la tasse bleue pour attaquer la provision de sucre, sauf aussi quelques abeilles qui bourdonnaient autour de la grappe de raisin. Les poupées étaient assises bien droites sur leur bout de tapis. Adelmina et Florence elles-mêmes étaient retournées à leurs places. Oh ! et Lorena trônait là, paresseuse comme une princesse, près de Sissy. Les jumelles avaient passé de ses bras dans ceux d'une grande poupée de bois, pourvue d'une bizarre chevelure rouge flottante, et d'une paire d'yeux noirs vraiment magnifiques.

Je me précipitai sur l'étrangère et j'en pris possession avec un cri d'extase.

Elle portait une robe de flanelle bleue et

sa ceinture était de cette même étoffe rouge dont la trame effilochée formait ses boucles un peu maigres. Sa peau était bien aussi un peu rude, son nez décidément de travers, mais en revanche elle pouvait s'asseoir, et ses bras articulés se pliaient à l'épaule et au coude.

Debout, près du banc, le Yankee me contemplait tout heureux.

« Je suis bien aise que vous l'aimiez, dit-il. Son nom est Lucinde Keturah. Je l'ai sculptée moi-même, j'ai fabriqué ses cheveux et j'ai cousu sa robe.

— Oh! soupirai-je, elle est magnifique. Alice en a-t-elle une pareille? »

La figure riante de mon compagnon s'attrista aussitôt.

« Vous êtes un bon garçon, tout à fait bon, quoique vous soyez un Yankee, continuai-je. Je vais la montrer à maman. Où est votre mère, à vous? »

Je m'interrompis, me rappelant ce qu'il avait dit de nos nouveaux voisins; mais le jeune Yankee avait rougi, ses lèvres tremblèrent.

« Elle est à la maison, répliqua-t-il d'un ton bref, avec Alice, dans le Massachusets. »

Tout à coup, il cacha sa tête entre ses mains et se mit à sangloter :

« Oh! s'écriait-il, si je pouvais revoir ma mère! »

Que lui dire? Je restai quelques instants sans bouger; après quoi je me levai sur la pointe des pieds, et lui caressai le coude timidement. Il retira les mains qui recouvraient ses yeux et me regarda; puis, se penchant, il posa sa joue humide de larmes brûlantes sur la mienne, et, sans ajouter un mot, reprit le sentier bordé de roses. Je le vis d'un saut franchir la haie; le bruit de ses pas s'éloigna, pour expirer bientôt tout à fait.

« Miss May, dit solennellement Mandy, tandis que nous nous glissions de nouveau vers la maison, vous devriez avoir honte de vous-même. Je dirai à votre maman que vous avez causé avec un Yankee, que vous avez accepté une nourrice des mains d'un Yankee, et que ce Yankee était venu, pardessus le marché, voler des œufs dans le grenier. Votre maman va joliment se fâcher, et elle vous grondera; et elle vous fera brûler cette Lucinde Keturah, aussi sûr que vous êtes au monde. »

Mais, lorsque je racontai l'histoire à ma mère, elle ne me gronda pas du tout. Elle écouta souriante, ses grands yeux noirs humides de larmes dont je comprenais vaguement la cause.

Et, mon récit achevé, elle prit Lucinde Keturah, posa une main presque caressante sur la chevelure d'un rouge vif, et regarda les points maladroits, tirés dans la robe bleue, avec un petit éclat de rire qui finit par un sanglot étouffé.

Cette nuit-là, m'étant éveillée, je vis ma mère à genoux près de la fenêtre, son visage tout enveloppé par la blanche lumière de la lune et rayonnant comme celui de la Sainte Vierge au milieu de son auréole. Dans notre petite église, proche du Mississipi, il y a au-dessus de l'autel un tableau qui représente ainsi la Mère de Dieu.

Je m'assis sur mon lit, et je demandai, une fois de plus,... j'avais fait tant de fois cette même question depuis un an!

« Maman, vous priez pour mon papa?

— Oui, chérie, répondit-elle doucement.

— Et pour vos fils en habit gris, qui sont si loin de vous?

— Oui, chérie, répéta-t-elle plus bas encore, pour mes garçons en habit gris... et aussi pour le garçon en habit bleu, qui est lui-même loin de sa mère. Et pour cette pauvre mère qui doit avoir tant de chagrin... Que Dieu lui vienne en aide! Que Dieu nous vienne en aide à tous! »

IV

LE CHAPEAU EN TORCHON

Mes quatre frères étaient près de la case de Mammy, le jour où elle planta la graine de la gourde torchon. Et, depuis, tous les matins, ils allaient voir si la plante croissait.

« Ça va bien ! disait Mammy, en regardant la tige fine et robuste grimper au flanc de sa case, et lancer de petites pousses tendres qui s'accrochaient à un nœud du bois ou au coin du volet grand ouvert. Partout s'étendaient les larges feuilles vertes doublées d'un pâle duvet.

« Cette vigne-là, mes enfants, rendra plus de services que toutes les boutiques de la ville. Miss Lucy n'aura plus d'ennuis pour les torchons, ni pour les tabliers de ces propres à rien de négresses. Et quant aux chapeaux ! miss Nellie raconte que, sur la plantation de maître Jim, les cinq demoiselles ont des chapeaux cueillis sur une bonne vigne comme celle-là. »

Mes petits frères parlaient beaucoup entre eux de cette vigne étonnante ; ils se demandaient les uns aux autres :

« Les tabliers seront-ils bleus comme ceux que Mammy donne tous les deux jours à Melinda, à Riah et à Sophie, ou rayés de rouge et de vert comme celui qu'elle met quelquefois elle-même dans la journée ? Les torchons seront-ils blancs avec une boucle de ruban de fil dans le coin ? Et les chapeaux ?... »

Le dimanche suivant, à l'église, ils examinèrent les chapeaux ; ils en comptèrent dix-sept et tous différents, depuis la vieille paille noire, garnie en dessous d'une grosse ruche, que portait invariablement Mme Michel, jusqu'au léger pouf de crêpe blanc et de roses pompon qui coiffait sa charmante petite-fille, Mlle Élise, de la Nouvelle-Orléans.

Ce fut le plus jeune, Percy, qui découvrit sous la gouttière la première fleur de cette vigne merveilleuse.

« Oh ! un sapeau zaune qui sort ! un sapeau zaune qui sort ! » cria-t-il aux trois autres, et il se mit presque à pleurer quand on lui prouva que ce n'était qu'une fleur.

Mais les trompettes d'or qui couvrirent bientôt la liane, partant du sol et atteignant le sommet du toit pointu, étaient fort jolies après tout. Les longues et minces gour-

des d'un vert émeraude qui apparurent ensuite sous les feuilles et se gonflèrent à la chaleur du soleil ne l'étaient pas moins. Charley prophétisait, plein de confiance :

« Ces gourdes vont éclater et fleurir ; la case de Mammy aura dix-sept chapeaux d'un seul côté... et des tabliers... et des torchons... »

En attendant, ils venaient tous les jours, comme je l'ai dit, guetter « la vigne. » et s'amuser sous son ombre. Quoi d'étonnant à cela ? C'est le coin le plus agréable du quartier nègre. La demeure de Mammy est au bout de la double rangée de cases blanchies à la chaux qui s'étendent de l'extrémité du parc jusqu'aux champs de cannes à sucre. Dans le petit morceau de terre, devant la case, il y a des carrés de choux, de haricots, de maïs dont les glands bronzés se balancent au soleil, des artichauts dont les jolis cônes se cachent sous leurs curieuses feuilles gris cendré ; des aubergines énormes d'un pourpre violacé, des tomates rouge vif, de l'ail en fleur, que sais-je ? Des bordures de sauge, de fenouil, de romarin, de lavande, entourent chaque petit carré. Aux coins poussent en buissons les grandes roses, dites incarnates, chargeant l'air d'une odeur délicieuse qui ne ressemble à aucune autre. Une seule bouffée de ce parfum évoquera éternellement pour moi l'image de la case tranquille, couverte de feuillages, son unique volet battant le mur, et, sur le rebord de la fenêtre, une tasse ébréchée pleine de roses dont les pétales s'effeuillent par terre.

Oui, la voilà ; voilà bien la case de Mammy ; une fumée légère s'échappe de la cheminée en anneaux paresseux ; les petits garçons jouent sur le pas de la porte dans l'espoir de manger du pain d'épice chaud, et Mammy elle-même s'agite autour de l'âtre. Le vent d'été souffle doucement du fleuve, et, au-dessus de tout cela, il y a un tendre ciel bleu qui semble se pencher si bas, qu'on le toucherait presque en étendant la main. Quatre ou cinq orangers-parasols ombragent la cour où se succèdent des générations d'oies dodues, de pou

lets duvetés et de petits canards. Tous s'é-
battent, gardés par Jupin, brièvement Jupe,
le vieux chien de chasse d'oncle Joshua,
qui, maigre et brun, ne les quitte pas de
l'œil et barre le chemin aux étrangers.

Là aussi dansent, culbutent et gaminent
les bébés du quartier, pendant que leurs
mères travaillent dans les champs de cannes. La vieille tante Rose, desséchée, ridée, mais encore grande et droite, s'asseoit
sur une haute chaise à dossier, au seuil de
la cabane, pour surveiller la marmaille.

Tante Rose venait d'Afrique, comme le
Silas de grand-père Selden. Là-bas, elle
était princesse avec mille esclaves nègres
lui appartenant : elle nous le disait, pendant que nous l'entourions, à demi fasci-
nés, effrayés à demi par sa voix creuse, son
langage barbare, et surtout par les marques
curieuses qui mettaient un bandeau à son
front, des cercles autour de son cou tanné
et de ses bras maigres.

Un matin, — certainement le temps de
l'éclosion devait être proche, car les gourdes fluettes s'allongeaient de plus en plus,
— un matin, mes quatre petits frères
jouant avec les jumeaux triples de tante
Ca'line[1], Marthe, Marie et Lazare, se prirent de dispute ; on se bouscula, on se
battit, aucun d'eux ne sut jamais pourquoi, car, au moment où tante Rose
faisait intervenir son terrible froncement
de sourcils et sa longue verge, le champ
de cannes à sucre parut fourmiller tout
à coup de soldats. Ils franchissaient les
fossés et les haies avec une agilité prodi-
gieuse ; leurs boutons de cuivre brillaient
au soleil ; ils se précipitèrent vers la case,
envahirent la basse-cour, prirent possession de la cuisine et du local à fumer les
jambons.

Une grande confusion s'ensuivit, mais
aucune violence ; quelques-uns des hommes
s'arrêtèrent au contraire pour donner une
poignée de main aux enfants ou caresser
leurs têtes frisées, lorsque ceux-ci sortirent
timidement du quartier nègre et cherchè-

1. Diminutif nègre de Caroline.

rent à rentrer au logis en se faufilant dans
la foule.

« Avez-vous fini de battre les Yankees ?
demanda le petit Percy à un énorme gaillard dont le sabre traînait par terre.

— Pas encore ! » répondit l'homme en
riant de bon cœur. Puis, il enleva gaiement Percy et, accompagné des trois autres, qui se pressaient sur ses talons, l'emporta jusqu'à l'entrée de la maison où se
trouvait ma mère.

Bien avant le retour d'oncle Joshua, qui
me cherchait du côté de la maison de jeux,
tout le monde savait que les nouveaux arrivants n'étaient autres que les Yankees
eux-mêmes.

« Que feront-ils à nos gourdes ? » demandèrent sans cesse les petits pendant les
jours qui suivirent.

Ils couraient après Mammy ou se pendaient aux jupes de maman, toujours avec
la même question :

« Que feront-ils à nos gourdes ? »

Le reste leur importait peu.

Cette nouvelle occupation des Yankees
fut d'abord assez bruyante. La première
semaine, ils ne cessèrent de flâner à travers les jardins ou dans la maison. Puis
un parfait silence se produisit. Ils étaient
retournés au camp. Alors on nous laissa
sortir sur la véranda. De là nous écoutions
la musique, les rires, tous les bruits de la
vie qui, affaiblis et lointains, flottaient
dans l'air. Comme l'ancien camp Nellie, le
camp des habits bleus était près de la sucrerie. Tous nos bruits familiers à nous :
le gloussement si gai des poules, le meugle-
ment patient des vaches, le hennissement
des chevaux, le tapage des métiers, le ronron des rouets, et, dans notre maison, l'agitation des servantes armées de leurs balais
et de leurs brosses que dirigeait en grondant
la voix impérieuse de Mammy, tout cela
semblait avoir cessé pour toujours. La cuisine était vide, les dépendances fermées ;
le quartier nègre lui-même paraissait désert.

Quelquefois seulement une escouade de
soldats montait du chemin vers le camp ;

ou bien un coup de feu rompait le silence. Quelquefois aussi, dans les premières heures grises du matin, des sons étranges partaient de la rivière et de grands spectres informes, à demi cachés par le brouillard,

bles conciliabules entre les domestiques, et, à la fin, ma mère venait, avec sa bonté ordinaire, rassurer tout le monde.

Mais, une certaine après-midi, quand déjà le long été avait cédé la place à l'au-

Le grand soldat ôta son chapeau et sourit.

surgissaient de l'eau jaunâtre en respirant bruyamment.

Puis, d'aventure, la vie, l'activité reprenaient pour quelques instants. Les portes des cases s'ouvraient tout à coup, une foule de figures noires en sortaient, avides de nouvelles. C'étaient sur la pelouse, sur les marches de la maison, d'intermina-

tomne et que les brumes bleues de novembre expirant pesaient au-dessus des champs de cannes onduleux, au-dessus des haies encore fleuries, il arriva que les tentes disparurent. Du camp, il ne restait plus que le mât d'un drapeau, se détachant mince et nu sur le ciel. Peu après, nous entendîmes le son du fifre et du tambour. Il se rapprochait de plus en plus, et finalement les soldats débouchèrent sur le chemin, à pas sonores et mesurés, leur joli drapeau rayé bleu et rouge au milieu d'eux.

Avant que la voix de ma mère pût nous retenir, Mandy et moi, et les quatre garçons, nous courions à la barrière voir défiler le régiment. Melinda, Riah, Sophie et les autres y étaient déjà, admirant avec stupeur.

En tête, le grand soldat, sabre au clair, celui qui avait rapporté Percy sur son épaule ; il nous reconnut, ôta son chapeau et sourit. Presque tous les autres en firent autant. Puis, mes petits frères agitèrent leurs méchants couvre-chefs, fabriqués à la maison en feuilles de latanier, et crièrent hourra, tandis que les soldats riaient et criaient pour leur répondre. Soudain, parmi les derniers, j'aperçois une figure que je connais.

Le képi de mon camarade Yankee est enfoncé très bas sur son front, ses joues sont rouges, ses yeux semblent avoir perdu toute leur gaieté. Mon cœur se gonfle ; une vision confuse m'apparaît... D'abord mon frère Hart partant pour la guerre... tristement lui aussi, puis la petite Alice et ses cinq poupées... puis ma mère priant au clair de la lune... et enfin une autre mère inconnue, agenouillée aussi, priant aussi...

« Adieu, madame Meddlelan, crie mon Yankee, en me faisant signe de la main. — Et il se retourne pour me voir.

— Adieu lui dis-je, adieu... a... »

Je m'étonne de sentir ma gorge se serrer et couler mes larmes.

Les Yankees s'en étaient allés à peu de distance de la Rose-Blanche. Ils avaient changé de quartier. On voyait encore de temps à autre un soldat bleu marcher dans le chemin ou errer entre les rangées de cannes à sucre, ou même venir s'asseoir sur les marches de la véranda. Mais le pénible enchantement était rompu. La Rose-Blanche se réveillait.

Quelques cases nègres restèrent fermées, leurs hôtes ayant profité de l'occasion pour déguerpir ; presque toutes cependant reprenaient leur aspect accoutumé de vie active et bruyante. L'atelier de tissage, longtemps abandonné, se rouvrit, les fuseaux et les rouets se remirent en mouvement. Même dans les écuries il y avait un peu d'animation autour des pauvres mules dispersées en petit nombre devant leurs râteliers à demi rompus. A l'intérieur de la maison, Melinda, Riah et Sophie s'évertuaient, le balai ou le plumeau à la main, lavant les carreaux, secouant les tapis, et s'efforçant d'éviter les semonces de Mammy, tout comme par le passé. Sur la pelouse, les deux aides-jardiniers ramassent les feuilles mortes et les brûlent sous la surveillance d'oncle Joshua. Oncle Joshua lui-même, une bêche à la main, tourne dans le parterre de roses en chantonnant, pendant que la mère et Nellie vont de treille en treille pour relever les vignes traînantes, couper les branches desséchées, enfin mettre de l'ordre dans l'ensemble des choses.

On le devine, le premier jour de notre délivrance, mes petits frères courent en se bousculant à la cabane de Mammy pour inspecter la plante aux gourdes.

Ils s'arrêtent et se regardent avec un désespoir muet quand ils l'aperçoivent de loin. Oui, elle est là, oh oui ! Mais les feuilles sont presque toutes tombées, celles qui restent sont bien rares, toutes brunes et ratatinées. Les jolies gourdes vertes ont grossi, c'est vrai, en s'allongeant ; elles pendent les unes contre les autres, sur le toit en pente. Mais combien laides et décolorées !

« Ne vous tourmentez pas de ça, mes amours, crie Mammy, debout sur la porte de la case. Les torchons, les tabliers, les chapeaux sont sûrement dans les gourdes. Il faut les cueillir avant que l'écorce soit tout à fait durcie. Je les porterai à miss Lucy, et elle saura en tirer un bon parti, vous verrez ! »

Les enfants doutent encore un peu, tandis que Mammy arrache les feuilles fanées, cueille les gourdes et en fait un gros tas par terre.

Ils la suivent cependant avec ardeur jusqu'à la maison. Charley, Sam et Will portent chacun une brassée de ces fruits bizarres au parfum musqué ; le petit Percy, à cheval sur l'épaule de Mammy, serre triomphalement contre son cœur un grand bonhomme en pain d'épice tout chaud sorti du four, car c'est le jour de naissance de Percy !

Mes petits frères, palpitant d'intérêt, les yeux arrondis par l'attention, regardent ma mère enlever la peau extérieure des gourdes, qui se détache aussi facilement que celle d'une banane, puis faire courir ses ciseaux dans la matière pâle, jaune et spongieuse qui garnit l'intérieur, puis enfin ouvrir avec soin les compartiments qui contiennent des graines. En même temps, elle nous apprend que *Luffa rectangula* est le nom botanique de la vigne-gourde et que les nègres s'en sont toujours servi comme de torchons ; de là le nom vulgaire.

« Je ne crois pas que nous ayons des tabliers pour Melinda, Riah et Sophie, dit-elle en étalant l'un après l'autre les délicats rouleaux fibreux d'un jaune-citron, et en souriant aux petits visages excités qui l'entourent. J'en ai fait pourtant autrefois d'assez gentils, bordés de batiste ou retenus par des rubans de couleur. Mais voilà vraiment des torchons par douzaines, et nous trouverons bien un chapeau à la fin ! »

Quel effet produisit ce chapeau ! Nous étions suspendus à l'aiguille agile de ma mère qui rassemblait, au moyen d'une légère broderie, les morceaux transparents sortis de la gourde, si pareils à de la dentelle, avec leurs rayures alternées, tantôt lisses et tantôt en relief. Quelle chasse à la recherche du laiton pour raffermir les bords ! La forme de ce chapeau était celle que nous nommions *Gratteur du ciel*. Ce genre n'est connu que chez nous ; le reste du monde n'en a probablement jamais entendu parler. Et quelles discussions avant que ma mère consentît à couper un morceau de la robe de brocart lilas qu'avait portée notre arrière-grand-mère au bal d'inauguration du gouverneur Claiborne, donné à la Nouvelle-Orléans dans les premières années du siècle ! Nous obtînmes enfin un morceau pour la garniture. Comme il était joli, ce chapeau une fois terminé !

« Est-ce que je ne vous avais pas dit que mes gourdes seraient fièrement utiles ! s'écriait Mammy avec enthousiasme.

— Nous savions que des chapeaux et des torchons fleuriraient à la fin sur notre vigne, » chantaient en chœur les petits garçons.

Le chef-d'œuvre fut rangé dans une armoire. On avait ce jour-là, des affaires plus importantes que la confection même d'un joli chapeau. Oncle Joshua connaissait un homme qui allait essayer de traverser les lignes ennemies, et ma mère voulait lui confier une caisse destinée à papa et aux garçons.

Nous nous attroupâmes dans la galerie derrière la maison pour aider à emballer. Ce n'était pas une très grande caisse, mais elle contenait beaucoup de choses : d'abord, des chaussettes et des chemises pour mon père, mon frère Tom, mon frère Hart, et mon cousin Wesley Branscome, pour Dandy et pour Virgile. Il y avait un élégant étui à cigarettes pour Dennison, du tabac périque[1] pour mon père, de la part d'oncle Joshua, et un petit sac de thé, et du café notre dernier café ; en plus, un cache-nez fort peu régulier et passablement défraîchi, que nous avions tricoté à tour de rôle, Mandy et moi, pour mon père ; pour mes frères, Tom et Hart, deux fins mouchoirs de soie ayant un toréador brodé au coin. Ces mouchoirs m'appartenaient : ils m'avaient été apportés du Mexique, à travers le blocus, par le bateau de mon oncle. J'eus un moment d'hésitation en les remettant à ma mère :

« Oui, chérie, dit-elle, envoie-les si cela te fait plaisir. Nous devons tous donner à nos soldats ce que nous avons de plus précieux. »

Il y avait aussi des douzaines de mouchoirs et de paires de chaussettes pour les camarades nécessiteux.

1. Le tabac périque, très noir, très fort et très apprécié des fumeurs, est cultivé dans la vallée de Mississipi. Il doit son nom à un Espagnol qui l'y planta le premier.

Je ne m'étonnais plus maintenant de voir tomber les larmes de ma mère sur toutes les choses qu'elle pliait et déposait dans la caisse, car, moi aussi, je commençais à comprendre.

L'emballage fini, nous suivîmes ma mère dans le jardin des roses, laissant oncle Joshua clouer et marquer la boîte. Après quoi, une fois la nuit venue, il irait la porter en contrebande à l'endroit de la rivière où l'homme lui avait donné rendez-vous.

Le dimanche suivant, nous étions tous prêts pour la messe. La voiture, attelée d'une paire de vieilles mules et conduite par oncle Joshua, attendait au pied du perron.

Ma mère avait mis sa robe neuve à carreaux noirs et blancs, tissée à la maison, avec le col en velours et un joli jabot de vieille dentelle jaunie ; elle avait enfilé ses gants faits d'une paire de bas de soie noire à jour ayant appartenu à grand-grand'mère Selden, et tout embaumés de lavande. Elle avait un bouquet de roses d'hiver à sa ceinture ; il ne lui manquait plus que le chapeau sorti de la gourde, et cousine Nellie était allée le lui chercher dans l'armoire.

« Ma parole, miss Lucy, dit Mammy, qui contemplait ma mère, les poings sur les hanches, et sa tête enturbannée penchée de côté, je vous ai habillée pour votre première communion ; je vous ai habillée pour votre premier bal ; je vous ai habillée pour votre mariage, et jamais, non jamais, je ne vous ai trouvée si jolie. Oh ! pourquoi maître John ne peut-il pas vous voir comme vous êtes à cette minute ? Voilà ce que je voudrais, mon cœur ! »

Une rougeur rapide passa sur le visage pâli de ma mère. Mais, au moment même, cousine Nellie entrait comme un ouragan :

« Tante Lucy, cria-t-elle, hors d'haleine, votre chapeau en torchon a disparu ! »

Eh, oui vraiment, il avait disparu ! Pas trace de chapeau ni dans l'armoire, ni nulle part. Des recherches inutiles agitèrent toute la maison. Chacun parlait, s'étonnait à la fois. C'était encore plus excitant que l'arrivée des Yankees !

Au milieu de cette commotion survint le petit Percy, très calme, les mains derrière le dos, sa toque neuve en cotonnade bien entrée sur ses boucles blondes. Il tourna vers maman un visage étonné :

« Mais, s'écria-t-il, z'ai tru que vous l'aviez oublié et ze l'ai mis dans la taisse.

— Quelle caisse ? dit ma mère intriguée.

— La taisse des soldats, répondit Percy, ouvrant ses petites mains, levant les épaules et roulant les yeux. Vous avez dit que vous vouliez donner aux soldats les sozes les plus pétieuzes, et z'y ai mis le bonhomme en pain d'épice que Mammy m'avait fait tuire. Alors z'ai vu le sapeau et ze l'ai fourré dans la taisse des soldats avec le pain d'épice, pas qu'il était pétieux aussi. N'y avait pésonne là... alors oncle Joshua est venu, et il a tloué la taisse pou les soldats. »

De grosses larmes inondent les joues potelées de Percy et tombent en pluie sur son costume neuf, car il pressent trop tard qu'il ne fallait pas...

Mais ma mère s'est agenouillée à côté de lui, et elle le serre dans ses bras, riant et pleurant à la fois, et Mammy, debout auprès d'eux, rit et pleure de même.

« Mon Dieu, s'écria Mandy, cet imbécile de nègre, Dandy, saura bien manger le bonhomme de pain d'épice, quand il serait dur comme de la pierre. Mais qu'est-ce que les soldats feront du chapeau de miss Lucy ? »

Après tout, la caisse n'arriva point à destination. Des Rebelles, plus misérables peut-être que les nôtres, s'emparèrent-ils des objets envoyés et en firent-ils leur profit ? Dieu les bénisse en ce cas ! Ou bien le fameux envoi tomba-t-il entre des mains ennemies sans traverser les lignes ? Nous ne l'avons jamais su, car nous n'entendîmes plus parler de la caisse des soldats.

Maintenant encore, nous nous demandons qui a bien pu se parer du chapeau de torchon ! Quelqu'un est-il en mesure de nous répondre ?

V

LE LISERON

« Pour sûr, ils se battent quelque part,
au-dessus du coude de la rivière, dit oncle
Joshua en secouant tristement la tête.
On entend le bruit des obus qui éclatent
et le pétillement des coups de fusil. Ah !
Seigneur, quelle folie a pris les gens et
leur fait lever la main les uns contre les
autres pour détruire le pays et pour remplir la « vallée d'Amérique » de sang jusqu'à la bride des chevaux ! N'ayez pas
peur, miss Lucy, mon cœur, reprit-il en
s'arrêtant brusquement, sa bonne vieille
figure tournée vers ma mère, personne ne
touchera, j'en réponds, à un cheveu de
votre tête tant qu'oncle Joshua sera debout. »

Un bruit sourd et prolongé, comme le
roulement lointain du tonnerre, nous
avait effrayés pendant notre déjeuner. Ma
mère s'était levée de table en tremblant ;
ce bruit recommença encore... encore... et
devint continu. On eût dit qu'il faisait
palpiter le sol et que la maison tremblait
sous nos pieds. Maman était sortie de la
salle à manger sans goûter à ce qui était
sur son assiette ; elle avait gagné la véranda de derrière, et là, toute la maison-
née l'avait rejointe, noirs et blancs pêle-
mêle, l'œil et l'oreille tendus dans une
mortelle anxiété.

Un petit vent froid nous soufflait en
pleine figure ; il n'y avait pas un nuage
au ciel azuré de janvier où riait un soleil
jaune. Auprès de la rivière seulement une
fumée vaporeuse s'étendait peu à peu à
la hauteur des arbres enguirlandés de
mousse flottante qui masquaient la courbe
du fleuve.

A mesure qu'avançait la matinée, des
sons plus nets et plus perçants s'approchaient, puis s'éloignaient, comme les
vagues de la mer ; parfois, nous croyions
entendre des cris, des hurlements.

D'abord, une grande excitation régna
partout alentour. Les travailleurs accouraient des champs ; les femmes venaient
se cacher sous la véranda [1] de la « grande
maison ». Elles se serraient les unes contre les autres, affolées. Les hommes, per-
plexes, s'étaient tenus pendant quelques
instants auprès des cabanes du quartier
nègre ; peu à peu ils disparurent. La
vieille tante Rose traversa la cour en
chassant devant elle, comme un troupeau
de petits moutons noirs, les bambins oubliés. Elle monta péniblement les marches,
soutenue par oncle Joshua et par Mammy.
On l'installa sur la chaise même de ma
mère, dans le grand salon où brillait un
clair feu de bois et où les bébés se roulèrent bientôt, sur le tapis à fleurs, aussi
librement que sur le plancher nu de la
case de Mammy.

Au bout de quelque temps néanmoins
une sorte de stupeur envahit la Rose-
Blanche. Tout était silencieux. Mes quatre petits frères eux-mêmes s'étaient assis,
la main dans la main, parfaitement muets,
sur la marche la plus haute du perron.
Les pauvres figures sérieuses se tournaient
du côté des bruits inaccoutumés. Mais ils
coururent se cacher dans la robe de
Mammy quand le vieux chien Jupe, qui
était couché par terre, leva tout à coup
la tête et poussa un long gémissement
lugubre. Au même instant se succédèrent,
à l'extrémité des champs de cannes, des
détonations rapides, suivies d'un bruit de
pas et d'une nouvelle décharge plus irrégulière que la précédente.

Une masse confuse d'hommes se précipitait à travers les chaumes jaunâtres,
sautant les haies et les fossés presque à la
même place où les soldats nous étaient
apparus en été. Seulement ces fuyards
avaient l'uniforme gris du Sud. Leurs visages étaient noirs de poussière et de fumée ; quelques-uns portaient un bandage

---

1. Les maisons, dans ces parages fréquemment inon-
dés, et dans beaucoup d'autres parties de l'Amérique,
sont posées sur quatre piles élevées, et l'on y accède par
des marches en bois.

sanglant au lieu de képi. Il y en eut qui
regardèrent de notre côté. Un jeune
homme, presque un enfant, aux yeux noirs,
vifs comme des escarboucles dans sa figure basanée, sourit, poussa même un
hourra en voyant ma mère qui priait en
silence, les mains jointes. Il disparut avec
le reste de ces malheureux à l'angle de la
maison. D'autres filaient plus bas, près
des écuries, et traversaient au pas de
course la plantation d'orangers. D'autres,
plus loin encore, rasaient la haie. Ils
étaient peut-être en tout deux cents, mais
ils semblaient trois fois plus nombreux.

Des coups de feu se font entendre de
nouveau derrière les soldats. A peine ont-
ils commencé à sauter les haies de roses
qui bordent le chemin ou à se frayer un
passage parmi elles, qu'une ligne de *bleus*
arrive par les champs de cannes. Ils se
jettent dans le parc et poursuivent chaudement les *gris*.

Nous courons à la véranda pour mieux
voir cette chasse affreuse et nous restons
là sans respirer. C'est comme un rêve peu-
plé de fantômes. Sauf le salut échappé au
jeune garçon dont j'ai parlé, pas un mot,
pas un cri ne sort de la bouche des poursuivis ni des poursuivants.

Et maintenant la ligne grise s'égrène.
— quoique, à vrai dire, ni gris ni bleus
ne soient en ligne ; ils courent par escouades irrégulières et rompues, séparés là-bas,
rapprochés ici, à la débandade. Les gris
fuient à toutes jambes. Nous les voyons
escalader le talus de la levée qui marque
la limite de la Rose-Blanche. L'espace
d'une seconde, leurs silhouettes se décou-
pent sur le ciel, puis s'évanouissent. L'ennemi, en nombre à peine égal, les presse
avec impétuosité. Soudain, il s'arrête :
un éclair de feu court sur la levée hérissée
d'herbes ; une fumée bleue monte ensuite ;
les coups de fusil se succèdent sans trêve.
Longtemps, à ce qu'il me semble, — bien
que ce longtemps n'ait peut-être duré
que quelques minutes, — les habits bleus
tiennent ferme, et le pétillement de la
mitraille échangée remplit l'air.

Melinda, Sophie et Riah, les trois femmes de chambre, se sauvent dans le vestibule en criant. Mais je crois que, elles
exceptées, personne ne bouge. Mes petits
frères seulement se blottissent de plus
belle contre Mammy et oncle Joshua.
Mandy et moi, nous nous rapprochons
davantage encore de ma mère et de cousine Nellie pendant que les balles sifflent
autour de nous. L'une d'elles frappe un
des piliers de la véranda, juste au-dessus
de la cage dorée où se balance le petit
serin de Nellie. Mammy se lève pour dé-
crocher la cage.

« Il est mort ! » dit-elle avec un sanglot, et elle prend la pauvre bête, qui n'a
pas été touchée par la balle, mais qui est
peut-être morte de peur.

L'impression que me fit cette boule de
duvet jaune, immobile dans la large
paume noire de Mammy, est restée singulièrement vive parmi les souvenirs confus
de cet affreux temps.

Tout à coup, des signes d'irrésolution
se produisent parmi les habits bleus. Ils
reculent, d'abord pas à pas, puis plus vite,
beaucoup plus vite. Derrière la levée, ap-
paraissent de nouveau les gris. Une fois
de plus, je vois leurs silhouettes se découper sur le ciel. Un rugissement rauque,
terrible, inhumain, s'échappe de leurs
poitrines, et ils descendent la pente d'un
élan furieux. Des feux rapides comme
l'éclair sillonnent à mesure leurs rangs
devenus presque compacts. C'est le reflet
du soleil couchant sur les baïonnettes et
sur les canons des fusils.

Une minute après, ils repassent, hale-
tants, lancés après les bleus poursuivis à
leur tour, sautant le fossé, la haie, foulant
le chaume jauni, plongeant dans les bois.
Une détonation éclate de temps en temps,
nous entendons le cri sauvage poussé une
fois de plus ; il est moins fort, mais triomphant. Bientôt le bruit lointain du canon
ne nous arrive plus qu'à de longs intervalles, puis il cesse complètement. Tout
est retombé dans le silence, tandis que les
derniers rayons de soleil changent la fu-

mée grise, qui flotte très basse, comme accrochée à la cime des arbres le long du fleuve, en nuages d'un rouge jaunâtre.

« Il paraît qu'ils ont joué comme nous au cerf et aux chiens, dit Mandy, et c'est joliment difficile de savoir quels sont les chiens et qui est le cerf ! »

Quand nous courûmes de nouveau derrière la maison, dans la véranda, pour voir « la bataille » — comme nous l'avons toujours appelée depuis — s'engloutir dans le bois, nous trouvâmes deux soldats assis sur les marches. Ils portaient des uniformes gris tout déteints, des souliers déchirés et des bonnets en loques. L'un d'eux, vieux, ridé, avec une bonne figure et une barbe blanche, nouait un mouchoir sale au bras de l'autre.

« Oh ! ce n'est rien ! dit le jeune garçon presque un enfant, en regardant timidement ma mère et cousine Nellie, empressées à lui offrir un bandage propre, de la charpie et de l'onguent. Ce n'est qu'une égratignure, n'est-ce pas, dad ? »

Pendant que le garçon mangeait un morceau de pain et buvait du lait, le vieux raconta simplement à ma mère d'où il venait :

« Là-bas, près de la rivière Warloopy, au Texas, la vieille femme et les filles travaillent chez nous pendant que Jake et moi nous faisons comme ça la guerre. »

Il se mit à rire et enveloppa d'une affectueuse étreinte les épaules maigres de son fils.

« Allons, Jake, — et il se leva, — les autres gars seront si loin que nous ne pourrons plus les rejoindre, si nous ne nous dépêchons pas. Nous ne nous sommes arrêtés ici, Madame, que le temps de pousser une petite escarmouche. Les Yankees sont trop nombreux pour nous dans votre voisinage. »

Et ils partirent ensemble.

Nous les regardons marcher d'une allure gaie à travers champs, le gamin toujours entouré du long bras osseux de

son père. Ils s'arrêtent, se retournent quand ils sont sur la lisière du champ ; une minute après, on ne les aperçoit plus.

Bien des jours se passent avant que nous revoyions un uniforme gris.

Le matin qui suivit la bataille, fut tranquille. Les femmes et les enfants revinrent en rampant des marais où ils s'étaient enfuis au premier coup de feu ; mais, sauf oncle Joshua, tous les hommes restaient introuvables. Tante Rose et son troupeau de bébés continuèrent d'habiter le salon.

Ma mère soignait là un des trois jumeaux de tante Ca'line, — c'était, je crois, Marthe, qui avait la fièvre et mal à la gorge, — quand oncle Joshua entra, fort ému.

Il se pencha vers ma mère, agenouillée près de la couchette de l'enfant, et lui dit quelques mots à voix basse. Ma mère, déjà si pâle, pâlit encore. Elle se leva, fit signe à cousine Nellie de la remplacer, lui donna le verre et la cuillère qu'elle tenait, puis sortit sans rien dire.

Je me rappelle tout :

Au pied de l'escalier, elle s'aperçoit que nous l'avons suivie, Mandy et moi et les quatre petits. Elle se retourne et ouvre la bouche comme pour nous renvoyer, mais, au lieu de cela, tout à coup elle me prend la main et m'emmène avec elle. Oncle Joshua nous conduit à travers la plantation d'orangers. Les branches feuillues cassées par les balles d'hier, pendent mourantes en exhalant un parfum délicieux ; le sol est labouré par le passage des soldats, l'herbe sèche est écrasée dans la terre brune.

Nous approchons de la maison des jeux ; alors, — je ne saurais dire comment — je devine ce que nous sommes venus voir... Je voudrais m'arrêter, et je ne le puis. Il est couché là, mon camarade Yankee, à l'ombre de la haie rompue, tout près de l'endroit où je l'ai vu pour la première fois, — sa figure, étrange et livide, tournée vers le ciel, le bleu brillant de ses yeux grands ouverts changé en un gris

1. *Dad, daddy*, le mot populaire pour *papa*.

Maman se mit à genoux.

d'angoisse s'échappe de ses lèvres si vaillantes, le seul cri que je l'aie entendue pousser pendant ces quatre années terribles. Elle se jette à genoux auprès de l'enfant mort et appuie ses lèvres sur son front glacé.

Je reste, moi, frémissante, sans verser une larme. Maman essuie de son mouchoir la figure de mon pauvre camarade, écarte ses boucles brunes avec de caressants murmures dont je ne saisis pas le sens, elle abaisse les paupières sur les yeux hagards et cherche à détendre les membres déjà raidis. Mais, où je commence à fondre en larmes, c'est lorsqu'elle ouvre la tunique ensanglantée et qu'elle tire d'une poche intérieure un paquet de lettres et

opaque. Un de ses bras est jeté en l'air au-dessus de sa tête, l'autre, posé sur sa poitrine, cache un trou dans la tunique, mais non pas la tache rouge qui s'étend large, large, jusqu'à teindre l'herbe autour de lui. Son fusil est tombé à quelques pas, échappé de ses doigts blancs, encore crispés comme pour tenir l'arme. Une lumière faible — car le ciel est en train de se charger de nuages — ruisselle sur lui tendrement, et on entend le gazouillis d'un petit oiseau dans les branches du pêcher sauvage.

Ma mère s'élance en avant ; un cri

la photographie de la mère, au visage si doux, avec l'enfant qui me ressemble auprès d'elle. Il m'avait montré ce portrait le jour d'été où nous jouions ensemble à la poupée !

Oncle Joshua, Mammy et ma mère déposèrent le cadavre sur un drap, dans les plis lourds, blancs et parfumés duquel ils l'ensevelirent. Puis ma mère demeura près de lui pendant que Mammy et oncle Joshua creusaient la fosse. Avant que le lieu du repos fût prêt, la nuit était venue, le ciel de plus en plus se couvrait de nuages, un vent aigre souffla, bientôt des gouttes de pluie commencèrent à tomber.

Mandy, moi et les petits garçons, nous apportâmes de longues guirlandes feuillues, arrachées à la haie en lambeaux, et des branches de pêcher sauvage. Oncle Joshua en fit une couche verte au fond de la fosse, là où la terre était humide et froide. On posa mon pauvre camarade sur ce lit, avec son fusil à ses côtés, et par-dessus on entassa la verdure luisante de l'églantier, du chèvre-feuille.

La nuit était tout à fait close quand on eut arrondi la tombe en monticule.

Oncle Joshua et Mammy s'appuyaient exténués, sur leurs bêches. Maman se mit à genoux; sa blanche figure brillait dans l'obscurité, sa prière, prononcée tout haut, semblait remplir la nuit sauvage, la calmer et l'endormir :

« Et pour tous ceux qui l'aimaient, Père, sois miséricordieux! dit-elle enfin. Bénis-les, donne-leur la paix, et de nous, aussi, aie pitié!

— Amen! » répond oncle Joshua avec un gros soupir.

Alors Mammy, qui, accroupie au pied de la tombe, tient Percy d'une main et moi de l'autre, Mammy se balance lentement de droite à gauche, gémit, et tout à coup élève la voix dans un chant à moitié triste, à moitié triomphant, en jargon nègre :

« Je regarde mes mains, et mes mains me semblent nouvelles. — Elles vont où la mort n'existe plus. — Je regarde mes pieds tout baignés dans la rosée. — Ils vont où la mort n'existe plus. — Criant Amen, bon Seigneur, criant amen, — ils vont où la mort n'existe plus. »

Elle s'arrête brusquement et, quand elle recommence, la petite voix aiguë de Percy se joint à la sienne et monte dans l'obscurité croissante :

« L'ange est venu fermer mes yeux, — qui vont où la mort n'existe plus. — Mais mon Seigneur les ouvrira au paradis. — Ils vont où la mort n'existe plus. »

Ma mère se penche et lui touche le bras, Mammy se lève; elle jette l'enfant

IV.

sur son épaule et rentre à la maison, toujours en chantant. Les deux voix, bizarrement unies, résonnent jusqu'à nous, qui suivons en silence sous la pluie battante :

« Criant amen, cher Seigneur, criant amen, — ils vont où la mort n'existe plus. »

Pâle, chancelante, à peine remise d'une maladie causée par l'émotion et par l'humidité de cette affreuse journée, je sortais de la maison huit jours après avec Mandy. L'ouragan de vent furieux et de grosse pluie avait duré quatre jours, et notre hiver si court était fini.

Il n'y avait pas encore de fleurs; sur les treilles, la vigne portait des feuilles nouvelles, légères comme autant de plumes; la pelouse était verte et si ensoleillée! En passant sous les orangers, nous foulions un doux tapis tiède et humide. Je croyais sentir des fleurs en bouton, quoiqu'on n'en vît encore aucune. La tombe de mon camarade avait été soigneusement arrangée; à la tête se trouvait une croix. L'herbe n'avait pas eu le temps de pousser dans l'espace battu tout autour; mais, sur le sommet du monticule, presque collé à la terre brune, traînait un délicat liseron bleu pâle, de ceux que nous appelons « gloire du matin ». Dans sa hâte de fleurir, il n'avait attendu pour cela ni vrilles ni feuilles. Suspendu tout seul au bout d'une tige fragile qu'agitait la brise, il était couvert de rosée; de son cœur s'échappait un faible parfum.

Je me penchai et je cueillis la fleur :

« Pour la petite Alice et pour sa maman, » me dis-je à moi-même.

Et longtemps après, lorsque la mère du jeune soldat vint chez nous visiter la tombe de son fils et qu'elle s'agenouilla auprès de ma mère et moi sur le tertre gazonné, on déposa dans sa main la « gloire d'un matin » conservée pour elle.

VI

HAREGENAB

Une fois, par extraordinaire, la grosse cloche de la plantation ne sonna pas à l'heure accoutumée. Jamais, de mémoire d'homme, pareille chose n'était arrivée à la Rose-Blanche un jour de semaine.

Avant la guerre, le surveillant faisait mettre la cloche en branle au lever du soleil, et il restait à cheval, les chiens aboyant autour de lui, tandis que les ouvriers des champs sortaient en troupe du quartier nègre pour le travail de la journée. Depuis longtemps le surveillant, appelé aux avant-postes, était parti le fusil sur l'épaule; mais oncle Joshua continuait à sonner de ses propres mains; puis, quand tout le quartier était debout, il allait chercher la jument de ma mère, la jolie, rapide, brillante Wanka. Ma mère se mettait en selle. Oncle Joshua la suivait à pied tandis qu'elle conduisait l'atelier, comme on dit; puis il parcourait la plantation, inspectait les digues et les fossés, présidant à la culture de la canne dans ses diverses phases : sarclage, dépaillage, etc.

Jamais les sons de la cloche n'avaient manqué de retentir chaque matin, même au temps où les tentes ennemies étaient plantées près du moulin à sucre et que flottait le drapeau fédéral. Pendant des mois d'oisiveté forcée, les ouvriers ne répondirent à l'appel de la cloche qu'en se montrant sur le seuil de leurs cases; ils rentraient aussitôt après, mais la discipline était ainsi maintenue. Ce bruit familier stimula encore l'activité générale dès que le camp fut transféré ailleurs et que ma mère, accompagnée d'oncle Joshua, reprit ses rondes quotidiennes. Elle regardait s'évertuer les bataillons serrés de coupeurs, elle suivait de l'œil les grands wagons aux roues grinçantes qui transportaient les cannes vers la factorerie aux énormes cheminées fumeuses.

Wanka avait été réquisitionnée; c'était à présent une mule patiente qui portait le poids léger de « Madame » tandis qu'elle faisait sa ronde.

Même le lendemain du jour où un flot extérieur, pour ainsi dire, de la bataille avait roulé sur la Rose-Blanche, laissant derrière lui de navrantes épaves, la cloche résonna au lever du soleil. Mais pas un être ne répondit à son appel; seulement le petit troupeau laineux de tante Rose battit des mains quand les échos bien connus parvinrent jusqu'à la cheminée du grand salon autour de laquelle il s'ébattait.

« Cette cloche, disait volontiers oncle Joshua, est habituée à sonner au lever du soleil tous les jours, excepté le dimanche, et je ne sais ce qui me retient de la sonner aussi le dimanche pour secouer un peu ces fainéants de nègres. Yi! yi! yi! »

Pourtant ce matin-là n'était qu'un matin de semaine, et le soleil était levé depuis des heures, et point de cloche! Chose plus curieuse encore, point d'oncle Joshua!

« Miss Lucy, dit Mammy, sa figure noire prenant une singulière teinte cendrée, tandis qu'elle baissait les yeux, ses bons yeux de chien caressant, — je ne sais pas, mon cœur, ce qui a bien pu arriver à Joshua. Il avait promis à maître John qu'il ne vous quitterait jamais, ni vous ni les enfants, tant qu'il serait en vie, et on dirait qu'il manque à sa parole. Il est parti, et, ce qui est pis, il s'est sauvé à la façon d'un voleur, au milieu de la nuit. Et le vieux chien Jupe hurle devant la case, comme s'il savait que nous sommes tous déshonorés. »

Sa poitrine se souleva violemment; elle étouffait des sanglots.

« Faut croire que *Daddy* a quitté miss Lucy et les enfants pour rejoindre les Yankees au-dessus du coude de la rivière, comme le reste de ces coquins de nègres, » répliqua Mandy irrévérencieusement.

Ma mère posa une main douce et rassurante sur la lourde épaule de Mammy :

« Je n'ai aucune idée de ce qu'est devenu oncle Joshua, dit-elle, mais, quoi qu'il fasse, je suis sûre qu'il reste fidèle à sa promesse.

— Dieu vous bénisse, mon cœur, s'écria Mammy, les yeux tout à coup ruisselants de larmes. Je savais bien que vous ne croiriez pas Joshua capable de mal faire. Et toi, bonne à rien, reprit-elle en se précipitant furieuse sur Mandy, n'as-tu pas honte de noircir ton *Daddy* devant miss Lucy et les enfants ? »

Mandy évita le coup en se baissant et courut prendre la bride de la mule pour que ma mère se mît en selle.

« Miss May, me dit-elle solennellement, — pendant que maman sur sa mule s'en allait dans le champ le plus éloigné avec Mammy à ses côtés, — si Daddy n'a pas rejoint les Yankees, alors je sais bien ce qui lui est arrivé. Haregenab (elle prononçait Ha'yg'nab) l'aura emporté. »

Haregenab est l'effroyable Croquemitaine des contes nègres.

Je ne savais trop que penser ; mais combien oncle Joshua nous manquait ! Mammy avait raison de le dire : rien n'allait plus, depuis les mules dans l'écurie jusqu'aux ouvriers, qui grattaient la terre dans les champs de cannes. Joshua ayant tourné les talons, miss Lucy avait perdu son bras droit !

Quelques jours après, nouvel événement. Le Père Kenyon, notre curé [1], apparaît subitement au bas de l'avenue de magnolias, ses mains croisées derrière le dos et ses yeux bruns malicieux clignotant au soleil ; il apparaît, comme il faisait jadis après la messe matinale dite dans notre petite église, quand il venait fumer sa pipe et proposer une partie d'échecs à mon père. Aujourd'hui, la soutane noire du Père Kenyon montre la corde. Des taches sombres, qui peut-être étaient naguère chaudes et rouges, ont éclaboussé le drap tout usé. Car il a suivi l'armée pendant deux ans, là-bas, au cœur même de la lutte et où coulait le plus de sang ; il a exercé son ministère avec une charité qui ne choisissait pas, assistant également amis et ennemis. Sa figure ronde et unie est rayonnante. Nous nous précipitons vers lui, pêle-mêle, en poussant des cris joyeux, et sa physionomie s'éclaire de plus belle, quand il glisse la main dans sa poitrine pour en tirer un paquet de lettres.

Le grand fleuve aux bords garnis de tirailleurs et dont la surface jaune était sillonnée de chaloupes canonnières aux allures mystérieuses, qui vomissaient le feu et la fumée contre des ennemis invisibles, le Mississipi, ainsi gardé, coupait maintenant en deux la Confédération. Depuis des mois, aucun message de l'avant-garde que suivaient nos cœurs n'avait pu franchir cette ligne.

Et le Père Kenyon apportait des lettres, des lettres de nos garçons, écrites sur des petits bouts de grossier papier brun. Ils parlaient en peu de mots, braves enfants, de marches forcées, d'engagements terribles, de maigres rations ; ils racontaient avec gaieté les petits incidents de la vie des camps.

« Wesley et Dandy ont eu la rougeole, écrivait en finissant frère Tom, mais ils sont sortis aujourd'hui de l'hôpital, et le bras de Hart est presque guéri. Virgile vient de rapporter au camp un beau cochon gras ! Où peut-il bien l'avoir trouvé ? Le mess va donner une fête ce soir ! »

Dans la lettre de frère Hart il y avait une page spéciale pour moi. Mon Dieu ! mon Dieu !... Je l'ai retrouvée, l'autre jour, enroulée autour de la ménagère fabriquée jadis de mes mains. Mon cœur s'est attendri, et je me suis crue rajeunie de vingt ans quand j'ai déplié le petit paquet. Le garçon aux cheveux bouclés qui avait écrit la lettre, l'autre garçon non moins frisé qui désirait que la vie lui donnât une nouvelle chance d'être bon frère, pour la petite Alice, me sont apparus ensemble tandis que je relisais ces lignes à travers mes larmes : « Chère petite sœur (Hart n'a jamais pu mettre l'orthographe), je te taquinais et je te faisais souvent pleurer lorsque j'étais à la maison. Je le regrette bien aujourd'hui. Quand je reviendrai à la maison, si j'y reviens, je ne te taquinerai plus. »

Le régiment de papa avait été transféré ailleurs ; aussi n'avions-nous pas de lettre de lui. Mais, juste avant que le Père Kenyon quittât le camp, on recevait de ses nouvelles. Il avait eu de l'avancement et il comptait plus que jamais sur le triomphe de notre cause.

« Écoutez, tante Lucy, dit cousine Nellie, lorsque le Père Kenyon eut déjeuné et qu'il eut achevé le récit de sa longue tournée au Nord, à l'Ouest et finalement au Sud, avec les lettres passées en contrebande dans sa soutane, — écoutez, tante Lucy, le Père Kenyon est revenu, nous avons des lettres de tous les garçons, de bonnes nouvelles de mon oncle, et c'est l'anniversaire de votre mariage ! Je vais mettre la Rose-Blanche en fête, pour montrer combien je suis contente. »

Ma mère secouait la tête d'un air de doute, mais, en même temps, elle souriait, et ses yeux approuvaient ce projet.

« Supposez que les habits bleus arrivent, continua cousine Nellie, mettant ses gants de jardin et brandissant son sécateur. Je gage qu'ils ne feront pas de mal à un tas de femmes, de vieillards et d'enfants. D'abord, je les aime assez, moi ! En tout cas, je n'en ai pas peur. »

Et elle descendit gaiement l'escalier.

Aussitôt nous nous mettons au travail ; nous suspendons des guirlandes aux vieux lustres de cristal taillé ; nous enroulons des traînes de roses aux cadres des tableaux ; nous remplissons de fleurs les coupes, les potiches et les vases. Melinda apporte des brosses pour redonner du poli aux parquets cirés ; Riah et Sophie, dans la salle à manger, frottent l'argenterie exhumée de la cachette que ma mère seule connaît à présent, puisque oncle Joshua est parti.

Ma mère tire de l'armoire et nettoie elle-même la porcelaine précieuse des jours de gala. Mammy, entourée des petits garçons, se multiplie dans la cuisine. L'odeur des pâtés, des crèmes à la chaloupe-canonnière, des gâteaux à la Beauregard[1] et autres friandises en situation, se répand à tous les étages.

---

1. Beauregard, parmi les généraux du Sud, fut l'un des plus en évidence pendant la guerre, qu'il ouvrit par la prise du fort Sumter.

« Eh bien ! vrai, ça donne faim, » s'écrie Mandy.

Des messagers à cheval, porteurs de petits billets, sont envoyés de différents côtés, et, à la nuit tombante, la voiture de grand-père Selden roule dans l'allée, oncle Silas descend de son siège pour ouvrir la portière et abaisser le marchepied. Grand-père sort, agité, grondant de sa voix forte et gaie ; sa jambe de bois grince sur les coquillages de l'allée, et, comme de coutume, ses lunettes, son mouchoir lui tombent de la poche.

Peu après, surviennent les cinq filles de notre oncle James, dans une charrette de sa plantation sonnant la ferraille. Leur vieux cocher trouve la dignité de la famille compromise par un pareil équipage, et il affecte un air très raide, tout en aidant ses jeunes maîtresses à mettre pied à terre.

Mme Brion et ses filles, Odile et Angélique, réinstallées à Bon-Soldat, arrivent à pied toutes trois, pâles et bien tristes dans leur deuil fané.

Quand le vieux copain de grand-père, le major Brentling, a fait son entrée avec Mme Michel et Mlle Céleste, sa petite-fille, oncle Silas, revêtu de l'habit bleu à boutons d'or d'oncle Joshua, se glisse sans bruit de pièce en pièce pour allumer les bougies. Cette lumière douce rayonne par les grandes fenêtres ouvertes et se mêle à la lueur des étoiles. Les parquets cirés brillent comme de vrais miroirs. Les grandes jarres à parfums, en vieux chine, placées de chaque côté de la vaste cheminée, sont découvertes ; une odeur musquée de roses sèches et de drogues orientales flotte dans l'air, avec le parfum des roses fraîchement cueillis et des jasmins du Cap. Une brise légère, gonflant les rideaux, agite les petites flammes jaunes de cent bougies.

Ma mère, vêtue de la robe blanche qu'elle porte toujours pour l'anniversaire de son mariage, va et vient doucement, recevant les invités. Elle finit par s'asseoir dans un coin du salon auprès de Mme Brion.

Ces deux mères de soldats, en se tenant les mains, parlent de leurs enfants et se regardent avec une tendresse angoissée.

Assis dans son grand fauteuil à côté de la fenêtre, grand-père raconte au Père Kenyon, pour la centième fois la bataille de Monterey (guerre du Mexique), et l'étrange sensation qu'il avait éprouvée en essayant de se lever après qu'un obus l'eut étourdi en sifflant à son oreille.

« Ma jambe était partie, absolument partie, Monsieur, et je ne m'en doutais pas ! Et Max, à douze pas de distance, avec son bras en miettes ! Ah ! c'étaient de beaux jours !... Max, mon vieux, qu'en dis-tu ? »

Et il tapait vigoureusement sur l'épaule du major Brentling.

Je vis confusément deux ombres enlacées.

Charley et Sam, appuyés contre le genou de grand-père, l'écoutent, les yeux brillants et la figure en feu. Mais Will et le petit Percy préfèrent se rouler à travers la pelouse, dans les carrés de lumière que dessinent les fenêtres, sur l'herbe semée de fleurs. Odile, Angélique et moi, assises devant la véranda, nous écoutons, bouche bée, l'histoire racontée par Mandy : *Haregenab et Schadder*.

Ce n'est pas la première fois que nous l'entendons ; nous en savons chaque mot par cœur, et cependant nous sommes toujours ravies d'une occasion de goûter en tremblant, les vagues horreurs de ce conte fantastique.

« Eh bien ! mes enfants, poursuit Mandy, Ha'yg'nab habite une maison au bord du marécage, une maison à la porte de fer, avec une clef grosse comme ce pilier. C'est un géant pareil à ceux qui sont dans le livre que nous lisait maître Tom, et il est aussi haut que la cheminée de la sucrerie. Ses mâchoires sont blanches comme une taie d'oreiller et ses yeux rouges comme de la braise. Ses bras sont longs comme le porte-manteau de tante Judy, et sa bouche ressemble au baquet de la lessive. Schadder est son frère et tout pareil à lui ; seulement Schadder est noir.

« Ha'yg'nab a une manière de se lever de son lit, — un lit de charbons ardents, — et de s'étirer en disant d'un air doux :

— « Schadder, je commence à avoir « un peu faim. Il est temps qu'on m'a- « mène quelqu'un. »

« Alors ils sortent tous les deux ensemble, Ha'yg'nab marchant sans se presser, bien à son aise, et Schadder marchant sans se presser non plus, derrière lui. Ils avancent en rampant,... ils avancent,... ils avancent...

— Oh, Mandy !

— Ils avancent en rampant, ils avancent jusqu'à ce qu'ils aperçoivent quelqu'un. Des fois, c'est une grande personne comme Daddy, mais, la plupart du temps, ce sont des enfants, parce que Ha'yg'nab préfère leurs os : il les trouve plus tendres. Mais, quand il a vraiment faim, ça lui est à peu près égal. Alors, les deux géants s'arrêtent, Ha'yg'nab étend ses grands bras et attrape l'enfant. »

Ici Mandy saisit en sursaut Odile par les épaules, et nous nous serrons les unes contre les autres dans un paroxysme de joie et de terreur.

« Il attrape l'enfant (parce que, en général, je vous l'ai dit, c'est un enfant), le jette sur son dos et s'en va. Puis Schadder avance aussi son grand bras, attrape un autre enfant, et alors... »

Mandy s'arrêta brusquement. Elle était assise sur la marche au-dessus de nous, le visage tourné vers la pelouse. Nous vîmes ses yeux se dilater. Qu'est-ce que son regard pouvait bien suivre dans la demi-obscurité ? Horreur ! Une ombre, gigantesque sous la lumière incertaine des étoiles, sort des massifs de magnolias et se dirige vers nos petits garçons en train de gambader sur l'herbe. Elle approche, puis, s'arrêtant, se baisse, avance un long bras ; une main blanche brille dans le carré de lumière, et le petit Percy est aussitôt soulevé de terre ; ses cris sont étouffés par l'étreinte d'une figure à peine visible. Au

même instant, un second spectre, non moins énorme, s'élance ; de longs bras noirs s'emparent de Will. Nous entendons des cris confus ; des pas précipités écrasent les coquillages de l'allée. Nous nous sauvons vers la maison en hurlant et en nous bousculant pour rentrer plus vite.

« Qu'arrive-t-il ? » demande ma mère, accourue au devant de nous.

Je sanglote :

« Oh ! maman... maman... Ha'yg'nab et Schadder ! Ha'yg'nab et Schadder !... Et je cache ma tête dans ses jupes.

— Qu'est-ce que tout cela signifie ? gronde mon grand-père, m'empoignant par le bras et me secouant avec vigueur.

— Oh ! ils ont pris les petits garçons ! ils ont pris... »

La porte s'ouvre et livre passage à un groupe inattendu. Maman lève les yeux ; une joie suprême illumine son visage... La voilà dans les bras de mon père qui la serre contre lui sans lâcher le petit Percy.

« Je vous l'ai amené, miss Lucy, mon cœur, s'écrie oncle Joshua, faisant descendre Will de son épaule et ôtant son vieux chapeau éraillé. J'avais reçu comme ça un mot qui me disait que maître John était de l'autre côté de la rivière où il venait chercher les dépêches du général. C'est pour ça que je me suis sauvé la nuit, en cachette de la vieille femme. Elle aurait bavardé. »

Mammy fit entendre une sorte de grognement, mais sans que l'expression radieuse de son large visage en souffrît le moins du monde.

« J'ai pris le petit bateau. J'avais bien peur d'être tué par un de ces gredins de tirailleurs, et alors miss Lucy n'aurait jamais compris pourquoi je m'étais échappé au milieu de la nuit. Parce que, vous savez, miss Lucy, j'avais promis à maître John de ne jamais abandonner sa femme et ses enfants, et je ne les abandonnerai pas, que non ! J'ai trouvé maître John ! Que j'ai donc été content de le revoir ! Et il n'a pas de temps à perdre, mais il pourra passer l'anniversaire de ses noces avec miss

Lucy et les enfants. Et maître John a ôté son uniforme gris avec les boutons et les étoiles d'or, et il a mis un costume de drap tissé à la maison. Et maître John et moi nous avons attendu quatre jours une occasion pour traverser la rivière. C'est pourquoi nous sommes pas arrivés plus tôt. »

Avant la fin du récit, tout le monde avait serré la main d'oncle Joshua qui, reculant pas à pas, cacha ensuite dans un coin sa vieille figure brillante de plaisir.

Quant à mon père, il avait l'air plus grand et plus brun que jamais, tandis que, debout, un bras autour de la taille de maman, il essayait de répondre à une douzaine de questions à la fois.

La nouvelle étant arrivée jusqu'au quartier nègre, le vestibule fut bientôt envahi par des figures familières, car, après la dernière dispersion, les fugitifs étaient revenus en grand nombre. Mon père distribua des poignées de main à la ronde et leur adressa un petit discours plein de cœur qui fit rouler tous les yeux et briller toutes les dents blanches.

Après quoi, les plus jeunes retournèrent au quartier, et quelques-uns parmi les plus âgés furent postés sur des points différents avec ordre de surveiller les abords de la maison, car il arrivait parfois, — pas souvent, — qu'un détachement d'habits bleus se montrât soudain pour disparaître de même, après s'être assuré que tout était tranquille.

A plus de minuit, nous sortîmes de la salle à manger. Le major Brentling s'en alla avec le Père Kenyon. Les autres couchèrent à la Rose-Blanche. Je fis de grands efforts pour rester éveillée pendant qu'on se disait bonsoir et adieu. Grand-père partit le dernier, et il apparut, à mes yeux endormis, de taille aussi colossale que le géant de Mandy, quand il embrassa mon père sur les deux joues. J'entendis sa jambe de bois frapper l'escalier, puis je vis confusément la chambre obscurcie et deux ombres enlacées qui marchaient de long en large en se parlant tout bas. Les vêtements blancs de ma mère étaient agités

par la brise fraîche de la nuit que laissait entrer la fenêtre ouverte. Tout à coup eux aussi disparurent.

Quand je me réveillai, une lumière grise et embrumée commençait à poindre. Ma mère, debout devant la fenêtre, avait encore sa robe blanche, et à sa ceinture des roses effeuillées, et dans ses cheveux défaits du jasmin flétri. Ses mains étaient jointes, et elle regardait le fleuve, très haut en ce moment.

« Est-ce que mon père est venu ici ? Où est papa ? » demandai-je.

Elle tourna vers moi un visage inquiet comme si elle n'entendait qu'à demi, puis de nouveau regarda au loin. Je compris, sans la questionner davantage, que mon père était retourné aux avant-postes.

Cela se passait un dimanche. Le lundi matin, la joyeuse clameur de la cloche réveilla le quartier nègre, et oncle Joshua tourna le coin de la maison, amenant la vieille mule.

« J'ai déposé maître John sain et sauf de l'autre côté de l'eau, miss Lucy, dit-il après avoir mis ma mère en selle, tout en marchant à côté d'elle. Et le dernier mot qu'il m'a répété, c'est de ne jamais vous quitter, vous et les enfants. Et je ne vous quitterai pas tant que j'aurai seulement la tête au-dessus de terre.

— Ils ont beau dire, fit, en les suivant des yeux, Mandy, assise sur la marche supérieure du perron, si Daddy n'en a pas bientôt fini de rôder autour de ces *carnessières* et de ces *ravitailleurs* [1], Ha'-yg'-nab l'attrapera pour sûr ! »

VII

MÈRE

Tous les jours il montait plus près du sommet de la levée, le grand fleuve fauve,

---

1. Mandy veut parler des canonnières et des tirailleurs. Nous essayons de montrer ici, une fois pour toutes, de quelle façon comique et souvent prétentieuse les nègres écorchent l'anglais comme le français.

jusqu'à ce qu'un matin, sous le ciel de juin, l'eau brillât au niveau de la haute crête. Quand une brise légère soufflait sur la surface écumeuse, de petites vagues se levaient et retombaient en pluie le long de la pente gazonnée qui protégeait la route. Les plantations de cannes de la Rose-Blanche offraient l'aspect d'une nappe ininterrompue de luisante verdure, sur laquelle s'entrechassaient les rayons et les ombres et d'où, par intervalles, s'échappaient de petits murmures rythmiques, comme si des lutins se fussent joués invisibles, dans les demi-ténèbres de cette fraîche forêt de roseaux.

Les champs de maïs n'étaient pas moins jolis. Des houppes, couleur de bronze, s'agitaient coquettement sur de longs rangs pressés, tandis qu'à l'abri des larges feuilles bruissantes se blottissaient les tendres épis, le grain laiteux enveloppé de sa gaîne entr'ouverte d'où s'échappaient des brindilles de soie jaune.

Autour des pousses de coton, la houe s'évertuait encore; le sol brun et riche se montrait entre des lignes d'un vert sombre et velouté; les seules taches de couleur vive étaient produites par les liserons rouges et bleus, dont les tiges traînantes s'emmêlaient à l'envi. Les haies étaient blanches de roses largement épanouies, aux cœurs jaunes, qui palpitaient sous le soleil. La pelouse embaumait; ce qui s'en dégageait de si suave, c'était le parfum des sensitives dont les boules pelucheuses restaient cachées à demi sous l'herbe qu'on ne fauchait plus.

Toutes les après-midi, maman rapportait, du jardin des roses, un panier rempli de pétales effeuillés qu'on ajoutait au grand tas qui séchait déjà dans un coin ombreux de la véranda pour alimenter les porte-parfums.

Les haricots grimpants qui décoraient les cases du quartier nègre balançaient paresseusement dans l'air leurs longues grappes de fleurs rouges, et les vignes-gourdes faisaient éclater partout des trompettes jaunes.

Les bananes, dont les feuilles déchiquetées et frémissantes ne gardent jamais le silence, commençaient à pousser de longs bras crochus au bout desquels pendaient des bouquets d'un rose pâle.

Les orangers se couvraient de petits globes très serrés.

« Comme tout cela est beau, oncle Joshua! disait maman.

— Ça, c'est vrai, répondait oncle Joshua, laissant errer son regard sur les champs, de l'un à l'autre, jusqu'aux arbres noirâtres du massif où flottaient des drapeaux de mousse [1]. C'est! on jurerait le Paradis. Mais, miss Lucy, mon cœur, il y a cette maudite rivière; elle est au plus haut, et tout peut être détruit si elle se met en tête de battre le point faible de la levée. Que le Seigneur ne nous envoie pas de pluie! » conclut-il tristement.

Et il alla faire remettre de la terre au point faible en question.

Mère — grand'maman Selden — (elle voulait toujours être appelée ainsi, à la française), « Mère », qui était venue de River-View pour sa visite annuelle, prétendait que la Rose-Blanche avait exactement cette même apparence, du temps qu'elle était petite fille. Mère disait cela dans son joli français si doux, car, issue d'une vieille famille de France, émigrée sous Louis XV, elle n'avait jamais voulu apprendre l'anglais et faisait la sourde oreille toutes les fois que quelqu'un, fût-ce grand-père, lui parlait en cette langue. Née à la Rose-Blanche, elle y avait grandi et s'y était mariée avec grand-père qui, de son côté, ne savait pas alors un mot de français, mais qui, étant jeune, beau et vaillant, avait réussi cependant à lui plaire et à l'épouser.

La vieille Justine, debout derrière la chaise de sa maîtresse, releva la tête et, dans son patois presque aussi musical que le français de Mère, fit une impertinente

1. La mousse espagnole est un parasite qui fournit le crin végétal. Long parfois de plusieurs mètres, il flotte aux branches des pins, des chênes-verts et des cyprès comme d'énormes stalactites aériennes.

Ma mère rapportait, du jardin des roses, un panier de pétales....

déclaration : — pour sa part, elle trouvait la Rose-Blanche bien plus jolie quand Madame était jeune fille, et que le père de Madame vivait encore, et avant que *ces Américains* eussent mis la main dessus.

Par « ces Américains », Justine entendait nos nègres de la Rose-Blanche qui étaient entrés dans la famille créole avec mon grand-père et papa.

Là-dessus, Mammy, également debout derrière la chaise de sa maîtresse (maman), leva la tête du même air agressif et dit :

« Notre famille est une des meilleures familles de la vieille Virginie, et nous ne

souffrirons jamais qu'un nègre français ait l'insolence de nous débiner. »

Tout le monde se mit à rire, car ces prises de bec étaient habituelles entre Mammy et Justine, qui s'en allèrent amicalement ensuite faire de concert, pour le dîner, ce fameux *gombo-zerbes*, où des herbes de toute sorte, longuement bouillies, se mêlent à la plante mucilagineuse, tant employée dans la cuisine créole, le *gombo* autrement dit *filé*.

C'est à notre aïeule et à son entourage de vieux serviteurs, pieusement pénétrés des idées qui étaient au fond les siennes, c'est à la partie créole de ma famille que j'ai dû d'aimer tendrement la France. Mère en parlait sans cesse, et de toutes les histoires que nous nous plaisions à écouter, les siennes n'étaient pas celles qui m'intéressaient le moins. Elle nous contait avec feu, comme si la chose eût daté de la veille, comment cette Louisiane, filleule de Louis XIV, où nous étions tous nés, avait été cédée, sans son aveu, à l'Espagne, par l'indigne successeur du Grand Roi. C'était le plus inexcusable des crimes, que cette ingratitude envers une colonie où tant de braves gens avaient laissé leur vie pour la gloire de la France.

Et Mère nous les nommait, tous ces braves gens : Cavalier de La Salle, dont le nom reste attaché à la découverte du Mississipi, ce fleuve redoutable où s'étaient engloutis, au XVIe siècle, les aventuriers espagnols ; Joliet, l'intrépide explorateur canadien ; son compagnon, le jésuite Marquette, un saint missionnaire tenu en vénération par les Indiens ; Iberville, enfin, le fondateur de la colonie, Normand d'origine ainsi que La Salle. L'œuvre commencée par lui fut continuée par son frère, le sieur de Bienville, qui gouverna la nouvelle province, travailla de toute façon à sa grandeur, sut tenir en respect les Anglais comme les Espagnols, et recueillit pour salaire la disgrâce et l'oubli.

La Louisiane, cependant, restait obstinément française, et l'abandon que le roi faisait d'elle à une puissance étrangère la jeta dans le désespoir. Elle ne se laissa pas réduire sans protestations. L'avocat-général Lafrénière plaida sa cause avec la dernière insistance, puis, voyant que les prières étaient vaines, se mit à la tête d'une poignée de patriotes qu'on appelle *les martyrs de la Louisiane*. Le gouvernement espagnol les condamna en effet à être pendus ; mais, faute de bourreau, il fallut les fusiller. A ce propos, nous ne nous lassions pas de faire répéter à Mère le récit d'un trait héroïque accompli par un pauvre nègre. On avait voulu, malgré sa répugnance, le charger des fonctions d'exécuteur des hautes-œuvres, qui jamais jusque-là n'avaient été remplies dans la colonie. On lui promit la liberté, dans l'espérance de le séduire ; puis on lui rappela qu'étant esclave il n'avait d'autre ressource que d'obéir. Alors Jeannot — c'était son nom — demanda un moment pour réfléchir, et il employa ce moment à se trancher la main droite ! Il fallut bien ensuite le laisser en repos.

Ce qui nous étonnait toujours, c'était la véritable passion que Mère conservait à Napoléon qu'elle aurait dû, pour rester d'accord avec ses propres idées, regarder comme un traître envers la Louisiane. En effet, il se la fit céder par l'Espagne, alors qu'il n'était que Premier Consul, mais ce ne fut que pour la revendre presque aussitôt aux États-Unis.

« Que voulez-vous, disait grand'mère, malgré le chagrin que nous en eûmes, nous autres créoles, son but était au fond louable : déjouer les ambitions de l'Angleterre et se faire une amie de la grande République américaine. Nous n'y avons pas perdu, puisque jamais le pays ne fut plus prospère qu'après 1815, lorsque Américains et créoles se furent réunis sous le général Andrew Jackson pour battre les Anglais. A la suite de ce succès remporté en commun, ils n'ont plus fait qu'un peuple, malgré les petites différences qui existeront toujours. Mais quel homme, mes enfants, quel géant sans pareil que ce Napoléon ! — Nous avions pensé qu'après sa chute il se réfugierait en Louisiane où il était tant admiré. Il eût ainsi esquivé Sainte-Hélène ! L'un de ses partisans les plus dévoués parmi nous, fit bâtir, pour la mettre à sa disposition, cette maison ornée d'une coupole que je vous ai montrée un jour à la Nouvelle-Orléans, au coin de la rue Saint-Louis et de la rue de Chartres. Mais, hélas, il n'y vint jamais. L'Angleterre eut son tour. »

Et Mère, de sa jolie main délicate, un peu ridée, s'essuyait les yeux avec un petit mouchoir garni de valenciennes, des dentelles de France apportées jadis par ses ancêtres. Elle en possédait beaucoup d'autres plus précieuses, un certain point d'Alençon, surtout, qu'on nous avait appris à vénérer comme une relique.

Son père, nous disait-elle non sans orgueil, était cousin, issu de germain, d'Étienne de Boré, l'ancien mousquetaire du roi Louis XV, qui introduisit· en Louisiane cette immense source de richesse, la fabrication du sucre. Jusque-là les planteurs s'en tenaient à la culture de l'indigo, et un insecte destructeur s'étant attaqué à cette plante, menaçait de ruiner la colonie, car le règne du coton n'était pas encore établi comme il le fut depuis.

Boré sacrifia tout ce qui lui restait pour une dernière expérience, suivie avec un intérêt passionné par la population. Le jour où, dans la sucrerie, le sirop se granula au fond de la chaudière, un cri de joie retentit, qui fut répété de bouche, en bouche, portant à la Nouvelle-Orléans, sur un espace de six milles, l'annonce du succès.

Cette cristallisation du sucre représentait, pour nous autres enfants, l'équivalent de la découverte d'un monde ou des conquêtes d'Alexandre.

Mais ce que nous redemandions toujours à Mère, c'était la merveilleuse histoire du pirate Jean Lafitte que ses parents avaient connu, disait-elle, et dont ils faisaient grand cas.

Les corsaires avaient eu beau jeu dans un pays que ne cessaient de se disputer l'Espagne, la France et l'Angleterre, et le port de la Nouvelle-Orléans était celui qui, entre tous, offrait le plus de ressources aux écumeurs du golfe, pour tirer parti de leur butin. Néanmoins, lorsque la Louisiane fut, une bonne fois, la propriété des États-Unis, cette industrie suspecte et irrégulière parut destinée à périr, étant nettement condamnée par la loi et les conventions internationales.

Les obstacles qu'elle rencontrait eussent été insurmontables pour d'autres que les frères Lafitte. Ces deux frères, Pierre et Jean, venaient de Bayonne. On le disait

du moins, car nul ne savait rien d'eux, sauf que leur intelligence n'avait d'égale que la séduction de leur personne. Jean surtout était beau, aimable; parlait plusieurs langues avec charme et affectait des manières chevaleresques qui ne l'empêchaient pas de s'enrichir par certains moyens inavouables. Mais les apparences étaient sauvées. Ils avaient une forge importante à la Nouvelle-Orléans, ce qui leur permettait d'occuper un nombre considérable d'esclaves et de recevoir beaucoup de monde, des individus de toute sorte qui pouvaient, à la rigueur, venir pour affaires parfaitement légitimes. En réalité, on concertait chez les Lafitte des entreprises de contrebande, qui d'ailleurs n'avaient jamais déshonoré personne en Louisiane. Sous le joug espagnol, par exemple, c'était un simple moyen d'échapper à l'oppression insupportable des tarifs. Pour une raison ou pour une autre, l'introduction et la vente de marchandises prohibées n'offraient, au gré des créoles, assez faciles en matière de morale, rien qui pût entacher l'honneur d'un gentilhomme. En outre du gain, il y avait le plaisir de jouer un tour aux Américains qui se piquaient de puritanisme.

Les Lafitte ne se bornaient pas à leur forge ; ils avaient Barataria, dont le nom tentateur signifie en espagnol : marchandises à bon marché. Ils habitaient, comme pour leur plaisir, la Grand'Terre, une des îles charmantes qui, serrées les unes contre les autres, forment le rivage du golfe du Mexique. La Grand'Terre semble plantée en guise d'écran, entre le golfe et l'un des meilleurs ports de la Louisiane, le lac ou baie de Barataria. De fait, on appelle Barataria toute la côte entre l'embouchure du Mississipi et le bayou La Fourche. Ces bayous, formés par les débordements du fleuve, sont souvent de grands cours d'eau facilement navigables et fournissant dans l'intérieur des terres des moyens de communication fort bons à utiliser pour des gens tels que les Lafitte. Ils s'en servirent si bien, qu'en peu de temps ils eurent rassemblé sous leurs ordres tous les bandits qui, de siècle en siècle, s'étaient abrités dans ce labyrinthe d'îlots et qui couraient la mer avec des intentions de pillage. Ils imposèrent une sorte de loi à ces pirates. Quant à eux, ils s'intitulaient corsaires, et les corsaires diffèrent, on le sait, des pirates, en ce qu'ils ont une commission du gouvernement. Or, les Lafitte passaient, à tort ou à raison, pour être autorisés par la France. Ils portaient haut cette qualité de corsaire, et s'enorgueillissaient d'avoir fait la prospérité des Baratariens, leurs sujets. En effet, tout le commerce d'importation fut bientôt entre leurs mains ; les cargaisons ne cessaient de débarquer sur cette terre riche et prospère, où les principaux d'entre les pirates menaient la vie la plus luxueuse dans de magnifiques propriétés. Le gouvernement finit par s'inquiéter sérieusement de cet état de choses scandaleux, on ordonna des enquêtes, un décret défendit aux Louisianais d'entrer en rapport de commerce avec Barataria ; mais rien n'y fit. Deux vaisseaux de guerre anglais qui se permirent une attaque, furent battus à plate couture, ce qui ne diminua pas le prestige des Lafitte. Ils continuèrent de vendre à vil prix les cargaisons qui ne leur coûtaient rien, sauf une lutte quelconque à main armée, et les acheteurs ne leur manquèrent pas plus que par le passé. A la fin, le gouverneur Claiborne fit poursuivre ces prétendus corsaires, pour crimes contre le droit commun ; il fut facile d'arrêter Pierre Lafitte qui se promenait volontiers en ville au milieu d'un cortège de clients et d'admirateurs.

Jean Lafitte trouva, pour défendre son frère, des avocats éminents. Cependant il ne se sentait plus en sûreté, même à Barataria ; sa tête était mise à prix et il risquait beaucoup en se montrant chez ses amis, parmi lesquels figuraient des planteurs de distinction appartenant au meilleur monde de la Louisiane. Ceux-ci, très certainement, eussent été incapables de le trahir. Mais la dénonciation d'un domestique, un propos imprudent, et il était perdu ! Avec une parfaite insouciance du danger, Lafitte était, comme auparavant, le plus gai, le plus spirituel des convives.

Sur ces entrefaites, un brick aux couleurs de l'Angleterre apparut dans les passes de Barataria, porteur de dépêches importantes pour lui. Le grade de capitaine dans la marine britannique et une grosse somme d'argent étaient proposés à Jean Lafitte, s'il voulait, lui et ses hommes, favoriser une invasion de la Lousiane. L'offre était tentante, d'autant plus que Lafitte avait à venger son frère toujours retenu en captivité. Néanmoins la conduite du corsaire fut, en ces conjonctures celle qu'on aurait pu attendre d'un bon citoyen. Il avertit le gouvernement américain, avec preuves à l'appui, et se mit à ses ordres, lui et les Baratariens, pour défendre le pays contre une invasion étrangère. « Tout ce que je demande en retour, ajoutait-il, c'est la fin de la proscription pour moi et pour mes adhérents, un acte d'oubli absolu en ce qui regarde le passé. Je suis la brebis égarée qui cherche à rentrer au bercail... Si mon ardent désir n'est pas réalisé, je quitterai ma patrie d'adoption sur-le-champ pour n'être pas accusé de m'être tourné contre elle et je vivrai tranquille n'importe où, justifié par ma propre conscience. »

Il ne reçut pas de réponse. Alors, hardiment, il se présenta chez le gouverneur, un pistolet chargé dans chaque poche, et s'annonça ainsi : « Je suis Lafitte, j'ai derrière moi des hommes braves, disciplinés, fidèles, et bien armés. L'État accepte-t-il, oui ou non, mes services contre l'ennemi ? »

La fascination qu'exerçait Lafitte était extraordinaire, le gouverneur accepta, et, plus tard, le général Andrew Jackson, malgré son austérité bien connue, fit de même. Les Baratariens se battirent comme des lions, ils contribuèrent pour une large part à la défaie des Anglais et méritèrent

non seulement une amnistie, mais des remerciements publics.

On dit que les frères Lafitte s'attachè-
rent par la suite au gouvernement de
Buenos-Ayres. Quoi qu'il en fût, on les
vit pour la dernière fois en Louisiane, sur
la côte de Vermilion-Bay, où l'un de leurs
anciens camarades possédait une luxueuse
plantation.

Là, au cœur d'une grande forêt, sous
les orangers, disparaissent dans la verdure quelques tombes aux noms effacés,
parmi lesquelles se trouvent peut-être
celles de Pierre et de Jean. Jusqu'en 1821,
où la piraterie cessa sur le golfe, tous les
hauts faits en ce genre furent attribués
par l'opinion publique aux Baratariens
transformés cependant en une honnête population de pêcheurs.

Bonne-maman Selden ne tarissait pas
d'anecdotes sur les Lafitte, à qui leur
exquise et proverbiale courtoisie vaut une
place particulière dans l'opinion des dames
louisianaises de tous les temps. Et, quand
elle arrivait au récit de l'éclatante réha-
bilitation des deux frères, aux détails hé-
roïques de la marche d'Andrew Jackson,
à ce combat nocturne qui ouvrit les hosti-
lités dans des ténèbres à peine éclairées
par la lune, deux mille Américains ayant
raison à la fin de cinq mille Anglais, à la
fameuse victoire du 8 janvier 1815 où
l'ennemi fut taillé en pièces, Mère ajoutait toujours avec un soupir ;

« Ah ! c'était la guerre cela... non pas
la guerre civile comme celle qui nous
prend nos enfants, mais la vraie, la noble
guerre, Américains et créoles unis dans un
même patriotisme contre l'étranger ! Aujourd'hui... »

Et de nouveau, elle avait recours à son
mouchoir de Valenciennes, tandis que tout
bas nous continuions à parler entre nous
des Lafitte et du plaisir qu'il devait y
avoir à être pirates !

VIII

LE NOUVEAU CHIEN

Le jour même où, comme je l'ai raconté, Justine et Mammy s'étaient disputées une fois de plus sur la supériorité de
leurs maîtres respectifs, sur les mérites
divers des nobles familles de la vieille
France et de la vieille Virginie, la pluie
commença de tomber. Elle tomba d'abord
légère, en un fin brouillard qui fit paraître la verdure plus verte encore. Mais,
le soir venu, le ciel se couvrit de nuages
inquiétants, traversés d'éclairs en tous
sens. De temps à autre, un violent coup de
tonnerre éclatait dans l'atmosphère brûlante ; on étouffait.

Des lumières erraient le long du fleuve,
révélant la marche des patrouilles, occupées sans relâche à surveiller la levée, ce
précieux rempart qui protège seul d'une
destruction absolue les champs incons-
cients. Devant Bon-Soldat flambait un feu
énorme, et plus bas nous pouvions voir
se détacher, rouge sur le ciel d'orage, la
fumée d'un autre feu que nous savions
marquer la limite extrême de River-View,
où se trouvait la plantation de grand-
père.

Tout à coup, le vent s'élève et apporte
un bruit étrange, profond, continu comme
un rugissement prolongé.

La violence de la pluie le fait taire un
instant, mais, après cette accalmie, le
bruit recommence, sourd, menaçant, terrible.

C'est la voix de la rivière, le gronde-
ment de la bête féroce prête à bondir sur
sa proie.

Les lumières qui brillaient sur la levée
vont et viennent ; bientôt elles se réunissent comme un essaim de mouches phos-
phorescentes à « l'endroit faible », contre
la plantation d'orangers, là où le rivage
se creuse un peu. Puis des pas rapides
courent sous les fenêtres. Un cri aigu dé-

chire l'air, la sonnerie désespérée de la cloche de la plantation se mêle au bruit de l'orage.

Nous comprenons ce que cela veut dire. « L'endroit faible » s'est rompu, une crevasse vient de se produire dans la levée !

Ce n'est pas chose insignifiante qu'une crevasse. La terre cernée ainsi et minée traîtreusement, se détache parfois et s'abîme dans le fleuve. Nous le savons, nous autres enfants, on a vu des habitations, des villages entiers disparaître de cette manière. La ville de Napoléon, par exemple, s'est évanouie autrefois sans qu'il en restât rien ; perte médiocre, car elle représentait sur le Mississipi un repaire de joueurs. Du reste, la crevasse se forme assez lentement pour que les riverains aient le temps de fuir, même s'ils ne réussissent point à l'arrêter. Nous n'avons donc pas trop peur. N'importe : l'espèce de tocsin qui remplit les airs, est lugubre, car, à la cloche de la plantation répond presque instantanément la cloche de notre petite église, et bientôt, comme un écho lointain, arrive le son de la cloche de Bon-Soldat.

Le quartier nègre s'anime, les torches étincellent d'une case à l'autre, des escouades d'hommes traversent la cour, riant, chantant, — les nègres chantent et rient en toute occurrence, — grognant aussi et s'entre-appelant. La pluie tombe à verse ; nous entendons claquer des fouets sur la route de la levée ; nous entendons les cris des conducteurs pour faire avancer leurs mules et les gémissements des roues tandis que de lourds chariots arrivent des plantations voisines. Un peu plus tard, une douzaine de voix enrouées commencent à crier des ordres, suivis tant bien que mal par une foule grossissante de minute en minute.

Le front collé aux vitres, nous regardons pendant des heures danser la flamme des grands feux activés par le vent, et nous écoutons tous les bruits qui arrivent, tantôt confus et indistincts, tantôt clairs et retentissants, à travers les brusques silences de l'orage.

« Cette rivière-là est terriblement forte, aussi sûr que vous êtes au monde, me dit Mandy. Et elle rira au nez de tous les blancs comme de tous les nègres qui voudront l'empêcher d'aller où elle voudra. »

Pendant ce temps, Mammy s'était dirigée vers la cuisine. Avec tante Esther, la cuisinière, et une douzaine d'autres femmes elle pétrissait des galettes de maïs, elle faisait frire du lard et bouillir de grands pots de prétendu café composé d'un mélange de pommes de terre séchées et de mélasse. Maman, Mère et cousine Nellie préparaient des paniers de vivres dans la salle à manger. Toute la nuit, nos messagers s'employèrent à porter boisson et nourriture aux travailleurs épuisés.

Le lendemain matin, le vent était tombé, mais le ciel restait gris et bas ; de grosses bourrasques soufflaient de l'Est. Mes petits frères furent laissés sous la garde de Mère, et moi je partis avec maman. Oncle Joshua lui avait amené la fameuse mule ; je montai en croupe, mes bras enlacés autour de sa taille.

Un épais ruisseau d'eau jaune et limoneuse coulait le long du sentier vers le marais ; comme nous approchions du Mississipi, il devint de plus en plus profond et monta presque aux essieux des charrettes groupées dans un coin de champ. Les mules attachées par derrière avaient de l'eau jusqu'aux jarrets et attrapaient paisiblement au passage les débris de foin détachés des meules qui attendaient leur tour pour être ajoutées à la barricade.

A quelques centaines de *yards*[1] sur la gauche, une armée d'hommes étaient à l'ouvrage, apportant des brouettées de terre dont ils remplissaient des sacs, barbotant autour de la crevasse en partie fermée, y enfonçant des piles, posant des madriers, entassant de la paille, de la terre, des

---

1. Le *yard* équivaut à 0ᵐ,9144.

broussailles... que sais-je ?... Le rempart s'élevait toujours.

Il y avait là les nègres de Bon-Soldat, ceux de River-View, ceux de Ridgefield, et beaucoup de figures familières noires et blanches des environs de la paroisse. Avec une énergie égale à celle des autres, travaillaient une douzaine et plus de soldats Yankees venus de leur camp au-dessus de la courbe.

Grand-père Selden, debout sur la crête glissante de la levée, criait des ordres aux hommes au-dessous de lui, et le major Brentling, de son bras unique, aidait à hisser une grosse poutre le long du talus mouillé.

Les hommes s'arrêtèrent un instant quand ils aperçurent ma mère sur sa mule ; ils poussèrent des vivats en son honneur. Leurs voix m'arrivaient lointaines, tout dansait devant mes yeux, j'eus le vertige. Oncle Joshua me fit descendre de la mule et me prit dans ses bras :

« Ce n'est pas étonnant que cette enfant ait peur, dit-il, pour sûr que c'est un spectacle terrifiant. »

L'eau fauve, bouillonnante, une véritable mer rugissait bien au-dessus de nos têtes, se ruant contre la barrière à demi achevée, la rompant ici et là. Elle brisait ses vagues contre la longue ligne de la levée restée solide et glissait par-dessus la pente pour se mêler à un flot de boue qui couvrait la route et envahissait déjà les champs.

Les prairies cependant riaient au ciel bleu qui se montrait entre les nuages.

Tout à coup un cri d'alarme retentit du haut de la levée. Un énorme tronc d'arbre, hérissé d'aspérités pointues partout où il avait porté des branches se précipite contre la barricade. Il s'y heurte avec un bruit sourd, puis recule, se redresse presque droit, se balançant, battant, frénétiquement l'eau écumeuse pendant une seconde... De nouveau il se lance en avant. Trois ou quatre cents poitrines exhalent un cri de rage et de désespoir quand le pilotis cède, que les sacs de terre semblent

se fondre, et que le torrent arrive en bouillonnant, en sifflant à travers la brèche. Quelques-uns des hommes sont renversés par cette irruption subite.

« Que vont-ils faire maintenant ? demandai-je à oncle Joshua en retournant avec lui à la maison.

— Ils vont recommencer la bataille contre la rivière, mon enfant, mais, tant qu'elle pourra, elle ne leur permettra pas d'être les maîtres. C'est qu'elle est puissante, cette rivière-là ! »

Ce n'était, en effet, que le début. La lutte persista de jour en jour, avec le même dénouement, ou il s'en fallait de peu. Quelquefois grand-père venait annoncer en poussant un soupir de satisfaction que la crevasse était bouchée. Les hommes, las et trempés, rentraient chez eux pour goûter un repos bien gagné, laissant une patrouille surveiller leur ouvrage. La routine ordinaire de la maison reprenait. Mais quelques heures plus tard, la cloche sonnait derechef son impérieux appel, et tout était à recommencer.

Pendant ce temps, le torrent envahisseur, d'abord entraîné vers le marais par les fossés de drainage, débordait lentement, mais sans relâche. Grossissant toujours, il s'introduisait peu à peu dans la plantation d'orangers, dans le chemin, dans les champs, dans le jardin. Quand la crevasse fut réellement bouchée, un lac s'étendait sur la Rose-Blanche et sur Bon-Soldat, venant battre les marches de la demeure de grand-père, à plusieurs milles en aval.

Seuls, les champs de cannes derrière notre maison échappèrent au fléau. On y avait mis les mules et le bétail à couvert, dans un coin sec bien à l'abri.

Les vagues qui léchaient les fenêtres du rez-de-chaussée, qui se jouaient sur la pelouse et qui étincelaient sous un soleil ardent, furent d'abord troubles et fangeuses. Graduellement, elles devinrent limpides ; comme dans un vaste miroir, nous pûmes voir alors l'herbe, les buissons de roses et les bordures de violettes, le tout couleur d'émeraude, onduler au fond, sous une couche de cristal ridée par le vent. Les haies à demi submergées fleurissaient d'un air de défi ; l'onde claire reflétait leurs feuilles brillantes, leurs boutons mats et blancs comme de la cire [1]. La haute canne, baignant dans l'eau, agitait gaiement ses touffes empanachées au-dessus d'elle.

Mais au bout de quelque temps les champs se colorèrent d'une teinte jaune malsaine. Les haies semèrent l'immense nappe liquide de boutons de roses encore fermés qui se détachaient d'eux-mêmes, une écume épaisse couvrit la surface de l'eau, et l'air dégagea une singulière odeur.

Nous vivions dans un monde étrange et nouveau. Quelquefois un poisson sautait contre quelque treillage, montrant ses flancs argentés lorsqu'il retombait en faisant jaillir la boue. Alors les petits garçons se précipitaient dans la maison pour chercher leurs lignes, et ils attendaient des heures, penchés sur la balustrade, que le poisson mordît. De longs serpents verdâtres se glissaient sur les marches pour se chauffer au soleil, sans prendre même la peine de se sauver quand quelqu'un s'approchait des bateaux amarrés aux piliers, la rame en travers. Une fois, un alligator monstrueux glissa sur la pelouse, nageant le nez en l'air. Il s'en alla plonger à l'entrée du jardin des roses. Dix minutes plus tard, un petit, de la même espèce, un baby, long de trois ou quatre pieds, se traîna sur les marches en soufflant drôlement. Quand il les eut escaladées, quand il eut atteint la véranda, il s'étala bien à son aise, grogna et resta étendu au soleil, ouvrant et fermant paresseusement ses petits yeux.

Des barques filaient toute la journée d'un point à l'autre de la plantation. Oncle Joshua pilotait chaque matin une flottille de pirogues aux endroits où l'on pouvait encore travailler. Esther et Mammy allaient et venaient autour du quartier nègre en ramant avec une extrême maladresse, ce qui excitait les moqueries de deux hardis bateliers, Jerry et Grief, qui dansaient allègrement dans leurs coquilles de noix. Souvent un éclat de rire nous faisait accourir sur la galerie de derrière, et nous voyions les deux pauvres vieilles, trempées, couvertes de boue et furieuses, traînant après elles leur bateau chaviré, et menaçant les insolents de leurs avirons brandis.

Chaque jour aussi, maman, dans le bateau des dames, allait à notre petite église, au débarcadère, avec un ou deux de ses enfants ; quelquefois elle rendait visite à Mme Brion, à Bon-Soldat, ou même elle s'aventurait jusqu'à River-View, chargée de quelque commission par Mère, qui, elle, ne se risquait jamais en bateau.

Un soir, la flotte des pirogues déboucha sur le sentier entre les haies de roses [1]. Les hommes chantaient, battaient la mesure avec leurs rames. L'un après l'autre les bateaux tournaient dans la grille, les belles voix moelleuses de ceux qui les montaient arrivant jusqu'à la véranda d'où nous contemplions les étoiles. Ils chantaient en patois créole :

« Les blancs disent que les nègres ne volent pas. — J'en ai pourtant attrapé six dans mon champ de maïs. — Cours, nègre, cours, la patrouille t'attrapera. — Cours, nègre, cours, il fait presque jour. »

Comme les bateaux se dirigeaient vers le quartier, l'un d'eux se détacha de la masse des autres et traversa sans bruit la pelouse, glissant vers la maison. C'était le bateau des dames qui avait amené cousine Nellie passer la nuit à Bon-Soldat. Comme Jerry approchait des marches et levait ses rames en l'air, un gros chien sauta de l'arrière, s'arrêta un instant sur l'escalier, parut hésiter, puis bondit et disparut dans le vestibule.

---

1. Le rosier Cherokee, rosier sauvage qui forme ces haies énormes, ne ressemble que de loin à notre églantier ; ses fleurs, plus grandes, sont d'un blanc mat et sans épines, son feuillage est sombre et comme vernissé.

1. Ces haies sont souvent d'une hauteur qui dépasse celle des cases voisines.

« Ça doit être César, à Mme Brion, dit Jerry, quand il eut assujetti le bateau qui avait failli chavirer. Je ne savais pas qu'il était avec moi. Comment a-t-il pu si bien se cacher jusqu'ici ? »

Le lendemain, les petits descendirent, fort excités, de leur chambre de récréation sous les toits.

« Nous avons un nouveau chien, et ce n'est pas César, celui de Mme Brion, dit Sam.

— Un chien si gentil ! ajouta Will.

— Pas' qu'il nous laisse zouer avé lui, » expliqua le petit Percy.

Et ils remontèrent bien vite, emportant du pain pour leur nouveau camarade.

Ce nouveau chien, disait ma mère, était une bénédiction. Depuis la ca-

Mes bras enlacés autour de sa taille.

tastrophe, elle n'avait jamais été tranquille sur le compte des enfants, ne rêvant que serpents, alligators, et autres dangers inconnus. Mais maintenant, elle pouvait respirer en paix : les petits diables ne risquaient rien, enfermés au grenier avec un bon chien.

. Tous les matins, aussitôt après déjeuner, ils emportaient d'abondantes provisions pour Monterey : ainsi avaient-ils appelé leur chien, du nom de cette journée glorieuse de la guerre du Mexique, en 1847, où grand-père avait perdu sa jambe. Et bientôt l'escalier retentissait

de leurs fous rires, de leurs cris de joie.

Un jour, les enfants montèrent le vieux Jupe dans leur salle de récréation pour le présenter au nouveau chien. Mais Jupe sans doute ne le trouva point à son gré, car nous l'entendîmes pousser un aboiement sauvage et il dégringola l'escalier, la queue entre les jambes, son corps maigre tout tremblant. Plongeant dans l'eau, il regagna la cabane de Mammy, et, depuis lors, ni menaces, ni caresses, ne purent jamais le décider à rentrer dans la « grande maison ».

Une certaine après-midi que le tapage

dans le grenier était devenu insupportable à grand'mère prise de migraine, elle dit à maman :

« Je vous serais bien obligée d'aller prier les garçons et le nouveau chien de se tenir un peu tranquilles. »

Quand ma mère eut atteint le palier du second étage, elle ouvrit la porte de la salle de récréation et regarda.

Mes petits frères jouaient aux soldats. En tête, Percy battait gaiement du tambour sur un vieil ustensile de fer-blanc. Will le suivait, tenant très raide son sabre de bois. Sam et Charley marchaient sur ses talons, une baguette sur l'épaule en guise de fusil, et leurs bidons au côté. Le nouveau chien, coiffé du chapeau de Percy et debout sur ses pattes de derrière, fermait la marche.

Ma mère pâlit à cette vue et faillit s'évanouir. Le nouveau chien était un jeune ours noir de grande taille et tout hérissé. Il avait été chassé par l'inondation et apprivoisé par l'innocente confiance de ses hôtes.

Lorsque ma mère entra, l'ours retomba vite sur ses quatre pattes en grognant. Mais l'exemple de ses camarades, qui continuaient leur marche sans se déranger, le rassura ; la tête un peu penchée de côté, il se remit sur ses pattes de derrière. Et tous de tourner en rond cent fois de suite, le tambour battant, le capitaine marquant avec gravité la mesure, et toute la petite compagnie allongeant le pas.

« Boum ! » gronde un canon imaginaire.

Charley et Sam tombent en gémissant. L'ours les regarde et ne bouge pas ; mais le capitaine Will lui donne un bon coup avec sa latte, et il roule en tas sur les deux autres.

« N'est-ce pas, maman, que c'est un bon petit chien ? » dit Charley, quand tous se sont remis sur leurs pieds.

Ma mère répond : « Oui », mais ses genoux fléchissent.

« Nous lui avons donné un nom, dit Sam. Nous l'appelons Monterey, à cause de la jambe de grand-père, et Bull-Run à

cause de la bataille du capitaine Brion. »

Après cela, on fait descendre Monterey-Bull-Run au rez-de-chaussée, où il est traité comme un membre de la famille. Ses gambades font rire tout le monde, même Mère qui a pourtant grand' peur de lui.

L'eau commence à baisser sur les plantations ; le sommet des haies basses se montre d'abord, puis les bordures de violettes ; enfin l'herbe jaunie.

Un matin, à l'heure où Mammy ouvrait la porte de la salle à manger, elle poussa un cri de désespoir. Le parquet était semé de plats brisés ; les chaises et les tables étaient renversés, les portes du buffet ouvertes, les vitres inférieures des hautes fenêtres cassées. Au milieu de ce chaos, Monterey-Bull-Run, assis par terre plongeait ses pattes dans un pot de miel, puis les léchait avec un petit grognement de satisfaction. Mammy se précipita sur lui, armée de son balai :

« Il m'a regardée une minute tristement raconta-t-elle ensuite. Puis il pose le pot de miel, sort dans le vestibule, va droit au porte-manteau, prend le chapeau de paille de Percy dans sa gueule, et descend les marches du perron d'un air offensé. Je ne l'ai pas revu depuis, parce que j'ai appelé ces rien du tout de bonnes pour essuyer le parquet et ramasser la porcelaine cassée. »

Comme tous les vieux serviteurs nègres, Mammy parlait des jeunes domestiques, de la même couleur qu'elle, avec un dédain absolu.

Que ce fût ou non la faute de ces *rien du tout* de bonnes, nous n'avons plus jamais revu Monterey-Bull-Run. Les petits garçons étaient inconsolables.

« Il est parti, sanglotait Will, parce que Mammy l'a grondé et l'a froissé dans ses sentiments. Nous l'aimions mieux que tout. Et quand nous serons des hommes, nous irons au marais l'inviter à revenir chez nous. Il reviendra, n'est-ce pas, maman ?

— Mais oui, bien sûr, il reviendra », cria le petit Percy, souriant à travers ses larmes.

IX

PAUV' BLANCHET

Blanchet ne paraissait jamais dans le salon des grandes personnes les soirs de cérémonie, quand les candélabres d'argent étaient allumés de chaque côté de la cheminée et qu'étincelaient les lustres de cristal taillé, à bougies de cire. On interdisait même à Pauv' Blanchet l'entrée de la bibliothèque ou du petit salon en ces solennelles circonstances. Les soirs ordinaires, toutefois, Blanchet faisait son apparition régulière « à l'heure où l'on allumait ». A toutes les fêtes des enfants, il était tenu pour indispensable ; il conférait de la dignité aux dînettes.

Pauv' Blanchet était, de fait, — ou plutôt il est, car il existe encore, — un chandelier beaucoup trop grand qui, selon les traditions de la famille, avait appartenu au général Washington. Oui, certes, ce flambeau est ancien et assez bizarre pour avoir figuré à Mount-Vernon[1], du temps de lady Washington, en compagnie de certaines chaises à dossier droit et de tables aux pieds griffus qu'on y exhibe.

Voici le signalement de Pauv' Blanchet : une baguette, haute de trois pieds environ, repose sur une espèce de piédestal ; elle est terminée dans sa partie supérieure par un large anneau et supporte près du sommet une plate-forme circulaire, qui se lève ou se baisse à volonté au moyen d'un écrou. Ce disque est percé de six trous destinés à des bougies. Un éteignoir bossué pend au bout d'une chaîne, et tout à fait en dessous s'étale une grande paire de mouchettes. L'étain qui a servi à la fabrication de Blanchet, fut si souvent frotté, poli par les générations successives, qu'il brille comme de l'argent. Quand (ce qui arrivait quelquefois) six bougies des meilleures, coulées par Mammy, s'allumaient en même temps dans les six bobèches, Pauv' Blanchet présentait un spectacle magnifique pour nos yeux d'enfants.

Mammy gronda un peu lorsque nous insistâmes pour avoir six bougies neuves « le soir du sucre candi », mais elle finit par céder. J'aidai d'abord à l'arrangement des bougies, puis j'accompagnai Mandy chargée de porter au quartier nègre Pauv' Blanchet, plus brillant encore que de coutume, grâce à un extra-nettoyage. Là, tout était vacarme et confusion. On célébrait le festival annuel qui marque la fin de la « roulaison ». Le dernier chargement de cannes avait été porté des champs à la sucrerie, « le jour de la procession de la Rose-Blanche » était venu.

« Maintenant, mes enfants, dit Mammy quand nous eûmes religieusement posé Blanchet dans un coin de sa case, faites-moi le plaisir de déguerpir, parce que je vais tout arranger ici pour ce soir. Et alors, si vous vous êtes convenablement conduits pendant la procession, je vous donnerai la plus belle soirée de sucre candi que vous ayez vue depuis que les jeunes maîtres, et Virgile et Dandy sont partis pour la guerre. »

C'était le dernier jour de l'année, un jour clair, brillant et froid. Le vent, très vif, avait fripé les pétales des roses de Noël dans le jardin, mais une odeur de fruit flottait, partout répandue, et les bordures de violettes n'étaient que fleurs. La brise du fleuve couchait l'herbe brunie de la pelouse, qui laissait voir en dessous des pousses nouvelles d'un vert tendre. Une corne audacieuse apparaissait çà et là près de la haute tige sèche de quelque bananier. La récolte des oranges avait été faite, mais, sous les feuilles luisantes, pendaient par places deux ou trois globes d'or oubliés, et tout autour on voyait poindre des bourgeons, même, en cherchant bien, on aurait trouvé une fleur odorante aux pétales de neige.

A neuf heures, le sifflet de la sucrerie perça les airs. Mes quatre petits frères, le-

---

1. La vieille maison de Washington, près de laquelle se trouve son tombeau, et où l'on montre aux visiteurs beaucoup de souvenirs intéressants.

Nu-tête tous les deux, l'un a le bras en écharpe.

le ciel clair du matin. Nous entendons éclater son chant puissant et sonore :

« Venez tous, nègres, le jubilé commence ! »

Deux cents voix reprennent en chœur le refrain que précède un long cri, plaintif, très particulier, qui monte, descend, et finit par un brusque staccato :

« Hi... yi.., yii... la roulaison, la roulaison est finie ! »

Le grand Moïse :

« S'il doit avoir du gâteau, le nègre en veut ! »

Le Chœur :

« Hi... yi... yii... la roulaison, la roulaison est finie ! »

Oncle Joshua conduisait le cortège, monté sur la grande mule de ma mère, puis venaient toutes les charrettes à hautes roues, tous

vés et habillés depuis l'aurore, échappent aux mains de ma mère et se précipitent sur le perron, les rubans roses de leurs chapeaux flottant au vent. Car ce sifflet est le signal du départ de la procession. Elle arrive dans le chemin avec un grand bruit de tambours et de conques, qui domine presque la sonnerie jubilante de la cloche. Le cortège tourne à l'entrée des voitures et commence par suivre le chemin en lacet, semé de coquilles. Tout à l'extrémité de la ligne, dans la dernière charrette, le grand Moïse est debout. Son ample silhouette semble gigantesque, se découpant ainsi sur

les wagons allongés, appartenant à la Rose-Blanche, et dans ces véhicules, tous les nègres de la Rose-Blanche en habits du dimanche.

Les roues étaient entourées de mousse espagnole et de jasmin d'un vert brillant, cueilli dans les marais. Des branches de pêcher sauvage clouées de chaque côté de la voiture formaient berceau au-dessus des banquettes. Les harnais des mules étaient décorés de glands de coton jaunes et rouges. Des bannières et des banderolles d'étoffe aux couleurs voyantes, tissées à la maison, se développaient, portées par des cavaliers.

La mule s'arrêta d'elle-même au pied du perron, et le chant cessa brusquement. Oncle Joshua ôta son chapeau en se soulevant sur ses étriers. C'était un grand jour pour oncle Joshua. Il montrait ses longues dents blanches dans un rire joyeux, la tête fièrement levée ; pourtant des larmes sillonnaient ses vieilles joues ridées pendant qu'il prononçait son discours. Se tournant vers maman debout sur la marche supérieure, il dit :

« Quoique la Madame ici ne soit pas forte de santé, quoique jamais le vent ne lui ait soufflé le froid et que le soleil ne l'ait jamais brûlée tant que maître John était à la maison et qu'il n'y avait pas de guerre, eh bien ! elle a pris sa place à la tête de tout, et les enfants blancs et les enfants noirs sont dans ses petites mains comme deux baquets d'eau de chaque côté d'un bâton qu'elle porte sans en verser une goutte. Alors je demande pour la Madame le plus grand hourra qu'on ait jamais entendu sur cette plantation. »

En effet, le hourra fut étourdissant, car tous les hommes, les femmes, les enfants du quartier nègre, sauf tante Rose et les plus petits bébés, faisaient partie de la procession.

Ma mère descendit l'escalier, serra la main d'oncle Joshua et déclara que, sans lui, elle n'aurait jamais pu accomplir sa tâche. Que serait-elle devenue pendant ces années de tristesse et d'inquiétude si tout son monde ne s'était fidèlement groupé autour d'elle ?

De nouveaux hourras retentirent plus bruyants encore, pour « miss Lucy », pour maître John et pour les jeunes maîtres, sans oublier Virgile et Dandy, qui aidaient à faire la guerre là-bas.

Mes petits frères grimpèrent avec Mammy et tante Esther dans la première charrette, Melinda, Riah et Sophie sortirent de la maison en ricanant et en se tortillant ; on les empila dans la seconde. Il y avait aussi de la place pour Mandy, mais elle secoua la tête d'un air de dédain et cria de la véranda :

« Voulez-vous bien vous en aller, misérables nègres que vous êtes ! Je ne veux pas me laisser prendre dans une société comme la vôtre ! Je reste à la maison, moi, avec ma miss May ».

Et je courus à elle, reconnaissante de son sacrifice, car je savais qu'elle mourait d'envie de suivre la procession.

Aussitôt qu'on put faire comprendre à la mule que ma mère ne viendrait pas non plus, le cortège se mit en mouvement, le grand Moïse reprenant sa chanson, dont le refrain s'entendait de loin, tout le long de la levée, pendant que les charrettes roulaient lentement vers Bon-Soldat.

Moïse :

« Le lapin et l'alligator viennent à la fête ! »

Chœur :

« Hi... yi. . yii... la roulaison, la roulaison est finie ! »

Moïse :

« L'opossum et le raton paraissent joliment contents ! »

Chœur :

« Hi... yi... yii... la roulaison, la roulaison est finie !

Nous entendions encore les chants après qu'ils eurent quitté Bon-Soldat pour suivre la rivière jusqu'à Ridgefield et River-View, car c'est la coutume que le cortège de la roulaison visite toutes les plantations voisines.

Le soleil se coucha bien avant leur retour. Le grand Moïse avait la voix un peu enrouée, il vacillait dans la charrette à droite et à gauche, comme si ses genoux n'eussent pas été très solides. Mais chanson et chœurs étaient aussi retentissants que jamais quand la procession traversa le chemin qui conduisait aux hangars.

Le grand Moïse :

« Fais cuire le gâteau, fille jaune, fais-le cuire d'un beau brun ; que le lard soit frit, café moulu. »

Le chœur :

« La roulaison, la roulaison est finie ! »

Autrefois, la moitié de la paroisse se réunissait à la Rose-Blanche, le soir de la

fête. Dames et messieurs allaient se promener au quartier nègre, regardaient les
jeux et les danses, puis retournaient dans
le salon de la « grande maison» faire de la
musique et danser, eux aussi, un ou deux
quadrilles. Ils attendaient ainsi la rentrée
des enfants qui revenaient de la case avec
Mammy, n'en pouvant plus de fatigue,
mais enchantés. Car notre fête spéciale à
nous, « la nuit du suc candi », avait toujours lieu chez Mammy.

Aujourd'hui, Mme Brion était seule venue, et il n'y avait qu'Odile et Angélique
pour aller à travers le crépuscule avec moi
et mes poupées, Sissy et Lucinde Keturah,
jusqu'aux cases.

On dansait chez tante Ca'line, à l'autre
bout du quartier, tandis qu'autour du feu de
tante Esther, sa voisine, les gens religieux
chantaient des hymnes. Devant les deux
cases, sous les arbres, deux grandes tables
étaient dressées, chargées de viandes froides, de patates sucrées, de bols de « cuit»,
de *boules de neige* et autres gâteaux vieux
jeu fabriqués par Mammy.

Les violons jouaient de toutes leurs forces, et le bruit des rires fous, le battement
rythmé des pieds sur le plancher, se mêlaient
aux lugubres accents des chants d'église.

Il y avait aussi de la musique dans la case
de Mammy. Oncle Joshua était assis, sa
chaise de cuir appuyée contre le montant de
la porte. Il tenait le crincrin sous son menton, et jouait doucement, tristement, les
yeux à demi-clos, battant la mesure avec
son pied. Dans le coin, près d'oncle Joshua,
un autre musicien, Jerry, grattait son banjo.
Jerry, tout pieux qu'il était, ne se jugeait
pas digne de rejoindre les gens d'église
dans la case de tante Esther, et il se demandait quelle était la part du diable
dans les plaisirs si vifs qui cependant
avaient pour théâtre le logis de tante
Ca'line.

Le grand pot de candi était déjà sur le
feu, Mandy ayant été postée pour le surveiller et l'empêcher de trop bouillir. Mes
petits frères, avec Marthe, Marie et Lazare,
les trois jumeaux de tante Ca'line, et Chil-

towee, un noir charbon, appartenant à
tante Esther, la cuisinière, étaient tous
rangés pompeusement devant l'âtre, avec
de grands tabliers bleus attachés autour du
cou. Mammy, cependant, allumait les bougies de Pauv'Blanchet.

Quand elle nous vit entrer, moi, mes
amies et mes poupées, elle se précipita sur
nous en levant les bras :

« Seigneur, mes enfants, s'écria-t-elle, à
quoi pense miss Lucy de vous laisser venir
manger du suc candi en robes de calicot
qu'elle a payées si cher ! Et les petites filles
de Mme Brion avec leur beau deuil de luxe !...
quand leur maman sait bien que les Yankees ne laisseront plus aucune marchandise franchir le blocus ! Allons, mettez-moi
ces tabliers et ne les ôtez pas tant que vous
serez dans la case. Seigneur ! Seigneur !
ces grandes familles sont bien extravagantes ! Mais qui les blâmerait ! Ne sont-
elles pas tout ce qu'il y a de mieux comme
qualité ? »

Elle se retourna vers Pauv'Blanchet,
qui, couronné de bougies, décorait la table.
Celle-ci portait en outre des assiettes beurrées pour le suc candi et une quantité de
bonnes choses prises aux autres tables de la
fête.

Le vent souffle doucement, agitant la
flamme des bougies et les rideaux du vaste
lit à colonnes de Mammy. Nous sommes
très tranquilles, retenant notre souffle dans
la contemplation du candi. On entend que
le bruit du pied d'oncle Joshua battant la
mesure de l'air si doux que joue son violon
accompagné du banjo de Jerry, et le petit
toc toc si drôle que fait en se promenant
Abel, le coq favori de Mammy, qui, pauvre bête, a une patte de bois !

Mais silence ! écoutez le vieux chien
Jupe couché sur le seuil ! Il lève la tête
et il grogne. L'archet d'oncle Joshua reste
suspendu en l'air, son pied s'arrête. Un
bruit confus sur le chemin... le galop rapide de plusieurs chevaux... des clameurs
prolongées... un coup de feu... un autre...
puis un autre... Enfin, nous entendons ouvrir la grille et un galop furieux retentit

dans l'avenue qui conduit à la maison d'habitation ! Une seconde ou plus de silence effaré, pendant lequel l'hymne *Sur les bords du Jourdain* et la chanson *Billy dans les terres basses*, venus tous deux de la fête, se confondent bizarrement.

Puis voici des pas légers, furtifs dans le petit jardin de Mammy : deux hommes bondissent au milieu de nous par la porte ouverte; puis restent hésitants, inquiets.

Nu-tête tous les deux. L'un a le bras en écharpe. Les boutons de leurs tuniques grises étincellent aux lumières. Essoufflés comme on l'est après une course rapide, ils jettent des regards de défi et de supplication à la fois vers oncle Joshua, qui s'est levé de sa chaise, et vers Mammy debout près du foyer.

Pas un mot n'est prononcé. Quelle est notre surprise de voir Mammy, après une courte pause, mettre la main sur l'épaule d'un des intrus et le pousser dans le coin derrière son grand lit à rideaux, puis faire signe à l'autre de suivre son compagnon. Après quoi, elle se retourne et s'aperçoit que nos regards révélateurs sont dirigés tous vers la cachette improvisée. Mandy, seule, garde les siens obstinément fixés sur le pot de sucre candi. Elle ne les en détache qu'un instant pour jeter un coup d'œil par-dessus son épaule. Mammy la menace du poing.

En voyant nos figures qui trahissent son secret, la pauvre femme jette les bras en l'air avec une sorte de désespoir.

« Mandy, s'écrie-t-elle avec fureur, s'en prenant à elle pour faire diversion, bonne à rien que tu es, tu laisses bouillir le sucre candi ! Il va déborder dans le feu, aussi sûr que tu es là ! Retire-le à la minute même, et ne le remue pas, entends-tu ?

— Est-ce que je ne sais pas qu'on ne doit jamais remuer le sucre candi ? dit Mandy d'un ton méprisant.

— Joshua, mon vieux, continua Mammy en s'adressant à son mari, si tu veux bien jouer *le Sucre dans la Gourde*, ce que Daddy jouait si bien quand nous étions jeunes, je montrerai aux enfants les pas que je dansais, la première fois que tu m'as vue, tu sais bien, ce soir que tu es venu à la fête de la roulaison chez le vieux maître. Aucun de ces imbéciles de jeunes nègres d'aujourd'hui, pas même les servantes de la maison, des sottes, ne savent danser ces pas-là. »

Oncle Joshua regarde Mammy d'un air égaré, la croyant devenue folle, puis la lumière semble se faire dans son esprit. Il sourit, referme la bouche, fait un signe solennel, puis, renversé sur sa chaise, met son violon sous son menton et commence. Plus d'air plaintif en sourdine, à présent l'archet saute rapide sur les cordes, tandis que Mammy ôte ses souliers et prend position au milieu de la chambre. Les poings sur les hanches, elle lève haut la tête. Puis elle commence à battre lentement des pieds, tandis que son gros corps, qui a conservé une certaine grâce, reste droit, immobile et qu'elle tourne gravement la tête à droite et à gauche. Le violon parle, l'archet glisse en se trémoussant ; des notes vives et gaies dansent sur les cordes et finissent par de petits cris comme le rire joyeux des jeunes filles. Et les pieds de Mammy répondent. Sur sa figure s'épanouit un large sourire, ses yeux pétillent. Je crois qu'oncle Joshua lui-même ne pense plus aux soldats gris cachés derrière le lit, et je sais bien que, pour notre part, nous les avons oubliés. Quant à Jerry, il est assis dans un coin, les jambes croisées, la tête renversée en arrière, roulant des yeux extatiques. Ses longues mains osseuses caressent, légères comme des oiseaux, les cordes de son banjo dont le bourdonnement grave soutient la mélodie perçante du violon.

« Hallo ! que diable faites-vous ici ? »

La musique et la danse s'arrêtent au son d'une voix rude et menaçante. Celui qui nous interpelle, est un homme très grand, en uniforme gros bleu. Il est entré sans bruit. Autour de lui une douzaine de soldats surgissent, et nous entendons derrière eux le piaffement des chevaux. Nous voyons des cavaliers qui du dehors nous regardent.

« Qu'est-ce qu'il y a, Monsieur ? dit oncle Joshua remettant sa chaise d'aplomb et se levant, son violon à la main.

— Ce qu'il y a, dit l'officier qui a parlé d'abord et qui tient un pistolet, ce qu'il y a ?... Nous poursuivons un couple de Rebelles et nous les avons vus se sauver par ici. Nous avons fouillé la grande maison et nous allons maintenant fouiller cette case. »

Il fait en avant un pas rapide et déterminé ; ses hommes le suivent.

« C'est ça que vous voulez, Monsieur ? dit Mammy, en venant au-devant de lui, l'index passé dans l'anneau de Pauv'Blanchet qui se balance. Sûrement vous pouvez fouiller la case, Monsieur, continue-t-elle en posant Pauv' Blanchet sur le sol, juste devant l'officier. Vous effrayez les enfants, vous courez le risque de renverser le sucre candi ; mais vous êtes le bienvenu tout de même dans la case, Monsieur. »

En finissant sa phrase, je vois Mammy sortir son pied nu de dessous sa jupe et décocher subrepticement un coup adroit à Pauv'Blanchet.

Et voilà Pauv'Blanchet tombant par terre avec fracas, et les six bougies allumées roulant dans toutes les directions.

Nous autres, enfants, sauf Mandy dont les yeux restent consciencieusement fixés sur le pot de sucre candi, nous poussons les hauts cris, car un malheur arrivé à Pauv'Blanchet nous semble une bien plus grande calamité que l'invasion des Yankees. Mammy, elle aussi, commence à gémir d'une voix brisée :

« Qu'est-ce que je vais devenir, si Pauv' Blanchet est cassé ! Un flambeau qui a été conservé dans la famille depuis que le général Washington n'en est plus propriétaire ! Et miss Lucy et les enfants qui en prenaient tant de soin ! »

D'abord l'officier a eu l'air irrité, impatient, puis tout à coup il éclate d'un rire sonore.

« Ma foi ! s'écrie-t-il, regardant sans

bouger le spectacle drôle que lui donnent Mammy, oncle Joshua, et deux ou trois de ses soldats qui courent après les bougies et remettent d'aplomb Pauv' Blanchet, voilà bien du tapage pour une vieille machine en étain ! Allons, venez, mes garçons. Il n'y a ici qu'un tas d'enfants et ces deux vieux imbéciles. »

Les soldats se mettent aussi à rire ; ils vont à la case voisine ; nous les entendons frapper à la porte et parlementer avec tante Rose qui répond de sa voix haute et chevrotante.

Oncle Joshua se rassied sur sa chaise ; mais le violon tombe de ses mains, et il regarde d'un air stupide Mammy, pendant que les voix menaçantes vont résonnant de case en case ; elles interrompent les chants et les danses à l'autre bout du quartier.

Apparemment la poursuite est finie, car le galop de chevaux qui s'éloignent arrive jusqu'à nous. Alors la fête recommence, plus bruyante qu'auparavant.

Je ne sais à quel moment les deux Rebelles sortirent de leur cachette. Peut-être quand le candi, excellent, grâce aux soins persévérants de Mandy, eût été versé dans nos assiettes beurrées et que Mammy nous eût permis d'emporter dans la cour chacun notre part, pour la laisser refroidir.

En tout cas, les deux fugitifs étaient cachés dans la grande maison, le lendemain matin, et ils y restèrent trois semaines.

Nous autres enfants, nous ne les vîmes jamais, et ce n'est que longtemps après que nous avons su qu'ils avaient été enfermés, tout ce temps-là, dans le cabinet où mon père gardait ses engins de pêche.

Ils étaient frères, les deux soldats, de gentils garçons, disait ma mère. Ils avaient passé un petit congé chez des parents et retournaient à leur poste, de l'autre côté de la rivière.

Une nuit, oncle Joshua pensa qu'il pouvait essayer de leur faire traverser l'eau. Ils avaient déjà franchi la moitié du fleuve quand l'aîné, Randolph, fut aperçu par les tirailleurs. Un coup de feu, et son corps tomba au fond du Missisipi qui l'emporta dans de jaunes tourbillons. Le plus jeune, Jack, gagna l'autre rive sans encombre et reprit sa place au régiment.

Pauv' Blanchet est resté jusqu'à ce jour un membre chéri de sa famille. Je viens d'entendre, il y a quelques minutes, la voix de Mammy sur la véranda. Au ton, je devine qu'elle raconte ses souvenirs de la guerre. Elle est assise dans un fauteuil, car Mammy est très vieille maintenant, et devant elle se tiennent deux petits garçons aux cheveux bouclés, à la peau blanche piquée de taches de rousseur.

« Si ce n'avait pas été à cause de Pauv' Blanchet, dit Mammy, votre papa ne serait jamais venu se marier dans notre famille et vous ne seriez pas de nos parents. Parce que, pendant qu'il était caché derrière le lit dans ma case avec votre pauvre oncle Randolph, qui a été tué par les francs-tireurs, si Pauv' Blanchet ne s'était pas mis dans la tête de rouler par terre, les Yankees l'auraient sûrement attrapé.

— Est-ce que maman était mariée avec papa dans ce temps-là ? demande un des petits garçons.

— Quelle idée ! s'écrie Mandy, qui gravit les marches au moment même. Miss May n'était qu'une petite fille alors, elle ne pensait qu'à ses poupées ; elle se souciait d'elles, ma foi, autrement que de votre papa ! Les Yankees auraient bien pu le fusiller. Tout ce qu'elle leur demandait, c'était de ne pas lui prendre cette Lucinde Keturah dont vous connaissez l'histoire !

— Il n'y a rien de plus vrai ! dit Mammy en riant et secouant son majestueux tignon. Tout de même c'est à cause de Pauv' Blanchet que les Yankees n'ont pas attrapé maître Jack, et c'est pour ça que votre maman aime tant Pauv' Blanchet. »

X

UNE LETTRE DE L'AVANT-GARDE

« Il doit y avoir un habit bleu quelque part de ce côté, cria Mandy, qui s'était arrêtée tout à coup et regardait autour d'elle.

— Pourquoi ? demandai-je, m'arrêtant, moi aussi, sans trembler cependant comme je l'eusse fait autrefois. Nous étions habituées maintenant à voir des uniformes bleus traverser la Rose-Blanche.

— Parce que je viens d'entendre le vieux « Qu'a peur des Yankees » pousser le cri qui veut dire qu'il en voit un. »

En effet, au moment même, le grand jars, père d'une nombreuse famille de jeunes oies, tournait le coin de la maison en courant comme si sa vie eût dépendu de la rapidité de sa fuite. Les ailes ouvertes, le cou tendu, ses pattes jaunes maladroites battant la poussière, il tourna piteusement la tête de notre côté, mais sans faire la moindre halte. Nous le suivîmes des yeux avec intérêt tandis qu'il traversait la cour, grimpant péniblement les marches de la véranda. Finalement il exécuta un plongeon par la porte de l'antichambre et disparut dans la maison.

« Là, dit Mandy, il se croit sauvé à présent ! »

M. « Qu'a peur des Yankees » n'avait jamais eu d'histoire ni même de nom avant la première invasion de la Rose-Blanche par les Yankees. Il errait placidement dans la cour de l'écurie, à la tête d'un troupeau d'oies maternelles et respectables qu'escortaient d'innombrables oisons duvetés, aux longues pattes. Tous les matins, il les conduisait dans le grand fossé pour leur baignade quotidienne, et chaque après-midi, à heure fixe, il arrivait avec sa bande devant la cabane de Mammy pour recevoir la nourriture qui lui était due. Mais l'invasion amena un grand changement dans son existence. Toutes les bêtes à plumes de la plantation avaient été victimes ce jour-là des soldats agiles autant qu'affamés, tous sauf cette oie patriarcale. Pourchassée autour des écuries, dans la grange, à travers la cour, etc., elle s'était enfin sauvée par un élan désespéré jusqu'au sommet du perron de la véranda, d'où elle avait trouvé le chemin de la salle à manger. Là, le grand jars s'était caché sous le buffet, et, pendant plusieurs jours, avait absolument refusé de sortir. Quand il reparut enfin, très poussiéreux et fort déprimé, il prit ses quartiers dans le salon avec nous autres enfants, et ne voulut retourner dans la cour que lorsque les ennemis eurent transporté leur camp ailleurs. Alors même, il ne descendit qu'après avoir examiné longuement et méticuleusement, du haut des marches, les entours de la maison.

Depuis ce temps, là vue, même lointaine, d'un uniforme bleu remplissait de terreur le grand jars. Il poussait aussitôt un couac lamentable et courait vers la maison se réfugier sous le buffet, le seul abri où il se sentît vraiment en sûreté. C'était un des enfants qui l'avait surnommé « le Monsieur qu'a peur des Yankees », et depuis trois ans, hélas, il portait ce nom sans que les occasions d'avoir peur eussent encore cessé pour lui, car l'horrible guerre devait durer quatre années entières.

« Oui, pour sûr, il doit y avoir un Yankee quelque part près d'ici, répéta Mandy, quand nous eûmes constaté que le prudent patriarche des oies avait échappé à tout danger, réel ou imaginaire. Et tenez, le voyez-vous, le Yankee, là-bas, près du tombeau du frère de la petite miss Alice ? »

Nous sortions de la cour de l'écurie où nous avions déniché des œufs, et nous tournions dans le sentier vert qui longe la plantation d'orangers.

En effet, une figure isolée, en uniforme bleu, se tenait debout près de la tombe du frère de la petite Alice, comme nous appelions le pauvre jeune Yankee dont la mémoire nous était restée chère. Ce soldat tenait sa casquette dans une main, et, de l'autre, s'appuyait contre la grossière croix de bois à laquelle nous venions de suspendre, ainsi que nous le faisions tous les jours, une guirlande fraîche.

Il leva les yeux, nous aperçut au moment où nous battions en retraite et nous fit signe d'approcher. Quelque chose du tremblement d'autrefois m'avait reprise, mais je me rassurai en voyant de près la figure ouverte et franche du soldat. C'était un homme d'âge moyen, petit, assez gros, avec des cheveux gris, une moustache grise. Deux galons d'or étaient cousus sur sa manche.

Il cria d'un ton encourageant :

« N'ayez pas peur, je n'ai l'intention de vous faire aucun mal. »

Mandy et moi, nous approchâmes donc ; debout auprès du tombeau, nous le regardions en silence.

« Ce pauvre gamin, dit le soldat en touchant la terre du bout de son pied, ce pauvre gamin qui dort là était dans ma compagnie. Jamais enfant meilleur ni plus brave n'a porté un fusil sur l'épaule. Il n'aurait pas dû aller se battre, ce jour-là, car il se sentait tout malade, comme accablé. La nuit d'avant, il m'avait dit : « Parker — c'est mon nom — Parker, je ne sais pas comment ça se fait, mais je me figure que je ne reverrai plus ma mère ni ma petite sœur. Si je suis tué demain... » Puis il s'étrangla censément et ne dit plus rien. Nous sommes venus le chercher ici aussitôt après la bataille, et je n'ai jamais oublié que des mains pieuses l'avaient déjà enseveli. Bien des fois, depuis ce temps-là, je suis revenu chez vous et j'ai vu que des âmes charitables continuaient à prendre soin de sa tombe. »

Il semblait se parler à lui-même plutôt qu'à nous, et il se baissa pour ramasser un des brins de fleurs d'oranger que nous avions répandus sur le petit monticule.

Puis il releva la tête, et, d'un air hésitant, presque confus, mit la main dans sa poche.

« J'ai là une lettre qui appartient à vous autres, dit-il lentement. J'ai fait prisonnier hier l'homme qui l'apportait. Il y a aussi d'autres choses qui vous reviendront. Mais je crois que le colonel vous les apportera lui-même. Moi, j'ai pensé que je vous remettrais d'abord la lettre. Elle a été lue, et il ne s'y trouve pas de mauvaises nouvelles. »

Il me tendit le paquet que je reçus avec des exclamations de joie et des remerciements.

Comme il s'en allait, je l'entendis répéter par deux fois : « Pauvre petite ! »

« Ce n'était pas de moi qu'il parlait, n'est-ce pas ? dis-je à Mandy, pendant que nous remontions précipitamment vers la maison l'avenue d'orangers.

— Je pense qu'il parlait de la petite miss Alice, » répliqua Mandy.

Ma mère était dans la salle à manger, taillant des vêtements pour les ouvriers des champs. Mammy assemblait et pliait les morceaux, tandis que Sophie courait porter dans l'atelier des paquets d'étoffe préparés pour les couturières. Près de là, cousine Nellie dirigeait Melinda et Riah qui nattaient du latanier. Les quatre petits garçons, très sages, assis par terre, l'aidaient en assortissant les feuilles.

Mais quand nous entrâmes en courant, la lettre à la main, tout s'arrêta net. C'était une grosse enveloppe bourrée principalement de morceaux de papier brun sur lesquels on avait écrit au crayon. Maman pâlit un peu en la prenant :

« Oh ! la lettre a été lue, lui criai-je gaiement, et il n'y a pas de mauvaises nouvelles ! »

Elle était de mon frère Hart et datait déjà de six mois. La première qui fût venue des chers garçons depuis plus d'un an. Aussi comme nos cœurs battaient en écoutant lire !

Cela commençait : « Cher maman ». La mauvaise orthographe semblait nous rapprocher encore de cet étourneau : c'était tellement lui !

« Jamais le malheureux ne pourra écrire correctement, disait le professeur Dennison avec un rire navré. »

Compagnie A, 1er régiment du Texas,
Brigade Hood.

« Cher maman,

« Nous n'avons pu écrire depuis qu'on nous a envoyés dans le Tennessee, l'automne dernier, pour aider à la bataille de Chickamauga, et la dernière fois que nous avons eu des nouvelles de la maison, c'est quand mon père est revenu de la Rose-Blanche. Nous ne l'avons vu qu'une fois depuis. Nous savons bien que nous aurions dû écrire, et Tom aurait écrit aujourd'hui que nous avons l'occasion d'envoyer une lettre, mais il est de service. Je suis couché (ce n'est pas grand'chose, une petite *aigratignure* seulement) et Virgile me soigne. Je vais essayer de vous dire tout ce qui nous est arrivé depuis ma dernière lettre.

« Le pauvre Wesley nous manque bien. Quelquefois, je crois l'entendre m'appeler dans le bruit de la *bataille*, comme il l'a fait à Chickamauga en mourant.

« Mais je veux vous parler plutôt de nos mouvements depuis que nous vous avons écrit.

« Après notre départ de Chattanooga, nous ne nous sommes pas beaucoup battus de l'hiver, sauf une petite affaire à Knoxville. Nous avons passé un hiver misérable dans l'est du Tennessee. Nous étions trop loin pour recevoir des vêtements ou des rations du gouvernement, et nous vivions sur le pays. Virgile est un fourrageur incomparable. Le seul service actif que nous faisions, c'était de temps en temps une petite escarmouche avec quelques cavaliers détachés ou bien la poursuite d'un éclaireur. Nous étions dans la plus terrible situation au printemps (c'eût été le printemps à la Rose-Blanche, mais ici on se serait cru au milieu de l'hiver) quand nous nous sommes mis en marche pour la Virginie.

« Un matin, le général Longstreet a donné l'ordre à tous les hommes qui avaient des souliers de se rendre au quartier géné-

.ral. Et, dans notre régiment de plus de quatre cents hommes, vingt seulement avaient des souliers et un uniforme complet. Tom était de ceux-là : toujours veinard ! Moi, je n'en étais pas. Le reste donc était un groupe d'hommes tristes à voir : la plupart nu-pieds, et tous sales, en loques ! Les hommes qui avaient des souliers et des vêtements, furent prélevés dans chaque régiment : je crois qu'il y en avait peut-être quatre ou cinq cents dans tout le corps d'armée. On leur donna des haches et on les envoya en avant établir des feux à de courts intervalles. Notre marche était une sorte de course d'un feu à l'autre. Il n'y avait aucun ordre. On nous permettait de nous chauffer à un feu tant que nous pouvions, d'aller aussi loin que possible, puis de nous arrêter à un autre feu. Je n'ai pas besoin de vous dire que nous nous étions éparpillés en route sur une distance d'au moins cent milles. Mais nous avons fini par arriver au point de ralliement, sans accident et sans pertes. (J'ai cru, par exemple, que le froid tuerait Dandy et Virgile.) On nous amena dans le train à Charlotteville, et là on nous donna des rations, des vêtements, et nous étions aussi fiers que peuvent l'être des soldats qui ont enfin repris une apparence décente.

« C'est là que nous eûmes pour la première fois des rations de café (du bon café, pas de votre maïs séché). Nous avions une cuillerée de café vert pour trois jours. Généralement, nous jouions notre ration à pair ou impair. Mais nous ne nous étions pas battus depuis un bout de temps, et les camarades commençaient à être fatigués de ne rien faire ; de sorte que l'ordre qui nous disait : « Préparez des rations pour trois jours et soyez prêts dans deux heures » fut le bien venu. C'était toujours ainsi que nous recevions nos ordres. Eh bien, la popote ne fut pas faite ! Mais nous étions en marche deux heures après la réception de l'ordre.

« Nous avions été si longtemps loin de tout, que nous ne savions plus où *était* les Yankees ni même notre propre armée ;

mais à la manière dont on poussait notre marche en avant, même la nuit, avec trois heures de halte seulement, nous comprenions bien qu'il allait se passer quelque chose.

« C'était à peu près le 4 mai, deux jours avant la bataille de la Wilderness (il y a deux mois).

« C'est ce matin-là qu'on m'a nommé porte-drapeau. Cette promotion ne fut pas une affaire de sentiment. Notre compagnie, par la position du régiment, porte les couleurs. Nous en avons de deux espèces : le drapeau de l'État et le drapeau de bataille. Ce fut le drapeau de l'État qu'on me donna à porter. On fit pour cela peu de *sérémonie* : comme nous allions nous mettre en marche, mon capitaine me donna l'ordre de venir en avant recevoir les couleurs de notre grand État : plus de cinquante hommes ont été tués en le portant ; il a été le guide d'un millier de braves gens prêts à tout pour le défendre, et il a eu le dernier regard de ceux qui allaient périr. Deux jours après, ce même drapeau devait conduire cent soixante-quinze hommes à la mort ou à des blessures qui ne valent guère mieux.

« Voici cependant au juste comment se passa la présentation qui aurait pu être si solennelle :

« Soldat, me dit le capitaine, vous aurez le grade de sergent, et vous êtes dispensé de tout service dans la compagnie. — Par le flanc droit ! Marche ! — Armes à volonté ! — Pas de course ! »

« Ainsi, je suis porte-drapeau, et mon frère est caporal. Virgile et Dandy sont fiers, je vous en réponds ! Ils nous croient plus importants que les majors généraux.

« Nous avancions jour et nuit, très en train, car tout présageait que nous allions bientôt avoir de la besogne. Nous avions marché toute la nuit du 5, et le 6 au matin nous nous trouvions en chemin pour la Wilderness.

« C'était une belle matinée et nous en jouissions ferme, car chacun de nous pensait qu'avant le coucher du soleil, qui ve-

Debout près de la tombe.

nait de se lever, plus de la moitié d'entre nous ne seraient plus de ce monde. Quand le soleil parut, il était rouge comme du sang. Jamais je n'ai vu le soleil si rouge que ce matin-là.

« Quelques minutes après le lever du soleil, nous entendîmes le canon pour la première fois depuis bien des mois. Nous aurions pu le prendre pour un salut au soleil si le coup n'avait été suivi de plusieurs autres. Nous savions que le travail de la journée était commencé. Comme nous étions de bonne humeur, nous échangions des plaisanteries sur les congés de *blaisure*

que les plus fins pourraient obtenir. Vous savez que personne n'obtient de permission maintenant que s'il a eu la malice de se faire *blaisser*.

« Tout à coup, nous rencontrons un *courier* dont le cheval fourbu peut à peine avancer. D'aucuns diraient que s'il fait encore noblement son devoir, c'est grâce à l'éperon et à la cravache ; mais un *courier* ne se sert jamais ni de l'un ni de l'autre. Il fait faire plus de chemin à un cheval que personne. Il se penche en avant, aide son cheval dans les mauvais pas, mais ne le bat point et se garde de lui couper la respiration. L'animal marche ainsi aussi longtemps qu'il peut : quand il s'arrête, c'est souvent pour tomber raide mort.

« Nous rencontrons le *courier* et nous recevons une minute après l'ordre : « En avant, pas accéléré. — Marche ! »

« Puis tous les bruits cessent, excepté celui de notre pas accéléré et de notre fourniment. Nous allons toujours droit devant nous avec huit milles à faire. Le seul ordre communiqué était celui de rejoindre la *battaille*. Les hommes les plus chargés commencent cependant à rester en arrière. Nos officiers ne les pressent pas de marcher, parce qu'ils savent bien que les soldats qui veulent se battre, arrivent toujours et que ceux qui ont l'intention de caner y réussissent de même.

« Toujours, toujours nous marchons au pas de course. Ceux qui étaient derrière arrivent aussi vite qu'ils peuvent. La plupart d'entre eux ont jeté leur havresac et leurs couvertures. Et, reprenant le rang, ils disent, hors d'haleine : « Si nous gagnons, nous aurons toutes les couvertures qu'il nous faut ; si nous perdons, nous n'en aurons pas besoin. »

« Nous marchons à toute vitesse, rencontrant *courier* sur *courier ;* mais impossible d'aller plus vite.

« Les troupes de front se taisent. Nous commençons à voir quelques blessés. (Vous savez qu'un blessé s'en va où il veut.) Nous n'avons toujours pas de nouvelles de l'avant-garde.

« Enfin, nous faisons halte une minute ; on nous distribue des *munisions.* Nous demandons dans une maison si l'on s'est battu. Une femme se borne à répondre que la terre entière est couverte de soldats. « Sont-ils Yankees ou « Rebelles » ? — Ils sont de « toutes sortes ».

« En avant ! pas accéléré ! Les clôtures ont été arrachées pour que la cavalerie puisse manœuvrer. Un peu plus loin, voici les bois qui commencent la Wilderness. Nous voyons les *embulances,* des chirurgiens très occupés, et tout autour, sous les arbres, les blessés. Puis des fourgons, de l'artillerie en désordre, une masse confuse d'hommes, de chevaux, de canons et de voitures d'*embulance.*

« Nous savons déjà que ç'a été presque une déroute, mais cela s'*agrave* à mesure !...

« Nous rencontrons des petits groupes de soldats autour d'un drapeau déchiré et des officiers qui courent, essayant de rallier leurs troupes, tantôt par la menace, tantôt par la prière. Les hommes semblaient avoir perdu tout espoir ; mais, à l'arrivée du renfort, ils reprennent courage, rentrent dans les rangs et poussent un faible vivat en notre honneur.

« Vient ensuite un petit espace rempli de morts et de blessés : les morts horribles, grimaçants ; les blessés demandant à boire ou appelant la mort.

« Nous touchons à la ligne de bataille et marchons dès lors bien plus en ordre. Nous arrivons à un endroit découvert où se trouve une batterie de six canons, tout ce qui sépare les armées de Grant de celles de Lee [1].

« Les rares officiers qui commandent la batterie, ne paraissent pas très en train. Le feu cesse comme nous défilons près des canons. Nous nous dirigeons en silence vers une ligne de broussailles épaisses. Ici, ça devient sérieux. Lesquels de nous en réchapperont ?... Enfin, on atteint le bois. Tous les soldats y entrent, et se préparent au premier choc, quand... Dieu du ciel !... voilà le général Lee ! Il passe dans nos rangs. Pas besoin de commander halte : nous nous arrêtons comme un seul homme et nous crions :

« En arrière, général, en arrière ! »

« Quelques soldats saisissent la bride de son cheval, d'autres le prennent aux étriers. Lee les écarte et se tourne vers nous en disant :

« Le sort de la journée dépend de cette
« brigade. L'ennemi doit être tenu en res-
« pect jusqu'à l'arrivée de nos hommes.
« C'est moi qui vous conduirai. »

---

1. Les deux grands généraux de la guerre, l'un au Nord l'autre au Sud.

« Aucun ne bouge. Toujours le même cri : « En arrière, général ! »

« A la fin, il soulève son chapeau et se retire. Pendant ce temps, pas un coup de feu, ni d'un côté ni de l'autre.

« Juste au même instant, un pauvre lapin effaré vient se jeter entre les jambes d'un de mes camarades qui prend la petite bête tendrement et la met dans son havresac.

« Alors arrive l'ordre :

« En avant, le centre ! Du calme !... Visez bas. »

« Avec un hurlement nous nous précipitons et nous recevons — dame, d'aussi près que possible, — une terrible décharge. Quels vides dans nos rangs ! Nous serrons les coudes ; nous nous jetons en avant ; nous gagnons pied à pied ; nous rendons décharge pour décharge.

« La fumée est si épaisse que nous ne voyons plus clair et que nous trébuchons sur les morts et les blessés ennemis. Nous sommes, ma foi, en train de repousser les Yankees ! Mais ils reforment leurs rangs et nous reculons un moment pour avancer de nouveau ; puis leur ligne se brise : nous rattrapons un peu de *terrin ;* aussitôt ils se rallient et reprennent l'offensive, comme pour nous écraser sous le nombre. Nous sommes dans un petit fossé, presque cernés, mais résolus. Le général Lee ne nous a-t-il pas recommandé de tenir jusqu'à ce que les camarades arrivent ?

« Nous entendons le *tonerre* d'une batterie qui descend : on la dispose près de nous, à *porté* des ordres, pendant qu'on charge les pièces. Pourtant nul homme ne pense à se rendre. Dieu soit loué ! Derrière nous *raisonne* le cri sauvage des Rebelles, et nous savons que le secours approche. Ils arrivent d'un grand élan et s'emparent de la *baterie* avant que l'*ennemie* ait eu le temps de tirer un coup de canon.

« Nous avons été dans ce bois juste trois quarts d'heure, et nous y avons perdu la moitié de nos hommes. Des douze qui formaient la garde du drapeau, l'autre porte-guidon et moi, voilà tout ce qui reste ; nos drapeaux sont tous les deux pleins de trous, les hampes sont criblées de balles.

« Notre besogne était finie pour ce jour-là. Nous reformons la brigade, et nous n'avons perdu que quelques hommes dans une charge, un peu plus tard.

« Ni frère Tom, ni Virgile, ni Dandy, ni moi nous ne fûmes blessés cette fois. Un boulet enleva le haut du bonnet de Tom, et ce fut tout.

« Vous voudriez peut-être connaître le sort du lapin ? Je suis sûr que la petite sœur et Mandy s'y intéressent. Eh bien, Dandy et Virgile prétendent que le lapin était un porte-bonheur, car le soir, comme nous étions assis près d'un petit feu, entourés de milliers de morts et de mourants, mon camarade tira cet individu de son sac.

« Il était vivant : ni l'homme ni le lapin n'avaient une égratignure. Pendant que nous devisions sur les événements de la journée, le soldat fit rôtir le lapin embroché sur une baïonnette, et nous en avons tous mangé.

Je sais bien que cela vous semble cruel, *cher* maman, mais n'oubliez pas que la plupart du temps nous mourions de faim.

« Et maintenant, comme j'ai la main fatiguée, je crois que je laisserai frère Tom vous conter la fin de l'histoire. Il me charge de mille *tendresse,* ainsi que Dandy et Virgile. Mon père était bien, la dernière fois que nous avons eu de ses nouvelles. Dites à Mammy que nous voudrions nous régaler souvent de ses bons gâteaux.

« Nous reviendrons bientôt à la maison ; certes la Confédération va être *reconnu,* et la guerre ne peut durer plus longtemps. Tendrement, *cher* mère, votre fils,

« HART. »

« Voyez-vous ça, s'écria Mammy dans un éclat d'admiration lorsque ma mère eut fini sa lecture. Je vous l'avais bien dit, miss Lucy, que ces enfants reviendraient

tont couverts d'or, comme leur grand-papa
dans le portrait du salon. Et ils n'ont pas
oublié les gâteaux de Mammy, non ! Oh !
quand il n'y aurait que de la poussière
dans le baril de farine, à leur retour, je
leur en cuirai des gâteaux qui leur feront
venir l'eau à la bouche ! »

Mais ma mère n'écoutait pas.

« Pauvre petit Wesley ! murmurait-elle
les yeux baignés de larmes, en appuyant
la tête désolée de cousine Nellie sur son
épaule.

— C'est vrai, dit Mammy, dont la physionomie changea tout à coup. Quelquefois l'enfant m'appelle pendant la nuit, si
fort que je ne peux plus dormir. Il m'appelle, comme il a appelé avant de mourir
mon autre nourrisson, le petit maître
Hart, qui est porte-drapeau et qui a écrit
cette belle lettre. Mais ne pleurez pas, miss
Nellie. Votre petit frère marche en ce moment dans les rues tout en or où il n'y a
plus de guerre et où personne n'a plus jamais faim, ni froid, ni chagrin, et où on
ne se bat plus frère contre frère.

— Que le Seigneur soit loué ! Qu'il soit
béni ! ajouta oncle Joshua, qui était rentré silencieusement pendant la lecture de
la lettre.

— Allons jouer à la bataille ! » cria
Charley à ses trois compagnons.

Et pendant qu'ils se disputent à qui
sera Yankee, à qui sera Rebelle, le vieux
jars, « Qu'a peur des Yankees », sort de
dessous le buffet. Il augure bien apparemment des figures joyeuses qui l'entourent,
car il pénètre dans la galerie d'abord, puis,
après un examen attentif, se décide à descendre les marches et à retourner en se
dandinant dans la basse-cour.

XI

LE RENDEZ-VOUS DU SOLDAT

La jolie succursale de la Rose-Blanche,
rue Royale, dans le vieux quartier de la
Nouvelle-Orléans, existait toujours. Mais,

durant cette guerre, la Rose-Blanche eut
bien d'autres annexes ; elle sembla grandir démesurément, et envelopper au loin
de ses bras, pour les faire siens, tantôt
une tente, tantôt une hutte misérable, un
coin de terre battue autour d'un feu de
bivouac avec le ciel pour toiture, ou bien
encore quelque longue route résonnant de
la marche mesurée des soldats, ou même
un grabat d'hôpital, une prison, enfin, hélas, les champs de bataille obscurcis de fumée, arrosés de sang ! Tous les lieux où
se trouvèrent mon père et mes frères faisaient partie pour nous de la Rose-Blanche ! Il se passa bien des incidents dans
toutes ces lointaines dépendances du toit
paternel. Nous n'en avons appris les détails qu'après que la paix fut signée, après
que les Bleus et les Gris eurent conclu le
pacte d'union.

Voici un de ces incidents : il m'apparaît comme un tableau tandis que je l'é-
voque ; je revois les yeux noirs et rieurs
de mon pauvre cousin Wesley Branscome,
qui pleurait si fort le jour du départ de
Tom et de Hart, parce qu'il n'était pas
assez grand pour aller à la guerre. Un an
plus tard, Wesley, son fusil sur l'épaule,
obtenait d'aller rejoindre en Virginie le
corps des fusiliers Selden. Comme nous
courûmes tous à la grille pour le voir partir ! Comme cela paraissait plus triste que
le départ des autres ! car il n'y avait ici
ni tambour battant, ni fifre jouant : La
fille que j'ai laissée, ni cris, ni hourras !
Rien qu'une petite escouade de recrues
courageuses mais pas bien gaies. L'année
lamentable qui venait de finir, nous avait
appris ce que c'est que la guerre.

« Touzin Wesley, cria Percy au moment
où les volontaires allaient disparaître au
tournant du chemin, surtout n'oublie pas
de revenir !

— Pour sûr, je reviendrai, va » ! réplique
Wesley en riant par-dessus son épaule.

Je reprends l'anecdote tant de fois
contée dont il est le héros.

C'était par une nuit calme ; pas la
moindre brise : la fumée du bivouac mon-

tait lentement vers le ciel d'hiver, bleu d'acier, où brillaient d'un froid éclat les étoiles. La lumière vermeille du feu se jouait sur les uniformes déguenillés des troite vallée, à l'abri des collines blanches de neige. C'étaient de longues lignes de tentes où les broussailles tenaient lieu de toile, avec, çà et là, un semblant de ca-

Wesley tire adroitement la laine.

soldats et transformait en or le cuivre terni de leurs boutons ; à l'arrière-plan, sous la tente de branchages, cette même lueur s'accrochait à un canon de fusil, à une cantine rouillée, laissant dans l'ombre les parois enfumées de la misérable hutte et les couvertures sales qui s'entassaient en désordre sur la terre battue.

D'autres feux brûlaient le long de l'é-

bane en bois à peine dégrossi. L'armée avait pris ses quartiers d'hiver. Les sentinelles montaient leur garde comme de coutume, et plus loin, hors du camp, étaient établis les avant-postes. Il y avait une courte trêve aux marches fatigantes et aux combats ; on pouvait cuire et manger en paix les maigres rations, étendre sa mince paillasse, dormir sans crainte d'être réveillé par un ordre de départ à minuit. On pouvait écrire à ses parents sur des morceaux de papier de tenture ou sur l'envers des vieilles enveloppes sans avoir à faire de continuels plongeons pour éviter un obus. Assis paresseusement auprès d'un bon feu, les hommes ressassaient le récit des batailles passées ou pour la centième fois reprenaient de vieilles plaisanteries ; plus souvent, ils causaient de ceux qui étaient loin, de ceux dont les figures aimées et inoubliées leur étaient présentes, même en rêve.

« Qu'est-ce que vous racontez là-bas de la Rose-Blanche ? dit une voix sortant de l'ombre pendant que le sergent Dennison se baissait pour rallumer sa pipe à un tison.

— Hallo, Nagle ! cria gaiement le groupe tout entier. Entrez vite, entrez, mon vieux. »

Invitation fort inutile, car celui à qui elle s'adressait, s'était déjà jeté sans cérémonie sur une couverture inoccupée.

« Qu'est-ce que vous racontiez sur la Rose-Blanche ? répéta le nouveau venu.

— Je suis en train d'apprendre à ces Virginiens, répliqua Dennison, qu'à l'heure où la neige nous cerne ici, dans les montagnes, chez nous, là-bas, au sud, la sève du printemps monte déjà. Autour d'une plantation que nous connaissons bien, vous et moi, il y a des milles et des milles bordés de haies qui sont maintenant blanches de boutons et de fleurs.

— En effet, dit Nagle.

— Mais, reprit Dennison, ce n'est pas pour cette raison que l'endroit s'appelle la Rose-Blanche. Vous savez que ma mère, une vieille amie de la famille, est née dans cette chère maison et qu'elle en connaît les traditions. Il y a une jolie histoire qui remonte à l'arrivée des premiers colons blancs. On raconte qu'un vieux chef indien trouva une petite fille blanche couchée toute souriante à côté de sa mère morte ; ceci se passait dans une cabane isolée, sur l'emplacement actuel de la plantation. A quelques pas de l'enfant, le père gisait, la face contre terre, la tête trouée

d'une balle. Le vieux chef recueillit le petit « visage pâle » et lui donna un nom dont les syllabes harmonieuses signifient dans notre langue « la Rose-Blanche ». L'histoire dit que la fillette en grandissant fit la joie du vieux chef, son père adoptif, et les délices du wigwam. Un jeune officier français arriva, je ne sais comment ; il s'éprit de la Rose-Blanche, il fut aimé d'elle et enleva sa fiancée à la tribu en deuil. Du moins, c'est le fond de la légende. A la maison, tout le monde, jusqu'à la petite May, la connaît sur le bout du doigt.

— Eh bien, dit, en traînant la voix, un grand gaillard à barbe rousse qui, de l'autre côté du feu, sculptait dans un os un petit soulier à talon Louis XV ; eh bien ! je ne fais pas de sentiment sur les Indiens, moi, et je me moque des roses, mais ce que j'aimerais, c'est la bonne mélasse qu'ils fabriquent là-bas, au lieu du sorgho que nous donne le gouvernement en guise de sucre.

— Et à Bon-Soldat, poursuivit Dennison, reprenant le fil de son récit interrompu, il y a une double haie de lauriers-roses dont beaucoup sont blancs... Voyez-vous ça, mes garçons... il est encore parti... »

L'invité Nagle leva la tête, étonné de l'incohérence de Dennison.

« Qui donc est parti ? Qu'est-ce que c'est ? demanda-t-il en promenant un regard ahuri autour de lui.

— Oh ! rien, répondit Dennison qui abritait ses yeux de sa main pour percer l'ombre au delà du feu. Ou plutôt, reprit-il en retombant sur la pile de couvertures et en remettant sa pipe entre ses lèvres, c'est cet enfant ! J'y pense, vous devriez le surveiller ; Wesley Branscome est votre parent, et...

— Wesley Branscome ? Le surveiller ? Et à quel propos ? Où diable est-il passé, car il était là quand je suis arrivé. Sans doute il aura couru à mon mess. Les camarades là-bas font une manière de souper. Ses cousins Tom et Hart y sont avec leurs domestiques. Écoutez... Virgile et

Dandy chantent en ce moment même. Dans l'air tranquille du soir, on entendait ce refrain grave :

Le Seigneur délivra Daniel, Daniel, Daniel,
De la fosse aux lions ;
Le Seigneur délivra Daniel,
Et le même Seigneur me délivrera bien !

« Comme cela me reporte à la Rose-Blanche ! dit Dennison d'un ton de regret. Mais non, Wesley n'est pas avec eux, continua-t-il, non sans inquiétude. En vérité, Nagle, aucun de ces garçons de la Rose-Blanche ne devrait faire la guerre... Ils sont trop jeunes, trop délicats... Tom peut-être encore... Mais Wesley et Hart, quand ils sont arrivés avec leurs joues roses et leurs boucles blondes, avaient l'air de deux filles.

— Ils ont encore cet air-là.

— C'est pour dire qu'à leur âge on a besoin de conseils. Tante Lucy m'a confié son neveu, me priant de surveiller sa conduite. Et je ne peux pas m'empêcher de me croire responsable des faits et gestes de cet enfant. »

Ici, le brave Dennison soupira :

« Le gamin est courageux, ceci ne peut être mis en doute. Il n'a pas bronché, même le jour où il a vu le feu pour la première fois. Souvent, je suis obligé de le retenir. Un petit homme déjà, dans toute la force du terme. N'importe, il me donne du souci. Depuis que nous sommes campés à cette place, il y aura bientôt six semaines, Wesley s'échappe sans bruit tous les soirs et il ne rentre que deux ou trois heures plus tard. Jamais il ne dit où il est allé. Comment trouve-t-il le moyen de faire la nique aux sentinelles ? Je suis ennuyé de ne pas savoir où il passe son temps, voilà !

— Mystère ! fit en riant Nagle.

— En tout cas, le petit garde bien son secret. Nous l'avons taquiné, mais ça lui est égal et, ma foi, je me tourmente peut-être plus que de raison, mais... Conseillez-moi, Nagle, je ne sais que faire.

— Eh bien ! répliqua Nagle après un instant de réflexion, nous n'avons qu'à le suivre pour voir où il va. C'est assez répugnant, l'espionnage, mais nous devons bien cela à tante Lucy.

La nuit suivante fut sombre et désagréable. Depuis plusieurs jours, la neige durcie couvrait la terre ; ce soir-là commença un froid dégel. Le vent qui soufflait de la montagne, était chargé de grésil qui piquait comme des aiguilles.

Le sergent Dennison et le soldat Nagle prirent la route solitaire conduisant par de nombreux lacets aux premières assises de la montagne gigantesque qui se dressait à leur gauche. Sur ce chemin s'était engagée l'ombre frêle et rapide qu'à grands pas ils suivaient.

D'ordinaire, un garçon de seize ans qui marche dans la solitude et l'obscurité, les mains dans ses poches, siffle ou fredonne pour se tenir compagnie. Mais en ces jours dangereux, le premier tournant pouvait cacher une embuscade, et du buisson voisin pouvait à tout instant partir un coup de fusil. Les enfants, comme les hommes, avaient donc appris à être silencieux.

Aussi l'ombre se glissait-elle, furtive et prudente, entre les arbres dénudés que le vent faisait gémir. Ceux qui la guettaient, marchaient sans bruit, eux aussi, tantôt s'arrêtant et tantôt pressant le pas, selon qu'ils craignaient de perdre de vue l'objet de leur curiosité ou d'attirer son attention.

A deux milles du camp, Wesley Branscome tourna soudain à gauche et disparut. Les deux hommes attachés à sa poursuite arrivèrent à l'entrée du large ravin juste à temps pour le voir courir vers une cabane toute basse qui, au sommet d'une éminence, se détachait obscurément sur le ciel nuageux. Wesley ouvrit la porte ; une lueur rougeâtre illumina la pente rocheuse tachetée de neige et les eaux troubles du petit torrent qui grondait au fond du ravin. Ce ne fut qu'un éclair, car la porte s'était refermée aussitôt. Sous le lourd volet de l'unique fenêtre passait encore cependant une large raie de lumière.

Après quelques minutes d'attente, les deux espions s'approchèrent en rampant pour appliquer leurs yeux à cette fente. Ils virent l'intérieur tout entier de la hutte : une seule chambre. Pas d'autre lumière que celle du feu qui brûlait dans le vaste foyer, éclairant, ici, un métier de tisseuse où était commencée une pièce de drap, là un lit dont la rustique couverture se bombait sur des montagnes de plume. Une échelle délabrée aboutissait à un trou dans le plafond, rayé de solives basses ; sur un des échelons dormait un énorme coq brun roux. Ses plumes luisaient dans la lumière du feu. Des bouquets d'herbes aromatiques, des guirlandes de poivre rouge, des écheveaux de laine bleuâtre pendaient le long des murs. Une table en bois de pin, portant quelques plats en terre grossière, était placée contre la porte qui faisait face à la fenêtre.

Dans un coin de la vaste cheminée était assise une vieille femme maigre, aux cheveux blancs, au mince visage ridé. Elle cardait de la laine. Des rouleaux floconneux couvraient le plancher auprès d'elle, et c'était merveille que des outils aussi usés, maniés par des mains aussi caduques, pussent faire cette délicate et symétrique besogne.

Devant le feu, juste au milieu, un grand rouet dont on entendait le ronron monotone et le régulier click... click...

Wesley Branscome filait.

Il a ôté sa grosse capote et jeté sa casquette. Ses boucles dorées brillent à chaque mouvement que décrit d'avant en arrière ce corps svelte vêtu d'une veste grise fanée et d'un pantalon déchiré. Wesley tire adroitement la laine, allonge le fil, le roule sur le fuseau, puis prend un autre rouleau sur la pile de laine cardée. Pendant quelques minutes on n'entend que les bruits *whiz-z, bur-r-r, clik-clik* dans la chambre, les mouvements réguliers du pied de Wesley, un, deux, trois, en avant, un, deux, trois en arrière, et le doux froissement des peignes qui cardent.

Dehors, le sergent Dennison tourne un regard étonné vers son compagnon.

La vieille femme a posé ses outils et se met à remuer les tisons avec un bout de bois.

« Wessy, dit-elle d'une voix chevrotante et flûtée, j'ai pour vous, mon garçon, des pommes de terre sous la cendre.

— Oh, vraiment ? » crie le soldat du ton ravi d'un enfant heureux.

Il arrête son rouet et s'agenouille près du foyer.

« Croyez-vous qu'elles soient cuites, grand'mère ? laissez-moi les retirer. »

Il abrite ses yeux d'une main et de l'autre retire des cendres, en s'aidant du bâton, une couple d'énormes ignames dont l'odeur savoureuse se répand par la fente jusqu'aux espions qui ne peuvent retenir un mouvement d'envie.

« Oh ! qu'elles sont bonnes ! Goûtez-en, grand'mère. »

Wesley est assis sur ses talons et la vieille se penche sur lui en caressant affectueusement son épaule de sa main ridée.

« Non, mon enfant, je n'en veux pas. Ça me fait tant de plaisir de vous les voir manger ! Je n'ai pas beaucoup cardé aujourd'hui, dit-elle.

— Vous avez tissé ? demande Wesley en regardant le métier.

— Non, j'ai préparé la teinture pour les derniers écheveaux. Mes mains en sont presque gelées. Mais nous aurons bientôt fini. »

Il fait oui du menton.

« Oh ! comme Bigy et Jim seront fiers ! Nous travaillons pour eux depuis six semaines, hein, Wesley ?

« Je revenais de l'enterrement de ma pauvre Liddy et j'étais assise ici à me demander comment je ferais pour envoyer à ses garçons là-bas, compagnie G, le drap qu'elle leur avait promis. Elle avait écrit si souvent pour leur en parler... et moi avec toute cette laine dans la maison... et personne à présent pour m'aider ! C'est alors, mon fils, que vous sautez la barrière pour me demander un verre d'eau. »

Une expression malicieuse passe dans les yeux humides de la vieille en prononçant ces derniers mots.

L'enfant se met à rire :

« Vous savez bien, grand'mère, que je poursuivais votre coq rouge. Je croyais la maison inhabitée.

— Il devient bien gras mon coq, dit la bonne femme, suivant l'œillade significative que Wesley lance du côté de l'échelle. Nous le ferons bouillir le soir où le dernier écheveau sera tissé.

— Oh ! grand'mère, je voudrais un pâté de poulet dans de la vraie pâte.

— Eh bien ! nous en aurons peut-être un. Ce jour-là, je vous ai parlé de Liddy et de ses garçons dans la compagnie G, et de l'envie que j'avais de finir le drap qu'elle avait tant souhaité de leur envoyer. Alors vous m'avez dit que si je vous apprenais à filer vous m'aideriez bien. »

Nouveau hochement de tête de son interlocuteur. Ils se redisent une histoire souvent racontée.

« Grand'mère, interrompt Wesley en se levant tout à coup et en la regardant d'un air malin, savez-vous que mes sorties du soir intriguent diablement les camarades ! Ils ne savent qu'imaginer ! »

Et un éclat de rire résonne dans la cabane, réveillant le gros coq qui sort sa tête de dessous son aile et pousse un cri rauque.

« Qu'ils cherchent ! s'écrie la vieille femme en tournant vers lui sa figure souriante.

— Oui, oui, qu'ils cherchent ! Je les défie bien de deviner ! »

Et Wesley se met à danser en sifflant.

Après quoi il reprend son rouet, et, de nouveau, *whiz, whiz, ron, ron, click, click ;* un, deux, trois, en avant, un, deux, trois, en arrière...

Les peignes se remettent à carder en guise de réponse, et le coq, rassuré par ces bruits familiers, ramène sa crête sous son aile pour se rendormir.

Pendant cette scène, les deux hommes restés dehors n'ont osé faire un mouvement, de peur de se trahir. Toutefois, dès que le bruit de la roue a repris, ils regagnent le chemin boueux à pas de loup.

« Eh bien ! s'écrie Dennison, quand ils ont esquivé les sentinelles et se sont rapprochés des feux, eh bien, il me semble, ma parole, que l'on vient de m'attraper volant un mouton, ou, pour mieux dire, j'éprouve ce que j'aurais éprouvé avant la guerre si l'on m'eût pincé volant un mouton.

— Songez à ce qu'eût été notre position, répond Nagle, avec un singulier éclat de rire, où il y avait de l'émotion, si ce couple d'innocents nous avait surpris derrière le volet ! »

Il va sans dire que le sergent Dennison conta son aventure au mess, de sorte que tout le régiment finit, de proche en proche, par en avoir connaissance, mais personne ne se moqua de Wesley.

Plus d'une année après, une lettre salie, usée par un long voyage à la remorque de l'armée, parvint enfin à son adresse : « Wesley Branscome, fusiliers Selden ». Ces mots étaient tracés d'une grosse écriture incertaine, et la main du capitaine Dennison — il était passé capitaine — trembla en décachetant l'enveloppe, car Wesley Branscome dormait de l'éternel sommeil dans sa tombe inconnue sur le fatal champ de bataille de Gettysburg.

Voici la lettre :

« Cher Wessy, Bigy et Jim ont ressu leur drap, mais ma jambe a été hemportée à Gettysburg et je suis retourné chez grand'mère. C'est Jim qui écrit cette laitre pour moi. Grand'mère vous envoi ses amitiés et elle est jolimen fiaire d'avoir de si baux pêgnes à carder. Elle vous remaircit de votre cado. Elle veux que vous passiez par icitte quan les Yankees seron rossés et que vous retournerer ché vous pour de bon dans cette atente jeu ne vous an dit pas davantaje.

« Jim Cager. »

XII

NOTRE PRINCESSE AFRICAINE

Les pétales d'oranger tombaient comme des flocons de neige parfumée sur les draps blancs étendus sous les arbres pour les recevoir. Dans la cuisine, on procédait à la confection de l'eau de fleur d'oranger et à celle de la conserve de fleurs d'oranger, plus délicate encore.

C'était un rite mystérieux que cette opération à la Rose-Blanche. Grand'mère n'avait jamais pu se persuader que ma mère fût capable de calculer au juste l'épaisseur que devait avoir le sirop, ou la quantité de fleurs nécessaire pour produire un goût agréable. Aussi arrivait-elle tous les printemps de River-View, accompagnée de la vieille Justine et armée de son livre de recettes créoles jauni par le temps. A cette occasion, notre cuisinière Esther quittait son empire en grommelant contre ces fabrications françaises. De ses petites mains grassouillettes et blanches, Mère choisissait les pétales couleur de cire, épais et embaumés, puis elle les laissait tomber un à un dans le sirop clair qui bouillonnait. Justine, pendant ce temps, lavait et rinçait une douzaine de bouteilles au long col élancé, qu'elle posait ensuite sur la table en rangées brillantes, les faisant sécher au soleil. A la condition de rester très tranquille, cousine Nellie obtenait le privilège de s'asseoir dans l'embrasure de la fenêtre pour découper et façonner les bateaux en papier dans lesquels se servait la conserve. De temps en temps, maman venait à la porte, apportant une nouvelle montagne de pétales frais cueillis. Mère les prenait et, au milieu d'un silence impressionnant, les versait sur un vaste plateau d'argent réservé pour cet auguste cérémonial.

Nous autres enfants, nous étions bannis. Rien au monde ne nous eût fait braver la cuillère menaçante de Mère et son

« Allez-vous-en, petits ! » prononcé d'un ton emphatique et sévère.

Mais aussi quels transports quand les bouteilles avaient été remplies et laissées à rafraîchir, quand les grands bocaux de verre, avec leur contenu translucide, étaient rangés sur les planches de l'office ! Quelle joie d'être appelé à recevoir des mains de Mère un des petits bateaux, plein jusqu'au bord de la conserve toute chaude, d'emporter ces bonbons exquis chez Mammy et de lui demander un morceau de gâteau pour « jouer à la soirée » sur le seuil de sa case !

Ce moment heureux n'avait pas encore sonné, l'année dont je parle. Nous sommes au lendemain du jour où arriva la lettre restée si longtemps en route, la lettre de mon frère Hart. Un jour délicieux ! si ensoleillé, si fleuri ! La vieille tante Rose avait amené du quartier nègre sa troupe de bambins. Ils jouaient sur la pelouse, devant la maison, se roulant dans les hautes herbes comme de petits elfes noircis. On aurait pu prendre pour leur reine la fille de tante Esther, Chiltowee, qui, une couronne de jasmin jaune sur sa tête laineuse, sa fantastique petite figure d'ébène sortant d'un collier de chèvrefeuille, conduisait les jeux bruyants. Tante Rose était assise, droite et raide, sur un banc près de la haie ; sa verge, qui ne la quittait jamais, demeurait à portée de sa main. Les coudes collés au corps, ses longues mains osseuses appuyées sur ses genoux, la paume en dedans, ses pieds serrés l'un contre l'autre, dépassant un peu sa jupe étroite, elle ressemblait à une statue taillée dans le roc, à cette statue d'une ancienne reine d'Égypte dont mon père avait autrefois rapporté de ses voyages en Orient la photographie, accrochée depuis au-dessus de sa table à écrire.

Les yeux profonds de tante Rose, sous leurs sourcils blancs hérissés, avaient un regard de rêve lointain. Elle songeait.

Le petit Percy, cessant de jouer, était venu s'appuyer contre elle. Il caressait de ses doigts mignons les deux poignets tatoués qu'elle lui abandonnait.

« T'est-ce ti vous a fait mal, tante 'Ose ? » demanda-t-il tout à coup en levant ses yeux bleus vers les siens.

Elle le regarda, impassible, sans répondre ; puis ce regard alla vaguement errer sur la plantation d'orangers, où nous pouvions voir ma mère marcher entre les arbres, en se baissant par intervalles pour ramasser les fleurs tombées. La vieille figure tannée de tante Rose s'éclaira aussitôt. Toujours sa physionomie prenait une expression lumineuse, pour ainsi dire, aussitôt qu'elle apercevait maman.

Nous saisîmes le moment que nous savions être favorable pour la supplier :

« Oh ! tante Rose, racontez-nous donc quand vous étiez princesse !

— Quand vous étiez une princesse africaine, vous savez ? dit Charley.

— Et quand vous avez été faite prisonnière ? S'il vous plaît, tante Rose, s'il vous plaît ? ».

Elle commença brusquement. C'était sa manière, quand on pouvait la décider à raconter cette histoire, ce qui était rare.

Son langage était presque pareil à celui de nos autres nègres, quoique son frère, oncle Silas, le prince africain qui appartenait à grand-père Selden, eût gardé un curieux jargon, presque inintelligible. Mais ce qui rendait particulière la façon de parler de tante Rose, c'était sa voix si sourde, si monotone. Lorsque le souvenir de ses malheurs excitait cette étrange vieille femme, elle devenait presque terrible. A ces moments-là, ses yeux caves brillaient d'une clarté surnaturelle et une tache sombre rougissait le creux profond de ses joues de bronze.

« Oui, j'étais princesse. Et je suis encore princesse, reprit-elle presque féroce. Je suis la fille d'un roi. Il y a une grande ville dans mon pays, et le peuple est si nombreux qu'on dirait les cannes à sucre de vos champs. Et dans cette ville il y avait une grande maison, plus grande que celle de Missy.

— Elle veut dire votre maman, quand elle dit Missy ; elle appelle toujours miss Lucy Missy, expliqua Mandy qui, assise au bout du banc, faisait semblant de tricoter.

— Et la grande maison était au milieu de toutes les autres maisons, et elle était entourée de palmiers, pas pareils à ceux d'ici, de grands arbres avec des feuilles comme un bouquet de plumes tout en haut. Ça, c'était la maison du roi. Le roi était mon père et le père de Silas. Seulement, Silas ne s'appelait pas Silas dans ce temps-là et moi je ne m'appelais pas Rose. Silas était le prince Limpopo et j'étais la princesse Ghargal. J'avais pour mari un autre prince, qui était un grand chef, et j'avais cinq enfants, cinq petites filles couleur marron, bien plus jolies que les bébés nègres de par ici ! »

Elle baissait les yeux d'un air méprisant sur le troupeau noir qui se roulait à ses pieds.

« Et il y avait mille nègres autour de la maison du roi pour faire l'ouvrage et pour nous garder. Quand moi et mes cinq petites filles nous sortions, les nègres marchaient à notre suite, portant le parasol et le grand éventail. J'avais une robe toute faite de plumes pareilles à celles qui sont sur le chapeau de Missy. Et ces diamants que Missy portait dans le bon temps, avant la guerre, ne sont rien auprès des diamants que je mettais comme des cordes autour de ma taille. Et ces marques, ici, sont les marques des princesses africaines. »

Tante Rose touchait avec orgueil les tatouages de son front, de son cou et de ses bras.

« Il y a beaucoup de guerres dans mon pays, mais pas comme cette guerre-ci. On se bat bien plus bravement, et on prend les femmes et les enfants, et on les emporte, et on les fait esclaves. C'est comme ça que nous sommes devenus esclaves aussi. Mais dans ce temps-là, le roi notre père n'avait jamais été battu. Toute la grande maison brillait de l'or qu'il avait rapporté des pays lointains. Oh ! nous étions tous heureux alors, et moi j'étais une princesse très fière avec mes cinq petites filles brunes.

« Un jour, il arriva pourtant une bataille, une mauvaise bataille. Le grand chef noir, de l'autre côté de la montagne, est venu ; il brûle la grande maison, il emmène le roi, qui était le père de Silas et le mien, il emmène Silas et moi, et une foule de guerriers et aussi de femmes. Mais il a tué le prince qui était mon mari, et il laisse derrière lui mes cinq petites filles !

— Oh ! tante Rose, fîmes-nous tous en chœur, très bas, dans un gros soupir.

— Et je ne les ai plus revues jamais ! » Sa voix s'éleva ; elle poussa un cri perçant et se balança de droite à gauche.

« Jamais plus ! Plus jamais ! » répétait tante Rose ; puis elle devint subitement silencieuse.

Nous nous tenions par la main, sans oser bouger. Enfin, elle recommença :

« Nous voyageons cinq jours, presque six, et puis nous arrivons à la mer. Et il y avait là un bateau si grand qu'il nous a fait peur. Le chef noir qui nous amenait, nous a vendus au capitaine du grand bateau, et nous avons été ses esclaves. Il y avait des masses d'autres nègres dans le bateau. On nous entasse avec eux, on nous descend dans le trou noir ; mais nous croyons toujours voir la terre que nous avons quittée, et les arbres avec un bouquet de plumes au faîte, et la petite rivière, et la liberté, et les enfants... Oh ! les enfants... Nous tendons les mains et nous pleurons, et le bateau roule haut comme ça et plonge profond comme ça ! » — Elle se levait, puis se penchait en avant jusqu'à ce que le nœud de son tignon pointu touchât presque l'herbe, puis encore elle se relevait lentement de toute sa hauteur, les bras étendus. Et la rougeur sombre commençait à poindre sur ses joues creuses.

« Alors le roi mon père a refusé de manger, parce qu'il n'avait pas été habitué à être esclave. Et un jour il a dit qu'il allait

mourir, et son cœur s'est brisé, et il mort. Alors j'ai voulu les battre, et ils ont mis des chaînes aux bras de la princesse. »

Nous nous éloignâmes, un peu effrayés de la lueur menaçante qui brillait dans ses yeux. Mais à ce moment ma mère passait, emportant à la cuisine son plateau chargé de fleurs, et l'expression adoucie revint sur le visage de la vieille tante Rose. Se rasseyant, elle continua :

« Enfin, un jour ils amènent le bateau dans une rivière jaune, et on nous fait sortir. On laisse là quelques-uns des nègres, mais moi et Silas on nous amène dans un autre bateau à la Nouvelle-Orléans. On nous met dans un endroit où il y avait beaucoup d'esclaves. A ce moment, les larmes étaient séchées dans mes yeux, et le cœur dans ma poitrine était comme une motte de terre, sauf pour la haine.

« Un jour enfin, on nous tire du parc à esclaves, on nous fait marcher deux par deux le long des rues de la Nouvelle-Orléans, jusqu'à une grande maison la plus grande que j'aie vue depuis la maison du roi qui avait été brûlée.

— Elle veut dire l'hôtel Saint-Charles, où votre papa et votre maman ont demeuré avant la guerre, vous savez bien, quand ils m'ont emmenée avec vous, » nous explique Mandy.

Il paraît que le marché aux esclaves, à la Nouvelle-Orléans, était en effet dans les sous-sols de l'hôtel Saint-Charles.

« Et, reprend tante Rose, au coin, nous avons été obligés de nous arrêter, parce qu'il y avait une procession. Et juste à ce moment vient une petite fille blanche, haute comme ça !... Et elle avait l'air d'un ange ; seulement, dans ce temps-là, je ne savais pas ce que c'était qu'un ange. Elle était avec son papa et sa maman et, quand elle m'a vue, elle a couru, elle a passé ses mains sur les marques de mes bras, tout comme vient de faire le petit. Elle ne savait pas que c'étaient les marques d'une princesse, mais je suis sûre qu'elle avait vu le chagrin qui était dans mes yeux, parce qu'elle me dit des mots si doux, si

Plaçant le sabre entre les petites mains de Percy.

doux... Je ne pouvais pas comprendre les mots, mais je comprenais tout de même ce qu'il y avait sous les mots, et le cœur dur comme une motte de terre qui était dans ma poitrine se fondait à mesure.

— Elle veut dire qu'elle s'est mise à pleurer, dit Mandy.

— Et quand ils m'ont menée dans le marché, sous la grande maison, pour être vendue, qu'est-ce que je vois ? Le père de la petite blanche qui vient m'acheter, parce qu'elle lui a demandé de le faire ! Et il m'achète, et il achète le prince, mon frère, qui alors ne s'appelait pas Silas, mais Limpopo.

— C'est comme ça que votre grand-papa à la jambe de bois a acheté tante Rose et oncle Silas, dit Mandy.

— Alors il me donne à la petite fille blanche, et je me sens encore princesse quand on me conduit dans la grande maison où il y a tous ces nègres pour faire la besogne et pour servir les grands personnages.

— Elle parle de la maison du maître à Frédéric, la maison de votre oncle qui a été tué au commencement de la guerre, dit Mandy.

— Cette petite fille blanche, c'était Missy. Je l'ai vue grandir jusqu'au jour

IV.

où elle est devenue votre maman. Je lui ai toujours appartenu, et elle sait que je suis princesse, et je ne me suis jamais sentie esclave depuis que Missy m'a touchée de ses petits doigts si doux. J'ai été gardée auprès d'elle dans la maison, et c'est moi qui, à la fin, ai demandé à Missy de me laisser prendre soin des petits enfants, parce que je devenais vieille, et aussi parce que les petits enfants me font penser aux cinq petites filles que je ne verrai plus jamais... jamais... jamais plus ! »

L'expression sauvage reparut dans les yeux de tante Rose, mais sa voix s'était curieusement adoucie en finissant :

« Oui, j'ai été princesse en Afrique, et maintenant je suis la princesse de Missy. Et Missy était un petit ange quand elle était petite, et elle est un ange à présent.

— Ça, c'est vrai, aussi sûr que vous êtes née, c'est vrai que miss Lucy est un ange ! » dit à quelque distance la voix d'oncle Joshua.

Il venait bêcher les plates-bandes qui bordaient l'allée. Adressant un signe de tête à tante Rose, qui s'était rassise sur son banc avec le même regard lointain vers le passé, oncle Joshua planta sa bêche dans la terre humide. Et, en même temps, il chantonnait comme toujours lorsqu'il s'occupait des fleurs de maman :

« L'opossum est dans le gommier, le raton est dans son trou. »

Nous nous mîmes à courir pour le rejoindre en passant par une brèche de la haie.

« Allons, mes enfants, tenez-vous tranquilles. Ce sont les violettes de miss Lucy, et je veux les soigner convenablement, parce que... »

Il s'arrêta, prêtant l'oreille à un bruit inaccoutumé : des chevaux galopaient dans le chemin. Deux hommes qui arrivaient à la grille mirent pied à terre. Comme ils approchaient, nous vîmes des uniformes bleus, et nous reconnûmes l'un des deux : nous l'avions remarqué plusieurs fois, quand la crevasse était ouverte et que les soldats yankees venaient aider à la reconstruction de la levée. C'était le colonel du régiment campé au-dessus du tournant de la rivière.

Mes petits frères s'enfuirent à toutes jambes par le trou de la haie auprès de tante Rose, et moi, intimidée, je battis en retraite, laissant oncle Joshua aller au-devant des étrangers. Le grand colonel lui dit quelque chose tout bas. Je ne distinguais par les paroles, mais la voix d'oncle Joshua, qui répondait, me sembla étrangement altérée. C'était comme une plainte stridente, aiguë. L'officier parla encore d'un air d'insistance et d'autorité ; alors oncle Joshua tomba lourdement sur ses genoux et se mit à sangloter, à se balancer de droite à gauche. Je l'entendis crier très haut, comme hors de lui :

« Seigneur, qui donc osera le lui dire !... Je ne peux pas, moi ! Non, je ne peux pas !... O Seigneur, toi qui donnes et qui reprends... aie pitié d'elle... et des enfants !... Oh ! mon maître ! mon maître !... »

Le colonel resta un instant irrésolu, perplexe, puis il se dirigea à pas lents vers la maison. Il tenait un sabre dans son fourreau ; je lui avais vu prendre ce sabre, à la grille, des mains de son ordonnance. Une fois il rebroussa chemin, apparemment pour s'en aller. Comme il se retournait cependant vers la maison, une exclamation lui échappa : ma mère, au milieu de l'allée, lui barrait le passage. Elle était venue par la trouée de la haie, suivie de tous les petits garçons qui se serraient autour d'elle. Je la vois encore, mortellement pâle, ses grands yeux fixés sur le visage de l'officier avec une expression de terreur. Je n'avais jamais vu ma mère avoir peur, et je tremblai, me demandant ce que cela voulait dire.

Le colonel se découvrit et le soldat ôta, lui aussi, sa casquette après un moment d'hésitation. Les figures hâlées de ces deux hommes étaient presque aussi pâles que celle de maman.

Il y eut un court silence. L'officier cherchait une entrée en matière.

« Madame, dit-il enfin, un messager qui

venait de l'autre rive, et qui apportait de ce côté-ci des lettres avec différents autres objets, a été fait prisonnier par mes hommes. Beaucoup de lettres étaient anciennes ; quelques-unes voyageaient depuis plusieurs mois. Mais il y en a une de date récente, elle contient la nouvelle de... »

L'officier s'arrêta comme s'il eût été incapable de supporter le regard arrêté sur le sien.

Apercevant le petit Percy, il se baissa, mit un genou en terre, l'attira vers lui.

« Mon fils, dit-il, plaçant le sabre entre les petites mains de Percy et les refermant dessus, donnez cela à votre mère et dites-lui que c'était le sabre d'un soldat qui est mort en brave sur le champ de bataille ! »

Le plateau vide que tenait ma mère échappa de ses mains, un cri étouffé sortit de ses lèvres blanches.

« Dites-lui... »

Une larme était tombée sur la joue de Percy. L'officier caressa d'une main affectueuse les boucles blondes du pauvre petit, puis se releva. Il remit une lettre aux autres enfants et, sans un mot de plus, il descendit en toute hâte vers la grille ; le soldat le suivit ; une minute après, tous les deux disparaissaient sur le chemin qui mène à la rivière.

Je crois qu'aucun de nous jusque-là n'avait entrevu l'affreuse vérité. Il fallut que le petit Percy, se rapprochant de ma mère, lui répétât dans son langage enfantin ce que l'officier venait de lui dire.

Quand maman s'est baissée, qu'elle a pris dans ses bras avec un long sanglot notre petit frère, qui tenait toujours le grand sabre serré contre lui, oh ! oui, alors... nous avons tous compris !

Mon père avait été tué dix jours auparavant dans une charge qu'il commandait ; il était enterré sur le champ de bataille.

Cette nuit-là, longtemps après que notre chère fidèle Mammy et oncle Joshua, qui semblait assommé par le coup, furent retournés dans leur case, alors que le silence de la maison n'était troublé que par de faibles gémissements venus du canapé où ma mère s'était jetée, j'entendis un bruit léger de l'autre côté de la porte. J'avais dormi, puis je m'étais éveillée, cherchant vainement à me figurer mon père étendu par terre, son visage tourné vers le ciel, une tache rouge à la poitrine, le bras rejeté au-dessus de sa tête, comme le jeune soldat yankee, mon camarade, dont j'avais vu le cadavre près de la maison des jeux, en un jour inoubliable.

Je me glissai hors du lit, et m'approchai de la porte.

« Qui est là ? » demandai-je aussi bas que possible.

Une voix, si douce que j'eus peine à la reconnaître pour la voix de tante Rose, me répondit :

« C'est la princesse de Missy. »

J'ouvris la porte et je regardai.

C'était la vieille tante Rose. Le clair de lune inondait le grand vestibule froid et ruisselait sur elle, assise tout près de la porte. Elle tenait très droite sa tête enturbanée, les mains reposant sur ses genoux, la paume en dedans, les coudes collés à ses flancs maigres, les pieds serrés l'un contre l'autre.

« Je veille et j'attends, murmura-t-elle, parce que, vous savez, petite miss May, Missy pourrait avoir besoin de quelque chose la nuit ; alors, je suis là toute prête. »

XIII

LES PO'SOULS [1]

Il y avait un mois et davantage, que l'héroïque général Lee s'était rendu au général Grant avec le reste de son armée.

D'abord, une espèce de silence accablé s'était répandu sur le pays, comme si le monde eût subitement pris fin. Une foule de femmes en deuil, au visage défait, aux yeux sans larmes, descendaient chaque matin à la petite église près de l'embarcadère pour prier et aussi pour s'entre-

---

1. Les po'souls (pauvres âmes) sont de petits pâtés dans lesquels il entre des feuilles de moutarde et du lard.

demander tout bas si quelqu'un avait des nouvelles de l'autre côté de l'eau, d'où ne revenaient pas encore leurs pères, leurs maris, leurs fils, leurs frères. Quand, désappointées, elles étaient retournées attendre au logis, personne ne foulait plus les routes pleines d'herbe, et le même silence terrible recommençait.

Bientôt pourtant nos soldats affluèrent dans toutes les directions, regagnant leurs foyers. Les vieux bidons, les havresacs sordides étaient encore pendus à leurs épaules ; les casquettes déchirées étaient encore plantées militairement sur des têtes battues par toutes les intempéries ; les uniformes gris en loques et maculés de boue restaient boutonnés selon l'ordonnance ; leur pas, quoiqu'ils fussent si fatigués, n'avait pas perdu cette cadence mesurée, résultat de plusieurs années de stricte discipline et de service actif. Mais c'en était fait de tout l'élan, de toute l'élasticité d'autrefois chez ces vaincus. Sur leurs visages maigres, on lisait une tristesse inquiète et farouche.

Tous les jours, il en arrivait, tantôt isolément, tantôt par groupes de deux ou trois. Sur le chemin bordé de haies de roses, ils marchaient vers notre grille. Quelquefois, ils passaient la nuit chez nous. L'un d'eux demeura quatre ou cinq jours à lutter contre la fièvre qui avait saisi son pauvre corps affamé en traversant les marais. Un autre tomba épuisé à notre porte et languit à la maison jusqu'à sa mort, parlant sans cesse dans son délire de la cabane couverte de vignes au bord de l'eau où « Mary et sa petite » l'attendaient. Mais la plupart des soldats ne se reposaient que quelques instants sur les marches pendant que Mammy cherchait dans le peu de provisions qui nous restaient de quoi leur offrir à manger. Car ils avaient tous faim, les pauvres !

Pendant qu'ils dévoraient, nous les entourions et nous les écoutions. Ils revivaient, en causant, la vie des camps, la vie d'hôpital, la vie de prison, recommençant par le souvenir les marches de nuit,

retournant au plus épais de la bataille, reconstituant telle charge désespérée dans laquelle tel ou tel camarade avait reçu une balle à travers la tête. Il y avait l'histoire de certain assaut conduit par un jeune enseigne qui arracha un cri d'admiration à l'ennemi lui-même en plantant son drapeau au milieu des bleus. Et les quatre années de guerre se déroulaient ainsi, avec leurs dangers, leurs fatigues, leurs craintes et leurs espérances, le sang versé et la splendeur des victoires inutiles, des sublimes sacrifices. Pendant ces longs récits, l'expression désolée s'effaçait parfois du visage des soldats ; leurs voix sonnaient, leurs yeux jetaient des flammes. Un instant, l'humiliation de la défaite était oubliée, et le *yell* familier, le rugissement qu'avaient tant de fois poussé les Rebelles en fondant sur l'ennemi, semblait prêt à sortir de leurs lèvres. Puis, hélas, cette lueur fugitive s'éteignait tout à coup, et un silence la remplaçait que personne n'osait rompre.

Mais c'étaient des inconnus qui venaient par notre chemin de roses et qui franchissaient ainsi la grille ; c'étaient des figures que nous n'avions jamais vues et qui se hâtaient ensuite de regagner leurs foyers.

Aucunes nouvelles des nôtres.

Les yeux de maman devenaient plus tristes de jour en jour. Le Père Kenyon reparut, amenant notre voisin Louis Walker dont la jambe avait été fracassée par un éclat d'obus, la veille même de la capitulation finale. Mais il n'avait pas entendu parler depuis longtemps de la poignée d'hommes qui restait des fusiliers Selden.

Lui-même portait à la joue gauche une cicatrice, la marque d'une blessure reçue le jour où mon père avait été tué. Son sang s'était mêlé à ses larmes tandis qu'il aidait à déposer le corps dans une fosse creusée à la hâte sur le champ de bataille.

« Et mon frère Tom et mon frère Hart, et Virgile et Dandy ne reviendront donc plus à la maison, Mammy ? » demanda le petit Percy. « Tous les autres Rebelles retournent à leurs maisons tout le temps !

— Si fait, mon cœur, ils reviendront, » répondit Mammy en jetant un regard du côté de maman qui marchait de long en large dans la véranda, les yeux fixés sur la grille, — pour sûr, ils sont en route ! Votre vieille Mammy le sait bien. Seulement, ils ne reviendront pas à pied comme les pauvres meurt-de-faim que vous voyez se traîner sur la route du matin au soir. Tout de même, je suis bien aise de pouvoir donner à ceux-là quelque chose à manger, ajouta-t-elle généreusement. Nous les nourrirons tant qu'il y aura de la farine dans le baril. Mais vous n'allez pas croire que nos enfants soient dans cet état-là ! Que non ! ils reviendront à cheval.

— Et moi, et oncle Joshua, et mon frère Tom, et mon frère Hart, et Dandy, et nous autres, les quatre petits garçons, nous planterons les cannes, nous ferons le sucre, nous allumerons le feu, nous soignerons maman ! Nous *travaillerons-t-y !* N'est-ce pas, Mammy ? » dit fièrement Percy un jour que nous rentrions du quartier nègre, absolument désert à présent.

Cette imagination — qui devait devenir une réalité — arracha de douloureuses plaintes à Mammy. Mais Mandy, haussant les épaules, ne put s'empêcher de dire :

« Allez ! je réponds que ces imbéciles de nègres qui nous ont laissés là voudraient bien être de retour dans leurs cases, avec Mammy pour leur distribuer la ration tous les matins, et Daddy pour les talonner dans les champs jusqu'au soir ! »

En effet, les cases étaient vides et tous nos nègres partis. Il ne restait guère qu'oncle Joshua, Mammy et Mandy, et la vieille Rose, la princesse de ma mère. Les hommes, se sachant libres puisque le Sud était vaincu, avaient filé tout doucement, un à un, dans l'espace de six mois. Quand le moment de planter la canne fut arrivé, il n'y avait plus chez nous un ouvrier valide ni une mule. Ce mouvement général commença dès la capitulation. Les nègres l'avaient apprise, je ne sais par quel prodige, avant nous-

mêmes. Ils couraient à l'embarcadère, hélaient les bateaux qui descendent la rivière et s'empilaient à bord en toute hâte. Puisque c'en était fait de l'esclavage, il fallait bien profiter de pareille aubaine. Toutefois, ils n'emportaient guère qu'une pile de couvertures et quelque vieille malle, laissant ce qu'ils possédaient de plus précieux enfermé dans leurs cases, ce qui marquait une vague intention de retour au cas où l'avenir ne tiendrait pas ses promesses.

Pendant quelque temps, les serviteurs de la maison proprement dits continuèrent leur besogne accoutumée; mais ils étaient dans un état d'effervescence extraordinaire, assez facile à concevoir d'ailleurs. La conduite des fugitifs trop pressés semblait leur inspirer un certain mépris. Pourtant, un beau matin, les femmes de chambre, Melinda, Sophie et Riah disparurent à leur tour. Deux jours après, la cuisinière, tante Esther, entra dans la salle à manger pendant que nous déjeunions. Elle nous passa des gâteaux tout chauds qu'elle apportait, puis alla se planter derrière la chaise de ma mère :

« Miss Lucy, dit-elle, ça me fend le cœur de vous quitter, vous et les enfants, ça c'est la vérité. Mais, vous savez, je suis libre maintenant, et je veux sentir ma liberté. Parce que je ne la sentirai pas tant que je resterai ici, même avec les gages que vous me donneriez. Et alors j'ai fait porter ma malle à l'embarcadère des bateaux, et je vais à la ville m'amuser un peu et jouir de ma liberté.

— Umph ! grogna Mammy, après que ma mère eut dit adieu à la négresse qui était sortie à reculons. Cette Esther n'appartient pas à la famille depuis aussi longtemps que nous. Elle n'y est pas née. Il n'y a que trente ans qu'elle est ici. Je me rappelle le jour où le vieux maître l'a achetée à un marchand de nègres. »

Un peu plus tard vint tante Ca'line :

« Miss Lucy, mon enfant, je me décide à vous quitter, quoique ça m'ennuie bien de ne plus vous voir, vous et les petits. Je

m'en vas à la ville demain. Je ne sais pas
toutefois comment je me plairai. là-bas :
peut-être que je n'aimerai pas ça du tout.
C'est pourquoi je. vous laisse mes trois jumeaux. Je reviendrai si ça ne me va
pas. »

Et en effet, le lendemain, Marthe, Marie et Lazare arrivèrent à la maison en
annonçant que leur mère « les avait envoyés demeurer avec miss Lucy parce
qu'elle ne savait pas encore si elle se plai-
rait à la Nouvelle-Orléans. »

Jerry et Grief partirent les derniers.

« Voyez-vous, miss Lucy, » dirent-ils,
debout devant ma mère, un peu honteux
et comme intimidés, « ce n'est pas la peine
de travailler maintenant puisque le gouvernement doit prendre soin de nous tous.
Le gouvernement nous invite à lui tendre
la main et nous voulons savoir ce qu'on va
faire pour les pauvres nègres si longtemps
maltraités. Yah ! yah ! yah ! »

Jerry avait son banjo sous le bras et
nous l'entendions pincer les cordes pendant que les deux camarades s'en allaient
de conserve ; leurs voix nous arrivaient en
un chant très gai :

La Chèvre et le Mouton marchaient dans un pré.
Mouton, dit la Chèvre, marche donc plus vite.
Chèvre, dit le Mouton, le pied me fait mal.
Mouton, dit la Chèvre, je n'en savais rien !

Enfin, une après-midi nous trouva tous
dehors sur la véranda. Grand-papa était là
et Mère avec Justine debout derrière elle,
en tignon éclatant et en tablier blanc im-
maculé, toujours la même, comme s'il n'y
avait pas eu de guerre et comme si elle
n'avait jamais entendu parler de liberté.
Maman balançait sa chaise basse. Cousine
Nellie dans le hamac, sous le treillis de roses, murmurait un refrain mélancolique.
Les magnolias étaient en fleurs, leurs
grandes coupes blanches se détachant sur
le feuillage vert sombre des arbres qui bordent l'avenue jusqu'à la grille. Ce parfum
pénétrant nous arrivait par bouffées avec
le souffle du vent du Midi. Et il y avait
malgré tout des roses dans les haies muti-
lées. Les plates-bandes, en revanche, dé-
bordaient de mauvaises herbes ; des plantes folles montaient dans le jardin ; on en
avait jusqu'au genou ; les feuilles mortes
de l'autre hiver s'entassaient au pied des
treilles ; des lianes de toute sorte traî-
naient, faute de soin, le long des allées.
Aux champs, les cannes à sucre, dont les
rares touffes jaunies s'agitaient à la brise,
étaient presque toutes étouffées par des
vrilles grimpantes ; le coton disparaissait
sous une masse de liserons. Là-bas, au
bord du marais, un espace noirci et dé-
vasté entourait la haute cheminée béante.
La nuit où un incendie éclatait à River-
View et consumait toutes les dépendances
de Bon-Soldat, des mains inconnues
avaient de même mis le feu à notre sucrerie, à nos hangars. Tout dans la plantation avait l'air misérable et abandonné.

« Ça ne ressemble plus à chez nous,
hein, miss Lucy ? » dit en soupirant
Mammy, qui, sortie du vestibule, était
venue, elle aussi, prendre sa place debout
près de maman.

Et ma pauvre mère hocha la tête en
silence.

Mandy, une belle grande fille de dix-
sept ans alors, était assise sur la plus
haute marche du perron.

Elle dévidait du coton et je lui tenais
patiemment l'écheveau.

« Parce que, vous savez, miss May,
avait-elle coutume de dire, ces pestes de
femmes de chambre se sont rendues libres,
il faut donc que nous apprenions à travailler et à gagner notre vie ! »

Les trois jumeaux de tante Ca'line s'a-
musaient sur la pelouse. Tante Rose, assise sur un banc, sa verge sur ses genoux,
les surveillait. Non pas que Marthe, Marie
et Lazare eussent besoin d'être surveillés,
de grands gaillards de dix ans, si robustes !
Tante Rose, cependant ne les quittait pas
des yeux, tant était invétérée chez elle,
l'habitude de « garder les bébés ».

Oncle Joshua avait rassemblé mes petits frères autour de lui sur la marche inférieure de l'escalier. Pauvre oncle Joshua !

La laine qui couvrait sa bonne tête noire était devenue blanche comme du coton depuis le jour où l'officier yankee avait rapporté le sabre de papa !

Il tenait un objet noirâtre dans la paume de sa main ridée. C'était là ce que les petits garçons regardaient si curieusement.

« Qu'est-ce que c'est, oncle Joshua, qu'est-ce que c'est ? demanda l'un d'eux.

— C'est une patte de lapin, répondit oncle Joshua.

— Les pattes de lapin sont des porte-bonheur, n'est-ce pas, oncle Joshua ? dit Percy.

— Oui, mon cœur ; en sortant ce matin pour sonner la cloche — et je continuerai à sonner tous les matins, miss Lucy, comme si ces paresseux de nègres étaient encore là ! — reprit-il incidemment en levant les yeux vers ma mère qui lui sourit avec tristesse. — En sortant ce matin pour sonner la cloche, j'ai fait le tour de la plantation, j'ai touché tous les piliers, toutes les barrières avec ma patte de lapin. La porte de la véranda et celle de la maison, et la grande porte, j'ai touché tout ça, espérant bien que la patte de lapin porterait bonheur. Parce qu'il me semble que le bonheur est aussi rare dans cette plantation que les geais sont rares le vendredi. »

Là-dessus, oncle Joshua poussa une sorte de grognement douloureux.

« Les geais sont donc rares le vendredi ? demanda Will.

— Allons, mon cœur, avez-vous jamais depuis votre naissance rencontré quelqu'un qui ait vu un geai un vendredi ?

— Mais pourquoi donc, oncle Joshua ?

— Est-il possible, mes enfants, que vous ne sachiez pas ça ? C'est une chose connue de tout le monde que le geai est obligé de rester chez lui le vendredi, à cribler du sable.

— Mais pourquoi ? Pourquoi ?

— Eh bien ! voilà ce que l'on raconte, dit oncle Joshua. C'est le lapin qui a forcé ce méchant geai à cribler du sable le ven-dredi. Ça s'est passé à peu près comme ça : Le lapin est le plus sage des animaux. Une fois il donnait une soirée pareille à celles que votre maman donnait avant la guerre, quand le maître et les jeunes maîtres étaient ici, et que personne n'avait encore été tué sur le champ de bataille, et qu'aucun sabre n'avait été rapporté à la maison. »

La voix de l'oncle Joshua défaillit un moment ; puis il reprit :

« Eh bien, maître Lapin donnait donc une soirée : c'était un vendredi, parce qu'il donne toujours ses soirées le vendredi. Et tous les animaux étaient invités, et ils s'amusaient, je ne vous dis que ça ! Mais quand le gombo fut mangé, juste comme on allait apporter le poisson, maître Geai se trouva mal à son aise. Il se leva de table et dit qu'il regrettait beaucoup de quitter cette aimable société, mais qu'il était obligé de rentrer chez lui et d'appeler le médecin. Le voilà parti en boitillant. Les autres s'en désolaient. Ça ne les empêcha point de manger tout de même, fit observer en riant oncle Joshua. Le fait est qu'ils sont restés jusqu'au matin midi à se garnir l'estomac de rôti d'opossum, et de patates, et de plats sucrés.

« Mais voilà le plus fort ! Quand les animaux rentrent chacun chez soi, ils sont bien étonnés de voir que toutes leurs maisons ont été ouvertes et toutes leurs affaires volées ! Ils poussent de grands cris et reviennent consulter maître Lapin, parce qu'il est si sage ! Le geai les accompagne comme un effronté qu'il est. Maître Lapin réfléchit un instant avant de répondre. Il leur dit de s'en retourner et qu'il ne sait pas du tout qui peut être le voleur. Bien entendu, maître Geai est celui qui, tout le long de la route, crie le plus haut contre maître Lapin qui ne leur a donné aucun conseil pour rattraper leurs affai-res.

— Dame ! en effet, si maître Lapin est le plus sage, comment ne savait-il pas dé-couvrir la chose ? demande un des jeunes auditeurs.

— Attendez donc, c'est justement ce qui va venir ! Le vendredi d'après, maître Lapin donne une autre soirée, et tous les animaux y assistent comme la première fois. Et la même histoire recommence. Maître Geai se lève de table, déclare qu'il se sent souffrant, qu'il est obligé de rentrer chez lui pour envoyer chercher le docteur. Et il s'en va traînant la patte. Alors maître Lapin prie la société de l'excuser aussi un moment. Dès qu'il est dehors, il se dirige vers la maison du geai, vite, vite, vite... au galop. Arrivé là, il ouvre la porte ; personne. Alors il referme la porte sur lui, il s'installe près du feu et il attend. Frou, frou, un petit bruit. La porte s'ouvre. C'est maître Geai qui rentre, un grand sac sur l'épaule. Et vous devinez ce qu'il y avait dedans !

— De sorte que maît' Geai n'était pas malade du tout ! s'écrie Percy stupéfait.

— Certainement non, il ne l'était pas. Mais il se sentit souffrant pour de bon quand il vit maître Lapin assis et l'attendant. Alors il tomba à genoux, et il le suppliait : « Je vous en prie, maître Lapin, ne me mettez pas en prison ! » Maître Lapin réfléchit, puis il donne son avis. Il dit : « Maître Geai, je ne veux pas nuire à votre réputation auprès de vos voisins. Je ne vous dénoncerai pas à la condition que vous ne volerez plus jamais. En même temps je vous donnerai de quoi vous occuper les jours de fêtes : cela vous empêchera aussi d'avoir mal au ventre et d'envoyer chercher le médecin.

« Et il a obligé le geai à passer du sable au crible, du matin au soir tous les vendredis, et c'est la raison pour laquelle vous n'apercevrez jamais de geais le vendredi : ils criblent tous du sable : voilà pourquoi !

« Je vous l'avais bien dit, mes enfants, que le lapin est le plus sage de tous les animaux et qu'il est sûr de porter bonheur. C'est pourquoi j'ai touché toutes les portes de la plantation avec la patte de maître Lapin. »

Et les yeux d'oncle Joshua brillaient comme autrefois, quand il remit soigneusement la patte de lapin dans sa poche.

Grand-papa regardait la route en prêtant une oreille distraite au récit. Il se tourna tout à coup vers maman :

« Lucy, lui dit-il, voici encore une escouade de soldats. Le soleil est presque couché : il faudra les garder pour la nuit. Qu'est-ce qu'il y a dans le four, Mammy ? »

Pendant que grand-père parlait, la grille s'ouvrit et l'escouade entra. Ils étaient quatre. Leurs boutons d'uniforme brillaient aux rayons du soleil couchant. Ils s'arrêtèrent un moment au bas de l'allée sablée, puis reprirent leur marche côte à côte, en marquant le pas cadencé du soldat.

Bientôt, nous vîmes qu'ils avaient attaché un mouchoir rouge ou un chiffon quelconque au bout d'un bâton et qu'ils le portaient comme un drapeau. L'un d'eux battait de ses poings un tambour imaginaire, un autre faisait semblant de jouer du fifre. Ils sifflaient un air qui parvint jusqu'à nous. C'était :

La fille que j'ai laissée derrière moi.

Grand-papa se dresse bruyamment sur sa jambe de bois et regarde par-dessus la balustrade en fronçant le sourcil.

Mais qu'est-ce qui se passe ? Voici maman qui s'élance de sa chaise et qui reste debout, immobile, tremblante de la tête aux pieds, les bras tendus. Mammy, les yeux hors de la tête, la saisit, la soulève comme si elle était encore une enfant et l'emporte ainsi en courant jusqu'au bas des marches de la véranda. Et voilà que se forme un groupe extraordinaire, deux des soldats embrassant maman de toutes leurs forces, tandis que Mammy serre les deux autres sur son cœur, puis, avec des cris perçants, enveloppe d'une même étreinte maman et les garçons !

Voyant cela, oncle Joshua tombe à genoux et s'écrie :

« Seigneur ! Maintenant tu peux laisser partir en paix ton serviteur, car ses yeux ont vu le salut que tu nous donnes ! »

Maman s'élance de sa chaise et reste debout...

Oui ! c'est frère Hart, c'est frère Tom, c'est Virgile, c'est Dandy ! Dominique Brion a couru chez sa mère, à Bon-Soldat ; Nagle et Dennison se sont arrêtés auprès du Père Kenyon, au débarcadère. Ils ont fait tout le chemin à pied depuis la Virginie, ils ont attendu deux jours de l'autre côté de la rivière une occasion pour traverser. Et avec le pauvre Louis Walker, l'estropié, voilà tout ce qui revint jamais des beaux fusiliers Selden !

Nous entourâmes nos chers garçons... De vrais épouvantails ! Leurs uniformes gris tombaient en guenilles ; des débris de souliers tenaient par des ficelles à leurs pieds meurtris et ensanglantés : leurs casquettes sans bords étaient crânement plantées sur de longs cheveux incultes. Leurs figures, leurs mains étaient sales, écorchées, méconnaissables, leurs yeux caves, leurs joues lamentablement creuses. Virgile, le gros et solennel Virgile, si bien en chair, était devenu d'une maigreur effrayante. Dandy, svelte jadis, n'avait que la peau sur les os.

« Regardez-moi cet imbécile de nègre, Dandy ! » criait, du haut de la véranda, Mandy penchée sur la balustrade, sa figure noire inondée de larmes, la voix étouffée par des sanglots. Une étincelle de malice brillait quand même dans ses yeux.

« Voyez-moi cet imbécile de nègre qui est allé à la guerre avec maître Tom ! Oh ! je plains maître Tom plus que jamais ! »

Dandy montra toutes ses dents blanches à sa sœur dans un long éclat de rire. Un moment on crut revoir l'ancien Dandy. Puis, pour compléter la ressemblance, il voulut faire la roue, il essaya de dresser ses talons en l'air et de les frapper l'un contre l'autre. Mais cela lui fut impossible.

Le pauvre diable roula par terre, hors d'haleine. Se relevant, non sans efforts, il se gratte la tête et dit humblement à la ronde pour s'excuser :

« Je crois que je suis un peu faible. La vérité, miss Lucy et petite miss May, c'est que nous avons tous grand' faim ! »

Ma mère étouffa un sanglot ; elle et Mammy échangèrent un regard d'agonie à travers leurs larmes. Puis Mammy se sauva dans la direction de la cuisine et nous la suivîmes tous.

« Il n'y a pas grand'chose, mes enfants, rien que des po'souls, » dit-elle en plaçant ses jeunes maîtres au plus haut bout de la longue table de cuisine, avec une nappe blanche devant eux.

Au bas de la table, elle mit des assiettes d'étain pour Virgile et pour Dandy.

« Ce ne sont pas les bons pets-de-nonnes que votre Mammy vous avait promis. Mais c'est la seule chose que nous ayons

et ce n'est pas mauvais tout de même quand on a faim.

« J'ai dit ce matin à votre oncle Joshua, pendant que je faisais ces po'souls pour miss Lucy, les enfants et toute la maison : « Tiens ! si nos jeunes maîtres et « Virgile et Dandy rentraient par hasard « aujourd'hui ! » Et c'est pour cela qu'il y en a tant ! »

Oncle Joshua tournait autour de la table dans une extase joyeuse :

« Le bonheur a reparu, pour sûr ! répétait-il à satiété.

— Joshua ! crie Mammy indignée, tu n'auras pas l'aplomb de dire au moins qu'il a reparu à cause de cette rien du tout de patte de lapin qui est là dans ta poche, quand miss Lucy n'a fait que prier, et prier et prier, et que le saint livre dit expressément ceci : « Les prières de la « femme de bien seront exaucées. »

— Non, je ne me suis jamais vanté de ça, Dieu le sait, » répond Joshua.

Et solennellement, les yeux au ciel, il reprend :

« Seigneur ! C'est ta main qui a ramené chez eux ces enfants et qui a mis fin à cette guerre injuste des frères contre les frères. Loué soit ton nom !

— Est-ce que je ne vous l'avais pas dit, miss Lucy, interrompt Mammy, tournant vers ma mère son visage radieux, est-ce que je ne vous l'avais pas dit, le jour du départ des enfants, qu'ils reviendraient tous à la maison ? Est-ce que je ne vous l'avais pas dit qu'il ne leur arriverait rien ? Et les voilà revenus ! »

FIN

BABY SYLVESTER

Ce fut dans un petit camp des Sierras de Californie qu'il m'apparut pour la première fois dans toute sa gentillesse bouffonne. J'étais arrivé de bonne heure le matin, trop tard néanmoins pour devancer la sortie de l'ami, objet de ma visite. Il était allé en exploration, me dit-on, aux bords de la rivière et ne rentrerait que tard dans l'après-midi. On ne pouvait me renseigner sur la direction qu'il avait prise ; on ne savait si j'aurais chance de le rencontrer en me mettant à sa recherche ; on était généralement d'avis que mieux valait l'attendre.

Je jetai un coup d'œil autour de moi. Je me trouvais sur la berge de la rivière ; selon toute apparence, il n'y avait d'êtres humains en ces lieux que mes interlocuteurs de la minute précédente, qui disparaissaient maintenant derrière l'accore du lit desséché de la rivière. Je leur criai : « Où donc pourrais-je attendre ? »

Oh ! n'importe où ! Avec eux, au barrage où ils allaient travailler, si bon me semblait, ou bien je pouvais m'installer dans l'une des cabanes que je trouverais aux environs. Peut-être serais-je mieux et plus au frais dans celle de mon ami sur la colline. Je devais voir ces trois grands pins, un peu sur la droite, une toiture de toile goudronnée et une cheminée au-dessus des halliers. C'était la cabane de mon ami Dick Sylvester. Je pouvais faire paître mon cheval dans ce petit vallon, et dans la case je trouverais des livres pour m'amuser ; en tout cas j'aurais la ressource de jouer avec le *baby*.

« Le *baby* ?... »

Ils étaient déjà loin. Je me penchai au-dessus du lit de la rivière pour les rappeler.

« Que disiez-vous ?... »

La réponse m'arriva lentement à travers l'atmosphère chaude et lourde :

« Jouez avec le *baby* ! »

Et l'écho paresseux la renvoya de colline en colline, jusqu'à ce que la montagne chauve qui se trouvait en face répercutât quelque chose d'incohérent au sujet du *baby*. Puis tout rentra dans le silence.

Je devais m'être trompé. Mon ami n'était pas marié ; il n'y avait pas une femme à quarante milles à la ronde.

Je tournai la tête de Pomposo, — Pomposo est le nom de mon cheval, — vers la colline. Comme nous gravissions lentement un étroit sentier, le petit camp me fit l'effet d'un faubourg de quelque Pompéi rendu à la lumière, tant ses habitations étaient désertes et silencieuses. Les portes ouvertes permettaient de voir le grossier ameublement de l'intérieur, la table de sapin brut portant encore les mesquins ustensiles du déjeuner, le lit de camp avec ses couvertures en désordre. Un lézard doré, le vrai génie de la solitude, s'était arrêté inquiet sur le seuil d'une cabane ; un écureuil avançait impudemment la tête par la fenêtre d'une autre ; un pic suspendit, pendant que je passais, son travail accoutumé qu'il exerçait sur une toiture[1]. En ce moment la brise s'engouffra dans le long canon[2] obscur, et au loin les rangées de pins se courbèrent de mon côté comme pour me saluer ; sensible à leur invitation, Pomposo allongea le pas et me porta au petit trot jusqu'à la lisière du bois, devant les trois grands arbres qui se tenaient en vedette devant le logis de Sylvester.

1. Les pics, qu'on appelle aussi *charpentiers* en Californie, font un bruit de vrille et de marteau en creusant avec leur bec l'écorce des sapins pour y cacher leurs provisions.

2. Gorge aux parois perpendiculaires.

J'attachai mon cheval à un arbrisseau avec le long riata[1] que nous portons au piquet de la selle, puis je m'avançai vers la cabane; mais à peine avais-je fait quelques pas dans cette direction que j'entendis un trot rapide derrière moi. Le pauvre Pomposo m'avait rejoint tout frissonnant de terreur. J'inspectai les alentours : la brise était tombée ; de temps en temps sortait de la profondeur des bois un murmure qui ressemblait plutôt à un soupir qu'à aucun bruit articulé, ou bien le chant saccadé d'une cigale s'élevait du fond du vallon. J'examinai attentivement le sol, dans la crainte des serpents, mais je ne pus rien découvrir. Cependant Pomposo était là tremblant de la tête aux pieds ; ses flancs palpitaient de terreur. Je le calmai autant que je pus, puis, m'avançant vers la lisière du bois pour en sonder les sombres labyrinthes, je ne vis rien encore, sauf un oiseau qui s'envolait. Je retournai à la cabane, m'attendant, je l'avoue, à faire quelque découverte surnaturelle : la vue d'un enfant gardé par les fées et couché dans un berceau précieux ne m'eût causé aucun étonnement. Je commençais à chercher pour tout de bon une Belle au bois dormant, dont le réveil eût rempli cette solitude de vie et de charme, mais mon attente fut trompée ; je ne pus que constater le bon goût de mon ami, la propreté scrupuleuse qui régnait chez lui. Des peaux de bêtes artistement disposées couvraient le sol et les meubles, un sarape[2] rayé ornait la couchette de bois. Les murs étaient tapissés de la façon la plus fantaisiste avec des gravures de l'*Illustration;* des cadres bleus fabriqués en plumes de *geai* entouraient un portrait d'Emerson[3] ; quelques livres favoris garnissaient une planchette suspendue, et, sur le lit, je trouvai le dernier numéro du *Punch*[4]. Cher Dick ! son

sac à farine était vide parfois, mais le joyeux compagnon ne manquait guère de lui rendre sa visite hebdomadaire. Je me jetai sur le lit et essayai de lire, mais mon intérêt ne fut pas captivé longtemps par la bibliothèque de mon ami, et je me mis à rêver, mes regards s'égarant sur la pente verdoyante de la colline que je voyais par la porte ouverte. La brise se leva de nouveau, et une délicieuse fraîcheur, accompagnée de la senteur des bois pénétra dans la cabane. Le bourdonnement des abeilles autour du toit, le croassement affaibli des corneilles qui m'arrivait de la montagne en face et la fatigue de ma chevauchée du matin appesantirent peu à peu mes paupières ; je tirai le *sarape* sur moi par précaution et peu d'instants après j'étais endormi. Je ne sais pas combien de temps dura mon sommeil. Je dus avoir conscience néanmoins de l'inutilité de mes efforts pour rester couvert de mon *sarape,* car je me réveillai deux ou trois fois le saisissant à pleines mains au moment où il glissait au pied du lit. Une résistance persistante finit par me rappeler tout à fait à la réalité : lâchant cette couverture, je fus terrifié de la voir rapidement entraînée sous ma couche. Je me mis aussitôt sur mon séant, les yeux grands ouverts, car j'avais reconnu qu'un objet semblable à quelque énorme manchon commençait à sortir de dessous le lit. Bientôt il se montra tout entier, traînant le *sarape* derrière lui. Il n'y avait pas à s'y méprendre : c'était un ourson, un ourson encore à la mamelle certainement, une boule inoffensive de graisse et de fourrure mais enfin un ourson gris.

De ma vie je n'ai rien vu de plus drôle que sa personne quand il leva lentement ses petits yeux étonnés pour les fixer sur les miens. Il était beaucoup plus haut des hanches que des épaules ; ses jambes de devant étaient si peu proportionnées aux jambes de derrière, qu'en marche celles-ci passaient invariablement devant les autres. Il tombait constamment en avant sur son museau pointu, et, après ces sauts

---

1. Lasso, longue bride.
2. Couverture mexicaine qui sert de pardessus aux cavaliers.
3. Le penseur le plus célèbre qu'ait produit l'Amérique, à la fois philosophe et poète.
4. Journal de caricatures anglais.

périlleux involontaires, il se relevait toujours d'un air aussi grave qu'étonné. Pour compléter sa physionomie grotesque, une de ses pattes se trouvait ornée d'un soulier de Sylvester, dans lequel elle était entrée par hasard et ne pouvait plus en sortir. Le soulier opposant un certain obstacle à sa fuite, il se retourna vers moi et, reconnaissant probablement dans l'étranger un individu de la même espèce que son maître, s'arrêta soudain ; puis il se leva sur son train de derrière en agitant une patte enfantine bordée de petits crochets d'acier. Je pris la patte et la secouai amicalement. Dès lors, nous devînmes amis. La petite dispute du *sarape* fut oubliée. Néanmoins je jugeai convenable de cimenter notre amitié par un acte de délicate courtoisie. Suivant la direction de ses yeux, je ne tardai pas à découvrir sur une planchette la provision de sucre que possède toujours le plus pauvre mineur. Pendant qu'il mangeait, j'eus le loisir de l'examiner de plus près. Son pelage était soyeux, d'un gris sombre dont la teinte devenait de plus en plus foncée vers le museau et les pattes dont le poil était presque noir. Sa fourrure était longue, épaisse et moelleuse comme de l'édredon. Les coussins de chair qu'elle recouvrait devaient être mous et dodus. Il était si jeune, que la plante de ses pieds, de forme presque humaine, semblait tendre comme celle d'un pied d'enfant. Excepté les griffes d'un bleu d'acier à demi rentrées dans ses orteils, il n'y avait pas un point qui rompît la rondeur des contours de sa petite personne. Quand il eut fini son sucre, il roula dehors par la porte, me regardant d'un air moitié défiant, moitié engageant, comme s'il comptait que j'allais le suivre. C'est ce que je fis en effet, mais les reniflements de Pomposo, qui sentait le fauve de l'endroit où il était attaché, m'engagèrent à changer de direction. Après un moment d'hésitation, l'ourson se décida à me suivre, bien qu'à la malice de son regard il fût aisé de voir que ce drôle comprenait la cause

de la frayeur de Pomposo et s'en amusait. Comme il cheminait à côté de moi avec l'allure houleuse d'un matelot ivre, je remarquai que les longs poils de son cou recouvraient un collier de cuir sur lequel était écrit : *Baby.* Cela me fit revenir en mémoire la proposition des mineurs. C'était le *baby* avec lequel je devais « jouer ».

Combien nous avons joué, comment Baby me permit de le faire rouler du haut en bas de la butte, remontant chaque fois de très bonne humeur ; comment il grimpa à un jeune sapin pour s'emparer de mon chapeau de Panama que j'avais accroché à l'une des branches les plus élevées ; comment, après s'en être saisi, il refusa d'abord de descendre, puis finit par marcher sur trois pattes, en pressant mon chapeau écrasé et sans forme contre son cœur avec la quatrième ; comment je le perdis ensuite et finis par le retrouver assis sur une table, dans l'une des cabines vides, une bouteille de sirop entre les pattes, faisant de vains efforts pour en vider le contenu, tout cela et bien d'autres détails sur cette journée mémorable sont choses dont je n'ennuierai pas le lecteur à présent. Qu'il lui suffise de savoir que, lorsque Sylvester rentra, j'étais sur les dents et que le Baby dormait en rond sur le lit où il formait un énorme traversin. Les premiers mots de Sylvester, après qu'il m'eût souhaité la bienvenue, furent :

« N'est-il pas charmant ?

— Délicieux ! Où l'as-tu trouvé ?

— Couché sous sa mère morte, à cinq milles d'ici, répondit Dick en allumant sa pipe. Je l'ai tirée à cinquante mètres et tuée raide. Baby sortit de dessous elle, effrayé, mais intact. Elle devait l'avoir porté dans sa gueule et mis à terre, quand elle se retourna pour me faire face, car il n'avait pas plus de trois jours et ne se tenait pas ferme. Baby consomme le seul lait qui vienne au camp, celui qu'apporte l'express à sept heures tous les matins. On dit qu'il me ressemble. Trouves-tu ? me demanda Dick, avec le plus grand sérieux, passant la main sur sa moustache grise et s'efforçant de paraître sous son meilleur aspect. »

Le lendemain, de bonne heure, je pris congé de Baby dans la cabane Sylvester, et partis sans renouveler les adieux, pour ménager la sensibilité nerveuse de Pomposo. Mais la veille au soir j'avais fait jurer solennellement à Sylvester qu'en cas de séparation entre lui et Baby, ce serait à moi que reviendrait ce dernier. « Inutile de dire, ajouta-t-il, que je n'ai aucune envie de mourir de sitôt, mon vieux ; or, je ne vois que cela qui puisse me séparer du petit. »

Deux mois après cette conversation, comme je feuilletais mon courrier du matin dans mon bureau à San-Francisco, je remarquai une adresse écrite de la main bien connue de Sylvester ; elle portait le timbre de Stockton, et je l'ouvris tout de suite avec quelque émotion. Elle contenait ce qui suit :

« O Frank ! Ne te rappelles-tu pas nos conventions au sujet de Baby ? Eh bien, regarde-moi comme mort pour six mois ou parti pour un endroit où mon ourson ne peut me suivre. — pour l'Est. Je sais que tu aimes le Baby, mais crois-tu, mon cher ami, crois-tu réellement que tu pourrais être un père pour lui ? Considère bien ceci. Tu es jeune, sans souci, bon enfant ; sauras-tu assumer la responsabilité qu'entraînent les fonctions de guide, de tuteur et de gardien d'un petit être si frêle, si innocent ? Pourras-tu être le Mentor de ce Télémaque ? Songe aux dangers d'une grande ville. Examine bien ma proposition et réponds-moi vite, car je l'ai amené jusqu'ici et il fait un vacarme de tous les diables dans la cour de l'hôtel en secouant sa chaîne comme un enragé. Réponse par le télégraphe tout de suite.

SYLVESTER. »

« *P. S.* Bien entendu, il a grandi et ne prend pas toujours les choses aussi tranquillement qu'autrefois. Il a peloté un peu brutalement deux roquets la semaine dernière, et a mordu, pour lui apprendre à se mêler de ses affaires, leur propriétaire, qui était intervenu. Comment es-tu installé rue Montgommery, par rapport aux convenances d'un ours, — je veux dire aux enclos et le reste ?

« *P. P. S.* Il a de nouveaux talents. On lui a appris la boxe.

S. »

Je crains que le désir de posséder Baby n'ait dominé toutes les autres considérations, car, sur l'heure, je télégraphiai à Sylvester que j'acceptais son offre. Quand je rentrai le soir chez moi, mon hôtesse me remit un télégramme de deux lignes :

« Bon ! Baby part par le bateau de ce soir. Sois un père pour lui.

S. »

Je devais le recevoir la nuit même, vers une heure. Un instant je regrettai d'avoir répondu si vite. Je n'avais fait aucun préparatif et n'avais rien dit à mon hôtesse au sujet de son nouveau pensionnaire. Je comptais tout arranger en temps voulu, et maintenant il arrivait que la précipitation incongrue de Sylvester abrégeait de douze heures le répit sur lequel j'avais compté. Il fallait agir sans retard. Je me tournai vers Mme Brown. J'avais une très grande confiance dans sa bonté. J'avoue néanmoins que j'étais inquiet. Ce fut le sourire sur les lèvres que j'entamai l'affaire, appelant à mon secours toutes mes réminiscences classiques. Je commençai par lui dire :

« Madame Brown, si le clown athénien de Shakespeare jugeait qu'un lion placé au milieu des dames était une terrible chose, que doit... »

Mais ici je m'arrêtai, car Mme Brown, avec la perspicacité naturelle à son sexe, me sembla beaucoup plus occupée de mon intention que de mon discours. Aussi passai-je des circonlocutions à la brusquerie, lui mettant le télégramme dans la main.

« Il faut, dis-je, faire tout de suite l'essentiel. C'est absurde sans doute, mais il sera ici cette nuit. Je vous en demande mille pardons, mes affaires m'ont empêché de vous en parler plus tôt. »

Puis je me tus, à bout d'haleine et d'audace.

Mme Brown lut gravement le télégramme, ses sourcils se soulevèrent, elle jeta un coup d'œil sur le verso, puis me demanda d'un ton glacial si je prétendais que la mère dût venir aussi.

« Oh ! non certainement ! m'écriai-je soulagé d'un grand poids ; la mère est morte, vous savez ; Sylvester, — c'est mon ami, celui qui m'écrit, — Sylvester l'a tuée quand Baby n'était encore âgé que de trois jours. »

Le joli visage de Mme Brown exprima là-dessus une telle émotion, que je ne vis, pour me tirer d'affaire, d'autre moyen que de lui raconter la chose tout au long. Bien vite, d'une façon un peu incohérente, je le crains, j'expliquai ce qui en était. Ses traits se détendirent ; elle déclara que je lui avais fait grand'peur avec mes histoires de lions. Je crois que le portrait un peu enjolivé peut-être que je lui traçai de Baby toucha son cœur maternel. Je demeurai, pour ma part, quelque peu inquiet. Il y avait deux mois que je n'avais vu Baby, et la vague allusion de Sylvester à ses nouveaux talents n'était rien moins que rassurante.

Mme Brown était convenue avec moi que nous veillerions ensemble jusqu'à son arrivée. Une heure survint, mais point de Baby. Deux heures sonnèrent, puis trois heures.

Longtemps après, un bruit de chevaux retentit au dehors ; j'ouvris la porte et me trouvai en face d'un étranger. Presque aussitôt les chevaux firent un élan pour s'échapper avec le chariot.

L'aspect de l'inconnu me parut étrange, pour ne rien dire de plus. Ses vêtements étaient éraillés et pleins de déchirures ; l'une de ses mains enveloppée d'un bandage ; des égratignures sillonnaient son visage et le chapeau manquait à sa tête, singulièrement ébouriffée. Complétons le tableau en disant qu'il avait cherché l'oubli de ses maux dans la boisson et que son corps se balançait de côté et d'autre tandis qu'il se tenait accroché au bouton de la porte. D'une langue épaisse, cet homme déclara qu'il y avait quelque chose pour moi là dehors. A peine cette phrase était-elle achevée que les chevaux essayèrent de partir encore une fois. Mme Brown fit observer qu'un objet quelconque devait leur faire peur.

« Leur faire peur ! répéta l'étranger avec un rire d'ironie amère. Non pas ! seulement ils se sont emportés quatre fois en venant ici. Oh non ! personne n'a peur. Tout va bien. Pas vrai, Bill ? ajouta-t-il en s'adressant au conducteur. Nous avons seulement versé deux fois et culbuté une voiture. Ce n'est rien ! Deux hommes sont restés à Stockton entre les mains du médecin. Rien du tout ! Six cents dollars couvrent tout le dégât. »

J'étais tout déconfit pour répondre, mais je m'avançai vers le chariot. Mon interlocuteur me regarda avec une surprise telle qu'il en parut dégrisé.

« Est-ce que vous allez vous hasarder à toucher cet animal-là vous-même ? » me demanda-t-il en m'examinant de la tête aux pieds.

Je ne répondis pas, mais, avec une apparence de tranquillité que j'étais loin d'éprouver, je m'approchai du chariot et appelai : « Baby ! »

« C'est bon. Lâche les courroies, Bill, et tiens-toi au large. »

Les courroies furent lâchées. Baby, le féroce, le terrible, dégringola tranquillement à terre, et roulant jusqu'à côté de moi, vint se frotter contre mes jambes. Je ne crois pas qu'il soit possible de rendre l'étonnement dont furent saisis les deux hommes. Sans dire un seul mot, l'ivrogne remonta dans le chariot qui partit.

Et Baby ? Il avait grandi un peu en effet, mais il était efflanqué et portait des traces non équivoques de mauvais traitements. Son admirable fourrure était sale et mal peignée ; ses griffes, ces brillants crochets d'acier, avaient été rognées jusqu'au vif. Ses yeux étaient inquiets, hagards, et leur ancienne expression de naïve bonne humeur avait fait place à un air d'intelligente méfiance. Son commerce avec les hommes lui avait évidemment éveillé l'esprit sans modifier sa nature morale.

J'eus beaucoup de peine à empêcher Mme Brown de l'étouffer sous un amas de couvertures et de lui donner une indigestion avec toutes les friandises de son garde-manger ; enfin, il se pelotonna dans un coin de ma chambre où il s'endormit. Je demeurai éveillé quelque temps encore, roulant dans ma tête des projets d'avenir à son sujet. Je résolus finalement de le conduire dès le lendemain à Oakland, où j'avais bâti une petite maison de campagne pour passer mes dimanches ; et, au milieu d'un tableau enchanteur de bonheur domestique, je m'endormis à mon tour.

Il faisait grand jour quand je m'éveillai. Mes regards se portèrent tout d'abord vers le coin où s'était couché Baby. Celui-ci avait disparu. Je m'élançai hors de mon lit ; je regardai dessous, je visitai le cabinet, ce fut en vain. La porte était verrouillée, mais, sur le rebord de la fenêtre que j'avais oublié de fermer, il y avait la trace de ses griffes émoussées. C'était évidemment par là qu'il s'était échappé ; pour aller où ? La fenêtre donnait sur un balcon qui avait une autre issue, une seule conduisant au vestibule. Il devait donc être encore dans la maison.

Je tenais déjà le cordon de la sonnette quand je me ravisai. S'il n'avait pas décelé sa présence, pourquoi mettre la maison en émoi ! Je m'habillai en toute hâte et pénétrai dans le vestibule. Le premier objet qui frappa mes regards sur l'escalier fut une botte. Elle portait la marque des dents de Baby. En jetant un coup d'œil le long du corridor, je vis trop clairement que l'armée de bottes et de souliers fraîchement cirés qui se rangeait habituellement en bataille devant les chambres, n'était pas à son poste. En montant l'escalier, je rencontrai une autre botte dont le cirage avait été soigneusement léché ; au troisième étage, deux ou trois bottes encore légèrement mâchonnées ; mais il était évident que le goût de Baby pour le cirage commençait à faiblir. Un peu plus loin il y avait une échelle conduisant à une lucarne qui ouvrait sur le toit. J'y grimpai et suivis la terrasse qui formait une plateforme non interrompue jusqu'à l'encoignure de la rue. Derrière la cheminée de la dernière maison, quelque chose était tapi : c'était le fugitif. Il était couvert de poussière, d'ordures et de fragments de vitres, assis sur son train de derrière et mangeait un énorme morceau de nougat d'un air tout à la fois coupable et satisfait. Je crois même qu'en approchant je le vis caresser béatement son estomac avec celle de ses pattes de devant qui était libre. Il savait que c'était lui que je cherchais, et ses yeux disaient clairement : « Ce qui est passé par là, du moins, ne me sera pas disputé. »

Je le traînai lui et la pièce à conviction de son forfait vers la lucarne et descendis à reculons jusqu'à l'étage inférieur. La Providence nous favorisa ; je ne rencontrai personne dans l'escalier, et discerner le pas de Baby assourdi par les coussinets de ses pieds eût été impossible. Je crois qu'il se rendait compte du danger qu'il aurait eu à être découvert, car il retint sa respiration tout le temps du trajet, et même ne mâcha pas la bouchée de nougat qui lui était restée dans la gueule ; il me suivait boudeur, le sirop dégouttant de ses babines immobiles. Ce fut seulement quand je me jetai épuisé sur mon sofa, que je vis combien il avait été près d'étouffer. Il avala d'un air contrit, puis alla se coucher dans un coin, semblable à un énorme morceau de cassonade, suant le remords et la mélasse par tous les pores.

Je l'enfermai quand je sortis pour déjeuner. Je trouvai les pensionnaires de Mme Brown en grand émoi, relativement à certains événements qui s'étaient produits la nuit précédente et dont on avait eu la révélation le matin. Il semblait que des avaient pris la fuite sans avoir pu rien emporter, et en jetant même sur leur chemin les chaussures qu'ils avaient trou-

Il refusa d'abord de descendre.

voleurs eussent réussi à pénétrer dans le bloc de maisons dont nous faisions partie, par quelques lucarnes des greniers; un bruit les ayant probablement effrayés, ils vées dans les corridors; une tentative désespérée avait été faite d'ailleurs pour enlever la caisse du confiseur du coin puisque les vitres de son étalage étaient bri-

sées. La brave servante du n° 4 avait vu
un malfaiteur masqué essayer, en se
traînant sur les mains et sur les genoux,
de pénétrer sur la terrasse de ses maîtres,
mais il avait pris la fuite lorsqu'elle avait
crié : « Au large, misérable ! »

Je m'assis pendant que l'on racontait
tout cela, sentant mes joues brûler d'une
étrange façon. Chaque fois que je levais
les yeux, quel n'était pas mon embarras
de rencontrer fixé sur moi le regard curieux et moqueur de Mme Brown ! Je sortis
de table aussitôt que faire se put, et, gra-
vissant l'escalier, j'allai chercher dans ma
chambre un abri contre toute question
indiscrète. Baby dormait toujours dans
son coin. Il n'eût pas été prudent de
l'emmener avant que les locataires ne
fussent sortis, et je ruminais le projet
d'attendre pour effectuer son départ que
la nuit vînt dissimuler à tous les yeux
son excentrique personne, quand j'entendis frapper discrètement à ma porte.
J'ouvris : Mme Brown entra tranquillement, referma la porte et, s'appuyant sur
le loquet, me fit mystérieusement signe
d'approcher. Puis elle dit à voix basse :

« Est-ce que la teinture pour les cheveux est un poison ? »

J'étais trop ahuri pour répondre.

« Vous savez bien ce que je veux dire,
reprit-elle avec impatience. Cette drogue —
et elle tirait de derrière son dos une fiole
portant un nom grec assez long pour tourner deux ou trois fois autour en spirale
depuis le fond jusqu'au goulot — cette
drogue n'est pas, assure-t-on, une teinture
pour les cheveux, mais une préparation
végétale réconfortante.

— Qu'est-ce qui assure cela ? demandai-je, faisant des efforts désespérés pour
comprendre.

— Mais, M. Parker, je suppose, riposta
Mme Brown en haussant les épaules, comme
si elle eût déjà répété le nom plusieurs
fois, le vieux monsieur qui occupe la
chambre au-dessus de la vôtre. La question
que je veux vous adresser, se résume à ceci :
une certaine quantité de cette drogue était

restée par mégarde dans un vase, sur une
table, et un enfant, un chat, ou enfin un
jeune animal quelconque l'ayant bue, tenté
par son goût sucré, croyez-vous qu'il en
puisse résulter pour lui quelque incommo-
dité sérieuse ? »

Je jetai un regard inquiet sur Baby,
paisiblement endormi dans un coin, puis
un regard de reconnaissance à Mme
Brown, et répondis que je ne le pensais
pas.

« C'est que, voyez-vous, dit Mme Brown
en ouvrant la porte, je m'imaginais que
c'était un poison et qu'alors on aurait pu
employer à temps les remèdes nécessaires.
Mais, ajouta-t-elle avec feu, s'élançant
vers l'imperturbable Baby et le baisant
avec effusion, si quelque infernale drogue
venait à teindre, hélas ! en un ignoble vert
ou en un vilain rouge ces jolies soies si
bonnes à embrasser !... »

Avant que j'eusse pu persuader Mme
Brown de l'impuissance colorante d'une
teinture prise à l'intérieur, elle avait quitté
la chambre.

La nuit suivante, nous décampâmes,
Baby et moi, avec les précautions qu'eussent prises des malfaiteurs. Me méfiant
de la nature impressionnable de ce noble
animal qu'on appelle le cheval, j'eus recours à une charrette à bras traînée par un
vigoureux Irlandais, pour transporter mon
ours au bateau. Il ne resta tranquille du
reste qu'à la condition de me voir marcher
à côté de lui. Je dus même de temps à
autre monter dans la charrette afin de lui
tenir compagnie.

« Mon Dieu ! soupira la sensible
Mme Brown, qui, enveloppée d'un grand
châle, était venue nous voir partir, pourquoi ce départ a-t-il l'air si solennel et
ressemble-t-il autant au convoi d'un pauvre ? »

Je dois avouer qu'en marchant cette
nuit-là auprès de la charrette, il me semblait accompagner les dépouilles mortelles
de quelque ami à sa dernière demeure, et
qu'une fois monté, j'avais la mine de quelque blessé en route pour l'hôpital. Enfin

nous atteignîmes le petit vapeur. A bord je crois que personne ne découvrit Baby, sauf un homme ivre qui vint me demander du feu pour allumer son cigare, mais qui le laissa échapper de ses mains à la vue de mon compagnon, et se sauva, fort effrayé, jusqu'à la chambre des hommes où ses propos incohérents furent pris pour l'indice d'une prochaine attaque de *delirium tremens.*

Il était près de minuit quand j'atteignis mon petit cottage, et ce fut avec un réel sentiment de soulagement qu'après y avoir pénétré j'en refermai la porte. Je laissai Baby en liberté dans le vestibule, satisfait de penser que dorénavant ses déprédations seraient circonscrites dans les limites de ma propriété. Mon pupille fut très sage tout le reste de la nuit ; après avoir grimpé au porte-manteau qu'il croyait placé là en vue de ses exercices gymnastiques et avoir jeté à terre tous les chapeaux et casquettes qui y étaient accrochés, il alla dormir paisiblement sur le paillasson.

Au bout de huit jours, l'exercice qu'il prenait en toute liberté dans le grand jardin bien clos de tous côtés lui rendit santé, force gaieté et beaucoup de sa beauté première. Sa présence chez moi était ignorée des voisins, en dépit de certaines circonstances bien remarquables pourtant : les chevaux devenaient intraitables en passant sous le vent de ma maison, et le boulanger ainsi que le marchand de lait, lorsqu'ils distribuaient leurs marchandises chaque matin, se plaignaient de larcins sans précédents.

Vers la fin de la semaine, je résolus d'engager quelques amis à faire connaissance avec Baby, et pour cela, j'écrivis un certain nombre d'invitations. Après avoir insisté, comme il convenait, sur les dépenses, les peines et le danger qu'avaient entraînés la capture et l'éducation de ce *jeune phénomène des Sierras*, je terminais par un programme emphatique des exercices auxquels il devait se livrer :

1° Il roulera pelotonné en forme de boule du haut d'un hangar pour montrer de quelle manière il échappait à l'ennemi dans ses forêts natales ;

2° Il grimpera jusqu'au sommet d'un mât et descendra le chapeau qui s'y trouvera suspendu ou du moins quelques lambeaux de cet objet ;

3° Il initiera le public par une ingénieuse pantomime aux mœurs du grand ours, de l'ours moyen et du petit ours de la légende populaire ;

4° Il secouera sa chaîne de manière à porter l'effroi dans l'âme des spectateurs.

Le tout était écrit à grand renfort de lettres majuscules et dans le style traditionnel des programmes de saltimbanques.

Le jour de la représentation arriva ; mais, une heure avant l'instant fixé, Baby manquait à l'appel. Mon cuisinier chinois ne pouvait donner aucun renseignement sur le lieu de sa retraite. Après avoir cherché partout inutilement, je pris mon chapeau et, suivant l'étroit sentier qui conduisait dans les champs au bout desquels se trouvaient les bois, j'allai à la découverte ; mais je ne trouvai pas de trace de Baby Sylvester. Je revins à la maison après une heure de vaines recherches et racontai à mes convives assemblés dans la vérandah [1] la perte que j'avais faite, leur demandant de m'aider à retrouver le fugitif.

« Eh ! mais, dit un Espagnol, s'adressant à son voisin, pourquoi faites-vous toutes ces contorsions pour changer de place ? On dirait vraiment que vous êtes rivé au plancher de notre ami ! Tiens ! moi aussi je suis retenu par quelque chose. Qu' y a-t-il donc ? »

Tous mes hôtes se trouvaient dans le même embarras, le sol était couvert d'une substance poisseuse... de la mélasse !

Je vis aussitôt ce qui était arrivé. Prompt comme l'éclair, je courus à la grange ; la futaille de sirop que j'avais achetée la veille, était renversée et complètement vide. Partout je voyais l'empreinte du pied de Baby marquée par la mélasse dont il s'était imprégné. Les traces étaient

---

1. Galerie couverte qui fait le tour de la maison.

encore visibles au dehors; mais de Baby point.

« La terre remue près de ce tas d'ordures, » s'écria enfin quelqu'un.

Le sol s'agitait, en effet, au coin de l'enclos comme en un tremblement de terre. J'approchai avec précaution. Je m'aperçus alors que le terrain avait été fouillé, et, au milieu d'une vaste cavité, je vis Baby Sylvester continuant à creuser et disparaissant lentement sous une couche épaisse de poussière.

Quelle était son idée? Était-il pénétré de remords et voulait-il fuir mes regards, se mettre à l'abri de mes reproches, ou bien cherchait-il simplement à se débarrasser du sirop qui engluait son habit. Je ne le saurai jamais, car hélas! ce fut la dernière journée qu'il passa auprès de moi.

On le tint sous la pompe deux heures durant, puis on le roula dans des couvertures et on l'enferma. Le lendemain matin, il était parti! La vitre inférieure de la fenêtre était brisée. L'expérience qu'il avait faite de la fragilité du verre chez le confiseur à son entrée dans le monde civilisé, n'avait pas été perdue pour lui.

Où alla-t-il, où se cacha-t-il? et qui donc s'empara de lui, au cas où il ne réussit pas à atteindre les montagnes au delà d'Oakland? c'est ce que l'offre d'une grosse récompense et les efforts d'une police intelligente ne réussirent pas à me faire découvrir. A compter de cette heure-là, je ne le revis plus qu'au jour...

Est-ce lui que j'ai vu? J'étais dans l'omnibus, sur la sixième avenue, il y a peu de temps de cela, quand les chevaux épouvantés quittèrent la chaussée pour se jeter sur le trottoir, au milieu des vociférations du cocher. Précisément, en face de l'omnibus, la foule s'était amassée autour de deux ours savants et de leur cornac. Un des animaux, maigre, décharné, le fantôme de ce qu'il avait dû être, fixa mon attention. A mon tour, j'essayai d'attirer la sienne. Il tourna vers moi ses yeux ternes et sans regard, mais ne parut pas me reconnaître. Je me penchai par le vasistas de l'omnibus et appelai doucement : « Baby! »

Hélas! il n'y prit pas garde. Découragé, je fermai la fenêtre. Au moment où nous repartions, il se retourna brusquement, et, soit hasard, soit dessein, passa sa patte calleuse au travers de la vitre.

« Ça coûte un dollar et demi pour en mettre une neuve, dit le conducteur. Avis à ceux qui jouent avec les ours! »

TYPOGRAPHIE FIRMIN-DIDOT ET Cⁱᵉ. — MESNIL (EURE)

COLLECTION HETZEL

ŒUVRES DE

JULES VERNE. — P.-J. STAHL. — ANDRÉ LAURIE.
E. LEGOUVÉ. — VICTOR HUGO. — ERCKMANN-CHATRIAN, ETC.

Livres et Albums illustrés
EXTRAIT DU CATALOGUE

ÉDUCATION ET RÉCRÉATION

PETITE BIBLIOTHÈQUE BLANCHE

Vol. grand in-16 à 1 fr. 60; cartonnés toile genre aquarelle, 2 fr. 25

E. HOHLER. — Le Cadeau du Cousin Lawrence.

38 autres volumes par O. Feuillet, A. Dumas, Stahl, J. Verne, G. Sand, Mayne-Reid,
Lermont, P. de Musset, M. Bertin, de Cherville, P. Perrault, A. Mouans, E. Müller, etc.

ALBUMS STAHL

Albums in-8 en noir : bradel, 2 fr.; cartonnés toile à biseaux, 4 fr.
BIBLIOTHÈQUE DE Mlle LILI ET DE SON COUSIN LUCIEN.

J. GEOFFROY. — L'Age de l'École. *Proverbes, Fables et Dictons en action.*
7 autres albums par L. Frœlich, Méaulle, Lalauze.

PREMIÈRES LECTURES DE L'ENFANCE
2 albums par R. Wyss et Schuler.

Albums in-4° en couleurs, bradel, 1 fr.
5 albums par L. Frœlich et Trojelli.

BIBLIOTHÈQUE IN-8° ILLUSTRÉE

43 *Volumes in-8° cavalier à 4 fr. 50; cartonnés toile, 6 fr.*
Par J. Verne, P.-J. Stahl, H. Malot, Stevenson, Viollet-le-Duc, M. Antar, Bentzon,
Busnach, Luguet, de Coulomb, etc.

Vol. in-8° illustrés, format raisin à 5 fr. 60; cartonnés toile, 8 fr.
A. DAUZAT et LOUDEMER. — En Vacances : A la Montagne et à la Mer.
14 autres volumes par J. Barbier, Boissonnas, Desnoyers, F. Dubois, Gennevraye,
de Laprade, A. Laurie, E. Legouvé, Perrault, J. Sandeau.

Volumes grand in-8° à 7 fr.; cartonnés toile, 10 fr. Reliés, 11 fr.
TH. BENTZON. — Romans et Contes de tous les pays.
EN FRANCE ET EN AMÉRIQUE :
Geneviève Delmas. — Pierre Casse-Cou. — Yette. — La Rose-Blanche.
37 autres volumes in-8 par E. Legouvé, Stahl, A. Laurie, A. Daudet, J. Sandeau,
Viollet-le-Duc, J. Lermont, de Noussanne, P. Perrault, X. Saintine, Walter Christmas.

Vol. grand in-8° jésus à 9 fr.; cartonnés toile, 12 fr.; reliés, 14 fr.
JULES VERNE. — Les Naufragés du Jonathan.
43 autres volumes par J. Verne, A. Rambaud.

13 *vol. grand in-8 jésus, à 10 fr.; cartonnés toile, 13 fr.; reliés, 15 fr.*
par Biart, Ch. Clément, Erckmann-Chatrian, J. Verne, H. Malot, A. Laurie, Mayne-Reid.

LES CONTES DE PERRAULT, illustrés par Gustave DORÉ.
Volume in-folio. Cartonné toile, 26 fr. Reliure d'amateur, 30 fr.